曹操

㈡

王暁磊

後藤裕也 —— 監訳・訳

卑劣なる聖人

曹操社

目次

※訳注は［　］内に記した。

第一章　新たな宮廷闘争

再び都へ

後漢の霊帝《れいてい》の光和《こうわ》三年（西暦一八〇年）、長年権力をほしいままにしてきた大宦官の王甫《おうほ》が身を滅ぼすと、二十六歳の曹操は古典に通暁《つうぎょう》していることもあり、再び朝廷から出仕を促された。そして、故郷の妻子に別れを告げて、議郎《ぎろう》の職――霊帝劉宏《りゅうこう》の顧問として名義上は立派だが、何の実権もない――につくため、上洛しようとしていた。

故郷の沛国《はい》譙県《しょう》(1)を旅立つ前の日のこと、曹操はおくるみにくるまれた息子の曹昂《そうこう》をしばらくあやしていたが、これが実につまらなく、すぐに弟の曹徳《そうとく》を連れ、親友の丁沖《ていちゅう》を誘い蹴鞠《けまり》をはじめた。

「明日洛陽《らくよう》に向かえば、次はいつ帰ってくるかわからん。さあさあ、思い切り楽しむぞ」まだまだ暑さの残る秋のころ、曹操は半刻［一時間］ほど駆け回ると、背中が汗でびっしょりになり、全身に疲れを覚えた。ふと見れば、鞠が矢のように空を切り裂いてくる。曹操は狙いを定めると、また一つ「倒踢紫金冠《とうてきしきんかん》」［頭越しに鞠を蹴る技］を決めた。

曹徳は慌てて遠くまで小走りに追いかけたが、それでも追いつけず、鞠は林のなかへと消えていった。二人の下男、秦宜禄《しんぎろく》と楼異《ろうい》は、それを見て急いで林のなかへと探しに行った。丁沖はあっさりとあきらめ、大きく息をついて腰を下ろすと、懐から酒を取りだして勢いよく流し込んだ。曹操は肌脱ぎになると両手を腰に当てて大いに笑った。「お前たち、まだまだだなあ」

曹徳は息を切らせながらかぶりを振る。「もう三十になろうというのだから、子供のときのようにはいかないさ」曹操も実は少し息が上がっていたが、依然として平気な顔をしている。「情けないことを言うな。子曰《しいわ》く『三十にして立つ』、手柄を挙げるのはこれからだ。このたびは議郎としての出仕、また一からやり直しだ」

林のそばの木陰では、丁《てい》氏と卞《べん》氏、二人の夫人が座って話をしていた。

丁氏は生まれて半年にもならない息子の曹昂を抱いている。だが、この子は丁氏の実の子ではない。産みの親は劉《りゅう》氏、丁氏の侍女で、曹操の側女《そばめ》でもあった。ただ、難産のために劉氏は曹昂を産み落とすと死んでしまい、臨終に際して、この赤子を丁氏に託したのだった。丁氏は実の子同然にかいがいしく世話をしていたが、乳の出ないことだけが残念であった。卞氏は歌妓《かぎ》の出で、良妻賢母の丁氏よりずっと活発な性格である。いまは団扇を扇《あお》ぎつつ、曹操らが蹴鞠をしているのをのんびりと眺めていた。

曹操はまた鞠をどこかに蹴り飛ばすと、歩みにまかせて二人のそばにやってきた。「今日は暑すぎるな……まったく、あいつらは全然駄目だ」すると丁氏は目を伏せて不満を漏らした。「もともと蹴鞠なんてできないのに、あなたの気晴らしのため、付き合ってくれているのでしょう。それなのに文句をつけるなんて。いまは家にも余裕ができて、お父さまの手紙にあったでしょう、徳さん［曹徳］が家を建てるって。それを少しも手伝おうとせず、明日には発つっていうのにろくなことをしない。

それどころか、こんな暑い日に連れ出して相手をさせるなんて、まったく人の面倒をなんだと思っているのかしら」そう不平をこぼしつつ、腕のなかの赤子をとんとんしながら独りごちる。「ねえ昂ちゃん、大きくなってもお父さんみたいになっちゃ駄目よ……」

そばに座る卞氏は笑った。「姉さん、もう行ってしまうのですから許してあげましょうよ」

だが、丁氏は、曹操が服の端で額の汗をぬぐっているのを目に留めると愚痴を続けた。「あなたは可愛がるってことさえまったく知らないのよ。もう父親になったというのに、不真面目すぎるわ。それに、その服はあなたが汗を拭《ふ》くためのもの？　自分で洗わないものだから、いつまで経っても気にしないのよ」

これには曹操も眉間に皺《しわ》を寄せて言い返した。「おい、いったいどうしたんだ？　家であれこれ言うのはかまわんが、表に出てもまた説教かい。汗ぐらい拭かせてくれよ」丁氏が聞く耳を持たずに赤子の世話をしていると、卞氏が割って入った。「旦那さまったら、本当にわからないんですね。お姉さまは離れ離れになるのがつらいんですよ」

曹操は黙ったまましゃがみ込み、ため息を漏らした。皇帝劉宏は宦官王甫の扇動のもと、宋《そう》皇后を廃して何《か》皇后を立てた。宋氏が呪詛《じゅそ》しているとして謀反の罪を着せられると、宋氏と縁戚関係にあった曹家もそのあおりを受け、一門は老いも若きもみな罷免された。それはまだしも、曹操の同族にあたる曹熾《そうし》、曹鼎《そうてい》、曹胤《そういん》の三人が、相次いでこの世を去ったのだ。かろうじて事なきを得たのは、大宦官の曹節《そうせつ》に賂《まいない》して意を通じた父の曹嵩《そうすう》のみである。朝廷は、曹操が『詩経《しきょう》』に通暁して学問に明るいことから、議郎としての出仕を命じたが、これは橋玄《きょうげん》が大いに骨を折ってくれたためである。いまや曹操も人の親となったが、役人としての先行きは甚だ不透明であった。

丁氏は曹操のため息が聞こえると、思わず頭を上げて意見した。「以前と比べてはいけないわ。以前は曹家からあんなに多くの高官が出ていたのに、いまはお父さまお一人だけ。もうかつての勢いはないし、このたびの議郎の官もやっとのことでつけたんだから」

「文武の芸を身につけて、帝室のために役立てる。かの孔子も値上がりを待って売るべしと力説しているだろう。もうこの歳だ。しがみついてでも前途を切り拓かねばならん」曹操は衣で扇ぎつつ答えた。

「行かないでなんて言っていないわ」丁氏は目の色を変えて続けた。「気をつけてって言っているの。あなたが前みたいに面倒に巻き込まれでもしたら、わたしたち家族はどうすればいいの？　先立っていった劉氏に……」

丁氏が劉氏のことを思い出して泣きはじめたので、曹操は慌ててなだめた。「何を泣くことがある。説教かと思えば、今度は自分を責めて泣き出すなんて」卞氏も慰める。「お姉さま、どうか泣かないで。お父さまはもとの官職に戻られたし、旦那さまだって腕の立つ方なんだから、今後のことは何も心配する必要はないわ。わたしたちはただ家で待っていればいいのよ。もしうまくいかなくても、それはそういう運命だったのよ。焦っても仕方ないじゃない。旦那さまったら、いったん駆け出せば、自分でも自分を止められない質《たち》でしょう。わたしたちが気を揉んだところで何にもならないわ。好漢たるもの志は天下にあり。さあ、羽ばたかせてあげましょう」

曹操は丁氏に笑いかけた。「おい奥さま、聞いたかい。お前のこの妹は実にものわかりがいい。家にこの賢妻あれば、諫言して死を賜ろうと何も憂えることはないな」

「ふざけないで！」二人は眉をつり上げて睨みつけた。そんなやり取りをしているところへ、曹徳がやってきた。手ぶらのところを見ると鞠が見つからなかったのか、かぶりを振りつつ小言を口にした。「まったく……、阿瞞《あまん》兄さん、これじゃあ蹴鞠じゃなくてかくれんぼだ。もう探すのはやめた。それより明日には発つんだから、帰って早めに休んだほうがいいよ」曹操は立ち上がり、この弟に目をくれると尋ねた。「子疾《ししつ》、一つ聞くが、議郎というのはどのような心構えで臨めばよいのだ」

「役人でもないのに、わたしの口からあれこれ手ほどきできないよ」

「徳よ、お前は役人ではないが、俺より多くの書を読んでいる。何か官につく者が読んでおくべき書はないか」

「官につく者が読むべき書か……」曹徳は笑みを浮かべて続けた。「そんなものがあったとして、誰も大っぴらにしないさ。自分でなんとかするしかないと思うよ」

「はあ……陛下もまったくけちくさい。こんな遠くから俺を召し出すのに、たかだか議郎の職しか与えんとは」

「それもわが曹家の評判が芳しくないからさ」曹徳は俯《うつむ》いた。「もし書香の家柄の者なら、議郎から九卿《きゅうけい》を拝命するまで、もっとも早くて半年。うちらなど話にもならないよ。都で官についたからといって他人に蹴落とされることだってある。父上でさえ九卿に至るのに十年かかっただろう。しかも三公《さんこう》まであと一歩のところまで来ながら、その一歩が絶対に進めないのさ」

曹操の祖父曹騰《そうとう》は宦官で、当時、外戚の梁冀《りょうき》による桓《かん》帝の奉戴を手助けしたため、その悪名は遠くまで伝わっていた。それはまだよいとしても、曹操の父であり曹騰の養子でもある曹嵩はまったく学問と道徳を修めず、日がな一日宦官に取り入っていた。以前は大宦官の王甫につき、媚《こ》びも度が過ぎた挙げ句に、手痛いしっぺ返しを受けた。その後、再び起用されたのはよかったが、また今度は大宦官の曹節に尻尾を振ったから、曹操兄弟の不安が消えることはなかった。

曹操もうなずきながら尋ねた。「家柄もいまいち、手を組む相手もおらず、どうすればいいのだ」

ところが、それを聞いて曹徳は笑いだした。「切れ者の兄さんがそんなこともわからないのかい。じゃあ、教えてあげるよ」だが、曹徳は何を伝えるでもなく、振り返って遠くの林に向かい叫んだ。「宜禄！　宜禄！　こっちに来い」その声が届くと、秦宜禄は急いで林を抜け出て、まっすぐ小走りに兄弟二人のもとへやってきた。「孟徳《もうとく》さま、子疾さま、何のご用でしょう」

「こんな暑い日に蹴鞠など、われら兄弟は風流でないという者がいてな、お前はどう思う？」

秦宜禄は笑って答えた。「どうして風流ではないなどと。お二人が楽しければそれでよいではありませんか。古《いにしえ》の聖人も言っております。『窈窕《ようちょう》たる淑女、君子は「球」を好む［『詩経』の一句「窈窕たる淑女は君子の好《よ》き逑《つれあい》」をもじっている］』とか。お二人はこんなに蹴鞠が好きなのですから、これぞ君子なわけです。それを風流でないと申すなど、とんでたらめを」

「はっはっは……」笑いの渦に包まれた。「なるほどたしかに、君子は球を好むだ！」

曹徳は兄をひと目見やると、また秦宜禄に話しかけた。「お前、風流でないと誰が言ったか知っているのか。俺たちの父上だぞ」

「大旦那さまですか！」秦宜禄は驚くと、あたふたしながら続けた。「そ、それは大旦那さまの仰るとおりでしょうな！　この蹴鞠というやつはきちんとしたものですから、胸をはだけてやるのはよろしゅうございません。女性らはみな身内とはいえ、やはり少し慎まれるべきではないかと」

曹操は冷たく笑って言い放った。「ふん！　じゃあ、もし俺たちがよいと言って、おやじが駄目だと言ったら、お前はどっちにつくんだ」

「それは……」秦宜禄は膝をつくと、泣きを入れた。「わたくしのような下っ端が、どうしてご主人の家のことに口を出せましょう。わたくしの申すことなど何の役にも立ちませぬ。どうかお尋ねなさいませぬよう」

「もうよい、行け」曹徳は手を振り、秦宜禄が遠くまで去ると、曹操に向き直った。「兄さん、見たかい？　これが官たる者の生きる道だよ。人の感情を害さない、秦宜禄の十八番《おはこ》さ。議郎として都に入り、ことあるごとに人に盾突いていたら、面倒なやつだと嫌われてしまう。相手の気分を害さないように話せば、誰を怒らせることもない。前は兄さんが目立ちすぎたんだよ」

曹操はしばし考えると、かぶりを振って言った。「たしかにそうかもしれんが、『危うくして持せず、顚《ひるがえ》って扶《たす》けずんば、則ち将《は》た焉《いずく》んぞ彼《か》の相《しょう》を用いん［主君の危うきを支えず、倒れても助けないというのでは、宰相はいったい何のためにいるのだ］』というではないか」

「兄さん、今上《きんじょう》がどのような皇帝かを考えなくちゃ。もし文《ぶん》帝や景《けい》帝のように英明なら諫めるのもいいさ。しかし、もし武《ぶ》帝のように残酷なら、おとなしく従うべきじゃないか」

「それは違うな。では、もし哀《あい》帝のように竜陽《りゅうよう》の癖《へき》［竜陽君は戦国時代の魏王の男色の相手］があったなら、進んでこの身を献げろとでもいうのか」曹操はそう言い返しつつ卞氏を一瞥《いちべつ》すると、卞氏は口元をほころばしてずっと楽しげにしている。

曹徳は嘆息した。「駄目なら仕方がない……楼異！　楼異！」

「子疾さま、お待ちを」楼異の返事はすぐに聞こえたが、林から出てきたのはずいぶん経ってからだった。服は上から下まで枝に引っかけて破れ、しかも足をくじいたようだが、なんと鞠を見つけ出してきた。「子疾さま、鞠を見つけました」

曹徳は再び兄に目を遣った。「見たかい？　こういうのもありだよ。何も言わず自分の役目に没頭する。功を誇らず口を挟まず、ひとさまが得をすれば一目置いてやるのさ！　兄さんなら議郎として仕事に没頭し、他人が何と言おうと耳を貸さない、これでも昇進できるだろうよ」

曹操はまたしてもかぶりを振った。「それも駄目だ。もとより他人を足蹴《あしげ》にするつもりはないが、他人にそうされるのは我慢ならん。それに、仕事ばかりしていては、周りの情況を把握することもできぬ。務めはできなければ己の罪、逆にそれを果たしたところで他人に褒められるものでもあるまい。そんな愚かな真似はごめんだな」

「兄さん、あれも駄目、これも駄目じゃあ、いい考えでもあるのかい」

今度は曹操が呼ぶ番である。「丁沖！　この酔いどれめ、昼間っから酔っ払ってどうする。さあ、蹴鞠だ！」丁沖は振り返りもせず、手にした酒入りの瓢箪《ひょうたん》をいじりながら、言い返してきた。「好きだから飲むんだ！　文句あるか」

「子疾よ、聞いたか。あれこそが俺のやり方だ」曹操は笑った。

曹徳は愕然として、しばしかぶりを振った。「あんなのは俸禄をもらう者のすることでは……もう家に戻ろう」

「待て、待て！」曹操は楼異が見つけてきたばかりの鞠をつかむと、力いっぱい高く蹴り上げた。鞠ははるか遠くに飛んでゆき、また林に入っていった。すると曹操がすぐに叫んだ。「いくぞ、みな帰ろう。秦宜禄、お前は鞠を探してこい、見つけるまで戻ってはならんぞ！」

女子供がいるので、一行は二台の車を走らせて、談笑しながら曹家の荘園へと戻っていった。いまは曹家もすっかり様子が変わっていた。曹嵩は自身のつまづきをきっかけに、多くの私財を次男の曹徳に与え、急の入り用に対処するため、土地を買い家を建てて財を蓄えさせた。こうして曹徳は地主となったのである。荘園を囲う壁を立て、籬《まがき》を作り、まだやらねばならないことが山ほどあった。かたや曹操はそうしたことを好まず、車を降りるとすぐに自分の部屋に入っていった。ちょうど義弟の卞秉《べんへい》が侍女の環《かん》に笛を吹いているのを目にすると、それを遮って話しかけた。「小僧、また来ていたのか。表じゃずいぶんやることがあって、お前の叔父さんは死ぬほど忙しいっていうのに、手伝いに行ったらどうだ」卞秉は歌妓をしていた姉のもと笛吹きである。

環はその声を聞くと慌てて身を隠し、卞秉は笛を片づけながら答えた。「わたしは義兄《にい》さんに会いに来たのです。お耳に入れておこうかと思いまして」

「お前が何を知らせるというのだ」

「一昨日、郡まで夏侯元譲《かこうげんじょう》に届け物に行き、そこで聞いたのですが、大宦官の曹節が死んだそうです」

「ほう、そいつはめでたいことだな」曹操は笑った。曹節の死は曹家と宦官とのあいだに関わりがなくなることを意味し、晴れて名声を揚げることができるからである。

「そうなんです。そして陛下は曹節に車騎《しゃき》将軍の号を追贈しました」

「何？　車騎将軍のような称号を一介の宦者《かんじゃ》に与えたというのか！」曹操は憤りを隠さず続けた。「曹節に何の功績があるというのだ。王甫と徒党を組んで、国と民とに禍《わざわい》をもたらしただけではないか。あんな奸臣が車騎将軍に封じられるとは、たとえ辺境で命をかけたとしても、そんな高位には絶対につけんというのに！」

「そんなにかっかしないでください。いまの世の中、いちいち腹を立てていてはきりがありません。義兄さん、明日は用事もないのでお見送りしますよ」

「その必要はない！」曹操はまだ怒りが鎮まらない。

「義兄さん、このたびは家族を連れて行くのですか」

「いや」

「本当ですか」

「何をそんなにくどくどと。連れて行かんと言ったら連れて行かん」曹操が言い終わると、卞秉は喜びをこらえきれず、手を叩きながら離れていった。曹操が訝《いぶか》っていると、丁氏が出てきて説明した。「あの子はあなたが環を連れて行くんじゃないかって心配なのよ。誰でも気になる人ぐらいいるわ。あなたはどうなのか知らないけれど」

「奥さま」曹操は笑った。「今日はお前の部屋に行こう。途につけばお前の説教も聞けんし、寂しくなるだろうからな」

「気を遣わなくたっていいわ」丁氏はそう答えて微笑み、身を翻した。曹操はぐっとその手をつかんだ。「妻よ、家のことはすべて任せたぞ」

丁氏は長く息を漏らした。「もう行って。どんなに手を伸ばしても、あなたの心を引き止めることなんてできないのよ」

そしてあくる朝、曹操は秦宜禄と楼異の二人を供に譙県を離れ、一路洛陽を目指して旅立った。一族に禍が降りかかったときにはよく往来していたから慣れたもので、三人は車を出さず、騎馬で矢のように洛陽へ向かったのだった。昼夜を分かたず進み、わずか二日で洛陽に到着した。

都を離れてはや一年以上になる。大通りの華やかさは相変わらずだが、前回とは違うことがある。それは自分がきれいな身になったということだ。経書に通じているため推挙され、家と宦官との関係は切れ、もう何も気遣う必要はない。馬を進めて洛陽城の東は永福巷《えいふくこう》にある曹家の官邸に向かうと、遠目にも門前に二台の官用車が停まっているのが見えた。家の者は若さまが帰ってきたと、急いでなかに引き入れた。楼異と秦宜禄は荷を下ろしているが、曹操はまっすぐ父のいる書斎へと足を運んだ。曹嵩は官界との密事が多く、およそ客と会うときは必ず書斎に通し、客間は絶対に使わなかった。

曹操がちょうど部屋の前まで来ると、なかから父の話し声が聞こえてきた。「曹の大旦那さまがお隠れになったいま、張大人《ちょうたいじん》、趙《ちょう》大人、今後は頼りにしていますぞ」

曹操は何の話かと訝って首を突っ込んだ。「父上、帰りました！」

「おお！　さあさあ、早く入りなさい」曹嵩はすぐに曹操を呼び寄せると二人に向き直った。「お二方にお目通りさせましょう。これは豚児《とんじ》の曹操、曹孟徳です」曹操は進み入るなり深く拝礼し、頭を上げる際、部屋に二人の顕官《けんかん》がいるのを認めた。ともに四十を超えたぐらいだろうか、鷹揚《おうよう》とした様子で普段着に身を包んでいるが、胸に一物がありそうに見える。

「豚児だなどと、鷹が鳶《とんび》を産むものですか！」

その話し声、甲高い声――また宦官か！　髭なしめ！

曹嵩は目を細めて笑みを浮かべながら紹介した。「このお二方は趙大人と張大人といって、陛下のお側仕えだ。お前もお知り合いになっておくといい」

張譲《ちょうじょう》と趙忠《ちょうちゅう》、この二人の宦者の名は、むろん曹操も聞き及んでいた。かつて党錮《とうこ》の禁《きん》が行われたときは、この二人も加担した。たしかにほしいままに横暴を働いた王甫や曹節という二人の老害ほどではないが、善良であるはずがない。

趙忠が笑いながら尋ねた。「ご子息殿は、もしやかつて蹇図《けんと》を打ち殺したあの洛陽の県尉《けんい》では？」

「たしかにわたくしです」曹操は丁重に答えざるをえなかった。

「聞くところでは議郎として呼ばれたとか？」趙忠の目は笑っていない。

「さようです」

「橋玄さまはお国のためにいつも賢才を進めてくれる。陳温《ちんおん》に鮑信《ほうしん》、そして君、曹孟徳だ。みな橋玄さまの推挙なさった者……」趙忠はそこまで話すと、意味ありげに張譲を一瞥した。張譲もうなずいている。

曹嵩はその意味を悟った。橋玄はすでに致仕《ちし》していたが、かつては宦者から目の敵にされていた。息子は都に入ったばかりですでに目をつけられたのだ。曹嵩は慌てて笑みを浮かべつつ割って入った。

「なんとまあ、そうは申せ、誰が推挙したところでみな朝廷の人間ではないですか。帝室のために仕えるからには、倅《せがれ》もお二方のお世話にならないわけにはまいりませんでしょうな」

「いやいや、そんなとんでもない！」張譲は手でそれを遮って謙遜した。すると曹嵩は、身を翻したかと思うと、どこから出してきたのか錦織りの小箱を二つ持ってきた。それを張譲と趙忠に渡した。

「つまらない物で、何の値打ちもありませんが、ほんのお慰めにどうぞ」

二人が開けてみると、それは真珠の目と瑪瑙《めのう》の角を持つ一対の金の牛で、ずしりと重みがある。張譲はすぐに笑みを作った。「本当によろしいのですか」曹操は苛立ちを覚え、内心つぶやいた――そう思うなら返しやがれ。懐に収めながら何をぬかしやがる――

趙忠はせせら笑った。「ご子息殿のことは必ず陛下のお耳に届けておきましょう。ただ……」そう言うなり眉をひそめた。「いまや蹇碩《けんせき》はあのころと違い、陛下の侍衛《じえい》を束ねる立場。西園《せいえん》でまた人を募って西園騎《せいえんき》［西園の騎兵隊］などと称しています。われら二人もあれと面倒を起こすわけにはいかんのですよ」

張譲が口を挟んだ。「蹇碩のようなわからずや、お役目のことばかり考えて、ほかのことは一切かまわないのだから、あれに朝廷のことは手出しさせません」

「やれやれ、いまから考えても仕方ない」趙忠は張譲に一瞥をくれると切り出した。「そなたと言い争うつもりはない……曹大人、ご子息殿、もうお暇《いとま》しなくては。晩は樊陵《はんりょう》、樊大人の宴席に招かれておるのですよ」

「ほほっ」曹嵩は作り笑いを浮かべた。「そういうことでしたら、お引き止めもできませんな。どう

か お気をつけて……」そう言いながら見送りに出たが、曹操は座ったまま動こうとしなかった。曹嵩は二人を送り出すと、ふふっと笑いを漏らしながら戻ってきた。「代を重ねるごとに見劣りするとはまさにこのことだ。かつておまえの祖父は車で一台また一台と贈り物を受け取り、王甫は大きな箱で一箱一箱と受け取ったものだが、張譲らに至ってはあんな小箱で喜んで帰りおった。あれしきの物をやったところで、うちにとっては九牛《きゅうぎゅう》の一毛《いちもう》に過ぎんというのにな」

曹操はいささか不愉快になっていた。やっとのことで曹節と手が切れたのに、今度は趙忠と張譲に近づこうというのだ。父はいつまでこうして宦官に尻尾を振るつもりなのか。そうは思ったものの、丁寧に父に叩頭し声を落として挨拶した。「父上、ご無沙汰しておりました。お体の具合はいかがですか」

「うむ、まずまずだ」曹嵩はこのときになってようやく息子の姿に目を凝らした。二年前より痩せ、かつての強情さが影を潜めている。どうやらもう頭のなかをすぐ見抜かれるような青二才ではなさそうだ。苦しみとやり切れなさを何度も味わったのだろうが、それは一族みなが経てきたことでもある……そんなことを考えていると、曹嵩は感傷的になったが精いっぱい気を取り直してつぶやいた。「いまやお前は真っ当な身の議郎だ。気長に待ちなさい。さあ、ずいぶん遠くからまたここへ戻ってきたんだ。汚れを落として着替えたら、少し休むがいい」父親と息子というものは、いつの世も素直になれないものである。

気長に待つ……曹操と父親の考えにはやはり隔たりがあった。曹操はおもむろに口を開いた。「このたびわたしは詔《みことのり》を下されて上京したのです。建言を書き連ねた陳情書を上奏すべきでしょうか」

曹嵩はひとしきり苦笑した。「お前も頼もしくなったものだ。相手に合わせることを覚えたか。しかし、これだけは言っておく。いまは何もせんでいい。いいか、おとなしく年が明けるまで待つのだ」

曹操にはその意味が解《げ》せなかった。「これはまた父上のお言葉とは思えません。どんなことにでも前向きだったではありませんか。わたしをすぐにでも昇進させたいと思わないのですか」

「すぐに昇進だと」曹嵩は口を尖らせた。「そのことならわしに考えがある。一月《ひとつき》のうちに、お前を侍中《じちゅう》にしてやるつもりだ」

また官位を金で買うに違いない……曹操はかぶりを振った。

「官位を金で買って名が汚れるのが嫌なら、気長に待つしかないな」曹嵩は一つため息をつくと、言葉を継いだ。「高位高官に至ってこそ宮仕えの意味がある……しかし、時期が悪すぎる。いま帝室では西園が造成され、陛下は宮殿にさえ戻らぬ。会えもせぬのに何を上奏するというのだ」

「陛下が宮殿に帰らないとは?」曹操は眉根を寄せた。

「何日か前、王《おう》美人［美人は後漢の女性の位で、皇后、貴人《きじん》に次ぐ］が赤子を産んで、それから行ったきりだ」曹嵩は曹操の耳に口を近づけてささやいた。「何《か》皇后も寵を失った。王美人の産んだ皇子こそ、将来とんでもない富貴を手にするはず。これは一大事だぞ!」

曹操は頭《こうべ》を垂れた。こういった宮廷内のいざこざを聞くのはうんざりだった。だが、親子の考えの食い違いは日増しに深まるばかり。しかも曹操とていまは人の親、かつてのように正面切って言い争うことは慎まねばならない。曹操は拱手《きょうしゅ》した。「帝室のことはあまりとやかく言わないほうがいいのでは……いくらか家から土産も持ってきましたし、嫁が父上にと作った菓子もありますから、ちょっと持ってきましょう」そう言って立ち上がると、荷をほどきに行った。

曹嵩は息子がこの手の話を嫌うのを知っていた。そして、曹操の後ろ姿を見ながら一人苦笑した。

「馬鹿者め、何もわかっとらん！　お前は朝廷でのことばかり考えておるが、内廷《ないてい》が国の興亡を左右することもあるんだぞ！」

（1）譙県は現在の安徽《あんき》省亳州《はくしゅう》。

悲運の皇子

瞬く間に半年あまりが過ぎた。光和《こうわ》四年（西暦一八一年）六月、大地を焦がすような陽射しとは裏腹に、洛陽《らくよう》はことのほか静かな午後を過ごしていた。

もとより都の守りはきわめて堅固であるが、さすがにこの焼けつくような猛暑には、訓練を積んだ門衛の兵士さえ閉口していた。照りつける太陽のもと、ひと筋の風もなく、鎧兜に身を包む兵士は文字どおり身を焼かれるような思いであった。このままではまず暑気《しょき》にやられてしまう。冷たい水をがぶがぶと飲み、城門の通り道の壁に背を預け、そこにできた小さな影を頼りに暑さを避けるほかなかった。ただ、そうしたところで、足元から立ち上る熱気は耐えがたく、目の前の景色は陽炎《かげろう》に揺れていた。

ちょうど何人かの城門を守る兵がまどろんでいたとき、遠くに馬の蹄《ひづめ》の響く音が聞こえたかと思うと、真東の皇宮《こうぐう》のほうから一騎の白馬が駆けて来た。馬を馳せるその偉丈夫《いじょうふ》は、ずいぶんと焦っているようだ。黒の官服を羽織り、貂璫冠《ちょうとうかん》［貂《てん》の尾と黄金の飾りをつけた冠］を戴いているが、もっとも人目を引くのは、その男には髭がなく、小脇には陽射しに照りかえって目にも眩しい黄色い金蒔絵《きんまきえ》の刀を佩《は》いていることだ——朝廷の規則では、宦官だけが黄色の短刀を腰に佩くことができる。

その宦者《かんじゃ》は必死だった。あっという間に、その馬は城門の前にやって来た。洛陽城には四方合わせて十二の城門がある。むろん乗馬したまま通ることなど許されない。たとえどんなに高位の官僚でも、勅命がなければ下馬して通らねばならないのである。ところが、その宦官は焦りも露わに、汗を滴らせながら城門に近づくと、止まるどころかさらに鞭を入れたのである。ある門衛の兵は慌てて戟《げき》を横に出し遮ろうとした。するど、あろうことか、そばにいた上役の兵士が引きずって道を開けさせた。

「止めるな。あれには関わるな」

話しているうちに、その宦官はもう城門に駆け込み、すぐさま懐から官印を出して左右に示しつつ叫んだ。「御前の黄門《こうもん》(1)であるぞ。西園《せいえん》のご主君に急用だ。速《すみ》やかに通せ！」門衛が官印を確かめるのも待たずに、その宦官は二人の兵を突き飛ばし、馬を飛ばして洛陽の雍門《ようもん》を抜け、一路西を目指してさっさと行ってしまった。

「くそったれ、何さまのつもりだ。腐れ宦者がなんだってんだ」突き飛ばされた兵士は、起き上がりながらぶつぶつとこぼした。

「黙れ、面倒を起こすんじゃない」上役の兵が目を見張る。「お前らはあいつを知らんのか。あれが蹇碩《けんせき》だ。陛下の護衛の宦官で、いま一番のお気に入りさ。やつを怒らせたら、たった一言でも、先祖代々の墓がみんなお陀仏《だぶつ》だぜ」

驚いたその兵は驚きの表情を浮かべると、体についた砂ぼこりを払い、もう何も言わなかった。

権勢を誇った宦者の王甫《おうほ》が失脚し、年が明けて曹節《そうせつ》もまた病没した。政《まつりごと》をほしいままにしていた二人の大宦官が、とうとう歴史の舞台を降りたのである。しかし、皇帝の劉宏《りゅうこう》が歓楽にふけると、またほかの宦官が次々と湧き出してきた。その中心が張譲《ちょうじょう》と趙忠《ちょうちゅう》である。この二人は、王甫の無法さや曹節の狡猾さには及ばないが、その手で皇帝の成長を世話しただけに、天子の寵愛も尋常ならざるものがあり、皇宮の内外で寵を得た者であっても、その実力を認めないわけにはいかなかった。

ただ一人の例外、それが蹇碩である。それというのも、蹇碩は生まれついての偉丈夫で、皇帝劉宏の覚えもめでたく、羽林軍《うりん》［近衛軍］を率いて皇宮の護衛を任され、さらには衛尉《えいい》が所管する兵や七署《しちしょ》［光禄勲麾下の衛士《こうろくくんきかのえいし》］をも動かすことができたためである。前漢、後漢を通じても、そのような宦官は皆無に等しい。蹇碩は兵権を握っていたが、決してつまらぬ奸臣などではなかった。かつて曹操に打ち殺された不届き者の叔父はいたが、賂《まいない》に手を出すといった悪行は何もなかった。蹇碩はさながら劉宏の番犬である。その信条は命《めい》に従うこと、皇帝の命は何が何でも絶対服従。それが正しいのか間違っているのか、そんなことはこれまで考えたこともない。このように生一本《きいっぽん》な信念に駆り立てられて、蹇碩は水一滴も漏らさぬほど鉄壁の備えで皇宮を守っていたのである。

皇帝である劉宏がそこまでさせるのは、皇宮の安全にいつも不安を抱いていたためである。少年時代の経験とはいつまでも消えないものだ。十二歳のとき、王甫と竇武《とうぶ》の争いにより政変が引き起こされると、太傅《たいふ》の陳蕃《ちんばん》は八十人以上の太学生《たいがく》［最高学府の学生］を引き連れ、宮中の内院まで簡単に闖《ちん》入《にゅう》してきた。こののちにも、宮殿の門には曹節や王甫を指弾する言葉が刻まれていたことがある。内院にまで勝手に行き来する者がいるからには、弑逆《しいぎゃく》の挙を未然に防がずにおれようか。そうして見いだしたのがこの至忠至誠の宦官、蹇碩なのである。

こうして皇宮の安全が守られるようになったものの、劉宏はそこに住もうとはしなかった。それは、夢にまで見た西園が竣工したためである。いったん避暑の名目で入り込んで享楽にふけると、もう出てこようとはしなかった。

漢代を通じてもっとも壮観で、もっとも格別の趣を有した帝室の庭園、それが西園である。その規模は中興以来の鴻徳苑《こうとくえん》や霊昆苑《れいこんえん》をゆうに凌《しの》ぐ。伝説中の仙境に照らして設計され、劉宏が信を置く宦官が工事を監督した。天下の隅々から腕利きの工匠を呼びよせ、一年半の歳月と巨万の財を費やし、都付近から人夫をかき集めて、ようやく落成したのである。

この庭園を造成するために、劉宏は平然と税を重くして賦役《ふえき》を課し、辺境防備の修繕費用を一顧だにせず、宋酆《そうほう》や王甫、段熲《だんけい》といった重臣の私産を容赦なく没収し、挙げ句の果ては、官職を売って堂々と金を集めた。この御苑のなかには、人工的に造った狩り場、一千にも及ぶ宮女たちの部屋がある建物、流れを引き込んできた蓮の花咲く太液池《たいえきち》、貴重で珍しい石材を積み重ねて造った蓬萊《ほうらい》、方丈《ほうじょう》、瀛洲《えいしゅう》の三島［中国の東海《とうかい》にあり、仙人が住むという伝説上の島］、さらには紅をさした宮女が沐浴した残り湯を注いだ流香渠《りゅうこうきょ》という水路、劉宏が水浴びするための裸泳館《らえいかん》などがあり、西園はいたるところ淫靡《いんび》な雰囲気で満たされていた……

もっとも度が過ぎているのは、いつでも官職と爵位を売れるようにと、劉宏が西園に建てた万金堂《ばんきんどう》である。金一万両［約百四十キロ］という名を持つその建物は、腹心の宦官が官職と爵位を売るのを記録するために使われた。実に公正かつ正直な商いである。西園に住むようになってからは、いつでも「よい考え」が浮かべば命を伝達できるようにと、尚書台《しょうしょだい》の属官までも万金堂の隣の建物に呼び寄せていた。

今日もいつもと同じく、梁《はり》や棟木《むなぎ》に彫りと彩りを凝らした万金堂で、劉宏は気だるそうに横になっていた。宮女らは宮扇《きゅうせん》を扇《あお》ぎ、香炉を捧げ持ち、よく冷えた旬の果物を用意している。そして張譲、趙忠、段珪《だんけい》といった宦官は、生き生きとした表情でその左右に侍立《じりつ》している。ただ、向かいに座って碁の相手をしていた侍中《じちゅう》の賈護《かご》だけは、気楽ではいられなかった。天子が対局するといえば相手をせざるをえないのだが、賈護の腕前は劉宏とは比べものにならない。負ければひどい媚《こ》びへつらいであり、勝つにしても余裕で勝とうものなら怒りを買ってしまう。賈護はいま、どうすれば一子《いっし》差で勝てるかに頭を悩ませていた。

その一方で、劉宏がもっとも気に入っている尚書の梁鵠《りょうこく》は、たっぷり墨をつけて筆を揮《ふる》い、自身の書法を見せつけていた。画工出身の江覧《こうらん》もその描きぶりをひけらかし、ほかに侍中の任芝《じんし》が玉をちりばめた琴を奏でて興を添えていた。

賈護、梁鵠、江覧、任芝、この四人は尚書や侍中といった高位を拝しているとはいえ、決して学問や政治的手腕によって昇進したのではない。彼らはみな鴻都門学《こうともんがく》［霊《れい》帝の命《めい》で設立された書画技能の専門学校］の出身なのである。学士といえば聞こえはよいが、実際は一芸に秀でているに過ぎず、もっぱら皇帝の気晴らしを担うのみである。

琴棋書画《きんきしょが》、四つの風雅を同時に楽しみながら、劉宏は神仙のごとく悠々自適で、民の苦しい生活や軍事、国政といった大事を、とうにはるか遠くへ投げやっていた。しかし、劉宏が高揚しているのは、ただ歌舞や女色にふけり、犬を飼って馬に乗る享楽のためだけではない。近ごろ、もっとも愛する王《おう》美人が、彼の子、つまり皇子を産んだのである。いまや歓楽を尽くすことを除けば、気になるのは唯一この母子のことだけというありさまであった。

突然、その場の穏やかな空気が大きな音に切り裂かれた。蹇碩が転がるように万金堂に駆け込んできたのである。

「どうした」やにわに劉宏が身を起こす。

ひどい暑さのなかをひたすら馬に鞭を当ててきたので、まるで水から上がってきたばかりのように、蹇碩の服は汗でぐっしょり濡れている。息は続かず、目が回る感覚に襲われながらも、蹇碩は跪《ひざまず》いた。

「陛下に申し上げます。王美人が急逝されました」

ちょうど琴を弾いていた任芝は、あまりの驚きに力が入りすぎ、嫌な高音が耳をついたかと思うと、弦《げん》が断ち切れた。梁鵠と江覧の筆はぴたりと止まり、賈護の手からは碁石がこぼれた。それぞれの視線が一斉に皇帝に向けられる。

劉宏は口元を震わせ、しばし声を失った。劉宏はこの事実を受け入れようとはしなかった。もし皇帝が、ある女に対しては身分を忘れ、全身全霊を傾けることが許されるなら、王美人こそはその人だったのである。はじめて会ったときにはもう愛していた。内心から湧き上がる欲望、一つになりたいという感情、それは宋《そう》皇后や何《か》皇后とのあいだにある夫婦の契りとはまるで違う。皇宮、西園、霊昆苑、二人の愛情はいずれの場所にも詰まっていた。王美人は劉宏にとって、美貌の象徴であるだけでなく、女として自分を支えてくれる存在でもあった。時が流れ、容貌が衰えたからといって淡く消えるような類いのものではない。劉宏はぼんやりと口を開き、輝きを失った目で、そのまま座っていた。そして、まず頭に思い浮かんだのは一つの問題であった――皇子をどうするか。生まれたばかりで母を喪《うしな》うとは……静かに案じていると、気づかぬうちに涙が頬を伝っていた。

「陛下、何とぞ玉体をご自愛くださいませ」誰もが跪いてひれ伏している。

劉宏は涙をぬぐった。「あ、あれは……なにゆえかくも急に朕を見捨てたか」

「なおお耳に入れたき儀がございます」蹇碩は膝立ちしてにじり寄った。

劉宏はそれを見ると、これは何かあると気づき、急いで泣くのをやめた。「よもや……王美人が急逝した理由ではあるまいな」蹇碩は一瞬躊躇《ちゅうちょ》したが、額を床にこすりつけて願い出た。「事が事ですので、何とぞ人払いを」

「張譲と趙忠のほかは、みな退《さ》がっておれ」賈護ら四人と宮女がみな表に出ると、劉宏はようやく立ち上がり、蹇碩の前に近づいた。「さあ、申せ」

「ははっ」蹇碩は一つ大きく息をついた。「午《うま》二刻［午前十一時半］、皇后は腹心の宦官を遣わして侍医を退がらせ、王美人に食膳を出しました。王美人はその食後に亡くなられたとのこと」

劉宏はまだ気丈であるが、張譲と趙忠は青ざめている。皇后の何氏といっても肉屋の娘で、張譲らの推挙を得て皇宮に入ったが、もとは卑賤の出である。張譲らは何氏が後宮で権力を握るために画策してきた。王甫と手を組み、呪詛《じゅそ》しているという無実の罪を着せてまで、宋皇后の一族を葬り去ったのだ。

いまや何家とは一蓮托生。何皇后が失脚すれば、二人も遠からず悲惨な末路をたどることになろう。近ごろ王美人は皇后よりも寵を受け、さらには皇子をも産み、何皇后にとってもっとも身近な脅威であった。自身もその地位を奪い取っていまがあるからには、いつまでも安泰でいられないことは自明の理である。王美人を毒殺し、禍根を断とうとしたのは明らかである。ただ、すべてを蹇碩に知られたのは、つきがなかった。

劉宏の悲しみが憤りに変わる。とはいえ、宦官らの面前で皇后を罵るわけにもいかず、かろうじて言葉を絞り出した。「して、わが皇子はいまどこに」いまとなっては王美人の子にまで手が伸びないかを案じなければならない。

蹇碩はすでに手を打っていた。「皇子はいまも王美人の部屋におり、乳母が世話をしております。官女どもにも、誰も近づけてはならぬと、よく言い聞かせておきました。陛下におかれましては早々にお戻り願いたく……」言い終わらぬうちに、見張りの兵の叫び声が聞こえてきた。「陛下に申し上げます。皇后さまの使いの者が見えております」

「ふふ、皇后の使い……だと」劉宏は冷たく笑った。「すぐに通せ」

すると一人の宦官が、面《おもて》を覆って空《そら》泣きしながら駆け込んできた。慌てたそぶりで倒れるように跪く。「陛下に申し上げます。王美人が産後の中風《ちゅうふう》［卒中《そっちゅう》の類い］にかかり、不幸にもお隠れになりました。皇后さまの命により、陛下にお知らせする次第でございます。陛下、何とぞお気を落とされませぬよう、玉体をいたわり……」

「なんだと？」劉宏は怒りを抑えきれず玉座を降りて歩み寄り、その宦官の服をきつくつかんだ。「王美人がどうやって死んだか、もう一度言ってみよ！」皇帝の様子が尋常ではない。ふいに目を遣れば、傍らに跪く蹇碩の姿。その宦官は事が露見していると悟ったが、いまさらなす術もない。呪文のように繰り返すしかなかった。「王美人は……産後の中風でございます」

じゃらじゃらっ――劉宏は先ほどまで打っていた碁盤をひっくり返すと、憎々しげにその宦官の頭に打ちつけた。あっという間に翡翠の碁盤は粉々に砕け、冠は床に転がり落ち、宦官の顔は血まみれになった。劉宏がそんな言い訳を聞き入れるはずもなく、まなじりも裂けんばかりに目を見開いて、蹇碩に大声で命じた。「このくたばり損ないを引っ立てて斬り捨てい」

「そんな殺生な。わたくしは何もしておりません……陛下、どうかお慈悲を……わたくしは何も知りません……ただ皇后さまがこう伝えよと……どうかお許しを……」その宦官は必死で訴えたが、蹇碩と侍衛《じえい》によって引きずり出されていった。

劉宏にとっては、使いの宦官に罪があろうとなかろうと、もはやどうでもよかった。悲しみはすでに何皇后に対する怒りの炎へと完全に変わっていたからだ――もう十分好きにさせてやった、皇后にもしてやり、兄を都での官につけてやった。朕はお前の顔を立てて、宋皇后を陥れたという噂も信じずにいたのだ。それがいま、朕のもっとも愛する者に手を下すとは。このたびだけは何があろうと生かしておけぬ！

劉宏は思いをめぐらせながら飛ぶように万金堂を駆け出ると、帝室の威厳も顧みず、手ずから馬を牽き出して、何人かの衛士とともに皇宮を目指して馬を走らせた――死んだ者よりまだ生きている者が先だ。蹇碩は皇子を守るように命じたと言うが、あの皇后は何をしでかすかわからない。この手で皇子を抱きかかえねば安心できぬ——張譲と趙忠が動きだしたときには、皇帝は早くも二里「約八百メートル」先を行っていた。二人は慌てて蹇碩ともども馬に跨がり、叫びながら皇帝の馬を追いかけていった。

劉宏はその声に耳を貸そうともせず、疾走する騎兵とともに西園を出て、雍門をくぐり、片時も休むことなく皇宮に入っていった。内院まで来て馬を下りると、劉宏は渡り廊下を抜けて真っ先に王美人の部屋のある脇殿《わきでん》へと向かった。入り口に来たとき、ちょうど一人の宮女がこそこそと黄色い緞子《どんす》のおくるみを抱いて出てきた。劉宏は知っていた。皇后つきの宮女だ。正面から近づくと、おくるみごと奪い取ってなかをのぞき込んだ——やはり皇子の劉協《りゅうきょう》である。劉宏はわが子を胸に抱き上げると、返す手で宮女の頬を張った。宮女はこの情況を理解すると、すぐさま顔を覆って跪き釈明した。「陛下に申し上げます。皇子が亡骸のそばにずっといてはと皇后さまが心配され、ひとまず長秋宮《ちょうしゅうきゅう》まで抱いてきて世話をするよう、わたくしに言いつけられたのでございます」

「また戯言《たわごと》を……誰か、この女を縊《くび》り殺せ」そう言い捨てると、子を抱いたままなかへと入っていった。ときに脇殿のなかはせわしなく、尚薬監《しょうやくかん》の宦官高望《こうぼう》の指図のもと、宦官や宮女、侍医らがそれぞれ忙しく立ち回っていた。そこへ何の知らせもなく突然、怒りにうち震えつつ皇子を抱いた皇帝が、ずいずいと入ってくるのが見えたのである。その場にいたすべての者は凍りついたように固まり、ついで次々と跪いて、てんでに泣き喚《わめ》いたりご機嫌伺いをした。事情を知らぬ者はお悔やみを述べ、詳しく知っている者は心臓が飛び出さんばかりであった——これはただごとでは済まないぞ！

劉宏は誰にも見向きせず、二、三歩、王美人に近づいた。

「妃《きさき》……赤子が大きくなったら西園で一緒に遊ぼうと話していたではないか。そなたはなぜ無念にも逝ってしまったのだ」両の眼《まなこ》ではぼんやりと亡骸を捉えながらも、劉宏はしばし放心していた。しかし、目にすぐ力を取り戻すと、にわかに振り返って尋ねた。「侍医はどこだ」

「わたくしどもはこちらに」白い髭の交じった三人の老人が膝を進める。

劉宏は冷やかに問うた。「王美人は何の病で死んだのだ」

三人は息を呑み込んだ。額を低く床に押しつけ、誰も声を上げようとしない。

「さあ申せ！」劉宏は催促した。

みな口を動かすだけで声にならない——もとより皇帝を騙《だま》すなどもってのほかだが、かといって皇后の恨みを買うこともできない。

「もう一度だけ訊くぞ。王美人は何の病で死んだのだ」劉宏の声音《こわね》はもはや尋常ではなかった。

年かさの老侍医が勇気を振り絞って答えた。「妃は……産後に調子を崩し……急に中風を患い、そのまま……」——「亡くなった」と口にする前に、劉宏はかっとなって叫んだ。「この能なしめ、朕を馬鹿にする気か。赤子を産んでもう数か月が経つというのに、産後の中風にかかっただと。誰か参れ」赤子を抱きながら地団駄を踏み、その侍医の額を指さした。「妃の残した昼の膳を持ってきて、この老いぼれに食べさせてやれ。それで産後の中風かどうかはっきりさせてやる」

「陛下、何とぞお許しを……」その老侍医は叫んだが、あとから入ってきた兵士にすぐ引き出されていった。残る二人も魂が抜けたようで、そのうち一人は恐怖に耐えきれず、ぶるぶる震えながら泡を吹いて倒れ、無残にも死んでしまった。劉宏は最後の一人を引っつかんで問いただした。「残るはお前だけか。さあ吐け！　王美人はなぜ死んだ」

「そ、それはその……毒に中《あ》たって……」もうこれ以上は隠しおおせない。

「もっとはっきり言え！」

「王美人は……毒に中たってお隠れになりました」

劉宏は手を離して振り返ると、跪いている宮女たちを見渡した。「お前たち聞いたか……みな聞いたか……聞こえたか！」最後は怒りの叫び声になっていた。

その場にいた者は肝をつぶして額を床にこすりつけるが、震えるばかりで口を開こうとしない。皇子の乳母は、畏れながらも進み出て皇子を受け取ろうとしたが、劉宏に蹴り倒された。「下がれ！誰もわが子に近づくでない」みな膝をすりながら離れ、あっという間に劉宏の周りから一丈［約二・三メートル］ほど遠ざかった。

劉宏はさながら飢えた狼のごとく、泣きやまない皇子を抱えながら、部屋のなかをゆっくりと行きつ戻りつした。

このとき、張譲と趙忠もようやく駆けつけ、なかの様子を見て足どりを緩めた。張譲は衽《おくみ》を引かれた気がして俯《うつむ》くと、尚薬監の高望が足元に跪いていた。高望はもとより薬剤の管理にあたっていたので、このような騒ぎが起きては、事情を知らずとも罪に問われるのは間違いない。そこで皇帝が侍医を詰問しているあいだに、慌てて表へ出てきたのであった。張譲の衽を引き寄せると、俯きながらつぶやいた。「気をつけてください。すでに一人が死を賜り、もう一人も卒倒して死にましたぞ」

「貴様に何がわかる。いま行かねばもう二人死ぬんだぞ」張譲は内心で反駁すると、唾を飲み込んだ。こんなときはおとなしくするべきだろうが、何皇后は自分たちが引き上げたのだ。事はわが身に跳ね返ってくる。しかも、宋皇后の呪詛の一件は、自ら何皇后と王甫と手を組んででっち上げたこと。もし何皇后が暴室《ぼうしつ》［病や罪を得た宮女や妃が送られる部屋］に移され、この件まで明るみに出たら、それこそ文字どおり自分の首が飛ぶ。事ここに至っては何としても皇后を守らねばならない。そう思い至ると、張譲は一つ深呼吸をしてなかに入っていった。皇帝の面前まで出て跪く。「陛下、何とぞお怒りをお鎮めください」

劉宏はちらと振り返った。「いいところへ来たな。皇后の耳に入れてこい」

「わたくしは……ただ陛下にご海容《かいよう》いただきたく」

「朕があれを廃するつもりなのは、わかっているであろうに」劉宏は冷やかに笑った。「ふっふっふ……何がご海容だ。では、あれはなぜ手を下したのだ。王美人に何の罪があるというのか。そういえば、先の宋皇后の呪詛の一件、あれはどういうことなんだ」

恐れていたことが起こった。皇帝はすべてお見通しなのだ。張譲は胸が早鐘をつくようだった。なおも皇后のために何か言い繕《つくろ》おうとしたが、道理が邪魔をして口は固く閉ざされたままである。

「朕の言うことが聞けんのか」劉宏は睨みつける。「早く行け」

「わたくしは……わ、わたくしは、その、本当に……」張譲はどのように答えればよいのかわからなかった。

劉宏は矛先を変えた。「趙忠、ではお前が行って朕の言葉を伝えよ。何皇后を采女《さいじょ》［後漢の女性の位で、美人、宮人に次ぐ」に落とし、暴室に送って閉じ込めるのだ」これには張譲も驚き、ついに覚悟を決めて、劉宏の脚にすがりついた。「陛下、それだけはなりません！」

「無礼者！」劉宏はその手を蹴り上げた。「あんな女、生かしておいて何になる」張譲はもんどり打ったがすぐさまにじり寄り、また劉宏の脚にしがみついて諫めた。「陛下、ご熟慮を。帝室からたびたび国母がいなくなるなど、あってはなりませぬ」

これには劉宏の心がわずかに揺れた。そうだ、宋皇后はすでに一族もろとも死に絶え、いままた何皇后を廃してその命を絶とうとしている。続けざまに二人の皇后を喪った皇帝がどこにいる。一人は呪詛したとして悲嘆のうちに死に追いやられ、また一人は妃に毒を盛った罪で死を賜る。度重なる宮廷の醜聞が広まれば、帝室の面目は丸つぶれだ。後代の史官が自分のことをどのように記録するか。かといって、このままにしておけば、王美人だけがむざむざ死んだことになる……劉宏は考えあぐねて、頭がおかしくなりそうだった。張譲を振り払うと、ふらつきながら椅子に座り込んだ。

張譲は劉宏の顔つきが変わったのを見て取ったが、さりとてにわかに言葉を継ぐこともできず、ひたすら頭を打ちつけた。気の毒なのは趙忠で、すでに皇后を廃する命を受けながら、いまこの光景を目の当たりにし、行くべきか行かざるべきか、迷いに迷っていた。

「皇太后さまの御成り」その声に導かれ、沈んだ面持ちで董《とう》太后が静かに入ってきた。その横では蹇碩が注意深く手を添えている。実は、蹇碩は皇后が遣わしてきた宦官を斬り捨てたあと、皇帝が宮廷に戻ればたいへんなことになると考え、劉宏の馬を追うのをやめて永楽宮《えいらくきゅう》に向かい、皇太后のお出ましを願ったのであった。

「母上！」ちょうど悩んでいたところ、おもむろに近づいてくる母の姿を見て、劉宏の先ほどまでの怒りが嘘のように消えた。そして、まるでお気に入りのおもちゃをなくした子供のように泣きじゃくった。「王美人が死んでしまったんです……」

董太后はすでに蹇碩からことのいきさつを聞いていたが、皇后のことは口にせず、ただ劉宏の胸からそっとおくるみを抱き取った。泣きやまない赤子をあやしながら息子を諭す。「死んだ者は生き返らない。お前もあまり気を落とすんじゃないよ。いい年をした男が女のために泣き叫ぶなんて情けない。しかもお前は帝王の地位にある、自制しなくては。この子をよそに預けるのは安心できないから、やはりわたしが世話をしましょう」そう話して赤子の小さな手を握ると、かすかなため息を漏らした。

「朕は皇后を廃するつもりです。母上のお考えはいかがでしょう」

董太后は眉をひそめた。たしかに何皇后はまったく気に入らないが、自身ももとは傍系の王族の夫人から引き立てられた身。その意味では正統な皇太后ではないため、何皇后を抑えることもできない。そのうえもっとも腹立たしいのは、何皇后は長子の劉弁《りゅうべん》を産むと、こともあろうに子の幸せを願うためといって、道士の史士渺《ししびょう》に養育させていることである。おかげで文武百官はみな陰で皇子を「史《し》侯《こう》」とあだ名する始末。個人的には、すぐにでも何皇后を廃するべきだと思う……しかし、先ほど入ってくる前に張譲の言葉を聞いてしまった。やはり皇后を一度ならず二度までも廃するのは望ましいことではない。自分が宮中に入ってからというもの宮廷の醜聞は絶えず、またこうした大事が明るみに出れば帝室の威厳が失墜してしまう。いま、この悲運の皇子は自分の胸にある。今後は孫と暮らせば、味気ない生活ともお別れだ。あれこれと心を煩わすことにも疲れた。そしてため息をついた。

「はあ……陛下や、廃するかどうかは自分で決めなさい。どうしようと、わたしは反対しないよ」

「それは……」劉宏は母の返事に戸惑い、どうすべきか迷った。「蹇碩、お前はどう思う」蹇碩は飛び上がって驚いた。このような重大な案件にどうして軽々しく答えられようか。慌てて跪き叩頭した。「帝室のことにどうして口を挟めましょう。わたくしのような非才には、いかにすべきか見当も及びません。何とぞ陛下の御意のままに」劉宏は蹇碩の態度を見ると、ますます躊躇した。平時の政務であれば詔《みことのり》を下して群臣に問えば済む。しかし、こういったお家騒動を外に漏らすわけにはいかない以上、百官に意見を求めることなど到底できない。劉宏は眉間にきつく手を当て、かぶりを振ると、ため息が漏れるのを禁じえなかった。

董太后と蹇碩が関わりを避けるのを見て、張譲はあらかた落ち着きを取り戻した。鉄は熱いうちに打てである。「陛下、わたくしが思いますに、たとえ皇后さまにどのような過失があろうとも、上の皇子のことをお考えになり、何とぞご再考なされますように。王美人はすでにお隠れになり、下の皇子には母がおられません。まさか上の皇子からも母を取り上げるような真似をなさるのですか。母を喪った子供の気持ちはいかばかりかと……」そこでいったん言葉を切ると、しきりに頭を打ちつけて訴えた。「何とぞ寛大なご措置を！」

この張譲の言葉が劉宏の胸に刺さった。劉宏自身、幼いころに父を失い、気がつけば宮廷に連れられ帝位についていたのである。まだ十二才のころだった。いつも身を寄せ合っていた実の母と離れざるをえず、皇宮に入ってからは竇《とう》太后を母上と呼び、自ら政務を執るようになってようやく実母を呼び寄せたのだ。母のいない子の寂しさは、自分自身が一番よく知っている。二人の皇子が将来同じつらさを味わうかと思うと、劉宏の心はたやすく折れた。

　このとき、趙忠をはじめ、尚薬監の高望、鉤盾令《こうじゅんれい》の宋典《そうてん》、玉堂署長《ぎょくどうしょちょう》の程曠《ていこう》、中宮令《ちゅうきゅうれい》の段珪《だんけい》、黄門令《こうもんれい》の栗嵩《りつすう》、掖庭令《えきていれい》の畢嵐《ひつらん》など、張譲に与《くみ》する宦官たちが一斉に叩頭して懇願した。「陛下、何とぞお怒りをお鎮めいただき、皇后さまをお許しあれ」

　劉宏にもこれ以上話し合うつもりはなく、手を振って制した。「もうよい、朕は手を下さぬ……もう誰も殺さぬ……」そう言い終えるや、ふらふらと王美人の亡骸に近づき、愛する妃のそばに静かに寄り添った。

　董太后もひと息ついた。「陛下、もうしばらくそばにいておやり。わたしはこの子を連れていったん戻るよ。少ししたらまた見に来るからね……蹇碩、供を」蹇碩は恭《うやうや》しく皇太后について脇殿を出た。

「今日は大儀であった。しかし、このことは断じて漏らすでないよ。もし口を滑らせたら、そのときは……」蹇碩がふと見れば、董太后は話す相手を変え、やさしく憐れむように胸に抱く赤子の背を叩きながら語りかけた。「かわいそうに、お母さんはどこに行ったんだろうねえ。これからは婆やが面倒を見てあげるからね……お母さんは素敵だったよ。陛下にとってはよくできた妻で、わたしに対しては慎み深く、目下の者にもよくしていた」皇太后は赤子に向かって話しているが、まるで蹇碩に聞かせているようだ。「王美人の祖父はいまは亡き五官中郎将《ごかんちゅうろうしょう》の王苞《おうほう》さま、名門の後裔じゃった。いまでは没落しているとはいえ、王美人につらい思いをさせるわけにはいかん……そうね、貴人の儀礼に則って陵墓を用意してあげましょう。王美人に仕えていた宮女と宦官、それからあの残った侍医、まとめて陵墓に遣わせて、これからも主人に仕えさせてやるがよい。わたしのほんの気持ちじゃて」

これからも仕えさせる？　口封じか！　蹇碩は皇太后の意図を知ると、このうだるような暑さのなか、何やら首筋に冷たい風が吹くのを感じた。とはいえ、ご機嫌をとらねばならない。「それは皇太后さま、慈悲深いことでございます」

話をしていると、普段皇帝の政務処理を手伝っている宦官の呂強《りょきょう》が、二巻の竹簡を抱きかかえて意気揚々とやってきた。見るからに、ずっと禁中で働き詰めで、ここで何が起こっていたのかまったく知らない様子である。

「皇太后さま、ご機嫌うるわしゅう」呂強は高らかに皇太后に拝礼した。

「お立ちなさい」

呂強はゆっくり立ち上がると、傍らの蹇碩に尋ねた。「陛下は殿中におられますか。上奏すべき儀がございます」

「その必要はないよ」蹇碩が答える前に、董太后が返事をした。「王美人が産後の中風で逝去したゆえ、陛下は悲痛に暮れておる。何かあるならわたしに仰《おっしゃ》い。陛下に伝えておきましょう」

「ははっ。皇太后さまに申し上げます。ただいま急の知らせが入りまして、刺史《しし》の朱儁《しゅしゅん》がわずか五千の雑兵《ぞうひょう》で数万の反乱軍を破り、交《こう》州は平定されたとのことでございます」

「さすがは朱儁、では伝えておきます。十分に褒賞が下されるでしょう」

「それから」呂強は続けて報告した。「国舅《こっきゅう》の何進《かしん》さまが将作大匠《しょうさくたいしょう》(2)を拝命し、すでに都に入ったとのこと。曰《いわ》く、皇宮に参内して直接陛下に拝謝し、併せて皇太后さまと皇后さまにご挨拶をしたいとか」

「あっはっはっ……」董太后には、何進のやってくる時期が何やら滑稽に思えた。「では何進に伝えておくれ、日を改めるようにとな。今日もし陛下に会えば、命はないだろうからねえ」皇太后は孫を抱きながら、呆気にとられている呂強と顔を引きつらせている蹇碩を尻目に、いかにももったいぶって永楽宮へと帰っていった。

「わたしの孫や、可愛い孫や、泣くんじゃないよ。お歌でもうたってあげようね……」董太后は宮女に任せず、ずっと自ら抱っこしてこの孫を可愛がった。永楽宮に戻っておくるみを解くと、孫の小さな手を握り締めた。この祖母と孫のあいだには何か運命の糸があるのかもしれない。皇子劉協は本当に泣き止むと、祖母の親指を握り返しながら眠りについた。

董太后は憐れな孫の幼い顔を見ていると、ある閃《ひらめ》きがふと頭をよぎった。こんなにも可愛い子が将来もし帝位を継承したら、どんなに素晴らしいことかしら。

いったんそう考え出すと、その思いはまるで燎原の炎のように抑えられなかった。そして董太后は、なぜ先ほどはあの何《か》とやらに引導を渡さなかったのかと後悔した。そうしておけば、この赤子を天子の位につけることができたのに。千載一遇の機会を逸した……しかし、皇太后は気落ちしなかった。長子を廃して次子を立てるなど造作もない。さかのぼれば景《けい》帝、武《ぶ》帝、果ては光武《こうぶ》帝までもしたこと。自分たちにできない道理はない。何家には何進と何苗《かびょう》という外戚がいるが、こちらも甥の董重《とうちょう》を入朝させて、将来は董家が劉協を支えて帝位を継がせれば……

これ以降、劉協は董太后の宮中で育てられ、史道士の家で養われている「史侯」劉弁に対して、劉協は陰で「董侯《とうこう》」と呼ばれるようになる。この二人の子が原因で、董太后と何皇后はうわべは親しくしながらも、その関係は完全に決裂し、ここに新たな宮廷闘争が幕を開ける。そして、それはまた同時に、大漢王朝に不穏な影を落とすことになるのである。

（1）漢代には黄門令、小黄門《しょうこうもん》、中黄門《ちゅうこうもん》などが皇帝とその家族の世話をした。後漢ではこれらに宦官が充てられたため、宦官のことを黄門とも呼ぶようになった。

（2）将作大匠とは、宮殿や宗廟《そうびょう》、陵墓などの土木建築を司る、大規模工事の監督官である。

第二章　曹操の目に映る天下

東観《とうかん》での出会い

ひどい暑さは人の心まで苛立たせる。とりわけ都の役人にとっては耐えがたい。漢の宮廷でことさら重視されるのは外見であり、いかに暑かろうが必ず衣冠束帯をきちんと整え、一挙手一投足においても作法を穏当にこなさなければならないからだ。夏のもっとも暑いこの時期は、とくに閉口せざるをえない。

曹操と陳温《ちんおん》は肩を並べて東観［洛陽《らくよう》城の南宮《なんぐう》の東に位置した史料庫］のあたりまで来ると、期せずしてともにため息をついた。

寝ても覚めても思い焦がれ、ついに官として都に舞い戻ったが、いざ来てみれば朝廷内の議郎《ぎろう》は掃いて捨てるほど多く、本当にすべきことがある者は十人ばかりで、大多数は何もやることのない閑職だった。

曹操と陳温はともに橋玄《きょうげん》に推挙され、皇帝の詔勅により出仕したのであるが、やはり同じように職務はなく、実のところは補欠要員の扱いである。名分では皇帝の言葉に受け答えする責を負うが、そもそもその皇帝が日々西園《せいえん》へ避暑に出かけるので、竜顔を仰ぐことすらかなわないのが実際である。

一日、また一日と過ぎてゆくなか、二人は自分たちで退屈しのぎをする方法を考えざるをえなかった。おりしも皇宮《こうぐう》では、東観の学士らが国史である『漢記《かんき》』を編纂していたため、彼らも一緒になって文書をひもといては書き写した。傍目《はため》には日がな一日忙しく見えたが、実は時間をつぶしていたに過ぎない。

陽光を照り返す大地にはひと筋の風すら吹かず、庭園の鈴掛《すずかけ》の木の葉はそよぐことさえない。東観の広間は静まり返っていた。ときに主筆の馬日磾《ばじってい》は奥の小部屋で休んでいて、数人の書吏《しょり》［書記係の下級役人］がいまも文書を整理していた。この『東観漢記《とうかんかんき》』の編纂については、班固《はんこ》の著した私史［いわゆる『漢書《かんじょ》』のこと］にさかのぼらねばならない。当時、明帝《めい》はこれを大いに賞賛して重視し、たちどころにわが朝の国史としてその続きを編纂するように命じた。ここにおいて、大儒の陳宗《ちんそう》や尹敏《いんびん》らが相次いで加わり、のちには劉珍《りゅうちん》や伏無忌《ふくむき》、崔寔《さいしょく》、曹寿《そうじゅ》といった著名な文章家が修史を継続した。劉宏《りゅうこう》が帝位を継ぐと、馬日磾、堂谿典《とうけいてん》、蔡邕《さいよう》、盧植《ろしょく》、楊彪《ようひょう》らも加わって、この編纂事業に精を出した。ただ、いまや堂谿典は老病の身で退き、蔡邕は官を棄てて隠棲し、その居所さえわからない。盧植は尚書《しょうしょ》に転任し、楊彪もたえず別の職務があり、この巨大な修史事業は総編修《そうへんしゅう》［国史の編纂を司る役職］である馬日磾の双肩にかかっていた。

馬日磾もすでに年をとり、かつてのようには気力、体力が続くはずもなかった。しかし、皇帝は折りに触れて修史の進捗を確かめるために人を遣わしたから、この老大家はおちおち休んでもいられなかった。実のところ、これが張譲ら宦官による悪巧みで、老い先短い自分をそのまま東観で死なせるのが狙いであると馬日磾は見透かしていたが、仕事を投げ出すつもりは毛頭なかった。この『東観漢記』のためにどれほどの名儒や文人が百年以上の心血を注いできたことか。数代にわたる賢人の努力が泡と消えることを思えば、過労で倒れようと何ほどのことはない。さらにいえば、朝廷の腐敗がここまで進んでいる以上、一介の年寄りにどうこうできるものでもない。ならば、この最後の力を修史につぎ込む以外に何があろう。馬日磾に限らず、曹操たちにとっても、この忙しさはありがたいものであった。なんとなれば、現実の苦しみを嘆く時間を取り上げてくれるからである。

曹操と陳温は正門を入り、あたりに人気がないのを確かめると、すぐに官吏の制帽を脱いだ。東観のなかは広々として、かなり涼しい。今日は早く着いたようだと、二人は汗をぬぐいながら、散らかった文書のあいだに腰を下ろし、写されたばかりの二巻の伝記を何気なく手に取った。

うまい具合に、曹操が開いたのは世祖《せいそ》光武《こうぶ》帝劉秀《りゅうしゅう》の本紀《ほんぎ》［紀伝体の歴史書における帝王の事跡を記した部分］で、しかも昆陽《こんよう》の戦いの一段である。班固の名文がなんとも心地よい。「初め、莽《もう》は二公を遣わし、威武を盛んにし、以て山東を振るわさんと欲す。甲衝輣《こうしょうほう》、干戈旌旗《かんかせいき》、戦攻の具甚《はなは》だ盛んなり。虎豹犀象《こひょうさいぞう》、奇偉たる猛獣を駆り、長人巨無覇《きょむは》を以て塁尉《るいい》と為す。秦《しん》、漢より以来、師の出ずること未だ嘗《かつ》て有らざるなり［これより前、王莽《おうもう》は二人の三公《さんこう》を遣わし、軍の威容を高め、函谷関《かんこくかん》以東の地を震撼させようとした。兵車《へいしゃ》や城門を破壊するための衝車《しょうしゃ》、物見櫓《やぐら》のついた楼車《ろうしゃ》、それに盾や矛、旗指物といった攻城野戦の備えは整っていた。また虎や豹、犀、象といった立派な猛獣も軍に加え、大男の巨無覇を塁尉（軍目付《いくさめつけ》）に任命した。秦漢代以後、これほどの大軍が出陣したことはなかった］」曹操は書を閉じてその一段を吟味すると、陳温に語った。「かつての昆陽の戦いも、いまから思えば不思議なものよ。わが世祖皇帝はわずか数千の精鋭で百万近い敵を打ち破ったのだ。まったく天上の神だな。すべてが時宜よろしきを得て、士卒が勇を奮ったとしても、天の差配というほかない」

陳温が何か答える前に、二の門のところから高らかな笑い声が聞こえてきた。「はっはっはっ……こいつはおかしい。昆陽の戦いは天意などではない、あれこそ人の力だ」

曹操は呆気にとられたが、目を凝らして見てみれば、二の門の向こうに一人の役人が立っている。年齢はおよそ五十歳、やはり議郎の色の服を着ている。背は低く、体格は細くひからびたようで、学のなさそうな顔つき。二寸［約五センチ］ばかりの短い髭を蓄え、手を後ろに組んだまま、門を入ってすぐの影壁《えいへき》［目隠しの独立塀］にある胡広《ここう》の姿絵を眺めている。曹操は、反駁してきたその者の自分より低い背丈、学のなさそうな顔つきを見ると、不愉快な感情が湧き上がってきた。持っていた書を置くと、ことさらに陳温を巻き込んで揶揄した。「いまの書生は長らく戦場を知らないからな、おかしなことを口にする……」

その者は、曹操の話が自分に向けられていると知ると、そり上がった髭をつまみながら答えた。「おかしなこと？　天の差配だなどと宣《のたま》うほうが、よほど理解に苦しむがの。古来より用兵は法にこだわらずと申す。平時には調練、有事には士気を鼓舞するのみ。千人が心を一つにすれば、百万の烏合の衆も破れるのだ。昆陽の戦いでは世祖皇帝が利害を説いたことが先にあり、それゆえ兵は勇気を奮い敵を打ち破った。王莽らの兵は数に頼ってこの戦《いくさ》を甘く見ていたから、漢軍が来襲するとみな腑抜けの兵に成り下がったのだ。『三軍 気を奪うべし、将軍 心を奪うべし［敵全軍の士気をくじき、敵将を動揺させよ］』と兵法にある。こんなことは常識だ」

「常識ですと？」曹操は時間を見ては兵書を読み、『孫子《そんし》』に注釈を施したこともある。その者の語ることは取り合うに値しないと考えた。「言うは易く行うは難し。実際の戦に通じず、机上で古人を論じているに過ぎませんな」

男は何も言い返そうとせず、笑みを浮かべてかぶりを振ると、また先ほどのように胡広の姿絵に見入った。その姿に曹操はいっそう興味を覚えた。「お尋ねしますが、貴殿は何をお考えなのでしょう」

小柄な男は髭をつまみ、しばし思案してから答えた。「『万事理《おさ》まらざれば伯始《はくし》に問え、天下の中庸は胡広にあり［何ごとであろうと対立したままなら伯始［胡広］に知恵を借りなさい。この世の中庸は胡広なのだから］』実によく描けておる。思うてもみよ、往時の胡公の英姿を」

曹操は危うく笑いそうになった。なんと風変わりな男か。世間とてんでかけ離れたことを口にする。胡広に対する世の認識は、老練で狡猾、ただ聖意に従順で、宦官と外戚のあいだを行き来するのが取り柄の男。それをこの者は胡広に英気ありという。まったく腹立たしいやらおかしいやら。

曹操は立ち上がると、影壁まで行ってその姿絵を見てみた。これは六年前に皇帝がわざわざ命《めい》を下して描かせた功臣図で、左に黄瓊《こうけい》、右に胡広、ちょうど門神《もんしん》［門扉《もんぴ》に貼る魔除けの神の姿絵］のようである。この二人は、かつて「跋扈《ばっこ》将軍」梁冀《りょうき》が政権を握っていたときの剛と柔であり、皇帝の権力がもっとも弱まっていたときに朝廷を支えた。その二人をここに描くのは、一つには功績を顕彰するため、二つには後人が官として君に仕える際の剛柔の道を教えるためである。いま目の前にかかる一幅は老年期の胡広で、有爵者の衣服に身を包み、手には長寿杖［精巧な細工を施した老人用の杖］をついている。髪も髭もみな白いが、たたえる笑みはいかにも人当たりがよさそうだ。剛直な気風を全身にまとい、老いてますます辛辣そうな左の黄瓊とは、実に対照的である。少年のころ、曹操は胡広を見かけたことがある。おぼろげな記憶のなかの胡広は、たしかにこのような——とても英姿とは言えない——姿であった。

曹操は胸に湧き上がる論難したい気持ちをしまい込み、笑顔を浮かべて尋ねた。「後学の直言をお許しください。たしかに胡公の中庸には見るべきものがありますが、そこに英姿は見て取れません。よろしければ、そう仰るわけを一つお教え願えませんか」

「ほう?」その男はようやく曹操に好奇の目を向けると、どういうわけか、急になめらかな口調で話しはじめた。「そうか、むろんそう口にしたのにはわけがある。この絵は胡公の晩年の姿だが、若いときはそれは威風堂々、英気非凡な方だった。そなたはこの方がどうやって官途についたか知っているか。もし聞きたいのなら、とりあえずなかに入って座ろう。老いぼれは何の取り柄もないが、少しは早く生まれたからな、一つ聞かせてやろう」

曹操が拱手《きょうしゅ》して道を譲ると、その様子を見ていた陳温も慌てて上座を空けた。その男は座るや否や、堰を切ったように話しだした。「ああ、そうだ。胡公は孝廉《こうれん》に推されて官についたが、それを語るには何代か前の重臣、法雄《ほうゆう》のことから話さねばならん」

「法雄? あの高名な法文彊《ぶんきょう》ですか」陳温はその名を知っていた。

「うむ。ときに法雄は南《なん》郡の太守を務めていた。ある年の暮れ、法雄は誰かを推挙する必要があったのだが、困り果てていた。そなたらも知っておろう、法雄はまっすぐな性格で、法に厳しいことで名が通っていた。部下の手すきの役人に対する要求もきわめて厳しく、法雄の命を受けた者は少しでもその意に違《たが》うことを恐れたものだ。いざ人材を選抜する段になると、法雄自身も困ってしまった。

日ごろ自分の周りにいる人物はみな小心翼々としていたから、才能と徳行において出色の人物を選ぶのは容易ではなかったのだ。法雄はあれこれ思い悩んだが、考えがまとまらない。そんなとき、息子の法真《ほうしん》が顔を出したのだ」

曹操はうなずいた。法真のことならよく知っている。法真は法雄の子で、西川《せいせん》［四川省岷江《みんこう》流域］の隠者。黄老《こうろう》［伝説上の帝王である黄帝、および老子のこと］の術を好み、「玄徳《げんとく》先生」と呼ばれた。伝え聞くところでは、優れた学識と立派な体躯《たいく》の持ち主であったが、世に出て官職につこうとはせず、朝廷が召し出したときも山林の奥深くに隠れて、使者に会おうとしなかったという。ところが、法真の息子の法衍《ほうえん》は早々に洛陽に上って官となり、いままさに閑職の議郎についている。曹操とは会えば会釈する程度で、見た目の割には何の才能もない人物である。その法衍と宗正《そうせい》の劉焉《りゅうえん》、議郎の董扶《とうふ》、太倉令《たいそうれい》の趙䨴《ちょうい》、涼州《りょう》の刺史の孟佗《もうた》らのあいだに親密な付き合いがあるのは、洛陽の者なら誰でも知っている。

「法真はちょうどよいところに来た」小柄な男が話を続ける。「法雄は息子のほうが人を見る目があるのを知っていたので、息子を手すきの役人に一人ずつ会わせ、そのなかから人材を選ばせて孝廉に推挙しようと考えた。ところが法真は面会しようとせず、人知れず下男の服に着替えると、衙門《がもん》［役所］の窓から役人らの行動をのぞき見た。そして三日後、法真の眼鏡に適って父の前に連れて来られたのが、なんと日ごろからもっとも唯々諾々としていた胡公だったのだ。実は胡公は仕事をよくこなし、言動も人並み優れていたが、上官の前ではいつも従順で慎み深かったので、法雄が見抜けなかったというわけだ」その男はそこまで話すとまた笑った。「思うに人の性《さが》というのは日に日に変わるもの。

たしかに胡公の半生は中庸の道に沿っていたが、それもまたやむをえなかったのかもしれん……」その言葉には哀惜の念が込められているようでもあり、自らを憐れむような口ぶりでもあった。

曹操は男の話を否定するようなことは口にしなかったが、内心ではその論調にまったく賛同していなかった。昆陽の戦いの話にしても、胡広に対する評価を聞いても、いささか滑稽な相貌をしたこの小柄な男は、曹操から見て何ら魅力的には映らなかったのである。畢竟《ひっきょう》、口先だけで人々の歓心を買おうとする人物に過ぎず、その証拠に、これだけ話をしても、曹操は最後までその名前すら尋ねなかった。

このとき、一人の書吏が慌てた様子で駆け込んでくると、その小柄な男に拝礼して話しかけた。

「朱大人《しゅたいじん》でございますか。こんな暑い日に長らくお待たせしてしまい、まことに申し訳ありません。馬大人は今日は体調があまりすぐれず、少しお休みになっておりましたところ、朱大人がお着きになったと知り、直ちに起きてこられました。さあ、なかへお入りください」そう挨拶して、恭《うやうや》しくその小柄な男に付き添いながら、奥へと入っていった。

「置いてけぼりかよ」曹操はその後ろ姿を見送りながら、陳温に話しかけた。「それにしてもおかしなやつだったたな」

「何がおかしいのさ？　俺からすればおぬしの顔も年をとったらあんなふうに高貴で……あんな髭に……あんな頭……はっはっは、想像するにそっくりだ」

「ふざけやがって」曹操も笑った。見てくれだけはどうしようもない。

「それにしても、朱大人とか呼んでいたな……いったいどこの朱さまだ……」陳温は頭《こうべ》を垂れて考えている。「日ごろ見かけない顔だが、誰だろう」

「どうせ俺たちと同じ暇人さ」曹操は立ち上がって声をかけた。「別の部屋へ移ろう。このへんは書が山積みで、ろくに身動きも取れん」

「わかったぞ！」陳温は目を見開いて急に立ち上がった。「孟徳《もうとく》、俺たちはなんて粗忽者だ」

「それで、誰なんだ。そんなに大げさに騒いで」

「近ごろ朝廷が都に呼び戻した諫議大夫《かんぎたいふ》の朱儁《しゅしゅん》だよ！」

「あれがか？」

「間違いない。馬公があんなふうに迎えるやつなんて、この東観でほかに誰がいる」陳温はずいぶん自信ありげだ。

曹操は顔が真っ赤になり、背中まで火照ってきたのを感じた。あの小柄な男こそ、五千の雑兵《ぞうひょう》でわずか一月《ひとつき》のうちに交《こう》州の数万に及ぶ反乱軍を平定した朱儁だったのである。まったく人を見る目がない。あろうことか朱儁をつかまえて、書生は戦場を知らないなどとほざくとは、自分の目は節穴だ。気の抜けた笑いを浮かべると、すぐ恥を取り繕《つくろ》おうとした。「はあ、しかしなんだ……会ったことがないんだぞ。あんな背格好だと思うものか」曹操は兵法が好きで、とりわけ用兵に興味があった。もし朱儁だと知っていたなら、礼を尽くしてあれこれ尋ねたものを。

「人は見かけによらんな。俺たち二人もたいしたものだ。ずいぶん話したくせに、その相手が誰だか気づかないなんてな。交州では梁竜《りょうりゅう》が反乱し、南海《なんかい》郡太守の孔芝《こうし》は敵に降参、南蛮も呼応して反乱軍は何万にもなった。それを一月足らずで鎮めたんだ。朝廷のお達しでは朱儁を都亭侯《とていこう》に封じ、金五十斤［十一キロ強］が下賜されるそうだ。飛ぶ鳥を落とす勢いとはこのことだ。どうやらあのご老人は親しみやすい人柄だな。おぬしがあんなに突っかかったのに何も言わず、それどころか、ずいぶんと話をしてくれたものな……まったく恥ずかしいことだ……」陳温は自分の額を軽く叩いた。

曹操はまだ意地を張っている。「たとえ用兵に通じていようが、語ることがすべて正しいとは限らないさ。昆陽の戦いが天意なのか人力なのか、いずれにしても、数十万の大軍を率いているのに敵に気圧《けお》されて敗れるなんて、俺ならありえん」

「まあ、そうかもしれんが……数十万の大軍をどうのこうのと、ここで考えたってはじまらんよ。なんせ正式な仕事さえまだないんだからな」陳温は笑いながら文書を竹簡の山に戻した。

曹操も続いて手を動かしはじめた。校合《きょうごう》を済ませた『漢記』を年代と人物別に分類していく。陳温は日ごろから馬日磾を尊敬していたので、その仕事ぶりは熱心で、写した伝記と目録の照合に没頭した。一方、曹操は心ここにあらずといった様子で、先ほどの朱儁の言葉を反芻《はんすう》していた。ついには書を置き、影壁に描かれた胡広の姿絵をもう一度見に行った。なるほど……改めてその眼を見れば……たしかに老人のお人好しそうな眼には、矜持と壮大な志が透けて見えるようだ。想像をたくましくしていると、こつこつと響く杖の音とともに、白髪交じりの馬日磾が自ら朱儁を見送りに出てきた。

「もうここでかまいませんから。かたじけのうございます。それがし少し暇ができたのでご機嫌伺いに参ったまで。かえってお手間をかけさせてしまいましたな」朱儁も馬公に対してはずいぶんへりくだっている。

「公偉《こうい》、何をよそよそしい。四年ぶりに会ったんじゃや、この老いぼれが嫌でなければ、これからはちょくちょく顔を出してくれ。わしはお前さんの話が好きでな、典故を引かず、いつもざっくばらんとしておるからな」見るからに今日の馬日磾は機嫌がよさそうだ。

「健康そうなので、安心しましたよ」

「見てのとおりじゃ」馬日磾は杖で地面をとんとんと叩いてみせる。「このうえなくいいぞ。恩賜の銘酒でもあれば一人で二壺は軽くいけるな……ところでこの東観を見てみい。閑散としたものじゃろう。朝だけは暇人らがおしゃべりに来るよって賑やかじゃが、明日にでも陛下にかけあって、看板を掲げて酒肆《しゅし》にでもするか」

「はっはっはっ……」朱儁は笑って髭をつまみ上げつつ答えた。「しばらくお目にかからないうちに、ずいぶんと冗談がお上手になりましたな」

「ただの強がりじゃよ」馬日磾はひとしきり苦笑すると嘆いた。「時代は変わった。いまや陛下に上奏することはおろか、竜顔を拝することもかなわん。陛下は日がな一日宦官どもに申しつけて務めをこなすだけじゃ。実のところ、わしとて剛直な臣でもなし、わが馬家も清流の出身ではなく、外戚の家の子孫に過ぎん。いつもは我慢すればそれでよいと思っておったが……しかし、目下のいくつかのことは実に看過できぬ。わしはこれまで真面目に生きてきて不平を漏らしたこともない。それがなんだ、朝廷の内も外も……はあ、孔子は六十歳で耳順《したが》うと言ったが、わしはどうして目障り耳障りなことばかりなんじゃ」

「馬公は社稷《しゃしょく》のために半生心を砕いてこられました。いまは何とぞご自愛くだされ」朱儁は馬日磾の手をしっかりと握った。まるで口を滑らせてはいけないと諭すかのように。

「自愛せよとな……わしなどが体を大事にして何になる」馬日磾は明らかに悲観している。

「その、史書の編纂ですが、それがしももとは書吏を務めておりましたゆえ、いっそお手伝いしましょうか」

「冗談を言うでない。栄《は》えあるお上の将に手伝いなどさせられるものか」

「かまいませんよ。ぶらぶらしているだけですから」朱儁は気に留める様子もない。

「ともかく、その言葉だけありがたく受け取っておくとしよう。都には友人も多かろう。せっかくだから顔を出してあげなさい。実際こちらは何人か若いのがいれば十分なんじゃ」馬日磾がそう答えながら顔を上げると、ちょうど門のところで姿絵を見ている曹操の姿が目に入った。「孟徳、こっちへ来なさい」

曹操は馬公の軽口を知っていたから、にこにこと駆け寄ってきて拝礼した。

「公偉、これは曹巨高《きょこう》の息子でな、なかなか見所があるぞ」

「なるほど道理で」朱儁は目の前の若者が先ほど自分に突っかかってきた者だと知ると、意味深長な笑みを浮かべた。

「そなたは知らんじゃろうが、この曹孟徳は橋玄さまのご推挙で議郎として出仕した。こいつめ、しかも『詩経《しきょう》』に精通し、孫武《そんぶ》の十三篇にも注釈をつけたんじゃ。まったく後生畏《こうせいおそ》るべしとはこのことよ」

馬日磾は、先ほど二人が言い争っていたのを知らないので、ますます曹操を褒めそやしたが、曹操のほうはますますいたたまれなくなった。日ごろは自慢の種であった兵法の学問も、いまこの場では大きな恥の種に過ぎない。慌ててごまかすかのように笑った。「馬公、大げさでございます。わたしのはただの机上の学問でして……」

「今日はついているな。老いぼれが紹介してやろう。こちらの方こそ交州の反乱を平定した朱儁、朱大人じゃ」

曹操はすぐに申し開きをした。「先ほどは朱大人とは存じませんで、たいへん失礼をいたしました」

「何のことだね。戦を語れば考え方は人それぞれだ。まあ、しっかりやりなさい。兵法に通じているようだから、いずれ有事の際にはわしに手を貸してくれ。ともに出陣して手柄を立てる、どうだ?」

「お引き立てに賜れば幸いです」

「はっはっはっ……馬公さま、では、またお目にかかりましょう」朱儁は拱手の礼をすると、不揃《ぞろ》いな髭をつまみながら、愉快げに東観を去っていった。

「孟徳、どういうことだ? おぬし、あれと何か言い合いでもしたのか」馬日磾は興味を隠さない。

しかし、曹操は上の空で、遠く去っていく朱儁の後ろ姿をぼんやりと眺めていた。やはりわからない。あの品のないざっくばらんで小柄な男が、いったいどうやって全軍に威を示し、功名を立てたのだろうか。

国舅《こっきゅう》何進《かしん》

心を落ち着けて学問に打ち込むには、曹操は結局まだ若い。東観《とうかん》での書物の校合《きょうごう》は日に日につまらなくなり、半月もすると、竹簡を手にしたところでどうしても進められなくなった。

馬日磾《ばじってい》は心ここにあらずといった様子の曹操を見ると、杖を揺らしながらからかった。「この若僧め、やる気がないなら遊びにでも行くがいい。わしが若かったころはうまく姿をくらましたもんだ。曹巨高《きょこう》はよく機転が利くし、橋公祖《きょうこうそ》［橋玄《きょうげん》］も若い時分は元気旺盛だったもんじゃが、なんでそこからおぬしのように寡黙なやつが出てきたんじゃ。ささ、もう行け。やるべきことがあるじゃろう。この老いぼれの目と手では一日に一巻も書けぬ。毎日校合に来る必要などなかろうに、まるでわしが明日にでも死ぬみたいじゃないか。わしを怒らせたら、この杖がおぬしの尻をひっぱたくぞ。さあ、さっさと出てゆけ」こうして曹操は、みすみす馬日磾に追い出されてしまった。

ぶらぶらしながらどこに行くかを考えていたところ、前のほうから鮑信《ほうしん》が鮑韜《ほうとう》と鮑忠《ほうちゅう》を連れてやって来るのに出くわした。そして曹操をしつこく狩りに誘い、半ば無理やり城から引きずり出していった。郊外に至ると、馬は喜び勇んで駆け回り、うまく乗りこなせない。鮑家の三兄弟は狩りを長らく続けているだけあって手慣れたものだが、曹操のおぼつかない腕前では、鮑信らの轡《くつわ》取りも務まらないほどである。曹操は汗びっしょりになって獲物を駆り立て追いかけたが、どうしても仕留められない。

「ここまでにしよう。これしきの獲物だが持って帰って食べるといい。手ぶらで帰すわけにもいかんしな」鮑信は二羽の野兎をつかんで曹操に手渡した。

「よせ、このうえ恥をかかせる気か。さあ続けてくれ、俺はもう帰る」唾を飛ばして言い返すと、曹操は振り返りもせずにさっさと離れていった。

「文は成らず、武も立たず、なんてざまだ」帰り道、曹操は何度となくため息を漏らした。汗みずくのまま屋敷に着くと、また門前に官用車が停まっていた。いまでは何も珍しいことではない。曹《そう》節《せつ》が死ぬと、曹嵩《そうすう》はすぐ趙忠《ちょうちゅう》に調子を合わせ、それからは毎日のように客が来ているからだ。侍中《じちゅう》の樊陵《はんりょう》、許相《きょしょう》や賈護《かご》など、誰にでも取り入る輩にも、曹操はとうに慣れていた。そして、こういった客が来ても一切相手をしないとの約束を父と交わしている。

曹操は家に入るも声さえかけず、疲れ果てた体を引きずり自分の部屋に入った。使用人の秦宜禄《しんぎろく》に任せて衣を着替え、髪を梳《す》き終えたが、くさくさした気持ちはまだ晴れない。「くそっ、鮑信のやつめ。おかげでこんな暑い日に汗みずくだ……宜禄や、冷たい水をすぐに持って来てくれ」

「ははっ」そこで秦宜禄はおもねるような笑みを浮かべた。「何やら近ごろすっきりしないようでございますが」

「無駄口を叩くな。俺はもう歳か？」

「滅相もございません……」秦宜禄はかぶりを振って、にこにこと笑った。「旦那さまが歳をとるのは高位高官に上り詰めたときでございましょう」

「くだらんおべっかだな。それより水だ」曹操はいい顔をしない。

「おべっかだなんて。旦那さまは本当に高官になるお方。ほかのことはさておき、わたくしがいるからには、旦那さまが高官になるのは間違いありません」

「ふんっ、お前がいるからだと？　まだ妻も娶《めと》っていないやつの言う台詞か」

「旦那さまは知らないのでございます」秦宜禄は嬉々として話し続けた。「大旦那さまが仰っていました。光武帝《こうぶ》より以前、丞相《じょうしょう》［皇帝を補佐する最高執政官、宰相］の家僕はみな『宜禄』と呼ばれ、丞相は何か用事があると、まず『宜禄や』と声をかけたそうでございます。お気づきになりましたか。いま旦那さまは何かあればまずわたくしの名を呼びます。ですから、わたくしがいる以上、旦那さまも丞相になられるというわけです」

「ほう、それは調べてみねばな。しかし、もう昔のことだろう。光武帝は丞相職を廃して三公《さんこう》の職位を作った。もはや丞相などという官職はないんだぞ」さすがに曹操も楽しくなってきた。

「ごもっともです。ただ、将来おそらく旦那さまは大きな手柄を立てられるでしょうから、自分で自分を丞相に封じればよいのでは」

「ふむ、自分で自分をか……それなら謀反にも当たらんな」そこで曹操はおもむろに秦宜禄を足蹴にした。「まだくだらんことを言うか。さっさと水を持ってこい」

「いや、その……わたくしお伝えしたいことがあるのです」

「まったく、お前に仕事させるのは何でこんなに難しいんだ。俺がまだ丞相さまではないからお前を動かせんのだな。屁でも話でもさっさと済ませろ」

「ははっ、では放《こ》きましょう。先ほど大旦那さまのお言いつけで、今日は賓客が見えるので、旦那さまが戻られたらすぐ客間に来るように、とのことでございます」

「なんと、なぜ早く言わんのだ」曹操は慌てて立ち上がると上着を羽織った。「盥《たらい》の水を汲《く》むくらいでぐずぐずしているからだ。三十にもなってちっとも進歩しないな。お前に任せたら全部駄目になってしまう」

「これも旦那さまのためでございます。大旦那さまは厳しいお方ですから、もし身だしなみが乱れていたら叱られてしまいます。わたくしも堪えられません」

「笑止なことを。俺が咎められたら、お前にまで害が及ぶと言うのか。お前は誰の使用人だ。親父か、それともこの俺か。父が曹節に取り入る際に手伝いをしたことで、思い違いをしているんじゃないか」曹操は怒りがこみ上げてきた。「跪《ひざまず》いて自分で打《ぶ》て」

「はい……」秦宜禄はぐずぐずと跪き、眉をひそめて頬を張った。力を込めたようには見えなかったが、両手で顔をやたらとさすっている。曹操はその様子を見ると、思わず噴き出した。「もう叱られるようなことはするな。さあ、もういいから、あとは好きにしろ」そう言いながら、部屋を静かに出て客間へと向かった。しかし、すぐに思い出して振り返った。「俺は父の客には会わなくていいはずだが、今日はわざわざ呼びつけるなんて、いったい誰が来たんだ」

「国舅がお見えとか」

「国舅？　どっちの国舅だ」何《か》皇后には二人の兄がいる。一人は異母兄の何進、もう一人は異父兄の何苗《かびょう》である。

「大国舅、将作大匠《しょうさくたいしょう》の何遂高《すいこう》です」

「何進？……あの何進がうちに何の用だ」曹操ものんびりはしておれず、思案しながら客間へと足を向けた。しかし、時すでに遅し。見れば曹嵩がにこにこ笑いながら、一人の官僚を見送りに出てきたところであった。

曹操はその姿を目にとめた。何進、身の丈は九尺［約二メートル七センチ］あまり、肩幅は広く腰回りも太い。碧玉《へきぎょく》をちりばめた介幘《かいさく》［冠と一緒にかぶる頭巾］、赤紫に黒の縁取りをした深衣《しんい》［上流階級の衣服］、羽織り物はかけず、なかは白い緞子《どんす》の肌着を着ている。腰にははち切れそうな青い綬《じゅ》［印を身につけるのに用いる組み紐］と革袋、二尺二寸［約五十センチ］の広袖からは浅黒く毛深い太い腕がのぞく。下はゆったりとした黒い四角の裳《も》、足は幅広の厚底で錦織りの大きな履き物。面相は、浅黒く広い額に丸く大きな顔、大きな頭に大きな耳、濃い眉毛に細い目、大きな獅子鼻が顔の半分近くを占めている。鼻の頭は脂ぎっててかてかに光り、厚い唇の大きな口を楽しげに開け、真っ白な前歯をのぞかせるが歯並びは悪い。髭はあちこちを向いて跳ね上がり、胸までまばらに伸びて艶はない。

遠くからひと目見ただけでも、何進は頭一つ高く、肩は人一倍広く、腹は一回り肥えている。大柄な体に大きな顔、広い胸に出張った腹、大きな鼻に無精髭、太い手足に尻まで大きい。

「こんなやつが国舅だと……いくら着飾っても、所詮は肉屋の出だな」曹操が独り言をつぶやいていると、機先を制するかのように何進のほうから向かってきた。背が高く、歩くのも速いので、曹嵩がその後ろを小走りで来て紹介した。「これは小生の愚息で曹操と……さあ早く国舅さまに拝礼しないか」何進の位は九卿《きゅうけい》と同等で、いまの皇后の兄弟、いわゆる国舅であるから、本来なら議郎《ぎろう》の曹操から拝礼を受けて当然である。しかし、この男は素直で気安く、細かい礼儀作法まではわきまえていないので、近づいてくると曹操にわざわざ拱手《きょうしゅ》の礼をした。とんだお笑いぐさである。二人はほとんど目の前まで近づいた。背の高い何進と低い曹操、何進がまっすぐに立ち、曹操が頭を下げると、何進の腰に結わえられた硬い官印入りの革袋が、ちょうど曹操の額にぶつかった。曹操は目がちかちかして、あまりの痛さに手で額を覆いながら膝からくずおれた。曹嵩は顔を真っ赤にして騒いでいるが、国舅ともあろう人物を責めるわけにもいかず、自分の息子を指さして怒り出した。「お、お前は……この粗忽者め。話にならん。さっさと起きろ」

何進はかえって申し訳なくなり、すぐに手を差し伸べてきた。「すまん、すまん。痛かっただろう。ちょっと息を吹きかけてやれば……もう大丈夫だな、弟君」

今度は「弟君」ときた。国舅ともあろう人が、そんな気安く口を利いていいものか。この何進という人物は、朝廷での作法などまったくわかっていない。野太い声は話せば強い南陽訛《なんようなま》りで、慌てると口数が増え、口数が増えればもう身分などあったものではない。曹操は大丈夫なことを告げ、笑いたいのをこらえながら型どおりに挨拶した。「国舅さま、お忙しいところを拙宅にご光臨いただき、親子ともども光栄の至りでございます」

「なんと上手に言うもんだ」何進は歯をむき出しにして笑った。「俺なんか将作大匠といったってただの穀つぶし、役立たずの暇人よ。張譲《ちょうじょう》や趙忠に何か言われたらやるだけさ」何進のほうが平気であけすけにものを言う。曹嵩は朝廷の大事についてもう少し語りたいと考えていたが、こんなことになったのでその気も失せてしまった。親子二人は見送りに出ると、何度もお辞儀をし、何進の馬車が遠ざかってようやく部屋に戻った。

「大丈夫だったか」

「ええ、まあ」そう返事したが、実はまだ父が二重にぼやけて見えていた。

「何進のやつめ……まったく」曹嵩は嘆息した。「馬鹿正直で礼儀知らず、肉屋が関の山だな。役人を務める器じゃない。弟の何苗とはえらい違いだ」

「はっはっはっ……」曹操はやっと笑い声を上げた。「でも、馬鹿には馬鹿の福があります。もしかしたら、そのおかげで幸運があるかもしれませんよ」

「何？　それはどういう意味だ」

「中興以来、わが朝にはあのように素直な外戚はいませんでした。もし、みながあれのように単純なら、外戚が政《まつりごと》に口を出すこともなかったはずです。それに、こういった操りやすい人間は、『党人《とうじん》』が前面に押し出して宦官に当たらせるのに適任ではないですか」曹操はいわくありげに父を見た。

このひと言は、曹嵩にとってまさに青天の霹靂であった。しきりにうなずくと、賞賛の眼差しを息子に向けた。「お前も本当に成長したな。お前が出てこんので、てっきり面白い芝居を見せ損ねたと思っておったのだが、なかなかどうして、立派になりおって。見るでもなく聞くでもなく、すべて見通しておったか」

「簡単なことですよ。あれももうあちこち顔は出せんでしょう。王美人《おう》の件はすでに洛陽《らくよう》じゅうに知れ渡っておりますから、何家もこれからはきっと針のむしろです」そう話しながら、二人は家に入って腰を下ろした。曹嵩は汗をぬぐってひと息つくと、おもむろに口を開いた。「さっきお前を呼んだのは、一つには何進にお前を引き合わせるため、さらには、何進が話してきたことについて相談しようと思ったためなのだ」宋《そう》皇后が廃されてから、曹熾《そうし》、曹鼎《そうてい》、曹胤《そういん》という曹嵩の一族の者が相次いで世を去ったため、いまや何かあれば相談できるのはこの息子一人なのである。

「で、そのご相談とは」

「たしかにお前が言うように、何進は裏表のない人間だ。入ってくるなり、竇武《とうぶ》と陳蕃《ちんばん》の謀反、王《おう》甫《ほ》の兵権奪取について尋ねてきおった」

「それで話したのですか」

「ああ」

「なんと言ったのですか。王甫の側に立って、それとも竇武の側から」

「どうとでも話せるわい。二人ともももうこの世におらぬからな。まあ、なんだ、喧嘩両成敗といったところだ。あの件は今上《きんじょう》陛下のもっとも忌み嫌うことゆえ、わしもおおよそのいきさつと王甫の動きを教えるぐらいしかできんでな。ほかの者については……余計なことは何もよう言わんかった」

「それがいいでしょう」曹操は密かに冷笑した――言えぬはずさ。あのときはあんたも裏でこそこそしていたからな。どの面《つら》下げて他人を非難できるんだ――

曹嵩は、曹操が黙っているのを見ると続けて話した。「しこりはいつか消える日もあろうが、もうずいぶん経つというのに、あの一件はやはり避けて通れんようだ。ひょっとすると、また難儀なことになるやもしれん」

「そうです。いずれ面倒なことになるでしょう。ただ、断じて何家を痛めつけてはなりません」曹操はなかなか伸びない髭をなでつつ尋ねた。「何進本人はどんな口ぶりでしたか」

「おお、それはな……何と言えばいいか、辻褄の合わぬことを話すのだ。過ぎたことはよくわからんので、食い扶持《ぶち》をもらっている以上、朝廷に尽くしたいと言ったかと思えば、陛下にも悪いところがあるだとか、張讓は自分によくしてくれるだとか、そういう感じだ。いずれにしても戯言《たわごと》だな。くどくど繰り返して煩わしいったらありゃしない。どうやら、何とかして『党人』の名誉を回復したいがそれもできず、話のはしばしで自己矛盾に陥っているようじゃ」

「それはそうでしょう……」曹操はうなずいた。「何家は矛盾を抱えています。王美人を害したことは明らかな事実、陛下は皇后を憎んでおられる。何進は微賤の出で何の能もありませんから、陛下のお怒りを買うのを恐れ、士人《しじん》を抱き込んで自分に箔《はく》をつけねばならんのです。そのためには、党錮《とうこ》の禁《きん》にあった者の名誉を回復しなければなりません。ところがそうすると、今度は張譲ら宦官の恨みを買うことになる。そして宦官が讒言《ざんげん》をすれば、めぐりめぐって陛下のお怒りを買うわけです。こうして進退窮まったうえに、やつ自身が能なしなのですから、これが自家撞着《じかどうちゃく》せずにおれますか」

大きな声ではなかったが、曹操の言は曹嵩の胸に心地よく落ちたようである。「では、わしらはどうすればよい」

「この件は、われらにとって何の差し障りもありません。何進が来たらきちんと出迎えてもてなし、おざなりに対処すればよいのです。来なければ、むろんそれまでのこと。わたしの考えを申すなら、事は帝室の私事に関わること、外から口を挟むべきではありません。それこそ禍《わざわい》を招くようなものです」

「そうだな……それにしても、能なしの何進がなぜ急に『党人』のためにひと肌脱ごうと思ったのだ」

「わたしが見るに、何進の考えではないでしょう。十中八九、背後で誰か糸を引く者がいるはずです」そこまで話すと、曹操は思わず神出鬼没なあの何顒《かぎょう》のことを思い浮かべた――国舅の様子と何か関係があるのだろうか――

曹嵩は驚いていた。「ではどうだ、何進は竇武の名誉を取り戻せるのか。事はわれらの利害にも関わるぞ」

「それはありませんよ」父のこわばった顔を見ると、笑いたい気持ちを抑えられない。

「どうしてわかる？　そう言い切れるのか」

「それは当然ですとも」曹操は水を注いで父に勧めた。「あんなに決断の鈍い男がそんな大事を果たせるものですか。それに何家はもと肉屋を生業《なりわい》としていたのが、張譲に引き立てられたのです。何進が張譲を裏切るように仕向けるのは容易ではないはず。そんな道理を持ち出さずとも、気持ちの面でも無理でしょう。張譲は陛下にすがりついていますし、陛下は皇后を睨みつけています。そしてわれらが国舅はおそらく妹の家を取り仕切ることもできない。忘れてはならないのは、権勢を振りかざす種違いの弟、何苗がいることです。何苗は何皇后の母と朱《しゅ》家とのあいだにできた子で、もとの名は朱苗《しゅびょう》、何家との縁故を利用して姓まで変えました。何進が用心せずにおれましょうや。悪くすると、鳶《とんび》に油揚げをさらわれるようなことにもなりかねません。考えてもみてください。何進というやつは内にも外にもしがらみがあり、どこか綻《ほころ》べばすぐに問題となる。しかし、本人にはこれっぽっちも快刀乱麻を断つ気概はない。おそらく将来、何家の受ける報いはかつての宋皇后一族の比ではないでしょう。率直に申せば、何家は今上陛下万歳と言って、堪え忍ぶしかありません」

曹嵩は息子のよこした水を飲みながら、その弁舌を振るう様を見て、しだいに満足を覚えた。はじめは曹操を高く買っていなかったが、次子の曹徳《そうとく》が世務《せいむ》に通じない本の虫となったので、家を継がせるため曹操を出仕させざるをえなかった。ところが、ここ数年の経験により、この長子は経書に明るいとして橋玄に推されて昇進したばかりか、腹黒さをも身につけ、情勢を判断する眼力は、半生を官界で生き抜いてきた自分のはるか上をいっている。こんなに出来のいい息子がいるからには、もはや何の後顧の憂いもない。

曹嵩はわずかに笑った。「お前の言うとおりだ。何進のことは深入りせんでよかろう。ところで、もう一つ話があってな、ずいぶん悩んでおるのだが……」曹操は父の顔が急に赤らんだのを見て、何か言い出しにくいことでもあるのかと考えた。「父上、何か困ったことでも」

白髪交じりの髭をしごきながら、曹嵩は静かに切り出した。「わしは九卿に列せられてもう十数年になる。理屈でいえば三公の位までは目と鼻の先だ。しかし、あと一歩がどうしても届かぬ。段熲《だんけい》などはわしより年功を積んでおらぬのに、三公に任じられた。だからわしも……」

「わしも何です？」

「いま陛下は西園《せいえん》での売官を認めておる。宦官が言うには誰にでも公平で、九卿の官位なら五百万銭、三公なら一千万銭ということだ。築き上げたこの財産、一千万銭ぐらいどうということはない。ひとつ司空《しくう》の官を求めようと思うておる」

曹操は息が止まりそうになった——まったくどうしようもない人だ。多少の波風を経験したところで、他人に取り入り自己を顕示しようとするその品性は改まりはしないのだ。父は人生の大半を宦官とともに生きてきた。王甫から曹節、そしてまた張譲、趙忠と、一途にその提灯を持ち、十分に蔑《さげす》まれてきたはずだ。それなのに、いままた三公の地位を金で買って権勢を笠に着ようとするとは、恥知らずにもほどがある。しかし、息子の身で父に何が言えよう。陛下も陛下だ。太尉《たいい》、司徒《しと》、司空の三公は文武の要《かなめ》であるばかりか、道徳の面でも百官の鑑《かがみ》であるべき存在。かくも重要な官位を金に換えられるというのか――曹操は父を見据えて諫めた。「家門をもり立てたいという父上のお気持ちは理解できます。ただ、得易きはまた失い易しかと。所詮、金で手にした官位は長く続きません。いま陛下が父に司空を売り出したとして、その金を使い切れば、次に金を納める者のために、すぐにでも罷免されるでしょう」

金についての話であれば、曹嵩もよく耳を貸す。「道理としてはそのとおりだが、三公ともなればその期間を問題にすることもあるまい。一日でも三公につけば、他人は一目置かざるをえん。お前も鼻が高いだろうに」

何が鼻が高いだ。いま以上に白眼視されるだけだ。とはいえ、そんなことを父に言うわけにもいかず、曹操は何とか言い含めようとした。「思うに、それは慌てることではありません。何家がどう転ぶかもまだわからないうちに、三公の地位は目立ちすぎます。もし本当になれば、何進らは必ず父上に近づいてくるでしょう。お言葉を返すようですが、間違った船に乗りかければ後のち面倒です。宋氏の禍が及んでどれだけたいへんな目に遭ったか、お忘れになったのですか。二度も罪を得るのは断じて避けねばなりません」そう諫められると、曹嵩は返す言葉もなく、未練も露わにうなずいて答えた。「ああ……そうだな。この件はまたにしよう。しかし、何家には本当に活路がなく、宋氏の二の舞になるしかないのか。畏れ多くも、今上陛下はまさに勢い盛ん、陛下がお隠れになるまで、何進には機会が訪れないということか」

「そうとは限りません。唯一……」

「唯一なんだ?」

「天下の大乱！」曹操の両の眼《まなこ》が炯々《けいけい》と光を放った。「天下が乱れれば、陛下は再び外戚を頼るはずです」曹嵩はしばし呆気にとられ、面《おもて》を上げて笑った。「はっはっはっ、何を言い出すんだ。世は太平で、朝廷の綱紀は乱れておらぬのに、そんな簡単に天下の大乱など起きるものか」

曹操は何も答えなかった。畢竟《ひっきょう》、この父は十数年ものあいだ洛陽を出たことがない。そのうえ、頭にあるのは自身の官位のことばかり。民草の苦しい生活など知る由もない。いまや各地で災害が起き、民は憤怒の炎を心に燃やしている。太平道《たいへいどう》の勢力は日増しに強まる一方である。ところが皇帝は暗愚、腐れ宦者が横行、役人は財をむさぼり、後宮も乱れ放題である。そのうえ、まったく目を覚ます気配すらないのだ。楽《らく》極まれば悲《ひ》生ず。天地をどよもす大乱は、きっともう目の前に忍び寄っているのだ。

第三章　黄巾《こうきん》の乱の幕開け

贅沢三昧

「山雨《さんう》来たらんと欲して風楼に満つ［山雨の来る前には、まず風が高楼に吹きつけてくるように、変事の前には情勢が穏やかでないこと］」という。しかし、皇帝劉宏《りゅうこう》はそのことにまったく気づかず、王美《おう》人の死後は、ますますひどく享楽に身を委ねるようになった。おそらくは、胸に満ちる悲しみを紛らわせる手段がないために、劉宏はすべての精力を傾けて道楽の限りを尽くしたのだろう。

宦官と宮女に命じて御苑に市場を作らせ、自分が侯爵のときに住んでいた河間《かかん》の邸宅近くの市場とまったく同じ作りにし、屋台では宮中の珍宝を売り出した。劉宏自身も商人の身なりをして宮女と値段の掛け合いをし、ときには互いに「商品」を盗むようにそそのかしさえして、喧嘩の見物を楽しんだ。ほかにも騄驥廐《りょくききゅう》という廐舎を建て、民間から駿馬という駿馬を溢《あふ》れるほどに集めさせ、宦官にこれを管理させた。そのため、如才ない者が雲霞《うんか》のごとく押し寄せ、馬を献上して官界に進出しようと企んだ。民間では駿馬一頭に百万銭から二百万銭という値がついた。

それだけの駿馬を集めながら、劉宏自身はなんと馬を用いず、あくまで驢《ろ》馬《ば》を使った。太僕《たいぼく》と騄驥丞《りょくきじょう》［「丞」は副官の意］はやむをえず、驢馬に引かせる四頭立ての御車《みくるま》を特別に作った。劉宏は煩《はん》を厭《いと》わず自ら轡《くつわ》を取り、この奇抜な乗り物で西園《せいえん》をめぐった。そのうえ胡服を好んで着たから、その姿はまさに市場から商品を仕入れてきた西域《さいいき》の商人そのものである。西園での遊びを満喫すると、その後は思い切って洛陽《らくよう》の街の大通りに驢馬車を進めた。それからというもの、洛陽の人々は、気でも触れたかのように驢馬車を御す皇帝の姿と、その両側で汗みずくになりながら追いかける羽林軍《うりん》［近衛軍］と宦官の姿を、三日にあげず目にしたのであった。

お上《かみ》が好めば下《しも》が追う。皇帝のこのような遊びは、都の官僚や富商《ふしょう》の子弟にとってきわめて新鮮に映った。三頭立て、二頭立て、一頭立て、さまざまな驢馬車が相次いで姿を現し、驢馬車を御して野に遊ぶのが、貴顕の子弟のあいだで流行した。彼らは一挙一動に派手さを競い、誰もが皇帝の姿を真似たのである。

このような事態をまず見咎めたのは老臣の楊賜《ようし》である。楊家は経学《けいがく》を修める家柄で、汝南《じょなん》の袁氏《えん》と並び称される。祖父の楊震《ようしん》は忠に厚い直言の臣として仕え、官は太尉《たいい》を拝された。父の楊秉《ようへい》も忠誠を尽くして貪官汚吏《たんかんおり》を懲らしめたので、やはり太尉に任命された。

楊賜もすでに齢《よわい》七十を超えている。官は司徒《しと》を拝命し、三世代にわたって三公《さんこう》となったが、その剛直でよく諫言をする姿勢は先人に引けを取らない。楊賜は劉宏に上奏し、耳目を驚かす一連の行為をやめ、贅沢三昧な生活を改めるように求めた。しかし、劉宏はまったく聞き入れないどころか、その享楽ぶりは輪をかけてひどくなった。その後、太尉の劉寛《りゅうかん》も見かねて、皇帝の師という立場から諫めた。その結果、劉寛は濡れ衣によって太尉の職を罷免され、怒りのあまり日々気晴らしの酒を呷《あお》るようになった。すると劉宏は、なんと宦官の太鼓持ちで衛尉《えいい》の許馘《きょよく》を太尉に抜擢したのである。その一切の身勝手な行動に、もはや口出しできる者はいなかった。

そんなとき、吉報が都に届いた。鮮卑《せんぴ》の首領である檀石槐《たんせきかい》が漢の辺境を荒らしに来た際に負傷し、北へ戻ったあとに死ぬと、息子の檀和連《たんわれん》が後を継いだという。その和連は生来貪婪《どんらん》かつ凶暴で、その乱れぶりは劉宏と遜色がなかった。そのため、部族内で反乱が勃発し、その内乱はとどまるところを知らず、大漢の領土を侵すどころではなくなった。朝廷は以前、鮮卑を征討しようとしたが失敗に終わり、多くの将兵を失っていた。しかし、いまや鮮卑の脅威が労せずして消え去ったのである。

劉宏はこれを天の庇護であると考えた。そこである者が気に入られようと、きわめて珍しい霊芝《れいし》を瑞祥《ずいしょう》であるといって皇宮《こうぐう》に献上した。瑞祥が現れたということで天下の人々はこぞって喜び、おもねる臣下らは筆を舞わせて言祝《ことほ》ぎ、賑やかな笛太鼓が皇宮に響きわたった。これぞまさに太平の世と、劉宏は信じて疑わなかった。毎日を享楽のうちに過ごして文武の官と顔を合わせることもなく、ゆえに百官の功績は、すべてそれを皇帝に知らせる宦官のものと見なしたのである。ここにおいて、通常は四人が置かれる中常侍《ちゅうじょうじ》に、身辺の十三人の宦官を次々と昇進させ、それぞれ秩《ちつ》二千石《せき》の俸禄を与えた。ただ一人、呂強《りょきょう》だけはこれを恥として固辞した。残る十二人、張譲《ちょうじょう》、趙忠《ちょうちゅう》、夏惲《かうん》、郭勝《かくしょう》、孫璋《そんしょう》、畢嵐《ひつらん》、栗嵩《りつすう》、段珪《だんけい》、高望《こうぼう》、張恭《ちょうきょう》、韓悝《かんり》、宋典《そうてん》は、みなその職を拝受し、のちには侯爵まで至ったので、忠良の士でこれを唾棄せぬ者はいなかった。十二人の概数をとって、彼らは「十常侍《じゅうじょうじ》」と呼ばれるようになる。

十常侍は皇帝からの寵愛を恃《たの》みに、豪邸を構え、腹心を取り立てたので、朝臣は次々に弾劾書を奉《たてまつ》ったが、あろうことか、劉宏はかえってその重臣たちに言い放った。「朕は幼少より宮中に入れられて寄る辺なく、張譲は父のようなもの、趙忠は母のようなものである。いささか欲を出したところで、どうということはあるまい」

歴とした皇帝のお墨付きを得た以上、宦官たちはもはや憚ることもなかった。ますます激しくほしいままに財をむさぼり、賂《まいない》を受けては官職と爵位を売りだした。役所や邸宅は都や田舎に碁石のごとく並び、子弟や親族はその過半が州刺史《しし》や国相《こくしょう》になった。南方産の金、宝玉、繻子《しゅす》、緞子《どんす》、穀物は蔵に溢れんばかり、華美な居室には美女や侍女、歌うたいの子供から舞姫といった慰み者まで揃《そろ》えられた。さらに犬や馬は紋をあしらった服を着せられ、建物には錦繍《きんしゅう》がかけられた。民を苦しめて豪奢を競い、忠良の士を指弾して私党を組み、郡県以下の官職は、そのほとんどが売りに出されたのである。そうして官職を金で買った者は、元手を回収するために税をみだりに上げて、民から厳しく取り立てた。

このように差し迫った情況のなか、より多くの民が太平道《たいへいどう》に身を投じ、大賢良師張角《たいけんりょうしちょうかく》に従って天下をめぐり、その教えを広めていった。楊賜はまた上奏文を奉り、張角のことを詳しく調べ、流民を故郷へ帰らせるよう求めたが、皇帝の耳には入らず、かえって諫議大夫《かんぎたいふ》に降格された。

ときに東観《とうかん》［洛陽城の南宮《なんぐう》の東に位置した史料庫］は、ほとんど養老院と化していた。居場所を失った老臣たちが集まって、楊賜および馬日磾《ばじってい》と政事を論じていたのである。曹操や陳温《ちんおん》といった若輩たちも、先には『漢記《かんき》』の編修にあてられ、そのうえいまは雑用係として日がな一日、老臣たちの世話に駆り出されるのであるから、たまったものではない。

この日も東観に集まって議論紛々していたところ、侍御史《じぎょし》の劉陶《りゅうとう》と尚書《しょうしょ》の楊瓚《ようさん》が浮かぬ顔で入ってきた。

楊賜は挨拶もそこそこに尋ねた。「劉子奇《しき》［劉陶］殿、陛下の反応はいかがであった」

「尋ねるまでもないようじゃ。その様子ではまた馬の耳に念仏か」司徒の陳耽《ちんたん》が先に答えた。

曹操が慌てて長椅子を探してくると、劉陶は腰を下ろすなりため息をついた。「わたしは奉車都尉《ほうしゃとい》の楽松《がくしょう》、議郎《ぎろう》の袁貢《えんこう》とともに陛下に謁見し、太平道を根絶するようお願い申し上げました。ところが……」

「ところが、どうした」

「陛下は御苑で酒を召し上がりながら犬とお戯れになっており、一言目には出ていけと。さらには、わたしが退《さ》がろうとしたところ、太平道の件は急《せ》かずともよいと仰られ、わたしに東観で『春秋《しゅんじゅう》』の各条を編修しておけと命じられたのです」劉陶はうなだれて、しきりに嘆息した。「編修など喫緊のことでもあるまいに、まさか太平道の根絶より大事だとでも仰るのか」

陳耽はその肩を叩きながら諭した。「まだわからんのか。陛下はそなたをうるさがっているのじゃ。それゆえ気が滅入るような仕事を適当に与えて、そなたがあれこれ口にする暇もなくなるように仕向けたのじゃ。はあ……忠言に耳を貸さないどころか、われらに何も申し上げさせぬおつもりじゃ」

「わしら老いぼれなど、何とも思っておらんのじゃ」劉寛は酒好きで、今日もすでに酔っている。「わしは陛下の師を務めたが、なんで陛下はこんなふうになってしまった。しっかり国を治めるよう教えたつもりが、なぜ聞いてくれん。わしももうこの歳じゃ。じきお迎えが来たときに、光武帝《こうぶ》さまに会わせる顔がないわい」そう嘆くそばから、いまにも泣き出さんばかりであった。

「そなたのせいではなかろう」馬日磾が割って入った。「すべてはやつら宦官どもがそそのかしたゆえ。聞くところでは、陛下はこのうえ河間の旧宅を建て直すのだとか。どこに別宅を修繕する皇帝がおる。かような考え、十常侍がひと儲けしようと企んだに相違あるまい」

「おのれ十常侍め、その名を聞くだけではらわたが煮え繰り返るわ」劉陶は憤りを隠さずに続けた。「しかもやつらはまた陛下に官吏を推挙したのですぞ。鴻都門学《こうともんがく》［霊帝《れいてい》の命《めい》で設立された書画技能の専門学校］の馮碩《ふうせき》やら臺崇《だいすう》やら、悪人に媚《こ》びを売る輩だというのに」

「すべては『党人《とうじん》』を監禁したゆえに、今日のこのような事態にまで至ったのじゃ。いまや進んで官吏になろうという才徳兼備の士がどこにおる。みな朝廷を吹き溜まりとしか見ておらん。何日か前、陛下は詔《みことのり》して河内《かだい》の向栩《しょうく》という者を召し出された。これなど世を渡り歩くぺてん師同然、日がな一日、修行と宣《のたま》うとんだ痴《し》れ者よ。いったいどこが陛下の目に適ったのやら」馬日磾は振り返り、曹操と陳温を指さした。「この若者たちを見なされ。才は十分、徳をも備え、閑職に置いておく人材ではない。かりに郡守の一つでも任せれば、官を金で買う輩より、よほど職務をこなすじゃろうて」

曹操は、この年老いた重臣らが義憤に駆られてがやがや騒ぎ立てるのを見ていると、実におかしくもあり、また悲しくもあった。何がおかしいのか。彼らが頭巾を脱げば、全員合わせても黒髪はきっと十本もないであろうことである。何が悲しいのか。まさか大漢の忠臣がこの何人かの老いぼれ以外にいないのかということである。

そうしてあれやこれやと話し合っていたところ、突然、耳を疑うような声がしばし響き渡った――わんわんわん、わんわんわんわん――犬が吠えている。東観は帝室の学問の地、犬が入り込むことなどありえない。誰もが訝《いぶか》り、老臣たちも杖を手に次々と立ち上がって窓際にへばりついた。そして、外の光景をなまじ目にしたせいで、見るなり怒りに震えはじめたのである。

なんとそれは、御苑から入り込んできた陛下の飼い犬であった。淡い茶色に大きな耳、そのへんの番犬となんら違いはない。ただし、頭には役人のかぶる進賢冠《しんけんかん》を載せ、身には紫に白の紋様が入った綬《じゅ》［印を身につけるのに用いる組み紐］を結わえている。いずれも三公のみに許された色にほかならない。

こちら側の楊賜、馬日磾、劉寛、陳耽、劉陶の五名は、かつて三公の地位についたことがある。目の前の光景を平然と見ていられようはずもない。その犬は依然として正門に向かい、わんわんと吠え立てている。そこへ小黄門《しょうこうもん》の蹇碩《けんせき》が大慌てで追いかけてきた。蹇碩は犬を抱きかかえると、窓にすがりつく老臣たちに気がつき、すぐに跪《ひざまず》いて拝礼した。「みなさま方、ご機嫌うるわしゅう。陛下のお犬が御苑を抜け出してしまったのです。なにとぞお咎めなきよう。すぐ連れて帰りますので」そう詫びると振り返り、立ち去ろうとしたところで、蹇碩はふと窓辺に尚書の楊瓚の姿があったことに気づいた。「楊尚書もこちらでしたか。これは手間が省けました。先ほど陛下は天下に恩赦を発布されましたが、梁鵠《りょうこく》尚書は張譲さまのお屋敷に額《がく》を書きに向かわれました。恩赦の件は楊尚書が代わりになさいませ。いままでどおり、罪を犯した者は釈放、禁錮された党人は一切許さずでお願いしますぞ」そう伝えると、蹇碩は犬を抱いて去っていった。

このなかでは楊賜がもっとも年長である。このやり取りを目の当たりにすると、胸を押さえてへたり込んだ。「陛下にとっては、わしらなど犬ころ同然なのじゃ。党人は一律許さずとな。何たる愚昧《ぐまい》」

「ううっ……」劉寛はとうとうこらえきれずに泣き出した。「光武帝さま、よくよくご覧あれ……このままではわれらが大漢もおしまいですぞ……」

さすがに馬日磾は達観している。杖をつきながら曹操と陳温に目を向けた。「この国が滅ぶかどうか、どのみちこの歳では見届けられぬ。ただ、おぬしらのような若者を思うと胸が痛むわ。本当にたいへんなのはこれからじゃて」曹操はかすかに笑みを浮かべて言った。「わたくしが見るに、あの犬が来てよかったのでは」

「ん?」老臣たちは怒りのこもった眼差しを次々に浴びせてきた。

曹操は慌てて説明した。「みなさま方、何も悪意はございません。わたくしが申したかったのは、この件を利用して意見を具申できるのではないか、ということです」馬日磾はそばの長椅子を叩きながら促した。「まったく貴様というやつは、あれこれ考えおるな。さあ、座って話を続けてみよ」

「居並ぶ重臣方を前にして、どうしてわたくしのような者が……」

「座れといったら座るんじゃ。無駄口など聞きとうない。早くせんか」馬日磾は問答無用という口ぶりである。曹操は喜色を浮かべると、腰を掛けて切り出した。「陛下はたしかにその……頑迷ですが……」不遜な言葉であるが、誰からも不平の声が上がらないのを見て、曹操は続けた。「ですが、陛下は経書や古籍をたいへんお喜びになります。そうでなければ、蔡邕《さいよう》さまに六経《りくけい》［儒教の経典で、『易経《えききょう》』、『詩経《しきょう》』、『書経《しょきょう》』、『春秋《しゅんじゅう》』、『礼記《らいき》』、『楽経《がくけい》』のこと］の校合《きょうごう》など命じますまい。また、鴻都門学を建てることもないでしょう」劉寛の泣き声がしだいに収まってきた。「そうじゃった。陛下は経書の講義のときだけは、真面目に取り組んでおった」

「それですよ。わたしたちはそこを突くのです」曹操があとを引き取った。「どうか考えてみてください。犬に関する讖緯《しんい》［未来の吉凶を予言する語句］や経書の文言などはありませんでしょうか。できれば悪い話で」

劉寛は国を治める才に優れていて、たとえ酒を飲んだとしても、それは変わらない。得意げに切り出した。「京氏《けいし》『易伝《えきでん》』にある。『君正しからざれば、臣簒《うば》わんと欲し、厥《そ》の妖狗《ようく》冠して出ず《い》［主君の行いが正しくなければ、臣下は地位を簒奪しようとし、その怪しい犬が冠をして出てくる］』とな」

「それはちょうどいい。その句を引用してわれわれの意見を伝えましょう」

陳耽は目を輝かせた。「わしが一緒にその文章を奉ろう。ほかはともかく、まずはあの恥知らずの老いぼれ、許馘のやつに痛い目を見せてやらねば。宦者《かんじゃ》などに取り入りおって、禄盗人《ろくぬすびと》を訴えてやる」

果たして、曹操と陳耽は、「狗の戴冠」という題で文章を練り、最後には寵臣が私党を組んで利をむさぼっていることや、許馘がなんら職責を果たさず無為に禄を食《は》んでいることにまで言及した。これがまた不思議なことに、真正面から道理を説いても一切耳を貸さなかった劉宏が、この傍証にこじつけを絡めた代物を手にしたところ、しきりに首肯《しゅこう》したのである。さらにはなんとこの上奏文を三公に示し、朝議の場で、宦官に媚《こ》びを売る太尉の許馘を手厳しく罵り、即刻その職を罷免した。

曹操の名は、陳耽の名声にあやかって、にわかに広まることとなった。しかし、このような動きは、朝顔の花が咲くようなもの、しばらくすると劉宏はこれまでどおりわが道を行き、あの警鐘を鳴らした上奏文も、はや過去のものとなってしまった。そしてまた曹操も、誰に知られることもない一介の議郎へと後戻りしたのである。昇進するにはどうすればいいのか。曹操は再び考えをめぐらせはじめた。

吹きはじめた隙間風

そびえ立つ袁逢《えんほう》家の門を、曹操は頭をもたげて見ていた。爵位にある家のなんと立派なことか。袁家を前にした曹操は、いささか興奮していた――袁紹《えんしょう》が母の喪に服していたが、ついに帰ってきたのである。

袁家の邸宅を訪れたのは一度や二度ではない。しかし、これまで来たときとはまるで様子が違っている。このたび袁家は庭園を新たに造成した。最上級の松の木で揃《そろ》えた梁《はり》や棟木《むなぎ》には装飾を施し、石段には白色の美石を敷き詰め、いっそう豪華かつ優雅な趣となった。よくよく見れば、門番をする使用人さえ緞子《どんす》でしつらえた黒の羽織り物に身を包んでいる。これほどの富貴は、朝廷じゅうを見回しても比肩しうる者はいない。

虚心に見て、袁逢も非凡な能力を有する人物とは言いがたい。ただ、易学《えきがく》に通じ、父祖の名声により若くして出仕した。何十年も官界を無事に渡り歩いて年功を積み、文武百官はもとより、皇帝さえ尊敬の念を抱いている。とりわけ陳蕃《ちんばん》が害され、胡広《ここう》が世を去り、橋玄《きょうげん》が致仕《ちし》してからは、「朱砂が足らねば赤土も尊し［朱色顔料の原料が足りなければ赤土でさえ貴重がられる］」というが、袁逢はますます慎重に振る舞うようになった。それに比べると、楊賜《ようし》は剛直な性格のため皇帝に疎《うと》まれ、劉寛《りゅうかん》は博雅《はくが》高尚であったが謙虚に過ぎ、陳耽《ちんたん》は事理に明るく壮健であるが群れるのを嫌い、馬日磾《ばじってい》は学識豊かであるが外戚の家柄であったので、皇帝の信任を得るには、袁逢の中庸に誰も及ばなかったのである。それゆえ皇帝劉宏《りゅうこう》は国老として敬い、毎年多くの御物《ぎょぶつ》の珍宝を賜った。

曹操は袁紹が都に帰ってきたのを知ると、わざわざ馬日磾に休みを願い出て袁家を訪ねた。名刺「名前を記した竹木《ちくぼく》」を渡して門を抜けると、かつて何顒《かぎょう》を助けるために邸宅に闖入《ちんにゅう》したことを思い出し、思わず笑みがこぼれた。

昔はいつも行き来し、取り次いでもらう必要などなかった。静かに袁紹の書斎に近づくと、袁紹はちょうど客人と話に花を咲かせていた。なんと、許攸《きょゆう》と崔鈞《さいきん》である。曹操は呆気にとられ、意外に思っただけでなく、いささか不愉快に感じた。かつて許攸は橋玄のもとを去るとき何の挨拶もなく、以前は一所《ひとところ》にいたのに、都へ戻っても会いにも来ない。崔鈞となると、もっとひどい。父の崔烈《さいれつ》と自分の父は親しい間柄で、世代を超えた付き合いといえなくもないが、崔鈞が都に復任したとき、自分に会いに来なかったのはまだしも、父にさえ挨拶がなかったのはどういうことか。

「孟徳《もうとく》、来たか」崔鈞がまず立ち上がった。

「阿瞞殿《あまん》」許攸はかつてと同じように、開口一番、曹操の幼名を呼んだ。「長らくご無沙汰していましたが、お変わりなく」

「ああ、まあな」曹操はうなずいて答えた。「本初殿《ほんしょ》が戻られたと聞いて、ちょっと会いに来たんだ。日を決めて宴会でもと思っていたが、そなたらも都に戻っていたのなら一緒にどうかな」

崔鈞と許攸は礼を失していたことを恥じてか、ひたすら拱手《きょうしゅ》して詫びた。「われわれも帰ってきたばかりで、ちょうど日を改めて挨拶をと。その節は失礼を」

「はっはっは……」袁紹が笑いながら立ち上がった。「孟徳、三年ぶりでさぞかし懐かしかろう」喪は明けたはずだが、袁紹は以前と変わらず質素な装いで、髭と髪はきちんと手入れをしていたから、色白で整った顔立ちがいっそう引き立って見えた。

人も羨む見目姿《みめすがた》とはまさにこのことと、曹操は心密かに思った。二人は挨拶を済ませると、曹操は居ても立ってもいられず袁紹の手を握り締め、目に涙を浮かべた。「本初殿、この三年あまりのあいだに、わが曹家がいかに難儀をしたか、ずっと会って聞いてほしいと思っていたのです」

「まあ、座ってから話そう」三人は、気持ちを抑えきれない様子の曹操を見ると、長椅子を運び込んで座らせ、水を出した。曹操は寵臣の恨みを買って、頓丘《とんきゅう》の県令に左遷されてからは、昔なじみの友人がほとんどそばにいなかった。そのため、胸に塞《ふさ》ぎ込んできた話を、ずっと打ち明けたかったのである。冬の日に都を離れたこと、黄河を渡ってから危ない目に遭ったこと、在任中に詔勅に背いたこと、桑畑で賢人を葬ったことなど、これまでのつらかったことをすべてぶちまけた。そして、一族の者が罷免され、三人の親族を喪《うしな》ったことまで話したところで、とうとうこらえ切れずに涙が溢《あふ》れ出た。

三人は一様にため息を漏らし、許攸が口を開いた。「思いも寄りませんでした。たった三年のあいだに孟徳殿がそんな苦難に遭っていたとは」曹操は涙をぬぐった。「ああ……橋公《きょうこう》［橋玄］が手を差し伸べてくれたおかげで、いまはようやく官に戻れたのだ。子遠《しえん》、橋公はお達者か」

許攸は顔を赤くして恥じ入った。以前、別れの挨拶もできずに去ってから、師匠の橋玄の顔を見ていないのだ。毎日方々を回っては人に取り入ることに忙しく、書状を書くことさえ頭になかったのである。曹操の問いかけは、許攸にとって実にいたたまれないものであった。曹操はひと目見て事情を知ると、一つため息を漏らし、それ以上尋ねる気にもなれなかった。

袁紹はぽんぽんと曹操の手を叩いてなだめた。「それぐらいにしたらどうだ。もう過ぎたことではないか。困難を多く経験することが悪いこととは限るまい。わたしなど喪に服して家にこもっていたから、まさに井の中の蛙だ。まったくかなわんよ」

曹操は少し心が冷めた。袁紹なら心の底から慰めの言葉をかけてくれるものと思っていたが、あにはからんや、笑みをたたえてはいるが、「過ぎたこと」のひと言で済ませたのだ。これがおざなりな言い逃れであるのは誰の目にも明らかで、まるで関心がないようである。

「聞けば、何進《かしん》がおぬしの家に行ったそうじゃないか」いまの袁紹の関心はここにあった。

「ああ、数か月前に何度か来て、父に挨拶していました。最近はまた見ていませんが」

「孟徳は会ったことがあるのかい」

「一度だけ会いましたが、これといって話は」

「孟徳、それはいかんぞ」

「えっ」

「何進が来たのはお父上に挨拶するためじゃない。おぬしに会いに来たんだ」

「そんなまさか」曹操は信じない。

袁紹が口を閉ざすと、崔鈞が後を継いだ。「どうも何遂高《すいこう》というのは節操がないようだ。孟徳のところだけでなく、わが父のところにも来ていたぞ。さらには劉寛や陳耽、孔融《こうゆう》、王允《おういん》、劉陶《りゅうとう》のところなど、あちこちを訪ね回っているようだ」

曹操はそこではたと気がついた。名の挙がった人物は年齢も官職もさまざまだが、ただ一点、自分と同じく、宦官の力を抑え、党錮《とうこ》の禁《きん》を解くことを主張している者たちだ。曹操はようやく合点がいった。何進が家に来たのは、表向きは父への挨拶を装って、やはり自分に会いに来たのに違いない。どうやら「党人《とうじん》」のために奔走する決心を固めたようである。

袁紹はいかんともしがたくかぶりを振った。「素直と言うか馬鹿と言うか、われらが国舅《こっきゅう》さまは『党』の一字を握り締めて、洛陽《らくよう》じゅうを回っている。事を起こすのにかくもためらうとは、面倒このうえない」曹操はそれを聞くと、ようやく内実を知った。早くから誰かが何進を動かしていると考えていたが、その黒幕が袁紹だったのだ。曹操は笑いながら探りを入れた。「みなのほうが読み違えたのでは。『党人』の名誉回復という一大事、あのような者にできるとは思えません。それに何進は駄目でも何苗《かびょう》がいます。あれは頭が切れるから、何苗を前に出せばいいのです」

袁紹は冷たく笑った。「やつは切れ者だが、少々頭が切れすぎる。この件をうまく進めた者は、天下の才俊の救世主となる。何苗はもともと皇后とたいして伝手《つて》もなかったのに、その市井の無頼がいまのこの地位まで上り詰めたのだ。並大抵のことではない。考えてもみよ。たとえ国舅などという身分になくとも、その聡明さはずば抜けているのだ。もし何苗がこの大事を成し遂げたら瞬く間に名声を得て、誰もが媚《こ》びを売るだろう。そうなれば万民の上に立ち、戴くのは陛下だけということになる。これではまた竇《とう》、鄧《とう》、閻《えん》、梁《りょう》のような外戚による専権と同じ轍を踏むぞ」語るに落ちるとはまさにこのこと。袁紹は気づかぬうちに、自分の考えをさらけ出していた。

曹操はすぐに笑みを消した。「本初殿、心を砕くのは結構ですが、何氏は帝室に関わっているゆえ、彼と手を組むのはいかがなものでしょうか」

「孟徳、おぬしは少し慎重すぎるな。たしかに何進は思慮に欠けるが、何かにつけてやはり真面目な男だ。人柄は実直で義を重んじる。間違いが起こるはずはない」

許攸はすぐに小さな目をしばたたかせて賛同の意を伝えた。「両者を相比べて禍《わざわい》の軽きを取るとか。何進を動かして共倒れになったとしても、この機会を逃すことはなりません。つまるところ、やはり今上《きんじょう》陛下の心を奮い立たせることはできぬでしょう。思い起こせば、かつて丁鴻《ていこう》は粛宗《しゅくそう》章帝《しょう》［粛宗は廟号《びょうごう》］に、『天は以て剛《つよ》からざるべからず、剛からざれば則ち三光明るからず。王は以て強からざるべからず、強からざれば則ち宰牧《さいぼく》縦横す［天は強くなくてはならない。さもなくば日、月、星の光も輝くことはできない。王は強くなくてはならない。さもなくば役人がほしいままに振る舞う］』と上奏しました。けだし名言でしょう」

しかし、袁紹は許攸が話すのを遮った。「子遠よ、ずいぶんと古いものを持ち出したな。丁鴻のその話は今上陛下には当たらぬぞ」

「では、どのようなご高見を」

「今上陛下は強くないのではない。ただその才をきちんと用いていないだけだ。十二歳で一人皇宮《こうぐう》に入って変事を経験され、勃海《ぼっかい》王の一族を皆殺しにし、宋《そう》氏を殺《あや》め、顔色一つ変えずに大宦者《かんじゃ》の王甫《おうほ》を除かれた。加えて、詩文に明るく書画をたしなみ、歴代の典籍にも通暁《つうぎょう》しておられる。このうえまだ何か経験が足りないことがあろうか。どこか道理に通じていないことでもあろうか。わが朝の歴代のご主君のなかで、かように才気煥発《かんぱつ》な方がどれほどおられたことか」

許攸と崔鈞は互いに顔を見合わせたが、しかしこれが事実であることは認めざるをえなかった。

曹操が言葉を返した。「しかし、陛下は天下太平と信じ込まされ、宮殿を建て、鮮卑《せんぴ》に遠征し、このひどい労役や賦税《ふぜい》の果てがどうなるか、まったくお考えになりません。しかも忠言には耳を貸さず、重臣らには口を挟ませず、ただ許馘《きょよく》や梁鵠《りょうこく》のような黙って言いなりになる者がいればいいのです。たしかに陛下は聡明ですが、皇帝として天下に君臨し世を治めることを、いささか簡単に考えすぎなのでは……」

「それはいま職にある官が陛下に好き勝手させすぎただけだ」袁紹は何の痛痒《つうよう》も感じずに言い放った。

曹操は耳を疑った。いまがいったいどういうときなのか。官として任じられたからには、社稷《しゃしょく》を立て直すまではできずとも、民を幸せにするぐらいはできるはず。それなのに、いまの袁紹のように陛下の優れた才を認めるだけで、民の苦しみに耳を貸さないのでは、何の役にも立たないではないか。曹操は辛抱強く続けた。「世の多くの者は笑顔の裏で駆けずり回り、心では憂えているのです。誰しも胸の内には国を愛する心があるはず。しかし、いまの世の中ではいかんともしがたい。官吏は一日じゅうびくびく過ごし、民は自分が生きていくだけで精いっぱい。いったい誰が現実を顧みずに命をなげうち、社稷のために声を上げるというのです。ましてや立派な名分を掲げたところで、結局は認められることもなく、それどころか世俗の貴顕から笑いものにされるだけ。いまや世情は秋気のごとく、人は穀物の茎のごとし。厳しい秋の気が訪れれば、穀物の茎は傷んで死すのみです」衷心より発した言葉ではあったが、ただ虚しく響くだけであった。

崔鈞はひとしきり押し黙っていたが、おもむろに口を開いた。「事ここに至っては、『党人』のために名誉を回復するというのも絵空事のようだ。何進はむろん真面目だが、自分の命をかけることまではできまい。伯求《はくきゅう》［何顒《かぎょう》］さまによれば、ほとんどの『党人』もやはり何進にはあまり期待していないとのこと。つまり、双方ともに気持ちは冷めていて、熱くなっているのはここにいるわれわれ数人だけのようなのだ」

「伯求さま」、曹操はその名がいきなり飛び込んできたことに驚喜した。「伯求さまが都へ戻られたのですか」崔鈞が答えるより早く袁紹が口を開いた。「いや、いまはまだ張邈《ちょうばく》のところにいる。子遠がそのように言伝《ことづて》を託されただけだ」

許攸は一瞬、呆気にとられたが、慌ててうなずいた。「そうそう、先ごろ伯求さまに会いに汝南《じょなん》へ赴いたのです」曹操の鋭い目はごまかされない。ひと目で袁紹らが自分を欺いていることに気がついた。しかも張邈は汝南にいないはず。この三人は嘘さえ辻褄が合っていない。

許攸も失言に気づき、すぐに話題を変えた。「ところで崔殿、このたび都へはどのような職で「光禄勲府《こうろくくん》に入ることになった。帝室の庭園管理だよ」崔鈞は曹操に口を挟ませないように、続けて袁紹に話を向けた。「本初も官職につくはずだが」

袁紹はかぶりを振った。「よしてください。数日前、陳耽さまがわたしを掾属《えんぞく》(1)に辟召《へきしょう》しようとしましたが、丁重にお断りしました。かつて王儁《おうしゅん》と閑談していたとき、この汚れた世に生まれ落ちたからには、南山《なんざん》に隠棲するのも悪くないと言うのです。わたしもまったくそのとおりかと」

曹操はますます腹が立ってきた――これはいったい何だ？　まるで賊のように俺を避けやがって

……もう一度言ってみろ。袁本初、お前が王子文《しぶん》と同列に語れるものか。王儁は寒門の子弟、さんざん辛酸をなめたうえでようやく橋玄さまの門下に入ったのだ。かたやお前は代々三公《さんこう》を輩出するご立派な家柄だろうに。家で寝ていれば高官の職が転がり込む、その身の幸運にさえ気づいていないのだ。それが自分を王儁になぞらえるとは実に馬鹿げている。ましてや、いま汚れた世と口にしたが、俺と崔鈞の父親に対してそう蔑《さげす》む無礼はまだしも、お前を育てた二人の叔父をもその汚れた世とやらに繰り入れるのか——

曹操は言い返そうと思ったが、なんとかもう一度こらえて、袁紹が続けるのを聞いた。「最近、王《おう》充《じゅう》の『論衡《ろんこう》』を読んだのですが、そこには、『操行《そうこう》に常賢《じょうけん》有るも、仕宦《しかん》に常遇《じょうぐう》無し。賢なるか賢ならざるか、才なり。遇うか遇わざるか、時なり。才高く行い潔《きよ》きも、以て必ず尊貴なるを保つべからず。能薄く操濁るも、以て必ず卑賤なるを保つべからず。或いは高才潔行なるも、遇わざれば退けられて下流に在り。薄能濁操《はくのうだくそう》なるも、遇えば衆上に在り。世各自《おのおの》以て士を取る有り、士も亦《また》各自ら以て進むを得《う》［身の処し方が賢明でも、仕官して必ず名君にめぐり逢うとは限らない。賢明かどうかは才能による。めぐり逢えるかどうかは時運による。才能に溢れ行為に汚れなくとも、必ず貴顕の身になるとは請け合えない。才能が足らず不正な行為をしていても、身分の低い者になるとも限らない。またあるいは、才能があり行いが清らかでも、明君にめぐり逢えなければ下位に左遷される。才能がなく行いが汚れていても、明君にめぐり逢えれば人々の上に立つこともある。世には士を登用するさまざまな手段があり、士のほうも自分たちのやり方がある］』とありました。わたしは梁鵠らのようにするつもりはありません。心を落ち着け、身を修めて気を養うつもりです。王充はまたこうも述べています。『進むは遇うに在り、退けらるるは遇わざるに在り。尊に処し顕に居るも未だ必ずしも賢ならず、遇えばなり。位卑しく下に在るも未だ必ずしも愚ならず、遇わざればなり。故に遇えば、或いは洿行《おこう》を抱きて、桀《けつ》の朝に尊ばれ、遇わざれば、或いは潔節《けつせつ》を持して、尭《ぎょう》の廷に卑しめらる。遇不遇の一に非ざる所以《ゆえん》なり。或いは時に賢にして悪を輔《たす》く。或いは大才を以て小才に従う。或いは倶《とも》に大才《たいさい》なるも、道に清濁有り。或いは道徳無くして、技を以て合う。或いは技能無くして、言色もて幸せらる［昇進するのはめぐり逢えたためで、退けられるのはめぐり逢えなかったためである。貴顕の者が賢人であるとは限らず、めぐり逢えただけである。微賤の者が愚者であるとも限らず、めぐり逢えなかっただけである。ゆえにめぐり逢えれば、汚れていても桀の朝廷で尊ばれることもあり、めぐり逢えねば、清く身を保っても尭の朝廷で蔑まれることもある。めぐり逢うかどうかでかくも異なるのである。ときには賢人でも悪君を助け、ときには大才でありながら小才に従う。君臣とも大才でも清濁の道に別れたり、道徳を備えずとも技能でめぐり逢ったりもする。またときには、それすらなくとも言葉や容貌で寵愛を得ることもある］』と。ゆえに、いまの朝廷の役人らはただの……」

曹操には、袁紹と書を論じるつもりなど毛頭ない。今日のこの面会は最悪だ。話が長引く前に、急いで身を起こした。「本初殿、元平《げんぺい》殿、それに子遠、まだ用事があるので、お先に失礼します」

「何を慌てて」崔鈞が袖を引いた。「もう少しいいじゃないか。これから一杯やろうというのに」

「もとより中座すべきではありませんが、いかんせん昨日父から用事をあずかりまして。東観《とうかん》での仕事もありますし、それに朱儁《しゅしゅん》さまにもお会いせねばと思っているのです」

「朱儁さまなら、先ほどこちらのお屋敷に参ったときに見かけたが。おそらく袁公《えんこう》［袁逢］に面会に来たのでは」許攸はなんとなしに答えた。

曹操は一転もやが晴れたように目を輝かせ、心中大いに喜んだ。朱儁とは一面識があるとはいえ、邸宅に押しかけたのでは唐突すぎる。ここでもしばったり会えたなら、よほど自然ではないか。

「まあ、もう少し。しばらくすればまた誰か友人が訪れるかもしれませんし」許攸はなおも熱心に引き止めた。

「いや、やめておこう。忙しいものでな」

袁紹は崔鈞と目を見合わせてから言った。「そうか。お父上からの用命とあっては、こちらも無理は言えんな。日を改めて、また暇ができたら来てくれ」

「もちろんです。そのままで……お見送りは結構ですから」曹操は礼をして門を出た。とはいえ、礼儀なんぞ気にしている場合ではない。飛び跳ねるように外へと駆け出した。ほどなくして二の門に着くと、門番を手招きした。「朱儁、朱大人《たいじん》はもう帰ったか」

門番は頭を下げて答えた。「いえ、まだ帰っておりません」

曹操はすぐに機転を利かせ、懐から二百文を取り出した。「俺は門の奥に隠れているから、代わりに見ていてくれ。朱大人がやって来たら、すぐに知らせてほしい」

その門番はちらっと金に目を遣って答えた。「いったい何をなさるおつもりですか。仇《あだ》討ちならよそでお願いします。請け合うことはできません」

「はあ、何をぬかす。俺はただ朱大人にちょっと会いたいだけだ」そう話しながら、曹操は金を門番の手に握らせた。清酒は顔を赤く染め、財は心を揺り動かす。門番はあたりに目を配ると、官邸の規則など顧みず、大急ぎで金を懐に押し込んだ。「少々我慢を強いますが、門の奥にしゃがんでいらっしゃればよいでしょう。表に身を隠す場所はありません。それに、わたしどもの頭《かしら》に見られたら厄介です」

「わかった、わかった」曹操はそれを素直に聞き入れ、羽織り物のあちこちを引っ張ってまとめると、門の奥にしゃがみ込んだ。ちょうど門番の後ろに当たる。その門番は時となく振り返って曹操に目を遣ると、笑って声をかけた。「わたしの目は節穴ですが、今回はわかりました。あなたは曹議郎《ぎろう》でしょう」

「おお、俺を知っているのか」

「ほかの方はともかく、曹議郎のことなら。かつてお屋敷に駆け込んできたとき、正門のところではたかれたせいで、歯がぐらぐらになりましたからね」

「はっはっは……」この門番が、かつての若者だったとは思いも寄らなかった。

「あのときは力が入りすぎた。あとでもう少しくれてやる」

「結構です。この二百文もあとでお返ししますから」

「とっておけ。あのときの詫びだ」

その門番もおどけて、笑いそうになるのをこらえながら、振り返らずにつぶやいた。「曹議郎は何をするにも全力を尽くすというわけですね。先には張り手を振り回しながら殴り込み、今度は三公の門の奥にしゃがみ込む、いったいどうしたのですか」

「仕方ないんだ。役人というのは不自由でな、やむにやまれんのだよ」曹操は、話の接ぎ穂に親しく話しかけた。「前に殴り込んでから、もうかなり経つ。お前はまだ若いが、勤めはずいぶん長いようだな。ここでも顔が利くんじゃないか」

「それはそうですとも」門番は曹操のおだてに乗ってきた。「わたしは袁家の邸宅で生まれ、六歳のときの炊事場の手伝いにはじまって、七歳で本初さまの布団を畳み、八歳で公路《こうろ》さまの馬を牽きました。九歳のときには奥方のお茶を入れ、大旦那さまの尿瓶《しびん》の世話もしたものです。それから正門に立ち、ついで二の門の番、物覚えがいいからここまで任されているんです。そうでなきゃ、曹議郎のことを何で覚えているものですか。自慢じゃないですが、若僧と見くびらないでください。ここにはわたしより長い召使いは何人もいないんですから……」そう話すと、その門番は両足を広げた。「そこから見えるでしょう。あの何か抱えた白髪のじいさん、歳はいっているけれど新米なんですよ。だからわたしの言いつけを聞かないといけないんです」

曹操は少し首を伸ばしてみた。ひとたび目にした途端、たいへんな驚きを覚えた――何顒！　あの顔、あの姿、見間違えるはずもない……ああ、伯求さまもすっかり髪が白くなられて。呼び止めて確かめたい気持ちに駆られたが、この門番に何顒の身分を知られるわけにもいかない。そうこうしているうちに、何顒は何か荷物を抱えたまま二の門をくぐっていった。奥に人がしゃがんで隠れているなどとは、露ほども知らずに。

曹操はにわかに憤りを覚えた――明らかに伯求さまは身分を隠して都に入り、ここに姿を潜めている。袁紹らはなぜ自分に嘘をついたのか。たとえ曹嵩《そうすう》の子、つまりは腐れ宦者の筋であったとしても、かつては伯求さまを救い出し、互いに何でも打ち明ける間柄だったはず。それでも袁紹、お前には信じてもらえんのか。なるほど、お前たちからすれば、俺はやっぱり腐れ宦者の筋ということか……この瞬間、袁紹に対する曹操の思いに、はじめて亀裂が入った。

「来た、来ましたよ」門番が声を落としてつぶやいた。

曹操は喜び勇んで立ち上がった。冠と服を整えると咳払いを一つして、門の奥からぶらりと出てきたふうを装い、朱儁の前に出た。「おお、朱大人ではありませんか。これはこれは、ご機嫌うるわしゅうございます」

朱儁は曹操を認めると、にこにことして髭をなで上げた。「おや、曹家の若いのか。おぬしも袁家に来ていたのか」

「さようでございます。ここでまた朱大人にお会いできるとは、実に奇遇なことで」

「まったくだ」

朱儁が後ろ手にして歩きはじめると、曹操はそばについて歩を進めた。曹操自身、背は高くないが、朱儁は曹操よりも頭半分ほど低い。曹操は腰をかがめて見上げるようにして、やっと恭敬《きょうけい》の意を示すことができる。「朱大人、その節はご指導を賜り、まことにありがとうございました」

「はて」朱儁は呆気にとられている。「わしが何か教えたかのう」

「かつての太傅《たいふ》の胡広《ここう》さまは英明の気に溢れた人物だと仰られましたが、わたしもようやくわかったのです」曹操はすでに台詞を練り上げていた。「たしかにあの方は節操を失いました。しかし、それは梁冀《りょうき》の乱、王甫《おうほ》の横暴と続き、朝廷じゅうが混乱に陥っていたからです。あの当時、かりに胡広さまが中庸を保って国政を執らなければ、朝廷のどこにも政《まつりごと》を取り仕切る者がいない事態になっていたはず」

「うむ、そうだな」

「実際、臣下たる者、ときには指弾されることもあります。ただ、それはすべて必要に迫られてのことです。およそお上の利益になることであれば、一つひとつの行動の是非は細かに問うべきではないと思うのです」曹操はこの部分をことさら強調して伝えた。実は、前に朱儁と会ってから、曹操は密かに朱儁の経歴や過去の出来事を探った。そして、朱儁の弱みを知ったのである。かつて朱儁は従事《じゅうじ》［属官］として会稽《かいけい》にいた。当時の太守《たいしゅ》は名将の尹端《いんたん》であったが、ときに許韶《きょしょう》が反乱を起こした。尹端はこれを鎮圧し切れず、罪に問われて死刑を言い渡されたのである。

しかし、実のところ、これは朝廷の落ち度であって、老将の罪ではない。朱儁は尹端を救うために、多くの袖の下を使って奔走した。宦官を買収し、督郵《とくゆう》をなだめた。こうして尹端は助かったが、その手段が不当であるとして、朱儁は同僚から非難され、かえって人生最大の汚点となったのである。曹操はこの点を利用した。家でひとくさり話を練り上げると、何度も密かに練習してきた。表向きは胡広のことであるが、実際は朱儁に気に入られるためのごますりである。

朱儁は不揃いな髭をしごきながら、いたく喜んだ。「そう、まったくそのとおりだ。おぬしは若いのによくわかっておるな。肺腑に染みたぞ。嘘ではない」

話し込むうちに、もう袁家の敷地を出ていた。曹操は馬で来ていたが、朱儁が馬車に乗り込むのを見ると、自分の馬は捨て置いて、急ぎ馬車の前に回り込んで簾《すだれ》を上げた。

「なんとまあ、よく気が利くな」朱儁はたいそううれしげに乗り込むと、振り返って誘ってくれた。

「おぬしとは気が合うな。暇ができたら家に来るといい。ゆっくり話そう」

ついにこのひと言を引き出した。曹操はすぐに承知した。「必ずお邪魔いたします。それに、用兵の道についても教えを請いたく存じますし」朱儁は手を振って遮った。「いや、学に先後なし、達者が師なりと言う。教えを請うなどと申されても、わしには務まらんよ」

「それはご謙遜を」曹操はここぞとばかり持ち上げた。

「まあ、これまでにしよう。急ぐ身でな。楊公《ようこう》［楊賜］に孫ができたそうだ。楊脩《ようしゅう》といったかな。祝いの酒をご馳走にならねばいかんのだ。いずれ暇ができたら訪ねてくれ。そのときはゆっくり話すとしよう」朱儁は言い終えると、車夫に車を出すよう促した。

「朱大人、どうかお気をつけて」曹操は拱手の礼で見送った。

このひとしきりのやり取りに朱儁は気をよくし、馬車が遠く離れても、曹操に手を振り続けた。馬車が角を曲がっていくと、曹操はようやく腰を伸ばした。杭から縄をほどいて馬を牽き出すと、気分よく跨がった。計画どおりうまくいった。ほんの少しの言葉で、見事に朱儁の信頼を勝ち得たのだ。好機とは、やはり自ら手繰り寄せるもののようだ。しかし、しばらく行ったところで何顒のことを思い出すと、また気が沈んだ。

俗に、失意にあろうと俯《うつむ》くなとは言うが、このときの曹操はうなだれたまま、馬の歩みに任せていた。

同じく、おりしも向こうから竹簡を抱え、魂が抜けたかのようにうなだれて歩いてくる者がいた。二人は近づいても、双方ともにまったく注意を向けず、なんと正面からぶつかった。互いに謝り、すれ違っていく。このとき曹操は、その者が天下の大乱の引き金を引く人物だとは、到底知る由もなかった。

男の名は唐周《とうしゅう》。抱えていた竹簡こそは、太平道の謀反を密告する文書である。楊賜、劉寛といった重臣らは、禍を未然に防ごうと努めたが、いかんせん、暗君の劉宏には聞き届けてもらえなかった。

そして来るべき時が来た。光和《こうわ》七年（西暦一八四年）二月、黄巾の乱の幕がついに切って落とされたのである。

（1）掾属とは補佐官のこと。漢代、三公から郡県の長官まで掾属がついた。任用は主官が自ら決め、朝廷の任命によらない。魏晋以降は吏部《りぶ》によって任免された。

第四章　百万人の大造反

寒夜の急変

曹操は夢から目覚めると、部屋が明るくなっていることに気がついた。どうやら庭じゅうが灯火《ともしび》で照らされ、明かりが差し込んでいるようである。まさか失火か。衣を引っかけると、慌ただしく表に出た。見れば、屋敷の家僕や侍女らがまっすぐに立ち並び、提灯の明かりが真昼のようにあたりを照らしている。

何ごとか測りかねていると、秦宜禄《しんぎろく》が松明《たいまつ》を掲げながら駆け寄ってきた。「旦那さま、一大事です。この音が聞こえますか」

曹操は少し顔を上げ、耳を澄ましてみた。北西のほうから鐘の音がのどかに響いてくる。「朝廷でたいへんなことが……玉堂殿《ぎょくどうでん》の鐘の音です」

光武《こうぶ》帝の中興を機に、漢の都は長安《ちょうあん》から洛陽《らくよう》へと遷された。

光武帝劉秀《りゅうしゅう》は皇宮《こうぐう》の宮殿を新築し、朝議を開く南宮の玉堂殿の前に二つの大鐘を備えた。大きさは一丈［約二・三メートル］あまり、緊急の朝議や変事の出来《しゅったい》の際に打ち鳴らされる。これが鳴ると、秩《ちつ》一千石《せき》以上の官はすぐに出仕せねばならず、片時も遅れることは許されない。

ちょうどそのとき、灯《あか》りを捧げた楼巽《ろうい》に導かれ、衣冠束帯を整えた曹嵩《そうすう》がやって来た。曹嵩はまだ突っ立っている息子を急《せ》かせた。「早く着替えよ。ともに出仕だ」

「えっ」曹操は驚いた。この鐘の音で、秩六百石の議郎《ぎろう》まで出仕した話など聞いたことがない。「着替えろと言ったらさっさと着替えるのだ。すでにお触れが出ておる。都にいる秩四百石以上の官は、みな朝議に参加せよとな。車馬はわしが言いつけておくから、さっさと支度せい」曹嵩はそう言い残すと身を翻した。

曹操は急いで部屋に戻ると、秦宜禄のなすままに身づくろいをして着替えたが、そのあいだも気が気ではなく、どんな衣を着たのかもよくわかっていなかった。曹操の頭に真っ先に浮かんだのは、皇帝の崩御である。

今上《きんじょう》陛下の劉宏《りゅうこう》はまだ二十九歳とはいえ、中興以来、漢の皇帝は例外なく若くして死んでいる。先帝劉志《りゅうし》はそのなかではもっとも長生きしたが、それでも三十六歳である。安《あん》帝は享年三十二、章《しょう》帝は三十一、順《じゅん》帝は三十歳で崩御した。和《わ》帝は二十七歳、質《しつ》帝は八歳のときに梁冀《りょうき》に毒を盛られ、沖《ちゅう》帝などたった三歳で死に、殤《しょう》帝に至ってはわずか二歳である……

曹操は考えるほどに、ますますその思いが強くなった。そしてまた、皇太子の劉弁《りゅうべん》がまだ十二歳であることに思い至ると、今後は朝廷で誰につくべきかと思いをめぐらせた。そうしてあれこれ思い悩んでいると、父の一喝する声が響き渡った。「ぐずぐずするな！　さあ行くぞ」

「は、はい！」曹操は気を取り直すと、慌てて父のあとについて邸宅を出た。

急いで表に出ると、果たして事態は皇帝の崩御どころではないと、ようやく気がついた。永福巷《えいふくこう》は黒山の人だかりで、軒並み灯火がさんさんと照らしていた。ここには高官の邸宅が集まっており、どの門も兵士が戟《げき》を手に見張りとして立っている。むろん曹家もである。朝議の命令はすでにどの家にも達しているのであろう。曹操はおぼろげな記憶を手繰り寄せた。あれはたしか十二、三歳のとき、先帝の劉志が崩御した際の情景である。やはり深夜の急報で、一両日は騒々しかったが、しかし、門前に兵士が立っていたことなど決してなく、文武百官を夜半に呼び集めることもしなかったはずである。

やや出遅れたか、遠きも近きも都にいる官はすでに家を出ていた。本来は開けた大通りも、いかんせんあまりの官用車の多さに、水も漏らさないほどに道が塞《ふさ》がっている。多くの官が付き人を従え、大声で騒ぎながら道を急かしているので、やかましいことこのうえない。曹嵩は振り返って声を張り上げた。「これはまずいぞ。わしは九卿《きゅうけい》に名を連ねる身、決して遅れるわけにはいかん。この様子じゃ、宮廷のなかまでえらいことになっている。この際しきたりなんぞどうでもいいわい。歩いていくぞ」

曹操はしきりにうなずきながら考えた。「亀の甲より年の功というやつか。さすがにいろいろと経験しているだけのことはある。俺ももうじき三十だが、まだまだ親父に学ぶことはあるもんだ」

道すがら、見れば通りは松明を掲げて剣を手にした兵ばかり。十歩も歩けば歩哨《ほしょう》にぶつかり、目を刺すような松明のおかげで、付き人に提灯を持たせて先を行かせる必要もない。父子は馬車のあいだを縫うように進み、まもなく永福巷の人混みを抜け出た。皇宮に続く大通り平陽街《へいようがい》まで来たところ、なんと、眼前に広がる光景はさらに目を疑うものであった。一隊、また一隊と刀や槍を手に居並ぶ兵士、さらには城内の各家を見張る兵が、平民を一歩たりとも家から出さないようにしている。服の色を見れば、都を防衛する洛陽の北軍《ほくぐん》の五営《ごえい》、すなわち射声《しゃせい》、歩兵《ほへい》、屯騎《とんき》、越騎《えつき》、長水《ちょうすい》の各校尉《こうい》がすべての兵を出動させて、あたり一帯に厳戒態勢を敷いている。執金吾《しつきんご》(1)が兵士を指揮する様は、さながら敵の大軍に相対するかのようである。とにかくものすごい人の群れだ。いずれの通りでも身動きの取れなくなった官らが、車を降りて押し合いへし合いし、象牙の笏《しゃく》を落とした者も数知れない。鳴り止まない鐘と銅鑼の音は、どこから聞こえてくるのかさえ判然としない。洛陽城の四方の城門の鐘がすべて打ち鳴らされ、絶え間なく響き渡っている。これは速《すみ》やかに集まるようにとの催促であろう。

父に手を貸しながら、曹操も人波に飲み込まれた。北へ向かうにつれてますます人混みは激しく、もはや車は一台も見当たらない。いまや官位の等級など見分けもつかないが、それでもなお、誰もが朝見の礼を守らんと冠を正しくかぶっている。ただ、いかんせん心の乱れが慌ただしい歩みにも表れていた。行き交うのは見知った者ばかり。互いに顔を寄せ合い、取り沙汰しながら進んでいる。

「なんだ、どうしたっていうんだ」

「北軍が反乱を起こしたのか」

「まさか陛下の身に何か……」

「反乱軍に取り囲まれたんじゃないのか」

「宦官のしわざだ。きっと張譲《ちょうじょう》のやつが……」

「陛下はどこにおられるんだ。よもやまた西園《せいえん》［洛陽西郊の離宮］にいるのではないだろうな」

あまりにも激しく飛び交う話し声に、その内容も聞き取れなくなった。そのうえ鳴り響くこの鐘の音、人々の胸も早鐘を打つ。二月の春寒《しゅんかん》の夜とはいえ、この人だかりである。寒さを感じることもなかった。

皇宮の正門が目に入ったとき、突然、行列の歩みが止まった。なんと、兵士が厳しく検問をしているのだ。曹操は、自ら兵を引き連れた黄門《こうもん》［皇帝にかしずく宦官］の蹇碩《けんせき》を彼方に認めた。前方では一人ずつ所持品調べが進められている。普段は帯剣して昇殿することを許されている者もこのたびは禁止され、何人かの老臣は杖さえ取り上げられた。今宵は寸鉄を帯びることも許されないようである。

敷地内に入ると、途端に誰もが黙り込み、それを待ってか鐘の音も収まっていった。黒い朝服《ちょうふく》の列はどこまで続いているのか、さながら大きな群れで一斉に巣に帰る鴉《からす》のようである。二の門を抜け、壁のそり立つ複道《ふくどう》［上を皇帝、下を臣下が通る上下二重の渡り廊下］を進むと、あまりの静けさに履物が黒煉瓦を踏む音さえこだまして、えも言われぬ恐怖がいっそうこみ上げてくるのであった。

複道を抜けると目の前が開ける。玉堂殿前の広場は、弓矢を持つ羽林《うりん》軍［近衛軍］が埋め尽くしていた。五官中郎将《ごかんちゅうろうしょう》、左《さ》中郎将、右《ゆう》中郎将、虎賁《こほん》中郎将、羽林《うりん》中郎将、羽林左監《うりんさかん》、羽林右監《うりんゆうかん》、これら光《こう》禄勲《ろくくん》府に属する七部署の将官と衛尉《えいい》の部下が、揃《そろ》って鎧兜に身を包んで小道から出てきた。皇宮を照らす灯火が蜃気楼のように揺れている。

百官は歩きながらも官位に従って順序を確認し合いつつ、打ち寄せる波のように階《きざはし》を上っていく。このときになって曹操は、鮑鴻《ほうこう》と鮑信《ほうしん》の兄弟や陳温《ちんおん》もその列に加わっていることに気がついた。誰もが沈鬱な面持ちで目を落としている。こちらでは崔鈞《さいきん》が父の崔烈《さいれつ》に手を添えながら玉の階を上り、楊《よう》彪《ひょう》と楊琦《ようき》に支えられた楊賜《ようし》はすっかり年老いて一歩ごとに休んでいる。向こうで袁基《えんき》を介添えしているのは袁逢《えんほう》と袁隗《えんかい》の二人の老人である。早春の夜、玉の階には一面に露が浮かび、古希を超えた老人にとってはこの石段も実にひと苦労なのであった。

曹嵩は息子の手をほどくと袁基のほうを指さしてささやいた。「わしは大丈夫だ。向こうに手を貸してやるがいい」曹操はすぐに近づくと、袁隗の袖を引いて階を上るのを手伝った。ここでは無駄話は厳に慎まねばならない。袁基は感謝の意を込めて小さくうなずいた。

官僚の集まる朝議には階級の別がある。玉堂殿は二百人以上が入れるとはいえ、今日はあまりにも多すぎた。三公《さんこう》、九卿、列侯《れっこう》、侍中《じちゅう》といった官が入ると、もうほとんどいっぱいである。それ以下の中堅の官は玉堂殿の外にはみ出していた。しかもその後ろには、佐丞《さじょう》、令史《れいし》、掾属《えんぞく》、謁者《えっしゃ》、冗従《じょうじゅう》などの小官が所狭しと居並び、階のところで首を伸ばしてなかの様子を窺う者や、複道を抜けたところでもう身動きできない者もいた。曹操は鮑信らと一緒にいようと思ったが、この込み具合では近づくことすらできず、袁基について門の一番前に並ぶこととなった。

今日のこの深夜の朝議は、いつもとまるで違う。拝謁の礼法はすべて免除され、本来なら尚書令《しょうしょれい》、司隷校尉《しれいこうい》、御史中丞《ぎょしちゅうじょう》が皇帝に向かって南の第一列、「三独座《さんどくざ》」に陣取るが、今夜は遠くの者からもよく見えるようにそれも取り払われていた。さらには内廷の官も朝議に参列している。

ふと見れば、皇帝劉宏はすでに玉座についていた。表向きは堂々としているが、慌ただしく羽織った装束はきちんと紐が結ばれず、顔色も目立ってよくない。その後ろ、ほど近いところには、張譲、趙忠《ちょうちゅう》、段珪《だんけい》ら十二人の中常侍《ちゅうじょうじ》が頭《こうべ》を垂れて立っている。ほかにも呂強《りょきょう》、郭勝《かくしょう》といった大小の黄門たちが宮殿の一角に隙間なく並び、五代に仕える九十を超えた老宦者の程璜《ていこう》までもが支えられて参列していた。さらに奥は灯火の光も届かず、ほかに誰がいるのかは見分けられない。

しばらく経って、がさごそと衣冠を正す音も完全に静まったころ、蹇碩がすばやく一歩進み出た。

「皇帝陛下に申し上げます。在京の秩四百石以上の官、そのほとんどすべてがここに揃いました。ただの者は兵士が屋敷にとどめ、もう出られないようにしております」

劉宏は黙って手を挙げた。

それを見た蹇碩は振り返り、宮殿の外に向かって大声で叫んだ。「宮門《きゅうもん》を閉じよ」宮門を閉じよ……宮門を閉じよ……宮門を閉じよ……宦官が皇帝の命《めい》を一人また一人と伝えていった。百官は顔を見合わせた。「門を閉じよとは……」

「諸官に告ぐ」劉宏は立ち上がった。「こたびは朝議ではない。重大な事案が発生した。今宵、禁中に密報が入った。太平道《たいへいどう》が兵馬を揃え、その数は百万を下らないらしい。それが来月五日に決起するというのだ」この知らせに殿内は騒然とした。

「静粛に、静粛に」蹇碩が声を張り上げる。

「思うに、張角《ちょうかく》がついに野心を露わにし、呪術を正道と偽っておるのであろう。朕は必ずや法に照らしてこれを断ずる所存である。しかし、さらに驚くべきことには、逆賊はすでに一隊をこの河南《かなん》の地に進め、洛陽に差し迫っているという。その賊の名は馬元義《ばげんぎ》、太平道の首領張角の腹心である。この馬元義は弟子の唐周《とうしゅう》を宮廷に送り込み、宦官を買収して朕の暗殺を企んでおったのだ」劉宏の目に恐怖の色がありありと浮かんでいる。「幸い唐周は事の大きさに恐れをなし、自首を申し出て法に服した。すでに賊どもの情勢はつかんでおる」

そう言いつつ、玉案の上から竹簡をつかみ取り、正殿上に投げ捨てた。「これは屋敷に積み上げられた薪《たきぎ》同然、何としても除かねばならん。今宵、馬元義の一味を葬り去れ。すでに詔《みことのり》は伝えてある。洛陽の十二の門は厳重に警備せよ。京畿《けいき》の八関《はっかん》は守りを固めて敵に備えよ」

いわゆる八関とは、すなわち函谷関《かんこくかん》、太谷関《たいこくかん》、広成関《こうせいかん》、伊闕関《いけつかん》、轘轅関《かんえんかん》、旋門関《せんもんかん》、孟津《もうしん》、小平津《しょうへいしん》のことで、都一帯の要所である。いずれも「一夫《いっぷ》関に当たれば、万夫《ばんぷ》も開くなし［一人が守れば万人でも通れない］」といわれる。この八関がひとたび閉ざされれば、河南の地は外界と隔絶され、たとえ逆賊の勢力がより大きかろうと、都に攻め入れる可能性はないに等しい。

「将作大匠《しょうさくたいしょう》の何進《かしん》！」劉宏は高らかに国舅《こっきゅう》の名を呼び上げた。

たしかに何進の身分は九卿に並ぶ高きにあり、名義上は宮殿の修築を管轄する将作大匠であるが、百官を前に陛下に呼び出されたのはこれが最初であろう。曹操の目にはそれが明らかであった。何進は震えながら小走りに進み出て応えた。「臣はここに……」声まで震えている。

「ここに命を申しつける。そなたは河南尹《かなんいん》の長官の任につき、京畿の治安を維持せよ。さらに洛陽の五軍七署［北軍の五営と南軍《なんぐん》である光禄勲府の七部署］の全兵権を授ける。直ちに軍を起こして馬元義を捕らえ、逆賊を討ち滅ぼしてまいれ」

何進は広い額をべったりと床に押しつけて、つっかえながら申し出た。「し、し、臣には……臣には力及びませぬ。か、かような大任は務まらぬかと」

百官はみな顔をしかめた――なんという国舅か。この期に及んで辞退を申し出るとは、官途に通じていないにもほどがある。五軍七署には多くの校尉や司馬がいる。誰が本気でお前に作戦の指揮を執らせるものか。強大な軍権をあかの他人には授けられぬゆえ、陛下と姻戚にあるお前を任命したのは明らか。これっぽっちの道理もわからず、とんだ官僚気取りだ――

この皇后の兄が傑物ではないことぐらい、劉宏とて見抜いていた。しかし、いまや何進のほかに全幅の信頼を置ける人物も見当たらない。玉案を回り込むと、劉宏は自ら手を差し伸べた。「何将作大匠、どうか辞退してくれるな。五軍には有能な校尉や司馬が多くいる。きっとそなたを成功に導いてくれよう」

「そ、そういうことでしたら……お引き受けいたします」皇帝が必死に自分の腕を握り締めている。何進はもはや断ることはできないと悟り、ようやく拝命することを決心した。

劉宏はほっとひと息つくと、座に戻って玉案を叩いた。「裏切り者を引き出せ」

その叫び声とともに、羽林軍を従えた蹇碩が、後ろ手に縛り上げられた二人の宦官を護送してきた。みな首を伸ばして見てみると、それはほとんどの者が知る人物、太官令《たいかんれい》の封諝《ほうしょ》と中黄門《ちゅうこうもん》の徐奉《じょほう》であった。曹操はびっくり仰天した。太官令は皇帝の飲食を管理している。もし食事に毒を盛れば、陛下の暗殺とて造作もない。

「唐周の密告書には、貴様らが逆賊から賂《まいない》を受けたとはっきり記されておる。まずは貴様らを血祭りに上げて、軍の威厳を保つのだ」

「濡れ衣でございます……わずかの財に目がくらんだとは申せ、逆賊と手を組むなど滅相もございません……陛下……」二人はなおも言い逃れようとしたが、犬の死骸よろしく引きずり出されていった。耳を刺すような叫び声がしたかと思うとしだいに遠ざかり、正殿は静寂を取り戻した。何進はというと、何をすべきかわからず、まだその場に立ち尽くしていた。その様子を見た五営を監督する北《ほく》軍中侯《ぐんちゅうこう》の鄒靖《すうせい》は、すぐに宮殿の入り口あたりから隙間を縫って近づいて跪《ひざまず》いた。「陛下に申し上げます。軍旅《ぐんりょ》は火急のことゆえ、一刻の猶予もなりません。われら死命を尽くしてまいります。速やかなるご出兵を」

「うむ、直ちに兵を率いて進発《しんぱつ》せよ」劉宏は手を振って合図した。

鄒靖は立ち上がって何進を見たが、何進はなお身じろぎもしない。鄒靖は何進に向かって口を突き出し合図をした。何進もそれに気づいたが、その意味がわからず、同じく口を突き出して見せた。鄒靖は思い切り何進を罵倒してやりたかったが、いまはお国の一大事、癇癪《かんしゃく》を起こすなどもってのほかだ。「国舅さま、あなたが総帥ですぞ。急いで軍の指揮に参るのです」

何進はようやくその意を悟り、ばたばたと外へ駆け出した。玉堂殿の入り口まで来たところで、辞去の礼をし忘れたことを思い出し、振り返って腰を曲げた。「失礼いたします、陛下」そう口にして身を翻した途端、門の高い敷居に足を引っかけ、危うく百官の前でつんのめって倒れるところであった。曹操はちょうどそこで身動きできずにいたので、この様子を目の当たりにし、必死で笑いを噛み殺した。門のあたりにいた百官もそれぞれに目を見開いて、笑いをこらえていた。この場の厳《おごそ》かで張りつめた雰囲気が台無しである。

劉宏もいくぶん気まずく、軽く咳払いをして威儀を正した。「今宵は都の急変である。すべての官は皇宮から出ず、羽林軍の護衛のもと、ここで休むように。北軍が逆賊を滅ぼして戻れば私邸へ戻ってよし」護衛とは名ばかりで、これは監禁にほかならない。宦官のなかに内通者がいたからには、百官のなかにもいることは免れない。万一、その者が逆賊に内情を流したり、あるいは城内で混乱を起こそうものなら、にわかには収拾できない事態となる。よって、すべての官を軟禁し、矢を手にした羽林軍が四方を囲んでいるのだ。これではどんなに有能な者でも、波風一つ立てられない。

時はすでに丑《うし》の刻(2)に近く、みなの気が緩んできた。劉宏もこの長い夜に疲れを見せはじめ、少し姿勢を崩して口を開いた。「諸官に告ぐ。逆賊鎮圧の件でまだ何か発言のある者はいるか。今宵は官位は問わぬゆえ、申し出るがよい」

そう発せられると、宮殿の隅から一人の中年の宦官が駆け寄った。「臣呂強《りょきょう》、申し上げたき儀がございます。陛下、何とぞお許しを」

これには劉宏もやや驚き、おざなりに答えた。「そちなら後宮に戻ってからでいいではないか」

呂強は頭を垂れた。「こたびの上奏、臣は長らく思慮しておったのです。何とぞ陛下、この機会に百官と決裁していただきたく」

「では申せ」

「陛下におかれましては、速やかに禁錮《きんこ》されている『党人《とうじん》』に恩赦を賜りますよう」

このひと言に、殿内の誰もが背筋を伸ばし、すべての視線を皇帝劉宏にじっと注いだ。『党人』の解放、これこそ士人《しじん》たちの願いである。しかし、一度また一度と繰り返し握りつぶされ、それもすでに叶わぬ望みとなっていたのだ。それが今日、しかも宦官の口から提議されようとは、いったい誰が予想できたであろうか。

劉宏は呂強にちらと目をくれると、うなだれてため息をついた。帝位にあるとはいえ、この件に関しては百官に向ける顔がないのである。

　むろん呂強も出すぎた真似と知っていて、終始、頭を低く下げている。「『党人』の禁錮はすでに何年にも及び、多くの者が不満を抱いております。このまま恩赦がなければ、容易に張角と手を結ぶでしょう。乱がますます大きくなってから後悔しても手遅れです。いまこのときこそ、陛下におかれましては聖恩を垂れたまい、『党人』に恩赦を施して禁錮を解き、仁徳を天下にお示しになられますよう。いまを逃しては敵に資すること甚だしく、張角の勢いはいよいよ盛んとなるでしょう。陛下、くれぐれも……」

「みなまで申すな！　朕もわかっておる」劉宏はしきりにうなずいた。自分にとってのさまざまな敵が手を組む可能性があることは、当然ながら劉宏にもわかっていた。「本日より、禁錮されている『党人』はみな赦免する。そのうち孝廉《こうれん》、明経《めいけい》の士人はこれを官として辟召《へきしょう》する」

「英明なる陛下！」多くの者が思わず口にしたその声は、耳をつんざくほど高く大きく響いた。竇《とう》武《ぶ》と王甫《おうほ》の変に始まり、十七年の長きにわたった党錮《とうこ》の禁《きん》がついにとうとう解かれたのである。曹操はあまりのうれしさで、思わず隣にいた袁基と両手を握り合わせていた。しかし、居並ぶ九卿のなかに見つけた父は不愉快げに腰を下ろしていた。よく見ると、樊陵《はんりょう》、許相《きょしょう》、賈護《かご》、梁鵠《りょうこく》といった面々も一様に表情を曇らせている。いずれも宦官になびき、党錮の禁によって成り上がった者たちである。さらに目を引いたのは、劉宏の背後にいた十常侍《じゅうじょうじ》たちである。ぼんやり暗く、はっきりとその表情までは読めないが、張譲らの目が恨みがましく呂強を睨みつけているのが見て取れた。

　劉宏はわざわざ玉案を叩き、さらに続けた。「もう一つある。よくよく考えてのことだが……」

手を取りあって喜ぶ官僚たちは、瞬く間に静まり返った。

「国難にあっては良将を思えという。かつての太尉段熲《だんけい》は戦《いくさ》に優れ、数々の武功を挙げたものの、惜しいかな、王甫に連座して死んでしまった。もはや雪《そそ》ぐことのできない無実の罪である。その家族はいまなお流刑にあるが、今日をもって一切を不問とし、故郷へ帰ることを許そうと思う」劉宏はそこで声を張り上げた。「諸官も承知しておくように。およそ朕のために功を立てた者は、朕も必ずや報いよう」

この言には、「党人」の解放に不満げであった一部の者も、ようやく頬を緩めた。実のところ、劉宏の狙いは明白である。いまの朝廷には、党錮によって昇進した者が少なからずいるばかりか、「党人」をその手で処刑した者さえいるのである。皇帝としては、一方の勢力が他方を圧倒し、自分にまで力が及ぶことだけは、何としても避けねばならない。劉宏は両派の勢力を並存させて均衡を保つ腹づもりなのである。かつて段熲は千人にも及ぶ「党人」および太学生《たいがく》［最高学府の学生］らを捕縛した。党錮に関わった官のなかでもっとも残忍な人物である。いま、その段熲の武勲を称えるということは、党錮が過ちではなかったことを保証するとともに、当時党錮に関わった重臣らをも安心させることにつながる。

どちらに転んでも結局は「大団円」なのである。あとは肉屋あがりの国舅が勝利の知らせを持って帰るのを静かに待つだけであった。

劉宏は衣をきちんと合わせると、立ち上がって告げた。「宮門はすでに閉じられた。諸官はみだりにここを離れることはできぬゆえ、腰を下ろして休みたまえ。少し冷えるであろうから、三公、九卿以上の諸大人《たいじん》には錦の羽織り物を授ける。それで寒さをしのぐように。また、すでにうどんの用意を命じておる。百官はこれで腹を膨らませ暖を取るように。今宵はみな気楽にしてよいぞ」言い終わると、身を翻して後宮に向かった。ただ、何歩も行かないうちに突然振り返って告げた。「楊賜と袁逢、二人は朕について来てもらいたい……」

宮殿に入るとき、蹇碩に杖を取り上げられたうえ、長らく正座していたため、二人ともにわかには立ち上がれない。

「ごゆっくり、急がずともよい。息子らに支えてもらい、ともに来てもかまわぬ」劉宏は手招きすると先に進んでいった。皇帝が十常侍とともに奥に下がると、みなもようやく人心地がつき、玉堂の内外を賑やかに行き交った。わが身の碌々《ろくろく》たる身分では父のそばに行くことも憚られ、曹操は鮑信兄弟のところまで逃げていった。しばらくすると、陳温や崔鈞、楊琦といったいつもの連中も集まってきた。

鮑家の兄弟は武芸を好む。わけても鮑鴻は武芸に病みつきで、開口一番、恨み節を口にした。「出兵だというのに俺の出番がないとはな」

鮑信は笑った。「馬鹿だな、兄貴。まずは北軍に入り込む方法を考えてから言いなよ」

かたや楊琦はずいぶん気落ちしている。「早くからおじの言葉に耳を傾けてくだされば、今日の事態にはならなかったろうに」

崔鈞はひとりごちている。「伯求《はくきゅう》さまもこれでやっと報われる。しかし、最後が宦官のおかげとは、なんとも釈然とせんがな」

陳温も何やらつぶやいている。「馬公《ばこう》［馬日磾《ばじってい》］はどうされているんだ。できることなら先に東観《とうかん》まで戻り休んでいただかなくては。足の節々を痛めているんだ」

めいめい思うところはあるようだが、いまの曹孟徳《もうとく》と同じことを気にしている者はいない。ちょうど一人でぼんやりしていると、諫議大夫《かんぎたいふ》の朱儁《しゅしゅん》が腰を伸ばしているのが目に入った。朱儁は宮殿から出てくると曹操に声をかけてきた。「孟徳じゃないか。昨日の午後は袁家で世間話をしていたっていうのに、たった一晩で変事が起こり、今日はこうしてびくびくしているとはな」朱儁のほうから向かってくるとは、どうやら昨日のおべっかが効いているようだ。

曹操はすぐに作り笑いを浮かべた。「お見受けしたところ、朱大人は泰然自若とされて、まったく平気なご様子ですが」

「この禍《わざわい》は避けられやせんしな」

曹操はようやく腹を割って話せる人物を見つけた。「朱大人、お尋ねしたいのですが、何進さまは馬元義を捕らえられるのでしょうか」

「八関が閉ざされたからには、必ずや生け捕りにしてくるであろう」朱儁は足腰をほぐしている。

「しかし、乱はすぐに起こるであろうな。張角は百万の衆を擁しているのだぞ。こたびは露見したが、それでおとなしく尻尾を巻くと思うか。戦乱はもう目と鼻の先だ」

これこそ曹操がもっとも関心のあることである。「朱大人、おそらく百万ではききませんよ」

「何？」

「各地にたむろする山賊、辺地の従わない民、さらには数々の暴政で家を逐われた流民たち、張角がひとたび立ち上がれば、みな逆賊について反旗を翻すでしょう。そうなれば天下は大いに乱れますぞ」

朱儁はため息をついて語った。「陛下も踏んだり蹴ったりだな。馬元義なんかお安い御用だが、そのあとのことはどうする。涼州《りょう》での羌《きょう》族の乱が長引いて、いま軍を呼び戻すことは不可能、ましてや関東《かんとう》［函谷関以東の地］の諸州に向けるなど絶対に無理だ。かといって徴兵するわけにもいかんしな。頼りになるのが北軍だけとは、こたびの戦は難しいぞ」

曹操もこれにはうなずいた。「しかし、ともかく今日は陛下の手腕を拝見しました。陛下は断じて暗君ではない。『党人』を赦免したうえで、とっさに段熲の話を持ち出した今日の一事を取って見ても、実に機転が利くというものです。まったく英明なご主君ですが、これで政務に身を入れていただければ……」

「それこそわれらの願いであったが、どうやら叶わぬようだな。陛下は祖宗の偉業を思わないばかりか、朝廷の大事にも目を向けない。『党人』を憎むでもなし、かといって宦官をひいきするでもなし」朱儁は短い髭をしごきながら、目に失望の色を浮かべた。「頭のなかは享楽ばかりで、遊びに付き合う者なら誰でもいいのだ。たしかに頭は切れるが、することなすことみな遊びばかりではな……もったいないのう……」

「こんな大乱が起こっては、さすがに遊びもこれまででしょう」

「わしがいま案じておるのは、張角が兵を挙げても涼州の将兵を呼び戻せんのでは、陛下はいったい誰を当てるつもりなのかということだ」朱儁は黒豆のように小さな目をしばたたかせた。「ふん。

こんな手を焼く仕事は、またおおかたわしに押し付けるつもりだろうて」

このとき、曹操の心を危うい考えが突如かすめた。この朱儁はかつて俺を連れて戦に出てもいいと言った。もし本当にこの男が総帥となれば、俺も才を発揮できるのではないか。ほどなく曹操は自分の考えの邪《よこしま》さに気づいた。自分は大漢の官である。国家の大平無事を願うべきで、どうして謀反が起こることを願っていいものか。まったく矛盾した考えではないか……

ちょうどそのとき、袁基が駆け寄ってきて、拱手《きょうしゅ》の礼をした。「孟徳、先ほど昇殿の際は老父を助けてくれて助かった」

「それしきのことで何を仰いますか」

「はあ……うちの本初《ほんしょ》と公路《こうろ》ときたら官吏になろうともせず、恥ずかしい限りだ。ところで楊琦を見かけなかったか」

「あちらに」曹操は指さした。

「助かったよ、ありがとう……」

「何かあったのですか」

「陛下は二人の老臣と奥で話し合っていたのだが、それが話しているあいだに楊公《ようこう》［楊賜］と陛下がぶつかり出してな。君臣ともども声を嗄《か》らしてしばらく言い合いになったのだ。そうしたら楊公は胸の持病が悪化してな、慌てて楊琦を呼びに来たというわけよ」そう答えると、袁基はまっすぐに行ってしまった。

「聞いたか。この期に及んでもまだ忠言に耳を傾けんとはな」朱儁は苦笑している。「もし本当に戦になったら、兵を率いて出た者は賊の手に落ちるのではなく、奸臣の口に陥れられることになるかもしれんぞ。まったくこのたびだけはごめんだな」

曹操と朱儁はそのまましばらく話し続けた。時はじりじりと過ぎ、寅《とら》の刻［午前四時ごろ］になると空も薄明るくなってきた。しかし、戦況の知らせは一向に入ってこない。護衛の羽林軍は片時も気を緩めることはなかった。二人は玉の階《きざはし》に腰を下ろそうと、風の当たらない場所を探して御苑の黒煉瓦に腰掛けた。やはり早春の、とりわけ黎明のころおいは寒さが身にしみる。俗に「幽霊でさえ歯の根が合わぬ」と言われる所以《ゆえん》だ。

若者はまだいい。しかし、出仕には早い遅いがあり、同じ議郎でも若者もいれば年寄りもいる。年嵩《かさ》のいった官にとっては夜通し凍えるなど実際たまったものではない。おりしも玉の階の端に、年《とし》老いた議郎が寒さでぶるぶると震えていた。欄干《らんかん》にもたれ、足取りもおぼつかない。それは古《いにしえ》の蜀《しょく》の地の名士董扶《とうふ》であった。讖緯《しんい》［未来の吉凶を予言する語句］と天文の学に通じている。曹操はもとより讖緯など信じていなかったので、董扶にさしたる敬意も払ってこなかった。とはいえ、寒さに震える老人を見るに忍びず、手をさすって暖めてあげようとした。

ちょうどそのとき、一人の大物が宮殿から出て近寄ってきた。

身の丈八尺［約百八十四センチ］、中肉中背、透き通るような白い顔、凛々しい目と立派な眉、まっすぐで高い鼻梁、馬蹄銀《ばていぎん》のような耳、黒々として胸まで伸びた堂々たる髭。誰が見ても五十前には見えない。若いころはこのうえない美男子であったはずである。その一挙手一投足には天性の高貴さと優雅さが備わっている。しかし、その優雅さの奥には、底知れぬ才気も秘められているようである。

それもそのはず、身分の高貴さでいえば朝廷じゅうの百官が第一に推すこの者こそ、宗正卿《そうせい》の劉焉《りゅうえん》なのである。

宗正卿は帝室と宗室《そうしつ》の事務、および領地を与えて諸侯王に封ずることを司るため、九卿のなかでももっとも尊ばれている。またその特殊な職務のため、必ず宗室のなかでも身分が高く、名望のある者が選ばれた。劉焉、字《あざな》は君郎《くんろう》、江夏《こうか》郡竟陵《きょうりょう》県［湖北省中部］の出身である。前漢の魯恭王《ろきょうおう》の後裔で、景《けい》帝の玄孫にあたる。郡守を歴任し、礼をもって賢人を遇し、典雅高潔な人物として名を知られている。四十を超えたばかりで宗正卿という官位を賜ったが、これも漢王朝創建以来、きわめて異例なことである。

その劉焉は、先ほど下賜されたばかりの錦の羽織り物を脱ぎながら急ぎ足で玉の階を下りると、董扶にそれを羽織らせて声をかけた。「ずいぶんそなたを心配しておったのだぞ」

「もったいない、これは陛下からの賜り物でございます」董扶はかすかに震えている。

「気にするな。そなたが着ればよい」そう話しながら、劉焉は自ら紐を留めてやった。

董扶は感極まって、涙をいっぱいに浮かべている。「劉大人、あなたは……まこと……」

劉焉はしっかり董扶を支えた。「さあ行こう。宮殿のなかで暖を取らねばな」

「わたくしの身分でそんな……畏れ多いこと……」

「何が畏れ多いだ」劉焉は眉をぴくりと上げた。「入り用があればわしに申せ。宦官にも侍衛《じえい》にもいささか顔は利くぞ。わしが入れると言っているんだ。誰にもとやかく言わせやしない」

「劉大人がそう仰ってくださるんだから、すぐお入りになればいいのです」太倉令《たいそうれい》の趙𨔵《ちょうい》が笑いながらやってきた。その後ろにはさらに議郎の法衍《ほうえん》と孟佗《もうた》もいる。

劉焉は彼らの姿を見て喜んだ。「さあさあ、みんなついてこい。こんなに広い玉堂殿だ。もう何人か入ったところで問題ない」そして小黄門《しょうこうもん》に向かって手招きした。「温かい汁物を五杯取ってきてくれ」その宦官も劉焉の言いつけとあって、すぐに返事をして取りに向かった。

ひとしきりそれを見ていた曹操は、冷たく笑ってつぶやいた。「なんとも偉そうな劉焉さまよ。なるほどその身分を利用してうまく人の心をつかむものだ」

しかし、畢竟《ひっきょう》、曹孟徳はこの劉焉という人物を甘く見ていた。この波乱渦巻く情勢下で、宦官にも清流にもなびかぬ第三の勢力が着々と伸張しているなど、夢にも思っていなかったのである。錦の羽織り物を董扶にかけたそのときから、劉焉を中心に趙瓉、法衍、孟佗を謀士とする後漢最初の分派勢力が、すでに醸成されはじめていたのである。

（1）執金吾とは、秦漢時代に近衛兵を率いて皇宮と都を警備する官のこと。

（2）丑の刻は夜半の一時から三時にあたる。古代中国では一昼夜を十二に分け、そのひとまとまりを時辰《じしん》（刻）と呼ぶ。具体的な名称と対応する時間はそれぞれ以下のごとくである。子《ね》の刻は二十三時から一時、丑の刻は一時から三時、寅の刻は三時から五時、卯《う》の刻は五時から七時、辰《たつ》の刻は七時から九時、巳《み》の刻は九時から十一時、午《うま》の刻は十一時から十三時、未《ひつじ》の刻は十三時から十五時、申《さる》の刻は十五時から十七時、酉《とり》の刻は十七時から十九時、戌《いぬ》の刻は十九時から二十一時、亥《い》の刻は二十一時から二十三時。

頑迷にして悟らず

文武百官が皇宮《こうぐう》にて一夜を過ごしたあくる日の午《うま》の刻［午後零時ごろ］、待ちわびた戦勝の知らせがようやく届いた。

馬元義《ばげんぎ》は唐周《とうしゅう》が密告したのを知ると、部下を引き連れて緱氏県《こうし》［河南省中部で洛陽の東］へと動き、轘轅関《かんえんかん》［河南省中部で洛陽の南東］に攻め込もうと考えた。しかし、八関《はっかん》はすべて厳重に守られており、密かに紛れ込んだ太平道《たいへいどう》の門弟もわずか数百しかいなかったため、関所の守備兵と北軍《ほくぐん》の挟撃に遭って、あえなく殲滅《せんめつ》された。

遠くの問題はともかく、まずは目の前の敵が打ち破られたので、文武の百官もこれでようやく自由の身に戻ることができる。皇宮の正門が開かれると、老いも若きも、誰もがひどい顔色でふらついていた。しかし、それでもなお威儀は保たねばならない。叔孫通《しゅくそんとう》が漢王朝の儀礼を制定してより、朝廷じゅうの官僚がこれほどの目に遭ったのは、おそらく初めてのことであろう。

いまにも瞼が閉じそうな状態で、誰も挨拶などかまっていられない。宮殿前の通りに出ると、みなが私邸からの出迎えを探し、曹家の父子も秦宜禄《しんぎろく》に手助けされて馬車に乗り込んだ。

迎えの使用人も一様に眠たそうな顔をしているのは、主人が宮殿に入ってからずっと外で待っていたためであろう。北軍の五営《ごえい》はまだ引き上げてこない。執金吾《しっきんご》の指揮する兵があちこちで、金市《きんし》と馬市《ばし》は三日のあいだ休みになること、城内で太平道の信徒を見つけたら捕まえることを、銅鑼を鳴らしながら伝え回っている。もっと騒がしくても曹操父子の注意を引くことはなかったであろう。朦朧と馬車に揺られ、屋敷に着いて朝服《ちょうふく》を脱ぐと、横になるなりいびきをかきはじめた。

曹操はそのままあくる朝まで眠り続けた。起き上がってだるい体を伸ばそうとすると、早くも秦宜禄が水を張った盥《たらい》を持って駆け込んできた。「旦那さま、やっとお目覚めですね」

「くたくただ……」曹操は一つあくびをした。「で、何かあったのか」

「外はえらい騒ぎです。平陽街《へいようがい》の大通りに処刑台が設けられて、法に照らして馬元義を処刑するんだとか」

「うん？」曹操はぼんやりと聞いていたが、都の大通りで公開処刑をするなど聞いたことがない。「行くぞ、ちょっと見に行ってみよう」

顔を洗い髪を整えると、曹操は父を起こさないように、秦宜禄と楼異《ろうい》を連れて門を出た。平陽街は洛陽城内を南北に走るもっとも広い通りで、そのまま皇宮の正門へとつながっている。今日はその皇宮前の広場に処刑台が設置されていた。

曹操が来たときには、人垣の向こうから何やら兵士が馬元義の罪状を長々と読み上げているのが聞こえてきた。騒然とした通りは一昨日の比ではない。衣冠を整えた役人の姿はなく、野次馬の多くは農民、職人、商人らさまざまな民で、広場は立錐の余地もない。皇宮前での処刑、これがいったいどれほど珍しいことか。城外に住む者でさえひと目見ようとやって来ているほどで、幾重にも取り囲み、一様に首を伸ばしては、前の人の頭に乗りかからんばかりの勢いである。さらには、馬車や屋根の上から目を凝らしている者までいる。

秦宜禄と楼異は右に左にしばらく押し合いながら進もうとしたが、とても前へ出られそうにない。振り返って見ると、曹操は満面に不愉快そうな表情を浮かべている。秦宜禄はなんとか機嫌を取ろうとした。「旦那さま、ちょっとうるさすぎやしませんか。要はただの殺しですし、お嫌ならやめておきましょうか」

曹操はかぶりを振った。「見えないから機嫌が悪いのではない。はるばるやってきた野次馬どもが嘆かわしいのだ。みな貧苦にあえいでいるであろうに、馬元義が造反したのはいったい誰のためだ」

「誰のため？　そりゃ、金と名誉を手に入れて……」秦宜禄はあたりに目を遣ってささやいた。「皇帝にでもなりたかったんでしょうに」

「ふん、張角《ちょうかく》が皇帝になりたいというのならわかるが、普通の民である太平道の者たちまでもが地位や名誉を望んでいるなど信じられんな。お上がひどくなければ反乱など起こすものか。太平道の者らは張角の邪教に惑わされているとはいえ、彼らもまた自分たちと同じく貧しい者のために立ち上がったのではないのか」

「そんな高尚なお考え、わたしなんかにはちんぷんかんぷんですよ」そうはぐらかして、秦宜禄は馬鹿笑いした。

曹操は秦宜禄の額を小突《こづ》いた。「お前はむろん、ここの野次馬も誰一人としてわかっちゃいない。おそらくはもうじきあの世行きの馬元義だってな。やつはいまでもひたすらに中黄太一《ちゅうこうたいいつ》の太平の世を願っているんだろうよ」

まったくわけのわからない秦宜禄をよそに、楼異が話しかけてきた。「旦那さま、こうしていても進めません。いっそ北軍の顔見知りを見つけて通してもらっては」

その言葉に曹操も思い当たった。主従三人は広場を北側へと回り、処刑監督官のいる台のあたりへ来た。むろんそこは北軍の兵士が長柄の戟《げき》を手にして道を遮っている。曹操が監督台のほうを見ると、全身に鎧を着込んだ越騎司馬《えっきしば》の沮儁《そしゅん》がちょうど近くに立っていたので、手を振って呼びかけた。沮儁は曹熾《そうし》が長水校尉《ちょうすいこうい》を務めていたときの部下で、曹家とは顔なじみである。沮儁は曹操が人垣の向こうにいるのを見つけると、通すように部下に命じた。こうして曹操はどうにか入れたが、秦宜禄と楼異は無官の家僕であるため入れてもらえず、いい見世物を見逃したと腹を立てながら帰っていった。

沮儁は大胆にも、何も言わず曹操を監督台のすぐそばまで連れていった。刑場の一挙一動が手に取るように見える場所である。

曹操は押しかけて失礼だったかもしれないと思って尋ねた。「王法を執行するんだろう、こんなところに俺がいていいのか」

「かまいやしません」沮儁は声を落とした。「今日の監督はあの間抜けな国舅《こっきゅう》ですから、何もわかりやしませんよ。しかも曹議郎は官にある身ですから、差し支えありません」

見れば臨時に設営された高さ七尺［約百六十一センチ］の監督台の真ん中に、河南尹《かなんいん》を拝命したばかりの国舅何進《かしん》が座っている。衣冠束帯を整えて腰には剣を佩《は》いているが、何をするでもなく、あたりをきょろきょろと見回している。ふと曹操の姿を認めると、何進はわざわざ拱手《きょうしゅ》して挨拶をしてきた。家畜をさばくのはお手の物だが、人間の処刑となると話は別である。朝廷の儀礼さえまだ通じていないのに、このような百年に一度あるかないかの大事となればなおさらである。実際に現場を取り仕切っているのは、そのそばに侍立《じりつ》している北軍中侯《ちゅうこう》の鄒靖《すうせい》であった。鄒靖は顔をゆがめて玉の汗をかいている。おおかた、愚鈍な国舅の尻ぬぐいでてんてこ舞いだったのであろう。

「鄒大人《たいじん》のおかげで何とか様になっているな」曹操はささやいた。

「ええ。おとといの夜に賊を捕らえてから、まあ賑やかなこと」沮儁は口を覆って笑った。「行って帰ってくるだけなのに、われらが国舅さまときたら、陣屋をどうするか心配しているんですよ。それに最後、勝負あって馬元義をもう生け捕りにしたっていうのに、あの人ったら、賊兵はどこだってまだ騒いでいるんですから。あの人に軍を率いて戦《いくさ》をさせたら、もう絶対に無茶苦茶ですよ」

まだ何か言いたそうであったが、兵士たちの騒ぎ声にかき消された。ふと見ると、兵士らが道を開けた先から、檻車《かんしゃ》［囚人護送用の檻のついた車］が押し出されてきた。馬元義はたくましい体つきに素朴な顔立ちで、見た目はいたって普通の農家の男である。さすがにこのときばかりは表情も冴えず、真っ青な顔をしていた。だが、口には猿ぐつわを嵌《は》められ、言葉にならないものの、まだ何か言おうとしている。軍中で勾留されていたため囚人服に着替えさせられることもなく、身にまとっているのは生け捕りにされたときの粗衣《そい》で、とうに擦《す》り切れてぼろぼろに破れている。その何か所かからは血の滴る刀傷も露わとなり、しかも、その傷口に沿うように縄がきつく縛られている。

「あれだけ拷問されてもまだ観念していないとは、こいつは本物の硬骨漢だ」沮儁は馬元義に対して賛嘆を禁じえなかった。

兵士は檻車を刑場の中央にまで押し出すと、首に刀を当てたまま馬元義を引きずり出した。すでに死を覚悟したのか、馬元義は何を話すでもなく、両の眼《まなこ》をむいて憎々しげに兵士を睨みつけていた。

太鼓が三たび打ち鳴らされ、合図の鏑矢《かぶらや》が放たれると、刑が執行される。しかし、何進の顔には憐憫《れんびん》の情が浮かんでいた。何進も貧しい家の出であり、しかも馬元義の体つきや容貌にどことなく親近感を覚えていたからだ。いわゆる、同病相憐れむである。鄒靖が耳元で何かしらささやくと、何進はようやく重い腰を上げて叫んだ。「執行せよ」ところが、誰も刀を振り下ろそうとはせず、何進の声に続いて、処刑台の後ろからがらがらと引き出されてきたのは、五台の戦車であった。

車裂き⁉ 取り囲む民はおろか、曹操でさえ大いに驚いた。この大漢の御代では、呂雉《りょち》［前漢の高祖劉邦《りゅうほう》の后《きさき》、呂后《りょこう》のこと］が彭越《ほうえつ》に施して以来、この処刑法を使った者はいない。文《ぶん》帝の治世、孝女の緹縈《ていえい》が父を救うために上書して肉刑は廃止された。光武《こうぶ》帝は中興以来、苛政《かせい》を敷かずに天下を治めることを旨とし、毎年秋の処刑執行の際でも、許せる者には恩赦を施したのである。たとえ馬元義に大逆の罪があろうとも、車裂きの刑はあまりにも残酷であり、歴代の帝王らのしきたりを破ることになる。

「これも鄒大人の考えか」曹操は尋ねずにはいられなかった。

沮儁も座視するに堪えない様子である。「これは陛下がお決めになったこと。どうしようもありません」

「まさか……」

「そのまさかですよ。しかも、それだけではありません。車裂きに使う十頭の馬は、すべて騄驥厩《りょくききゅう》［洛陽西郊の離宮である西園内にある皇帝専用の厩舎］の陛下の馬で、これを機に馬力を見たいのだとか。ほら、御するのもみな宦官です。孫璋《そんしょう》も来ましたよ」

曹操が沮儁の手の指すほうに目を遣ると、たしかに十常侍《じゅうじょうじ》の一人で騄驥丞《りょくきじょう》の孫璋も処刑台に上がってきた。この陛下には本当につける薬がない。馬元義を処刑すれば間違いなく天下に大乱が起きよう。そんなときに、馬の訓練にうつつを抜かし、さらには宦官に花を持たせるとは。

五台の馬車が所定の位置につくと、馬元義は縄を解かれ、その代わりに両手両足をそれぞれ馬車の後ろの鎖につながれた。猿ぐつわが外されるなり口を極めて罵ったが、その荊州訛《けいなま》りは誰にも伝わらず、抵抗虚しく、馬元義の頭にも鎖がつながれた。あとは命《めい》を急《せ》かす太鼓を待つのみ、沸き立っていた者たちも一斉に固唾を呑んで、無数の目がいまにも体を引き裂かれるその人に注がれた。

馬元義はなおも何ごとか罵り続けたが、誰からの反応もないと知ると、いきなり笑いはじめた。ついに五台の戦車が動き出す。すぐに鉄の鎖がぴんと張って、馬元義の体がゆっくりと浮き上がった。死刑囚の顔は酸欠で紫に変色し、まるで魑魅魍魎《ちみもうりょう》のごとくゆがんでいる。これこそ車裂きがもっとも残酷な刑と言われる所以《ゆえん》である。もし十頭の馬が一斉に全力で走ったなら、人の体など瞬時に引きちぎられてしまう。ただ、罪人には苦痛を与えねばならないため、馬をじわじわと進ませ、生き延びることも死ぬことも許さない。硬く冷たい鎖が喉を締めつけ、窒息した馬元義の紫の顔色が黒ずんでくる。血走った両の眼はいまにも飛び出さんばかりである。四肢を動かすこともできないが、生への本能か、胸が激しく起伏して何とか呼吸を繰り返している。しかし、すべては徒労に過ぎない。馬元義はかろうじて口を開くと、胸にたまった最後のひと息を咆哮《ほうこう》に変えた。「蒼天《そうてん》已《すで》に死す、黄天《こうてん》当《まさ》に……［蒼天たる漢は死んだも同然、黄天たる太平道が……］」

「立つべし」、その最後のひと言が発せられる寸前、馬車を御していた宦官が陛下の馬に鞭を当てた。

にわかに響き渡る肉の引き裂かれる音、空には血飛沫が舞い、生きたまま人がばらばらに引きちぎられた。騒ぎを見ていた者たちは叫喚の声を上げると、引き潮のように後ずさりし、あまりの驚きに見物していた屋根から転がり落ちる者もいた。

曹操は赤い閃光がほとばしり、血腥《ちなまぐさ》さが鼻をつくと同時に、思わず瞼を強く閉じた。しばらくして見物人のざわつきが戻ってくると、ようやく何とか目を開けてみた。そこに飛び込んできたのは、五臓六腑が飛び散った刑場、すぐ目の前を太ももを引きずった馬車が通り過ぎていく。曹操は吐き気を催し、顔を背けて二度と見ようとはしなかった。すると監督台のほうから、鋭く尖った薄気味悪い笑い声が聞こえてきた。「さすが陛下の御馬は素晴らしいのう。報告に戻るとするか。はっはっは……」

あの腐れ宦者《かんじゃ》の孫璋は、やはり気が触れている。

「宦官を根絶やしにせねば、役人と民の憤怒は静まらぬ！」

曹操が顔を上げると、眉をつり上げ目を怒らせた袁紹《えんしょう》が近づいていた。その背後には、年のわりに老け込んだ一人の士人《しじん》がついている――何顒《かぎょう》である。

「孟徳《もうとく》君、また会いましたな」何顒は陰鬱に少し笑みを浮かべた。党錮《とうこ》の禁《きん》はすでに解かれた。もう袁家の使用人を装う必要もない。ただ、その目には疲れの色がありありと見て取れ、かつての英気は微塵も感じられない。

「伯求《はくきゅう》さま」曹操は拱手《きょうしゅ》の礼をして答えた。「本初《ほんしょ》殿はわたしに何も教えてくれませんでしたが、しかしつい先日、袁家で伯求さまの姿をお見かけしました」

「うん？」何顒は不満げに袁紹に一瞥をくれた。

袁紹はばつが悪く、言い訳した。「外に漏れてはまずいと考え、孟徳には伝えなかったのです」

何顒がいささか腹を立てているのを見て、曹操は袁紹のために場を取り繕《つくろ》ってやった。「本初殿もよかれと思ってのこと。それより伯求さま、伯求さまが災難を逃れ、十七年かけてまたお天道さまのもとを歩けるようになったことを喜びましょう」

「たしかに禁は解かれたが、陛下は陳《ちん》老太傅《たいふ》と竇武《とうぶ》の名誉は回復されなかった。われらとて『恩赦』を蒙った。これはつまり、前科者であることに変わりはないということだ」何顒の表情に無念さがにじんだ。「十常侍の無法ぶりは、かつての王甫《おうほ》や曹節《そうせつ》の比ではない」

そうこう話しているうちに早くも刑場は片づけられ、野次馬たちも三々五々帰っていった。曹操は手を取って何顒を誘った。「家はここから近いですし、もしお時間があれば、お二方、少し寄っていきませんか」

「君の家に？」何顒は驚いた。「いいのかね？」

これはむろん曹嵩《そうすう》のことを言っているのだ。

「もちろんですとも。このたびは裏庭の垣根を越えさせるようなことはいたしませんから」

何顒はふふっと笑ったが、見れば袁紹は拱手の礼をとっている。「わたしはまだやるべきことが、国舅さまの復命を待って相談すべきことがございますから、ここで失礼いたします」

曹操はその後ろ姿を見送った。「本初のやつ、何をあんなに慌てているんだ」

「宦官を討つのだよ」何顒は声を低く抑えた。「党錮の禁が解かれたからといって、宦官がいなくなったわけではない。根っこを除かねば、遅かれ早かれまた禍《わざわい》は起こる」

「陛下の虱《しらみ》を取るのは山を動かすようなもの。そう易々とはできますまい」曹操は歩きながら話を続けた。「それに宦官にもまともな者はおります。呂強《りょきょう》が義を重んじて言を発しなければ、党錮の禁も解けていなかったでしょう。一概に敵視するのもどうかと思いますが」

「それもそうだが、しかし虎を飼えばいずれは牙を向けてくる。飼い主にその気はなくとも、向こうから襲ってくるだろう。うまくいくかどうか、まずは本初に任せてみようじゃないか。すでに張孟卓《ちょうもうたく》、劉景升《りゅうけいしょう》、華子魚《かしぎょ》［華歆《かきん》］、荀公達《じゅんこうたつ》らと連絡を取り合っている。そうだ、それに鄭康成《じょうこうせい》、荀慈明《じゅんじめい》、陳仲躬《ちんちゅうきゅう》の三賢も、その成り行きを注視しているとか」

曹操は密かに驚いた。張邈《ちょうばく》や劉表《りゅうひょう》などはまだしも、鄭玄《じょうげん》に荀爽《じゅんそう》、陳寔《ちんしょく》までもが袁紹とつながっているのだ。この三人は一世代上の隠れた賢人で、朝廷からの出仕の誘いを幾度も断っている。かりに鄭玄らが表舞台に出れば、楊《よう》、袁の両家といえども遠慮して譲歩せざるをえまい。

「なるほど、それはわかりました。しかし、内憂外患ともに目を向けねばなりません。宦官のことはそれで措《お》くとしても、馬元義が処刑されたからには、天下に大乱が起こるのはもう避けようがありません。これこそもっとも喫緊の懸案ではありませんか」曹操は思い出させるように告げてみたが、そこでふと考えた。もしや何顒と袁紹は冷静さを欠いているのではないか。すでに火蓋は切って落とされているのだ。いまもっとも重要なのは天下の反乱を鎮めることであり、決してきりのない宦官の罪を数え上げることではないはずである。

話しているうちに、二人は早くも曹家の門前に到着した。すると、ちょうど門から中年の宦官が出てくるのが目に入った。十常侍のなかでもかねてより専横の目立っていた段珪《だんけい》である。その後ろには平服を着た曹嵩が、頭をぺこぺこと下げながら付き従っている。曹操はにわかに緊張を覚えたが、何顒のほうがかえってしっかりと前を見据え、平然としている——そうだ、伯求さまは長らくの苦労を経て容貌もずいぶん変わっている。段珪も気づくことはないだろう。

二人は傍らに身を避け、段珪が馬車に乗るのを待って、なかへと入った。

「人殺しの見物か」曹嵩は客人を見送ると、作り笑いを消して冴えない顔つきに戻っている。「そんな人だかりに足を運んで何になる。民草の反乱はわしら役人のせいじゃ。まったくいたたまれんわい……ところでそちらの御仁は」曹嵩はまだ何か言い足りなかったようだが、息子が友人を連れているのに気がついて尋ねた。

何顒は曹嵩の姿を目の当たりにすると嫌悪感が胸いっぱいに渦巻いたが、曹嵩の先の言葉を聞き、この者も己の是非を知っていたかと妙に納得した。拱手の礼をとって挨拶した。「わたくしめは南陽《なんよう》の何顒にございます」

曹嵩はあまりの驚きに目を大きく見開いて、髪の先からつま先まで穴の開くほど眺めると、ようやく声を絞り出した。「そなた……本当に何伯求殿か……」

「曹大人、一別以来、二十年近くになるでしょうか」

「いや、十七年だ。はっきり覚えておるぞ」

「よくぞ覚えておいででした」何顒の言い草には少し棘がある。

曹嵩は、息子と何顒のあいだに深いつながりがあることを知っていたが、いま何顒の口から曹大人という呼び方をされると、そこに自分との距離を感じ、拱手した。「どうぞお入りいただき話すとしましょう」

曹操はただ何顒と屋敷で話でもと考えただけで、父に会わせるつもりは毛頭なかった。ところが、門前でばったり出くわしたからにはいかんともしがたく、ともに客間に入った。三人が座に着き、使用人が飲み物を出しても、三人とも何も話そうとしない。飲み物をひと口流し込んだところで、曹嵩がようやく重い口を開いた。「ここ何年かはまずまずですかな」何顒はむっとして答えた。「おかげさまで、まだ死んではおりません」

曹嵩はその返事を気にかけるでもなく、静かに笑った。「党錮の禁が解かれ、宮殿の門に宦官を指弾する言葉を刻んだ件も水に流れた。そして、太学《たいがく》［最高学府］の名高き伯求殿は大難を生き延びている。また波風が立ちそうですな」

「ふん」何顒は冷たく一笑すると、頭上に戴く冠を取り外し、白髪交じりの頭を見せた。「よくご覧になってください。どこにあのころの何顒がいるというのです」かつては英姿颯爽として歯切れよかった上品な儒者も、いまや老いさらばえてすっかり憔悴している。これには曹嵩も驚きを隠せなかった。

「『党人《とうじん》』がどう思っているか、巨高《きょこう》さまならよくおわかりでしょう。誰が王甫のために北軍を握ろうと画策したのか、わたくしの口から改めて申すまでもないはずです。この十七年、巨高さまはいささかでも自責の念を抱かれましたか。朝廷に向かっては何か善政を施し、忠言を上奏されましたか」

曹嵩は返す言葉もなく、ただ俯《うつむ》いている。

「しかしあのとき、孟徳君が助けてくれなければ、わたくしはとうに官兵の手で葬られていたでしょう。ですから……ですからわたくしたちの恩讐はもう抜きにしませんか。巨高さまももうお年です。

ご自身の是非は明らかなはず。まさかまだ悪人の手先を務めようなどとは思っておりますまい。王甫の悪事は当然ながら罰せられるべきです。曹節もすでに世を去りました。これからは、もう十常侍と関わり合いになるべきではございません。官としての矜持《きょうじ》はいずこへ、父としての体面はいずこへやったというのです。子曰《しいわ》く……」何顒は話すほどに憤りがこみ上げてきたが、しかし、目の前の老人が曹操の父であることを思い出すと、これ以上言うことも憚られ、「老いて死せざる、是《これ》を賊と為す［年をとりながら死なない者は泥棒と同じである］」との続きは呑み込んだ。

曹嵩は怒るでも憤るでもなく、かぶりを振りながら独り言のようにつぶやいた。「そなたにはそなたの、わしにはわしの生き方がある。わしを恥知らずと言うのはかまわんが、わしからすればそなたこそ時勢に疎《うと》い。英明の君を輔弼《ほひつ》するにはそのやり方が、凡庸の君を支えるにもそのやり方がある。もしその方法を違《たが》えば、必ずや自分の身に禍を招くことになるだろう」劉宏《りゅうこう》のことを暗愚の君ではなく、とっさに凡庸の君というあたり、曹嵩はやはり生まれついての世渡り上手である。

「巨高さまはたしかにその方法を心得ておられるようですが、しかし、天下の民草に何の罪があるというのです」

「わしはわが身が可愛いだけでな。他人のことなんぞ知らんわい」

話が合わねばそれまで。何顒は、この老いぼれは自分には説得できないと知るや、立ち上がった。

「では、それぞれ自分のやりたいようにやるということで。わたくしはこれにて失礼します」なおひと言、故意に曹嵩を怒らせようと曹操に向き直った。「孟徳君、今日は邪魔が入ったので、また別の日に暇を見てお伺いするとしよう」言い終わると、さっさと歩き出したので、曹操も引き止めるのをためらった。

「まあ、ちょっと待て」いわくありげに曹嵩が呼び止めた。

「曹大人、まだ何かお教えいただけるのでしょうか」

「老いぼれから忠告しておこう。ここを出たらすぐに洛陽を離れたほうがよいぞ」

「それはわたくしに対する脅しですか」何顒は曹嵩の目を睨みつけると、蔑《さげす》むような笑いを浮かべて言い返した。「楊公《ようこう》［楊賜《ようし》］、馬公《ばこう》［馬日磾《ばじつてい》］、陳耽《ちんたん》、劉陶《りゅうとう》……朝廷にはまだまだ剛直の士がおりましてな。巨高さまにわたしを死地に追いやるほどの力があるとは思えませんが」

「何を誤解しておる。老いぼれはそなたのことを思うて申しておるに。党錮の禁は解かれたが、いま洛陽城内では太平道の間者を探し回っているところ。もう安全だと思っていたのか。十常侍はあちこちに網を張って罪をあげつらい、日ごろから目障りな者を太平道の間者として誣告《ぶこく》している。そなたはかつて逃した大きな魚、宦官を指弾する言葉を刻んで陛下を暗殺しようとした嫌疑もかけられている。もしこの地にとどまれば禍が降りかかるは必定。『罪を天に獲《う》れば、禱《いの》る所無きなり［天から見放されれば、どこで祈りを捧げても同じ］』というものよ」曹嵩は俯くと、何顒とは目を合わせずに続けた。「そなたもずいぶんと厳しい波風をくぐり抜け、いまようやっと花開く春が来たのだ。つまらんことで春の冷え込みに凍えんようにな」

何顒は呆気にとられ、半信半疑で聞き返した。「まさか本気でそうしろと仰るのですか」

「嘘は言わん。そなた、先ほど段珪が何を話していったか知らんだろう。呂強は死んだ。張譲が讒《ざん》言《げん》して死に至らしめたのだ」曹嵩は苦笑を漏らした。「唯一良心の残っていた宦官がこんなにあっさりと死を賜った。今後はいったい誰が直言しようと思うかね」

何顒はしきりにため息を漏らし、かぶりを振った。「では、これにて。……ご安心ください。それがしもいっぱしの真っ当な人間です。たとえ朝廷に再び捕らえられたとしても、あなた方父子にご迷惑はおかけしません」

「少しは変わったかと思っていたが、どうやら何も成長しとらんな。山河は動かしやすきも本性は改めがたし。何伯求は髪が白くなっても気位だけは高いな」曹嵩はせせら笑った。「そなた、この老いぼれが巻き添えを恐れているると思っているようだが、わしはむしろそなたに恩返しをしたいと思っておったのだ」

「何かお礼を言われるようなことがありましたかな」

曹嵩はひとしきり苦笑して言った。「そなたの青釭《せいこう》の剣が、この老いぼれの命を救ってくれたのだよ」

曹操は思い出した。かつて父が段熲《だんけい》のことを痛烈に皮肉ると、段熲が剣を抜いて突き出す騒ぎになったことがある。そのとき、自分が青釭の剣で阻まなければ、父はたしかに命の危険があったであろう。だが、何顒は曹家であったその一件を知らず、堅苦しい態度で言葉を返した。「巨高さまの仰ることが嘘かまことか存じませぬが、お気持ちだけはいただいておきましょう。別れにあたってひと言だけ、巨高さまに送らせてください。『易経《えききょう》』に曰く、『善を積む家には必ず余慶《よけい》有り、不善を積む家には必ず余殃《よおう》有り［善行を積み重ねた家には子々孫々にまで必ず幸福があり、不善を積み重ねた家には子々孫々にまで必ず禍が降りかかる］』と。その理非曲直は、巨高さま自らお考えくだされ」言い終わると、何顒はさっさと帰っていった。

曹操は俯いたまま、父に叱られるのを待った。ところが、曹嵩は腹を立てるどころか、立ち上がると息子の肩を軽く叩いて話しかけた。「真っ昼間からとんだ客を家に招いたものだな。親はなくとも子は育つか……いまや世は日に日に乱れ、この先、朝廷がどうなるのか、わしにも正直わからん。どのみちお前のことも、もうかまってやれん。乗るべき船は自分で自由に選ぶがいい」

そう父に言われると、曹操はかえって申し訳ない気持ちになった。「父上、伯求さまは十七年ものあいだ、苦しみを味わってきました。つい言葉がきつくなったのもやむをえません。どうかお咎めなきよう」

「そんなことはどうでもよい。以前の橋玄《きょうげん》よりはずいぶんおとなしかったわい」曹嵩は仕方ないといった体《てい》でかぶりを振ると、突然、曹操に尋ねた。「お前、朱儁《しゅしゅん》をずいぶんおだて上げているようだな。兵を連れて戦に出たいのか」

「わたしが思うに、いまはお国の……」

「わしにお国の大義など説く必要はない。わしが聞きたいのは、お前が戦に出たいのかどうかだ。もしそうなら、わしが何とかしてやろうと思うがの」

「出たいです」曹操は思わずそう答えていた。

「ふん。一族の者を他人同然にみなしておったくせに、最後にはやっぱりわしに頼るときが来たか。はっはっは……」曹嵩は満足げに部屋を出ていった。

その後、たしかに曹嵩の予見したごとく、十常侍は洛陽に潜む間者の取り締まりを名目に、敵対する人物を次々に排斥していった。上は尚書《しょうしょ》の官から、下は民草まで、誅殺されたのは一千人以上に及び、そのなかには『党人』の親族も数多く含まれていた。そのような殺戮《さつりく》ののち、皇帝劉宏は大赦を宣言したものの、太平道の主導者である張角は赦《ゆる》さず、冀《き》州刺史《しし》に張角を捕らえて処罰するよう命を下した。

しかし、民心の向かうところが、たった詔書の紙切れ一枚で収まるはずもない。天下を揺るがす大規模な反乱は、すべてがやはり必然であったかのように、はじまるのであった。

第五章　一夜にして将となる

黄巾《こうきん》の乱

光和《こうわ》七年（西暦一八四年）二月、馬元義《ばげんぎ》が車裂きに処されると、太平道《たいへいどう》の大賢良師張角《たいけんりょうしちょうかく》は、当初の計画よりも早く、冀州鄴県《きしゅうぎょうけん》［河北省南部］で立ち上がった。

河北《かほく》［黄河の北］の太平道の信徒らは雲のように集まり、電光石火の速さで真定県《しんていけん》［河北省南部］を攻め落とすと、武装決起の総本部をここに置いた。張角は『太平清領書《たいへいせいりょうしょ》』にある、「天の治《ち》有り、地の治有り、人の治有り、三気極まり、然《しか》る後に跂行《きこう》万物の治有り［治には天の治、地の治、人の治があり、天地人の三つの気が極限に至って、その後に足のある万物の治がある］」を教義とし、自ら天公《てんこう》将軍を名乗ると、弟の張宝《ちょうほう》には地公《ちこう》将軍を、張梁《ちょうりょう》には人公《じんこう》将軍を名乗らせた。

太平道の勢力は活動をはじめてすでに久しく、州や郡の役所、あるいは裕福な家の壁には、早くから白土で「甲子《こうし》」の二字が印《しるし》として書きつけられていたので、迅速かつ一斉に立ち上がることができたのである。かつて、後漢の光武帝劉秀《こうぶていりゅうしゅう》は、自身が帝位につく際、緯書《いしょ》［儒教の教義に関連させた予言書］である「赤伏符《せきふくふ》」の一節、「劉秀 兵を発して不道を捕らえれば、四夷 雲集して竜 野に闘い、四七の際に火 主と為る［劉秀が兵を起こして不道の者を捕らえれば、東夷《とうい》、南蛮《なんばん》、西戎《せいじゅう》、北狄《ほくてき》の異民族が雲のように集まってきて竜も野で戦い、漢の高祖《こうそ》劉邦《りゅうほう》から二百と二十八年後である四七に際して、火徳《かとく》の漢室がまた天下の主となるであろう」」を拠《よ》り所とした。これにより、漢は五行思想の火徳の王朝であると称していた。そこで張角は、土は火に勝つことを宣揚し、「蒼天《そうてん》已に死す、黄天《こうてん》当《まさ》に立つべし。歳は甲子に在りて、天下太平なり［蒼天は死んだも同然、黄天たる太平道が立つべきだ。甲子の年（光和七年の今年）、時運がめぐり天下は太平となる］」を真実の言葉として掲げ、この決起に参集する者はみな黄色の布を頭に巻くように命じた。太平道に身を投じた者が、朝廷から黄巾賊と呼ばれた所以《ゆえん》である。

河北で反乱の火蓋が切られると、わずか一月《ひとつき》のあいだに、天下のいたるところで民衆がこれに応じて立ち上がった。冀州、青《せい》州、幽《ゆう》州、并《へい》州、兗《えん》州、豫《よ》州、荊《けい》州、揚《よう》州の八州では、天地もひっくり返ろうかというほどの大騒乱で、これに身を投じる者は、瞬く間に百万人以上に膨れ上がった。太平道の教徒のほかには、災害によって土地を離れた流民、厳しい税の取り立てから逃げ出して行く当てのない民、連年の戦《いくさ》から逃げ出した兵士、土地を失い虐げられてきた小作農、鮮卑《せんぴ》や羌《きょう》族との戦で一家離散の憂き目にあった兵士の家族などがおり、さらには山野に巣食う盗賊や、朝廷に不満を抱く土豪らも、民衆の決起に参加した。こうした者たちが一緒になって、各地の県城や役所を襲い、官吏や貴顕の者を殺害したのである。

ほどなくして、安平《あんぺい》王の劉続《りゅうしょく》と甘陵《かんりょう》王の劉忠《りゅうちゅう》が相次いで黄巾軍に囚われると、今度は漢室につながる者がにわかにその標的となった。常山《じょうざん》王の劉暠《りゅうこう》と下邳《かひ》王の劉意《りゅうい》は恐怖のあまり、あろうことか法に反して密かに封国《ほうこく》を離れ、変装して逃亡し、行方をくらました。郡や県の官吏の多くは賂《まいない》によったか、あるいは金で官職を買った者であったから、国を思う気持ちや民を憐れむ情もなく、ましてや抵抗する者などどこにもいなかった。黄巾軍が攻めてくる前から金銀財宝をまとめると、官を棄てて逃げていった。

情勢は日を追って悪化の一途をたどり、火急を告げる文書が日ごと都に届けられた。

皇帝劉宏《りゅうこう》は、恐るべき事態に至っていることにようやく気づき、至急身辺の者を集めて対策を練った。しかし、劉宏が平素から恃《たの》みにしていたのは、いかんせん宦官や侍中《じちゅう》といった穀つぶしばかりで、敵を討つ策など上がってこようはずもない。宦官は無策で手を拱《こまぬ》き、劉宏が仙人と敬っていた向栩《しょうく》に至っては、『孝経《こうきょう》』を朗読して敵を退けるように建言するありさまである。さすがにこれでは致し方なく、劉宏は朝議を招集して、広く百官から意見を求めた。

ある者は奸佞《かんねい》の徒に懲罰を下すよう建言し、またある者は宦官の権限を抑えるようにと意見した。皇帝の私用に充てられる財源を軍備に回すよう提言する者もいれば、騄驥厩《りょくききゅう》［洛陽《らくよう》近郊の離宮である西園内にある皇帝専用の厩舎］の馬と兵を使うように求める者もいた。さらには、秩《ちつ》二千石《せき》以上の官の業績を調べ上げるように提議するなど、群臣たちは胸の内を言いたい放題さらけ出した。劉宏はもはやなす術を知らず、挙げ句の果てにはすべての建言を採択したのであった。

ひとしきり評議を終えると、劉宏は河南尹《かなんいん》に抜擢したばかりの国舅何進《こっきゅうかしん》を大将軍《だい》に昇進させ、左右の羽林軍《うりんぐん》［近衛軍］および北軍《ほくぐん》［都を防衛する五営《ごえい》］の一部の兵馬を率いて都亭《とてい》［洛陽城外約四キロメートルにある宿駅］に軍を駐屯させ、平叛《へいはん》総帥の名義を与えた。第二の国舅である何苗《かびょう》には河南尹を引き継がせ、都の警備に当たらせた。河南の八関《はっかん》［都一帯の要所］には都尉《とい》の職を再び置き、その守備を強化した。さらに北軍と羽林軍、宮廷の侍衛《じえい》からも人を出し、三河《さんが》［河東《かとう》、河内《かだい》、河南尹の三郡］

でも義勇兵を募って四万の兵をかき集めると、ちょうど都に帰還していた北地太守《ほくちたいしゅ》の皇甫嵩《こうほすう》を左中郎《さちゅうろう》将《しょう》に、諫議大夫《かんぎたいふ》の朱儁《しゅしゅん》を右《ゆう》中郎将に任命して、二人に関所外での作戦指揮を担当させた。ほかには、尚書《しょうしょ》の盧植《ろしょく》を北《ほく》中郎将に任じ、護烏丸《ごうがん》中郎将［烏丸や鮮卑を管領する軍政務官］の宗員《そううん》を副将につけて、一部の兵士を引き連れて河北のほかの地を取り締まらせ、北上して張角を討つように命じた。

この慌ただしい日々のなか、曹操は事態の成り行きをじっと見守っていた。むろん朝廷のために憂慮していたが、曹操にとってより大きな気がかりは、父が請け負ってくれた軍中での自分の位がどうなるかである。

出征する将の選抜が終わり、すべての次第が決定しても、曹操には声がかからなかった。鄒靖《すうせい》、沮《そ》儁《しゅん》、魏傑《ぎけつ》といった北軍の知り合いが戦の準備を整えるのを目の当たりにして、曹操は居ても立ってもいられず父に問いただしてみたが、父は何も答えず、ただ笑みを浮かべるばかりである。

皇甫嵩や朱儁、盧植といったところは、たしかに戦に慣れ、兵法に長けてはいたが、戦況が優勢に転じることは決してなかった。それというのも、結局は双方の人数がかけ離れていたためである。光武の中興以来、漢朝は地方官が兵を擁して力を持つことを防ぐため、郡と国ないし関所の守備兵を撤廃し、東西南北、四方面の常駐部隊のみを残したのであった。北軍の五営は都の防衛、南軍《なんぐん》の七部署［光禄勲《こうろくくん》に属する］は皇宮《こうぐう》の警護に当たる。西軍《せいぐん》は三輔《さんぽ》［長安を囲む京兆尹《けいちょういん》、左馮翊《さひょうよく》、右扶風《ゆうふふう》］に、東軍《とうぐん》は黄河一帯に駐屯して、異民族の監視の責を負う。ただ、羌族と鮮卑が外患となってからは、西軍はことごとく西北方面の戦線に駆り出され、東軍もそのほとんどがすでに振り分けられていて、いま残る兵はすべて盧植の部隊に配属された。こうして皇甫嵩、朱儁、盧植の三部隊を派遣すると、実際、朝廷にはもはや動員できる軍隊がなかった。

地方にはもとより正規の軍隊がないため、黄巾賊の遊撃を受けた地域は、ただ官吏あるいは豪族や地主らが自発的に兵を募って抵抗するほかなく、そのような状況では、不利な形勢を一気に挽回することなど到底不可能である。幽州刺史《しし》の郭勲《かくくん》、涿《たく》郡太守の劉営《りゅうえい》、南陽《なんよう》太守の褚貢《ちょこう》らは相次いで陣没し、官を棄てて逃げ出した者に至っては数え切れない。

そのうえ、もっとも恐るべきは、黄河を渡って北上した盧植率いる官軍が、張角の率いる黄巾の主力部隊と遭遇して膠着状態に陥り、皇甫嵩と朱儁の率いる官軍の主力が、ようやく関所を抜けて潁川《えいせん》に駐屯したところで、波才《はさい》率いる黄巾軍の精鋭に包囲されてしまったことである。

十数万の敵軍に対して、官軍はわずか三万、朱儁は陽翟《ようてき》県［河南省中部］の県城で、皇甫嵩は長社《ちょうしゃ》県［河南省中部］で包囲された。この二つの軍が失地を回復して北伐に向かうなど望むべくもなく、むしろ囲みを突破して生き延びることから考えねばならなかった。だが、しばらくすると、朝廷との連絡手段も完全に絶たれてしまった。十日経っても一向に報告が入ってこないため、洛陽は極度の恐怖に包まれた。地方の者も河南に足止めされて関所を抜けられず、朝廷の百官が故郷の家族を案じてみても何の消息もない。民草らは誰もが恐れて、なす術を知らなかった。このままでは洛陽でさえも変事が起きる可能性は否めない。大漢の天下はいまにも転覆しそうなほど危うく、もはやいつ灰燼に帰すかもわからないほどであった。

皇帝劉宏はさながら弓に怯《おび》える小鳥のごとく、さすがに快楽をむさぼろうという気持ちも起きなかった。十常侍《じゅうじょうじ》であってもこの亡国の危機を感じ取り、しぶしぶ劉宏を励ましては、以前保留していた上書を持ち出して見せた。劉宏は人心を落ち着かせ、情勢を安定させるために、これまで冷遇していた者も大いに抜擢した。先ごろ言い争いした楊賜《ようし》にさえ、臨晋侯《りんしんこう》の爵位を加封《かほう》し、国三老《こくさんろう》［皇帝の父親に擬せられる名誉の役目］の礼をもって迎えた。かつて太平道を取り締まるように上奏した劉陶《りゅうとう》や楽松《がくしょう》、袁貢《えんこう》らも揃《そろ》って昇進した。さらに、再び河南にて兵を募るよう命じ、三公《さんこう》、九卿《きゅうけい》をはじめとする百官には弓矢や馬匹《ばひつ》などの戦に資するものを提供させた。そして、兵書や戦に通じる者、あるいは人並み優れて勇猛な者は、官の子弟でも民でも、人殺しの罪人でも火をかけたことのある強盗でも、およそ朝廷のために働くというのであれば、おしなべて官用車で出迎え、お国のために戦場に送り届けるよう詔《みことのり》したのである。

曹操はその詔勅を知るとすぐに馬と武器を揃え、楼異《ろうい》と秦宜禄《しんぎろく》といった下男たちまで動員し、募集に応じようとした。しかし、曹嵩《そうすう》がこれを強く押し止めた。「馬鹿者、通りは徴兵に応じる官用車で溢《あふ》れておる。お前より優れた年功の者はまだ仰山おる。いま行ったところで都の警備をさせられるのが関の山だ。陣まで出向いて人混みに埋もれるつもりなら、いますぐ行くがいい。もし自ら兵馬を率いて武勲を立てたいのなら、ここは待ちの一手だ」父の言に、曹操はこれぞ妙手と思い至ると、すぐに武器を置き、さらに様子を窺うことにした。

そして三日後、勅使が突然曹家を訪れ、皇宮での合議に参加するよう曹操に命《めい》を伝えた。これは父の働きかけが功を奏したに違いない。曹操は速やかに朝服《ちょうふく》に着替えると、官用車について皇宮に入った。皇宮に着くと、使者は宮殿ではなく役所に赴き、曹操を太尉《たいい》の鄧盛《とうせい》に引き合わせた。

鄧盛、字は伯能《はくのう》、年はすでに七十に近く、その昔、并州で鮮卑と争ったときの軍功により名を揚げた。名望があるとはいえ、楊賜や劉寛《りゅうかん》といった老臣とは、とても同日の論ではない。しかし、黄巾の乱が起こって天下に激震が走ると、朝廷は軍事に通じた人材を登用して局面に当たらせる必要が生じたため、鄧盛が楊賜に代わって暫時三公の位についたのである。

曹操は、この鄧盛が武勲によって成り上がったことを知っていたので、朝廷の儀礼に則って正式の礼を行い、格別の尊敬の念を示した。ところが、鄧盛はそれを遮って声をかけてきた。「孟徳《もうとく》、まあ座って話そう」

「そんな、とんでもございません」曹操は身に余るもてなしに、大いに驚き喜んだ。「鄧公《とうこう》の御前で、どうして腰を下ろせましょう」

「今日わしは太尉としてそなたに会うのではない。同僚として頼みたいことがあるのだ。とにかく座りなさい。じきにもう一人も来るじゃろう」

そうまで言われては、これ以上断ることもできず、曹操が腰を下ろしたところ、門外から報告の声が聞こえてきた。「侍御史《じぎょし》さまがお見えです」その声と同時に、四十を超えた男が入ってきた。背は高くなく、色白で、威厳ある立ち居振る舞い。身につけた朝服はすべて規定どおりで一筋の皺《しわ》もない。艶のない髭を蓄えて、いかにも厳《いか》めしい表情を浮かべている。

「子師《しし》よ、ひと足遅かったな。陛下がそちを将に任ずるというのに、今日もし出仕の点呼があったら好機を逃していたぞ」顔を合わせるなり軽口を叩くからには、どうやら鄧盛のよく知る人物のようである。

ところが、その男は真面目な顔で答えた。「この国難に当たって、冗談を飛ばしている場合ではありません。三公の身にありながら、あまりにも不謹慎ではありませんか」

曹操はたまげた。冗談の一つぐらい何の差し障りもあるまいに、何という堅物だ。しかし、鄧盛は一向に気にする様子でもなく、笑って受け流した。「もう二十年以上になるというのに、そちの偏屈ぶりは相変わらずじゃのう。まあ、こっちに座りなさい」

「はっ」その者は型どおり正式の礼を行ってから腰掛けた。

鄧盛は曹操に向き直った。「孟徳はまだ知らんじゃろう。紹介しよう。こちらは侍御史の王允《おういん》、王子師じゃ」

「なんと！」曹操はそうとは思いも寄らず、恭《うやうや》しく尋ねた。「以前、郭泰《かくたい》が、『王生は一日千里、王佐の才なり［王允は一日千里を駆ける名馬、王の輔佐を務めるに足る人物である］』と賞賛したと聞きますが、それは王兄、あなたのことでございますね」

王允は軽く拱手《きょうしゅ》すると、居住まいを正して答えた。「われらはともに漢朝に仕える臣、順序の後先は問題ではないはず。あなたから『兄』と呼ばれる筋合いはありません」口を開けば他人を気軽に寄せつけないその態度、曹操はその返事を聞いて噂どおりの人物だと思った。

王允、太原《たいげん》郡祁《き》県［山西省中部］の出身で、剛直かつ果敢な人物として世に聞こえている。十九歳のとき、郡吏の身分で中常侍《ちゅうじょうじ》の屋敷に押し入り、大宦官の一人趙津《ちょうしん》を手打ちにした。先帝が激怒して、郡守は自らの命でその罪を償い、王允も危うく命を落とすところだったという。しかし、その後も性格を改めるどころか、ますます過激に目上に盾突くようになる。二十二歳のときには、下っ端の役人の選挙［郷挙里選《きょうきょりせん》による推挙］に不正があったため、王允はその場で太原の太守の王球《おうきゅう》を厳しく問い詰めた。王球は辱められて逆上し、投獄して死刑にしようと考えた。ところが、このときも天は王允を見捨てず、この件が、当時弁州刺史に着任したばかりの鄧盛の耳に入った。鄧盛はこれを大いに賞賛すると、早馬を出して、王允を別駕従事《べつがじゅうじ》［刺史の属官の筆頭］として辟召《へきしょう》したので、またしても命拾いした。その後の官途にあっても、王允は相変わらず上役に盾突いたが、そのたびごとに人と出会い、ついには三公の引き立てで侍御史に抜擢されたのである。いま、曹操が「兄」と呼んだのは単なる社交辞令に過ぎないが、それでも王允は同僚の立場ということで受け入れなかった。また、鄧盛と王允のあいだには公私にわたって付き合いがあるのに、冗談さえ通じないのである。ここに王允の堅物ぶりが見て取れる。

さて、鄧盛もいささかばつが悪い。「まあ子師よ、そんなにしゃっちょこばるでない。こちらは議《ぎ》郎《ろう》の曹操、曹孟徳だ」また王允が何か口を挟む前に、鄧盛は矢継ぎ早に付け足した。「前に蹇碩《けんせき》の叔父を打ち殺した洛陽の県尉《けんい》がいたじゃろう。あれがこの男だ」

王允はしきりにうなずいた。「うむ、官たるものはかくあるべし」

鄧盛はすぐに補った。「孟徳、あれこれ深く考えずともよいぞ。これが『官たるものはかくあるべし』と口にしたのは、最高の評価だからな」

曹操はそれをにこにこ笑って聞いていたが、王允は痺れを切らしはじめた。「鄧公、早くその重要な話とやらに入りましょう」

鄧盛は喉を少し潤すと、ようやく本題に入った。「陛下の命によりそなたらを呼び出したのはほかでもない。朝廷から二人に重要な任務が下されたのだ。しかし、その二つの任務は並大抵のものではない。ともに死地に飛び込むようなものだ。よって、そなたらは自らの力量に照らして断ってもよい。まずは孟徳、そなたからだ。いま朱儁と皇甫嵩の両部隊が敵に囲まれている。すぐにでも援軍を送らねば、いずれ糧秣《りょうまつ》が切れて、帰ることもできんだろう。しかも朝廷には援軍の任に堪える人材もなく、兵だけはやっと三千ほど集めたばかりだ」そこまで話すと、鄧盛は目を光らせて曹操を見つめた。「孟徳、そなたこの三千の兵を引き連れて潁川に向かい、敵の包囲を破ることができるか」

「できます」曹操ははっきりと答えた。

「よし」鄧盛は膝を打った。「さすがにみなの目は節穴ではなかったな。そなたは知らんだろうが、朱儁は出発に際してそなたを大いに賞賛していた。先だっては馬公《ばこう》［馬日磾《ばじつてい》］に崔烈《さいれつ》、張温《ちょうおん》、張延《ちょうえん》、それに樊陵《はんりょう》、許相《きょしょう》、ほかにも賈護《かご》や任芝《じんし》、江覧《こうらん》といった重臣らが、相次いでそなたを推挙したのだ……」

玉石混淆、曹操はいま挙がった名前を聞いて、内心おかしかった。これらの重臣はみな派閥も異なり、忠奸《ちゅうかん》も老少もばらばらであるが、一様に平素から父とつながりのある人物ばかりである。父も無駄に言葉を費やしたわけではなかったようだ。

「要するに、さまざまな期待と責任がそなたの肩にかかっているということだ。命を受諾するからには、即刻そなたを騎都尉《きとい》に任命する。明日にも都亭に行って大将軍にまみえ、軍を率いて関所を出るのじゃ」

「ははっ」曹操は立ち上がって拝礼すると、大きなよく通る声で宣言した。「不才、御命を奉じた以上、必ずやお国に忠を尽くし、たとえ死すとも本望でございます」

「やる前から死などと申すでない」鄧盛は、令史《れいし》［属官］が持ってきた印綬を受け取ると、自ら曹操の手に握らせた。「若者よ、老いぼれはここで静かに吉報を待っておるぞ」

そして曹操が座に戻ると、鄧盛はもう一つの印綬を受け取り、王允を見た。「子師よ、そなたは官となって二十数年、心は鉄石《てっせき》のごとく、いかなる苦難にも屈することはなかった。いまここにもっと危険な、しかし、そなたでなければ頼めぬ役目がある」しかつめ顔の王允が急に笑い出した。「王命一下、危険かどうかなど愚問です。このわたしが命がけの危地をどれほどくぐり抜けてきたかはご存じのはず。今日まで生きてこられただけで十分というものです」

しかし、鄧盛の顔に笑みはない。「豫州は河南の喉元にあたる要衝の地。波才の軍が攻め込んでから大いに乱れ、刺史の行方は知れず、各地からの知らせも途絶えておる。いまここに御命を伝える。そなたを豫州刺史に任じ、州郡の残兵を集めて編成し直し、外は敵軍を防ぎ、内は豫州の政《まつりごと》を治めよ。この役目、一筋縄ではいかんぞ」

王允は印綬を受け取る前に、単刀直入に尋ねた。「豫州に入って任に着くのはたやすいことですが、ただ朝廷はどれほどの人数をつけてくれるのでしょうか」

鄧盛は指を一本突き立てた。「百人だ」

さすがに曹操も口を挟まずにはいられなかった。「黄巾賊は豫州のほぼ全域を占拠しています。波才の主力だけでも十万というのに、たった百人で王大人《たいじん》を行かせるとは、虎の群れに飛び込む羊のようなものです」

鄧盛も苦笑いを浮かべ、やりきれない様子で答えた。「ここに来るときに見たであろう。皇宮の警護は蹇碩が率いる宦官たちに任せ、羽林軍はすでにほとんど出払っている。そなたに与える三千の兵とて最後のあがきなのだ。洛陽城を守るのは平民と囚人、河南の地にはもう召し出せる兵もいない。残っているのはせいぜい各屋敷の老僕ぐらいのものなのじゃ」

これを一笑に付したのは、当の王允であった。「事ここに至った以上は、允めも朝廷と運命をともにするのみです。その役目、承りましょう。ただ一つだけ、お聞き入れいただきたいことがございます」

「何なりと申すがよい」

「やはり百人では少なすぎますので、わたしは夜を日に継いで祁県に戻り、使えそうな里の宗族の男を集めます。また親友の宋翼《そうよく》は家も裕福で若い下男も多く抱えていますから、うまくいけば、郷土の者を百人か二百人ぐらい集められるでしょう」

鄧盛は胸を打たれた。「子師よ、この老いぼれは何もしてやれん。そなたの一族や友人まで巻き込んで、すべてそなたに押しつけてしまうとはな」

「お国が滅べば家もありません」王允は印綬を受け取った。

曹操もこれには大いに触発された。「わたしも家僕を引き連れて軍に充て、潁川の救援に向かいたく存じます」

「よし、よし。国難にあたってこそ忠心が明らかになるとはこのことだ。一人は中流の砥柱《しちゅう》［柱石］、一人は年若き才俊、どうかこの老いぼれの拝礼を受けてくれ」鄧盛が立ち上がって拝礼しようとするのを、二人は慌てて止めたのであった……

曹操と王允、二人が皇宮をあとにしたときには、日もしだいに暮れようとしていた。互いに拱手《きょうしゅ》の礼をとって別れを告げると、曹操は早くから準備を整えて待っていた両側に轓《おおい》のある青蓋車《せいがいしゃ》に乗り込んだ。皇宮に入ったときは名目だけの議郎に過ぎなかったが、出るときはすでに兵権を持つ秩二千石の高官である。曹操は感慨もひとしおだった。ただ残念なことに、いまの洛陽は道を行き交う人もまばらで、官の子弟は言うに及ばず、多くの民までもが洛陽城の櫓《やぐら》で守りについているので、この晴れ姿を見せつける相手がいないことであった。

私邸に近づくと、早くも使用人らが二列に並んで待ち受け、秦宜禄が真っ先に駆け寄ってきた。「旦那さま、昇進おめでとうございます。これでわれらが曹家には二台目の青蓋車です。大旦那さまと並んで走れば、どんなに誇らしいことか」

「はっはっは……」曹操は高々と笑いながら、秦宜禄のなすに任せて車を降り、印綬を手にまっすぐ母屋へ向かった。見れば、父はすでに酒食の用意を調えさせ、首を長くして待っていたようである。

「父上」曹操は跪《ひざまず》き、印綬を父の面前に捧げた。

曹嵩は印綬をよく見るでもなく、ただ手を伸ばして青、赤、白の三色からなる綬《じゅ》［印を身につけるのに用いる組み紐］をなでつつ尋ねた。「都尉か、それとも中郎将か」

「騎都尉でございます」

曹嵩はしばらくのあいだ思案した。「子曰《しいわ》く『三十にして立つ［三十歳で自立する］』、お前もちょうど今年で三十歳か。わしはお前の祖父のおかげで官についてから、十五年かかった。お前は孝廉《こうれん》として官途についてから、たった十年で秩二千石の身となったのだ」

「これもすべては父上のお引き立てです」

「手助けはできても、実際に何かを賜ることはわしにはできん。わしはただ許相や賈護らを動かしただけだ。崔烈や張温は自分の考えに従ったまで、まして馬公や朱儁に至っては、わしがどうこうできるものではない。つまり、お前は自分の足で歩きはじめたのだよ。さあ、まずは座るがいい」そう話しながら、曹嵩は息子のために自ら酒を注《つ》いでやった。「しかし、これだけは胸にとどめておけ。このたびの戦に勝ってこそ、お前の栄華は約束される。もし敗れれば、一場の夢と消えるのみだ」

曹操は杯《さかずき》を両手で持ち上げて答えた。「わたくしめの心はすでに決まっています。もし敗れ、官軍が滅ぶようなことがあれば、この曹操、お国のために命を献げて討ち死にし、聖恩賜るわが曹家の名を汚すことなどいたしません」

曹嵩はしっかりと息子の手を握り締めた。「それこそわしのもっとも恐れていたことだ」

「それはいったい……」

「人はよく、玉となって砕けようとも瓦となって全うするなというがな、しかし肝に銘じておけ。砕け散った玉をまたもとに戻すなど無理なこと……のう阿瞞《あまん》、徳《とく》のことを考えることがあるか」

「弟のこと……」曹操はしばらく思案した。「わが曹家にはまだ多くの男がおり、一族と若い下男らを合わせれば千人にはなるでしょう。西には勇猛な夏侯《かこう》氏の一族、東には丁《てい》氏兄弟が荘園を独自に造っています。この三つの家の者が力を合わせれば、わたしの率いる三千の兵より強いかもしれません。案ずるには及びません」

「そうは言っても、万に一つ、虚を衝《つ》かれてということがないとも限らん。わしはいまから最悪の場合を考えて準備しておこうと思うのだ。もし……」

「われらに失敗などありえません」

「話は最後まで聞け。もし軍が敗れたり、あるいは勝てそうになくとも、お前は決して死んではならん。そして帰ってくることもならん」

「なんですって」

「負け戦のあとは洛陽へ戻ってくるでない」曹嵩はすっかり意気阻喪《そそう》といった様子である。「官軍が敗れれば、波才の軍が必ずや河南に入ってくるだろう。そうなれば都の陥落も時間の問題、帰ってきて何をするというのだ。お前はすぐに残った兵士を連れて故郷の譙《しょう》県［安徽《あんき》省北西部］に帰るがよい。もし地元の男どもを集めて再び旗揚げできればよいが、それが無理ならその身を隠して天の時を待つのだ。隠れることもかなわんとなれば……そのときは徳と一緒に高飛びせい。何としてもわが曹家の血を絶やすでないぞ。孫の昂《こう》には傷一つ負わせるでない。わかったか」

「そんな弱気にならなくても大丈夫ですよ。朱儁や皇甫嵩は歴戦の将ですし、黄巾賊は烏合の衆。いまは一時的に包囲されているに過ぎません。父上は……」と、話を継ごうとしたそのとき、父の頬を一筋の涙が流れた。

その瞬間、父の老いが突然に意識された。毎日一緒にいたためか、かえっていままで気づかなかったが、目立ってきた白髪、傷のように深い皺、どんなに聡明であろうとも老いは確実に訪れるのだ。曹操はすぐに返事を切り替えた。「父上の仰せのとおりにいたします」

曹嵩はようやくほっと息をついた。「これでひと安心だ……それにしても、三千とはまたずいぶん少ないな」

「やむをえません。戦に使える兵がもうこれだけしかいないのです。王子師殿は豫州刺史に任じられましたが、配下はたった百人です。いまごろは夜を日に継いで郷里を駆け回り、兵を募っているはずです」

「明日の出陣にはこの屋敷の使用人も連れて行くがいい」

「もとよりそのつもりです」そこで曹操は酒を呷《あお》った。「ただ、どうしてもわからないことがあります。なぜ朱儁に従ってわたしを出征させなかったのですか」

「はっはっはっ……」曹嵩は先ほどと打って変わって笑い出し、軽く胸を叩いた。「お前をいま北軍にねじ込んでも、お前の浅い年功では、せいぜい別部司馬《べつぶしば》だ。この曹嵩の息子が他人の手柄のために働いてなるものか」

曹操は呆気にとられ、父の顔を見つめているうちに、さっきまでの感傷が嘘のように消えた。この父は国が累卵の危うきにあるというのに、まだ猿知恵を働かせていたのか。そんな打算はむろん褒められたものではない。しかし、そばで光り輝く印綬を目にしては、まさに曹操にとっても痛し痒しといったところであった。

「何をぼけっとしておる。また何やら考えごとか」曹嵩は酒をひと口飲むと、腹立たしそうに一瞥をくれた。とはいえ、曹操も父を責めることはできず、おざなりに答えた。「わたしはいま……このたび命を受けたからには、周亜夫《しゅうあふ》［呉楚七国の乱を鎮圧した前漢の武将］に倣《なら》って何とか劣勢を巻き返し、手柄を立ててやろうと考えていたのです」

「ふん、劣勢を巻き返すだと？」曹嵩は一笑に付した。「一人の名将が手柄を立てるために何人死ぬと思う。机上の空論など何の役にも立たん。まあ、お前もひとたび戦場に出れば、戦とは何かがわかるだろうて」

震え上がる兵士

あくる日の早朝、曹操は皇宮《こうぐう》に入って王命を示す割り符をもらい受けると、四十名あまりの使用人を集め、洛陽《らくよう》を出て閲兵のため都亭《とてい》に向かった。

都亭は洛陽の城外十里［約四キロメートル］にある、天下往来の要《かなめ》となる宿駅である。いまここに大《だい》将軍の何進《かしん》が兵を駐屯させている。駐屯とはいっても、実際は士卒の姿などすでになく、ほとんどの兵が八関《はっかん》の守備に出払っている。それを差し引いたとしても、いかんともしがたい状況に変わりはないのであるが。

何進は曹操が着いたと聞くと、自ら幕舎《ばくしゃ》を出て迎えた。身辺に付き従っているのは、なんと袁術《えんじゅつ》、馮芳《ふうほう》、趙融《ちょうゆう》、崔鈞《さいきん》といった四人の官僚の子弟である。その後ろには、主簿《しゅぼ》［庶務を統轄する属官］の陳温《ちんおん》と劉岱《りゅうたい》が控え、鮑《ほう》家の四兄弟が戟《げき》を手に軍門を見張っている。都亭の大陣営も、ほかにはいまや義勇兵が残るのみであった。

もとより曹操は正式の礼をもって拝謁しようとしたが、見れば何進が進み出て返礼しそうであったため、ここはあえて跪《ひざまず》かず、すぐに身を起こして、拳に手を添え包拳《ほうけん》の礼をとった——前に会ったときは平服で、腰に下げた印綬の袋に頭をぶつけて目眩《めまい》がしたが、今日はお互い鎧に身を包んでいる。これでもしまた頭をぶつけたら、戦《いくさ》に出る前からとんだ名誉の負傷である。

「大将軍閣下、軍装ゆえ略式の礼をお許しください」

「かまわんよ。弟君、さあ、なかに入って上座にかけたまえ」やはり弟君ときた。

陳温が慌てて遮った。「大将軍、ここは軍営ゆえ主客の別はありませんが、孟徳《もうとく》は出陣前の閲兵に来たのであり、兵権を与えて代理で総帥となるわけではありません。上座を勧めるのはいかがなものかと」

「わかった、わかった」何進は決まり悪そうに手揉みしている。

曹操はあえて笑みを作ることもなく、ただ用件を伝えた。「官軍が包囲されてかなり経ちます。それがしは速《すみ》やかに閲兵を済ませ、日が昇る前に発つ所存です。そして午《うま》の刻［午後零時ごろ］に緱氏《こうし》県［河南省中部で洛陽の東］まで行って休息を取り、明日の明け方には関所を抜けます。大将軍、それがしの到着が遅れましたこと、お許しください」

何進には曹操の意図がつかめなかったが、袁術はそれを理解してか、口を挟んだ。「すると陽城《ようじょう》県［河南省中部］では休みを取らず、明日にでもそのまま包囲を解きに行くというのか」

「そのとおりです。いま賊軍の勢いは強く、朱儁《しゅしゅん》殿は陽翟《ようてき》で、皇甫嵩《こうほすう》殿は長社《ちょうしゃ》で敵に包囲されています。陽城はまだもっているとはいえ、守兵は数百しかおらず、ここも時間の問題です。もし関所を出ていったんそこで夜を明かすことになれば、万が一、敵兵に囲まれたとき、包囲を解くどころか、こちらが囲まれてしまいます」

袁術はしきりにうなずいて見せた。「うむ、それは賢明なやり方だ。はじめそなたを将にすると聞いたときは納得できない部分もあったが、いまこうして聞けば、なかなか非凡な見識を備えているようだな……参った、納得だ」

「どうやら孟徳の胸には成算があるようです」それを受けて崔鈞が続けた。「話はこれぐらいにして、早急に兵を集めて孟徳を行かせましょう。よろしいですね、大将軍」

何進は何もわかっていなかったが、幸いにしていつも人と調子を合わせて、反駁するということを知らない。崔鈞が閲兵を請うと、すぐそれに従った。銅鑼と太鼓を打ち鳴らして召集をかけると、ほどなくして三千の兵馬が隊列を組んだ。曹操は見るなり心が弾んだ。いま目の前に居並ぶ三千人は、鎧も不揃《ぞろ》いで背丈もまばらであったが、みな一様に英気がみなぎっている。それもそのはずで、宮廷の侍衛《じえい》を除けば、ほかは各屋敷で腕に自信のある者が集まっているのだ。めいめいが得物《えもの》を手にしているのはもちろんのこと、なかには伝家の宝刀を帯びている者さえいる。もっとも喜ぶべきは、全員が矢筒を身につけ馬を牽いていることである。うまく指揮さえすれば一人ひとりが十人の敵と渡り合うこともできよう。さすがに都の若者たちである。それにひきかえ、曹操自身が連れてきた使用人らは、ずいぶんと貧相であった。

弁舌の苦手な何進に代わり、袁術と馮芳が兵士らに訓話を垂れている傍らで、曹操は何進に耳打ちした。「大将軍、黄巾賊となっているのはみな農民で歩兵が主です。対するわが軍はほとんど騎兵なのですが、いかんせん、わたしの連れてきた兵のなかにはまだ馬のない者が十数名おります。どうかその者たちのために、馬を分けていただけないでしょうか。もし全員が騎馬となれば、行軍の速度は何倍にもなり、夜のうちに潁川《えいせん》に着くことができます」

「よかろう」何進は言うが早いか、陣の奥へと消えていった。ほどなくして、鞍と鐙《あぶみ》をつけた十余頭の駿馬を兵士らが牽き出してきた。最後に何進が自ら赤みがかった鹿毛《かげ》の馬を牽いてくると、手綱を曹操に取らせた。「弟君、この馬はわしが大将軍になったときに、ある方が贈ってくれたものだ。たしか大椀《だいわん》とか大盤《だいばん》とか言っていたな。君が乗りたまえ」

曹操はすぐにぴんと来た。大宛《だいえん》の千里馬〔汗血馬〕だ。その昔、武《ぶ》帝はこの大宛馬を手に入れるため、万里を遠しとせず李広利《りこうり》を遣わして西域《さいいき》にまで攻め込んだ。それ以来、中原でも見られるようになったが、なかでもこれは特上の一頭だ。曹操は身に余る寵遇《ちょうぐう》に戸惑った。「そ、それはいけません。これは大将軍こそお乗りになるべき名馬です」

「いや。わしは戦場に出んしな。こんないい馬を持っていても宝の持ち腐れだ。こいつに見合う主《あるじ》を見つけてやれば、ここに連れて来たのも無駄ではあるまい。さあ乗れ、乗れ」

曹操は感慨を禁じえなかった。何進は政務に通じていないが、正直で純朴、心に何の企みもない。かような国舅《こっきゅう》がいるというのも悪いことではない。

軍馬が分配され、兵士らには数日分の兵糧も与えられた。曹操は暇を見つけると、黙って本営のそばに向かい、門を守っている鮑信《ほうしん》に声をかけた。「ほかのやつの話はどうでもいい。お前から俺に何か言っておくことはないか」鮑信はしきりにうなずき、うれしそうに笑った。「お前が率いるんだ。何も心配はしちゃいない。ただ一つ、役に立つかは知れんが……」

「何をまた改まって。俺はいくらか書物を読んだだけで、実際に出陣するとなれば遠くお前には及ばん。早く教えてくれ」

「どちらの軍から助けに行くつもりだ」

「轘轅関《かんえんかん》［洛陽の南東］を出てまず陽翟へ向かう。ここは潁川第一の県ゆえ、陽翟の囲みが解ければ豫《よ》州に衝撃を与えられる。さらに王子師《おうしし》が陽翟城に入って刺史《しし》を引き継げば、大事は定まるだろう」

鮑信は少し口を尖らせた。「よくないな。俺が軍を率いるなら、まず長社《ちょうしゃ》の救援に向かう」

「なぜだ。長社までは距離があるぞ」

「孟徳、よく考えてみろ。賊軍は十数万の大軍だ。烏合の衆とはいえ、かなり厄介な相手だぞ。陽翟は大きな県で、長社は狭小の地、陽翟は都に近く、長社は都から離れている。陽翟を囲むには大軍が必要だが、長社なら兵も少なくて済む。お前の兵はたかだかこの三千人だ。これで先に要地に突っ込むのはたやすいことではない。それよりは、手をつけやすいところからはじめるべきだ。つまり、まず長社を救って皇甫嵩の兵と合流し、それから陽翟に向かうほうが、よほどやりやすいはずだ」

「なるほど、それはいいことを聞いた」曹操は拱手《きょうしゅ》して何度も拝謝した。

そこに鮑韜《ほうとう》が口を挟んできた。「孟徳、もう一つ、くれぐれも注意してくれ。あの兵士らには多かれ少なかれ面子《めんつ》がある。あるいはあまり指示に従わないかもしれぬから、孟徳もそのつもりでな」

「安心しろ。その点は俺にも考えがある」曹操は意味ありげに笑った。

長子の鮑鴻《ほうこう》は顔じゅうに不満の色を浮かべている。「おぬしはいまや騎都尉《きとい》で、俺たち兄弟はここで戟持ちの門番だ。一歩だって動けやしない。実につまらん。関所を出て何人か賊を討ってやらねば気が済まん」

曹操はなだめた。「まあそう焦らずとも。かの韓信《かんしん》［漢の劉邦《りゅうほう》の建国に貢献した武将］もはじめは戟持ちの護衛だったではないですか。それがのちには招かれて元帥を拝命し、三斉王《さんせいおう》の地位を手に入れたのです。あなたにも必ずや時運がめぐってきますとも」

鮑鴻はそれで大いに気をよくしたが、四男の鮑忠《ほうちゅう》のほうが戟で曹操を突《つ》いてきた。「それは聞き捨てなりません。韓信は呂后《りょこう》に殺されたのですぞ。まさかわが兄も手柄を立てたあとで味方に害されるとでも言うつもりですか」

みなは笑って聞き流していたが、果たして、鮑鴻がそのとおりの末路をたどるとは、このとき知る由もなかった。

曹操は鮑家の兄弟に別れを告げ、何人かの友人らとも惜別の挨拶を交わすと、はやる気持ちを押さえ切れず、鐙にしっかり足をかけて跨がった。風に翻る漢軍の大旆《たいはい》、一人ひとりが勇猛な三千の兵士、腰に佩《は》くのは青釭《せいこう》の名剣、身を任せるのは大宛の名馬。左に秦宜禄《しんぎろく》、右には楼異《ろうい》が、鎧兜に身を包み、柄《つか》に手をかけて控えている。陣太鼓が盛大に鳴り響くと、兵士らは鬨《とき》の声を上げ、馬は嘶《いなな》き、いざ出陣である。

その曹操の馬前に慌てて割り込む者がいた。陳温である。「しばし待たれよ」

「何ごとか」

陳温は声を押し殺して告げた。「割り符を、早く」

曹操の背中を冷や汗が流れた。漢の軍中では人よりも割り符、陣の出入りも兵の動員もまずは虎符《こふ》［虎型の割り符］なのである。しかし、歴戦の将兵はすべて出陣し、かたや初陣の将、かたや間の抜けた将軍、そしていま陣中にいる誰も実戦の経験などないのである。いざ出陣という段になって、ようやく割り符の存在を思い出すとは、もう一歩遅ければ何進は陛下にどう弁明するつもりだったのか。曹操は兵士らに笑い話の種にされぬよう、すぐ懐から割り符を探り出して陳温にこっそり手渡した。陳温もその意を汲み取り、袖で遮るようにして受け取ると、いそいそと袖の中に押し込んで言った。「さあ、行ってくれ」曹操はようやく安堵した。これでいよいよ堂々とこの部隊を率いて都亭を離れることができる。

爽やかに晴れわたる青空、頬を優しくなでるそよ風、曹操は自ら先頭に立って軍を率いた。やはり騎馬隊の行軍は速く、半日ほど経ったところで緱氏県に到着した。城の周りに陣を設営し、休息を兼ねて整備するように命じた。土地の義勇兵らはすでに水と食糧を用意していて、すべてが実に周到であった。曹操は城内に入って県令に会うと、午後の行軍は控えて、ここで一晩休むことにした。

そして次の朝、曹操は急いで兵士らを点呼するでもなく、引き続き兵士らに休息して英気を養うように命じた。兵をとどめる時間が長くなると、兵士らのなかから不満がこぼれはじめた。しかし、曹操はまったく意に介さず、ただ幕舎のなかに座してのんびりと剣を磨いていた。すると一刻［二時間］もしないうちに、秦宜禄が駆け込んできた。「旦那さま、旦那さま……」

「将軍と呼べ」

「将軍さま、のんびりしている場合ではございませんぞ。表では、朝命を拝しているくせに打って出る勇気がないだとか、悪態をついている者がおります。ほかにも将軍は……」

「将軍は何だ」

「縁故に頼って騎都尉になれただけで、本当はそんな能力はないんだとか」秦宜禄は臆せずにありのままを伝えた。

ところが、曹操はそれを重く見るでもなく、ただ冷笑を浮かべて答えた。「では、見に行ってみるとするか」そして立ち上がると、秦宜禄とともに将帥の幕舎を出た。見ればたしかに多くの兵士らが何やら話をしていて、なかには馬の鞭を振り回してほかの兵を呼び集めている者までいる。曹操の率いてきた兵士らはみな普通の民ではなく、それぞれが腕に覚えのある者ばかりである。一様に誇り高く、曹操が幕舎を出てきたのを見ても誰一人として拝礼しない。そこに誰かの叫び声が聞こえた。「みんな見ろ、宦官の孫のお出ましだ」陣中の者がこぞって声を上げて笑った。

これは曹操が平生《へいぜい》もっとも気にしていることであったが、ぐっと耐え忍んで叫んだ。「静まれ！」楼異と秦宜禄も続いて声を張り上げた。「みな黙れ！　騎都尉さまのお話だ！」そうまでして、ようやく兵士らはしだいに口をつぐみはじめた。

「それがしは陛下の命《めい》により、お前たちを率いて逆賊を討ち、皇甫嵩と朱儁の両部隊を助けて大功を立てんとするものである。しかるに、なにゆえここで無意味に騒ぎ立てておるか。速やかに幕舎に戻って休め！」

そのとき、鮮やかな鎧を全身にまとった一人の兵士が進み出て声を上げげた。「わかりませぬ。朝廷がわれらを遣わしたのは官軍を助けるためで、ここで惰眠をむさぼるためではないはずです。すでに波才《はさい》は潁川に居座り、包囲された両部隊はいまにも落ちそうだというのに、騎都尉殿、ここにじっととどまって戦機を誤るなどもってのほか。われらは国に忠を尽くすため自ら従軍したのです。騎都尉殿が進まぬというのなら、われらだけでも打って出ます。臆病者の真似など死んでもごめんです」

「そうだ、そうだ」ほかにも多くの兵士がこれに同調した。

「かくも浅はかな愚か者がこのわたしをあざ笑うとはな。ここにとどまっている理由など思いも寄らんのだろう」曹操は幕舎の前に群がる兵士らを睨《ね》め回すと、いきなり怒鳴りだした。「耳の穴をほじってよく聞くがいい！　兵法に、敵を知り己を知らば百戦危うからずという。敵はわが軍の十倍ではきかんのだぞ。われらがいま進軍すれば、関所に着くのは午《うま》の刻になる。仮にそこで休息を取って次の日に出陣となれば、必ずや敵方に動きを悟られてしまう。あるいは午の刻にそのまま関所を出て、昼間のうちに敵軍とぶつかれば、勝敗はどちらに転ぶかわからん。黄巾賊は烏合の衆である。こういった軍は一度敗れると士気も一気に衰えるが、われらが敵に遅れをとるようなことになれば、やつらはますます調子づいて手に負えなくなり、果ては本気で自分たちのことを天が遣わした将兵と信じ込むであろう。そうならぬためにも、緒戦を落とすことは絶対に許されんのだ。いまここでお前たちに英気を養わせているのも、午後になったらここを発って轘轅関を抜け、片時も休まず夜のうちにひたすら長社を目指すためだ。夜明け前に長社に着けば、そのときこそ一気呵成に敵の本陣を叩くのだ。そうすれば皇甫嵩の囲みもすぐに解けよう！」

この理に適った話を聞かされると、兵士らは一様に押し黙ってしまった。そこで曹操は、はじめに自分をあざ笑った兵士に目をくれた。「お前は作戦も知らずに余計なことを口にし、よくもわたしに恥をかかせてくれたな。軍法に照らして斬刑とする！」

その兵は自分に非があるとわかっていたが、なおも食い下がった。「それがしは楊尚書《ようしょうしょ》の……」

「黙れ！　貴様がどこの誰であろうと、陣においては軍令に従わねばならぬ。かつて孫武《そんぶ》は呉《ご》王の寵姫を斬り捨てて軍法を正したというが、この曹孟徳もお前の首で名を知らしめるとしよう。楼異、こいつを引き出して斬れ！」

命令一下、楼異は曹家の兵を二人伴い、この兵士を取り押さえて引きずり出していった。ここに至って恐れをなし、その兵は何度も叫んで許しを乞うたが、周りの兵士らも騒然とするばかりで、あえて取りなそうとする者はいなかった。曹操も一切かまわずに振り返り、軍営の兵士らに背を向けた。そして秦宜禄に向かってしきりに口を尖らせ、目配せした。さすがに賢《さか》しい秦宜禄は、慌てて包拳の礼をとって申し出た。「将軍、お考え直しください。敵と戦う前から自軍の兵を斬るのは縁起が悪うございます」

「ああ……」曹操は頭を振り仰いでため息をつき、また向き直って伝えた。「呼び戻せ」

楼異はまださほど離れておらず、すぐ護衛兵に連れて戻るように命ずると、このたびはその兵士もすっかりおとなしくなっていた。「お許しいただき、ありがとうございます」

「決して許したわけではない。いまお前を斬ったところで士気に影響すると慮《おもんぱか》っただけだ。さあ、いますぐこの陣から出ていけ、お前など要らん！　さっさと洛陽に帰るがいい」

兵士はそれを聞き、涙ながらに訴えた。「わたしは武芸に覚えがあります。主人の楊尚書の命を受けこの軍に身を投じました。それはひとえに賊を討ってお上に報い、家門の名を揚げるためでございます。もしここで軍を逐われましたら、主人の顔に泥を塗ることになります。わたしにも出陣させてください。討ち死にしても本望でございます。このたびのことはどうかお許しいただき、何とぞ除隊だけはご勘弁ください」そう訴えると、しきりに叩頭した。

曹操もここらが頃合いと考えてうなずいた。「なるほど、まだ恥を知る心は残っていたか。よかろう。では、今宵の急襲で一番乗りを果たしてみよ。手柄で罪は帳消しにしてやる」

「ありがとうございます！」

「みなの者、よく聞け」曹操は軍旗を挟んで立てている石に飛び乗った。「わが軍はたった三千騎でこれから死地に飛び込む。おのおのありったけの力を振り絞れ。官軍を救える機会は一度きりだ。失敗は許されんぞ。その覚悟はあるか！」

「おう！」兵士らは手に手に得物を高く掲げ、声を合わせて叫んだ。

「よし。秦宜禄、すぐにわが命を伝えよ。全軍は速やかに幕舎に戻って休息を取り、昼餉《ひるげ》を済ませておけ。馬には十分水を与えておくように。そして未《ひつじ》の刻［午後二時ごろ］に陣を払って発つぞ」

「御意」秦宜禄は返事をすると退《さ》がっていった。

兵士らが散じていくのを見届けると、曹操も自身の幕舎に戻ってひと息ついた。初めての訓示、実際はいささか胸が早鐘を打っていた。いま一人になって腰掛けると、思わず笑みがこみ上げてくるのを禁じえなかった。

「ずいぶんお話しされて喉が渇いたでしょう」楼異が水袋を持ってやってきた。

このときになって、曹操は喉が渇いていたことに気づき、受け取ってひと口含んだ。

「旦那さま、うまくいきましたね」

曹操はもう少しで水を噴き出すところであった。「な、何のことだ？」

楼異は曹操の兜を磨きながら、顔も上げずにつぶやいた。「実はとうに成算があったのに、わざと全軍には明言なさらなかった。だらだらしているように見せかけたのも兵士らの不満を募らせるためで、それを機に威勢を見せつけ、兵士らを震え上がらせたのでしょう」

曹操は続けざまに驚かされ舌を巻いた。「この騎都尉の地位、俺がどうして手に入れたかは、お前も知っているだろう。そして目の前の兵士らにはほとんど後ろ盾がある。一度はあいつらを締め上げておかねば、陣に臨んで好きにされたらたいへんなことになる」

「まことにご英断、衷心より敬服いたします」今日の楼異は何となく差し出口を抑えられず、すぐに付け足した。

「そうですとも、旦那さまの人の心の機微を見抜く目は本物です。秦宜禄は機転がよく利くとみなに言われますが、わたしからすればあれは薄っぺらい小賢しさに過ぎません。旦那さまのような人こそ真の聡明というものです」そう褒められても、曹操は自分の心の内を見透かされたようで、何かしら胸に落ちないものを感じていた。

長社《ちょうしゃ》の戦い

ここまで何も抜かりはない。あとはそのときを待つばかりである。曹操はみなに休息するように命じたが、しかし、自分自身は心を落ち着けることなどできなかった。初めての出兵である。緊張しないほうがおかしい。無理に瞼を閉じてじっと体を休ませていたところに、秦宜禄《しんぎろく》が食事の用意を運んできた。曹操はゆっくりと目を開けると、何とか二、三口ほど口にした。

「旦那さま、もう……」

「将軍だ！」

「将軍さま、もう少しお食べになられたほうが」秦宜禄は無邪気に笑みを浮かべた。

「喉を通らんのだ」曹操はそうつぶやくと碗を押し返した。

秦宜禄はいつもどおり遠慮がない。「お食べにならないのなら、わたくしがいただきましょう。しっかり腹ごしらえをしておきませんと」

「まったくいつもくどくどと……勝手にしろ」曹操はとりあおうとせず、幕舎《ばくしゃ》のなかをおもむろに奥へと向かって歩いた。「好きなだけ食うがいい、厚かましいやつめ」

「旦那さまがそう仰るからには、わたくしは厚かましいのでしょう」秦宜禄は碗を捧げ持ったまま手をつけようとしない。「将たる旦那さまが十分に飯を取らねば、われわれ兵卒は気が気ではありません。昼夜を分かたず駆けたあとで敵を討とうというのに、万一旦那さまがへばって指揮を執れなかったらどうするのですか。ですから、わたくしはたっぷり食べておくのです。もし負け戦《いくさ》になってもきっちり逃げおおせるように」

「無礼者！　だいたいお前は……」さすがに曹操も腹を立て、振り返って叱りつけようとしたそのとき、にこにこと笑いながら碗を差し出す秦宜禄の姿が目に入った。「旦那さま、戦に勝つためです。やはりもう少しお食べください」

「ぷっ」思わず曹操も噴き出して、碗を受け取った。「まったくお前は噛み切れん硬い肉のようだな。

食えんやつめ」

秦宜禄はますます調子づいた。「わたくしはそれこそ肉でありたいと思います。もし肉なら、いまこそ旦那さまに食べていただき、出陣に当たって気力を発揮してほしいのです。どうか表をご覧ください。兵士らはみな力がありあまるほど元気です。しかも、旦那さまのことを天より遣わされた武神と称え、指揮を振るえば負けるはずはないと。旦那さまが天界より遣わされた武神なら、われらはみな天界から降り立った将兵、勝ち戦以外は考えられませぬ」

小人《しょうじん》には小人の才能がある。曹操はすべて口から出まかせとわかっていたが、このときばかりは心地よく響き、気分が盛り上がった。そして碗を受け取ると、すっかり平らげたのだった。楼異《ろうい》のほうも、大宛《だいえん》の千里馬をきれいに洗って十分に水をやり、矢筒をしっかりと結びつけ、剣と矛はどれほど磨きをかけたのか、きらきらと冷たい光を放っていた。すべての準備が整った。ときは未《ひつじ》の刻になろうかというところ、曹操は陣を払って出発の命《めい》を伝えた。

このたびの行軍は昨日とは違う。三千騎が鞭を当てて疾駆し、馬の蹄《ひづめ》は砂塵を巻き上げ、士気はこれまでにない高ぶりを見せている。まだ申《さる》の刻［午後四時ごろ］のうちに轘轅関《かんえんかん》に到着した。兵士が関所の守将に報告すると、曹操はそのまま休憩して待つように部隊に命じ、自身は付き添いの兵だけを連れて、馬道《ばどう》［馬も通れる坂道］をそのまま関所に駆け上がった。

轘轅関の守将許永《きょえい》は羽林左監《うりんさかん》であるが、いまはこの関所の都尉《とい》として任に当たっている。曹操はその真っ赤に腫らした目を見て、もう何日もぐっすり眠れていないのだと思いやった。

「先ごろ賊兵が関所の前までやって来たが、ことごとく蹴散らしてやった。やつらは皇甫嵩《こうほすう》と朱儁《しゅしゅん》の両部隊を包囲しているため、そうそうここには攻めて来られぬだろう。陽城《ようじょう》と密県《みつ》〔河南省中部〕より西には、まだ賊の大軍は来ていないようだ。もし長社へ向かうなら、関所を出てからそこらで休むといいかもしれん」

「もはや一刻の猶予もなりません。わが軍はすぐにここを発ち、昼夜兼行で一気に長社を突きます」

許永は早くから曹操の名を聞いてはいたが、これが初陣であることも知っていたため、思わず顔をしかめて尋ねた。「昼夜兼行して突っ込むだと。よく考えたのか」

「ええ。賊軍は烏合の衆でほとんどが百姓です。日の出とともに起き、日没とともに休みます。夜陰に乗じて長社を突くにはうってつけです。わが軍の士気は高く、引き延ばすのは得策ではありません」

「そうか……」許永は決意を固めた曹操の話しぶりを見て取ると、それ以上あえて異を挟《さしはさ》まず、拱手《きょうしゅ》した。「くれぐれも注意してな。武運を祈る」

「お心遣い感謝いたします。道はなお遠く、遅れるわけにはまいりません。それでは、ここで失礼いたします。将軍、ご苦労のほどお察しします」

「お互いさまだよ」

曹操が馬道を駆け降りると、部隊はすでに準備を整えており、即刻門を開けて関所を抜けた。来たときよりもさらに速く、さながら一陣の風のように、道の大小を問わず最短距離で長社に向かって駆けた。道すがら、いくつかの黄巾《こうきん》の部隊とも出くわしたが、それらには一切目もくれず、ひたすらに長社を目指したのである。陽城を過ぎるころには、日もすでにとっぷりと暮れていた。

四月の気候は早くも暑くなりはじめたとはいえ、夜ともなればまだ爽やかに感じられる。風が途切れなくそよぎ、馬を駆るにはちょうどいい涼しさである。腹が減ったのか、そのまま馬上で餅子《ピンズ》［粟《あわ》粉などを焼いた常食物］や干肉を口に放り込んでいる者もいた。先に丸一日を休みにあて、以来ずっと外を駆けているため、暗がりのなかでも目が慣れている。急襲においてもっとも肝要なのは、いかに秘密裡に行動するかである。曹操は先頭を行く者に松明《たいまつ》を二つだけともさせて目印とした。兵士らはその明かりに従って、一糸乱れず進んでいく。

「こんな騎乗は初めてだ、気持ちいい！」誰が叫んだのか、その声を皮切りに、みな口々に声をかけ合った。

「まったくだ！　もう侍衛《じえい》なんぞやめた。これからは兵士一本だぜ」

「はっはっは、月は暗く風強く、敵を討つにはもってこいだ」

「やつらの斥候《せっこう》が気づいても、俺たちより先には戻れねえぜ」

「ざまあみろ、勝ちはもらった！」

「はっはっはっ……」曹操も天を仰いで高らかに笑った。「手柄を立てて名を揚げるのは今夜だぞ！」

実に迅速というべき行軍である。ようやく子《ね》の刻［午前零時ごろ］になろうというころ、部隊はすでに密県を抜けて長社県との境に差し掛かっていた。このまま前進すれば、そこはもう黄巾賊の主力が陣取っている一帯である。誰もが口を閉ざし、ひたすら鞭を当ててまっすぐ県城を目指して駆けた。

そのとき、突然前方に火の手が上がった。

「なんだ、どうした？　はじまったのか」虚を衝《つ》かれた兵士たちは自然と速度を緩めた。曹操は声こそ抑えたが、動揺は免れなかった。「これはどっちが勝っているんだ？　このまま突っ込んでも大丈夫なのか」

しかし、すぐに落ち着きを取り戻した。このような急襲でいったん足を止めては兵の士気がくじかれる。いわんや四方はすべて戦場、ここは前進あるのみだ。曹操は青釭《せいこう》の剣を抜き放つと、高々と掲げて叫んだ。「命を伝えよ！　躊躇《ちゅうちょ》はならん、全速力で前進だ！」

そうしているあいだにも火の手はどんどんと高くなり、遠くから叫び声が響いてきた。曹操の率いる兵士らにとっては、これが初めての戦場である。命令は耳に届いていたものの、初陣でいきなりこのような混乱に遭遇して、怖じ気づくなというほうが無理である。

曹操が二の句を継げずにいたところ、秦宜禄が喉も裂けんばかりに声を振り絞った。「やっちまえ！　手柄を挙げて金をもらって、嫁さんもいただきだ！　一番乗りは俺がもらった！」そう士気を鼓舞しながらも、秦宜禄はじっと曹操の後ろから動かなかった。

「そうだ、そうだ！　手柄を挙げて金をもらって嫁もいただきだ！　突っ込め！」みなは勇気を奮い立たせると、得物《えもの》をしっかりと握り締め、突き進んでいった。

もはや松明を掲げる必要もないほどに、長社に上がる業火は空を赤く焦がし、進むべき道をくっきりと浮かび上がらせていた。すると向こうから、黒々と湧き上がる雨雲のように、黄巾賊が目の前に迫ってくる。

曹操の部隊は暗がりから明るいほうを見ていたため、それをはっきりと認めることができたが、黄巾賊にすれば、松明を持たない曹操軍は暗闇に溶け込み、いったいどれほどの官軍が来たのか見当もつかなかった。しかも、黄巾の民らは普段は日没とともに休むので、夜半に火の手が上がったことだけですでに浮き足立ち、そこへ官軍が攻めてきたものだから、あえて戦おうという気持ちは早くも消え去っていた。心はすでに恐怖に支配され、一人が逃げ出すと多くの者がそれに続き、戦う前から大混乱に陥ったのである。三千騎はここぞとばかりに秦宜禄のかけ声に応じて、天界から降り立った将兵のごとく、黄巾賊の群れに一心不乱に飛び込んでいった。槍をつき、刀を振るい、馬の勢いを借りて、蛙でも串刺しにするように軽々と、そして次々に敵を打ち倒していった。ある者は面倒だとばかりに、長柄の矛を馬首のあたりに横ざまにし、人混みのなかへと突き進んでなぎ払っていった。

目の前の黄巾賊に戦意はなく、軍備もきわめて粗末で、手にしているのはせいぜいが鍬《くわ》か棍棒である。なかには武器を持たずに逃げ出してきた者さえいて、反撃するどころか、受け止める力さえまったくない。曹操はそれをはっきり見て取ると、この火は皇甫嵩が放ったものに違いないと思った。

三千騎は目を血走らせて右へ左へと突き進み、もはやいかほどの敵を討ったのか数え切れない。曹操は馬を止め、ばらばらになって敵を深追いせず、まっすぐ進んで皇甫嵩の軍と合流するよう、秦宜禄に命令を伝えさせた。鬨《とき》の声、刀や槍のぶつかる音、燃え盛る火の轟音、そして泣き叫ぶ声が耳をつんざき、戦場はさながら煮え立つ鼎《かなえ》のように、あたり一面がごった返しになっていた。

黄巾賊は方向も見失ったまま逃げ惑った。曹操がやっとのことで兵馬をまとめると、また泣き叫ぶ声が近づいてきた。さらに多くの黄巾の敗残兵が、潮《うしお》のごとく長社より押し寄せてきたのである。いま蹴散らした黄巾賊よりもひどいありさまで、黄色い布さえ結びつけておらず、ざんばら髪で手には武器もなく、なかには裸足で、互いに押し寄せ、踏みつけながら向かってくる。そして曹操の部隊に気がつくと、目を合わせることさえできぬほどに怯《おび》え、もはや鶏を絞める力すらないといった様子で、蜘蛛の子を散らすように逃げていった。

曹操はこの逃げ惑う人波に向かって、やはりまっすぐ突き進むように命令した。どれほど進み、どれほど打ち殺しただろうか、ついに鳴り響く太鼓の音が耳に届き、炎に照らされて翻る旗——漢の討伐軍の大旆《たいはい》が目に入った。両軍の兵は出会うはしから、互いの状況を話し合った。かたや強行軍で疲れ果て、かたやようやく敵の包囲を脱し、顔も知らないそれぞれの兵が、みな武器を置いてあちこちで手を取り、抱き合った。そのなかを斥候の早馬が曹操のもとへやってきた。「曹将軍、遠路ご苦労さまです。わが軍の大将がお呼びです」

追撃をかける皇甫嵩の大軍に道を譲りつつ、曹操麾下《きか》の三千騎は斥候についてさらに進んでいった。ぼんやりと白みはじめた空のもと、曹操はふと人混みのなかに一旒《りゅう》の大旆を見つけた。その旗の下では、射声司馬《しゃせいしば》の魏傑《ぎけつ》が剣を手に追撃の指揮を出している。曹操は喜びを抑えきれず、思わず叫んだ。

「魏司馬殿、わたしもとうとう来ましたぞ」

その声は魏傑の耳にも届いたようで、遠くから目が合ったように思えたが、魏傑は誰と気づくこともなく、それ以上かまうことはなかった。いまはしゃべっている場合ではない。曹操も気を取り直し、前について進んでいった。そうしてしばらく行くと、林立する旗指物のなかにひときわ高く翻る将帥の旗が目に入った。少し高台になったところに椅子が並べられ、その中心には立派な押し出しに長い髭を蓄え、金の鎧と金の兜に身を包んだ老将が腰掛けていた。誰あらん、皇甫嵩である。

曹操は全隊を止めると、自分は馬を下りて斥候とともに小走りに駆け寄った。高台の前で跪《ひざまず》いて拝礼する。「曹操、皇甫嵩将軍にお目通りに参りました」

「立ちたまえ」皇甫嵩のほうから下りてきた。「そなたも陛下に遣わされた将、わしとて同じじゃ。拝礼するには及ばん。それにしても、朝廷はこの老いぼれを甘く見てくれたもんじゃな。わしが包囲されて危地にあると思い、そなたを遣わしたんじゃろうが、逆に火計《かけい》で黄巾賊を打ち滅ぼすとは夢にも思わんかったじゃろうて」

曹操は立ち上がり頭《こうべ》を垂れた。「将軍さまの才智、計略はお見事でした。わたしなど功績を挙げるどころか、援軍の到着が遅れて何の手助けにもならず、まこと恥ずかしい限りでございます」

「はっはっはっ……」皇甫嵩は髭をしごきながら大声で笑った。「そなた、自分の兵を見てみよ」

曹操は振り返るなり驚きを禁じえなかった。日が昇り、すでに明るくなった蒼天《そうてん》のもと、何より自身の率いてきた兵士らに目を奪われた。出立のときはみなばらばらの格好をしていたはずが、いまは誰もが揃《そろ》った色の服を着ている――赤い兜、赤い鎧、赤い馬、それらはすべて賊軍の血で染められていたのだった。どれほどの敵を討ってきたのか……秦宜禄が大旆を振りながら大声で叫んだ。「みんないます。一人も欠けておりません。たったの一人も欠けておりませんぞ！」

曹操が突っ立っていると、皇甫嵩がその肩に手をかけた。「曹将軍、この全身の血の跡、これこそがそなたの功績ではないかな」このときになってはじめて、曹操は自分も真っ赤に染まっていたことに気がついた。道理で魏傑も気づかないはずである。

「疲れたか」

「深夜に火を放って包囲を破った将軍さまがお元気ですのに、疲れたなどとは口が裂けても申せません」

「さすが巨高殿《きょこうでん》の子は口が達者じゃ」皇甫嵩はそう笑って続けた。「ここのところ、朱儁が敵の大軍を牽制していてくれたからよかったものの、そうでなければわしも勝ちを得るのは難しかったじゃろう。さてと、では兵を一所《ひとところ》に集めてすぐさま陽翟《ようてき》へ向かうとするか」

命令一下、全軍に行き届くと、漢軍は勝ち戦の勢いを駆って陽翟に向かった。一月《ひとつき》近く身動きが取れなかったため、皇甫嵩の軍は檻から放たれた猛獣よろしく、みな奮い立って先を争った。黄巾賊はもとより多勢を恃《たの》むのみで、長社の焼き討ちに遭って肝を冷やしてからは完全に戦意を喪失し、漢軍は破竹の勢いで突き進んだ。そしてまもなく陽翟の県境に至ろうというところ、斥候が報告に戻ってきた。「われわれの勝ちを知ると朱将軍も打って出て、すでに敵陣を破り、波才《はさい》の大軍を破りました。このまま数里［約二、三キロメートル］も進めば、われわれと合流するはずです」

それを聞き、皇甫嵩や曹操ら指揮官が喜び合っていたところ、北のほうに、総崩れになって逃げる黄巾賊の姿が目に入った。それを追うのは一隊の義勇兵のようである。数も多くなく、なかには歩兵も交じっていたが、誰もが返り血にまみれ、当たるべからざる勢いである。曹操はそこに「王」の旗を認めて叫んだ。「王子師《おうしし》だ、王刺君《しくん》［使君は刺史《しし》の敬称］も来たぞ！」

だんだんと、正面にはためく朱儁軍の旗が近づいてきた。漢軍の合流もまもなくである。曹操は激しく高ぶる感情をもうこれ以上こらえ切ることができなかった。「潁川《えいせん》は救われた！　洛陽《らくよう》も救われた！　われらが大漢も救われたぞ！」それに合わせて兵士たちからも大きな歓声が上がった。

曹孟徳《もうとく》は瞼を閉じ、押し寄せてくる歓喜の声に耳を澄ませた。一昼夜を命がけで駆け回った疲れが、いまにしてどっと噴き出してきた。滴る汗が敵の血と混じりながら頬を伝っていく。曹操はかすかに笑い、つぶやいた。「父上、息子はあなたの期待を裏切りませんでしたよ……」

第六章　前線へ、黄巾《こうきん》の乱を鎮圧せよ

陳《ちん》国奪還

長社《ちょうしゃ》での一戦に勝利したことで、朱儁《しゅしゅん》と皇甫嵩《こうほすう》、および曹操の三隊が合流し、王允《おういん》も予定どおり陽翟《ようてき》［河南省中部］に入って豫州刺史《よしゅうしし》を引き継いだ。こうして潁川《えいせん》の黄巾賊は壊滅し、首領の波才《はさい》は乱軍のうちに命を落とした。洛陽《らくよう》は陥落の危機を免れたのである。皇帝劉宏《りゅうこう》は手放しでこれを喜んだ。即刻、皇甫嵩に加封して都郷侯《ときょうこう》とし、朱儁は西郷侯《せいきょうこう》に封じたうえで、さらに黄巾賊の動きを牽制した功により鎮賊中郎将《ちんぞくちゅうろうしょう》の号を賜った。そして引き続き豫州に残る黄巾賊の残党を打ち滅ぼすよう命じた。この勝利によって、官軍と反乱軍の形勢は逆転しはじめる。

張角《ちょうかく》は太平道《たいへいどう》によって民を惑わすことで反乱を起こしたが、張角自身が戦《いくさ》に長けていたわけではない。「天公将軍《てんこうしょうぐん》」を名乗り、冀州《きしゅう》、青州《せいしゅう》、幷州《へいしゅう》、幽州《ゆうしゅう》の河北《かほく》四州のもっとも信心深い教徒を率いていたが、所詮は意気込みだけであったから、十分の一にも満たない兵力の盧植《ろしょく》軍さえ打ち負かせなかったのである。結局のところ、豆をまいて兵に変える力もなく、妖術や邪法で官軍を破ることもできず、負け戦を繰り返したのち黄河を渡って退却し、黎陽《れいよう》［河南省北部］と鄴城《ぎょうじょう》［河北省南部］を放棄して、広宗県《こうそうけん》［河北省南部］に引きこもって一歩も出ようとしなかった。

主導者の敗北により、黄巾賊の士気はこれまでにないほど落ち込んだ。それにつれて、各地の豪族や官吏が自発的に組織した義勇軍が勢いを盛り返し、形勢は一気に反攻へと転じた。その結果、黄巾賊は寸断された遊撃隊に成り下がり、なかには山林の奥深くに逃げ込んで隠遁を決め込む者さえいた。残る目立った部隊は、張角の弟らが率いる河北の主力軍と、太平道の「神の使い」を称する張曼成《ちょうまんせい》を主将とし、陳国、汝南《じょなん》、南陽《なんよう》の三郡を占拠する一隊のみである。

朱儁、皇甫嵩、曹操および王允は、数日かけて陽翟一帯の黄巾賊の残党を殲滅し、一部の投降兵を受け入れて、ようやくこの地の混乱を平定した。次の一手は、陳国と汝南、南陽の三郡を占める大量の反乱軍をどうするかである。それぞれここ潁川の東、西、南に位置しており、どこか一方に注力するわけにもいかない。それに加えて潁川の守備兵もまったく不十分なのである。そうして諸将が頭を悩ませているところへ、南陽からの使者が見えたとの知らせが入った。

一同は喜びに沸き返った。というのも、南陽郡は太守《たいしゅ》の褚貢《ちょこう》が陣没して以来、何の情報も入って来なかったため、黄巾賊に対してはすべて土地の者に丸投げになっていたのである。つまり、敵情がまったくつかめないために、誰しもが不安を覚えていた。ちょうどそのようなときに、この使者がやって来たのである。ほどなくして使者が通されてきた。見れば民兵の格好で、年のころは十六、七といったところ。背中には粗布《あらぬの》の大風呂敷を担いでいる。

「将軍方に申し上げます。先日、わが郡守《ぐんしゅ》が宛《えん》城［河南省南西部］にて賊軍と戦い、敵を打ち破って数十里［約二、三十キロメートル］ほど追撃を加えました」

疑うべくもない勝利の知らせであったが、諸将は顔を見合わせた。口火を切ったのは皇甫嵩である。

「いま、わが郡守が敵を破ったと申したが、南陽太守の褚貢がお国に命を捧げたことは周知のことだ。お前の申すその郡守とやらは、いったい誰のことじゃ」

「お答えします」その小柄な民兵は続けた。「褚太守さまが亡くなってより、本郡の捕盗都尉《ほとうとい》であった秦頡《しんきつ》さまが先頭に立って宛城を守っておりました。よって土地の豪族も秦大人《たいじん》をかりに太守として推挙したのです。まったくたいしたお方です」そこまで話すと、その民兵は誇らしげな顔を浮かべた。

王允は聞き終わるなり不機嫌な顔つきになり、いまにも叱りつけようとしたところ、朱儁に遮られた。「まあ子師殿、野にはまだまだ麒麟児がいるということですな。われわれがここで悩んでいるときに、その秦頡殿は賊軍を打ち破っていたというのですから」

「それだけではありません」そこで民兵が風呂敷を開くと、なんと血みどろの首が現れた。朱儁はしげしげと眺めて尋ねた。「これは誰の首だ」

「これこそ賊軍の首領、あの神の使いとかいう張曼成でございます」

諸将はそれを聞くと一斉に立ち上がった。長らく戦に従事してきた皇甫嵩でさえ、驚いて目を見張っている。「張曼成こそは中原に巣食う賊の将、それが死んだとあれば賊軍は一気に瓦解するぞ。本当にやつなのか」

「嘘など申すはずはありません。夜陰に乗じて秦大人が敵陣深く攻め込みますと、敵はなす術もなく、秦大人が自ら張曼成を斬り捨てたのです」その兵はますます得意げになってきた。「わたしだって一緒にいて、この目ではっきりと見たんですから」

「はっはっは……」皇甫嵩は髭をしごきながら高笑いした。「なるほど、お前のその秦大人はたしかに太守となるに十分のようだ」

「それはそうですとも」その民兵は若さにまかせて何憚ることなく答えた。「わたしらのところには腕の立つ者がたくさんいますからね。蘇代《そだい》と貝羽《ばいう》という二人の金持ちの旦那に、趙慈《ちょうじ》っていう兄貴もいて、みんな土地一番の大金持ち。若い下男や小作人が数千人もいて、賊を破ったのも全部その人らのおかげってわけです」

「小僧め、自慢に大忙しだな。ところで南陽の賊軍が敗れたあと、敗残の兵がどこへ向かったかわかるか」曹操もからかいつつ尋ねた。

若者は度が過ぎたと知ってか、頭をかきながら答えた。「秦大人の話では、敵はみな東のほうに逃げて、汝南に向かったのもいれば、おおかたは陳国に逃げ込んだそうです」

「そうか。よし、退《さ》がって休むがよい」朱儁が話を引き取った。

「はい」その兵は挨拶をして何歩か下がると、何やら言いたげに振り返った。「あの……えっと……」

「まだ何かあるのか」

「に、肉はありますか」顔を真っ赤にして尋ねた。「もう三か月も肉を食っていないんです」

「ああ、あるある。もちろんあるぞ。たらふく食うがいい」曹操も思わず噴き出した。

護衛兵のあとについて、その若い兵卒が小躍りしながら退がっていくと、それまで黙っていた王允が口を開いた。「黄巾賊を追い払ったとはいえ、その秦頡とかいう者に勝手に太守を名乗らせるわけにはまいりません」

「しかし、いまはそれどころではない」皇甫嵩は自ら張曼成の首を包み直した。「こいつを都に送っても、正式に太守とするわけにはまいらんかのう」

「ですが、やはりその者は朝廷より郡守に任命されたわけではありません。それに先ほどの使い走りが申しておりましたように、蘇代や貝羽、趙慈といったところは、せいぜいが土地の金持ちで、要するに一帯を取り仕切る親玉風情でしょう。そのような者らが朝廷の旗印をかざして威張り散らすなど、とても褒められたものではありません」王允はずいぶんと気にかかる様子である。

「子師よ、そこにこだわっている場合ではないのだ。たとえ秦頡の率いる者らがみな無頼の徒であったにせよ、いまはその者らを使うしかない。宛城は百日の長きにわたって包囲されていた。敵を破ることはおろか、守り通すことさえ至難の技であったのだ。それがいま、南陽が平定されたのならば、われらは三方を相手にする必要がなくなったということだ。思い切って陳国と汝南に兵を向けることができるであろう。公偉《こうい》殿、そなたはどう思うかね」朱儁は生え揃《そろ》わない髭を跳ね上げ笑った。「汝南の太守趙謙《ちょうけん》は賊軍に敗れて久しく、ここはもっとも手出ししにくいところでしょう。われわれは一つ孟徳《もうとく》を見習って、手をつけやすいところから攻めるのはどうでしょう。つまり、軍を陳国に向けてやつらの鋭気をくじくのです」

「それはいい！」曹操は矢も盾もたまらず口を開いた。「それがしが三千騎を連れて先鋒となり、まっすぐ陳国を突きましょう」ところが、朱儁と皇甫嵩はそれには取り合わず、互いにもの言いたげな眼差しを交わすと、期せずしてともに大笑いしだした。「わたくし……何かおかしなことを申しましたでしょうか」曹操にはまったくわけがわからない。

「曹家の若造め、いまおぬしは、この老いぼれ二人が昇進したくて血眼になっているとか、大きな手柄を挙げてもっと高い爵位を欲しがっているとでも見下しているのではないか」朱儁が軽口を叩いた。

「そのような恐れ多いことは。もしやお二方にはすでに成算がおありなのでしょうか」

朱儁が短い髭をしごきつつ答えた。「そのとおり。この天下、どこでも反乱が起これば速《すみ》やかに赴かねばなるまいが、ただこの陳国だけは違ってな。遅ければ遅いほどいいのじゃ」

「それはいったい……」

「陳国の陳県には、実はかなりの強者《つわもの》がおる。しかし、ちょっとひねくれ者でな。兵士はまったく足りておらんのじゃが、そいつは切羽詰まらねば本気を出そうとせんのじゃよ。だが、もしそいつがその気になれば、賊軍などあっという間に武器を投げ出して降参するじゃろうて」

曹操には信じられない。「本当にそんなことがあるのでしょうか。まさかご冗談ではありませんよね」

「孟徳、軍中に戯れなしではないかな」朱儁はわざともったいぶっている。「明日の卯《う》の刻［午前六時ごろ］、兵を揃えて出発し、三日かけて陳国に入ることとする。そのときになれば、おぬしにもわかることだ」曹操は三日と聞いて驚いた。どこにそんな緩行《かんこう》する援軍があるというのか。振り返って皇甫嵩を見ると、黙ってうなずきながら笑っていた。

あくる日の出兵から、曹操は慌ただしかった。楼異《ろうい》に三千騎の統率を任せると、自身はときに皇甫嵩のそばにつき、ときには朱儁にまとわりついた。そうして片時も離れず、二人がどのように将兵に指示を出し、どのような場所に陣を築くのかをじっくり見たのである。大勢はすでに逆転し、一帯の黄巾賊が滅ぶのは時間の問題である。曹操はそれに気づいていたので、いまのうちに二人からできるだけ多くの用兵術を盗み取ろうと考えたのであった。

皇甫嵩は曹操のことを気に留めていなかったが、朱儁のほうはその意図を早くに見抜いていたため、どうせならと曹操を身辺に置いて使い、そのついでに用兵の道を教えようと考えた。幸いにも行軍は緩やかであったため、軍の行進や陣の設営から、陣の警邏《けいら》や食事に至るまで、この年寄りと若者、二人の小柄な将軍はいつも一緒にいた。そして二日後、官軍はいよいよ陳国陳県の境界に迫った。また新たな戦いのはじまりである。

曹操は兵士らに陣を築いて食事を取るように命じ、ざっと見て回ったところで、また朱儁のいる中軍の本営に駆け込んだ。

「まったくおぬしときたら、あきれたもんだ。飯までここでたかる気か」

曹操は笑って答えた。「将軍さまの軍の扱いは実に当《とう》を得ています。飯を作るにしても、わたしのところよりずっとうまいのです」

果たして、用意ができると料理番は曹操が必ず来ているであろうと、はじめから二人分を持って入ってきた。曹操は朱儁ががっつくのを見ると、ふと疑問が頭をよぎり、碗を手にしたままぼそっと尋ねた。「皇甫将軍のおそばにいたとき、皇甫将軍は兵をわが子のように愛し、陣を構えるときには、いつも将官の配置が終わってからご自分の本営を築きます。食事どきには兵士らへの分配が終わってから自分も手をつけるほどです。ところが、朱将軍はそうではありません。なぜ真っ先に箸をつけるのでしょうか」

そう話しているそばから、曹操は笑ってしまった。目の前の朱儁は脇目も振らずに飯をかき込み、箸を使うのももどかしいようで、挙げ句の果ては手づかみで餅子《ビンズ》［粟《あわ》などを焼いた常食物］を口に運んでは噛みちぎっている。それも歯があまり丈夫ではないのか、顔をゆがめて必死の形相である。将軍ともあろう人のその顔だけは、曹操は二日経っても見慣れず、どうしても笑いをこらえることができなかった。そもそもこの朱儁という男の食べっぷりは戦より思い切ったところがあり、まるで嵐でも通り過ぎたかのように、わずかな時間できれいさっぱり食べ尽くしてしまう。そうして護衛兵が持ってきた水を受け取り喉に流し込むと、笑いを噛み殺している曹操に目をくれて尋ねた。「何を笑っている？　わしの食いっぷりがそんなにおかしいのか」

「そ、そんな……とんでもありません」なんとか取り繕《つくろ》ったが、曹操はすんでのところで声を上げて笑うところだった。

「なんとまあ、おぬしは高官の子弟だからガキのころから豪奢な生活だったんじゃろ。わしの出身を知っておるか。貧乏な家で育ち、物心がつく前に親父は死んだ。おふくろの機織りでなんとか暮らしてきたんじゃ。腹が膨れるどころか、食いもんがあればいいほうだったぞ」朱儁は舌打ちをすると、自らをあざけるように続けた。「さっきは、なぜわしが真っ先に飯を食うのか聞いていたな。考えてもみろ、あの皇甫嵩は涼《りょう》州の名門で、叔父の皇甫規《こうほき》、父の皇甫節《こうほせつ》ともに輝かしい名声を誇る将じゃ。暮らし向きが裕福だったから、あれもこれも経験しておる。わしなど浮かぶ瀬がなかったからな。だから、皇甫嵩より口が卑しいんじゃよ」

「またご冗談を。わたしは本当のところを知りたいのです。朱大人も兵士を大切にしていないわけではないでしょう。それなのに、なぜ朱大人は将兵より先にいいところを取り、皇甫将軍はご自分を最後に回すのです。思うに何か深いわけがあるのでは」

朱儁は色を正すと、不揃いの短い髭を跳ね上げつつ答えた。「どうやらおぬしは皇甫義真《ぎしん》のやり方を、ただ兵士を大事にする振る舞いと思っておるようだな。あれはいわゆる『止欲《しよく》の将』の道じゃよ」

「『止欲の将』とはいったい……どうかお教えください」

「太公望《たいこうぼう》［周《しゅう》初期の政治家］が『六韜《りくとう》』でこう言っておる。『軍 皆次《やど》を定め、将 乃《すなわ》ち舎に就く。炊《かし》ぐ者 皆熟し、将 乃ち食に就く。軍 火を挙げざれば、将も亦《また》挙げず。名づけて止欲の将と曰《い》う［全軍の兵が残らず宿泊すべき場所が定まってから、将も自分の宿舎に入る。全軍に食事が行き渡ってから、将も食事をする。全軍に灯火《ともしび》がともらぬうちは、将も灯火をともさない。こうした将を止欲の将という］』とな。聞いたことないじゃろう」

初めて会ったときから、曹操は朱儁のことを風変わりな男だと思っていたが、いま目の前で典故を引くのを見て、ますますわけがわからなくなった。曹操は碗と箸を置くと、拱手《きょうしゅ》して尋ねた。「どうかこの不明なわたくしをお導きください」

「ずいぶんとかしこまりおってからに。まあ食え。何も難しいことじゃない。『止欲の将』というのはだな、ただ兵士らのなかで名声があるだけではなく、自ら身をもって励む者をいうのだ。皇甫義真もいい歳じゃろう。自ら先陣を切ったところでかつての力はもうあるまい。だから少し頭を使って、飢えや渇き、疲労などの感覚を自らその身をもって知ろうとしておるのじゃ。そうすることで、あとどれくらい兵士らに体力が残っているかを推し量ることができるというわけじゃ」

「そのようなわけがあったとは」

「機会を見てもっとよく観察するがいい。義真は踏ん反り返っているのではなく、常に兵士らがどれぐらいどうやって食べているかを見ているのじゃ。ふっふっふ、狸親父《たぬき》よのう」朱儁は笑い声を上げた。「わしが部下でなくてよかったんじゃないか。わしのような食いっぷりでは、あの御仁も何もわからんじゃろうしな」

曹操は驚嘆した。兵士らの食事を見るだけでさえ、これほど奥が深いとは。どうやら自分などはまだまだ足元にも及ばないようだ。そこまで思い至ったところで、さらに尋ねた。「では、朱大人はなぜその逆を行うのですか」

「そいつは、この老いぼれの秘密じゃよ」

「そこを何とか、誰にも申しませんから」

「皇甫嵩は身の丈八尺［約百八十四センチ］の立派な体つきで、名将の後裔でもある。皇甫嵩が止欲の法を取れば、陣営じゅうの兵士はみな賞賛する。しかし、わしやおぬしのような背格好の者では駄目なのじゃ」

「なぜでしょうか」

そこで朱儁は立ち上がった。「見てみい。この朱儁、身の丈は六尺［約百三十八センチ］に足らず、顔立ちは人並み以下、衙門《がもん》［役所］の木っ端《こぱ》役人の出じゃ。もとより何というほどの威徳もないのに、そのわしが身をもって兵士らと同じく振る舞えば、凡庸さを自ら吹聴するようなもの。誰がわしを敬う？　誰がわしを恐れる？　それでどうやって全軍を統率できる？　ふん！　だからわしは自分で自分の立場を持ち上げねばならんのじゃ。身をもって自ら示さなくとも、腹心の部下に全軍の様子を探らせればよい。わし自身は前に出ないのに何でも把握しておったら、兵士らもそれでわしに一目置く。わしのことが計り知れぬゆえ、いささかでも逆らおうとはせんのじゃよ」そう話しながら自分の頭をとんとんと指さした。「軍の指揮でわしが頼るのはここじゃよ、ここ。言わば人を動かす術じゃな。揚雄《ようゆう》の『法言《ほうげん》』にもある。『下なる者は力を用い、中なる者は智を用い、上なる者は人を用う』とな」

曹操の心でもやもやとしていたものが一気に晴れた。

「孟徳よ、『三略《さんりゃく》』にも、『敵に因《よ》りて転化し、事の先と為《な》らず、動けば輒《すなわ》ち随う［敵によって対応を変え、こちらからは仕掛けず、敵が動けばそれに合わせて動く］』とある。実際わしらの真似をあれもこれもする必要はないし、何でもかんでも鵜呑みにしてはいかん。しっかり時勢を見極めさえすれば、おぬしがやりたいように戦い、おぬしがしたいように軍を動かせばよい。臨機応変、己《おの》が心の欲するままに進むのじゃ」

このとき、曹操の朱儁に対する印象が一変した。もとは品のない小柄な男というイメージを持っていたが、それがいまやきわめて偉大で頼もしく、何気ない一挙一動にも、容易には推し量りがたい含みがにじみ出ているように感じられるのである。自分も年を取れば似たような相貌になるのであろうが、そのとき自分は朱儁のような老練さと聡明さを兼ね備えているだろうか。挙げ句には、そんなことまで考えたほどである。ついで曹操は、このたびのゆっくりとした行軍の原因を思い出した。「一昨日、陳国を救うには遅く着くほどよく、ある猛将の尻に火をつけて戦わせるのだと仰いましたが、あれはいったいどういうことなのでしょう」

「『鬼谷子《きこくし》』にはこうある。『智は衆人の知る能《あた》わざる所に用いて、能く衆人の見る能わざる所に用う［智とは人々に気づかれないように用いるものであり、また人々に見られないように用いるものである］』となな。智とは陰に隠すもので、事は外に明らかなようにする、わかるな。もし全軍の兵士がその機微を知ったなら、それはもはや軍の機密ではなくなってしまう。それでは肝心なときに役に立たんのだ」

朱儁はそうはぐらかし、この点についてだけは最後まで曹操に教えようとしなかった。「明日だ。出兵すれば、おのずとわかる」

曹操は幼いころから孫武《そんぶ》の書を熟読してきたが、いまこの飯を食うわずかな時間にも、朱儁がほかの多くの兵法書から引用するのを聞いていると、兵法の深遠さに感嘆を禁じえなかった。そのいずれにも深く込められた意義がある。「『孫子《そんし》』、『呉子《ごし》』、『三略《さんりゃく》』、『六韜』、これらは奥が深すぎます。もし時間ができれば、わたしはそれぞれから精髄を選び出して一書となし、いっそ『兵書接要《へいしょせつよう》』とでも名づけましょう」

「はっはっはっ……」朱儁は仰ぎ見て高らかに笑った。「曹家の若造め、さすがは立派な志だ。では、わしはおぬしのその『兵書接要』とやらができるのを待つとしようか。さあ、すぐに飯を終えて自分の軍営に戻れ。騎都尉《きとい》殿、明日はまた忙しくなりそうですな！」

曹操は自分の陣に戻って眠りにつくと、あくる日の早朝には点呼をとって出発した。わずかな道のりではあったが、ゆうに二日をかけて進んだため、黄巾の大軍はすでに陳国第一の県城を包囲していた。三隊の官軍は合流して接近し、北西に位置する高台に兵を駐屯すると、皇甫嵩と朱儁は眼下に広がる敵の群れに向かって、ひたすら陣太鼓を打ち鳴らすように命じた。

陳県にたむろする黄巾賊は、潁川と南陽の敗残兵の集まりで、数は十万人を下らないものの、なかには女子供まで含まれている。完全に数に頼るのみで、戦力としてはたいしたことはない。

彼らは官軍が太鼓を鳴らすだけで出陣してこないことを訝《いぶか》しみ、はるかに多くの人馬を擁するも矛を合わせようとはせず、ただ陳県の県城をびっしりと取り囲むのみであった。

官軍の陣太鼓は、なんと卯《う》の刻［午前六時ごろ］から巳《み》の刻［午前十時ごろ］までひっきりなしに打ち鳴らされ、打ち手の兵士はすっかり腕がだるくなっていたが、皇甫嵩と朱儁は一向に出陣する気配がない。曹操はわけがわからず焦りはじめた。照りつける太陽のもと、高台の上に陣取って敵方と睨み合うばかりでは、いよいよ見当がつかない。

その後も睨み合いがしばらく続いた。すると突然、どかんと大きな音が響き渡り、県城の正門が開かれたのである。

それを見た黄巾軍は波が押し寄せるように、武器を振りかざしながら流れ込もうとした。ところが、まだ堀を越える前から、城門の通路より二張りの弩《ど》［機械仕掛けの弓］から放たれた矢が急に飛んできたかと思うと、あっという間に黄巾賊の群れのなかに消えていった。その二本の矢は二人で抱えても手の届かないほど太い木の幹から作り出されたもので、尖端はきわめて鋭利に削られている。その力は強大で、黄巾賊の兵士らは防ぐ間もなく串刺しにされ、将棋倒しに折り重なった。しかも、二本の弩が打ち込まれて驚きも冷めやらぬうちに、その奥からさらに六本の弩が放たれたのである。

黄巾軍は恐れおののき、いつの間にか射程より遠くに下がっている。すると、陳県の城から弩を積んだ車が八台出てきた。それぞれには上半身をむき出しにした十二人の勇ましい男たちが乗り込んでいる。すぐそのあとからは強力な弓矢を持った歩兵が続き、おのおのが少なくとも矢筒を四つは背負っている。直ちに一斉に矢が放たれ、黄巾の兵士がばたばたと倒されていく。そして最後にひときわ大きく太鼓が打たれると、弓隊の後ろから絹傘をかけた戦車が出てきた。

これを引くのは三頭の鹿毛《かげ》の馬、戦車にかかるのは赤い絹傘と玉簾《たますだれ》、両側の深紅の幡《おおい》には九竜の縫い取り、御者は金色の鎧兜に身を包み、朱漆《うるし》塗りの大きな盾が後ろに立てかけられている。戦車の左右の側壁には猛虎が鹿を追う図が描かれ、車輪は朱漆塗りに金粉があしらわれている。いまはもう春秋戦国の時代ではない。戦場に戦車が現れるだけでも十分に目立つが、車上に立つその人の姿はよりいっそう人目を引く。年のころは四十あたり、大柄の偉丈夫《いじょうふ》で、顔にはもじゃもじゃの頬髭を蓄え、鎧も兜も身につけていない。頭上には旒冕《りゅうべん》［玉簾が前後についた貴人の冠］を戴き、身に羽織るのは竜を縫い取った黒の長衣、赤と黄色の綬《じゅ》［印を身につけるのに用いる組み紐］には玉環と印をぶら下げている。そしてその手には、人々の度肝を抜くほど特大の強い弓がしっかりと握られていた。

曹操はそこでようやく気がついた。この者こそはわが大漢でも一番の弓の使い手、陳王劉寵《りゅうちょう》その人である。

陳国は、明《めい》帝の子である劉羨《りゅうせん》に与えられた世襲の封国《ほうこく》で、五世代を経て劉寵に至る。劉寵は弓弩の術をたいへん好み、左手《ゆんで》でも右手《めて》でも矢が放て、百発百中の腕前である。天下無双の射手と言っても過言ではない。諸侯王が持てる兵の数には限りがあり、それも朝廷から派遣されるのであるが、この劉寵だけは、今上《きんじょう》陛下から特別扱いを受け、自ら兵を選んで護衛とすることを許されていた。その選抜の基準は弓術に長けているかどうかで、一千の部下はおしなべて弓に優れ、太平の世にあっても常に劉寵に付き添って狩りに勤《いそ》しんでいる。黄巾軍はみな百姓である。郡守や刺史の姿を見ただけで尋常ならざる高貴さを感じるほどであるから、劉寵のような人物をいままで目にしたことなどあろうはずもない。太平道に帰依しているのは迷信を深く信ずるような者ばかりである。誰もが劉寵を天界より降り立った武神であると疑わず、戦う前からすでに怯《ひる》みはじめていた。

また劉寵は格式を重んじる質《たち》で、戦の際にも楽人《がくじん》を従わせ、笛太鼓を欠かさなかった。その劉寵が特大の弓に矢をつがえてばんっと射かけると、百歩［約百三十八メートル］離れた黄巾の頭目がその音とともに馬から落ちた。何が起こったのかまだよくわからないうちに、見れば劉寵は次の矢を放ち、また黄巾の頭目が馬上から射落とされた。立て続けに第三の矢、第四の矢が放たれるや、さらに二人の頭目に矢が命中した。それもみな喉を射抜かれて即死である。黄巾の陣営は大混乱に陥った。そこで劉寵が大弓を振って合図すると、一千の弓隊が黄巾軍に向けて一斉に矢を射かけた。雨霰《あられ》と矢が襲いかかり、最前列の黄巾兵は瞬く間に針ねずみと化した。

「武神がお怒りじゃあ。わしらもう悪さはしませせぬ」多くの信心深い教徒がその場で跪《ひざまず》き、黄色の布をほどいて投降した。迷信を信じていない者らもあえて反撃しようとはせず、武器を捨てて逃げ出しはじめた。しかし、多くの人間がびっしりと城を囲んでいたため、逃げようにも押し合いへし合いで進めずにいる。

朱儁がその様子を見て、直ちに出撃の命《めい》を出すと、山を駆け下りる猛虎さながらに、全軍の兵馬が襲いかかり、敵の退路を塞いだ。逃げ出そうとした百姓らは進むに進めず、戻れば矢の餌食となるのみであったから、次々に跪いて投降してきた。一人が降れば百人が降る。ものすごい勢いで、あっという間に誰もが降り、許しを乞うた。陳国じゅうを埋め尽くした黄巾の勢力が、かくも簡単に一掃されたのである。すでにいささかでも刃向かおうとする者は、誰一人としていなかった。

朱儁は賊将らを縛り上げ、投降してきた者の名を記すように命じ、それが終わると皇甫嵩、曹操とともに軍馬を駆けさせて劉寵の戦車のところへ急いだ。目の前に着くなり、三人は転げるように馬を下りて跪く。「大王に謁見に参じました」

劉寵は明らかに不愉快な顔をしている。「お前たち、ずいぶんと大胆なことだな。兵を率いて来ているのに、いたずらに陣太鼓を鳴らすばかりで打って出ようとしないとは。許すわけにはいかん。首が飛ぶ覚悟はできているんだろうな」

「われらの弁明をまずはお聞きくださいませ」朱儁が叩頭して申し出た。

「話せ」劉寵が大弓を背中に回す。

「大王の名は天下に轟き、それゆえ陳国の民なら誰一人僭越《せんえつ》な行いを働こうとはしません。しかしながら、ここにいる賊軍どもはよそから流れてきた者ばかりで、大王のご威徳をまったく知らんのです。本来ならば、ことごとく誅殺して国法を明らかにすべきでございますが、天は生霊を憐れまれるがゆえ、みだりに災禍を起こさないものと承知しております。いわんや賊軍には女子供も多く、これをむやみに殺《あや》めてしまっては、大王の寛容慈悲の道にももとることとなりましょう。臣らがもし攻め込めば、必ずや多くの無辜《むこ》の民の命が失われてしまいます」朱儁はそこまで申し開きをすると、最後に恭《うやうや》しく付け加えることも忘れなかった。「幸い大王の天賦の才と見事な指揮のおかげで、狙い打たれた賊軍の首領はみな命を落とし、百姓らはかえって大王を神のごとく畏れ奉《たてまつ》っております。もし大王の恩徳と威徳がなかったならば、どうして百万もの黄巾賊を取り押さえることができたでしょうか。まことに大王のご威徳が天地をも動かしたのでございます。これは臣らにとっての幸い、全軍にとっての幸い、そして民にとっての幸いにほかなりません」

曹操はこのような朱儁の媚《こ》びへつらう物言いを初めて見た。天地を動かすなどとは、まったく朱儁のおべっかには際限がない。しかも、わざわざ誇張して、敵軍十万のところを百万と言い放った。曹操は俯《うつむ》いて聞きながら、笑いを噛み殺すのに必死になっていた。

「ふむ。そちの言葉を聞いて、わしの怒りも少しは収まってきたぞ」なんと劉寵には功を奏したようである。「まあ立つがいい……しかし、たかが民の反乱ぐらいたいした問題でもあるまいに、なぜここまでのさばらせたのだ。そなたらの無能ぶりにはあきれるぞ。これからわし自ら軍を率いて、一人残らず片づけてやる」

その台詞を聞いて、三人は心底驚いた。ただでさえ諸侯王が軍の指揮権を握ることは禁じられているのに、たとえその能力があったとしても、正真正銘の王の玉体に戦場で万一のことがあったら、朝廷に何と申し開きすればいいのか。その罪たるや、とても償えるものではない。皇甫嵩が慌てて諫めた。「逆賊の勢力はなお強く、大王が自ら危険を冒すことなどあってはなりません。もし……」

皇甫嵩の言葉を断ち切って、劉寵の怒鳴り声が返ってきた。「何だ？　皇甫義真よ、お前はわしにそんな力はないとぬかすのか」

皇甫嵩は肝をつぶした。「と、とんでもございません。臣はただ……」

「貴様よくも！」劉寵の気性の激しさは、まったく度を越している。

朱儁が機転を利かせて口を挟んだ。「大王、どうかお怒りをお鎮めいただき、わたくしの言をお聞きください。臣が思いますに、大王のご威徳はつまらぬ敵に発揮されるべきではございません。敵味方が矛を交えるのは武将の務め、大王ともあろうお方が兵を率いて戦に出るなど、それは卑しむべきことにございます。いまや天下は乱れ、人心も安らかならざるとき、もし大王が都亭《とてい》［洛陽城外約四キロメートルにある宿駅に置かれた本陣］に鎮座しますれば、各地の関所にもご威名が聞こえ、必ずや逆賊どもはこぞって投降してくるでしょう。そうすれば天下の大乱もたちどころに平定されるというもの。そのほうが兵を率いて戦に出るより何万倍も勝《まさ》るでしょうし、何万倍も栄《は》えあることではございませんでしょうか」

劉寵は髭をしごきつつしばし思いにふけると、しきりにうなずいた。「ふむ、それもそうだな。都亭で一戦交えるというわけか」

曹操は地面を睨みながら、危うく笑い声を上げるところであった――また朱儁の口車に乗せられたな。この王はなんて愚かなんだ。都亭といえば洛陽のすぐそば、そんなところで誰と戦うというのだ――

そのとき、曹操は誰かに足を蹴られた。気づかれぬように朱儁が笑うなと合図してきたのである。劉寵が疑いを差し挟む前に、朱儁は畳みかけた。「軍機を逸してはなりません。いますぐ進軍せねば、必ずや変事が起きるでしょう。どうか大王、ご熟慮いただきたく」

「よし」劉寵は膝を打った。「わしはこれより速やかに城に帰り、一千の兵馬を調えたら即刻洛陽に向かい、陛下の御身をお守りしよう」そう答えるなり、大弓を振り上げた。「至急の軍務だ。城に帰るぞ」

曹操はずっと笑いをこらえていたが、礼儀正しく劉寵を見送り、城に入るのを見届けると、ついに声を上げて笑い出した。「あの王は外面《そとづら》はなかなか立派ですが、あまり頭は回らないようですな。それにしても、諸侯王が勝手に封国を離れることは許されていません。詔勅もないのに都に行かせては、何か面倒が起こるのではありませんか」

朱儁も笑っている。「いま天下は乱れ、都では将兵不足に悩んでおる。非常の秋《とき》だ。そう拘泥《こうでい》せずともよいであろう。もとより陳王の勇名は世に聞こえておるから、陛下も訝しむどころかかえって安心するのではないか。要するに、わしらが陳王のご機嫌を取り、陳王を都に送って陛下のご機嫌を取らせるっていう寸法じゃよ」

皇甫嵩までおどけて続けた。「陳王が喜ぶのはいいが、都亭に駐屯することになれば、わしらの大《だい》将軍国舅《こっきゅう》さまはきっと大忙しじゃろうな」

三人は声を合わせて高らかに笑った。

曹操はようやくすべて合点がいった。陳王劉寵はたしかに弓術に優れるが、つまるところは驕り高ぶって敵を軽んじ、見栄っ張りなのである。千人の正確無比な弓隊でも、敵が烏合の衆だからよかったが、もしこれが訓練を積んだ大軍だったなら、石に向かって卵をぶつけるようなものに過ぎない。黄巾の兵士らは、張角を信じるほど無知蒙昧《もうまい》の輩である。それが劉寵の派手な戦車を見て、愚かさが先に立ち、天上より降り立った武神だなどと恐れたために、戦わずして投降してきたのである。このたびの戦は実に僥倖《ぎょうこう》であったといえよう。一方で、朱儁と皇甫嵩はこのような決着まで計算して、ひたすら陣太鼓を叩き劉寵を誘い出したのである。これぞ真の智将の戦いぶりと敬服せざるをえない。

そうして三人が話していると、今度は陳国の相《しょう》である駱俊《らくしゅん》が城を出て迎えに来た。光武《こうぶ》の中興以来、宗室《そうしつ》の王はそれぞれ封国を与えられたが、実際の政務に関与する権限はなく、自身の護衛を含めて、自ら兵を召し抱えることは禁じられていた。そして、封国の政務については国相《こくしょう》に一任されており、その俸禄と職権は太守とまったく同じであった。四人は型どおりの挨拶を終えると、投降兵を受け入れるため、それぞれの名前を書き記し、戸籍によって振り分けるなど、ひとしきり忙殺された。

諸事が片づいたところで、三人は本営へと戻ったが、皇甫嵩と朱儁は浮かぬ顔をしている。曹操はそれが解《げ》せずに尋ねた。「陳国が平定されたのに、お二人はなぜ難しい顔をしておられるのでしょう」

「陳国が定まったからといって、まだ手つかずの汝南が残っておる。黄巾賊はすでに窮地に追い込まれた。ここからが難しい戦になるんじゃ」沈んだ面持ちで皇甫嵩が答えた。

「ここでは幸い戦に加わることなく、われらの兵力は落ちなかった。わしはすでに荊《けい》州刺史の徐璆《じょきゅう》と汝南太守の趙謙《ちょうけん》に敗残兵を集めるよう書状を出しておいたから、じきに届くじゃろう。それから、何日か前に同郷の孫堅《そんけん》にも援軍を出させるよう上奏しておいたから、きっとまもなく来てくれるはず。さらにここで駱俊から兵を借りれば、全部で何とか四万は集められるじゃろう」朱儁は目を閉じて考え込んだ。「しかし、汝南の賊は十万を下らんうえ、まだ負けたことのない新手の軍じゃ。しかも首領の彭脱《ほうだつ》はかなり腕が立つと聞いておる。こいつは一筋縄ではいかんぞ」

曹操は二人の不安を笑い飛ばした。「思うに、ここは慌てる必要はありません。一歩一歩着実に陣を進め、一つずつしっかり戦えば負けることはないでしょう」

するとと朱儁が目をむいて言い返してきた。「若造め、そんな道理は誰でも知っておるわ。ただ、今上陛下はかの景《けい》帝ではないんだぞ。おそらくわしらが周亜夫《しゅうあふ》［呉楚七国の乱を鎮圧した前漢の武将］になることを許さんじゃろうて。一戦一戦というのも、口で言うほど簡単ではない」

「そんなはずはないでしょう。陛下はお二人をずいぶんと重んじておられます」

「ふん、おぬしはまだ従軍したばかりゆえ、その内実までは把握しておらんようじゃ」皇甫嵩がかぶりを振って続けた。「当初、潁川に急が告げられたときは、陛下もわれわれに任すしかなく時間を与えてくださった。しかし、いまは都も落ち着きを取り戻し、焦眉の急が過ぎ去ったからには、われらに速戦即決を求めてくるじゃろう。三日もせんうちに朝廷から……」

そう話している最中にいきなり報告が入ってきた。都へ書信を届けていた司馬《しば》の張子並《ちょうしへい》が戻ってきたのである。張子並は河間《かかん》の文人で、文才と学問をもって声望高く、官は歩兵校尉《ほへいこうい》を拝していた。いまは別部司馬《べつぶしば》となっているが、もっぱら文書に関わることのみ担当している。

その張子並が大慌てで本営に駆け込んでくると、立ち止まる前から大声で叫んだ。「一大事です。盧中郎将《ろちゅうろうしょう》が囚われて都に送り返されました！」

「どういうことだ？　張角が盧植《ろしょく》殿の包囲を破ったのか」三人とも驚きを禁じえない。

「そうではありません、内輪もめです」張子並は水を飲むのも忘れて話を続けた。「盧植殿は広宗を包囲すること一月《ひとつき》あまり、塹壕《ざんごう》を掘って砦を築き、雲梯《うんてい》を作って城攻めの用意をしていました。しかし陛下は戦の緩慢さを嫌い、宦官の左豊《さほう》を遣わせて早く攻めるように急《せ》き立てたのです。ところが、左豊は盧植殿に賂《まいない》を求めて断られました。すると、あろうことかその腐れ宦者《かんじゃ》は、盧植殿が戦に力を尽くさず怠けていると、戻って朝廷に讒言《ざんげん》したのです。陛下はたいへんお怒りになり、盧植殿を捕らえて都に連れ戻し、断罪するおつもりです」

「また宦者か、ろくでなしの畜生め！」名門の出である皇甫嵩もさすがに我慢ならず、罵詈雑言《ばりぞうごん》を吐き捨てた。

「それで広宗の軍はどうなった？」朱儁が切迫した様子で尋ねた。

「河東《かとう》太守の董卓《とうたく》が引き継いで指揮を執っています」

「なんと……戦を目前にして指揮官を代えるのは兵家のもっとも忌むべきこと」朱儁は眉間に皺《しわ》を寄せている。「義真殿、あなたは長らく涼州におられたが、董卓というやつはこの任に堪えうる人物でしょうか」

髭をしごきつつ、皇甫嵩はかぶりを振っている。「たしかに勇猛さでは盧子幹《しかん》に負けず劣らずじゃ。しかし、この董仲穎《ちゅうえい》というやつは久しく胡人の兵を連れ、思慮に欠けて短気な質《たち》なのじゃ。北軍《ほくぐん》［都を防衛する五営《ごえい》］の将官はみな名家の子弟ばかり、董卓の声望では彼らに言うことを聞かせるのは無理というもの。いかん、すぐに上奏して盧子幹を救わねば」

「お待ちください」朱儁は皇甫嵩を遮って諭した。「われらと盧植殿がおる地はかたや南で、かたや北、間に合いませぬ。それに上奏したところで盧植殿を助けられぬばかりか、悪くするとわれらまで結託して謀反したと、宦官らに罪を着せられるかもしれませんぞ。呂強《りょきょう》がどうやって死んだか、もうお忘れになったのですか」

曹操も憤りを抑えられない。「盧大人の家は河北《かほく》にありますが、黄巾賊は盧大人が官軍の将になったと聞くや、そこの年寄りや子供まで一人残らず害したとか。反乱を鎮圧するために郷里まで捨てた結果がこれでは、あきれてものも言えません」

皇甫嵩はあきれることにすっかり慣れていたので、曹操の言葉は聞き流した。「上書して直言するのは陛下のお怒りを買うかもしれん。しかし、座してこれを見過ごすことができるか。ましてわしらはいま大軍を握っておる。いくら陛下でも、わしら全員を刑に処することはできまい」

朱儁は慌てて手を振ってこれを諫めた。「くれぐれもそんな考えを起こしてはなりません。臣下の身で陛下を脅すなどもってのほか。たとえそれで盧植殿を助けられたとしても、いずれわが身に跳ね返ってくるでしょう……むろん盧植殿は助けるべきですが、いますぐは無理です。われわれはむしろこれを戒めとしなくては。つまり、早急に汝南の敵を破らねば、次に檻車《かんしゃ》［囚人護送用の檻のついた車］に放り込まれるのは、ほかならぬわれわれだということです。兵馬が揃えば、もはや一日の猶予もなりません。いかほどの犠牲を払うことになろうとも、速戦即決しか道は残されていないのです。まずはこの戦に勝つこと、盧植殿のことはそれからでございましょう」

そのとき、曹操はふと気がついた。朱儁がいかに智謀を振るい、皇甫嵩が武威を示し、自身が進んで命を投げ出したとしても、このたびの戦局の行方は依然として不確定要素に満ちている。それはなぜか。戦が二つの地点で繰り広げられているからだ。一つはいまこの目の前で、そしてもう一つは遠く洛陽の地で……

死屍累々《ししるいるい》

光和《こうわ》七年（西暦一八四年）六月、朱儁《しゅしゅん》、皇甫嵩《こうほすう》、曹操の三将は、汝南《じょなん》太守の趙謙《ちょうけん》、陳《ちん》国の相《しょう》の駱俊《らくしゅん》、地元の義勇兵を率いてきた佐軍司馬《さぐんしば》の孫堅《そんけん》と兵を合わせ、西華《せいか》県［河南省中東部］にて血みどろの戦いを繰り広げた。そして、半数近くに及ぶ死傷者を出すという甚大な被害と引き換えに、ようやく汝南の黄巾軍を打ち破り、首領の彭脱《ほうだつ》を討ち取ったのである。黄巾軍の敗残兵は再び北のかた潁川《えいせん》に向かい、官軍はこれに繰り返し追撃を加えた。その後、豫《よ》州刺史の王允《おういん》の協力も得て、ついに陽翟《ようてき》の城外で、中原に巣食う黄巾賊を全面的に討ち滅ぼした。こうして潁川、陳国、および汝南の三郡が平定されたのである。

しかし、一方の河北《かほく》の戦線は苦戦を強いられていた。北中郎将《ほくちゅうろうしょう》の盧植《ろしょく》が投獄されてより、河東《かとう》太守の董卓《とうたく》が東《とう》中郎将となって指揮を引き継いだが、戦《いくさ》の最中に代わったため、董卓にはこの局面を切り回す術がなかった。張角《ちょうかく》はこの機に乗じて、広宗《こうそう》の包囲を突破した。官軍は兵の半数以上を失うという大惨敗を喫し、河北の黄巾軍は再び黄河を渡って東《とう》郡に集結したのである。

この失態は北方の戦況を悪化させただけでなく、南方の戦線にある荊《けい》州においても大きな影響を与えた。

南陽《なんよう》太守の秦頡《しんきつ》は豪族らの兵馬に頼って成り上がったが、張曼成《ちょうまんせい》の軍を破ると、降伏してきた黄巾兵らを大量に殺戮《さつりく》した。当地の豪族の横暴は民の不満を引き起こし、さらには張角が包囲を破って南下してきたことに勢いを得て、南陽の黄巾軍が再び造反したのである。韓忠《かんちゅう》、趙弘《ちょうこう》、孫夏《そんか》を首領として宛《えん》城に攻め寄せた反乱兵の数は、十万人を超えていた。

なお予断を許さない状況のなか、朝廷は朱儁と皇甫嵩が率いる主力部隊を二方面に分け、皇甫嵩は北上して河北の黄巾軍を征討し、朱儁は南下して南陽の暴乱を鎮圧するよう命じた。

その命《めい》を受けるや、皇甫嵩は蒼亭《そうてい》［山東省南西部］で黄河を渡ってきた黄巾軍を打ち破り、首領の卜巳《ぼくし》を生け捕りにした。

ちょうどそのころ、太平道、ならびに黄巾の乱の最高指導者である張角が病死したため、河北の黄巾軍は急速に勢いを失っていった。皇甫嵩はこの機を逃さず、先般の戦いで敗れた官軍を集めて整備し直すと、いま一度、広宗へと攻め上がった。英気を養い、敵の疲れを待って戦を仕掛け、またしても敵の大軍を破ったのである。この戦いで「人公将軍《じんこう》」こと張梁《ちょうりょう》を討ち取ると、黄巾軍八万人あまりをあるいは俘虜《ふりょ》にし、あるいは斬り捨てた。広宗に入ると、官軍は張角の棺を壊して、その首を都へと送った。同年十一月、皇甫嵩はさらに北上して曲陽《きょくよう》［河北省中西部］を包囲した。ここは河北の黄巾軍にとって最後の砦であり、官軍の勝利はもう目の前であった。

皇甫嵩が連戦連勝を飾っていたころ、一方の南陽郡では戦局が膠着していた。朱儁は南下すると、荊州刺史の徐璆《じょきゅう》、南陽太守の秦頡と兵を合わせ、この地の黄巾の首領である趙弘を討ち取った。しかし、宛城を包囲してからは、黄巾軍は固く籠城し、六月から十一月に至るまで、官軍は幾度も突撃を試みたが、いまもなお宛城を攻め落とせずにいた。

皇帝劉宏《りゅうこう》は大いに不満で、しきりに使者を送って攻略を急《せ》かしたが、その成果も挙がらないことから、朝議を召集して朱儁の消極的な戦いぶりを断罪すべきか評議した。司空《しくう》に昇任したばかりの張温《ちょうおん》が進み出た。「かつて秦《しん》は白起《はくき》［戦国時代末期の武将］を用い、燕《えん》は楽毅《がくき》［戦国時代の武将］に戦を任せました。二人は何年にもわたって戦い抜き、ついに勝利を得たのでございます。朱儁はすでに潁川で戦功を挙げ、そのまま南下して、いまや作戦の方策が定まったころおい。戦を目前にして指揮官を代えるのは兵家のもっとも忌むところでございます。願わくは陛下、いましばらく時間をお与えになり、任務を完遂するようお命じになるべきかと」劉宏はそれに従い、ひとまずは朱儁に任せることとした。しかし、盧植という前例があるため、朱儁は極度に焦っていた。そしていま、曹操もその朱儁の軍中に従っていた。

「また朝廷から早く戦えとのお達しだ！」目の前の朱儁からは、もはや稀代の智将という風格を見て取ることはできない。後ろ手に組み、中軍の本営のなかをせわしなく行き来して、檻のなかの飢えた狼さながらである。「もし張温がかばってくれなかったら、わしもいまごろは洛陽に向かう檻車《かんしゃ》のなかじゃな。こちらの兵はすべて合わせても一万八千、宛城の賊は十万以上。攻めるどころか城を囲むのさえ困難だというのに」

曹操はぎゅっと上着の前をきつく合わせた――都を離れたのが早春、いまはもう冬の寒さが身にしみる。曹操の目にもいささか生気がなく、髪は雑草のように乱れ放題である。西華の戦いでは多くの犠牲を払った。曹操が連れて出た三千騎はすでに半数にも満たず、傍らに座る張子並《ちょうしへい》や秦頡、趙慈《ちょうじ》、蘇代《そだい》、貝羽《ばいう》らも、軒並み晴れない顔つきを浮かべていた。

朱儁は立ち止まると、将帥用の卓に手をついた。「たったこれだけの兵馬で勝てるとすれば、やつらの糧秣《りょうまつ》がなくなるのを待つしかあるまい。そのくせ、陛下はちっとも猶予を与えてくれんのじゃからな。これではわしに死ねと言っているようなものじゃ……」

「やはり、このまま包囲し続けるしかないでしょう」曹操もやるせない様子である。「もし陛下がお許しにならないのであれば、もう一度わたしが父に書状を送りましょう。さらに時間を稼ぐ方法を考えてくれるはずです」

「もういい。一度はよくても二度目はならん。十常侍《じゅうじょうじ》らは他人が功を立てたり寵を受けるのを嫌うからな。陛下のお耳に何を吹き込むか、わかったもんじゃないぞ。このままわれらと関わり合いになれば、そなたの父はおろか、張温たちからも恨みを買うことになる。わしが牢に入れば済む話じゃ。大勢をわしの悪運に巻き込むことはできん」朱儁は方々に跳ねた髭をなでながら、秦頡らを見てため息をついた。「そなたらもう一度よく考えてくれ。何か宛城に攻め込む手っ取り早い方法はないのか。そなたらは荊州の者じゃろう。もしや宛城に通ずる抜け道なんぞ聞いたことがないか」

秦頡はかぶりを振った。朱儁の話は無茶というものだ。たしかに朱儁の率いる趙慈や蘇代、貝羽らはみな荊州の土豪であり、ここで生まれ育ったが、もし抜け道があるのを知っていたら、とうに言っている。誰が好き好んで戦いを何か月も引き延ばすだろうか。

張子並が口を開いた。「わたくしめの考えでは、宛城以外の黄巾賊はすべて掃討したのですから、ここは一つ投降を呼びかけてはいかがでしょう。うまくすれば、これで南陽一帯が平定されて軍は凱旋できますし、城攻めによって塗炭の苦しみにあえぐ民草を救うこともできます」

「賛成です」すぐに同意したのは曹操である。いまやもう戦に辟易していた。

「それは駄目だ、絶対にいかん」趙慈がしきりに手を振って遮った。「目の前の賊どもにはもとより信義などない。先ごろ張曼成を討ち取ったとき、一度は降伏したやつらだぞ。それがまた心変わりしたんだ。もう絶対に投降を受け入れるべきではない」

貝羽もあおるように続けた。「そうだ。やつらは死んでもわからんさ。根絶やしにするしかない」

「ふん」曹操は我慢ならずに言い返した。「よくも根絶やしにしろなどと言えたものだ。そなたらがむやみに殺戮して民の怒りに火を点《つ》けたんじゃないか。そんなことをして、また反乱をあおるつもりか」

「あれは民などではない。命乞いしてきた賊だ」貝羽は弁解した。

「賊になる前は民だ。それを追い詰めて反乱させるだけでは飽き足らず、今度は根絶やしにするという。貴様らには良心のかけらもないのか」曹操の怒りは収まらない。

そこで趙慈が勢いよく立ち上がった。「曹孟徳《もうとく》、出しゃばるな。荊州はわれらの土地だ。一族も田畑もみなここにある。もしいまぞんざいに賊の投降を受け入れたら、おぬしは大手を振って都に帰り報告するだけだが、やつらがまた反乱したときは、俺たちに貴様のけつを拭《ふ》けというのか。どうせ官と財に目がくらんで命が惜しいんだろう。われらのことまで考えたことはあるか」

「貴様は良心まで腐ったか」曹操は自分の胸を叩きながら言い返した。「俺は三千人を連れて命がけで長社《ちょうしゃ》に突っ込み、西華の一戦では大半の仲間を失ったんだぞ。それでも俺が命を惜しんでいるというのか。わが父は漢の大鴻臚《だいこうろ》にある。都じゃ誰でも俺の言うことに耳を傾けるほどだ。その俺が、命が惜しけりゃ、こんな火事場にわざわざ来るものか」

「二人とも言葉をお控えください。われらはみなお国と民のために……」張子並は二人をなだめようと思ったが、所詮は一介の文人、この軍営のなかで耳を傾ける者などいない。

趙慈は張子並に一瞥をくれて言い放った。「お国や民のことなど知ったことではないが、この荊州だけはわれらのもの。自分らの身代《しんだい》は何としても守らねばいかん」

「ぬかせ。お前らの土地だと。貴様らの頭のなかに朝廷はないのか」曹操は正論を振りかざして詰問した。

もとより趙慈は無骨者であったため、何も憚かるところがない。「陛下が何だって？　陛下が使っているのはわれらの兵だろう。こっちは朝廷の飯も食ってねえんだ。そんな建前を振りかざすのはやめてもらおうか」

「その言葉、さては貴様も造反する気か」

「そうなったら、お前みたいな腐れ役人が追い詰めたからだぜ」

二人はますますいきり立ち、腕まくりをしていまにも取っ組み合いをはじめようとしたので、秦頡と蘇代が慌ててそれぞれを押さえて引き離した。はたで見ていた貝羽は、それをなだめるどころか、冷笑交じりに開き直った。「ふん、やっとわかった。もうこの天下はおしまいってことだ。お情けで官軍に手を貸したが、そんな柄でもねえし。いっそ兄弟たちを連れ帰って引きこもっちまおう。蒼天《そうてん》だとか黄天《こうてん》だとか、もう、うんざりだ」

「いい加減にしろ！」朱儁がものすごい勢いで卓を打った。「いまがどんなときかわかっているのか。内輪もめなどしおってからに。そんな暇があったら、前線に出て徐璆と一緒に戦の指揮でも執って来い。官軍だろうが私兵だろうが、宛城を落とせなければひどい目に遭うんだぞ。わかったらさっさと座れ」

さすがに総帥に一喝されると誰もそれ以上は口を開かず、おとなしく席についた。しかし、出るのはため息ばかりである。そのとき、幕舎《ばくしゃ》の帳《とばり》がめくられて、足を引きずりながら孫堅が入ってきた。

「何の喧嘩だ。朝廷から命が下りたのなら、俺たちは戦うまでだ、違うか」

孫堅、字《あざな》は文台《ぶんだい》、呉郡《ごぐん》富春《ふしゅん》県［浙江《せっこう》省北部］の人物である。曹操と同い年だが身の丈は八尺、堂々とした相貌で、曹操とは比べものにならない威容を誇る。孫武《そんぶ》の血を引くというが、祖先のような智将の雰囲気はなく、勇猛な気概を身にまとい、戦では命を顧みず常に先頭に立って突き進む。孫堅はかつて捕盗都尉《ほとうとい》として、許韶《きょしょう》の乱を鎮圧する戦に参加し、朱儁ともそこで知り合った。このたび、朱儁は総帥になると、まずこの同郷の者に部隊を率いて援軍に来るよう頼んだのである。孫堅は期待に違《たが》わず、土地の者を千人あまり集めて馳せ参じ、西華の戦いでは大いにその力を発揮して、敵将の彭脱を斬り捨てた。しかし、孫堅も乱軍のなかで負傷し、草むらの陰で身動きすらままならなくなった。ただ、芦毛《あしげ》の愛馬は人の気持ちを理解するのか、軍営に戻ってひたすら嘶《いなな》き続けた。兵士らも何かあったのだと勘づき、馬についていったところ、果たして孫堅を探し当てたのである。こうして孫堅は一命を取り留めたのであった。

朱儁は厳しい表情を孫堅に向けた。「こちらの被害を考慮せずに全力で攻め込んだ場合、どれほどの割合で宛城を落とせると思う」

「陛下が急げと仰るなら、勝算があろうとなかろうと戦うのみです」孫堅は腰掛けを見つけると、座って続けた。「それがしの考えでは、次の城攻めは全力を注いで攻めるべきです。宛城を落とさねば、どのみちただでは済みません。それならば命がけでやり合うしかないのでは」

「またどれほどの犠牲が出るのかのう」朱儁はため息を漏らした。「しかし、事ここに至ってはそれしかあるまい」

「将軍、それがしが先鋒を務めましょう」孫堅は自ら下命《かめい》を求めた。

「おぬしの足はまだ治っていないんだ。わたしが先鋒になろう」曹操が説得した。

「やめてくれ。おぬしこそ洛陽を出てからこの方、それなりの家からかき集めた兵を半分は失っているはずだ。いま以上のことになれば、都に帰ったとき、その家族らに何と申し開きをする」孫堅は足をぐっと強く縛り直した。「俺には何もないが、力だけはあり余っているんでな。こんな足の怪我ぐらいたいしたことはない。このちっぽけな宛城に天地をひっくり返せるほどの力があるとも思えんしな」

「やつらを除かねば、地主として静かに暮らすことだっておぼつかないぜ」蘇代は怒りも露わに言った。「文台殿、明日は俺も一緒に城に攻め込むぞ」

秦頡もその言葉に焚きつけられた。「それなら俺も行こう」

「じゃあ俺も行くぜ。俺さまがひと泡吹かせてやる」趙慈も叫んだ。

「そうだ」貝羽も加わった。「いっそのことみんなで前線に赴いて指揮を執ればいい。どうせこれが最後だ。捨て身でやってやろうぜ」

「よし、ではこうしよう。まず徐璆を呼び戻して休ませ、明日の卯《う》の刻［午前六時ごろ］に出撃だ。

すべての兵力を注ぎ込むぞ。料理番にも包丁を持って戦わせろ」朱儁はそう伝えると、あとは何も言わず、手を振って散会を促した。

あくる日の早朝、朝廷と地方豪族の連合軍一万八千がすべて出陣した。城を攻める前に、朱儁は中軍の本営に火を放ち、どうあろうと宛城を落とす覚悟をみなに示した。一方、黄巾軍のほうも、すでに追い込まれて腹をくくっていた。

攻城戦は長期にわたっていたため、宛城の周囲にめぐらされた堀はすべて官軍によって埋められていた。城門の破損したところは、民家を壊したその材料で補修している。城壁の上には遮蔽するものがなく、門楼《もんろう》と城壁の上の姫垣《ひめがき》はすでに取り壊されて投げ落とされていた。それでも投げる物がなくなると、果ては死体を投げ落として官軍の侵入を防いだ。城壁の下には折り重なった死体が山積みになっている。黄巾兵の死体もあれば、官軍や豪族の私兵の死体もある。もはや雲梯《うんてい》を城壁に掛けずとも、死体の山を登っていけるほどであった。

官軍は宛城の四方を取り囲むと、城を攻めだした。朱儁と張子並、徐璆、曹操の四人は高台から城壁を見下ろすと、すでに宛城は禿山《はげやま》同然で、城そのものに敵を防ぐ力はない。さらには大刀を振り回して指揮を執る敵の首領、韓忠と孫夏の姿まで見える。一方、官軍では、雲梯から城壁の上の兵士に槍を突き出す者や、死体の山を登って攻め上がる者も見えた。しかし、黄巾軍はまるで気でも触れたかのように、およそ武器になる物なら何でも手にして、必死で官軍に抵抗している。

この戦いは卯の刻から巳《み》の刻［午前十時ごろ］まで続き、官軍は二千人以上の犠牲を出した。ろくな武器もない黄巾軍の死者は数え切れないほどである。それでも官軍は城壁を越えることができず、黄巾軍もただひたすらに守るだけという状態が続き、必死の攻防もいつになれば終わりが来るのか、誰にもわからなかった。

そのとき突然、黄巾軍が戦の終結を求めて白旗を上げ、降参の意を示した。

徐璆はほっと息をついた。「やっと降参したか。われわれも少し下がって、やつらが門を開けて出られるようにしましょう」

「ならん！」朱儁はかぶりを振って続けた。「ここまできたからには覆水盆に返らずだ。やつらは十万もいるんだぞ。弾圧しきれずに降参を容れたところで、いずれまた背きおるわ」

「将軍、まずは兵士を引き上げて休ませましょう。このまま戦い続けるのは無理です」張子並はいまにも泣き出さんばかりである。「その昔、われらが高祖《こうそ》は寛大なお心で敵を受け入れたからこそ、いまの大漢の天下があるのです。あの愚劣な雍歯《ようし》［秦末から前漢の武将］でさえ列侯《れっこう》に封じました。将軍も黄巾兵の投降を受け入れるべきです」

朱儁の目は真っ赤に血走っている。半生を戦に費やしてきたが、今日のこのような状況に立たされたことはかつてなかった。張子並というこの文人風情に対して典故を引いて言い返す気にもなれず、振り返るなり大声で怒鳴りつけた。「この能なしめ！　あのときは天下を治める主君がいなかったからこそ、人心をつかむために投降を認めたのじゃ。いまや天下は統一され、あとは黄巾の賊を残すのみ。今日こいつらを許したとして、満足できなければ明日にでもまた背くぞ。背いては降り、降っては背き、いつになったら決着するんじゃ。命を伝えよ。投降は認めん、攻め続けるのだ！」

命令一下、陣太鼓が鳴り響き、官軍の兵は誰もが奮戦した。しかし、黄巾軍もいっそう必死になって抵抗した。両軍とも何かに取り憑かれたかのように殺し合い、無数の死体が次々と城壁から転がり落ちていった。巳の刻から正午に至っても互いに一歩も譲らず、戦況は平行線をたどっていた。

朱儁は体じゅうの汗をかき尽くしたような気がした。短い髭はいつもどおりぴんと反り立っているが、せわしなくずっと貧乏ゆすりをしている。曹操と張子並、徐璆は何も声をかけることができなかった。朱儁はぎゅっと瞼を閉じ、ひとしきり考え込むとつぶやいた。「そうか、わかったぞ……いかん、これではいかんのじゃ。これでは夜になっても決着がつかん。包囲されたうえに投降もできずでは、やつらは命を捨ててでも城を守るしかない。一万でも心を合わせれば敵わぬというに、ましてやつらは十万だ。くそ、なんて馬鹿なことを。孟徳、すぐに下山して命を伝えよ。いったん撤退するふりをして、やつらに逃げ道を作れ。そしてその道半ばを撃つのじゃ」

「ははっ」曹操は大急ぎで楼異《ろうい》と秦宜禄《しんぎろく》を従えて山を下りると、それぞれ城の周りをめぐって命を伝えた。ほどなくして、官軍と豪族の兵馬が城を離れ、いったん撤退する構えを見せはじめた。

果たして、黄巾軍は一縷《いちる》の望みを見出したと、このときばかりは城門が開けられるかどうかなどおかまいなしであった。韓忠は自分の兵を連れ、重なる死体を踏みしだきつつ、北側から城を下りて突破を試みた。すると、宛城はにわかに逃げ出そうとする民衆が黒山の人だかりとなり、死体の山を踏み崩しながら、死をも恐れず城門の上からなだれ落ちていった。

その後、城門が開かれると、黄巾兵が刀や槍、長柄の矛ないしは鍬《くわ》や棍棒を振り回しながら躍り出て、あっという間に官軍の包囲の北側に一本の道が現れた。

「追え！」朱儁はひと声上げると、自ら護衛兵を率いて駆け降りていった。すべての兵馬が北に向かって突っ込んでいく。黄巾が前を走り、官軍がそれを追う。命がけの競争である。官軍の兵は追いかけながら得物《えもの》を振り回し、返り血で血まみれになった。十里あまり［約四、五キロメートル］追いかけ続けたところで、黄巾軍も足が止まり、もはや跪《ひざまず》くしかなかった。首領の韓忠は先頭を走っていたが、大勢が決したと見るや刀を投げ捨てて投降した。ちょうどそのとき、秦頡が馬を飛ばして追いついてきた。

秦頡は先には張曼成を討ち取って南陽を平定したが、このたびは韓忠が兵を連れて背いたために、再度の戦となったのである。秦頡は敵が降参したかどうかなど一切かまわず、手中の大刀を振り上げると、全力を込めて叩きつけた。韓忠の体は無残にも腰から真っ二つに分かれた。

「ああっ！」曹操は後ろで思わず罵声を上げるところであった――馬鹿やろう……なぜ殺した――

韓忠が殺されたのを見ると、すでに跪いて投降していた黄巾の兵らは仰天した。投降しても殺されるなら逃げ続けるしかない。北に逃げても無理となれば、いま来た道を逃げ戻るしかない。黒山をなす黄巾賊が大きく向きを変えると、官軍も大慌てで後方の部隊が先手《さきて》となり、馬首を返してまた攻め続けた。

敵は十万もの大人数であり、ほとんどはまだ城内に残っていた。城を出た者はあるいは殺され、あるいは逃げおおせたが、その多くが押し合いながら戻ってきた。先を争って城に逃げ込む者はあとの者のことなど頭になく、城門をすぐに閉め切ってまた籠城した。城に入れなかった者は悲惨である。むろん、ことごとく官軍によって殺され、その数はざっと見積もっても一万人を下らなかった。

しかし、ほとんど手にしていた勝利が振り出しに戻り、これでまた一から城攻めである。

そのとき、乱軍のなかから孫堅が飛び出した。「今日は何としても宛城を落とすぞ。命知らずは俺についてこい！」叫び声を上げて軍馬を捨てると、孫堅は大刀を掲げながら真っ先に雲梯に乗り込んだ。決死の覚悟で痛みを忘れたのか、いまはもう足を引きずっていなかった。ある者は続いて乗り込み、またある者は城壁に向かって雲梯を押し進めた。みるみる城壁が近づいて、あと一丈［約二・三メートル］というところ、突然孫堅が放たれた矢のごとく城壁に飛び移った。まるで雄鷹が狙いを定めて降り立つように、城壁に移るなり大刀を振り下ろして二人を斬り捨てた。

この勇敢な行動が局面を一変した。孫堅が右に左に大刀を振り回して敵を打ち、ついに足がかりを作ると、それに続いて兵士らが次々と城壁に上りはじめたのである。鍔迫《つばぜ》り合いになると、ろくな装備のない黄巾軍は圧倒的に不利である。しかも、一台の雲梯が城壁にかかったことが契機となり、立て続けに七、八台が城壁に達して、官軍の兵はまさに押し寄せる波のようであった。蘇代と貝羽、趙慈らも、気が触れたかのように得物を振り回して城壁に上がった。

黄巾軍もしばらくは城壁の上で抵抗を試みたが、城壁に上がってくる官軍がますます多くなるのを見ると、ついに城壁を放棄して城内に逃げ込んでいった。官軍もあとを追って城内に突入し、誰かが血路を開いて東門を開け放った。いまやいたるところが大混乱である。

東門が開かれると、官軍の騎馬隊にもついに活躍の場が訪れた。曹操と秦頡が自身の兵を引き連れ、先を争って突っ込む。見れば、宛城内はどこもかしこも殺し合いである。ある黄巾兵は民家の戸板を盾に戦い、ある者は民家の屋根瓦を投げていた。官軍もとにかくひたすら突き進んだため、多くの者がつまずいて倒れ、めった打ちにされた。両軍の屍《しかばね》が通りを塞《ふさ》ぎ、後方の騎馬隊がそれを踏みつけながら進む。通りを埋め尽くす白兵戦が、半刻［一時間］ばかり繰り広げられた。そのとき、どこからか叫び声が上がった。「孫夏が西門を出たぞ！」

　いまここで孫夏を討たねば、この戦は永遠に終わらない。官軍はいかなる犠牲をも顧みず、今度は西門を出て追いかけた。とはいえ、蘇代も、貝羽も、趙慈も、みな深手を負い、それぞれの私兵はほとんどが命を落としている。徐璆と張子並が率いる隊は宛城の維持に残さねばならない。残る朱儁と曹操、秦頡、孫堅が、西門から逃げ出た敵を追撃した。

　見やれば孫夏の部隊の最後尾が十里あまり先を疾駆している。官軍は死に物狂いで追いかけた。前を行く者は必死で逃げ、後ろを行く者は必死で追う。いまが冬であることを忘れたかのように、大粒の汗を飛ばしながら、両軍は南陽の広い平原を駆けていった。官軍には騎兵が多いとはいえ、黄巾の兵は一歩遅れればあの世行きであると覚悟し、しかもぺらぺらの服しか着ていない身軽さも幸いしてか、両軍の距離はおよそ五里［約二キロメートル］を保ったまま、なかなか縮まらなかった。

　曹操は手綱をぎゅっと握り締め、ずっと体を上下に揺らしていた。いったいどれほど追いかけたであろうか。気づけば日はすでに西の空に沈もうとしていた。すさまじい喉の渇きを覚え、疲労と空腹感に何度も心が折れそうになりながらも、最後の闘志だけで体を支えていた。かろうじて正気を保ちつつ追いかけていると、ふと前方を走っていた黒山の敵軍の動きが止まったことに気がついた。

　そこは西鄂《せいがく》県(1)［河南省南西部］にある精山《せいざん》の麓《ふもと》、黄巾がここで滅ぶのは歴史の定めだったのか。飢えて疲れ果てた百姓たちの足はもう言うことを聞かなかった。半生をつらい野良仕事に捧げてすり減らしてきた彼らの体力では、結局のところ官軍には及ばなかった。眼前に横たわる精山の山並みを望んでは、もはやこれを越えて逃げ続ける気力など、あろうはずもない。官軍はもうそこまで迫っている。孫夏は人混みのなかをかき分けて進み出ると、両手を大きく広げ、官軍に向かって叫んだ。「われわれは投降する。投降だ！　もうこれ以上……」

その叫び声が響くなかを、孫堅は馬を蹴立てて突き進み、大刀を振り払って孫夏の首を飛ばした。首を失ったその体は地べたに倒れることなく、憤怒の鮮血を天に向かってほとばしらせた。

「膝をついてもどうせ殺されるなら戦うだけだ！」息が切れて這いつくばっていた百姓たちはいま一度立ち上がると、何でもかまわず手にとって、官軍の騎馬隊に向かって襲いかかってきた。ほどなくして敵味方なく誰もが血だるまとなり、目印はただ黄色い布を巻いているか鉄の兜をかぶっているかだけだった。軍馬は嘶いて縦横無尽に駆け回り、冬の最中に刀や槍と農具がぶつかり合って火花を散らす。落ちた首は人馬に踏みにじられて地べたを転がり、刺し倒された軍馬は力なくもがきながら肉の塊と化す。はるかに見やれば、溢《あふ》れ出た鮮血はさながら血の海のように広がり、しだいに凝固してどす黒く変色していった。このたびの戦は西華での戦いより激しく、そして悲惨なものであった。いったいどれくらい戦ったのだろうか、黄巾軍もついに最後の闘志を失い、逃げ延びる気力さえなくなった。一人また一人と地べたに座り込み、目は光を失って、あとは死を待つだけといった様子である。それでも官軍は憤怒の鉄槌を振り下ろし、次々と血の海に沈めていった。これはもう戦ではない。虐殺である。

曹操は馬を止めると、殺戮を繰り返す兵士らを見渡した。どこもかしこも血に染まり、ちぎれた腕や足がそこらじゅうに転がって、いたるところから泣き喚《わめ》く声が耳をつんざいた。曹操は地獄絵図のなかに身を置いている錯覚に見舞われ、大声で叫んだ。「よせ、もうよすんだ！　これ以上殺す必要などない！」

　しかし、その声は誰の耳に届くこともなく、兵士らは悪鬼《あっき》に取り憑かれたかのように自分の憤懣《ふんまん》を吐き出し続けた。そのとき、曹操はほど近いところで狂ったように槍を突き出す楼異の姿を認めた。すぐにそばまで近づき、その槍を引き止めて叫んだ。「やめろ、もう十分だ！」

　楼異の目は真っ赤に血走り、曹操の手を振り払って、なおも槍を突き出そうとする。曹操は面前に回り込み、思い切り楼異の頬を張った。「目を覚ませ！　俺の言うことが聞こえんのか」

「聞こえていますとも！」楼異は自分の主人に向かって声を荒らげると、涙がとめどなく溢れ出てきた。「なぜです？　俺たちの仲間はみんな……ううっ……よく見てください！　三千もいたのに残っているのはどれほどか……」楼異は長柄の槍を投げ捨てると、馬上に突っ伏してひたすら泣いた。「なんで戦うんですか。何のためにこんな無茶苦茶な戦いをしないといけないんですか！」

　そう、何のために戦っているのか。曹操は一面が血塗られた戦場を眺め回した。官軍の兵もすでに戦いに倦《う》み、だらりと腕を垂らして、茫然自失して大地に突っ立っている。生き延びた百姓らは生ける屍となり、傷痕を押さえながら、どこへ行くともなくふらふらと去っていった……もう十分だ、誰もがもはやこの荒唐無稽な戦に嫌気が差している……

　朱儁が残るわずかな護衛兵を従えて近づいてきた。顔面は蒼白で、憔悴しきっている。まるで今日一日だけで十歳は老けたようだ。「終わった、やっと終わったのだ」

　俺は間違っていた……もう金輪際、戦に出ようとは思うまい——曹操は歯がみして痛哭《つうこく》した。

血のように赤い夕陽が、真っ赤に染まった大地を照らす。そこに残ったのは平原を埋め尽くす死人の群れと、風吹きすさぶ寂寥のみであった……

光和《こうわ》七年十一月、朱儁は南陽の黄巾軍を平定した。

同じころ、河北の皇甫嵩も曲陽を攻め落とし、「地公将軍《ちこうしょうぐん》」こと張宝《ちょうほう》を討ち取って、十万にも上る黄巾賊を生け捕りにした。皇甫嵩は再度の反乱を防ぐためにそのすべてを殺戮し、その死体と土で京観《けいかん》(2)を作って人々への警告とした。

ここに至って、盛大な勢力を誇った黄巾の乱もついに幕を下ろし、生き延びた者が、山林に潜んでわずかに抵抗するのみとなった。朝廷は皇甫嵩を左車騎《さしゃき》将軍、朱儁を右車騎《ゆうしゃき》将軍に任命した。また盧植も二人の請願によって無罪放免とされた。秦頡は正式に南陽太守を拝命し、孫堅は別部司馬《べつぶしば》へと昇任した。このほか蘇代や貝羽、趙慈なども、官吏として県令や県長の職についた。このように、軍功によって官職についた地方の豪族は数知れず、これがまたのちの群雄割拠の火種となるのであった。

曹操もその軍功を認められ、兗《えん》州は済南《さいなん》の相として転任し、一地方を統治することとなった。しかし、曹操が洛陽から連れて出た三千騎のうち、都に凱旋したのはたった二百人足らずというありさまであった。曹操は思い知らされた。いかなる将軍の威名も、すべては血腥《ちなまぐさ》い殺戮のうえに成り立っているのだと……

(1) 西鄂県は、現在の河南省南陽市石橋鎮で、史書の記載によると、ここは後漢の科学者で、地動儀《ちどうぎ》[地震計」を発明した張衡《ちょうこう》の生地でもある。
（2）京観とは、敵の死体を集め、土と一緒に盛り上げて作った山のこと。

第七章　済南《さいなん》の相《しょう》に昇進、貪官《たんかん》を罷免する

済南に赴任

光和《こうわ》七年（西暦一八四年）冬、官軍と地方豪族が一致団結して鎮圧したことで、黄巾《こうきん》の蜂起は失敗に終わったものの、数十万の民が戦乱のうちに命を落とした。皇帝劉宏《りゅうこう》が中平《ちゅうへい》への改元を公布したのは、中原の平定を意図したものであるが、天下太平は一方的な願望に過ぎなかった。福は並んで来ないが、禍《わざわい》は重なって来るもの。朱儁《しゅしゅん》、皇甫嵩《こうほすう》、曹操らの率いる戦勝軍がちょうど洛陽《らくよう》に帰還したところ、息つく暇もなく、涼《りょう》州で新たな反乱が勃発した。

涼州の羌《きょう》族の民はたびたび乱を起こし、朝廷とのあいだで大小の衝突を繰り返すこと、すでに二十年以上にわたっていた。「涼州の三明《さんめい》」こと皇甫規《こうほき》、張奐《ちょうかん》、段熲《だんけい》が西北の軍務を取り仕切っていた時代には、羌人とその他の少数民族勢力の結託を避けるため、さらには敵を内部分裂させるために、朝廷は多くの羌族などの首領を帰義羌長《ききぎきょうちょう》に据えていた。そうして彼らの部族を優遇することで、大漢による統治の安定を図っていたのである。

それが功を奏したのか、投降する部族は涼州の内部へと漸次広がりを見せ、生活習慣もしだいに漢化していった。しかし、黄巾賊の蜂起により、漢の朝廷が人心を得ていないのを目の当たりにすると、

彼らのなかにまたもや不遜な野心と凶暴な気性が呼び覚まされることとなった。

中平元年（改元前の光和七年）十一月、湟中義従《こうちゅうぎじゅう》(1)の首領、北宮伯玉《ほくきゅうはくぎょく》、李文侯《りぶんこう》らは旗幟《きし》も鮮明に造反した。先零羌《せんれいきょう》［羌人部族の一つ］と気脈を通じて涼州で財物を好き勝手に強奪し、さらには漢族の将校である辺章《へんしょう》や韓遂《かんすい》をそそのかして、凶悪な匪賊の宋建《そうけん》らと反乱を起こしたのである。そして、涼州における軍事上の拠点である金城《きんじょう》を攻め取り、護羌校尉《ごきょうこうい》の冷徴《れいちょう》、金城太守《たいしゅ》の陳懿《ちんい》を殺害した。

涼州刺史《しし》の左昌《さしょう》はすぐさま軍を組織して奮戦するも、防ぎ止められずにじりじりと後退し、反乱軍は三輔《さんぽ》［長安を囲む京兆尹《けいちょういん》、左馮翊《さひょうよく》、右扶風《ゆうふふう》］の地をまっすぐに目指した。

衝撃を受けた劉宏は、帰朝してまもない左車騎《さしゃき》将軍の皇甫嵩を再び総帥に任じ、羌族の反乱を平定するよう命《めい》を下した。また、敗戦の罪に問われていた東中郎将《とうちゅうろうしょう》の董卓《とうたく》を赦免し、手柄を立てて罪を償うよう命じた。皇甫嵩の配下に入れて部隊を統《す》べ、涼州の戦場に戻って敵を防がせようとしたのである。

このたび、曹操は従軍を願い出ることはしなかった。幼少から兵法を好んだが、戦《いくさ》に初めて出たことで、その残酷さ、被害の深刻さを思い知ったからである。この一年、あまたの命が戦場に散り、多くの県城、村落が廃墟となるのを目の当たりにしてきた。西華《せいか》［河南省中東部］と宛城《えんじょう》［河南省南西部］での白兵戦はとくに瞼に焼きついている。率いて出た三千騎で生きて戻ったのは十分の一にも届かず、血が噴き出し、首が横ざまにすっ飛ぶ夢にたえず苛《さいな》まれていた。さらには黄巾の鎮圧で深く考え込んでしまい、どうしても釈然としなかった。民の反乱は邪教に惑わされたとはいえ、苛政《かせい》に追い詰められたものであり、対して官軍は国や民を守るために戦った。良心に照らしてみても、両者のどちらが正しくどちらが悪いのかわからない。ならば、数十万人が命を落とした戦の根本的な原因は何だったのか。

曹操はさすがに『孝経《こうきょう》』を学んできたので、無自覚にその矛先を皇帝に向けるようなことはなく、またそのように問題を捉えようとはしなかった。

そして考えに考えを重ねたうえで、一つの結論を導き出した。悲劇を生んだ悪の元凶は、朝廷の不徳と官の腐敗にある。この問題の解決なくしては民の安寧もありえず、放っておけばさらなる数の無辜《むこ》の民が戦で命を落とすであろう。こうした見方に立つと、朝命に従って済南の相に着任し、まずなすべき重要な仕事は、官吏の腐敗をきちんと正すことだと決まった。

そうして曹操は思索にふけっていたが、済南の相が実は父の曹嵩《そうすう》が見つけてきた官職であるとは気づかなかった。曹嵩にすれば、兵を率いて戦をするのは無骨者の仕事である。いずれ戦場で命を落とすであろうし、常に戦に身を置いていれば、いつか負けることは免れない。たとえ敗北を喫さずとも、ひとたび天下太平となれば捨てられ、よき落ち着きどころなどあるはずもない。いま長子が凱旋し、郷里にいる下の息子も穏やかに暮らしている。軍功を手に入れ、一家の財産も損なわれず、ここが潮時と思われた。済南国は青州《せい》にあり、黄巾の反乱による被害も小さい。そこの国相なら役得も十分である。そして息子が如才なく穏当《おんとう》に勤め上げ、乱を鎮めた功績と自分の引き立てとがあれば、三年ないし五年後には、とんとん拍子で出世して九卿《きゅうけい》にまで昇任できよう。そうなれば、父たる自分が三公《さんこう》につくことも現実味を帯びてくる。

父と子は、こうして心の内ではすれ違ったままに別れを惜しんだ。曹操は済南に赴任してその土地の政《まつりごと》を正す道に踏み出そうと意を固め、曹嵩はこれまでどおり宦官と外戚のあいだを渡り歩いて三公につく機会を求めたのである。

曹操は秦宜禄《しんぎろく》を半月前に出発させると、まず譙県《しょうけん》［安徽省北西部《あんき》］に戻って書状を送り届け、それから済南の第一の県である東平陵《とうへいりょう》［山東省中部］に先に入らせた。自身は同僚や友人と何日か過ごし、馬日磾《ばじってい》、朱儁、張温《ちょうおん》、崔烈《さいれつ》といった先輩に一人ひとり謝意を表してから洛陽を出立した。

道中、曹操は感無量だった。頓丘《とんきゅう》［河南省北東部］の県令就任の命を受けて河北《かほく》［黄河の北］に赴いたときは、楼異《ろうい》ら五名の供の者が付き従っているだけであった。厳冬のさなかに賊に襲われ、荒野で道に迷い、着任したときにはすっかり落ちぶれて、傍らには楼異一人しか残っていなかった。いまも厳冬のなかを東に向かって進んでいるが、その扱われ方には雲泥の差があった。

国相《こくしょう》の俸給は二千石《せき》、地位は太守と同じで、十県を統治する。この十県の訴訟、民生、農業、養蚕、孝廉《こうれん》の選出、税収の上納、ひいては軍を統率する大権も一手に与えられていた。こうした重責は事実上、一地方を統治する大官であり、以前のちっぽけな県令とはまるで異なる。それゆえ、黒い官用車で駅路を進むと誰もが道を譲り、あらゆる宿駅では亭長《ていちょう》［宿駅を管掌する官吏］自らが応接して、最高の建物に迎え入れられた。すでに炭が熾《おこ》ってぽかぽかと暖かい部屋、珍味がずらりと並んだ食事、かしずく者もよく行き届いていた。さらに自分はもとより、楼異らにさえ尿瓶《しびん》があてがわれた。

しかし、それだけではなかった。通り過ぎる土地では、上は同級の太守から、下は県令、県尉《けんい》まで、こぞってご機嫌取りにやって来るのである。聞こえのいい言葉を並べ立て、愛想を振りまき、路銀を贈ってくる。路銀とはいえ、実際は金銀財宝、薄絹、綸子《りんず》、繻子《しゅす》、緞子《どんす》、当地の特産物などで、いずれも値の張るものばかりであった。むろんこうした官吏は、済南の相としての曹操に同僚のよしみを尽くしているだけではない。十常侍《じゅうじょうじ》に重んじられているためである。曹操が乱を鎮めた功臣で、いまや日の出の勢いであり、さらには父の曹嵩も位九卿に列して、当然こうした品を受け取りたくはない。曹操は済南の政を正すという考えを抱いているので、当然こうした品を受け取りたくはない。しかし、その手の官吏は拒んでも贈り物をそのまま置いていき、受け取らないにしても処分に困る。

ただ、それより重要なのは官界における交際の義理である。すべてを断れば高潔を気取っているだの、ひねくれているだの、やれ傲慢だという評判が立ち、後のちの職務にも差し障る。三、四年前ならまだしも、いまはもう三十一歳、一人の親として、もう二度と官途で大きな挫折を味わいたくはなかった。やむをえず曹操は決まりを設けた。およそ官吏が贈ってきた金銀財宝は一切受け取らず、特産品のみその半分を収めて、好意をありがたく受けたことを示すのである。それでも済南に着く前から、各郡県の贈り物で二台の馬車が満杯になった。

曹操は車上から一行の前後をしょっちゅう見渡した。六台の大きな荷車が家具や贈り物を積み、四十人以上の供の者が取り囲んで護衛している。楼異は威風堂々と黒い華美な服に身を包んで腰刀を佩《は》き、大宛《だいえん》の千里馬［汗血馬］に跨がって先導している——その迫力たるや、なかなかどうして見違えるようだ。だが、以前とより大きく異なるのは、道連れとなる旅人や、気さくに話しかけてくる民らに出会わないことである。道中ではせいぜい田畑にいる農夫をまばらに目にするだけで、彼らとてはるか遠くに官用車を目にするや、すぐさま逃げるか、びくびくして跪《ひざまず》き叩頭する。顔には恐怖の色がありありと浮かび、あたかも自分が飛びかかって農夫らを食ってしまうのを恐れているかのようだった。黄巾の乱はたしかに平定されたが、官吏と民のあいだはいっそう疎遠になってしまった。とりわけ曹操のように手柄を挙げた将は、いつの間にか殺気を帯びるようになるものである。戦場で打ち立てた威名には、洗い落とせぬ血腥《ちなまぐさ》さが染みついていたのだ。

曹操が赴任した済南国は青州第一の郡である。光武《こうぶ》帝の子で、郭《かく》皇后が産んだ劉康《りゅうこう》がもともと封国《ほうこく》を世襲していた。のちに跡継ぎが途絶えると、熹平《きへい》三年（西暦一七四年）、劉宏は河間《かかん》王の子孫で祖先と同じ名を持つ劉康を済南王に任じた。この劉康の死後は、子の劉贇《りゅうひん》が世襲した。皇帝となった劉宏自身も河間王の傍系であり、劉贇は皇帝の遠縁にあたった。この皇帝と王には二世代の開きがあったが、実際の年齢はいくらも違わなかった。済南国は東平陵、著《ちょ》県、於陵《おりょう》、台《たい》県、菅《かん》県、土鼓《とこ》、梁鄒《りょうすう》、鄒平《すうへい》、東朝陽《とうちょうよう》、歴城《れきじょう》［いずれも山東省中部］の十県を統轄していた。済南は鉄鉱石の産出が盛んであったため、青州は人口が多く物産に富んでいた。それゆえ宗室《そうしつ》をここに封じたのである。当然、この豊かな済南国は、十常侍がまず売官して私腹を肥やす場所でもあった。

道中では何度も宴会が開かれたため、曹操の道行きにはかなりの遅れが生じた。ようやく東平陵の城門にたどり着くと、早くも郡県の衙門《がもん》［役所］の者や群れをなした民が、門外で整然と並んで出迎えているのが見えてきた。そのもっとも手前には、先に来ていた秦宜禄と東平陵の県令がいる。曹操の車馬の行列が見えてくると、合図とともに太鼓を交えた音楽が一斉に奏でられた。歌い舞って新しい官の赴任を歓迎する者もあり、その様は嫁取りよりも賑やかであった。

曹操は車を停めて簾《すだれ》を取りのけるよう命じ、じっと騒ぎに目を遣ると、半刻［一時間］近くも身じろぎせずに待った。歌と舞いが終わっても国相殿の一行が進んでこないので、楽隊の者は休むことなく吹き続けた。そして頬が腫れるほど吹いた挙げ句、なんとも気まずい感じのままやめた。

楽隊の者らが吹き疲れたのを見て、曹操はようやく車を降り、楼巽を従えて近づいた。その様子が喜んでいるのか怒っているのかわからず、みな頭を下げて地べたにひれ伏した。曹操は堅苦しい態度で衙門の者たちをひと目見渡してから、大勢の民や歌い舞っていた者の前に歩み寄って口を開いた。

「土地のみなさん、衙門のみなさん、本官の出迎えご苦労である。だが、それがしはこの地に来たばかりで、まだ何もしておらず、こうした正式の礼を受けるに忍びない。みな立ちなさい」

その冷たさを感じさせる声に、誰一人動こうとしなかった。秦宜禄は慣れたもので、真っ先に立ち上がるとほかの者に促した。「わが旦那さまは立つように仰せです。みなさん立ってください。旦那さまは気さくなお方です」

それを聞き、みなようやく顔を上げた。曹操は白髪の老人を目にすると、駆け寄って尋ねた。「ご老人、お体は健やかですか」

老人はぶるぶる震えて答えられず、秦宜禄が手を差し伸べて微笑んだ。「おじいさん、さあ、お話しください。わが旦那さまは貧しい者を憐れみ、老人をいたわるお方です」

曹操は老人の手を取って再び尋ねた。「ご老人、怯《おび》える必要はありません。御年はおいくつですか」

「ああ、もったいない。老いぼれは七十九になります」老人はようやく答えた。

「七十九歳とは！　とても見えない」曹操は優しく微笑んだ。「矍鑠《かくしゃく》となさっている。六十過ぎかと思いましたぞ」

「ははっ……」老人は長官に若いと言われ、うれしそうに笑った。

そのとき、曹操は老人の歯が何本も抜け落ちていることに気がついた。「そんなお年で本官の出迎えとは、お疲れでしょう」

「とんでもありません。長官はかねてより民を子のごとく憐れまれ、官として清廉公正で……長官のお姿を拝めるとは、三世《さんぜ》の戯れでございます」

曹操は「三世の幸い」と挨拶すべきところを「三世の戯れ」と言われて聞き咎めた。「いまなんと仰ったのかな」

「三世の戯れでございます」老人はまた繰り返した。

そこでようやく、曹操は迎えに出ている民をじっくりと眺めた。老若男女、書生から百姓、職人、商人まで入り交り、年ごろの女性や老婦人は外行きの服でめかして、錦繍《きんしゅう》をまとった金持ちや地主は一様に頭《こうべ》を垂れて恭《うやうや》しくしている。あらゆる階層から何人かがやって来ていて、衙門が手はずを整えたのは明らかだった。

曹操は振り返ると老人にまた尋ねた。「あなたは百姓のようだが、勉学に励んだことは?」

「なんと！　これは長官お戯れを。老いぼれは生まれてこのかた小作人。書を読んだこともなければ、文字もわかりません」老人は無邪気に笑った。

「では、文字を知らず学んだこともないなら、たったいま褒めてくれた言葉は、誰が教えてくれたのでしょう」

「それなら衙門の方が教えてくれたのですじゃ」老人は何も考えずにしゃべりだした。「老いぼれはもの覚えが悪く、昨夜は頑張ったのですが、まだうまく言えんのです。ええ……民を子のごとく憐れまれ、官として清廉公正。長官のお姿を拝めるとは、三世の戯れ、まこと三世の戯れですじゃ」

曹操はこらえきれず「ぷっ」と噴き出すと、一同を見渡した。口を覆って笑う者、上を見上げてとぼける者、ばつが悪そうな者。県令は跪きながら、穴に入りたかった。曹操は握った老人の手をぽんぽんと叩いた。「ご老人、もの覚えが良くていらっしゃる。少しも間違っていませんぞ。今日はいいものを見せてもらった。ご苦労、ご苦労」

「恐れ入ります。衙門の方の言うとおりにしたまででございます」

曹操は腹を立てるどころか、ぐるりと回りながら、周囲の者に拱手《きょうしゅ》して頭を下げた。「それがしが済南にやって来たことで、みなさんにご面倒をおかけした。まことに申し訳ない。道中、小官は各地の官吏からいろいろと贈り物を頂戴したゆえ、しばし待ちなさい、一人ひとりにちょっとした贈り物をしよう。貧しい者にはたくさん、金持ちにはわずかとなるが、小官がこの地にやってきた喜びのおすそ分けです」

「ありがとうございます」大勢の民は浮き浮きしながら、跪いて拝礼した。今度こそ本当にうれしがっているようだ。

曹操はまた一同に立ち上がるように促し、楼異に贈り物を配るよう申しつけると、ようやく東平陵の県令の前に行った。「県令殿、そんな深々と礼など。さあ、早くお立ちください。今日は県令殿が一番お疲れだ。ご苦労をおかけした」その穏やかな口調を耳にしても、県令はねぎらいか皮肉かわからず、こう答えるしかなかった。「とんでもございません……恐れ入ります……わたくしめは東平陵の県令で趙《ちょう》と申します。お出迎えするのは当然のことでございます」

曹操は助け起こすと、いましがたの件には触れず、速《すみ》やかに衙門に戻って仕事をし、自分のことにはかまわぬよう命じた。そして自身は楼異を連れて、まずは済南王劉贇の邸宅へと足を向けた。

封国の王は統治の権限がないとはいえ封国の主《あるじ》であり、国相は名目上、王が政を執るのを補佐する立場である。したがって、着任すればまず王に拝謁せねばならない。劉贇は今上《きんじょう》皇帝の遠縁にあたるが、実に親しみやすく穏やかで、陳《ちん》王の劉寵《りゅうちょう》のように傲慢で出しゃばることはなかった。きちんと型どおりの挨拶を済ませると、劉贇は自ら二の門まで出て曹操を見送った。

曹操は二の門を出ると、もう一度深く一礼し、王が戻って行くのを目にすると、くるりと後ろを向いて長く息をついた。「上官への挨拶もこれでよし。さあ、次はわが手腕を見せる番だ」

（1）湟中義従とは、後漢時代の河湟《かこう》一帯［青海省東部］で、漢の政府に帰順した少数民族のこと。

貪官汚吏《たんかんおり》を懲らしめる

劉贇《りゅうひん》の邸宅を離れると、すでに表で曹操を待っていた秦宜禄《しんぎろく》が、国相《こくしょう》の邸宅へと案内した。門を入って見てみれば、まだ下男や下女が家具の配置にてんやわんやで、足の踏み場もない。曹操は国相の庁舎の広間へと連れて行くよう秦宜禄に命じ、しばし何くれとなく話をした。

「申し上げます。先月、書状を郷里にお届けしたところ、子疾《ししつ》さまは旦那さまが勝ち戦《いくさ》で国相を拝命なさったことをお知りになり、まことに喜んでおられました。そして、いくらか書を持っていくようにと」秦宜禄は伝え終わると、使用人に箱を運ばせてきた。

曹操は弟の曹徳《そうとく》がどんな書物を送ってきたのか興味を抱き、自ら箱を開けて一巻を取り出した。広げて目を通すと、いたく感心した。「なんと、これは王符《おうふ》の『潜夫論《せんぷろん》』ではないか。まさに地方の長官がじっくり読むべき書だ」

「役に立ちそうですか」秦宜禄にはわからなかった。

「無用なわけがなかろう。王符は生涯、隠棲《いんせい》して官とならず、家でこの奇書を著したのだ。これぞ官のための経書といえよう」曹操はしきりに賞賛した。「郷里にいながら、かくも周到に気を配れるとは、まったくたいしたやつだ！」

曹操が喜ぶのを見て、秦宜禄も乗ってきた。「黄巾《こうきん》の賊が反乱して以来、曹家は村の者を組織して抵抗し、また夏侯《かこう》家、丁《てい》家とともにしっかりと守ったので、ひどい目に遭うことはありませんでした。それに、子廉《しれん》［曹洪《そうこう》］さまは蘄春《きしゅん》［湖北省南東部］で敵を討ち、功を立てたとも聞いています」

「手柄など求めずとも、無事ならそれでいい」

「旦那さま、一度戻ってみてはいかがでしょう。二人の奥さまが恋しく思っておいででした」秦宜禄は図々しく続けた。「昂《こう》坊ちゃんだって、もう『詩経《しきょう》』を覚えているんですから。「呦々《ゆうゆう》と鹿鳴き、池に蓮が浮かぶ（一）」などと諳《そら》んじて、本当に可愛らしい。卞《べん》夫人が教えているんです。旦那さまによく似て、まったく瓜二つなんですよ」

「それは無理な相談だ」曹操はそう言い返したものの、実際は妻子に会いたかった。気がつけば曹《そう》昂《こう》も三歳、父になってから、ひと言も言葉を交わしたことがない。眠れぬ夜などは、卞氏の美しい姿が思い出される。正妻の丁氏とうまくやっているだろうか……

曹操の胸の内を読むことに長けた秦宜禄は、ぼんやりとしている曹操の姿を見ると、さっそく勧めた。「わたしのような下々《しもじも》が口にすべきではないかもしれませんが……奥さまたちを恋しく思うなら、なにゆえお迎えしないのでしょう。いまや済南《さいなん》で足場を固め、奥さま、坊ちゃんを置く場所に困ることはないと思いますが。もし丁氏さまのおせっかいが嫌でしたら、卞氏さまだけでもお迎えしましょう。いずれにせよ、まだ幼い坊ちゃんを連れてくれば手がかかりますし……」話しながら、秦宜禄はあからさまに目配せしてきた。

主人がきっと喜ぶと思っていたのだろうが、意外にも曹操の表情に変化はなかった。「あきらめよう。戦で世が乱れている。道中が心配だ……それよりお前は、ここに来てどれくらい経つのだ」

「申し上げます。三日になります」

「この三日、ここ東平陵《とうへいりょう》の県令はどうだった？」

「わたしが見るに、あの県令はなかなかだと。旦那さまに取り入るために多くの民を引っ張り出しましたが、下の者は得てして上の者を恐れるものですから。仕事もきちんとしています」秦宜禄は愛想笑いを浮かべた。

曹操はそれを聞いても何も答えなかった。このとき楼異《ろうい》が広間に入ってきた。「ご報告申し上げます。東平陵の県令がお目通りを願っています」

「なんと、あの県令はまだわたしを気に掛けているようだな。先ほど帰したところだというのに、また追いかけてきたのか」曹操は笑いながら話した。

「そのようです」秦宜禄はさっそく話をつないだ。「同じ城内で仕事をし、しょっちゅう顔を合わせるのですから、向こうにすればいい関係を築きたいのでしょう」

「会ったほうがいいと思うか」

「それはそうですとも。向こうから腰を低くして来ているのですから。『笑顔の人には手を上げず』といいます。ぜひ顔を立ててやるべきです」秦宜禄はさらに顔をほころばせた。

「一理あるな」曹操はしきりにうなずきつつも尋ねた。「楼異、お前はどう思う」

楼異は多言を弄することなく答えた。「すべては旦那さまがお決めになることとです」

「どうせいまは暇だ。何か大切な公務の上奏かもしれぬ。会うだけ会ってみよう」言い終えると、先に立つよう促し、自ら県令を迎えに出た。

東平陵の趙《ちょう》県令は宦者《かんじゃ》に袖の下を使って職についた官吏である。済南の第一の県を買おうと思ったのも実入りがいい官職だからであった。赴任して初めて己は指示される立場であり、同じ城内には目上の済南の相がいて関わり合うことを知った。金を惜しまず如才なく振る舞い、どうにか前任の国相は都合よく御したのだが、思いがけず黄巾の賊が武装蜂起すると、その国相は秩《ちつ》二千石《せき》の大官の名声と体面を顧みず、王に挨拶すらせずに家族もろとも逃げてしまった。のちにわかったことだが、もともとその官職も十常侍《じゅうじょうじ》の口利きだったのである。幸い済南の黄巾は騒ぎ出すことなく、趙県令の一家の生命や金銀財宝は無事だったが、すべては振り出しに戻った。何か月も気を揉んで待ち、やっとのことでわかったのは大鴻臚《だいこうろ》の曹嵩《そうすう》の息子が補充されてくるということであり、ようやく胸をなで下ろしたのだった。それというのも、曹嵩が十常侍と懇意であることはかねてより小耳に挟んでいたので、息子もきっと同じ穴の狢《むじな》だと考えたためである。しかし、その当ては外れた。曹孟徳《もうとく》は馬車を降りたそばからごますり行為をあばき立てたのである。厳しく責めることはなかったものの、どっちつかずの口ぶりで実に薄気味悪い印象を残していった。趙県令はすぐに秦宜禄に金をねじ込んで曹操に取りなしを頼むと、いったん帰宅して手厚い贈り物の目録を書き、それを袖にしまって恭《うやうや》しく拝謁してきたのである。

「趙県令、実にまあ他人行儀な」曹操は拱手《きょうしゅ》して出てきた。「一日で二度もお訪ねくださるとは、それがし、まことに身にあまる光栄。趙大人《たいじん》は民を子のごとく憐れまれ、官として清廉公正で、そのお姿を拝めるとは三世《さんぜ》の幸いです」

県令は自分が民に教えた言葉で冷やかされているのを知り、恥を忍んで答えた。「国相殿、小官をからかっておいでですか。お恥ずかしい限りです」

「よいよい。それがしは平素より冗談を好むから、悪く思わんでくれ」曹操はこぼれるような笑みをたたえ、趙県令の手を引いて勧めた。「さあさあ、なかへどうぞ」

「それは恐れ多うございます。やはり曹大人がお先に」

「いやいや」曹操は趙県令の手を軽く握った。「それがしは当地に参ったばかりで、これから趙兄に手ほどきを受けねばなりません。ましてや今日は、趙兄が民を連れて出迎えてくださらねば、車を降りてすぐに民をいたわるとの評判を得られたでしょうか。さあ趙兄、遠慮せずにどうぞ」

趙県令はようやく心の重しが取れ、愛想笑いを浮かべた。「国相殿、そんなに顔を立ててくださらずとも。やはり小官が先になることはできませせぬ」

「そこまで遠慮なさるなら、二人で手を携えて一緒に庁舎に入りましょう」曹操はそう促すと、手を引いてなかへ入った。趙県令はこのときいささか有頂天になっていた。大鴻臚の曹嵩の子、歴とした済南の相、黄巾を掃討した功臣の曹孟徳が、自分の手を引いて兄弟になぞらえてくれる。なんと鼻が高いことではないか。門を抜けて庁舎に入ると、まるで華々しい前途が開けた気がした。

広間に入ると、二人は主客に応じて席についた。曹操は茶を勧めると、わざわざ秦宜禄、楼異らに席を外させてから、気遣うように尋ねた。「趙兄は四十を越えたぐらいでしょうか。いつの孝廉《こうれん》、あるいは明経《めいけい》の出身ですかな」

趙県令は頭をかきながら答えた。「小官は孝廉の出身ではありませぬ。西園《せいえん》［洛陽《らくよう》西郊の離宮］に四百万銭の援助をして、この勤めを得ました。どうかお笑いください」

「おかしいことなど何もありません。西園の建設に出資するのは、つまりは陛下のために尽力するということ」曹操はそこで趙県令を一瞥した。趙県令はこうした口ぶりを聞いて、慌てて補足した。「西園に金を出したのは、中常侍《ちゅうじょうじ》の趙忠《ちょうちゅう》殿と段珪《だんけい》殿、お二人の協力を得るためです。本当のことを申せば、わたくしめの父方の従兄と趙常侍が昵懇《じっこん》の間柄で、引き立ててもらいました」趙県令は曹嵩と趙忠がすこぶる親しいのを知っていて、わざとその関係を明らかにした。案の定、曹操はいっそう和やかに語りかけた。「趙兄、それならそうとなぜ早く仰らないのです。これからはどうか遠慮なさらず、何なりと打ち明けてください。われら父子も口添えしましょう。そうすれば朝廷に対する趙兄の赤心《せきしん》も無駄にならんでしょう」

「恐れ入ります。小官は衆に抜きんでた才はなく、この職に励めるだけでもありがたき幸せ。どうして多くを求めましょう」

「趙兄は謙虚すぎます。趙兄の才能をもってすれば、わたしのこの席についていてもおかしくはない」曹操は趙県令の肩を叩いた。

趙県令は小躍りするほど喜んだ。さっそく袖から帛書《はくしょ》にしたためた贈り物の目録を取り出すと、曹操の目の前に捧げた。「仄聞《そくぶん》しますに、黄巾の討伐にはたいへんなご苦労があったとか。こうして凱旋し、国相に昇進されたのは実にめでたきことでございます。これは小官のほんの気持ち、どうかご笑納ください」

曹操は少し眉をひそめると、贈り物の目録を受け取って一瞥し、薄く笑った。「趙大人はまことに散財なさる」

「これしきの贈り物で、かえって失礼ですが」

「少なくなどない。質の良い緞子《どんす》が三十四、わたくしめの妻妾《さいしょう》は言うに及ばず、わが家の女中、小間使いでさえ立派な服を着られるでしょう。趙兄に感謝せねば」

「いえいえ、とんでもございませぬ」趙県令はすぐに愛想笑いを浮かべた。

「だが、それがしは実に忍びない。趙兄は秩六百石の県令、俸禄も多くはないでしょうに」そう思いやると曹操は身をかがめ、顔に笑みを浮かべつつ耳元に近づき、小声でささやいた。「手になさる袖の下だけで十分でしょうか」

「ああ……はっはっは」趙県令は喜んだ。「俗に『一処に到らずば一処に迷い、十処に到らずば九は知らず［その場に行かねば実情はほとんど何もわからない］』とか。曹大人はまだお聞き及びでないかもしれませぬが、ここ東平陵ではあちこちで鉄鋼が採れます。それをきちんとさばけば、少なからぬ収益が上がるのです。いま名高き曹大人がこの地にいらっしゃると聞いたので、この何年かの蓄えをすべてを献上しに参ったまで」

「いやいや……」曹操はかぶりを振った。「『君子は人の美を奪わず［君子たる者、人の手柄を奪ってはならない］』という。趙兄の贈り物は多すぎる。それがしには受け取れませんな」

「曹大人、それではわたくしの面子《めんつ》が立ちません……」

「趙兄、他人行儀は無用。贈り物は受けぬが、実はあることを頼みたい」

「小官に申しつけていただければ、もとより一命をも献げる所存、わざわざ『頼む』などと申されずとも」

曹操はため息をつくと、考え込みながらつぶやいた。「それがしは黄巾討伐の命《めい》を受けました。その道中は刀剣から滴る血で渇きを癒やし、馬上で眠りをとったものです。幾度もたいへんな目に遭いながら、まさに九死に一生を得ました」

「曹大人こそお国の忠臣です」趙県令はすかさずおべっかを使った。

「趙兄もお会いした使用人の秦宜禄、あれもわたしに付き従い、敵を討って手柄を立て、やはり死線をくぐり抜けてきたのです」

「秦殿が到着した日、小官は粗略にせず、ほんの志を渡しました」

「志を渡した？　ははっ……」曹操は上を向いて作り笑いをすると、にわかに眉をひそめた。「秦宜禄が趙兄から志を受けていたとは、感謝に堪えません。ただ……」

「ただ、何でしょう。かまわず仰ってください」

「たったいま趙兄も仰ったように、凱旋して国相に就任したのがまことにめでたいというのは、まったくそのとおりです。しかし、こうした喜びごとは趙兄が一人でそれがしにお祝いを述べるのでは、いささか寂しい」

「仰る意味が……」

「もし済南のすべての県令に来てもらえれば、一緒にお祝いを述べてくれるでしょう。それがしが主人となって心ゆくまで杯《さかずき》を酌み交わす。きっと楽しいでしょうな」曹操はそう口にすると、贈り物の目録を趙県令の手に押し込んだ。

「ああ」趙県令は察した。この曹孟徳は貪欲で、自分一人の賂《まいない》では足りず、全十県の県令による接待を求めているのだ。趙県令はそうと気づくと拱手して答えた。「小官、承知いたしました」

「わたしはこの地に来たばかりで、県令の方々をよく存じませぬ。趙兄はみなさんを知っているのですから、お手数ですが趙兄、三日後、屋敷にて宴席を設けるので、みなさんを招いてください。一緒に祝ってとことん飲みましょう」

「本来なら辞退すべきではないのですが、しかし……」

「しかし、何です?」曹操は少々むっとした。

趙県令はすぐに立ち上がって跪《ひざまず》いた。「半月前、朝廷は黄琬《こうえん》殿を青《せい》州刺史《しし》として遣わしました。この方は往年の功臣である黄瓊《こうけい》の子孫で、年老いた太傅《たいふ》の陳蕃《ちんばん》が推挙した人物です。ただ、時世に打ち解けぬため、朝廷からは二十年あまりも捨て置かれていました。それが黄巾の一件で楊公《ようこう》［楊賜《ようし》］の推挙を得ると、再び出仕して当地にやって来たのです。いまは青州の官吏を視察しています。もし曹大人が各県令を呼び集めれば、黄刺史の耳にも伝わり、おそらく曹大人にとって不都合なことになるのではないかと」

「そんなことですか。さあ立って、立って……わたしは済南で、黄刺史は斉《せい》にいるのです。どうしてここまで取り締まれましょう。それにわが父子の地位ならいくらでも手立てはあります。趙兄のご心配には及びますまい」曹操は立つように促すと、また趙県令の耳元でささやいた。「無駄にご苦労はお掛けしません。この件がうまくいって方々のご厚誼を得られたら、趙兄が懐を痛めることもないですしな」

趙県令はうれしくてたまらなかった。金を使わずに歓心を買えるのだ。何の差し障りがあろうか。さっそく拱手してお辞儀をした。「ご安心を。この件は小官にお任せください。遺漏なく、必ずや適切に執り行いましょう」

「よろしい。方々を回る必要があれば、使用人の秦宜禄と算段なさってください」言い終えると曹操は意味ありげに笑みを浮かべ、大声で呼んだ。「宜禄、客人をお送りしなさい」

こうして三日後の夕刻、済南国の県令らが次々と贈り物や祝儀を持ってやってくると、趙県令はあたかもみなの顔役といった体《てい》で、贈り物の目録を書き写し、わざわざ各人の経歴を曹操に手渡した。

曹孟徳は酒宴を用意して一同をもてなすと、済南治下、十名の県令のうち九名しかいないのに気がつき、わざと不機嫌を装った。「誰が参っておらぬ。どうして本官の面子をつぶすのだ」

丸々と太った県令が口を開いた。「鄒平《すうへい》県の県令劉延《りゅうえん》は参りませぬ。この者は皇帝と同じ姓であることや己《おの》が才を恃《たの》んで驕り高ぶり、われらのことなど眼中にないのです」

「ごもっとも、ごもっとも。劉延はまったく話にならん」ほかの者も同調した。

曹操は太っちょ県令を一瞥し、笑いを禁じえなかった。「貴殿はどこの県の長官でいらっしゃる?」

その者は無邪気に笑って答えた。「わたしくめは歴城《れきじょう》の県令です」

「歴城は良いところですな。この国でもっとも鉄鉱石が埋まっている。貴殿は鉄をいかに管理すべきかご存じですかな」曹操は尋ねた。

「多少は存じております」太っちょは髭をしごいた。「鉄を製錬して、安いときには溜め込み、値が上がったら近辺の豪族や金持ちに売るのです」

曹操は歯ぎしりして蔑《さげす》んだ。「それでは朝廷のために鉄を管理しているのではなく、鉄の商売だ」

「小官はもともと鉄を私《わたくし》に商っておりました」

「製塩と製鉄は朝廷の専業、そうした仕事は王法に触れている」

太っちょは笑った。「曹大人はおそらくご存じないでしょうが、陛下は園の建設にあまりにも多くの鉄を使いました。なかには私的に製錬したものも含まれています。小官は朝廷に良い鉄を少なからず提供し、のちに鉤盾令《こうじゅんれい》の宋典《そうてん》さまに推挙され、やっと歴城県令の職を得たのです」

「なんと十常侍に推挙されたのですか、なるほど道理で。どうもわたしの見ている経歴は正確とは言いがたいようですな。みなさんは身内のようなもの、どのような近道で官吏となったのか、それがしも知っておいたほうが何かと都合が良いでしょうから、どうかお聞かせ願いたい」そうしておのおのが素性を打ち明けた。宦官に頼んで推挙してもらった者、鴻都門学《こうともんがく》「霊帝の命《めい》で設立された書画技能の専門学校」の学士に渡りをつけた者、董《とう》太后の一族に尻尾を振った者、さらには陛下の乳母に取り入った者までいて、一人菅《かん》県の県令だけが孝廉の出身であった。曹操は仔細に贈り物の目録に目を通すと、菅県の県令に尋ねた。「貴殿にもずいぶんと散財させたようだ……孝廉の出身である以上、かようなことをなさらずともよろしいのでは？」

菅県の県令は顔を赤らめて答えた。「郷《ごう》に入《い》っては郷に従えです。習わしを破るわけにはいかんでしょう」

「はっはっは……貴殿は和光同塵《わこうどうじん》を地《じ》で行くお人だ」曹操は大笑いすると、また贈り物の目録に目を落とした。「おかしいではないか。ここには九名いるのに、なぜ目録には七名だけなのだ」

趙県令は青ざめた。「小官はその……先日すでに……」

「貴殿のことは存じております。まだ誰か贈り物をせず、仲間となっておらぬのかな」

末席の者が立ち上がった。「小官はまだ曹大人に贈り物をしておりません」

曹操はその者をちらと見た。上背もなく、顔だちも月並みで、やっと二十歳を超えたところといった様子である。「貴殿は台《たい》県の県令張京《ちょうけい》殿かな」

「さようでございます」

「なぜこの国相に贈り物をしないのです」

「小官も用意はしていましたが、みなさまの贈り物を知って差し控えたのです」

「本官にどんな贈り物を用意してくれたのでしょう」

張京は少しためらったが、袖から自分の贈り物の目録を出して手渡した。曹操はそれを受け取り一瞥した――竹簡十束《そく》。

曹操はひとしきりあざ笑った。「張殿はこのわたしに竹簡十束を贈ろうと……」

張京は唾を飲み込むと、理由を述べた。「役所の文書の作成に必須のもの、上役に贈るには適切かと」

「なんと！　ほかの方は金や銀、あるいは錦の緞子を贈ってくれたというのに、張殿は竹簡だけですか。それがしも軽く見られたものだ」

「では、申し上げますが」張京はふいに勢いづいた。「曹大人は貴顕の子弟であり、反乱を鎮めた朝廷の功臣でもあります。財貨のために名声を汚すべきではございません」

「おやおや」曹操は目を輝かした。「わたしを教え諭すとは鼻息が荒い。張殿も金を使って官位を買ったのではないのか。己で名誉を買い漁《あさ》っておきながら、高潔を気取って意見するとは」

曹操の言葉に、八名の県令は張京を鼻で笑った。張京は顔を真っ赤にしながら、跪いて拝礼した。

「国相殿、たしかにそれがしは金を使って官職を買いました。しかし、朝廷のために犬馬の労を厭わず、民を塗炭の苦しみから救おうという気概からでございます。着任して以来、台県を夜も戸締りが要らぬほどにまで治めたとは申しませんが、澄んだ水のごとく身を清らかに保ってきました。金銀があれば民のため、禍《わざわい》に遭った者を救済するために使います。わたくしは賂をしてわが張家の家門を汚すなど、断じていたしません。わたくしの乏しき贈り物がお気に召さぬとあらば、県令などこちらから願い下げです。どうかわたくしの官職を解くように上奏してください。罪に問うなり罰を与えるなり、生かすも殺すも、お好きなようになさってください。わたしは逃げも隠れもいたしません！」そう言い放って立ち上がると、戴いていた進賢冠《しんけんかん》［文官が用いる冠］を床に投げ捨て、さっさと外に向かって歩き出した。

「待ちなさい」曹操は呼び止めた。

張京は、きっと自分を殺すのだろうと考えたが、振り返りもせず堂々と答えた。「わたくしが官を捨てて去れば済むこと。曹大人は自重なさいませ。それがしごときのために、曹大人の素晴らしい前途を台無しにしてはなりませぬ！」

「はっはっは……官を退くべきは張殿ではない」

張京が驚いて振り向くと、曹操はほかの者が差し出した贈り物の目録を手に掲げ、厳しい顔つきで命じた。「貴殿ら八人は跪きなさい」

このときになって、八人の県令はようやくただごとではないことに気づき、慌てて席を離れて跪いた。

曹操は目録を投げつけ、卓を叩いた。「みなさん、よく聞きなさい……陛下が西園に万金堂《ばんきんどう》、西邸《せいてい》を建てて官職を売るからには、貴殿らが官職をどうやって手にしようがわたしも口出しはしない。しかし、貴殿らはまるで気でも触れたかのように、民をいじめ、鉄鋼を私的に売買して、本官に賂を贈ろうとした。いまや人的証拠、物的証拠もここに揃った。明日には朝廷に上奏し、本州刺史の黄琬殿にも文書を送るとしよう。列席を拒んだ鄒平県令の劉延は正しき官であり、顕官《けんかん》に屈せず。台県令の張京は邪道にも金銭を献上して官吏となったが、民のために赤心を尽くし、顕官に屈せず。二人を除いて、貴殿らはみな不適であるとな。郷里に帰って沙汰を待て！」

八人の県令は肝をつぶして冷や汗をかいた。菅県の県令は勇気を振り絞って訴えた。「小官は孝廉の出身で、宦者に賂を贈って官吏となったのではございません。何とぞご容赦を」はからずもこのひと言が曹操の逆鱗に触れた。「この恥知らずが！　まだぬけぬけと己は孝廉だとぬかすか。貴様のような孝廉など、官をあがなった張京の足元にも及ばぬ。自堕落に甘んじて悪人に同調するようなやつを見逃す義理はない！」

八人は何度もぬかずいた。「もう二度といたしません。われわれにいま一度の機会をお与えください」

曹操はかぶりを振った。「次などもうない……先ごろ民がなぜ刃向かったたか。それは貪官汚吏がそこまで追い詰めたからだ。朝廷が軍を派遣して反乱を討伐したとき、降伏しようがしまいが、民らはみな誅されて、やり直す機会など与えられなかった。お上がそうであるからには、わたしもそなたらに機会を与えるわけにはいかん」目を閉じてため息をつくと、血飛沫が舞い肉片が乱れ飛んだあの日々の情景が脳裏に蘇ってきた。そこで曹操は目を見開いた。「役人が不正を働いては、何もできん。わが考えは定まった！」

「曹大人！」張京が叫んだ。「曹大人は済南国の長官とはいえ、免官の権限はありません。やはりきちんと朝廷に上奏してから故郷に帰らせるべきではありませんか」

曹操はかすかに笑った。「わが父は朝廷に仕えている。切り捨ててから報告したとて誰にも文句は言わせん。直ちに黄刺史へ書状をしたためる。いま、彼らをそのままの地位にとどまらせたら、故郷へ帰る前にまたいくらか金をせしめてしまう」

それを聞いた歴城の太っちょ県令は、すぐに冠を脱いでつぶやいた。「もういいですわ。鉄を売りさばいてたんまり儲けましたし。この官職についたのも、要は名声を得て子孫に箔《はく》をつけるため。こうなった以上は辞めるまでです。郷里に帰ってのんびりさせてもらいます」

曹操はじろりと睨みつけたが、勝手に捕らえることはできない。張京はせせら笑った。「おい、太っちょ、子孫の幸運は徳行を積み重ねて生じるもの、金で買えるものではない。おぬしには鉄があるじゃないか。帰って特大の鉄の箍《たが》でも拵《こしら》えるんだな」

「何に使うんだ?」太っちょにはわけがわからない。

「あんたの先祖の墓に鉄の箍をはめるのさ」

それでも太っちょは意味がわからず、続けて尋ねた。「先祖の墓にはめてどうする」

張京は笑った。「箍をはめて丈夫にしておけば、民草に壊されずに済む」

「貴様……」太っちょは切歯扼腕《せっしやくわん》した。

曹操はもう余計な話をする気がしなかった。「今日はさすがに頼んで来てもらったのだから、本官は失礼するが、たんと召し上がってくれ」そして張京に言いつけた。「ここは張殿がもてなしなさい。とにもかくにも彼らは客人ゆえ、わたしの代わりに酒を注《つ》ぐように。いわば送別の宴です」

「曹大人はまだ何かご用があるのでしょうか」

曹操はため息をついた。「賂をむさぼる習慣は根絶がきわめて難しい。これで公用が片づいたとはいえ、家のほうも処理せねばならんのでな」話し終えると、奥に入っていった。裏庭に回ると、すでに日はとっぷりと暮れ、空には月がかかっていた。部屋には入らず、秦宜禄と楼異の二人だけを隅の静かなところへ呼び出した。

秦宜禄はお世辞笑いをした。「ご気分がすぐれませんか。わたくしと趙県令がほかの県令を呼び集めた件で、何か不手際でも？」

「いや、よかったぞ……それはよかった」曹操は苦り切った顔をしていた。「宜禄、どうしてわたしが家族を済南に連れて来なかったかわかるか」

「旦那さまは先々のことまでお考えですし、先見の明がおありです。わたくしなどにわかるはずもありません」秦宜禄は追従《ついしょう》の笑みを絶やさない。

「では教えてやろう。家族を呼ばなかったのは、女が多ければ、ひょっとして意志の弱い者が賂を受け取るやもしれん。そうなればこの身は清廉を保てず、貪官汚吏を除いて政《まつりごと》を刷新することも夢と潰《つい》えるからだ」そこで曹操は十分に間を取ってから続けた。「宜禄よ、お前はどの県令からどれだけの好意を受けたのだ」

鬱蒼と茂った木の暗がりのなかで、秦宜禄は曹操の目がじっと自分に注がれているのを感じ、急いで跪いた。「旦那さま！　わたくしは罪を犯しました。どうかお許しください。魔が差して、屋敷ひと棟を趙県令からいただいてしまいました。すぐに返して、今後はもうもらいません」

曹操はため息をついた。「この期に及んでまだ隠し立てするのか。楼異、代わりに言ってやれ」

「承知いたしました」楼異は拳に手を添えて包拳《ほうけん》の礼をとってから切り出した。「秦宜禄は趙県令と協力して各県令を呼び集めましたが、相前後して各地の県令から二十万銭、蜀錦《しょっきん》十匹、玉璧《ぎょくへき》二枚、犀《さい》の角一対、大真珠四粒を受け取りました」秦宜禄は言葉を失い、冷や汗が流れ落ちた――品物の数が寸分も違《たが》わなかったのは、曹操がずっと楼異に監視させていたからだ。

「間違いはあるか」曹操が尋ねると、秦宜禄は正気に戻り、しきりに叩頭して訴えた。「わたくしめが間違っておりました。まことに間違っておりました」

「もう遅い」曹操はかぶりを振った。「県令を呼び集めたのは賂を無心するためではなく、まったくもって逆、尻尾をつかんで免官するためだ。わたしは清廉公正を旗印としているが、このたびのやり方は公正を欠いた。わざと県令らが袖の下を使うように仕向け、更生する機会を与えなかったのだからな。しかし、お前には三度機会を与えた。お前が賂を受け取るのではないかと案じて先駆けに出したところ、趙県令から屋敷をもらい受けた。これが一度目。一度なら大目に見たが、ほかの県令への伝達に遣わしたとき、また少なからぬ志を受け取った。これが二度目だ。そして最後、どれだけ手にしたかを尋ねれば、お前はなんと言い逃れをして財物を隠そうとした……これで三度だ！　お前にはほとほと失望した。立ち去れ！」

「だ、旦那さま、旦那さまはもうわたしが必要ないと……」秦宜禄は驚きを隠せなかった。

「もうお前を用いることはできぬ」

秦宜禄は顔じゅうを涙と鼻水で濡らしていた。「旦那さま、まことにわたくしめが必要ないのですか。わたくしは誤りを犯しました。何とぞご勘弁を！　おそばにとどめてくだされば、馬車馬のように働かされてもかまいませぬ。今後、洛陽との書状のやりとりでは駆け回って往復いたします。旦那さま……」

「お前は父上の命を受けてわたしを見張っているのだろう、違うか」曹操は伏し目がちに秦宜禄を見た。「ずいぶん前に弟が教えてくれたので、そのときからお前には用心していたのだ」

曹操がすべてをお見通しだったとは、秦宜禄は思いも寄らなかった。

「わたしが密かに卞氏を匿《かくま》ったことや、人を死に至らしめたこと、朱儁《しゅしゅん》殿とよしみを結んだことは、お前が父に知らせたのか。別にお前を咎めはせぬ。父もわたしを思ってのことであろう。いまから思えば、これまで多くの無茶をしてきたからな。ただ、いまではわたしも人の親、いつまでも父上の手を煩わせることもできぬ。弟が送ってくれた王符の『潜夫論』にはこうある。『君子戦々慄々《せんせんりつりつ》たり、日に一日を慎む。克己三省《こっきさんせい》し、見えざるを是れ図る［君子とはいつも恐れて震え、日増しに身を慎む。自己を律して日に三度その身を顧み、危難の現れる前から準備を怠らない］』とな。これさえ守れば、もういかなる助けも要らぬ。お前は父上のおそばに戻り、父上の世話をしているがいい」

「わたくしは参りませぬ。旦那さまとお別れするのはつろうございます。十年もご一緒したのに、あまりに冷とうございます」秦宜禄は涙をぬぐうと、曹操の足にすがりついた。

「手を離せ。殺されぬだけありがたいと思え。洛陽に戻り、父上に仕えるのだ」

秦宜禄はぶるぶると震えた。「嫌です……大旦那さまの性格はわたくしが一番よく存じております。仕事でしくじると、大旦那さまは決して許しません。ひょっとすると、わたくしは命まで奪われるかもしれません……」

「では、何か？」曹操の眼《まなこ》が不敵に光った。「わたしにはお前を殺せんとでも？」

秦宜禄は驚いて地べたにへたり込むと、雨に打たれる木の葉のように震え、ぎゅっと自分の衽《おくみ》をつかむだけで、何も言えなかった。

「かつて頓丘《とんきゅう》で、賂を受けていた衙門《がもん》［役所］の属官の長を死に至らしめたこと、お前もその目で見ていたであろう。本来なら、今日もお前を誅するべきなのだ」そこまで口にすると、曹操の目から恐ろしげな光が消えた。「だが、お前はわたしに従うこと十年、わたしのために苦労して駆け回ってくれた。戦場では死の危険に直面しても怯《ひる》まず、お国のために敵を討ち、衣食の世話に苦心惨憺してくれた。だから、特別な計らいをしたのだ。そうでなければ民の面前で刑に処し、国法を明らかにしたところだ！　もう付きまとうな、明日には発て……当代きっての厳正な官となるため、済南の政を改めるため、そして、もうこれ以上、被害を受ける者を出さぬため、わたしは八人の県令を罷免したのだ。お前一人をかばうわけにはいかぬ。毒蛇に腕を嚙まれたら、壮士は腕を断つという。わが片腕がただれれば、即座に断ち切らねばならんのだ」そう告げると、曹操は秦宜禄の手を振りほどいて踵《きびす》を返した。

「旦那さま！」秦宜禄は大声で叫んだ。「わたくしに最後、叩頭させてください」むせび泣き、ことさら痛ましい姿をして、曹操の惻隠《そくいん》の情に最後の望みを賭けた。

曹操は振り向いて冷淡な目で秦宜禄を見ると、迷うことなく低い声で語った。「以前、お前は洛陽城の門番の兵卒で、妻を娶《めと》って一家を構える金がないと恨みごとをこぼしていた。あのときたしか、お前が所帯を持てるようにしてやると約束したな。ここ数年、いささかも心休まるときがなく、わたしもすっかり忘れていた……いまでもお前はその年でまだ妻を娶っていなかったな。それだけは気が咎めるのだ。お前が手にした贈り物を返せば、その分の金をお前にやろう。お前がわが父に会う勇気がないなら、その金を持って田舎に帰り、妻を娶って静かに暮らせ……」話し終えると、曹操は袖を払って去って行った。

「郷里に帰れと⁉　郷里を捨てて何年にもなるのです。いまさら帰る家など……ううう……」秦宜禄は長らくのあいだ泣き暮れた。そして、やるせない様子で立ち上がると、今度は楼異に食ってかかった。「お前……お前はなぜそんなに冷たいんだ。わたしが旦那さまに従って十年。いや、洛陽の門を守っていたときから数えれば十三年を下らぬ。十三年だぞ、それを……お前はわたしを嵌《は》めたな。わたしが賂を受け取ると百も承知で、ほかの県令に伝達させた。腹黒すぎやしないか」

楼異は俯《うつむ》いてため息をついた。「わたしは命ぜられたのであり、致し方なかったのだ」

「信じられるか！　旦那さまがこんな謀《はかりごと》をするなんて、断じてありえん！　わたしは毎日、旦那さまが喜ぶようにご機嫌を伺ってきた。絶対にお前だ、お前のせいだ！」秦宜禄は歯ぎしりして楼異を指さした。

「まことに旦那さまご自身のご意向なのだ。……旦那さまは変わった。もう以前のように寛大なお方ではない」そう口にしながら楼異も涙を流した。「おぬしももう官職を得るのに没頭していた昔の宜禄ではないはず。おぬしは取り返しのつかない間違いを犯してしまった……旦那さまは賢きお方、しかも、ほかの者が自分より賢いことを許さない。おぬしが間違ったのはこの一点においてだ」

暗い中庭に夜のしじまが訪れ、二人の影から漏れ出るため息だけが虚しく聞こえた。

（1）『詩経』「鹿鳴《ろくめい》」による。正しくは、「呦々《ゆうゆう》と鹿鳴き、野の苹《よもぎ》を食《は》む。我に嘉賓《かひん》有り、瑟《しつ》を鼓《こ》し簫《しょう》を吹く［鹿がくうくうと鳴き、連れ立って野のよもぎを食べるように、わたしは賓客を呼び、瑟（弦楽器）を弾き笙（管楽器）を吹く］」である。

第八章　落胆、宦を棄てる

邪教を絶つ

中平二年《ちゅうへい》（西暦一八五年）もまた災難の多い一年で、正月を過ぎたと思ったら、曹操は洛陽《らくよう》の皇宮《こうぐう》で火事が起きたとの知らせを受けた。

業火は南宮《なんぐう》からあっという間に燃え広がり、皇宮の複道《ふくどう》［上を皇帝、下を臣下が通る上下二重の渡り廊下］より南にある高楼や宮殿は、おしなべて被害を受けた。それほど火の勢いが猛烈であったから、直ちに消し止める術などまったくなかったのである。

皇帝劉宏《りゅうこう》は、皇太后と皇后、それに皇子や妃を連れて西園《せいえん》に難を避け、宦官と羽林《うりん》［近衛兵］は北宮《ぐう》へとしばらく退避した。皇宮内外の正門を閉じると、さすがに業火の灼熱からは解放され、あとはひたすら天に雨を乞うばかりであった。しかし、天というのはときに意地の悪いもので、恵みの雨どころか、雨粒一つ落とす気配もない。業火はいつ治まるともなく燃え続けた。その数日のあいだは、夜さえ真昼さながらに、洛陽じゅうが炎によって赤く照らされた。

火は半月のあいだ消えることなく、南宮の建築群はすべて瓦礫と灰燼に帰した。

洛陽城内に戻り、その惨状を目の当たりにした劉宏は無念がることしきりであったが、気持ちが落ち着いてくると、南宮の修復を心に決めた。それも、かつて光武《こうぶ》帝劉秀《りゅうしゅう》が建立したときより、いっそう豪華なものにしようというのである。劉宏は南宮の廃墟の前に立ち、その場で詔《みことのり》を発して、全国の田租《でんそ》を一畝《ほ》［約四百五十八平方メートル］につき十銭に引き上げるよう命じた。

　劉宏はそれで南宮修築の経費をまかなおうとしたのだが、税を上げたことで、民は再び不満を募らせた。果たして、何日もしないうちに、河北《かほく》［黄河の北］で黄巾《こうきん》がまた蜂起した。また、黒山《こくざん》一帯で活動していた反乱軍の首領張牛角《ちょうぎゅうかく》と褚飛燕《ちょひえん》らも隊を組織し、当地の役人や地主の屋敷に押し入っては強奪をほしいままにした。朝廷の主力軍はまだ西北方面に展開していたため、この河北で起きた暴乱の鎮圧については、十分な態勢を整えることができなかった。すると、ほどなくして、黄巾を巻いたさまざまな呼び名の頭目がいたるところに現れた。李という姓の目の大きな者は「李大目《りだいもく》」と名乗り、上背があり髭だらけの者は「左髭丈八《さしじょうはち》」と自称した。また、役所で奴隷として使われていた者が自らを「左校《さこう》」、声の大きな者は自らを「雷公《らいこう》」と呼んだ。さらには続々と劉石《りゅうせき》や黄竜《こうりゅう》、郭大賢《かくだいけん》や王《おう》当《とう》、果ては孫軽《そんけい》、于毒《うどく》、白繞《はくじょう》、睢固《すいこ》、浮雲《ふうん》、張白騎《ちょうはくき》、羅市《らし》などなど……ありとあらゆる匪賊の呼び名が世に溢《あふ》れ、常山《じょうざん》や趙《ちょう》郡、中山《ちゅうざん》、上党《じょうとう》、河内《かだい》などの谷や密林は、どこもかしこも黒山の賊軍の影で埋め尽くされた。朝廷はこれらを押さえ込む術を知らず、ただこれ以上つけ入る隙《すき》を与えないよう、ひたすら守りを固めるのみであった。

　河北でさえかようなありさまであったから、西北の戦線も容易ではなかった。羌《きょう》族、匪賊らが隴西《ろうせい》へと攻め込んだため、皇甫嵩《こうほすう》と董卓《とうたく》は東へ西へと転戦を余儀なくされたのである。そうして賊軍を三《さん》輔《ぽ》［長安を囲む京兆尹《けいちょういん》、左馮翊《さひょうよく》、右扶風《ゆうふふう》］の地からは追い払ったものの、これを追撃する余力は残っていなかった。涼州《りょう》の情勢が混乱を極めたことにより、刺史《しし》の左昌《さしょう》が罷免され、宋梟《そうきょう》が後を引き継いだ。しかし、宋梟は一介の書生に過ぎず、敵を御す術など知る由もなかった。やむをえず、またぞろ『孝経《こうきょう》』を持ち出しては、かつての向栩《しょうく》の二の舞を演じるありさまである。野蛮な羌人、凶暴な悪党、猛々しい土地の匪賊がおのおの一方を占め、州県の城を襲撃するだけでは飽き足らず、互いに血を流し合った。民草の被害は甚大なもので、張掖《ちょうえき》郡以西の地は、完全に朝廷の支配が及ばなくなった。

このような状況であったにもかかわらず、皇帝は依然として民からの田租取り立ての手を緩めることはなく、南宮の修築こそが最優先であるかのようだった。統制の及ぶすべての郡県には一畝十銭の田租を必ず納め、反する者は厳罰も辞さないと命《めい》を下したのである。

その命が済南《さいなん》国にまで伝わると、曹操はまたしても頭を抱えた。役人らに対する厳しさがようやく浸透し、目に見えて貪官汚吏《たんかんおり》が姿を消しつつあったところに、朝廷からの厳命が届いたのである。よく肥えた土地であっても一畝からは三斛《こく》［約六十リットル］も取れない。それに十銭の税をかけたのではもういくらも残らず、これでは民に死ねというに等しい。曹操は部屋に閉じこもってよくよく考えた。もし自分が朝命を履行しなければ、結果は火を見るよりも明らか、まずこの済南から飛ばされるであろう。そうなればいったい何が起こる？　自身の前途はまだよい。父の世話になれば済むことで、それほど大きな痛手はないであろう。しかし、済南の民はどうなる？　ようやく築き上げた貪官汚吏のいないこの状況は大丈夫か。

曹操はとうとう折れた。陛下の意向に従って増税することを選ばざるをえなかった。曹操は民の様子を見に、自ら田畑へと足を運んだ。貧苦にあえぐ民は役牛《えきぎゅう》さえも売り払い、いかにも苦しげに大地を相手にもがいていた。体は薪のように痩せ細って骨が浮き、涙さえ涸《か》れ果てている。地主らは田畑があっても一様に暗い顔で、黄巾の乱の教訓があるため、いま以上に小作人を無理に働かせることもできない。引き上げられた税はほとんど自ら埋め合わせねばならないが、お上のために義兵を組織したのに、板挟みとなって苦しんでいる。地主らは曹操の顔を見ると、朝廷の過ちを遠回しに非難した。いまとなっては、誰もこの威名赫々《かっかく》たる国相《こくしょう》など相手にもしていなかった。だからといって、曹操に何ができる？　民や地主を端から捕まえるか。そうしたところで、済南でも反乱が起きるだけ……曹操はかつて頓丘《とんきゅう》［河南省北東部］の県令だったころを思い出した。徴兵を拒んだり、横暴な輩に鉄槌を下したりした。あのころに比べれば、自分の道徳心は地に落ちたも同然だ。まさか人間性まで失ってしまったのか。

曹操は馬車に揺られながら、一つひとつの荘園を、一面一面の田畑を眺めて進んだが、死んだように意気消沈している民を見ては、ただ黙って東平陵《とうへいりょう》［山東省中部］に引き上げるしかなかった。その途中、牛馬の張り子を担いだ多くの民が、ひと群れとなって道沿いを急ぐのが目に入った。なかには装いを凝らして香炉や杯《さかずき》を捧げ持っている者もおり、ひそひそ話しながら歩いていく。曹操は不思議に思って尋ねた。「楼異《ろうい》、あれは何だ、野辺送りか」

楼異は馬上ですぐに答えた。「旦那さま、あれは野辺送りではなく死者を祀《まつ》っているのです。済南へ来てしばらく経ちますが、この地の民の習慣のようです。毎月一日と十五日、それから何か特別な日には、供え物を担いで祭祀を執り行うようです。おそらく神仙か何かを祀っているのでしょう」

「まさかまた中黄太一《ちゅうこうたいいつ》ではあるまいな」曹操は張角《ちょうかく》の所業を思い出し、背筋が凍りついた。

「いえ、なんでもこの祭祀はもう百年以上も続いているんだとか。張角はついこのあいだのこと。太平道《たいへいどう》の悪巧みではありません」

太平道の印象があまりに強く残っていたため、曹操はほっと息をついた。そうこう話しているうちに、その民の群れはどこかへ行ってしまった。しかし、改めて考えてみると、いまや郡県の税はきわめて重くのしかかり、民の暮らし向きは困難を極めているはずなのに、このような祭祀につぎ込む金や力がどこに残っているのか。曹操はしばしためらったが、やはり声を上げた。「車を止めろ」

楼異は慌てて馬を下り、馬車のそばに寄って尋ねた。「旦那さま、どうかなさいましたか」

曹操は離れるように手を振ると、すべての従者をじっと眺めまわした。選《よ》りに選って、最後にはしっこそうな童僕に目を留めると、手招きした。「こっちへ来い……何をきょろきょろしている。お前だ、来い」

それはまだ十を超えたばかりの童僕で、正門と二の門のあいだにある庭で雑用をしている少年であった。曹操からの用命どころか、これまで曹操と口を聞いたことさえ一度もない。このたびも、ただ飼い葉をやるためについてきただけである。その童僕は呼ばれているのが自分だと知ると、進み出る前から何やらもごもごとつぶやき、拝礼することさえ忘れて、ぶるぶると震えながらようやく二、三歩近寄った。

「大事な役目をお前に任せる」曹操は童僕のそんな態度を気にも留めずに伝えた。「さっきの供え物を担いだ民だ。お前はいまから追いかけて行って、あれがどこへ行き何をするのか見届けてこい。絶対に見つかるな。戻ったらわたしに知らせろ。行け」

「だ、だ、旦那さま、あの、あの民……あの人たちは……」その童僕は肝をつぶして、てんで舌が回らない。

「はっきり話せ」曹操は馬車の軾《しょく》［車の前部に取りつけられた横木］にもたれながら、うんざりして言った。

「あ、あの……旦那さま、あの……あの人らは……」

「もういいでしょう、何か用事ならわたしがやります」楼異が口を挟んだ。

曹操は意地になり、童僕を指さして声を荒らげた。「ならん！　今日はこいつにやらせる。まさか国相ともあろう者が、子供一人使えんというのか」

「この子は幼すぎます」楼異はなだめた。

「何が幼いだ。役所に勤めに出ているからには仕事をせねばならん。しかもこの件は子供のほうが都合がいい。夏侯元譲《かこうげんじょう》も孫文台《そんぶんだい》も、十二、三のときには賊と戦ったのだ。俺が十三歳のときには盗んだり忍び込んだり、出まかせを並べたり大勢で喧嘩したり、何でもしたものだ」

従者らは、済南一国を預かる主人がふいに子供のころの悪さを並べ立てたから、必死で歯を食いしばって笑い声を上げるのをこらえた。童僕はというと、泣きべそをかきながらも、ようやく話すことに整理がついた。「だ、旦那さま……民はもう見えません。前は山あいで、道もわかりません。もし探し回って見つからなかったら……その、道行きを遅らせてしまいます。だから……また今度にしてはどうでしょうか」

「近《ちこ》う寄れ」曹操は手招きをして続けた。「大事なことを言いつけてやる」

童僕がわけもわからず顔を近づけると、曹操はいきなりその耳をつかんだ。「小僧、よく聞け。民は野良の苦労も顧みず祭祀に行った。これがどういうことか。もし何か本当に悪巧みをしていたら、それは家の雨漏りと同じだ。雨漏りしたらすぐに直さねばならん。しかし、もしお前が十五日してから修繕すると言ったとしよう。そのあいだに大雨が降ったらどうする。家じゅうのものが残らずびしょ濡れで駄目になるだろう。では、その責任は誰にある。お前か、それともこの本官か」

「痛い、痛いよ。離してください」耳をつねられると、童僕は途端に子供らしくなった。「聞きます、聞きます……何でも言われたとおりにやります……」

曹操はそれを聞くと、ようやく手を離した。「こんなことで手間を取らせおって、さっさと行け」

「すぐに行きます……」童僕は耳をさすりながら泣き出した。

「なぜ泣いている」

「もし見つけられなかったら、どう言ったって罰として打《ぶ》たれるんでしょう」

曹操は笑顔で答えた。「とにかくあとを追って行ってみろ。探すことと見つけられるかどうかは別のことだ。あの馬に乗っていけ。見つけられんでも打ったりはせん。その代わり、見つけられたら褒美をやるぞ」

「ありがとうございます」童僕はけろっと泣きやんで笑顔を浮かべ、大宛《だいえん》の千里馬［汗血馬］に駆け寄ると、苦労してなんとかよじ登った。楼異はその様子を見て少し心配になり、童僕に申しつけた。

「小僧、この馬は大《だい》将軍さまからの賜り物だ。いまなら県令の椅子ぐらい買える代物だぞ。十分に気をつけるようにな」聞こえたのか聞こえていないのか、童僕はあっという間に駆け出していった。

曹操はその後ろ姿を見ながら、ため息を禁じえなかった。「まったく……たったこれしきのことでとんだ骨折りだ。宜禄《ぎろく》がおればなあ……」

楼異も懐かしさに襲われたが、かといって何と答えればいいのかわからず、童僕のことに話を振った。「あの小僧、旦那さまの馬を連れて逃げ出しませんでしょうか」

「人を用いれば疑わず、人を疑えば用いずだ」そう言いつつ、曹操は腰に下げていた錦嚢《きんのう》をほどいた。「楼異、これを持て。百姓の家を探して、この金で百姓らが着ている服を二着もらってこい」

「それはいったい……」

「あの小僧が帰ってきたら、百姓のふりをして本当のところを確かめに行くぞ」

「なんですって？　旦那さまが自ら危険を冒すなど断じていけません。万一もしものことがあったら、わたくしにはとても責任が負えません」

「何を大げさな。かつては二人で何十人も相手にしただろうに、たかが民のあいだに紛れ込むぐらいで」

「あのときは旦那さまはまだ県令に過ぎませんでした。しかし、いまは堂々たる一郡の主《あるじ》にございます。しかも潁川《えいせん》と宛《えん》城［河南省南西部］での勝ち戦《いくさ》により、その威名は関東［函谷関《かんこくかん》以東］一帯に轟いているのです。世に名を馳せれば、恨みを買うこともまた避けられません。もし民のなかに悪心を抱き、恨みを晴らそうと考える者がいればきわめて危険です。くれぐれも軽率なことはおやめください」

曹操は呆気にとられたが、すぐに思い至った。楼異はずいぶん遠回しに話したが、つまるところ、黄巾を鎮圧して無数の民を殺《あや》めた以上、困窮している民たちは内心では自分に恨みを抱いている。布衣《ふい》を着て交じっていることがもし露見したら、ただでは済まない、そういうことだ。しかも自ら名声を地に落としたところで、誰のせいにすることもできない。曹操は手を振って楼異に取りやめることを告げた。「そうだな。では、小僧が戻ってきてから考えるとするか」

国相一行は道端に馬車を停め、従者らも地べたに座って童僕の帰りを待った。ところが、二刻［四時間］経っても駅路には戻ってくる気配すらない。曹操は先ほどの楼異の話を思い出した。小僧め、民らを見つけられず役目が果たせないと知って、大宛の千里馬に乗って逃げたな。空はしだいに暮れてゆき、帰りはまだ遠い。自分の眼力を恨むことしかできず、鬱々として東平陵に帰った。

国相の屋敷に戻るころには、空はすっかり暗闇に覆われていた。腹を立てた曹操は、夕餉《ゆうげ》も取らずにふて寝を決め込んだ。そうして夜半の三更《さんこう》ごろ［午前零時ごろ］、突然誰かの話し声に目が覚めた。寝ぼけ眼《まなこ》をこすりつつ聞き耳を立てると、どうやら門番をしている楼異が誰かと言い争っているようだ。

「駄目だ、旦那さまはもうお休みだ」楼異の抑えた声が聞こえる。

「戻ったからには、すぐにお知らせしないと」相手はずいぶんと若い声だ。

「小僧、今日はもう帰って寝ろ。報告なら明日すればいい」

「明日だって？　雨漏りしているのに明日直すなんて、今日雨が降ったらどうしてくれるのさ」

あの小僧だ。曹操は思わず顔をほころばせた。楼異は依然として表で言い聞かせようとしている。

「頑固なやつだな。あれは旦那さまの譬《たと》え話だろうに」

「旦那さま、旦那さま、ただいま戻りました」童僕は楼異にかまわず大声を上げた。

「静かにしろ。なんと礼儀をわきまえんやつだ……」

「楼異！」曹操は上着を羽織ると声をかけた。「通してやれ」

楼異が返事をする前に、扉に隙間ができたかと思うと、やはりあの童僕がものすごい勢いで駆け込んできた。「旦那さま、お知らせにやってきました」楼異があとに続いて入ってくる。

「小さいくせに声の大きさは一丁前だな」曹操は一つあくびをすると、童僕のつぎはぎだらけの服に目を留めた。「どうしてこんなにかかったんだ。それにその格好は……」

「お伝えします。えっと、その……僕は……」曹操に会うまでは胸を張って堂々としていたのが、曹操を前にするとまた緊張がぶり返したのか、跪《ひざまず》いてしどろもどろになった。「僕は……いえ、わたしは着いて……それから……」

「お前は夜中に旦那さまの眠りを邪魔して、いったい何が言いたいんだ」楼異が怒り出すと、その童僕はますます慌て、ひたすら叩頭した。「すみません、すみません」

曹操は夕餉を抜いていたので、いまになって少し空腹を覚えた。立ち上がると、童僕の肩を軽く叩いて声をかけた。「飯は食ったのか」

「まだです」童僕はびくびくしながら答えた。

「楼異、俺とこの子は飯がまだだ。料理番を起こしてうどんをふた碗持って来させろ」

楼異が離れると、曹操は童僕の手を取って立たせ、椅子に座らせた。「報告ならよく整理して、それからゆっくりと話すがいい」

「はい」童僕はしばらくぶつぶつと繰り返すと、ようやく小声で返した。「大丈夫です」

「よし、言ってみろ」

「僕は馬であの人たちを追いかけたけれど、見つからなくって、いくつも山の麓《ふもと》を駆け回りました。そして最後に山あいの小さな廟《びょう》であの人たちを見つけたんです。そこではお金持ちっぽい人が香を焚いて祈祷をしていました。その人らがひっきりなしに叩頭していると、巫女さんがお盆を持ってお金を集めはじめました。金持ちはたくさん、貧乏な人は少しずつ」童僕は緊張で止まらない汗をぬぐいながら続けた。「たぶん毎月の一日と十五日は同じだと思います」

「あいつらが誰を祀っているのかは聞かなかったか」

童僕は頭をぽりぽりとかいて答えた。「えっと、何にもわかってないって旦那さまに怒られるといけないから、山里で家を探して、猟師さんにその人の子供の服と僕の服を替えてもらったんです。馬もそこにつながせてもらって、そしてあの人たちのなかに潜り込んだんです」

曹操の目がきらりと光った。この童僕は臆病に見えて、やるときはよく気がつくようだ。

「それでお年寄りの人に誰を祀っているのか聞いてみたんです。すると何て言ったかな……猪《ちょ》とか猴《こう》とか……とにかく、その人にお願いすればみんな無事に過ごせるんだって。でも、お祈りする人が言うには、もしその人を祀らなかったらすごい禍《わざわい》が降りかかるんだとか。いまは乱れた世だから張子の牛や馬だけど、平和になったら本物を供えるんだって言っていました。話はよくわかったんだけれど、帰り道で迷子になっちゃって。やっと東平陵に戻ってきたら城門は閉まってるし。でも、旦那さまの馬を知っている人がいて、開けてくれたんです」

「もう一度言ってみてくれ。誰を祀っているだって」

「えっと、猪啊猴《ちょあこう》とか、猪須何《ちょす》とかだったかな……」童僕は頭をかきむしり、焦ってますます思い出せない。

曹操ははっと閃《ひらめ》いた。朱虚侯《しゅきょこう》、朱虚侯の劉章《りゅうしょう》だ。

朱虚侯劉章は、漢の高祖劉邦《こうそりゅうほう》の孫にあたる斉王劉肥《せいりゅうひ》の子である。かつて、高祖が崩御して呂后《りょこう》が政《まつりごと》をほしいままにしたとき、呂禄《りょろく》と呂産《りょさん》が帝位の簒奪を企てたことがある。その際、劉章は周勃《しゅうぼつ》の助けを得て二人の企てをつぶし、自ら似非丞相《えせじょうしょう》の呂産を斬り捨てた。文《ぶん》帝が即位すると、劉章は城陽《じょうよう》王を加封され、その名は関東の諸州に響き渡った。前漢以来、青《せい》州の民は次々と劉章の塑像を作ってこれを崇め、大小の廟は二百を下らず、香と供え物が途絶えることはなかったという。はじめのころは、劉章に対する祭祀と感謝の気持ちだけであったが、のちに王莽《おうもう》が天下を奪って動乱の世になると、民草は劉章の旧徳を思い出した。食う物に困っても礼拝《らいはい》し、金を欠いても礼拝し、病にかかっても礼拝に来た。それが高じて、嫁が見つからない、はたまた嫁ぎ先が決まらない、果ては男の子が生まれないからといって礼拝するありさまであった。そのうえ、土地の有力者や巫女がこれに乗じて布施を騙《だま》し取ろうと、劉章の霊験を吹聴したものだから、まるで万能の神仙のごとく祭り上げられてしまったのである。そうして劉章の祭祀は風習となり、父から子、子から孫へと伝えられ、青州一帯にいまも深く根づいているのであった。

そうこう話しているうちに、楼異が碗を二つ持って戻ってきた。曹操は碗を取り、自ら童僕に手渡した。「お前はなかなか頭の切れるやつだ。さあ、食え」

ほかほかのうどんが喉を通ると、童僕はようやく落ち着いたのか、笑顔を浮かべた。「旦那さま、ほかに何か言いつけはありませんか」

「ふふっ、仕事を催促するとはな。だが、いまはいい」曹操も碗を手に取った。「楼異、こちらの打つ手は？」

「民草に触れを出しましょう。無駄遣いになり農事にも差し障るので、今後はこのような祭祀を少し慎むよう伝えるべきかと」

「お国の功臣、劉章か……」曹操はそこで口を閉じた。脇目も振らずにしばしうどんをすすると、突然、碗を叩きつけるように置き、口元をぬぐった。「いや、功臣であればこそ、民に害を及ぼすべきではない。ましてや死してのちまで後世の者に禍を残すなど。決めたぞ。朱虚侯の廟を取り壊し、今後ここ済南の地では劉章の祭祀を禁止する」

楼異は恐れを覚えて身震いした。「旦那さま、お戯れを。朝廷の宗室《そうしつ》にあたる方の廟でございます。そんな簡単に取り壊すなどと」

「そんなことは百も承知だ。しかし、これはまやかしの祭りだぞ。孟子も言っている。『農時を違《たが》えざれば、穀勝《あ》げて食うべからざるなり［農作業の時期を違えないように民衆を使役すれば、穀物は食べきれないほど多く取れる］』となっ。もしこのようなことで農時を過《あやま》てば、朝廷は民の身代《しんだい》をつぶしてでも税を取るようにと命じてくるだろう。それに、いまも地主や祈祷師が人心を惑わして利をむさぼっているのだ。徹底的に取り除かねばならん」後ろ手に組み、部屋のなかを二度、三度と輪を描くように歩き回ると、曹操はおもむろに続けた。「黄巾どもの乱が起こってから、民草は書物に心を向けず、邪《よこしま》な教えに心を奪われている。このような祭祀は、いまやめさせなければ、いずれ別の乱につながるに違いない。塵も積もれば山となる、いっそ思い切ってやろう。劉章の廟にある塑像をすべて壊し、禍根を完全に断つのだ」そう決めると大きな卓の前に行き、筆を執って命をしたためた。「明日、これを主簿《しゅぼ》［庶務を統轄する属官］に渡せ。十県に伝えて一斉に取りかかるのだ」

「承知しました」楼異は竹簡を受け取ると、曹操のもとを辞した。

曹操は、童僕がうまそうにすっかり平らげたのを見ると、半分ほど残っていた自分の碗を差し出して笑いかけた。「食べ盛りの子は親を飢えさせるか。そんな育ち盛りなんだ、家で親父の分を取るぐらいなら、ここへ来て俺の分を食うといい」

そう聞くと、童僕は危うく碗を落としそうになり、なんとみるみるうちに涙を溢れさせたのだった。曹操のほうが呆気にとられた。「なんだ、どうした？」

童僕は涙をぬぐいながら話し出した。「と、父ちゃんも母ちゃんももういないんだ。うちは東平国《とうへいこく》にあったんだけれど、里じゃ食いもんがなくなって、父ちゃんも母ちゃんも僕に食いもんを全部くれて……それで、死んじゃった。それから村でも乱が起きて、僕は小さかったから入らなかったけれど、そうじゃなかったらきっと……僕も黄色い……」そこでまずいと思ったのか、童僕は口を覆うと何もしゃべろうとはしなかった。

「もし大きかったら、お前も黄巾を巻いて乱に入った、か……」曹操はやるせない様子でかぶりを振った。「ごまかさんでもいい。それぐらいはわかるさ。食い物がなくなって生きる術もなくなれば、乱に加わるしかなかろう。じゃあ、お前はどうやって済南まで来たんだ」

童僕はひと安心し、むせびながら答えた。「僕は、食べ物を探して里を離れた人と一緒にここまで来たんです。通りでお恵みをお願いしていたとき、旦那さまのお屋敷の人が憐れんでくれて、ここでの仕事をくれたんです。とりあえず食い物には困らないようにって」

あまりにも悲惨な境遇、しかも、秦宜禄《しんぎろく》が引き取って世話をしてやった少年だと知り、曹操の心は大きく揺さぶられ、思わず童僕をきつく抱きしめた。「泣け、いまは好きなだけ泣け。これからはしっかり仕事をしてもらうからな。気持ちをしっかりと持つんだ。そうそう泣くわけにはいかないぞ」

曹操の言葉に張り詰めていた気が緩んだのか、童僕は曹操の首にすがりつくと、わんわんと声を上げて泣き出した。曹操の服が少年の涙に濡れた。少年はずいぶんと長いあいだ泣き続けた。曹操はその背中をとんとんと叩きながら慰めてやった。「お前は貧乏かもしれんが、俺よりはずっとましだ。俺なんか泣きたくなっても母さんの墓に覆いかぶさって泣くしかなかったんだぞ……そういえば、まだお前の名前を聞いていなかったな」

「僕は呂《りょ》……」童僕は顔を赤らめた。「呂禿《りょとく》です」

「呂禿とな！　はっはっは……そいつはまたなんて名前だ」曹操は笑いが止まらなかった。

「旦那さま、僕、小さいときは毛が本当に少なくって、それで父ちゃんと母ちゃんが『禿』とか『禿ちゃん』って……」童僕も一緒に笑い出した。「旦那さまはご褒美をくれるって言いました。どうか僕に名前をつけてください」

曹操は一つ二つうなずいたものの、すぐにはいい名前が浮かばなかった。ふと振り返ると、大きな卓上に置かれた屈原《くつげん》の『楚辞《そじ》』「大招《だいしょう》」の巻が目に入った。曹操はしばし考えてから切り出した。「『大招』の冒頭はこうだ。『青春 謝を受け、白日 昭《あき》らかなり。春気 奮発して、万物 遽《あわ》つ［春の訪れとともに、太陽が輝く。春の気は煥発《かんぱつ》として、万物が芽吹く］』お前はまだ子供だ。ちょうど太陽が昇って春が終わろうとするころか。よし、これからは呂昭《りょしょう》と呼ぶことにしよう」曹操はそう話しながら筆を執り、手のひらに「昭」の字を書いて童僕に見せてやった。

その子は曹操の手のなかの字を見ると、自分の手のひらに指でなぞってみた。「僕この字を知ってるよ、『昭展』の『昭』だよね」

「それは違うぞ。『招展』はこう書くんだ」そう言ってまた手に書きつけた。「もしこの『展』の字が好きなら、元服したあと字《あざな》を子展《してん》とすればいい」

「呂昭、呂子展……旦那さま、ありがとうございます！」呂昭は跪いて叩頭した。

こんなに気分のいい夜は久しくなかった。曹操は立ち上がると、大きな声で名を呼んだ。「呂昭！」

「はい、ここに」

「さっき何か言いつけはないかと言っていたな。いま思いついたぞ。今日は戻ってすぐに寝ろ。明日、祈祷師や悪党を捕まえに行くから、その道案内に立つんだ。やつらをこの済南から追い出さねばならん」

「はいっ、わかりました。旦那さまは西門豹《せいもんひょう》［戦国時代の魏《ぎ》の政治家］が鄴《ぎょう》［河北省南部］を治めたみたいに、あの巫女たちを河に沈めるんですね」

曹操は天を仰いで高らかに笑った。「それはいい譬えだ。まさかお前みたいな子供がそんなことを知っているとはな」

「盲目のじいちゃんが村で歌っていたのを聞いたんです」呂昭も笑った。

「その年で能臣《のうしん》の名をしっかりと覚えているとは感心だ。なかなか向上心もあるようだな。これからは書斎で使ってやろう。仕事がないときはしっかりと字を覚えて書を読むんだ。そうすれば、いつかはお前も名を揚げるときが来るかもしれん」

「そ、そんなの無理に決まっています」呂昭は頭をかきながら答えた。

「古くは第五伯魚《だいごはくぎょ》［第五倫《りん》］や胡広《ここう》、近ごろでは朱儁《しゅしゅん》に王允《おういん》、みな小役人からのし上がって名臣になった、違うか。お前もしっかり頑張るんだ」

「はい」

「よし、もう行け。俺も寝るとしよう。明日は一緒に悪党たちの根城を一掃するぞ。それにしても久しぶりだな、こんなに愉快なのは。今日はいい夢が見られそうだ」そう言うと、曹操は腰を伸ばしながら、部屋の奥へと戻っていった。

お払い箱

曹孟徳《もうとく》の命令一下、済南《さいなん》国の十県が一斉に行動を起こした。張京《ちょうけい》や劉延《りゅうえん》といった県令は、自ら祈祷師や方術士を捕らえに行き、朱虚侯《しゅきょこう》の廟《びょう》を取り壊した。

わずか二月《ふたつき》のあいだに、済南にあった二百以上もの劉章《りゅうしょう》の廟がすべて破壊されたものの、民草らが家で密かに祀《まつ》ることまでは止められなかった。いったい何度触れを出し、何度姿絵を没収したことか。

曹操自身ももはや覚えていないほどだったが、その効果は微々たるものであった。長らくそれを繰り返し、曹操もようやく気がついた。皇帝は暗愚で政令は苛酷、そのような状況では、劉章にすがる民草の思いはすでに信仰となっていたのである。信仰となっては、外からの圧力でこれを押さえ込めるはずもない。幸い、金を騙《だま》し取っていた祈祷師らは棒叩きにして済南から追い払い、主導していた土地の有力者らにも罰を与えた。家でいくらか拝むぐらいは民の好きにさせてやるしかない。

ちょうどそのようなとき、都から伝わってきた一連の知らせに、曹操の胸は不安に包まれた。

まず、都が大嵐に見舞われると、皇帝はこれを三公《さんこう》が徳を失ったためであると指弾して、太尉《たいい》の鄧《とう》盛《せい》を罷免した。鄧盛は黄巾《こうきん》の乱が危急を告げた際に任命され、洛陽《らくよう》から大局を調整していたが、いまやあっさりと三公の座を下ろされたのである。それに続いて、皇甫嵩《こうほすう》と朱儁《しゅしゅん》も左車騎《さしゃき》将軍と右車騎《ゆうしゃき》将軍の号を剥奪された。朱儁は光禄勲《こうろくくん》に落とされ、皇甫嵩は封邑《ほうゆう》六千戸を取り上げられ、領冀州刺史《りょうきしゅうしし》の殊栄《しゅえい》までもがその官を剥奪された。朝廷は張温《ちょうおん》を改めて車騎将軍とし、董卓《とうたく》、周慎《しゅうしん》、陶謙《とうけん》、孫堅《そんけん》らを率いさせ、西涼《せいりょう》の逆賊を引き続き討たせた。その後、また驚くべき知らせが飛び込んできた。豫《よ》州刺史の王允《おういん》と荊《けい》州刺史の徐璆《じょきゅう》が罪を得て、相次いで都の牢獄に閉じ込められたのである。

曹操は戸惑いを隠せなかった。これはいったいどうしたことだ。去年は乱を鎮めた功臣が、いまは次々と官職を罷免されるか、牢獄につながれている。絶対に偶然などではあるまい。まさか陛下がお役御免とばかりにお払い箱にしているのか。あるいはまた十常侍《じゅうじょうじ》どもが陰謀をめぐらしているのか。鄧盛は稀代の忠臣、朱儁と皇甫嵩も百戦錬磨の将軍である。王允と徐璆は万難を物ともせず事態の収拾に奔走していた。西涼も黒山《こくざん》もまだ落ち着かないこのようなときに、そうした人材を追放するとは。

「飛鳥《ひちょう》未だ尽きずして、良弓《りょうきゅう》先に折れ、狡兎《こうと》未だ獲《え》ずして、走狗《そうく》已《すで》に烹《に》らる［捕まえる鳥がまだ残っているのに、良い弓が先に折れてしまい、兎をまだ獲っていないのに、猟犬が煮て食われてしまった］」。こんなことでは将来いったい誰が反乱鎮圧に命を投げ出すというのか。

さらに考えを進めれば、次に害が及ぶのは自分ではないのか。宗室《そうしつ》の功臣を祀った廟と塑像を取り壊したばかりである。なんとつけ入りやすい口実を与えてしまったことか。しかし、そのようなことを詮索する間もなく、新たな使者が朝廷から遣わされてきた。

皇帝のくだらぬ考えというものは、いつも一つ、また一つと繰り出され、官吏や民が受け入れられるかなど、もとより頭にない。ただ、南宮《なんぐう》が焼け落ちた一件が皇帝の頭を離れることはなかった。できるだけ早く修復するため、劉宏《りゅうこう》はすべての辟召《へきしょう》された役人に、就任に当たって朝廷に修繕費を収めるよう命《めい》を出した。この命令が伝わるや、誰もが騒然とした。これでは黄巾の乱以前の売官の挙となんら選ぶところがない。それどころか、郡守級の役人が昇進となれば、上納すべき修繕費を捻出するために上から下へと次々に搾取が繰り返され、最終的には二、三千万銭もの金が納められた。かつての売官を上回るひどさである。さらにあくどいのは、いったん昇任が決まると、致仕《ちし》を申し出ても認められないことである。西園《せいえん》の官吏や兵士は家捜《やさが》しをして財を没収し、人に昇進を押しつけ、徹底的に民を食い物にするように迫った。そうして修繕費が集まるまで続けられたのである。もはや単なる強盗と言っても過言ではない。

修繕費が工面できれば、次は材料である。劉宏は大いに筆を振るい、太原《たいげん》、河東《かとう》、隴西《ろうせい》の諸郡には木材を、関東《かんとう》の地には鉄鉱と模様入りの石材を送るよう命を出した。都に届けば宦官がこれを検収《けんしゅう》して相当の代金を支払う。この任は十常侍の一人で鉤盾令《こうじゅんれい》を務める宋典《そうてん》が主管した。

この命令が済南国にまで伝わると、曹操はその対処で大わらわとなった。石材はその模様まで選《よ》りすぐり、買い入れのために済南各県の蔵はほとんど底をついた。多くの人夫と車馬を雇うために、曹操自身も身銭を切らねばならなかったほどである。それらの準備が整っても、いつ現れるとも知れない黒山の賊軍に備えねばならないため、台《たい》県［山東省中部］の張京が自ら一隊を引き連れ、楼異《ろうい》も義勇兵を従えてその輸送についた。車馬とそれを守る兵で百人以上もの大行列をなし、やっとのことで済南国をがやがやと出発していった。

曹操はこれでようやく肩の荷が下りたと思ったが、静かな日々は十日と続かなかった。楼異が焦眉の急を告げんと洛陽から舞い戻ってきたのである。曰《いわ》く、宦官があれこれと石材にけちをつけ、すべて持ち帰って新たなものを買い入れてこいとのこと。ほとんど底をついた郡県の蔵、都に残されたままの百人以上の者たち、納入されず洛陽の城外で雨ざらしになっている石材……曹操は焦った。近隣の県の県令にすぐ招集をかけ、役所じゅうの役人ともども対策を練った。

ただ実際は、愚痴をぶつけあう集まりに過ぎなかった。県令は何をするにも先立つものがないとぼやき、功曹《こうそう》［属官］は仕入れにどれだけ苦労したかを訴え、下っ端の役人までが胸中の不満をぶちまけた。曹操はますます焦った。一千万銭かそこらの金なら家から出せば済む。しかし、あの石材の値は馬鹿にならない。そのために一郡の蔵の公金が消えたのである。たとえ父が家財を一切合切売り払っても買えるものではない。

楼異はしかめっ面《つら》で一同に訴えた。「あの宦官どもめ、人を馬鹿にするにもほどがあります。わたしは石材を納めに張県令と南宮へ行きましたが、あいつらはわたしを指さしてこう言ったのです。この石は角があるな、と。みなさん、尖ったところのない石なんてありますか」

鄒平《すうへい》［山東省中部］の県令の劉延が目をむいて怒りをぶつけた。「そんな馬鹿な！」

「張大人《たいじん》は、角があるなら磨きましょうと仰り、われらは都亭駅《とていえき》［洛陽城外約四キロメートルにある宿駅］まで戻って、とにかく石材を下ろしました。そこで昼となく夜となく丸二日かけて磨き上げたのです」

「それでどうなった」

「それでも受け取らんのです。今度は石の模様がよくないとぬかしました。建物に使う石ですよ、なぜ模様まで選ばなければならんのです」

誰もが口々に罵った。劉延は思ったことを口にする性格であったから、振り向いてまっすぐ曹操に尋ねた。「国相殿《こくしょう》、宦官どもは明らかにわざと言いがかりをつけています。鉤盾令の宋典に何か恨まれているようなことはありませんか」

まるで劉延と割り符を合わせたかのように、曹操もまさにそのことを考えていた。このたびの仕打ちは、反乱を鎮圧した功臣を次々に陥れている。それが自分にも回ってきて、何か口実を作って揚げ足を取ろうとしているのではないだろうか。楼異はそれを聞くと手を振って否定した。「それはないでしょう。旦那さまは宋典とまったく接点がありません。それに、けちをつけられたのは我々だけではないのです。河東から木材を運んで来た者はもう三度目だとか。あの宦者らは重箱の隅をほじくって、とにかく資材を受け取ろうとしないのです。何度も談判した挙げ句、ようやく納めたと思ったら、なんとたった一割の金しか払わなかったんですから」

曹操はそれでようやく腑に落ちて冷笑した。「ふん！　やつらのことだ、袖の下を求めているんだろう。どうしても納めんのなら、いくらか握らせてやれ」

楼異が頭《こうべ》を垂れて答えた。「旦那さま、事はそれほど簡単ではないようです。もしそれで済むのなら、張県令ご自身で処理されたでしょう。我々もそのように水を向けたのですが、やつらは乗ってくるそぶりも見せませんでした。しかも宋典は日がな宮中にいて表に出ず、賂《まいない》しようにも取りつく島もないのです」

「なんだと？　では、いったい何が狙いなんだ」さすがに曹操も頭を抱えた。「父上に相談はしなかったのか」

「もちろん行きました。しかし、今度ばかりは大旦那さまにも手立てがなく、宋典にも会えないとのことでした」

曹操はきつく眉をひそめて考えたが、いくら考えても見当がつかない。「わからん、いったいどういうことだ……陛下はお急ぎではないのか。ここまで資材を選り好みされては、南宮の修築などいつになるやら」

「修築……ですか」楼異は冷たく笑った。「実際のところ、修築が行われている気配すらありません。集めた材料はすべて廃墟と化した南宮に積み上げられるばかりで、一級の木材も風雨にさらされ、腐っているのもあるほどです。材料を保管するでもなく、ひたすら新しいのを送ってこいと命じるのですから、向こうが何を考えているのか、さっぱりわけがわかりません」

みなますます訝《いぶか》しみ、なかには黄巾の乱のせいで陛下と十常侍は気が触れたのだと考える者もいた。そうして議論紛々としていたところに、役所の小間使いが駆け込んできた。「国相に申し上げます。刺史の黄《こう》大人がお見えです。いまは門前でお待ちいただいております」そう言って名刺［名前を記した竹木《ちくぼく》］を差し出してきた。

「これはまたどういうことだ。刺史が来るのに、事前に誰もよこしてこなかったのか」曹操はその名刺を受け取るなり叱りつけた。「馬車が城門を入っても誰も何も知らせず、向こうが門前に着いてやっと報告とは、いったいどういう了見だ」

「お答えします」その小間使いは困惑の色を浮かべながら釈明した。「黄大人はお忍びで来られたようで、馬車にも乗っておられません」

「しまった、俺としたことが」曹操は慌てて立ち上がった。「黄大人は密かに査察に訪れたに違いない。すぐにお出迎えせねば」

劉延が横から口を挟んだ。「黄使君《しくん》［使君は刺史の敬称］のお見えとあらば、われら揃ってお出迎えするとしましょう。賑やかになりますぞ。州郡県の官が一堂に揃《そろ》うのですからな。そうそうこんなことはありません」官吏たちは衣冠束帯を整え直し、次々と曹操について出て行った。

ぞろぞろ出てきた役人たちを見て、青《せい》州刺史の黄琬《こうえん》のほうが腰を抜かした。今日、平服で官用車にも乗らず、三人の下男だけを連れて来たのは、曹操と内密のことで話をするためであった。それが、国相の屋敷に着いて門番に話を通すなり、十人以上もの官吏がぞろぞろと出てきたのである。上は国相の曹操から、下は県令や郡県の功曹まで、拱手《きょうしゅ》の礼をする者もいれば、跪《ひざまず》いて拝礼している者もいる。黄琬は呆気にとられ、まだその驚きも冷めやらぬうちに、取り囲まれるようにして屋敷の門を入った。

黄琬、字《あざな》は子琰《しえん》、江夏《こうか》の人士である。四代前の黄香《こうこう》は稀代の名士で、席を温めて親に孝を尽くした話は天下に感銘を与えた。祖父の黄瓊《こうけい》は剛直の臣で、先帝の御代、跋扈《ばっこ》将軍こと梁冀《りょうき》と争い、幾度も死線をくぐり抜けた。黄琬も若くして出仕したが、太傅《たいふ》の陳蕃《ちんばん》が推挙したという理由で宦官に朋党《ほうとう》として誣告《ぶこく》され、むざむざと二十年ものあいだ、自宅での禁錮《きんこ》［官職追放、出仕禁止］を朝廷から命じられた。党錮《とうこ》の禁《きん》が解かれて、ようやく文字どおり日の目を見たのである。このたびは楊賜《ようし》の推挙でまた官となったが、人生のうちでもっとも脂の乗った時期は、とうに過ぎ去っていた。あまりにも多くの苦難を経てきたためか、四十五歳にして髪はもう真っ白になっていた。

それぞれが腰を下ろすと、黄琬は部屋に詰めかけた役人らをぐるっと見回して尋ねた。「みなさんはどうしてここにお揃いで」久しく禁錮されたため気が弱くなり、その声にはいくらか怯《おび》えの色が見える。

「使君、遠路はるばるおいでになったのは大切なことがおありなのでしょう。どうぞ先にお話しください」曹操は格別に気を遣って話しかけた。官職の階級からいえば、国相は太守《たいしゅ》と同じく秩《ちつ》二千石《せき》で地方統治の任に当たる。一方、州の刺史は秩六百石に過ぎず、政務には携わらないが、郡県の官吏が清廉に勤めを果たしているかを監察する。とりわけ黄巾の乱以後は、州の刺史に兵権が与えられており、それゆえその地位はきわめて特殊なのである。

黄琬は挨拶もそこそこに、おもむろに話しはじめた。「いま、朝廷は南宮を修築するために、各地から木材と石材を徴発している。しかし、宦官が無理難題を突きつけるため、そのほとんどは上納されずじまい。そして地方では多くの官吏が石材を取り替えるという名目で、民草の財をむしり取り、商人らを脅しつけて、これを機に私腹を肥やしている。二月《ふたつき》前、賈琮《かそう》という者が冀州刺史に赴任したのだが、賈琮は事前に、貪官汚吏《たんかんおり》は罪の大小を問わず一律に処分するという噂を流した。するとどうなったか。着任したときには州の役人がみな官を捨てて逃げ出していたのだ。ただ一人、癭陶《えいとう》［河北省南東部］にある小さな県の県長であった董昭《とうしょう》だけが、残って任務を続けていたという。地方の政《まつりごと》の腐敗はもはや目を覆うばかりなのだよ」

曹操はかぶりを振って嘆息した。「それでは、黄大人が平服で来られたのも、ここ青州の役人が清廉かどうか見定めるためですね」

「やむをえんのだ。いまや部下の話すことすら信用できんのだからな」黄琬は手で曹操の発言を遮って続けた。「調べなければわからぬとはいえ、調べればまことにあきれ果ててしまう。斉国《せい》はまだましだが、平原《へいげん》と北海《ほっかい》の両郡は貪官汚吏がはびこっている。もっとひどいのが東萊郡《とうらい》だ。わたしが東萊の太守を罷免するよう上奏したところ、どうやってそれを知ったのか、東萊太守は太史慈《たいしじ》という小役人をなんと洛陽まで駆けさせて、わたしがしたためた弾劾文を握りつぶしおった。こんなこと、前代未聞だ」

曹操は泣くに泣けず、笑うに笑えずといった様子で、ひと言絞り出した。「貪官汚吏が手を結べば、まったく手がつけられません」

「あちこち見て回ったが、さすが孟徳殿の治める済南は素晴らしい。各県令がお集まりのようだから正直に申しましょう。わたしは実はみなさんのところも見て回りました。みなさんに対する民の評判はすこぶるよろしい。いずれの地もここ済南のようであれば、刺史の仕事もさぞかし楽でしょうな」

曹操は恥じ入ってかぶりを振った。「使君、それは褒めすぎというものです。済南もさほど違いはありません。お忘れですか。わたしが着任早々、八人の県令を罷免したことを。この歴城《れきじょう》［山東省中部］の県令の武周《ぶしゅう》と東平陵《とうへいりょう》の県令の侯声《こうせい》は、今月着任したばかりです」

武周と侯声は急ぎ改めて拝礼した。黄琬はその挙措《きょそ》を目にすると、剛直な士と見て取ったか、髭をしごきつつしきりにうなずいた。

曹操は笑みを浮かべながら劉延を指さした。「実を言いますと、この劉県令だけがわたしの網を逃れたのです。ほかはみな新たに登用した者ばかりでして」

黄琬は劉延をじろりと眺めた。「うむ、劉県令は立派な役人だ」

劉延は拱手してそれを打ち消した。「わたくしなど、何の手柄もない凡庸の極み。それを立派な役人だなどと、買いかぶりでございます」

「謙遜せんでよい。いまや手柄がどうのと申しているときではない。賂を受けねば、それはもういい役人なのだ。かごの柿は一つ腐ればみな駄目になる。十常侍のやつらめを……い、いや」黄琬は二十年ものあいだ禁錮の刑にあった。人前で「宦官」の二字を口に上《のぼ》すのを反射的に避けると、慌てて話題を変えた。「ところで、みなさんはなぜ集まっているのです」

曹操は悩みの種を思い出すと、頭を垂れた。「それは、例の石材の件にございます。宦官は選りに選った挙げ句、納めようとせんのです」

「ふん」黄琬が冷やかな笑みを浮かべた。「慌てんでよい。やつらにとって、まだそのときではないのだ。いずれ必ず納めるはず」

「えっ、それはどういうことです」曹操が尋ねると、黄琬はかえって口を閉ざし、ただ薄く笑うだけであった。その様子を見た劉延は、おそらく曹操に内密の話があるのだろうと考え、気を利かせてすぐに立ち上がった。「それでは、わたくしのところではまだ仕事が山ほど残っていますし、もういい時間になりましたから。みなさまはごゆるりと。わたくしはここで失礼させていただきます」そう切り出すと、武周と侯声も続いて席を立ち、ほかの者も口々に暇乞《いとまご》いを告げ、まもなくして誰もが席を外した。

曹操はただ一人残った黄琬に改めて尋ねた。「使君の先ほどの口ぶり、この件には何か裏があるのでしょうか」

「宮殿の修築、あれは嘘だ」

「なんですと」曹操は顔をしかめた。「そんな馬鹿な」

「少し考えればわかること。やつらはさんざん材料を選んで、みな一割まで買い叩くと言っていただろう。では、残りの九割はどこへ消えるというのだ」

「そもそも残りの九割とは……」

黄琬は曹操の肩を叩きながら続けた。「孟徳、孟徳殿、そなた本当に知らんのか。それともそのふりをしているだけか。宋典は国庫から支払うはずだが、本当に一割だけ出してくるのではあるまい。必ずや十割、つまり正当な値で上には報告しているはずだ」

「では、その残りの九割がすべて宦官の手に？」

「それはない。いくら十常侍のやつらでも、懐にしまうにはあまりに大きな額だ。おそらく答えは一つ……静かに中蔵府《ちゅうぞうふ》［漢代の皇宮《こうぐう》にある蔵］へと流されておるのだ」

曹操は言葉を失った。「そ、それは……それでは陛下の懐に……」

「そのとおり。代金の九割は陛下のへそくりにさっと変わるのだ。考えてもみよ。以前、官職を売っていかほど儲けたと思う？　しかし、黄巾の乱が起きたせいで、陛下はそれを北軍《ほくぐん》［都を防衛する五《ご》営《えい》］の将兵らに与えるよりほかなかった。宮殿の修築にもいくらか資材は必要だろうが、各地から取り寄せるほどではあるまい。これは陛下の言い訳に過ぎん。さすがに堂々と国庫の金に手をつけるわけにはいかんから、修築を大義名分にして、かつて使い切った金をまたかき集めようというのだろう。いま取り寄せた材料で、もう十分に宮殿が三つは建つだろうて」

曹操の頭のなかで何かが弾け、天が崩れ落ちるような音がした。かと思うと、にわかに怒りの炎が胸を焦がしはじめた。そしてついに、久しく呑み込んでいた言葉を吐いた。「大漢はもうおしまいだ……なんたる暗愚、なんたる無道の亡国の君よ」

族滅に値する曹操の暴言に、黄琬は飛び上がった。かつて苦汁をなめさせられた身、慌てて曹操の口を押さえつけた。「声が大きい、壁に耳ありだ。わたしがこの話をしたのは、そなたに安心してほしかったからだ。だから石材のことはもう気に病まんでよい。遅かれ早かれ宦官が納めてくれるさ、一割の値でな」

「民は欺けても、天を欺くことはできませんぞ」曹操の怒りは収まらない。「天下の金に白も黒もありません。もとよりすべて陛下のものではありませんか。それなのになぜ、あの手この手で私腹を肥やそうとするのでしょう。まさか天下の金を一切使い切らねば気が済まないとでも。このままでは朝廷も地方もすっからかんになって、すべて中蔵府に吸い込まれてしまう。これぞ目先の利益に目がくらみ、将来を台無しにする所業。また災害や飢饉が起きたら、どうやって民を救済しろというのですか」

黄琬は黙り込むと、やがてため息を漏らした。「実はな、今日ここに来たのはその件だけではないのだ。もう一つ、そなた個人に伝えねばならんことがある。朝廷は秘密裏に督郵《とくゆう》を放ったぞ。軍功のある者を淘汰するためだ。そなたもよくよく注意するがいい」

ここに至って、曹操もとうとう開き直った。「首にしたいのならすればいいのです。皇甫嵩も朱儁も、徐璆も王允も、みんな降任されたり獄に入れられたり……次はいよいよわたしの番というわけです」

「皇甫嵩らが罪を得たのにはそれぞれ事情がある。知っているか」

曹操は憤りを隠さずに答えた。「人を罪に陥れようというのです。理由などどうでもよいでしょうに」

「さすがにそうはいかん。皇甫義真《ぎしん》が降格されたのは趙忠《ちょうちゅう》に罪を得たからだ。皇甫義真は河北《かほく》で張角《ちょうかく》を討ったが、そのとき鄴城《ぎょう》を通りかかり、そこで趙忠の屋敷を目にした。その規模たるや、棟が林立して明らかに規定を超えていた。皇甫義真が朝廷に戻ってこのことを上奏すると、陛下はちょうど金のことを案じていたから、それを召し上げたのだ。その後、皇甫義真は北宮伯玉《ほくきゅうはくぎょく》を討つために董卓と出征したが、そこでの不和が原因で、董卓は趙忠とぐるになり、皇甫殿を貶《おとし》めたのだよ」

「十常侍……十常侍め……この天下で悪の限りを尽くす気か」曹操はいきり立った。「それで、徐璆と王允は？」

「徐使君の場合も大差ない。徐使君が罪を得たのは董太后《とうたいこう》の甥御だ。これもまた趙忠と手を結び、徐使君が賊の掃滅《そうめつ》に力を尽くしていないと誣告した。その結果が牢獄行きだ」黄琬は無念極まりない様子である。「王子師《しし》のほうは少々厄介なことになっている。王子師は一通の密書を提出した。それがあの『神の使い』を称した逆賊張曼成《ちょうまんせい》から張譲《ちょうじょう》に宛てた書状だったのだ。潁川《えいせん》で黄巾賊が捨てた物を検《あらた》めていたときに見つけたそうだが」

「なんですと？」曹操は目を丸くして驚いた。

「しかし、まだ本物と決まったわけではない。死んだ張曼成を問い詰めるわけにもいかんしな。王允が十常侍を引きずり下ろすために捏造した可能性もある。王允と張譲は陛下の御前でそれぞれの言い分を主張して争った。その後は十常侍がしきりに讒言《ざんげん》を陛下に吹き込み、ついに王允も投獄されたのだ。しかも、これがかえって張譲に注意を促す結果になってしまった。軍功を挙げた者を消すために、張譲は督郵の派遣を陛下に建言したのだ。むろん役人の査察という名目でな」

「そういうことですか」

黄琬は話しているうちに自分でもおかしくなってきた。「とはいえ、悪人には天罰が下るもの。なんでも冀州の劉備《りゅうび》という若者は、軍功により安喜《あんき》県［河北省中部］の県尉《けんい》の職をあてがわれたのだが、着任して一月《ひとつき》もしないうちに河北の督郵に目をつけられたそうだ。その劉備というのが肝っ玉の大きなやつでな。馬で官舎に乗り込んだ挙げ句、督郵を縛りつけて思い切り二百も鞭打ったそうだ。それから督郵の首に印綬を引っかけ、官を捨てて去ったとか」

「はっはっは……それはいい！」曹操は大いに褒めそやした。「虎の威を借る小人《しょうじん》にはそれぐらいすればいいんです。機会があれば、その劉備とやらに会ってみたいものですな」

「鞭打ったのはいいんだが、十常侍の不興を買ったのも確かだ。その件があって以来、督郵は軍功を挙げた者を目の敵にしているぞ。ここ青州にも督郵はすでに入ってきている。ちょうどこっちに向かっているから、一両日中にはここに着くだろう。そのときは気をつけて対処するようにな」

「ご忠告、痛み入ります。わたしのためにご足労までおかけして」曹操は慌てて拝礼した。

「手下の者など使えんのだ。少しでも漏れたらと思うと自分で足を運ぶしかない。わたしが話したことは、くれぐれも督郵には告げぬように頼むぞ」

「もちろんです、ご安心ください」曹操は黄琬のこわばった顔を見て嘆きたくなった。陥れられて禁錮二十年にもなれば、胸に熱い気持ちがあろうとも、何にでも怯えてしまうのだろう。ただ、それゆえにこそ、黄琬の厚意が身にしみた。

黄琬はしばらく黙り込んでいたが、また顔を上げて声をかけた。「孟徳、例の件にはいたく胸を打ったぞ」

「はて、わたしが何か使君の意に適うことをしましたか」

「朱虚侯の廟を取り壊したことだ。知っているか、何十年も前のことになるが、太傅の陳蕃さまがまだ青州刺史だったころにも、劉章の塑像を取り壊したことがある。このたびそなたのしたこととまったく同じだ」黄琬は遠く窓の外を眺めながら、はるか昔の記憶をたどるように話した。「わたしは陳太傅に推挙されて官についた。だから陳太傅に連座する形で禁錮されたのだ。わが身の栄光と挫折はすべて陳太傅とともにあるのだよ」

曹操は深く礼をして黄琬を見送ると、ある思いが胸にこみ上げてきた。陳蕃も最後は宦官の手にかかって死んだ。たしかに敬服すべき人物だが、自分も本当に同じ末路をたどる覚悟はあるのか。

そのとき、曹操の心が揺れはじめた。官界の恐ろしさを思うと前途は暗闇である。それならば官を捨てて故郷に帰るほうがいい。しかし、それではこの十年の努力が無駄になる。進むべきか退くべきか。じっくり夜半まで考えにふけると、曹操はついに決心した。賭けの一手を打つことに……

意気消沈

あくる日の明け方、曹操は楼異《ろうい》に急いで都へ向かうよう命じた。

「例の石材の件だが、もうかまうことはない。張京《ちょうけい》を呼び戻して、台《たい》県の公務に当たらせてくれ。人夫らはそのまま帰らせるんだ。見張りに何人かだけ残しておけば十分だろう」

「承知しました。すぐに準備いたします」

「いや、待て」曹操は袖から一通の上奏文を取り出した。「これを禁中に届けてくれ」

「承知しました」楼異が受け取ると、曹操はその手をきつく握り締めた。「いいか、これはきわめて重要な文書だ。くれぐれも父上に気取られるな。禁中に届けたあとはしばしとどまり、この上奏文がどんな反応を引き起こすのか確かめてから、戻って知らせよ」

「わかりました」楼異は何も聞き返そうとはしなかった。

曹操はそこでようやく手を離すと、小走りに退《さ》がる楼異を見送った。

この上奏文は、十八年前の「党人《とうじん》」の首領、陳蕃《ちんばん》と竇武《とうぶ》の濡れ衣を訴えたものである。すでに党人に対する恩赦は行われていたが、恨みを飲んで死んでいった陳蕃はまだ名誉が回復されていない。いまも宦官と党人はいたるところで衝突しているが、表立っては行われていないため、朝廷にとって陳蕃の件は、決して触れてはならない禁忌なのである。

曹操のこの上奏文は一字一句を十分に斟酌したものだった。自身が劉章《りゅうしょう》の廟《びょう》を取り壊したことから説き起こし、陳蕃の青《せい》州での行いに触れ、最後に自説を述べていう。「陳《ちん》、武《ぶ》等 正直にして陥れ害せらる。奸邪《かんじゃ》 朝《ちょう》に盈《み》ち、善人 壅塞《ようそく》せらる［陳蕃と竇武は公正を貫いたため陥れられ、害された。いま朝廷には奸臣がはびこり、忠臣が活躍できないでいる］」つまり、陳蕃と竇武の名誉回復を公然と訴えたのである。これが廷内に届けば、必ずや大きな騒ぎになるであろう。これは曹操にとって後先を顧みない賭けの一手だった。もしうまくいけば、大いに正義を得て士大夫たちに高く評価されよう。しかし、もし失敗すれば、王允《おういん》や徐璆《じょきゅう》と同じく投獄され、あるいは命の危険さえ覚悟しなければならない。

このように予断を許さない状況のなかで七日が過ぎたが、激烈な上奏文はあたかもよどみに投げ入れられたかのごとく、都からはわずかな噂さえ届いてこなかった。曹操はいまや遅しと洛陽《らくよう》からの知らせを待った。しかし、待てど暮らせど楼異と張京は戻らない。そして、ようやく戻ってきたのは、なんと秦宜禄《しんぎろく》であった。

しかし、もはや曹家の家僕であったかつての秦宜禄ではない。身には錦の緞子《どんす》をまとい、自分に付き従っていたときとは雲泥の差である。取り次ぎに導かれて邸内に入ると、曹操を見て跪《ひざまず》いた。「秦宜禄めが曹大人《たいじん》に謁見に参りました」

曹大人？　かつて二言目には旦那さま、旦那さまと呼びかけてきた秦宜禄が、自分のことを曹大人と呼ぶとは……曹操は苦虫を嚙みつぶしたような顔で尋ねた。「ずいぶん元気そうじゃないか」

「ええ、おかげさまで。わたくしめ、洛陽には戻りましたが、やはりご尊父にお会いするのは憚られまして」その口調は他人行儀だったが、得意げな表情を浮かべている。「致し方なく、河南尹《かなんいん》の何《か》大人のもとへ身を投じ、いまはそこでお世話になっております」

「何苗《かびょう》だと⁉」曹操は驚きのあまり、つい口を滑らせてしまった。まさか秦宜禄が何苗のところに身を寄せているとは。何苗は何皇后《か》と母を同じくする兄で、その地位は第二の国舅《こっきゅう》にあるが、善良実直な何進《かしん》とは打って変わって、十常侍《じゅうじょうじ》の張譲《ちょうじょう》や趙忠《ちょうちゅう》と徒党を組む人物である。秦宜禄が何苗の手下に入ったということは、自分のかつての言動がすべて宦官に筒抜けになったということか。

秦宜禄はまるで曹操を脅かそうとするかのように、わざとらしく咎めた。「曹大人、いくらなんでも、わたくしめの目の前でわが主人の名を直接口にするとは、いささか失礼が過ぎませんか」

「おお、それはそうだ。本官の言い方が悪かった」心中ではうんざりしていたが、これは曹操であっても詫びざるをえなかった。

「ところで先日、曹大人は禁中に上奏文を送られたようですね」

曹操は汗が滴るのをたしかに感じ、言葉を失った。

秦宜禄はせせら笑った。「しかし残念ながら、曹大人の玉翰も陛下を動かすことはなかったようです。陛下は上奏の内容を批准なさらず、朝議さえ開かれませんでした。ただ三公《さんこう》に渡して見せただけです。ああ、おいたわしや。曹大人の上奏のせいで、三人もの老臣があおりを食ったのですぞ」

「どういうことだ?」

「わが朝の司徒《しと》でもあった陳耽《ちんたん》は曹大人の上奏を支持したため、陛下に刃向かったかどで罪を得ました。諫議大夫《かんぎたいふ》の劉陶《りゅうとう》は陳耽を容赦するように上奏し、昇殿してまで陛下を誹《そし》りました。その結果、二人揃《そろ》って獄につながれ、その日の夜には張譲に毒を盛られたというわけで」

曹操は血の気が引いた。劉陶と陳耽、ともに三公にまでなった老臣である。それがこんなにもあっけなく十常侍の手で消されるとは。しかも、その引き金となったのは、曹操が自らしたためた上奏文なのである。

「いたたまれんでしょうなあ」秦宜禄の笑いが狂気じみてきた。「それだけではありませんぞ。楊賜《ようし》さまは長らくひどい病を患っていましたが、二人が命を落としたと知るや、途端に重篤になって亡くなってしまったのですからな!」

「よ、楊公……まで、が……」曹操はろくに言葉が出てこない。以前は唯々諾々としていたもとの家僕に完膚なきまでに打ちのめされたのである。楊賜こそは朝廷の良心にほかならない。その楊賜が倒れたとなれば、朝廷の正しき気風はもはや風前の灯火《ともしび》であろう。

「しかも司空《しくう》についたのは誰だと思います? 許相《きょしょう》ですよ。張譲ともっとも近しいだんまりの許相です! やれやれ……三人の老臣でさえ立て続けにこの世を去ったのです。曹大人も少しはおわかりになったでしょう。わが主人は憐れみ深く、曹大人のためにずいぶんと口添えなされました。ご尊父も口を極めて哀願しましたし、ご尊父と許相さまとの親交が曹大人の命を救ったのです。みなが切々と訴えて、やっとのことで陛下が曹大人を断罪するのを控えたのですよ」実に秦宜禄は得意げである。

この卑劣で恥知らずな男を思い切り蹴り飛ばしてやりたかったが、曹操は歯を食いしばってこらえた。「父上はもちろんのこと、許相さまもありがたい。それにも増して、そちらの何大人には感謝に堪えんな」

「ご存じないでしょうが、わが主人は曹大人が劉章《りゅうしょう》の廟を取り壊したことをたいへんお喜びです。劉章は呂后《りょこう》を殺しましたが、呂家は外戚、そしてわが主人もまさに外戚ですからな。外戚はみな家族同然、曹大人は何家のために手柄を立てたということですよ」

「ふ、ふざけるな！」曹操の怒りが爆発した。

「まあどうか、どうか落ち着いて……」秦宜禄は十年も曹操のそばにいたので、本当に怒ったときの曹操の怖さはよく心得ている。「実のところを申しますと、わが主人はいま国舅という尊きご身分にありながら、曹大人の威名をとても慕っているのです」

それを聞いて、曹操は内実を悟った。秦宜禄は何苗のために曹操を引き込もうとしているのである。

「曹大人、あなたはわたくしめのもとの主人、何国舅もわたくしめによくしてくれます。ですから、わたくしとしてはひとえにお二方によしみを結んでいただきたく思うのです。わが主人は車騎《しゃき》将軍の号を加増されるでしょう。そうして幕府を開けば、大国舅の何進さまとも肩を並べることになります。いまの曹大人のお立場は、前には宦官の恨みあり、後ろには迫る督郵《とくゆう》の恐怖ありです。いっそわが主人を頼ってみてはいかがでしょうか。そうすれば一つには命の危険を免れ、二つには俸禄を失うことも避けられ、三つにはご尊父を安心させることができるはずです。わたくしめの考えに何か間違いがありますか」

曹操はわざと考え込むふりをした。

「掾属《えんぞく》［補佐官］になるのは沽券《こけん》に関わるなどと考えてはなりません。安平《あんぺい》の楽隠《がくいん》や汝南《じょなん》の名士応《おう》劭《しょう》も、わが主人になびいたのです」秦宜禄はそこで曹操のそばににじり寄った。「わが主人は、いまはたしかに張譲とよしみを通じていますが、いずれ後宮に変事が起きれば、忠臣の方々の協力のもと宦官を一掃するおつもりです。これは曹大人の宿願でもあったはず。そうではありませんか」

曹操としては断じて外戚という濁流に足を踏み入れたくなかったが、何苗の上には何進がいる。この兄弟が不和となっては、大事を成し遂げることもかなうまい。いまとなってはわが身も危うく、このうえさらに国舅の恨みを買うことなどできようか。曹操は瞬時にそこまで考えると、わざと両の眉をしかめて深く悩む表情を作り、しぶしぶといった体《てい》で答えた。「そうだな。ただ、この件は熟慮を要する。父上の意見も聞いてみねばならん」

「それがいいでしょう、ぜひそうしましょう。大旦那さまもきっと賛成なされます。もし大旦那さまが首を縦に振らなければ、わたしが参りましょう。この弁舌に任せていただければ、きっとうまくいきますとも」秦宜禄はにわかに顔をほころばせた。あまりのうれしさに、曹嵩《そうすう》のことを大旦那さまと呼ぶほどであった。

曹操は秦宜禄をうまく言いくるめたと見るや、すぐ遠回しに促して秦宜禄を帰らせた。こうして静寂を取り戻したころ、曹操の心はすでに冷え切っていた。皇帝は暗愚で奸臣がはびこり、外戚が幅を利かせている。自分の命運も誰かにしっかりと握られているのだ。ましてや年老いた父にまで宦者《かんじゃ》に頭を下げさせる始末。この官というものは、それでもしがみつくべきものなのか。

曹操はなんとなく書斎に足を向けた。ふと見れば、童僕の呂昭《りょしょう》が曹操の文机《ふづくえ》に勝手に座り、習字に没頭している。呂昭は曹操の姿を認めると、大急ぎで文机を跳びのいた。「申し訳ありません！」

「ただ机を使っていただけじゃないか。字の練習をしていたんだろう？　何も謝ることはない」曹操は腰を下ろした。「何を写していたんだ」

「王充《おうじゅう》の『論衡《ろんこう》』です」

「ほう、そんな難しい本を読んでいたのか」

「読むだなんて……写していただけです」呂昭はばつが悪そうにはにかんだ。「ただこの本が一番長かったし、字も多いから、もし全部写せたら、たくさん字も覚えられると思ったんです」

「それはいい方法とは言えんな。まずは『孝経《こうきょう》』と『論語《ろんご》』から写すといい」そう教えながらなんとはなしに呂昭が写していた竹簡を手に取ると、そこには次の一節が記されていた。「操行に常賢《じょうけん》有るも、仕宦《しかん》に常遇《じょうぐう》無し。賢なるか賢ならざるか、才なり。遇うか遇わざるか、時なり。才高く行い潔《きよ》きも、以て必ず尊貴なるを保つべからず。能薄く操濁るも、以て必ず卑賤なるを保つべからず。或いは高才潔行なるも、遇わざれば退けられて下流に在り。薄能濁操なるも、遇えば衆上に在り。世各自《おのおの》ら以て士を取る有り、士も亦《また》各自ら以て進むを得《う》［身の処し方が賢明でも、仕官して必ず名君にめぐり逢うとは限らない。賢明かどうかは才能による。めぐり逢えるかどうかは時運による。才能に溢《あふ》れ行為に汚れなくとも、必ず貴顕の身になるとは請け合えない。才能が足らず不正な行為をしていても、身分の低い者になるとも限らない。またあるいは、才能があり行いが清らかでも、明君にめぐり逢えなければ下位に左遷される。才能がなく行いが汚れていても、明君にめぐり逢えれば人々の上に立つこともある。世には士を登用するさまざまな手段があり、士のほうも自分たちのやり方がある」」。

「旦那さま、どうしたのですか」呂昭が目を見張って尋ねた。

「何がどうしたのだ」

「あの……涙が……」

曹操は知らずに流れ出ていた涙をぬぐった。『論衡』の説くところに一点の誤りもない。いまのこの時勢にあっては、自分がどれほど努力したところで官途は開けそうもない。いまやすでに袋小路に入り込んだのだ。脂の乗ったこの時期をこんなところで浪費して何になる。まさかさんざんに打ちのめされるまでしがみつくというのか。もうやめだ、帰ってしまおう。自分のためだけではない、妻や子供のことも考えなくては……五十路で孝廉《こうれん》に推挙された者も数多くいる。これから二十年隠棲したとしても、彼らに並ぶだけではないか。黄琬《こうえん》は二十年ものあいだ禁錮に遭っていたのではなかったか。清らかな世の到来を待つんだ。暗愚な皇帝がこの世を去り、宦者どもが滅び去った世の到来を……

「旦那さま、僕の字はどうですか」

「うむ、よく書けているぞ」曹操は呂昭の頭をなでてやった。「昭よ、どうだ、先生を紹介してやろうか」

「え、本当ですか？　でも誰を」

「俺の弟、曹子疾《ししつ》［曹徳《そうとく》］だ。どんな書でもよく読んでいて、詩も作れるぞ」

「どこにいるんですか」

「故郷の沛国譙県《はいこくしょうけん》［安徽省《あんき》北西部］だ。学堂で教えていたこともある。弟について学ぶといい」

呂昭は驚いた。「僕が邪魔だということですか。おそばにいさせてください」

「誰がお前を追い出すなんて言った？　一緒に帰るんだ」

「じゃあ、官をやめるんですか」訝《いぶか》しげに曹操を見つめた。

曹操は首を縦に振ると、おもむろに「離騒《りそう》」の一節を諳《そら》んじた。「『道を相《み》るの察《あきら》かならざるを悔い、延佇《えんちょ》して吾将《まさ》に反《かえ》らんとす。朕《わ》が車を回《めぐ》らして以て路を復《かえ》り、行迷《ゆくゆく》うことの未だ遠からざるに及ばん［道をよく見分けなかったことを悔い、久しく立ち止まって帰ろうとする。馬車の向きを変えて、来た道を引き返そう。まだ誤った道もそう遠くまでは来ていない］』……もう官をやめるんだ。お前と楼異を連れて里に帰ろうと思う。そこには息子の昂《こう》や子疾の子の安民《あんみん》、それに元譲《げんじょう》の子の夏侯楙《かこうぼう》もいる。これからはみんなで遊び、一緒に勉強するといい、どうだ？」

「はい」呂昭は大きくうなずいた。

二人が話をしているあいだに、ちょうど楼異が戻ってきていた。楼異は部屋に駆け込むなり大声で話しかけた。「旦那さま、旦那さまの上奏文が……」

「騒がんでもよい。もう知っておる」曹操は立ち上がって楼異に目を遣った。「少し休んだら、みなに荷物をまとめるように伝えよ。致仕《ちし》することにしたぞ」

「えっ？　何もそこまでなさらずとも。大旦那さまと許相殿が張譲を説得してくれましたし、何苗さまもお骨折りくださって、旦那さまは罪に問われることはありません。ただ済南《さいなん》を離れて東郡《とうぐん》の太《たい》守《しゅ》になるだけでございます」

「わからんのか！　ここの官吏はこの曹孟徳が徹底して入れ替えたのだ。朝廷が俺を彼らから引き離そうとするのは、われわれが一方の勢力となることを恐れたのだろう。済南は都から遠いが、東郡は近い。これは俺を目の届くところに置いておこうという魂胆に違いない。しかも何苗には俺のことが筒抜けになっているから、この際それをいいことに俺を外戚側に引きずり込もうというのだ」曹操は作り笑いを浮かべた。「十常侍がなんとしてでも俺を黙らせたいのなら、口をつぐんでやる。官を捨てて里に帰るのだ。書状を残して印綬を引っかけたら、明日すぐ出発だ」

逃避行さながらである。すべての家財道具を打ち捨てて、後始末もそこそこに、あくる日の明け方には曹操は小さな馬車に乗って東平陵《とうへいりょう》を離れた。済南王や治下の県令にさえ何も告げずに去ったのである。田畑のそばを揺られて行くと、また民らが木や石を担いで道を急ぐのが見えた。

「何をするつもりでしょうか」呂昭は不思議がった。

「何だろうな」楼異は馬上からあたりを見回してみた。「おおかた家でも建てるんじゃないか」

曹操は苦笑しつつ、その答えを聞かせた。「違うな。あれは俺がこの地を離れると耳にして、朱虚《しゅきょ》侯《こう》の廟をまた造り直すつもりに違いない」

「また造り直すですって。まったくなんと愚かな」

「あれは愚かなんじゃない。自らをも欺いているのだ」曹操は嘆息した。「この世にはごまんと苦しみがある。人は誰しも自分の拠《よ》り所を探すものだ。戦乱は収まらず朝廷も助けてくれない。武器を持って反抗を試みても殺されてしまう。神仙にでも頼み込む以外に何ができる？　それゆえ、かつて陳蕃が神像を取り壊したときも修理し、このたびもまた造り直そうとするのだ。これが自分たちの拠り所を探すためでなくて何だというのだ」

「じゃあ、僕たちの拠り所とはどこなのでしょう？」呂昭はつぶらな瞳をしばたたかせて曹操を見つめた。

子供の正直さに、曹操は一瞬うろたえた。「それはおそらく……故郷だろう」曹操はあまり深く考え込まないようにして、楼異を急《せ》かして道を急がせた。

中平《ちゅうへい》三年（西暦一八六年）春、曹操は朝廷から出された東郡太守着任の命《めい》を断り、官を捨てて再び故郷へと帰った。先に頓丘《とんきゅう》の県令を罷免されたときとは異なり、このたびの帰郷では、曹操はすでに意気込みを失っていた。済南の政《まつりごと》の刷新を胸に必死で治めたこの一年、しかしその輝かしい成果は、まるで朝顔のようにしぼんだ。曹操が離れたあと、済南の張京《ちょうけい》や劉延《りゅうえん》、武周《ぶしゅう》、侯声《こうせい》といった清廉な官吏は宦官に誣告され、衙門《がもん》［役所］はまた官位を買った悪徳役人で満ち溢れた。蔵の公金をつぎ込んで買い入れた石材は、結局一割の値で宦官に買い取られ、人夫に給金を払うのさえ足が出るほどであった。劉章の廟と塑像は日ならずして次々に再建され、また巫女や方術士がご利益を騙《かた》って民を食い物にした。冷たい風はなお強く吹きつける。すべての努力を吹き払うかのように……

第九章　隠棲の日々

再びの帰郷

黄巾《こうきん》の乱が鎮圧されてわずか二年あまり、皇帝劉宏《りゅうこう》は天下の危難を顧みることもなく、以前の状態へと逆戻りした。民に重税をかけては金を湯水のごとく浪費し、功臣を貶《おとし》めて宦官を重用したのである。十常侍《じゅうじょうじ》は皇帝の寵愛を笠に着て驕り高ぶり、官職と爵位を好き放題に売り出して、都からは剛直な官がほとんど締め出される始末であった。いまや朝廷に対しては、民が不満を抱くのみならず、士大夫や地方の豪族までもが背を向けはじめたのである。

暗君と奸臣による苛政《かせい》のもと、さまざまな反乱が立て続けに起こった。荊《けい》州では趙慈《ちょうじ》が太守《たいしゅ》の秦頡《しんきつ》を斬り捨てて蜂起すると、長沙《ちょうさ》の区星《おうせい》、零陵《れいりょう》の周朝《しゅうちょう》、桂陽《けいよう》の郭石《かくせき》らが相前後して立ち上がった。また、鮮卑《せんぴ》族は幽《ゆう》州で略奪を働いた。そして、漢陽《かんよう》の匪賊王国《おうこく》が造反し、隴西《ろうせい》太守の李相如《りしょうじょ》が謀反し、酒泉《しゅせん》太守の黄衍《こうえん》は羌《きょう》族に降った。涼《りょう》州では土豪の馬騰《ばとう》も反旗を翻し、休屠各胡《きゅうとかくこ》［匈奴の一部族］は隴西を荒らし、遼西《りょうせい》の烏丸《うがん》族の丘力居《きゅうりょくきょ》、中山《ちゅうざん》太守の張純《ちょうじゅん》らが反乱を起こした。禁中には急を告げる書簡が山積みされ、朝廷の仕事といえば軍のやりくり、いつ果てるとも知れぬ乱にただただ対処するのみであった。

今日誰かが反乱すれば、明日にはすぐ掃討に出向き、明後日また誰かが反乱すれば、明々後日には鎮圧に向かうという、完全な悪循環に陥っていた。西北の涼州、東北の幽州、中原の荊州、南方の交《こう》州はすでに朝廷の権力が及ばず、天下十二州のうち、およそ三分の一が失われるに至った。

ただ、曹家のある沛《はい》国譙《しょう》県［安徽《あんき》省北西部］は、そのような騒乱とは無縁であった。たしかに政令や税の取り立ては厳しかったが、かといって、義兵を起こして立ち上がるものはついぞ現れなかった。一つには、この地が河南尹《かなんいん》の周辺に位置していて、黄巾の襲撃を受けなかったため。二つには、沛国の相《しょう》である袁忠《えんちゅう》が清廉な人柄で人望を集めていたため。そして三つには、黄巾賊の鎮圧で手柄を立てた曹操がこの地に戻っていて、威名を轟かせていたためである。

かつて曹家は皇后であった宋《そう》氏とのつながりから一時没落し、その後は危機意識を強めていた。曹《そう》嵩《すう》は下の子の曹徳《そうとく》に広く田畑をあがなわせ、水力を利用した碾《ひ》き臼を用意させたが、この動乱の時代において、これが思いがけず吉と出た。

皇帝劉宏は南宮《なんぐう》を修築すると、光武《こうぶ》帝の建てた宮殿を超えるものにしようと、各地から銅器や銅銭を数え切れないほどかき集めた。そして、それらを一度溶かすと、承露盤《しょうろばん》を捧げ持つ高さ二丈［約四・六メートル］を超える銅像［仙人掌《せんにんしょう》］を四体作らせた。さらには黄鐘《こうしょう》［銅の釣鐘］を四つと、貔貅《ひきゅう》［伝説上の獣］、蝦蟇《がま》、呑水獣《どんすいじゅう》なども飾らせたが、いずれも大きく精緻を極めたものであった。こうして皇宮《こうぐう》は立派になったが、民間では銅銭が不足して金銭が出回らず、商人もろくに商売ができない事態となった。そのうえ劉宏は従来の五銖銭《ごしゅせん》を薄っぺらい四出文銭《ししゅつもんせん》に鋳《い》直すように命《めい》を出した。これは作りが粗雑で品質も悪く、数は出回ったがその価値は低く、あっという間に物価高騰を引き起こした。

しかも、この動乱のご時世である。食糧の値上がりは天井知らずで、町なかの人が一斛《こく》［約二十リットル］の食糧を買おうと思えば、かごいっぱいの銭を持ち出さねばならず、民は物々交換するしかなかった。

そのような状況であったから、曹家の土地で獲れた作物はすぐさま金銭へと変わり、大きな利益を生み出したのである。田は豊かに実り、碾き臼は止まる暇もなく、小作人は桑を育て、農婦は機織りに精を出した。かたや夏侯《かこう》氏の荘園では羊や馬が放牧され、丁《てい》氏の有する林からは果実が収穫され、木材が伐採された。

三家の生業《なりわい》が相まって、一帯はさながら自給自足できる市場のようであった。曹徳、夏侯廉《かこうれん》、丁斐《ていひ》らは家をうまく治め、一族が豊かな生活を送れたばかりか、小作人でさえ食糧を蓄え、余った分は将来に備えて金銭に変えるほどであった。

官吏となり戦《いくさ》にも出た曹操の能力はむろん優れたものであったが、日々の暮らしや農村では、てんで発揮されなかった。日がな一日、弟が一族の者を連れて数取りや帳簿を持って行ったり来たりするのを見るだけで、自分には何も手伝うことができない。すでにごく普通の人々の生活から遠くかけ離れていたことに愕然とした。生きるためには食っていかねばならない。しかし、曹操にはその能力が欠けていたのである。官を勤めた十年間、たしかに一文たりとて賂《まいない》を受け取ったことはなかったが、小さいころから裕福な家で育ち、金使いも荒かった。曹操が自分で稼いだ俸禄では見栄を張って喜捨をするにも足りず、実のところは実家の財に頼って生活していたのである。それがいまや官を捨て、その俸禄さえも絶えたからには、金の面では弟に頼るしかなく、ただ無心するだけの甲斐性なしに成り下がった。

そんな暮らしがしばらく続くと、曹操もさすがに立つ瀬がなく、少しでも弟の手間を省くため、一部の生業を受け持とうかと申し出た。ところが曹徳はそれを一笑に付して答えた。「阿瞞《あまん》兄さん、何を余計なことを。兄弟の仲じゃないか。こっちは長らく家を切り盛りしてきたんだから、そのへんはお手の物さ。兄さんはのんびり読書でもしていればいいよ。そんなことを気にする必要はないさ」そう言われると、曹操としてはますます申し訳なく思うのだった。

日を改めて申し出ても、曹徳の返事は変わらなかった。しかし三度目ともなると、さすがに曹徳もいささか煩わしそうに答えた。「もしかして兄さんは弟が信じられないって言うのかい。この家の財産は兄弟で同じにしておいたよ。数年前に兄さんのぶんと分けたから、田畑も林も帳簿を持って来ればすぐわかる。分家したいなら、いつでも声をかけてくれればいいさ。煩わしいことは苦手だっていうのなら、よく仕事ができる若い下男をつけてあげるよ。そんなに家を分けたいのなら、父上に伝えて話し合おう」

これには曹操も肝をつぶし、慌てて手を振って遮った。「違う、違う。これまでずっと一緒だったんだ、家を分けるつもりなどさらさらない」それ以上は曹操から手伝いを申し出ることも憚られた。

実のところ、曹操自身もそのような日常の細々とした、しかしせざるをえない面倒は、気乗りするものではなかった。とくにすることもなく馬に任せて駆けていると、かつて卞《べん》氏の姉弟を匿《かくま》った藁葺《わらぶ》き小屋のことを、ふと思い出した。県城から東へ五十里［約二十キロメートル］ほど来てみると、籬《まがき》に囲われた小屋は当時のままで、雑草が人の高さほども生い茂っていた。あたりにはほかの家屋もなく、山の麓《ふもと》にひっそりとたたずんでいる。急いでいったん家に帰ると、道具と資材の用意を命じ、若い下男と改めて出かけた。そうして屋根の藁を葺き直し、さらに二部屋を増築した。これ以降、曹操はこの庵に住むようになった。卞氏と侍女の環《かん》だけを連れ、春と夏には読書にふけり、秋と冬には狩りを楽しんだ。そこは世のしがらみと遠く離れた別天地であった。

気がつけば早くも一年の歳月が過ぎようとしていた。曹操はこの隠居暮らしのような生活のなかに、何の悩みもない安寧を見つけたかのようだった。

そんなある日、曹操が書に目を落としていると、そばに近づいてきた卞氏がその首に腕を回して、口ずさんだ。

彼《か》の淇《き》の奥《いく》を瞻《み》るに、緑竹 猗猗《いい》たり。
匪《ひ》たる君子有り、切《せつ》したるが如く磋《さ》したるが如く、琢《たく》したるが如く磨《ま》したるが如し。
瑟《しつ》たり僩《かん》たり、赫《かく》たり咺《けん》たり。
匪たる君子有り、終《つい》に諼《わす》る可《べ》からず。彼の淇の奥を瞻るに、緑竹 青青たり。
匪たる君子有り、充耳琇瑩《じゅうじしゅうえい》、会弁《かいべん》は星の如し。
瑟たり僩たり、赫たり咺たり。
匪たる君子有り、終に諼る可からず。
彼の淇の奥を瞻るに、緑竹 簀《さく》の如し。
匪たる君子有り、金《きん》の如く錫《しゃく》の如く、圭《けい》の如く璧《へき》の如し。

寛たり綽《しゃく》たり、重較《ちょうかく》に猗《よ》り、戯謔《ぎぎゃく》を善くするも、虐を為さず。

「あの淇水の隈《くま》を見てみれば、美しく竹が茂っている。

麗しき君《きみ》はさながら磨いて磨いて磨き抜かれた玉や象牙のよう。

誇り高くたくましく、鮮やかに大らかに。

麗しき君を忘れることはできない。

あの淇水の隈を見てみれば、青々と竹が茂っている。

麗しき君の耳飾りはきらきらと、玉の冠は星のように耀く。

誇り高くたくましく、鮮やかに大らかに。

麗しき君を忘れることはできない。

あの淇水の隈を見てみれば、びっしりと竹が茂っている。

麗しき君は金や錫、珪や璧のように光り輝く。

寛大にして温厚で、馬車の横木に寄りかかり、よく戯《たわむ》れるも、度を過ぎず」


卞氏はもと歌妓《かぎ》である。よく風流を解し、歌も様になっている。曹操は笑った。「俺はこんな見てくれだが、それを麗しき君とはな。まったく、よく言うよ」

「誰があなたのことを歌って？」卞氏は美しい眉を少ししかめた。「あなたはもう三十路を超えているじゃない」

「それがどうした？　その歌は『衛風《えいふう》』の『淇奥《きいく》』［『詩経《しきょう》』に収める一篇］で、鄭《てい》の武公《ぶこう》を歌ったものだ。武公は周《しゅう》の王室をもり立て、九十歳まで政《まつりごと》を執った。それに比べれば俺はまだ三十三だ。だから俺のことでも何も問題なかろう」卞氏は愛らしく頰を膨らませた。「あら、何でもご存じなのね！官途についていた方はそう仰るけど、わたしたちみたいな歌妓は歌しか知らないものですから、そんなつまらないことは存じ上げませんわ！」

曹操は返す言葉を失った。かつては宮仕えのために橋玄《きょうげん》の導きで『詩経』を苦労して学び、古典に明るいことで官職に戻った。しかし、いまはまた在野の身、あの仕官のための学問はただの骨折り損だったのか。

そんな曹操の気持ちを見透かして、あまり考え込ませないようにと思ったのか、卞氏は曹操の頰に口づけした。

「ん、どういうつもりだ。もう互いにいい歳じゃないか。それに侍女もいるんだぞ」

卞氏が振り返ると、環が笑みを嚙み殺しながら入ってきたので、卞氏もつられて笑った。「何が侍女よ。環はもうわたしの妹なんだから。他人でもあるまいし、見られたっていいじゃない」

曹操は冷たく言い放った。「読書の邪魔をしないでくれ」

そこで環が駆け寄ってきた。「旦那さまったら本当に鈍感、お姉さまはお腹に赤ちゃんがいるのよ」

「赤子？」曹操は呆気にとられ、卞氏の腹に目を落とした。「で、できたのか」

「ああ、もう、ご先祖さま！」卞氏は曹操の鼻をつまんだ。「もうすぐ五月《いつつき》よ。お腹も少し膨らんできたのに、あなたはこれっぽっちも気づかないのね。環はおしゃべりだからすぐ言っちゃったけれど、わたしだけなら最後まで教えなかったところだわ。十月十日して生まれたら、このお父さんに赤っ恥をかかせられたのに」

曹操はすぐに耳を卞氏の腹にぴたりと寄せた。

「いまはまだ何も聞こえないでしょ。さっきの歌はお腹の子のことを歌ったのよ。将来は格好良くて立派な男になるわ。あなたと違ってね」

「どうして女じゃなく男とわかるんだ」

俗諺《ぞくげん》にも「母の栄華は息子から」とあるように、当然、卞氏は男の子が生まれることを望んでいた。

「まったくこの子ったら、お腹のなかでしょっちゅうわたしをいじめるの。きっとやんちゃな男の子になりそうね」

曹操はそれを聞いて大笑いした。「男にしろ女にしろ、なすびを産むよりはよっぽどいい」

「まあ、なんてひどい言い草」卞氏は曹操の額を小突《こづ》いた。「ふん、毎日一緒にいて、お腹が大きくなっても気づかないくせに、いったいいつも何を考えているのよ」

「腹が出たことには気づいていたさ。ただ、ここでのんびり暮らしていたから太っただけかと思っていたのさ」

「何よ、口だけは達者なんだから」卞氏は身を起こし、あちこちに散らばった書巻を片づけはじめた。

卞氏が腰をかがめるのを見て、曹操は慌ててそれを取り上げた。「俺がやる、俺がやる。転びでもしたらどうする」

環が横で笑い出した。「旦那さまったら、心配しすぎです。まだ四か月ちょっとなんですから」

そうは言っても、この日以来、曹操としては卞氏に何かをさせるわけにはいかなかった。どんなことでも自分でするか、そうでなければ環にさせるようにした。それからさらに半月あまり、曹操は気持ちが落ち着かず、日々おっかなびっくりで、書物の内容もまったく頭に入ってこなかった。その様子を見て卞氏が提案した。「わたしがここにいたら、あなたは気が散るでしょう？　やっぱり帰ったほうがいいわ。手伝いの者も多くいるし」

曹操は聞き入れるしかなかった。環に車を呼びに戻らせる際、揺れを抑えるため、広い車を老馬に牽かせてくるよう口を酸っぱくして言いつけた。あくる日の早朝、卞氏の弟である卞秉《べんへい》が自ら車を御して来た。曹操はむしろを三枚も重ね、まるで下僕が主人にするように、卞氏を支えて車に乗り込ませた。環に世話を言いつけ、そっと車を降りると、卞秉が軽口を叩いた。「義兄《にい》さん、役人はやめたけれど、それじゃまるで召使いですよ。こちらの家からすれば、なんとも頭の痛い問題だ。義兄さんだから気を遣うし、お給金の心配もしなくっちゃ。なんと言っても秩《ちつ》二千石《せき》の召使いなんて、とても使えやしないさ」そんな冗談を聞いても、曹操としては心配でおちおちしていられなかった。「お前の姉さんのためだろうに」

「嘘ばっかり！」卞氏が後ろから口を挟んだ。「どうせお腹の子のためでしょう！」

「なんだ、お見通しだったのか」ごまかすようにそう答えると、みな笑い声を上げた。

五十里といえば近いわけではないが、曹操が馬車をゆっくりと進ませたので、まるで牛車さながらの道行きとなった。早朝に小屋を出て、自宅のある村に着いたころにはすっかり昼を回っており、迎えに出ていた楼異《ろうい》は、陽射しをまともに受けながら、一刻［二時間］ほども待ち続けることになった。荘園に入るや否や、一族の女たちが一斉に駆け寄り、車を囲んで卞氏と話しはじめた。なかには果物や鶏の卵を持って来ている者もいる。女というのは顔を合わせればとかく話が長いものだが、子供の話となればなおさらである。女の長話ほど曹操の嫌いなものはなかったが、しかし今日はその話題の子の父として、どんなに面倒でも付き合わざるをえなかった。

やっとのことで女らが散り散りになると、今度は息子の曹昂《そうこう》と甥の曹安民《そうあんみん》がはしゃぎながら駆け寄ってきた。二人は誕生日も同じ七歳で、一緒に学び、一緒に遊び、まるで影の形に添うかのようであった。曹操の太ももにしがみつき、「父さん」「伯父さん」とひとしきりじゃれつくと、今度は卞秉の手を引いて遊び相手をせがんだ。卞秉は何か言い含め、懐から羊の骨で作ったさいころを取り出すと、二人をどこかへ遊びに行かせた。

「たいした先生じゃないか、二人まとめてあやすとは。いつ子育てを覚えたんだ？」

「義兄さんには敵わないな。僕はまだ結婚もしていませんよ」

曹操は笑った。「誰がお気に入りなんだ？　俺が取り持ってやるぞ」

「誰って、みんなにも心当たりがあるでしょう？」そう言いながら、卞秉は車上の環に目配せをした。曹操は気づかぬふりで笑いながら前を向き、その話題にはもう触れないことにした。

のろのろと進んでようやく家にたどり着くと、一行は卞氏を支えて車から降ろし、部屋へと導き入れ、荷下ろしと整理に追われた。曹操はそんなことにはおかまいなく、まず正室の丁《てい》氏の部屋に顔を出した。戸を開けると、慌ただしく機織りをしている丁氏の姿が目に飛び込んできた。娘がその横で手伝いをしている。この娘は十歳で、すでに夏侯惇《かこうとん》の息子夏侯楙《かこうぼう》と許嫁《いいなずけ》になっている。日がな一日、丁氏について手習いをしており、聞き分けの良い子である。

曹操は笑みを浮かべて声をかけた。「さあ、卞おばさんに挨拶してきなさい」

丁氏は娘が出ていくのを確かめてから、曹操に恨み言をぶつけた。「まだ帰り道は覚えていたのね。半月に一度しか足を向けないなんて、ここを何だと思っているの？」

容貌は十人並みだが、しっかり者の丁氏は曹操より年上で、いわゆる良妻賢母である。とりわけ、かつて曹家が災難に見舞われた際、丁氏は家事を切り盛りして曹操を励まし、さらには側女《そばめ》の劉《りゅう》氏が死に際に産み落とした曹昂を苦労しながらも育ててきた。

それゆえ丁氏に対する曹操の感情は、愛というよりも敬意に近いものがあった。

その手元では、機織り機のあいだを小魚が飛び跳ねるように梭《ひ》が行き交っている。丁氏は布を織りながら、夫への不満を立て続けにぶつけた。「本当にあなたったら、家のことは何も知らないし、子供の可愛がり方も知らないの？　昂《こう》はあなたの子でしょ。出ていったと思ったら六年も帰ってこず、帰ってきたと思ったらめったに顔も見せないんだから。それじゃあ子供もお父さんの顔を忘れちゃうわ。それに、一緒に住んでなくっても、もう少しお父さまのことを考えるべきだわ。洛陽《らくよう》のお父さまからひっきりなしに手紙が届いているのよ。官吏として出仕しないならしないで、ちゃんとお話ししたらどうなの？　一家の主《あるじ》の親子が二人、手紙で喧嘩なんてどういう了見よ。楼異なんてこの一年、あなたたちのおかげでずっと手紙の使い走りよ。孝廉《こうれん》なのに、よくもまあ……どこが孝行者なのかしらね。もう三十三だっていうのに、ちっとも落ち着かない……」

「もういいじゃないか」曹操は苦り切った表情を浮かべながら、丁氏の背中に手を乗せた。「帰ればいつもこの調子だ。お前がたいへんなのもわかっている。少しゆっくりしたらどうだ」

「ねえ、あなた。体は休められても、心から寛《くつろ》ぐことなんてできると思って？」そう答えながら、丁氏はまた一匹織り上げた。曹操はそれを織機から外《はず》し、細かく織り込まれた布地を確かめると、丁氏の腕を褒めちぎった。「お前の腕前は本当にたいしたものだ。しかし、家には十分余裕がある。自分で糸を紡《つむ》ぎ布を織らずともよかろう。そんなに頑張りすぎることもあるまい」

丁氏はそれには答えず、笑みを浮かべて話をそらした。「ほら、これは昂に着せてあげるの。なかなかでしょう。余った分は今度生まれてくる赤ちゃんにあげれば無駄にならないわ」

自分が腹を痛めた子ではないのに愛情を注ぐ丁氏の姿を見ると、そんなときだけは、丁氏が愛おしい存在に思われるのだった。「どっちもお前の子ではなかろうに。お前はいつ俺の息子を産んでくれるんだ？」

丁氏は一つため息をこぼした。「はあ……いつもあなたがいないのに、どうやって産めって言うの？」

「なら今晩はどうだ？」曹操はいたずらっぽく笑った。

「お好きにどうぞ。でも昂は劉氏がわたしに託した忘れ形見、わたしの子も同然なの。わたしは曹家の長男の嫁なんだから、ここで生まれた子はみんなわたしの子よ。子供ができるかはともかく、わたしとしては昂が立派に大きくなって、娘が無事に夏侯家に嫁げれば、それで満足だわ」

曹操が身を寄せて丁氏を抱きしめようとしたそのとき、突然外から曹徳の叫び声が聞こえてきた。「兄さん、早く！　大男がやってきた！」曹操が慌てて中庭に出てみると、そこには三歳になる丸々とした裸の子を抱いた夏侯淵《かこうえん》が、呵々《かか》大笑して立っていた。

「妙才《みょうさい》じゃないか！　こんな小さい子に服も着せてやらんとは、嫁に怒られるぞ」曹操は咎めた。

「孟徳《もうとく》、わかっていないな。子供のうちから鍛えてこそ、大きくなっても病気をせんものだ」夏侯淵は小鼻をうごめかすと、曹徳に向かって大きな声で話しかけた。「子疾《ししつ》、さあよく見ろよ。これがお前の娘婿だ。約束したんだからな、もうあとには引けんぞ！」夏侯淵が抱いていたのは息子の夏侯《かこう》衡《こう》で、生まれる前からすでに曹徳の娘との結婚が決められていた。

「なんとまあ、衡《こう》ったらこんなにぷっくりして」曹徳があやしながら続けた。「これなら十分うちの娘婿になれるぞ。でも、お前のお父さんを見たら考え直そうかな」

みながそれを聞いて大笑いしているところに、また一人、背の高い粗衣《そい》の農夫が近づいてきた。釣り竿を脇に挟んで、手には何匹か大きな魚を持っている。

「秦《しん》の兄さん、兄さんにまで散財させてしまい、申し訳ない」曹操は慌てて駆け寄った。

秦邵《しんしょう》は大口を開けて笑った。「親友の仲じゃないか……さあ、ここには何でもあるだろうが、俺は貧乏だからな、何匹か釣ってきたぞ。嫁さんに食べさせてやってくれ」

曹操は魚を受け取ると楼異に渡し、また丁寧に申し出た。「せっかく来てくれたんだ。さあ座って。すぐに酒の用意をするから」

「かまわんよ、まだやることもあるしな。また今度一緒に飲むとしよう」

そう言うそばから、また一人やってきた。「それなら、俺が代わりに飲んでやるぞ」なんと酔いどれの丁沖《ていちゅう》である。手には酒の入った瓢箪《ひょうたん》をぶら下げ、その後ろには小箱を持った同族の丁斐《ていひ》もいる。

曹操はからかって言った。「まだ飲み足りんのか。日がな一日飲んだくれているくせに。酒ではらわたが腐っても知らんぞ」

「酒で死ぬならそれも本望。死んだら酒甕《さけがめ》に放り込んでくれ!」そう言うなり、またひと口呷《あお》った。

曹操は相手をするのも面倒になり、再び秦邵を引き留めようとした。ところが、秦邵は手を振って制すると、背負った竹かごから一番大きな魚を取り出して笑いかけた。「うちもおめでたでな。嫁がこいつを待っているんだ。また会おう」

その様子を見ていた丁斐は秦邵の手を引いて止めると、持っていた小箱を開けて、なかから玉製の如意《によい》と金の簪《かんざし》を取り出した。「伯南《はくなん》殿、つまらぬ物だが、どうぞお子さんに」

「とんでもない」秦邵は手を振って断った。「不作の年にはそなたらの家にずいぶん世話になった。これ以上は受け取れん」

斉嗇《りんしょく》家で名高い丁斐にしては、今日は珍しく気前よく、如意と簪を秦邵の手にねじ込んだ。「これはお子さんにあげるんです。男の子なら如意をあげて、簪は妻を娶《めと》るときにでも。もし女の子なら簪をあげて、如意は嫁入りのときに持たせてください」

「はっはっは、そいつはいい考えじゃないか」曹操が高らかに笑うと、秦邵もそれ以上は断り切れず、ありがたく受け取り、去っていった。丁斐は残った物を箱ごと曹操に渡した。「これはおぬしの子供に」

「おい、なんて重さだ」

「ありがたくいただくとしましょう」曹徳が笑った。「丁文侯《ぶんこう》は財を大事にするから、これは滅多なことではない。顔を立ててあげるべきだ」

曹操は中庭を埋め尽くす友人たちに笑顔を振りまいた。「子供が一人できただけだというのに、みなこんなに気を遣ってくれて」

丁斐が手を振り遮った。「みんなこうして集まりたかったのさ。人生なんてあっという間だ、それは認めねばならん。かつて一緒に蹴鞠《けまり》をしていた洟垂《はな》れが、いまやみんな人の親なんだからな」

曹操は感慨を禁じえず、心のなかでつぶやいた――そうだ。俺ももう父親なんだ。光陰矢の如しとはよく言ったものだ。そのくせ何を成し遂げたわけでもなく、いまはただ実家でだらだらと無為に日々を過ごしている。何のために頑張ってきたんだ。いつか太平の世が訪れて、朝廷に登り名を揚げる日が来るのだろうか――

そんなことを考えていると、また笑いさざめく声が耳に入ってきた。向こうから色白の美青年がおもむろに近づいてくる。端正な顔立ち、大きな眼《まなこ》にくっきりとした眉、均整のとれた体つきは立派な押し出しをしている。身には錦繍《きんしゅう》の長衣をまとい、その立ち居振る舞いには非凡な風格さえ漂う。この者こそ、曹熾《そうし》の子で曹仁《そうじん》の弟、曹純《そうじゅん》であった。そばには書巻を捧げ持った童僕、呂昭《りょしょう》の姿もある。

「子和《しわ》、やっと来たか」

「なかなか子供たちが離してくれなかったのです」

曹操は一瞬呆気にとられ、不思議に思い尋ねた。「もう教えているのか」

曹純は拱手《きょうしゅ》して答えた。「なんとかこなしています」

曹操はしばらくその姿をまじまじと見つめた。以前、曹家が災難に見舞われたとき、父の曹熾は里へ帰る途上で急死した。ときに曹純は十四歳、若くして父を失ったが、幸い曹熾は如才なく莫大な身代《しんだい》を蓄えていた。しかも曹純にもっとも多く分け与えたので、下男や小作人は百人を超えるほどであった。曹純はずいぶんと若いうちから一家の主となり、百人あまりの世話を難なくこなしたうえ、学問においてもすこぶる優れていた。曹操は感嘆を禁じえなかった。「子和の並外れた聡明さはまさに天賦の才だ」

ところが、曹純は呂昭を指さして答えた。「わたしなどたいしたことはありません。それよりこの子こそ神童です。たった数か月で『詩経』を学び終えたんですから」

呂昭はそれを聞くと、恥ずかしそうに頭をかいた。「そんな、子和さまと子疾さまのおかげです」

宴席の用意をしながら、曹徳が話を継いだ。「わたしはもう駄目さ。いまではただの田舎長者だからね。やっぱり子和のお手柄だよ。そうだ阿瞞兄さん、知っているかい？　先日父上から便りがあったんだ。なんでも来年には子和が孝廉に推されることに決まったそうだよ」

曹操はしきりにうなずいた。「では、曹家で三人目の孝廉さまというわけか」

曹純は力強く答えた。「近ごろ天下は乱れ、民草はえさを求める雛のように泣き叫び、もだえ苦しんでいます。いまこそわれら士人《しじん》が力を尽くすときです。ひとたび出仕すれば、社稷《しゃしょく》の安泰のためにこの命も惜しむものではありません。上は社稷の気風を正し、下は民をいたわる所存です」

「いいぞ、その意気だ！」みな口々に褒めそやした。

曹操は笑うしかなかった。自分もかつては同じように意気揚々としていたはずだが、結果はどうだ。むろん、人として努めに励むべきではある。しかし、いまのこの世知辛い世の中で、いったい誰が本当にお上を正し、下々《しもじも》を救うことなどできるものか。曹純もいざ出仕すればすぐにわかるだろう……

酒食の用意が調うと、一同はぞろぞろと席についた。杯《さかずき》を交わし、山海の珍味に舌鼓を打ちながら、誰もが楽しく語らい、高らかに笑った。ただ曹操だけは、佳肴《かこう》も美酒も味気なく感じられた。喜びに満ち溢《あふ》れた一族の者を眺めてみれば、管鮑《かんぽう》の交わりを結んだ友がいる。愛する妻もいる。団欒《だんらん》の幸せはここに極まっているはずなのに、なぜか気持ちが晴れることはなかった。気づけば話は夏侯惇や曹《そう》洪《こう》など、よその土地で官についている者のことに移っていたが、その名が耳に入るたび、曹操はますます気が塞《ふさ》いだ。こんなときはやはり丁沖だ。言葉を交わす必要など何もない。二人は黙って、ひたすら杯を傾けた。

夜更けまで続いた酒席が散じると、曹操は丁氏の部屋へと足を向けた。寝台に横になり、まだ機織りを続けている丁氏に声をかけた。「まだ休まんのか」

「もう少し、安民にも新しい服を作ってあげなくちゃ。子疾さんはよくしてくださるし、長男の妻として甥っ子を可愛がるのは当たり前でしょ」丁氏は首を軽く揉むと、そこでようやく手を休めた。「さっき卞氏に会ってきたわ。あなた、もうすぐ五月《いつつき》にもなるのに、どうして気づかなかったの？」

「うっかりしてたんだ」

「うっかりって……どうせずっと何か考えごとでもしていたんでしょう？　お腹が出てきているのに、わからないわけないじゃない」

曹操は頭から布団をかぶった。「まったく、お前ときたら。少しはのんびりしたらどうだ。やっと手を止めたと思ったら今度は気を回して」

丁氏は衣を脱ぎながら続けた。「何もしなくなったらおしまいよ。だらけちゃうだけだわ」

何気なく口にした丁氏のひと言であったが、布団のなかの曹操には、まるで自分が責められているように聞こえた。結局、この夜も枕をともにすることはなく、曹操は丁氏が子供の将来を気ままに想像するのを横で聞いていた。

あくる日は、またいつもどおりの日常だった。曹徳は帳簿を片手にあれこれ計算し、丁氏は部屋で機織りに勤《いそ》しんでいた。身重の卞氏がその話し相手を務め、丁氏が育てている娘と環はそれぞれの奥方の世話で忙しく立ち回っていた。楼異はまた書状を持って使いに出かけ、卞秉は笛を吹きながら子供の相手をしている。曹昂と曹安民は曹純について学堂に行き、呂昭も書巻を抱えて慌ただしくあとを追っていった……そしてまた、曹操は一人取り残された。

何をするでもなく半日を過ごしたが、心中の煩悶はいかんともしがたかった。誰もが自分のすべきことをしている。では、俺のすべきこととは何なんだ？　そそくさと昼を取ると、曹操はすぐ大宛《だいえん》の千里馬［汗血馬］に跨がった。馬に任せて日が暮れるまで郷里を駆け回り、全身の気だるさを覚えるまで駆け続け、そして例の藁葺き小屋へと帰っていった。

曹操は暗い小屋のなかで横になると、しきりに自分を慰めた――すべてがうまくいっているのだ。何も悩むことはない、何も悩むことなど……

譙《しょう》県に黄竜現る

卞《べん》氏がいない庵での生活、それは曹操にいっそうの寂しさを覚えさせるだけであった。歌を聴かせてくれる人もいない。酒に付き合ってくれる人もいない。言うまでもなく、枕をともにして甘い言葉を交わす人もいない。しかし、家に帰っても、あの煩わしさのなかでは耐えられないだろう。曹操はもはや平凡な日常に身を置くことができない、そういった種類の人間になっていた。

あれこれ思い悩んだ挙げ句、曹操はふと朱儁《しゅしゅん》とともに戦った日々を思い出し、『孫子《そんし》』、『呉子《ごし》』、『鬼谷子《きこくし》』、『六韜《りくとう》』などの書を持ち出して、大作『兵書接要《へいしょせつよう》』の著述に取りかかった。そのあいだ、卞秉《べんぺい》と楼異《ろうい》がときどき世話に訪れて、米や薪を持ってきた。丁《てい》夫人はきっちり十日ごとに来て話し相手を務め、そのついでに洗濯物を持って帰った。打ち込むべきことがあれば、充実した時間を送ることができる。来る日も来る日も書巻を繰《く》っては筆を走らせ、気づけば空は早くも冬の訪れを告げていた。筆が進まないときは気晴らしに狩りに出かける。そんな文あり武ありのささやかな暮らしは、ことのほか気ままであった。

穏やかに晴れたある日、好天に誘われて少し陽を浴びようと、曹操は筆を擱《お》いて柴の戸を開け放った。そのとき、遠くから自分の名を呼ぶ声が聞こえてきた。

「孟徳《もうとく》、孟徳よ……」

その伸びやかな声にはたしかに聞き覚えがあるものの、にわかには思い出せず、きょろきょろとあたりを見渡した。しかし、人っ子一人見当たらず、きっと寂しさからくる空耳だろうと、自分を納得させた。しばしの喪失感に襲われると、曹操は部屋に戻って横になろうと考えた。

「孟徳、曹孟徳……どこにいるんだ……」

今度は間違いない。やはり誰かの呼ぶ声がする。曹操は虚空に向かって大声で答えた。「俺はここだ……ここにいるぞ！」そうしてひとしきり声を上げると、西の山あいから馬を駆ってこちらに向かってくる者がいる。上背があり、武人の服に、目にも鮮やかな二本の雉《きじ》の尾を飾った冠。その男は、ひたすら鞭を当てて駆け寄ってきた。ずいぶん近くまで来て、曹操はようやくそれが崔鈞《さいきん》であることに気がついた。

「元平《げんぺい》殿、あなたでしたか」曹操も小走りに進み出た。

「はっはっは、孟徳、久しぶりだな」崔鈞は馬を下りると拱手《きょうしゅ》した。

曹操は崔鈞の馬の轡《くつわ》を取った。「どうしてここへ」

「もちろんこの山奥に隠れ棲む賢人を訪ねて来たんじゃないか」

「ご冗談を。どうです、わが庵もなかなかのものでしょう」

「まったく、なんて見つけやすいところに建ててくれたもんだ」庵の風情などはまったく興味がない様子である。「家を訪ねたら楼異に会ってな、聞けばいま孟徳は庵を結んで隠棲していると。道案内を買って出てくれたが、自分で探すからと言って断ったんだ。そうしたら山あいで道に迷って、仕方なく大声で呼んだんだよ」

「まあ、とにかくなかへ」曹操は崔鈞の手を取って引き入れた。

崔鈞は腹をさすりながら、いささか申し訳なさそうに頼んだ。「なあ孟徳、何か食べ物をもらえんか」

曹操は呆気にとられたが、即座に答えた。「ええ、ありますとも。すぐに出しましょう」崔鈞を庵に招き入れ、その馬をしっかりつなぐと、急いで炊事場から丁氏の作り置きしてくれた魚の羹《あつもの》を取り出した。火を起こして温めようとしたところ、崔鈞もあとからついて炊事場に入ってきた。「かまわんよ、冷めたままでいい」そう言って受け取るなり、崔鈞は羹に手をつけた。

曹操は訝《いぶか》った。この羹は魚の生臭さが気になって残していたものである。それが崔鈞の食べっぷりを見ていると、羹がまるで山海の珍味かと思えてくる。器を持って竈《かまど》の前に立ったままほおばる様は、もう何日も食事を取っていないかのようだった。さらに胡麻つきの餅子《ビンズ》［粟《あわ》粉などを焼いた常食物］にもさっそくかぶりついた。崔鈞が食べ終わるのを待って庵へと戻り、ようやく二人は腰を落ち着けた。「元平殿、いったいどうしたのですか。まるでどこかから逃げ出してきたようですな」

口をぬぐって崔鈞が答えた。「まさに逃げ出して来たのさ。父上に追い出されてしまってな」

「ええっ？　いったいどういうことです」曹操はますますわけがわからなくなった。あの穏やかな崔烈《さいれつ》をそこまで怒らせるとは、いったい何をしでかしたのか。

崔鈞は一つため息をつくと、邪魔だと言わんばかりに冠を脱ぎ、雉の尾をなでつけた。「すべては父上が三公《さんこう》の位を買ったからだ」

「何ですと？　ご尊父のようなご立派な方が、か……」曹操は思わず口をつぐんだ。

「金で太尉《たいい》を買ったのさ！　隠しおおせるわけもない。いまや都じゅうの笑い者だ」

曹操にはわからなかった。「ここにはほかに誰もいません。本音で話しましょう。ご尊父の威名は北方の州郡に轟き、位は九卿《きゅうけい》、二十年も郡守《ぐんしゅ》を務め、早晩三公に昇るはず。しかもその世代はますます人材が減り、年功からいってほかに誰がおりましょう。向こう一、二年というところで、なぜ官位を買って自ら名を汚すような真似をされたのです」

「まったくそのとおりさ」崔鈞はまたため息を漏らした。「数か月前、太尉の張公《ちょうこう》が亡くなられた。そこで……」

「誰が死んだですって？」曹操は尋ね返さずにはいられなかった。

「張延《ちょうえん》、張大人《たいじん》だよ」

「あの方までが……」

崔鈞はそこで思い切り強く卓を打った。「十常侍《じゅうじょうじ》のやつらにやられたんだ！」

曹操は苦々しげに嘆息した。「乱臣逆賊によってまた忠臣が殺《あや》められたのか」

河内《かだい》の張延は剛直の士として名が通っており、先帝の御代の司空《しくう》、張歆《ちょうきん》の子であった。父子二代にわたって三公の位に昇ったほどの人物だが、最後は十常侍という小人《しょうじん》の手にかかって命を落としたのである。

崔鈞はさらに続けた。「張延さまだけではない。劉寛《りゅうかん》さまも張延さまを助けられなかったために、憤りのうちに死んでしまった。去年は袁紹《えんしょう》の叔父、袁逢《えんほう》さまも鬼籍に入られた。老臣たちはみな逝ってしまった。もう残っているのは馬公《ばこう》［馬日磾《ばじってい》］ぐらいなもの。いまも東観《とうかん》［洛陽《らくよう》城の南宮《なんぐう》の東に位置した史料庫］で一人寂しくしているよ。まったく見るに堪えんぞ……」

そこで曹操が口を挟んだ。「もはや陛下にはつける薬がない。そういった老臣たちが長年身を粉にして社稷《しゃしょく》を支え、何代もの主君を輔弼《ほひつ》してきたというのに、挙げ句の果てが次々とこんな最期を迎えるとは。これぞ長城を自ら崩すようなもの。劉寛さまに至っては陛下の師でしょうに。こんな出来の悪い学生は聞いたことがありません」

「まあ最後まで聞いてくれ。とんでもないのはそのあとだ。張延さまが亡くなってから、ある日突然、樊陵《はんりょう》と許相《きょしょう》が家に駆け込んできてな。曰《いわ》く、陛下がわが父を太尉にする心づもりがあるゆえ、河《か》間《かん》の邸宅を修築するために一千万銭出せと言ってきたのだ」

「そんな馬鹿な！」曹操はありえないと手を振り続けた。「あのだんまりと腹黒め、調子に乗ってそんな余計な真似を」

「父の性格はおぬしも知っているだろう。太尉の位がどうというより、そんな不名誉を受け入れるわけがない。しかし、『君子に罪を得るも小人に罪を得るなかれ［君子の恨みを買おうとも、小人の恨みを買ってはいけない］』だ。父は二人を罵倒することもできず、ひたすら遠回しに断って、その日は帰ってもらったのさ。ところが何日か過ぎたころ、今度は陛下の乳母だった程《てい》夫人がやってきたんだ。これがまた舌のよく回る老婆でな。陛下の面子をつぶすわけにはいかぬから、いくらかでも出して災厄を逃れるようにと説いてきたのだ。ずっと家に居座ってしつこく説得し、うんと言うまで帰らないのだ。考えてもみろ、相手は老婆とはいえ陛下の乳母だ。無下に扱うこともできん。父も面倒になってきて、最後には了解して五百万銭を出したんだ。これで手打ちと思ってな」

曹操は泣くに泣けず、笑うに笑えずといった心持ちである。「わかりません。朝廷の大事に老婆が首を突っ込んで引っかき回すとは」

「まさにそこだ。しかし、程夫人は本当にやって来た。おおかた裏で陛下か宦官が糸を引いているんだろうよ」崔鈞はやるせない表情を浮かべている。「その後、拝命の儀礼が執り行われ、陛下は父に官位を授けた。文武百官が勢ぞろいで、程夫人も参列したのだが、われらが陛下は印綬を授ける段になって、そばの宦官に何とこんなことを仰ったのだ。『惜しいな。もうひと押しすれば一千万銭で売れたものを』」

「なんたること！　見くびるにもほどがある！」

「父は顔じゅう真っ赤になったが、何も言葉を返さなかった。幸いほとんど誰にも聞かれなかったしな。ところが、ここでご立腹したのが程夫人さ。なんと宮女のあいだを縫って進み出ると、百官の面前で陛下を叱りつけたのだ。『陛下も陛下ですよ。崔公は清廉の士です。どうして進んで官位を買うものですか。あたしがさんざん説得したから、やっとお気持ちを示してくださったのに、陛下は足るを知るという言葉を知らないのですか』とな。その場で陛下と口喧嘩をはじめてしまって、式典はうやむやのうちに解散だ」

「はっはっは……」これには曹操も笑いすぎて涙が出そうになった。「良心が顔を出したんでしょうな。思わず乳母としての本音が出たというところか」

「それはそうだが……この騒ぎのおかげで、父の行動が白日の下にさらされたのだ」崔鈞は悔しそうに太ももを打った。「孟徳、これは父が責めを負うべきことなのか」

「まさか！　とんでもない。責められるべきは貪欲な陛下でしょう……それで、どうして家を追い出される羽目になったのです？」

崔鈞は顔を真っ赤に染めながら、作り笑いを浮かべた。「数日前だが、表から家に帰ったとき、中庭に杖を叩きつけて荒れる父の姿を見つけたのだ。父によれば、三公に昇ってからというもの、誰もが後ろ指をさしてひそひそと陰口を叩いていると言うのだ。そして、本初《ほんしょ》や公路《こうろ》など、お前の友人はどう思っているのかと聞いてきたから、これは父の顔色を見抜けなかった俺が悪いのだが、本当のことを正直に話してしまった」

「それで、何と言ったんです」

「父上が刻苦勉励して名望を得たことは誰もが承知しています。太尉になるのは理の当然ではありますが、ただ、このたびはあまりにひどく名声を傷つけてしまいましたと。そこでどう言われているかと聞かれたから、それを答えたら途端に怒り出したんだ」

曹操はまるで笑い話でも聞いている気分になってきた。そこで待ち切れずに続きを急《せ》かした。「それで何と?」

「みなは、父上にしみついたその銅銭臭さが堪えられんと!」

「はっはっは!」曹操は腹がよじれるほど笑った。「元平殿、よくぞ申した!」

「親父ったら飛び跳ねて殴りかかってきたよ」崔鈞は眉をしかめて見せた。「俺は生まれてこの方、一度も手を挙げられたことはないんだ。でも、今回ばかりは杖を振り上げて中庭じゅう追い回されてな。年寄りだと思うなよ。なんといっても、もとは武官だからな。最後はこっちが家から逃げ出したってわけさ。すると向こうは門を閉めてかんぬきまでかけたから、完全に閉め出されてしまった。表でずっと跪《ひざまず》いて、道ゆく人の笑いものになっても、一向に開けようとしないんだ。挙げ句の果てには、弟の州平《しゅうへい》が壁越しに金を入れた風呂敷を投げてよこしてだな、家に戻るなら打ち据えたうえで水に流す、出て行くならもう勘当すると親父が言っていると教えてくれたんだ。さらには、ひとまず何日かここを離れて、ほとぼりが冷めてから帰って来るようにとな」

曹操はもう笑いすぎて涙が出てきた。崔州平なら知っている。崔烈の末子ではあるが、崔元平よりよほど機転が利く。曹操は涙をぬぐいながら助言した。「十歳かそこらの弟のほうがよくわかっているじゃないですか。州平の言うとおり、年寄りを怒らせたときはうまく機嫌をとって、ちょっと鬱憤を晴らさせてやるのがいいでしょう。逃げれば逃げるほど、お父上の顔に泥を塗ることになります」

「はあ……、家を出てすぐは本初に何日か泊めてもらい、それから鮑《ほう》家の兄弟のところで二、三日過ごした。大《だい》将軍も声をかけてくれたが、他人まで巻き添えにはできんしな。父の怒りが一向に収まらんので、この際、各地の馴染みの友人を頼ろうと思ったというわけだ」

「それでもう金を使い切ったのですか」

「洛陽を出てから知ったんだが、金など屁の突っ張りにもならん。餅子《ビンズ》を一つ買おうと思えば、もうそれで何百銭だ。皇帝が新たに鋳造を命じた四出文銭《ししゅつもんせん》はまったく役に立たんぞ。小さな県ではみな物々交換をしているし、中牟県《ちゅうぼう》［河南省中部］に着いたときには、もうすっからかんだ。県城の役人に絹帛《けんぱく》を半匹掛け売りしてもらって、ようやくここまでたどり着いたのさ。博陵《はくりょう》［河北省南部］の崔氏も俺のおかげで形なしだ」

「庶民がどれだけ苦労しているか、これでわかったでしょう」曹操は沈痛な面持ちで訴えた。

「なんせ洛陽を出たのが三年ぶりだからな。家を出てから数日、いろいろと感じるところはあったさ。帰ったら、いっそう大将軍をもり立てねばならん」

曹操は訝しげに尋ねた。「何進《かしん》を補佐するというのですか」

「孟徳、おぬしは知らんだろうが、この二、三年の何国舅《こっきゅう》は礼を尽くして賢人を迎え、多くの名士を辟召《へきしょう》している。勇将は大将軍府より出て、忠臣はみなその庇護のもとにある。誰もが国舅のために献策し、十常侍を始末する気でいるのだぞ」

曹操はしばし黙り込んだ。

「なあ孟徳、いまこそ功を立てるときだというのに、なぜ引きこもっている。さあ、もう一度やり直そう」崔鈞は心から曹操が立ち上がるのを望んでいた。「ともに宦者《かんじゃ》どもを一掃して、朝廷の綱紀を立て直そうではないか！」

「それは……それはやはりできません」曹操は頭《こうべ》を垂れた。「いまは日ごとに風向きが変わり、明日はどうなるか誰にもわかりません。朝廷のために力を尽くしたいのは言うまでもありませんが、かといって無駄死にはごめんです。何進の策謀はかつての竇武《とうぶ》に及ぶものではありません。われらの年功にしても陳蕃《ちんばん》や尹勲《いんくん》にはほど遠いでしょう。この件はもっとよく検討して練るべきかと」

「それはそうかもしれんが、ではいつまでそうしているつもりだ。伯夷《はくい》［殷《いん》代末期の隠者］よりは柳下恵《りゅうかけい》［春秋時代の魯《ろ》の政治家］に学ぶべきではないのか。実はな、かつて孟徳の務めた騎都尉《きとい》だが、いまではちっとも珍しいものではない。各地で戦《いくさ》が行われ、戦陣で何ほどかの手柄を挙げればすぐに騎都尉に昇進できる。鮑信《ほうしん》もそう、鮑鴻《ほうこう》だって右扶風《ゆうふふう》として、前線に出て少なからず戦功を挙げている。みんな出世しているぞ」

「本初殿はどうしていますか」曹操がもっともその動向を知りたいのは、やはり袁紹であった。

「袁本初なら掾属《えんぞく》［補佐官］として大将軍に辟召されたよ」驚きのあまり曹操は言葉が出てこなかった。袁紹は才俊たちの中心にいる人物である。その袁紹が何進を後押しするというのなら、国舅の身も安泰に違いない。崔鈞は、鉄は熱いうちに打てとばかりに続けた。「袁紹だけではない。伯求《はくきゅう》殿も大将軍の掾属となられたのだ」

「ええっ⁉」曹操は耳を疑った。

「さらには劉景升《りゅうけいしょう》に張孟卓《ちょうもうたく》、華子魚《かしぎょ》に孔文挙《こうぶんきょ》、辺文礼《へんぶんれい》、それから河北《かほく》〔黄河の北〕の田豊《でんほう》、字《あざな》は元皓《げんこう》、荊州《けいしゅう》は南郡《なんぐん》の蒯越《かいえつ》、字は異度《いど》、ほかに潁川《えいせん》の荀攸《じゅんゆう》、字は公達《こうたつ》もいる。王謙《おうけん》は大将軍の長史《ちょうし》〔次官〕となったし……」崔鈞がずらずらと挙げた名は、いずれも曹孟徳よりはるかに名望赫灼《かくしゃく》たる人物ばかりであった。

曹操は汗が背中を伝うのを感じてため息をついた。「なんと、たった一年この庵にいるあいだに、世の中はそこまで動いていたのか。まったく井の中の蛙大海を知らずとはこのことだ」

「孟徳、出仕するんだ！　何国舅の鶴のひと声だぞ。それに、みんなお前を待っている」

それでも曹操の葛藤が消えることはなく、しばらく悩んだ挙げ句に答えた。「わたしはあなた方と違って臆病なのです。はじめ蹇図《けんと》を打ち殺して宦官の恨みを買い、都を追い出されました。頓丘《とんきゅう》〔河南省北東部〕では民には歓迎されましたが、最後はやはりたいへんな災難に遭いました。その後は議郎《ろう》に登用されたものの二年も冷や飯を食わされ、兵を率いて戦に出ては多くの無辜《むこ》の民を殺《あや》めてしまいました。済南《さいなん》でも一年務めに励みましたが結局は……わたしぐらいの年齢で、わたしより多くの挫折を味わった者がほかにいるでしょうか。毎度のように失望させられ、果たしていまの朝廷にどんな希望があるというのです。今度のことは、やはりやめておきましょう」

崔鈞はしばらく押し黙ると、ようやく重い口を開いた。「おぬしがそこまで言うのなら、わたしとて無理強いすることはできん。ただ覚えておいてくれ。誰もおぬしのことを忘れてはいない。危地に臨んで黄巾を討った功績は、みんなの心に刻まれているんだ。まだ三十三歳じゃないか。それにお父上だって……」

「もう決めたのです」曹操はきっぱりと断った。「この汚濁にまみれた世の中で俸禄をもらうつもりはありません。天下が清らかになれば、そのときはここを出ます。死ぬまでそのときが来なければ、ここで朽ち果てるまで！」

崔鈞は一瞬呆気にとられたが、しだいに唇をわなわなと震わせた。自らの失言に気づいた曹操は慌てて釈明しようとした。「すみません、わたしはただ……」

「かまわん、かまわんよ。それまでにしよう……もういい……」あまりの重苦しさに耐えられなくなったのか、崔鈞は急に柔和な顔つきを浮かべた。「それにしても、自然のままに任せたここの生活もなかなか良さそうだな」

「まあ、悪くはありません」

「それは何を書いているんだ」崔鈞は卓上の竹簡に目を落とした。

「兵書です。多くの兵書を一つにまとめ、『兵書接要』としてまとめるのです」

「その学、実に惜しいな」

「書が成れば世に伝えられるのですから、何が惜しいものですか」曹操は冷たい眼差しを投げかけた。崔鈞は冠飾りの雉の尾をいじくっている。「ずいぶん遠出をされてきたのに、ずっとその尾をつけたままだと邪魔になりませんか」

「おお、これか。いま都ではこれが流行っているんだ。二本の雉の尾を冠に挿してな、見栄えがするだろう」

「見た目だけは」曹操は口を少し尖らせた。「やはりあなたは頭が硬い。その尾は見る人が見れば十分路用になるはずです。そうすればここまで難儀はしなかったでしょうに」

「そうか？」崔鈞は注意深く雉の尾をなでつけている。「では、売って金に換えるか」

「その気があるなら、すぐ都に帰るべきです」

「そうしたいのはやまやまだが、家に入れんのではな。たとえ入れたとしても、父に見つかれば不孝者だ、勘当だと叱りつけられ、申し開きもできん」

「いいですか」曹操は笑みを浮かべた。「舜《しゅん》［五帝の一人とされる］がその父親に仕えたようにするのです。小さな責めは受け、大きな責めは逃げる。これなら不孝とはなりません」

「ふむ……孔子も言っているしな」崔鈞はしばし考えをめぐらせた。「うまくいくと思うか」

「ええ、必ず」

「よし、では試してみよう。助かったよ」崔鈞はそう言いながら立ち上がった。

「はるばる来てもらったんです。しばらく泊まっていかれては？」

「いや、そうもゆっくりはできん。まだこれから南陽《なんよう》の名士たちと連絡を取らねばならんのでな。その帰りには潁川に立ち寄って、大将軍のために陳仲躬《ちんちゅうきゅう》と荀慈明《じゅんじめい》の両先生にも目通りするつもりだ」

潁川の高士《こうし》である陳寔《ちんしょく》と荀爽《じゅんそう》、そして儒学の師である北海の鄭玄《じょうげん》、この三人こそは、隠棲している当代の大賢であり、誰もが認める道徳の規範たる人物である。三公に欠員が生じるたび、朝廷は必ず三人を召し出そうとしたが、三人はかつてそれに応じたことはなく、長らく繰り返されて、もはや一種の儀礼と化していた。

「もう先立つものもないのに、どうやって南陽まで行くのですか」

崔鈞は一笑に付した。「それなら孟徳に頼むさ」

曹操は絹帛を三匹取り出してきた。「わたしの財はすべて家に置いてあり、いまはこれだけです。妻が近所の民に振る舞うようにと織ってくれたものですが、今日はまずこれでご援助しましょう」

「それは助かる。南陽までたどり着ければ大丈夫だ。帰りの分は許攸《きょゆう》のところで無心するとしよう」

「かりにも太尉の息子があちこちで借金とは面目丸つぶれですな」

「うちにはもう掲げる家名などないも同然さ」崔鈞は絹帛を受け取ると、手持ちの袋にしっかりと結びつけた。「大作の邪魔をして悪かったな。また会おう！　都に戻ったら必ず大将軍におぬしを推薦しておく。追って朝廷から迎えが来るだろう！」そう言い残すと、崔鈞は一陣のつむじ風のように表へと出て行った。

「あ、ちょっと！　まったく……」曹操は頭にきて追いかけて出た。すると崔鈞は、すでに馬上に跨がっていたが、なんと雉の尾が手綱に絡まり、顔をゆがめて四苦八苦しているところであった。

曹操の怒りはすっかり消え、笑いながらあざけった。「ざまあない、余計なことをしようとするからです！　そのつまらんおもちゃは片づけるんですな。賢人や隠者に会おうというのに、くれぐれもそんなふうに格好つけませんように」

「わかった、わかった」崔鈞はやっとのことで手綱をほどいて握り直した。「他人が言っても信じぬが、ほかならぬおぬしの言うことなら聞いておこう。なんせおぬしもいまや立派な隠者さまだからな！では、また会おう」そう言い残すと、南を指して駆けていった。曹操はその後ろ姿を見えなくなるまで見送ると、ゆっくりと庵のなかに戻った。そして座り直すとまた筆を手に執ったが、一向に進まない。崔鈞の突然の来訪によって、ここの静かな生活に波風が立てられ、曹操はすっかり気がそがれてしまった。なぜだ？　なぜだ？　曹操は筆を放り出すと寝台に伏せった。そしてこの隠れ棲む賢人は、また果てのない憂鬱のなかへと落ちていった。

どれぐらい横になっていただろうか。馬の嘶《いなな》きが聞こえてきたかと思うと、柴の戸が押し開けられ、卞秉が駆け込んできた。「義兄《にい》さん、早く！　姉さんが生まれるって！」

「何だと⁉」

「早産だって。すぐについてきて」卞秉は曹操の腕を取って起こした。

曹操は取る物も取りあえず、卞秉と一緒に門を出て大宛《だいえん》の千里馬に跨がると、すぐに馬を駆けさせた。走り出せば馬の良し悪しは一目瞭然である。大宛馬は一日千里を駆ける名馬、卞秉の馬がついてこられるはずもない。しばらくすると、曹孟徳の影さえ見えなくなった。曹操は羽根のないのが恨めしいほどに、心の底から焦っていた。焦って馬を駆り立てれば、それだけ向かい風が強く吹きつける。始末に負えないのが、風とともに舞い上がる黄砂である。ちょっとでも気を抜けば、もう目を開けることもできない。にわかに黄砂が巻き上がったかと思うと、砂塵が大空を黄色に染めた。冷たく刺すような向かい風が荒野の砂を巻き上げて、それはあたかも天から降り立った黄竜のようであった。

曹操は危険も顧みず、手で鼻と口を覆いながら薄目を開けて、頭を低くしつつひたすら駆けた。巻き上がる黄砂を一気に駆け抜けると、風はしだいに止んできた。曹操は顔じゅう砂まみれになり、空に向かって毒づきながらも駆け続けた。このたびの道行きは、かつて長社《ちょうしゃ》［河南省中部］の救援に向かったときにも増して、大宛の千里馬が本気の脚力を見せつけた。

五十里の道を一気に駆け抜けると、曹操はなお馬を下りず、そのまま荘園のなかに駆け込んだ。遠目にも庭の入り口でみなが曹操を待っているのが見えた。

「遅いぞ！」夏侯淵《かこうえん》が声を張り上げた。「赤子はもう生まれた。父親失格だな」

曹操は目がちかちかとして、よろけるように馬を下りると、夏侯淵の声には応えず、みなを押しのけて入っていった。あちこちぶつけながら、ようやく卞氏の部屋の前に着くと、丁氏が出てきて迎えた。「何をそんなにうろたえているの？　早く見てみたら？　もう生まれて産湯にもつけたわ。男の子よ、男の子！」

男の子だと聞かされても何を答えるでもない。曹操の心を占めていたのはただ不安ばかりであった。かつて劉《りゅう》氏は赤子を産み落とすなり死んでしまった。あの惨劇が、その後の曹操をどれほど苦しめたかわからない。産婦の顔を見るのさえ恐ろしく感じるほどなのだ。恐る恐るなかをのぞくと、卞氏が寝台に横になっていた。額の汗もきれいに拭《ふ》き終え、にこやかに曹操に笑顔を投げかけてきた。

卞氏は赤子を産んだばかりとは思えないほど元気十分な様子である。「あなた、わたしたちの子はとってもいい子よ。呆気ないくらい、すっと生まれてくれたわ」曹徳《そうとく》の妻がにこにこしながら、おくるみを曹操の面前に差し出してきた。真っ白でぷっくりとして、とても元気に泣き声を上げている。

母子ともども無事であると知り、曹操はようやく胸をなで下ろした。

「抱っこなさいますか」曹徳の妻も満面の笑みである。

「おおっ」

曹操が受け取ろうと手を伸ばしたそのとき、丁氏が慌てて割って入った。「駄目よ、抱っこはいけないわ！　体じゅう砂まみれじゃないの。早く顔と手を洗って、服を払ってきて」

それを聞き、曹操はそばの桶に手を突っ込もうとした。

「まあっ！　何するつもり？　それは産湯よ、わからないの？」丁氏は苛立ちを通り越しておかしくなってきた。「それできれいになるわけないじゃない。外で洗ってきてちょうだい」

取り乱す夫の姿に、卞氏はいささかがっかりしていた。男の子が生まれたのに、どうして笑ってくれないのか。慌てて帰ってきてくれたものの、まったく心ここにあらずといったありさまである。卞氏はその後ろ姿を目で追いかけながら、強がるしかなかった。「あの人、きっとうれしすぎておかしくなっちゃったんだわ。そうよ、そうに決まってる……きっとそう……」丁氏はやるせない思いを込めた視線を卞氏に送った。ともに曹操としとねを共にした二人である。互いの心に相通じるものがあったことは言うまでもない。曹操がおぼつかない足取りで出ていくと、夏侯淵と曹徳がすぐに寄って来て体じゅうの砂ぼこりを払ってくれた。さらに友人たちが賑やかに曹操を取り巻いてくる。

「また男の子だ、うれしかろう？」

「孟徳殿の家はまったく子孫繁栄ですな」

「孟徳のやつ、うれしすぎて呆《ほう》けちまったみたいだ！」

「名前はどうするんだい？」

「そうだ、名前をつけないとな」

曹操には、目の前の人だかりがどんどん自分に押し寄せてくるように感じられた。黄砂で目がやられたのか、それともどうかしてしまったのか、どの人の顔もぼんやりとしか見えない。そんななか、筆を持って近づいてくる呂昭《りょしょう》の姿だけが、はっきりと目に映った。「旦那さま、赤ん坊の名前をわたしの手のひらに書いてください」

曹操は筆を手にすると、何も言わずにただ一字、「不」と書いた。

「これは何て名だい？」みなが口々に話しはじめたところ、曹操はさらにその字の下に筆を真横に滑らせた。続けて下に筆を走らせようとしたが、そこではたと手を止めた。曹操はまるで何かを恐れるようにかぶりを振り、何も言わずに筆を弟の手に押し込めると、楼異のあとについて顔を洗いに向かった。

みなも曹操を話の種にして軽口を叩きながら、後ろをずっとついていった。その場に残ったのは曹徳と呂昭だけである。呂昭は逆さまに書かれた字が読めるように、手を自分のほうに向けてみた。「この字なら知っているよ、『丕《ひ》』だよね。この子の名は曹丕《そうひ》だ」

「『丕は大なり』。これは縁起のいい名だ！」曹徳も笑った。しかし、呂昭の手のひらをよく見るなり、曹徳の顔から笑みが消えた。「この『丕』の字はなぜ……まさか『否』と書こうとしたのか」

「子疾《しっ》さま、この名前はよくないのですか」

曹徳は何か言いかけたが、かろうじてその言葉を飲み込むと、無理に笑顔を浮かべた。「いや。曹丕か、いい名前だ……いい名前だよ……」

呂昭はわけがわからず、ただ曹徳の横で目をぱちくりとさせていた。

第十章　曹嵩《そうすう》、一億銭で官をあがなう

官位をあがなった余波

中平《ちゅうへい》四年（西暦一八七年）十一月、漁陽《ぎょよう》の張純《ちょうじゅん》と張挙《ちょうきょ》による大反乱が起きると、太尉《たいい》に就任してわずか五か月の崔烈《さいれつ》が罪を着せられた。劉宏《りゅうこう》はこれを崔烈が職責を果たさなかったためであるとして罷免したのである。しかし、曹操兄弟にとっては、続いて入ってきた知らせのほうが耳を疑うものであった。父の曹嵩が太尉の官位をあがなうために、一億銭の出資を承諾したというのである。

事が明るみに出ると、洛陽《らくよう》と沛国《はい》はおろか、天下の隅々にまで知れ渡り、州郡県郷、表通りと裏通り、まさにいたるところがその話題で持ちきりとなった。曹巨高《きょこう》はもとより宦官の養子という卑しく汚れた血筋である。それが金の力で九卿《きゅうけい》の位に昇り、恥知らずにも宦者《かんじゃ》と馴《な》れ合い、果ては一億銭もの大金を小人《しょうじん》に賂《まいない》して暗君に取り入り、三公《さんこう》の位を買ったのである。天下を大いに騒がせたのも無理はない。さらにいえば、秩《ちつ》二千石《せき》の者がどうやってそれほど貯め込めるのか。法を枉《ま》げて賂をむさぼり、善良な民からも無理に搾りあげたに違いない。崔烈が官位を買ったのはやむをえない事由によるが、こと曹嵩に関しては、腹黒い小人が手段を選ばず、破廉恥にも世間を騒がせて手に入れたのである。

同僚の士大夫たちはあざ笑い、民百姓は口汚く罵った。

金を用意するようにとの書状が、曹嵩から譙《しょう》県［安徽《あんき》省北西部］に届いた。曹操、曹徳《そうとく》、曹純《そうじゅん》はあまりの恥ずかしさに、家を一歩出ることすら憚られた。

「ふん、何だこれは！　天は雨を降らすもの、親は官位をあがなうものってか」曹操は怒りのあまりほかに口にすべき言葉が見つからなかった。

「父がどうしてもというのなら、わたしたちにも止められぬな」曹徳はうなだれた。「金が要るなら、蔵を開けて差し出そう。『孝経《こうきょう》』にも、『身を謹《つつし》みて用を節《せつ》し、以て父母に事《つか》う［言行を慎んで節約し、父母に孝を尽くす］』とある。心を尽くして孝行すれば、それでいいのでは」

「それは庶人の孝で、士人《しじん》の孝ではありません」曹純が口を挟んだ。「『父に争子《そうし》有れば、則ち身は不義に陥らず。故に不義に当たらば、則ち子は以て父に争わざる可《べ》からず［父にその過ちを諫《いさ》める子があれば、不義を犯すことはない。それゆえ不義の行いがあれば、子は父を諫めなければならない］』です」

「いや、『孝経』にはこうも……」

「よせ、もういい！」曹操は二人を遮った。「この期に及んで、まだ経典にはどうのこうのと言い争うつもりか」

曹純はあからさまに不満げな顔をしている。「出仕する前からこんな汚名を背負わされては、将来、文武百官はわたしをどんな目で見るでしょう」

「では聞くが、お前が孝廉《こうれん》に挙げられたのは誰のおかげだ」曹操はきつく睨みつけた。「かりにもお前の親族だろう。さらには俺たちの実の父でもある。いまは子として何ができるかだ。起きてしまった以上、どちらが正しいかなど問題ではない。まずは目先の問題を解決せねばならん！」

曹徳も口では同意したが、内心はいたって不満であった。官位を買うことの是非はともかく、億万とあるこの財産、その多くは自分がなんとかやりくりして築き上げたものだからだ。父が幾らよこせと言えば出さないわけにはいかないが、事前にひと言あってしかるべきではないか。七十にして矩《のり》を踰《こ》えずと言うし、父が子を使うのも当然といえば当然だが、子孫にいくらか財を残したり、陰徳を積んだりすべきだろうに。そうは思ったものの、曹徳は腹をくくった。「何も問題はない。田租《でんそ》も絹帛《けんぱく》も十分にある。二月《ふたつき》、三月《みつき》のあいだ少し切り詰めれば、父上にも少なからず蓄えがあるだろうし、それらを合わせれば大丈夫だろう。曹家の身代《しんだい》をつぶすには至らないはずだ」

「簡単に言ってくれるな」曹操にすれば、曹徳は何もわかっていない。「金銭を集めるのはたいしたことではない。問題はそれをどうやって運ぶかだ」

曹徳もそこでようやく気がついた。いまがいったいどんなご時世か。盗賊がはびこり、旅人はいたるところで襲われているのだ。億に相当する物を運ぶともなれば、何十台もの車を列ねていかなければならない。そしていま、この件を知らぬ者はいないのだ。どれほどの悪党がこれを狙って待ち伏せるだろうか。曹徳も噴き出す汗を禁じえず、額に手を当てた。「駄目だ……どうすればいいんだろう」

曹純も驚きと不安を隠せない。「額が大きすぎるんだ」

「親父め、何を考えている!」曹操はいきり立った。「いまのこんな世の中で蓄えを大っぴらにするなんて。そんな話が広まれば、曹家には金があると誰もが知ることになる。貧しい友人は無心に来るだろうし、同郷や親戚ももっと援助を乞うだろう。たとえ賊が奪いにくることはなくても、目を離すことはありえない。しかも、いたるところ命知らずの悪党だらけなんだぞ。曹家の行く末も明るくないな」

曹徳はしきりにため息をついている。「先のことはともかく、まずは目の前のことをどうするかだ。官位を買うと言った以上は、金銭を出さなければ宦官が黙っていないだろうし、陛下が直々にうちの財を没収するかもしれない。いったん金や銀など金目の物に換え、物量を減らして運ぼうか」

「それは無理でしょう」曹純が直ちに否定した。「この小さな譙県にどれほどの宝物があるというのですか。それに、あの丁斐《ていひ》が貯め込んだ財をすべて金銀に換えてもたいした量にならないのに、一億銭ですよ。いったいどれだけ必要になるやら。さらに言えば、ここでは金や銀にも価値はありますが、都ではそんなに珍しいものではないはずです。洛陽に着いてからそれをまた金銭に換えるのでは、相場の分だけこちらが大損をしてしまいます。いっそ国相《こくしょう》に兵を借りて護送するのはどうでしょうか」

「そんなことは前代未聞だ」曹徳は苛立ちを通り越しておかしくさえなってきた。「お上の兵を動かして私《わたくし》の財産を護送するなんて聞いたことがない」

そう言われたところで、曹純は意にも介さない。「あれこれ気にしてもはじまらないでしょう。こうなったら、わたしももう孝廉の面子《めんつ》がどうだなどと言っていられません。恥を忍んで国相に掛け合ってみます」

「こっちが面子を捨てたとしても、向こうには必要なんだ」曹徳は滴る汗もそのままに続けた。「袁《えん》忠《ちゅう》がどんな人物か知らないのか。命よりも名声を重んじて、その剛直さゆえ同族の袁逢《えんほう》や袁隗《えんかい》とも袂《たもと》を分かったんだぞ。こんなことを手伝ってくれるわけがない」

曹純は思い切り眉をしかめた。「では、夏侯《かこう》家と丁《てい》家からも人を集めますか。それなら金を少し積めば問題ないのでは」

「これは金の問題じゃないんだ」曹徳は手を振って遮った。「彼らにも面子があるだろう。夏侯惇《かこうとん》は一方の名士、丁斐の一族には九卿の位にある丁宮《ていきゅう》だっている。たとえ向こうが引き受けてくれるとしても、人の面子をつぶすような真似はできないさ。こんな不名誉なこと、近しい人ほど巻き添えにはできない」これには曹純も返す言葉がなく、二人は黙って曹操に目を向けた。

曹操は思いついたとばかりに一つ手を打った。「よし、俺が行こう」

「ええっ？」曹徳と曹純は肝をつぶした。

「問題なかろう。子和《しわ》、ちょっと楼異《ろうい》を呼んできてくれ」

曹純がしぶしぶ楼異を呼びに行くと、曹徳は尋ねた。「阿瞞《あまん》兄さん、成算はあるのかい？ うちの下男をみな連れてもたいした数にはならないし、小作人らは役立たずだ」

「ふん」曹操は冷たくあしらうように笑った。「もう財産のことはばれているんだ。いっそ孟嘗君《もうしょうくん》［戦国時代末期の斉《せい》の公族］に倣《なら》うとしよう。荘園の入り口に大旆《たいはい》を立てて兵を募り、曹家もいっぱしの地主となろうではないか。流民でも罪人でも、力さえあれば入れてやるんだ」

真面目一筋の曹徳はまん丸に目を見開いている。「それこそ家名に泥を塗るようなものじゃないか」

「お前はこの件が済んだら天下に太平が訪れるとでも思っているのか。わが曹家もこれからは備えが必要だ。今後はその者らが曹家の荘園を守ってくれるだろう。これは先々を見据えてのこと。このご時世だ、見くびられたら食い物にされる。用心するに越したことはなかろう」曹操はそう話しつつ、しだいに興奮してきた。「人が集まったら何百人か屈強な者を選んで、俺が都まで財物を届けてやる。

よし、決めたぞ」

ちょうどそこへ楼異が慌ててやってきた。「旦那さま、いかなるご用でしょう」

「何人か連れて旗を立て、貧乏人や流民を集めろ。うまい酒といい肉でもてなしてやるんだ」

「ははっ」楼異は何も問い返さず承諾した。

「それから、轅車《えんしゃ》と突車《とつしゃ》を覚えているか」

楼異は俯《うつむ》いて考えたが思い出せない。「はて、それはどのような……」

「かつて皇甫嵩《こうほすう》の陣営にあっただろう」曹操が手がかりを与えてやると楼異も思い出した。

「ああ、思い出しました。城を守るため轅門《えんもん》［車の轅《ながえ》を向かい合わせて作る陣門］と突門《とつもん》［敵の侵攻に備える特殊な門］にするものですね」

「それだ、それ……」曹操は振り返って弟を見た。「徳《とく》、財貨を積むのに、どれくらい車がいると思う」

「すべて四出文銭《ししゅつもんせん》と五銖銭《ごしゅせん》で揃《そろ》えるのは無理ですから、おそらくまだ絹帛も必要でしょう。そうすると、たぶん三十台は必要になります」

「楼異！」曹操は顔を戻した。「すぐに職人と大工仕事ができる者を集めて、轅車を五十台と大型の突車八台を作り、二十丈［約四十六メートル］の太い麻縄を用意するんだ」

楼異は驚いて武者震いした。「すわ、戦《いくさ》ですか！」

「そうだ！　大量の財貨を運ぶからには、これが戦でなくて何だ！」楼異の肩を軽く叩いた。「さあ、刀や槍、棍棒をたっぷりと用意しておけ。この寒さだ、厚手の衣も忘れずにな。料理番には麦焦がしを食糧用に用意しておけと伝えろ。護送する人夫はお前が自分で選ぶんだ。肉づきのいいたくましいやつを三百人だ。行け！」

「ははっ」楼異は一目散に駆けていった。

はたで見ていた曹徳は感嘆を禁じえなかった。「みんな困り果てていたのに、やっぱり兄さんだ」

募兵の旗が立つ。それはすなわち、そこには食う物があることを意味する。あちこちから無頼の徒が集まってくると、曹家の荘園はたちまち市場のようにごった返した。選ばれた者にはとにかくまず一斗［約二リットル］の穀物と一匹の布が与えられた。楼異は大きな車の上に立ち、人夫を選《よ》るように指示しながら、大工職人たちを急《せ》かした。三日もすると、楼異が喉をつぶした甲斐もあってか、用意すべきものはあらかた揃えられた。

そして出発前夜、曹家の荘園では無礼講の宴席が設けられた。三百の壮士たちと曹家の者とが一緒になっての精進落としといったありさまである。夏侯家が牽いてきた牛や羊はあっという間に三十頭以上つぶされ、さらには丁沖《ていちゅう》秘蔵の上等な酒を甕《かめ》で何十と掛け買いした。真冬の荘園のあちこちで焚き火が起こされ、無骨な男たちは大声で騒ぎながら、しばし存分に食い荒らした。四六時中、腹を空かせていた者ばかりである。みな酒と肉を目の前にして、親の顔を見るより喜んだ。

曹徳と曹純はびくびくしながらずっと主人の席におり、まだ子供の曹昂《そうこう》と曹安民《そうあんみん》は家から出るのも怖がった。夏侯家と丁家、それぞれの家を切り盛りしている夏侯廉《かこうれん》と丁斐は姿を見せていない。一方で、両家からは無骨者の夏侯淵《かこうえん》と、すでにできあがっている丁沖が顔を出し、すっかりなじんでいた。あまりのやかましさに、曹操は曹徳のほうを向いて声を張り上げた。「子疾《ししつ》よ、曹家はお前が切り盛りしている。何か挨拶でもしたらどうだ」むろん、曹徳に務まるわけもない。「兄さん、兄さんがして！」

曹操はそれを断るでもなく、大きな卓上に立ち上がると、大声で叫んだ。「肉はうまいか！」

「おうっ！」曹操はたったひと言で無頼たちの注意を引きつけると、そこでぐるりと拱手《きょうしゅ》して続けた。「兄弟たちよ、今日はこの曹孟徳《もうとく》のおごりだが、一つみんなに頼みたいことがある。わが父は近ごろ太尉の位につくことになった」曹操はひときわ声を張り上げた。「しかしだ、腐れ宦者どもはわが父に賂《まいない》を求めてきた。出さねば、わが曹家の一族を一人残らず斬り殺し、財を強奪するというのだ！」

曹徳は思わず息を呑んだ。阿瞞はよくもここまで口から出まかせをすらすらと言うものだ。かすかに震える手で杯《さかずき》を取り、ひと口呷《あお》ったところで、誰かの叫び声が聞こえた。「それなら目にもの見せてやろうぜ！」曹徳は含んでいた酒を噴き出してしまった。

「ならん、ならん。それはできん」曹操は手を振って制した。「わが父の命はやつらに握られているんだぞ。いまは獄につながれて、餅子《ビンズ》［粟《あわ》粉などを焼いた常食物］の一つさえ満足に食えんとのこと。十常侍《じゅうじょうじ》どもは肉でも魚でも好き放題食っているのにだ！　俺としては父の命と引き換えに金を出さざるをえない。なぜか。俺は小さいときに母を喪《うしな》った。父は俺たち兄弟の下の世話までして育ててくれたんだ。当時は金もなかったから、自分の服を売ってまでして俺たちに勉強させてくれた。だから、俺も父を見捨てることはできん。本当のことを話そう……」

曹純は大きな卓の下に顔を突っ込んでこっそりと笑った。「どの口が本当のことを話すのさ」

「兄弟たちよ」曹操は杯を持ち上げた。「明日から俺が洛陽まで金を届けるのを手伝ってほしい。わが父のため、もし道中で盗賊に出くわしたときは、どうか命がけで戦ってほしい。まず俺からこの杯を飲み干して敬意を示そう」みなもわいわい騒ぎながら酒を注《つ》ぎはじめた。そこに曹操の鋭い声が響いた。「ただ、これだけは先に言っておかねばならん。これはわが父を救い出すための金だ。洛陽まで無事に届けられたら、戻ってから必ずみなに酒肉を振る舞おう。いくらか食糧を持たせることも約束する。しかし、万が一これを奪ったり、盗みを働く者がおれば……」

そこで無頼たちのなかから立ち上がる者がいた。「誰だい、そんなことをするくそったれはよ！　俺は曹の旦那によくしてもらったからな。もしそんなやつがいたら、この俺がぶっ殺してやる！　旦那さまは俺たちに本音で話してくれた。俺たちだって正直に向き合おうじゃないか、そうだろう、みんな！」

「そうだ、そうだ！」全員が声を合わせて応えた。

曹純が見てみれば、音頭をとって声を張り上げたのが秦邵《しんしょう》だったから、また必死で笑いをこらえた。事前に仕組んでいたに違いない。

「よかろう」曹操は再び杯を持ち上げた。「みなが手伝ってくれるなら、今後は俺もみなに手を貸そう。家、土地、金、それに嫁取りだって俺に任せろ。よし、ここで一曲歌って興を添えてやる。明日は朝一番に出発だ！」そこで曹操は振り向くと、曹徳と曹純、呂昭《りょしょう》を呼び寄せた。「さあ、一緒に歌え」

「歌うって何を？　そんなの無理だよ」三人が顔を見合わせていると、早くも曹操の高らかに歌い上げる声が聞こえてきた。「倬《たく》たる彼《か》の甫田《ほでん》、歳ごとに十千《じっせん》を取る。我 其の陳《ふる》きを取りて、我が農人に食せしむ……」

「『甫田』の歌だ」呂尚は手を打って笑った。「僕たちも歌いましょうよ」

四人は大きな声で歌い出すと、しだいに気持ちが高揚してきた。

倬たる彼の甫田、歳ごとに十千を取る。我 其の陳きを取りて、我が農人に食せしむ。古《いにしえ》より年《みの》り有り。

今南畝《なんぽ》に適《ゆ》き、或いは耘《くさぎ》り或いは耔《つちか》う。黍稷《しょしょく》薿々《ぎぎ》たり、介《いこ》う攸《ところ》止まる攸、我が髦士《ぼうし》を烝《まね》く。

我が斉明《しめい》と、我が犠羊《ぎよう》とを以て、以て社《しゃ》し以て方《ほう》す。我が田の既に臧《よ》きは、農夫の慶なり。

琴瑟《きんしつ》して鼓を撃ち、以て田祖を御《むか》う。以て甘雨を祈り、以て我が稷黍《しょくしょ》を介し、以て我が士女を穀《やしな》う。

曾孫 来《きた》る、其の婦子を以《ひき》う。彼《か》の南畝に饁《おく》れば、田畯《でんしゅん》至りて喜《し》す。其の左右を攘《と》り、其の旨《うま》きか否かを嘗《な》む。

禾《いね》易《おさ》まりて畝に長じ、終《つい》に善にして且つ有《ゆた》かなり。曾孫 怒らず、農夫 克《よ》く敏ならん。

曾孫の稼、茨《し》の如く梁《りょう》の如し。曾孫の庾《ゆ》、坻《ち》の如く京《けい》の如し。

乃《すなわ》ち求めて斯《こ》の倉を千にし、乃ち求めて斯の箱を万にす。黍稷稲粱《とうりょう》は、農夫の慶なり。報ずるに介《おお》いなる福を以てし、万寿疆《かぎ》り無し。

「果てしなく広い田んぼには、毎年多くの穀物が実る。わたしは蔵に積み上げた古米を、農夫たちに与えて食べさせ、そうして古よりの実りを継ぐ。

いま、南の農地へ行けば、農夫は草をむしって土をかけ、糯黍《もちきび》や粳黍《うるきび》はたわわに穂を垂れている。みなの手を止め休ませようと、よく働いた者を集めて収穫の祭りを開く。

われらの穀物と羊をお供えし、土地の神と四方の神を祀《まつ》る。わが土地に十分な実りがあるのは、農夫たちにとっても大きな喜び。

琴や瑟をかき鳴らして太鼓を打ち、田の神を迎える。そうして慈雨を祈り、穀物の豊作を祈り、男も女も食うに困らぬことを祈る。

領主さまが、奥さまと子供とともにやって来る。あの南の農地に飯を届ければ、田の神が来臨してこれを食す。左右のお供えを取り、その味の良否を見て今年の豊作を占う。

それによれば稲穂は田んぼによく実り、質もよくたっぷり取れるとのこと。領主さまも喜び、農夫は耕作に精を出す。

領主さまの収穫は屋根のように梁《はり》のようにうずたかく積まれ、野積みの穀物は川のなかの小島や高い丘のよう。そこで千もの倉を用意し、万もの箱を用意する。五穀豊穣は農夫の喜び。大いなる福はとこしえに限りなし」


「果てしなく広い田んぼには、毎年多くの穀物が実る。わたしは蔵に積み上げた古米を、農夫たちに与えて食べさせ、……大いなる福はとこしえに限りなし」。『詩経《しきょう》』に収めるこの「甫田」の歌は、すべての貧民たちの胸にある期待を歌っている。歌うほどに屈強な男たちは涙を溜め、また歌うほどに男たちは胸を高ぶらせ、さらに歌うほどに杯を酌み交わし、一曲の歌がいつしか曹家に対する親近感へと昇華していった。

すっかり酔いつぶれた丁沖は目が据わっている。ぼんやりしていたかと思うと、いきなりわけもわからず叫んだ。「酒を飲むぞ！」

「飲むぞ！」みなは器を持ち上げて、心ゆくまでとことん飲んだ。

そうして亥《い》の刻［午後十時ごろ］まで飲み続けたのである。ようやく集いが散じると、曹孟徳は大きく息をつき、振り返って弟に言った。「これでこいつらは使えるぞ」

曹徳は心から感服して拱手までした。「兄さん、これからはやっぱり兄さんが家の主《あるじ》になって。本当に恐れ入ったよ」

「非常のときには非常のやり方がある。一家の切り盛りはやはりお前に頼む」曹操もいささか感傷的な気分になってきた。「これが正しかろうと間違っていようと、いまは父のため……二人で……」

「とにかく二人であくまで孝を尽くそう」曹徳が笑いながら曹操のあとを引き取った。幼いころから助け合ってきた兄弟だけに、まさに以心伝心である。「さあ、明日は出立なんだから、早めに休んだほうがいいよ」兄が部屋に戻るのを待って、曹徳は召使いとともに宴会の後片づけをし、一つひとつ焚き火の跡を踏み消して回った。

曹操が丁《てい》氏の部屋に戻ると、丁氏はなお機織りに勤《いそ》しんでいた。酔いも手伝ってか、曹操は後ろから抱きすくめた。「もう今日はいいんじゃないか」

今宵は丁氏もことのほか気分がよかった。品のよい笑みがいつにも増して輝いて見え、灯火《ともしび》に揺れながら美しく照らされている。「あなた、今日はとうとう笑ったわ。ご自分がどれくらい笑っていなかったかご存じ？」

曹操は一つ息をつくだけで、何も答えなかった。

「あなたほど俗にまみれた人はいないのよ」丁氏は機を織りながら続けた。「隠者になろうだなんて、もう考えるものじゃないわ」

「それはわからんぞ」曹操は小鼻をうごめかした。「このたびはあまりに差し迫ったからこそ手を出したまで。子疾は本の虫だし、子和はまだまだ子供だ。ほかの者はまったく使い物にならんしな。俺のほかに誰がいると言うんだ」

「ほらね、やっぱり。あなたは家を大事にするのよ」

「しかし、国のことは捨てられる」

丁氏は曹操に向き直った。「家を捨てられない人が、国を捨てられるわけないわ」

曹操はその額に軽く口づけをした。「さあ、そろそろ休もう」

「卞《べん》氏のところに行ってあげて」

「それは駄目だ」曹操は丁氏の胸をなで回した。

丁氏は曹操を押し返した。「あの子のそばにいてあげて。赤ちゃんが生まれてからというもの、誰にも笑顔を見せなくて、何度もわたしの前で泣いていたのよ。あなた、少しは父親らしいことをして?」

曹操は思わず手を止めた。「うむ……」

「さあ、早く行って」

「では、すぐに戻ってくるからな……」そう言い置くと、曹操はあたふたと出ていった。

丁氏は織り機の前にたたずみ、独りごちた。「またそんなこと言って。向こうに行ったら戻ってこないくせに……」

皇帝廃立の陰謀

あくる日の早朝、三百人の壮士が棗《なつめ》の棍棒を手に隊列を組んだ。曹家に仕える腹心の者は財物を馬車に積み、その後ろには轅車《えんしゃ》と突車《とつしゃ》がつながれた。曹操と楼異《ろうい》がそれぞれ剣を佩《は》いて馬に跨がり、ちょうど出立しようとしたところ、夏侯淵《かこうえん》が何人かを引き連れて駆けつけた。丁沖《ていちゅう》も同行するはずだったが、飲み過ぎたせいでまったく目を覚まさなかったらしい。曹操は重ね重ね礼を言うと、ようやく荘園をあとにした。

沛国《はい》から洛陽まではおよそ千二百里［約五百キロメートル］ある。もう幾度通ったかわからないこの道を、曹操はこれまでになくゆっくりと、しかし緊張を切らさずに進んだ。もはや行き慣れた針桑や川柳の道ではあるが、半里［約二百メートル］にも及ぶ長い隊伍で慎重に財貨を運んでいる。加えていまは冬である。日も短く、一日でそう距離を稼げるものでもない。さらなる難題は人と物の多さである。この大所帯では、道中、県城に入って休むことはもとより、駅亭に泊まることもできない。残る手段は野宿のみである。

曹徳《そうとく》が事前に充分な量の干《ほ》し飯《いい》を用意してくれた。日が暮れると、曹操は隊伍を止めて大声で指示した。「荷駄を下ろしたら、円陣を張れ！」三十台の馬車がぐるりと一つの輪を作り、馬を車から解く。こうすれば、たとえ盗賊が襲ってきても、車ごと持っていかれる心配はない。さらに五十台の轅車を外《はず》して、外側にもう一つ大きな輪を作れば、いわば移動陣となる。最後に東西南北の四方向に門を作り、麻縄で突車を縛って立ち上げれば、これで突門《とつもん》の完成である。円陣のなかでは馬に水飼《みずか》うのも差し支えなく、かりに誰かが外から円陣に入ろうと思っても、むろん突門には門番がずっと見張りに立っている。夜も更け、みなが寝静まるころになると、当番で見張りに出る。とはいえ、これも松明《たいまつ》を掲げて轅車の上によじ登って見渡すだけでいい。

夏侯淵はそれを見てすっかり舌を巻いた。「こいつはまるで戦陣だな」

「戦陣そのものだ」曹操が笑った。「古人のやり方を真似たに過ぎん。いまでは戦車は使わんからな、このような陣形を見ることもほとんどなくなった。しかし、われらが財物を守るには、この陣形はうってつけというわけだ」

「誰に習ったんだ?」

「墨子《ぼくし》だ」曹操は一人で悦に入っている。

「卜辞《ぼくじ》?」

楼異までもが笑った。「本当にご存じないんですね。わたしでも知っていますよ。名は墨翟《ぼくてき》、『兼愛《けんあい》』と『非攻《ひこう》』じゃないですか」曹操もしきりにうなずく。「そのとおり。墨子は『非攻』を唱えたが、それとともに堅守をきわめて重んじた。この車陣《しゃじん》は墨子が伝え残したものだ」

こうして、昼間は棍棒を持った男たちが守り、夜は車陣を構えて休息をとりつつ、一分の隙《すき》も見せぬよう気を配りながら、洛陽へと向かった。夜半には、財物を狙う匪賊の姿もたしかにあったが、この車陣を見ては驚き、なす術もなく去っていった。六日が過ぎて、ようやく無事に豫《よ》州に入った。中《ちゅう》牟《ぼう》県[河南省中部]を過ぎれば、そこはもう河南尹《かなんいん》である。そこまで着くと、曹操は三百人の無頼たちを置いていくことにした。一つには、河南尹は天子のお膝元であり、何か面倒を起こさないかと心配したためで、二つには、これがより大きな理由であるが、彼らが都に入って太尉《たいい》の官邸に着けば、先日でっち上げたでたらめがすべて嘘だとわかってしまうからである。

三百人を夏侯淵に率いさせて先に戻らせると、曹操と楼異は曹家に仕える腹心の者だけを連れて先を急いだ。関所を通れば、もう賊に遭う心配はない。徒歩の者もいなくなり、馬車を駆けさせることもできる。そうして、あくる日の晩には、都亭駅《とていえき》［洛陽郊外の宿駅］に着いた。あと十里［約四キロメートル］も行けば洛陽に到着する。ただ、ここに至るまでで、すでに人馬とも疲れ果てている。加えて、夜間は城門も閉ざされるため、もう一晩、野宿するしかなかった。

まだ日も昇らぬうちに、曹操は目を覚ました。そして、すぐにほかの者を起こすと、すべての輜車と突車を燃やしてしまうよう命じた。

「なぜですか。また使う時があるかもしれません」楼異は訝《いぶか》った。

「『冕弁兵革《べんべんへいかく》、私家《しか》に蔵《ぞう》するは、礼に非ざるなり。是《こ》れを脅君《きょうくん》と謂《い》う［衮弁《こんべん》、皮弁《ひべん》、武器、鎧兜が、士大夫《たいふ》の家に備えられているのは礼に合わず、これは主君を脅す行為である］』だ」そう言いながら馬に跨がった。「さあ、早く燃やせ。誰かに見られたら面倒なことになる」

「ははっ」

「こいつらもみな疲労困憊のはずだ。お前は洛陽に入ったら一緒にしばらく休んでから、のんびり帰ってくるがいい」曹操は手綱を引くと馬首を返した。

「旦那さまは一緒に行かれないのですか」

曹操はかぶりを振ると、十里先にそびえる洛陽の城郭を見やった。「洛陽か……もう戻るつもりはないな。誰にも会わずに済むよう、日が昇る前に帰るつもりだ」

「まさか大旦那さまにもお会いにならないのですか」

「これで父は望みどおり三公《さんこう》の位につくだろう。父に伝えてくれ。もう曹家に財は残されていないから、あとは自分でなんとかしてくれとな」そう言付けると、曹操は大宛《だいえん》の千里馬［汗血馬］に強く鞭を当て、南東を目指して駆けていった。帰りゆくうちに、財を無事に届けた安堵感はしだいに消え失せ、代わりに耐えがたい虚しさがまた胸を覆いはじめた。

このたびの道中、いったい自分は洛陽に戻りたいのか、致仕《ちし》するという選択は間違っていたのか、曹操は自問を繰り返していた。そしていまも洛陽に戻ろうかと考えたところであったが、その気持ちをなんとか押しとどめた。丁《てい》氏には、あなたは俗人で、隠者にはなれないと言われたが、崔鈞《さいきん》の前では大見得を切って見せた。いまさら恥も外聞もかなぐり捨てて洛陽へ戻るなど、できようはずもない。葛藤の末に、曹操はやはり戻らないと決心した。そう決めた以上、もう振り返ってはならない。曹操はひたすら鞭を当て続けた。夏侯淵たちに追いつかねば……一人で馬上に揺られていると、また気が変わりそうな不安がどうしてもぬぐえなかった。

家に帰り着いたあくる日、官としての出仕を命じる勅使が、何の前触れもなく曹家を訪れた。曹操は夏侯家に身を潜めて会おうとせず、「崔鈞め、余計なことをしてくれたもんだ」と心のなかで毒づいた。

勅使が帰ってからようやく家に戻ると、曹徳がにこにこして出迎えた。「阿瞞《あまん》兄さん、招聘に応じるつもりはないけれど、勅使には会いたかったと顔に書いてあるよ。兄さんの隠者ぶりもなかなかどうして堂に入ったものだね」

「会いたいだと？　会わないほうが気が楽でいい」

「どんな官職を持ってきたか知っているかい」

「ふん、知りたくもない」曹操も意地になってきた。

「典軍校尉《てんぐんこうい》だってさ」

「な、何だと？」曹操は一瞬呆気にとられた。「いま何と言った？」

「典、軍、校、尉、だって」曹徳は一字ずつはっきりと言い直した。

「何だそれは？　司隷《しれい》校尉がいて、北軍《ほくぐん》の歩兵《ほへい》、越騎《えっき》、屯騎《とんき》、長水《ちょうすい》、射声《しゃせい》の五校尉だろう。何だその典軍校尉というやつは。いったいどんな官だ？」

「そりゃ、軍を典《つかさど》るんでしょうよ」曹徳は曹操に詰め寄った。「兄さん、すぐに出仕すべきだ。兵を率いて軍を統《す》べるなんて、兄さんにぴったりじゃないか」

曹操はそっぽを向いてそれを無視したが、曹徳はかまわずに続けた。

「兄さん、ずっと気になっていたことがあるんだ。赤子に名前をつけたあの日、どうして『丕』の字を……」

曹操はそのあとを言わせなかった。「ついうっかり間違えそうになったんだ。それではいかんか」

「いいでしょう！」曹徳は、いい年をして癇癪《かんしゃく》を起こしだした曹操が少しおかしかった。むろん、それ以上言い争うつもりもなかったので、それでその場を離れた。

一人取り残されると、曹操はますますいたたまれなくなり、例の庵へ帰ろうと厩舎に向かった。すると、そこには赤子を抱いた卞《べん》氏が寄りかかって立っていた。

「こんなところで何をしている」

「あなたが逃げるんじゃないかと思って」卞氏は愛らしく頬を膨らませている。「またあの庵に行くつもりでしょう」

「ん、ああ」曹操は俯《うつむ》いて答えた。

「わたしも行くわ。だからあと一年だけ待って。この子が少し落ち着いたら、わたしもついて行きます。そこで一緒に暮らしましょう」そう話しながら、卞氏は曹丕《そうひ》を曹操の胸に押しつけた。「ご覧になって。この子ったら、こんなにぽっちゃりとして」

赤子を抱くと、曹操の気持ちもにわかに穏やかになった。ちょうどそのとき、丁氏の声が後ろから聞こえてきた。「行けばいいじゃない。もう帰ってこなくていいわ。ここにあなたの居場所はないのよ。来る日も来る日もわたしたちの顔色を窺って、わたしたちがあなたに何かした？　鳥だって棲みつかないような小屋で、誰も見ない本でも書いていればいいのよ。どうせ子供だって要らないんでしょう！」

「お姉さんも、そんなこと言わないで」卞氏が笑顔で話の穂を継いだ。「本を書くだけじゃないですか。家でやらせてあげましょうよ。ここにも竹はあるんだし、明日みんなで一緒に竹を削るっていうのはどうかしら？」

「わたしはどうだっていいわ。その人に聞いてよ」丁氏はもの言いたげな眼差しを曹操に向けた。

二人のやり取りに、曹操は苦笑いを浮かべるしかなかった。この二人はまるで違う。曹操にとってみれば、丁氏の厳しさは百も承知だが、卞氏の物腰の柔らかさには、むしろ空恐ろしさを感じる。この二人が息を合わせて家を切り盛りすれば、万事うまくいかないわけがない。ようやく曹操ははっきりした。弟にしろ二人の妻にしろ、自分が気持ちを奮い立たせることを願っているのだ。そうして言い逃れるように口を開いた。「わかった。ここにいることにしよう。もう庵へは行かん」

そしてあくる日、丁氏は織り機に向かわず、卞氏も赤子を乳母に預けて、二人が手ずから曹操のために竹簡を削った。卞秉《べんへい》と呂昭《りょしょう》も自分の仕事を措《お》いて手伝いに来た。四人が楽しげに語らっているさまは、曹操の鬱積した気持ちをずいぶんと和らげた。

みなが竹簡削りに精を出していたところ、楼異が庭から駆け込んできた。帰りの道中で曹操の古い友人に出くわし、ここまで連れて来たという。曹操は、はて誰かと不思議に思ったが、すぐ四人に席を外させた。まもなくして楼異とともに入ってきた者を見てみれば、年のころは四十半ばほど、身なりは書生のようだが、その容貌に曹操は見覚えがなかった。

「失礼ながら貴殿は……」

男は非常に恭《うやうや》しく、かしこまって拱手《きょうしゅ》した。「それがしは曹大人《たいじん》と面識はありません。友人の書状を預かって参ったのです」

「曹大人などと、わたしは一介の農夫に過ぎません。さあ、どうぞなかへ」曹操は客間に通して座を勧めた。「で、その書状というのは」

するとその者は、ゆっくりとかぶりを振った。「そのような物はございません」

曹操は眉をひそめた。こいつはふざけているのか、それとも何か考えがあってのことか……

「きわめて重大な案件ゆえ筆など執れませぬ。よってじかにお伝えしに参った次第です」

「ほう」曹操はかえって興味を惹かれた。「しかし、どなたからの言伝《ことづて》ですかな」

その者は髭をしごきつつ答えた。「南陽《なんよう》の許攸《きょゆう》、沛国《はい》の周旌《しゅうせい》でございます」

曹操は大いに訝った。許攸は橋玄《きょうげん》の門生《もんせい》で都における友人、かたや周旌は師遷《しせん》の甥で、同郷の昔なじみ。その二人が同時に目の前の男に言伝するとは、いったい何があったのか。

その者は穏やかに微笑みながら続けた。「許攸は十常侍《じゅうじょうじ》の暗殺を図りましたが、事が露見したために都を離れ、いまは冀州《き》の刺史《しし》王芬《おうふん》のもとに身を寄せております。周旌はかつて師遷が王甫《おうほ》に陥れられてのち、一族ともどもたいへんな目に遭って流落《りゅうらく》した挙げ句、やはりいまは王使君《しくん》［使君は刺史の敬称］のもとで従事《じゅうじ》の職にあります。二人は高邑《こうゆう》［河北省南部］で知り合ったのです」

「では、貴殿も王使君の麾下《きか》の方でしょうか」曹操はまだ話半分にしか聞いていなかった。「どうかご尊名をお教えください」

その者は深々と頭を下げると、おもむろに口を開いた。「わたしは汝南《じょなん》の陳逸《ちんいつ》でございます」

「ほう、陳逸殿と仰いますか」汝南の陳逸？　曹操はそこでこの者が誰か、はたと思い当たった。大慌てで座を外すと、正式の礼を行った。「陳先生とは露知らず、お迎えにも上がりませんで、たいへんなご無礼を」

陳逸は両の手で曹操を助け起こすと、曹操に返礼した。「孟徳《もうとく》殿、わが父の汚名を雪《そそ》ぐため、やむをえず官を捨てることになったとか。この陳逸、そのご厚情に感じ入りました。今日お訪ねしたのは、一つには言伝のため、二つにはじかにお礼を申し上げたかったからなのです。こちらこそ突然押しかけた非礼を賢弟に詫びねばなりません」汝南の陳逸、すなわちかつての太傅《たいふ》陳蕃《ちんばん》の息子である。王甫と曹節《そうせつ》の手によって陳家が族滅の危機に追い込まれたとき、ただ一人、陳逸だけは陳留《ちんりゅう》の名士朱震《しゅしん》の庇護を得て洛陽を逃れたのであった。その後、朱震の一族もこの件に罪を得て滅ぼされている。陳逸こそは、あまたの命と引き換えに生きながらえた陳家の唯一の血筋なのである。曹操が済南《さいなん》の官職を離れたのも、直接の原因は陳蕃の名誉回復を図ったためであった。

曹操も慌てて陳逸を助け起こした。「陳先生、なんともったいない」

相手の身の上が明らかになり、曹操もようやく安心した。「それにしましても、許攸、周旌、さらには陳先生までもがわたしにご用とは、いったいどういうことでしょう」

そうして陳逸がいよいよ来意を告げると、曹操は思わず息を呑んだ。

今上皇帝《きんじょう》劉宏《りゅうこう》は河間《かかん》王の血筋である。南宮《なんぐう》を修築すると、今度はかつての河間王府の増築を考え、冀州刺史の王芬に指揮を執るよう命じた。ただし、費用は自分で工面せよと言い添えてである。いまの冀州は官も民も生活がままならないと、王芬はしばしば言上したが、劉宏は耳を貸さず、それどころか、巡狩《じゅんしゅ》で訪れてその旧宅に泊まるという。冀州の官民は誰しもが憤り、王芬は許攸、周旌、そして陳逸と血の誓いを立てた。その巡狩に乗じて暗君を拘束し、別に宗室《そうしつ》の合肥侯《ごうひこう》を帝位につけようと考えたのである。聞けば、朝廷は曹操を典軍校尉として招聘しているとのこと。そこで曹操を味方に引き入れて内応を頼み、劉宏の廃位に手を貸してもらおうという算段である。

「孟徳殿、これは機密ゆえ、とくにわたしが足を運んだのだ。君と許攸らの仲は世人のよく知るところ、一方、わたしは君とまったく面識がなく、誰にも疑われずに済む。どうかね、われわれとともに動かんか」陳逸は真剣な眼差しを向けてきた。

まさに青天の霹靂であったが、曹操は冷静さを取り戻すと、立ち上がり、おもむろに行きつ戻りつしてから答えた。「残念ながら、従うわけにはまいりません」

「なんと」陳逸にしてみれば、それは予期せぬ答えであった。「もしや、まだわたしのことが信じられんのか」そう問いかけながら、陳逸は懐から書簡を取り出した。「わたしは許子遠《しえん》の使いでやって来た。これに見覚えがあるであろう」

曹操はそれをひもとくなり、胸に万感の思いがこみ上げてきた。忘れるはずもない。これこそは橋玄の家学、かつて橋玄自らが筆を執った『礼記章句《らいきしょうく》』であった。橋玄の筆跡を目の当たりにし、曹操はひとしきりむせび泣いた。

鉄は熱いうちに打てとばかりに、陳逸は続けて尋ねた。「孟徳、これは橋公が許子遠に与えたものだ。どうか橋公の顔を立てて、手を貸してくれんか」

曹操は瞼を固く閉じると、かぶりを振った。「もし橋公がこの件を知れば、君父《くんぷ》を蔑《ないがし》ろにするようなことを子遠にさせるはずがありません」陳逸はなおも食い下がった。「では、周旋はどうだ。君らがかつて女のために人を殺《あや》めてしまったとき、君らとは一面識しかなかった周旋があちこち駆け回ってくれたのであろう。沛国の相《しょう》の師遷が罪を得たのは、それもあってのことだと聞く。それほどの恩義を受けながら、君は忘れたとでも言うのかね」

曹操の心はまた少し揺れたが、ため息を一つ漏らして答えた。「その女はいまわたくしの妻となっており、むろん周旋殿の御恩には感謝しています。ただ、師国相は当代きっての忠義の士、天の御魂《みたま》が廃立の謀議に賛同するとは思えません」この二人の名では曹操を動かせないと見て取ると、陳逸は身を起こして再び拱手した。「では、その二人は措《お》くとしよう。しかし、名は天下に響き、士人《しじん》らの尊崇を集めた、わが父はどうだ。最後には暗愚の君と宦者《かんじゃ》のうらなりどもの手にかかってしまった。孟徳、どうかわが孝道を憐れんで父の恨みを晴らし、天下万民の憂いを取り除いてやってくれ」

曹操の心はいっそう揺さぶられたが、陳逸に寄り添って答えた。「陳先生、まだお気づきになりませんか。ご尊父は奸臣と争って三たび貶《おとし》められ、三たび復位されましたが、そのあいだに廃立の心を抱くようなことがあったでしょうか。かつて気高き太傅として、皇后の父竇武《とうぶ》とともに、お上への忠心を尽くして奸臣を除こうとしましたが、帝位を脅《おびや》かすことはしませんでした。いまの陳先生のお考えで、ご尊父に顔向けができますか。一族の命をかけてあなたを助けた朱震殿に顔向けできますか」

そう問い返されると、陳逸はただ押し黙り、天を仰いで嘆息した。「ああ……考え方は人それぞれ、無理強いもできぬ。この好機をみすみす逃しては、万民がなお苦しみ続けることになる。大義はある、大義はこちらにあるのだ。伊尹《いいん》［殷（商）初期の政治家］と霍光《かくこう》［前漢の政治家］の義を忘れたか」そう言い残して立ち去ろうとすると、曹操がそれを引き止めた。

「陳先生、お待ちください」

陳逸は振り返って尋ねた。「考え直してくれたのか」

曹操はやはりかぶりを振った。「これは馬鹿げたことです。絶対にうまく運びません。よろしければ、そのわけをお話ししましょうか」

「では、聞かせてもらおう」

「皇帝の廃立とは、この天下でもっとも不吉なこと。その成敗《せいはい》を見極め、事の重大性を考慮してこれを実行した者もいます。貴殿の挙げられた伊尹と霍光です。伊尹はこのうえない忠義を胸に抱き、位人臣を極め、百官の上に立ちました。それゆえ皇帝の廃立という大事を成し遂げられたのです。霍光は、武《ぶ》帝の信任を得て天下を託された外戚です。内には皇后の存在があって政《まつりごと》を執り仕切り、外には朝廷に出仕する高官がいて後押しとなりました。さらに言えば、昌邑《しょうゆう》王は即位してまだ日が浅く、その寵を得た者も、廷内での派閥もありませんでした。ゆえに廃立は霍光の手で滞りなく行われたのです」曹操は陳逸の面前に立つと、その手を取って訴えた。「陳先生、あなた方は昔日の成功にだけ目を向け、いま行うことの難しさから目を背けています。よくよくお考えください。いまは誰しもが徒党を組み、外は諸侯王とも相通じています。これはまさに、かつて呉楚七国の乱が起きたときと同じです。合肥侯の身分で、まさか当時の呉王劉濞《りゅうび》や楚王劉戊《りゅうぼ》と比べられるとお考えですか。絶対に成功するというのでなければ、このような非常の事は行うべきではありません。さもなくば……」

曹操の指摘に、陳逸は夢から覚めたのか、思わず身震いするのを禁じえなかった。「そ、それは……」

「考え直すのは、陳先生、あなたのほうです。いますぐ冀州へ引き返して王使君に事の利害を説き、そんな大それたことはやめさせるべきです」

「手遅れだ。もう手遅れなのだ」陳逸は色を失った。「王芬はすでに黒山《こくざん》の討伐を口実に兵を動かすことを上奏しており、おそらくいまごろはもう腹心を軍に配置しているだろう」

曹操は陳逸の手を取って軽く叩いた。「たとえそうだとしても、すぐに戻って許攸と周旋の二人だけは、何とか助け出してください」

陳逸はがっくりと肩を落として外へ向かった。「もうおしまいだ。いまさら引き返せんよ」

「では、陳先生はどちらへ」

「君を説得できなかったからには、王使君に会わせる顔がない。かといって、許攸や周旋を止めることもできん。ならば、また天下を流浪して天の時を待つとしよう」振り返って軽く拱手の礼をとった。「孟徳、いずれまた」そう言い残すと、陳逸はよろめくようにして去っていった。

その後ろ姿を目で追ううちに、曹操の心には何とも言えぬ苦々しさが込み上げてきた。己に理があるとはいえ、許攸や周旋ら昔なじみが罪に問われるのを座視するというのか。何苗《かびょう》のために自分を引き込もうとした秦宜禄《しんぎろく》を言いくるめ、出仕を勧めてきた崔鈞には頑なに反駁した。そしていま、旧友のため説得に来た陳逸を拒絶し、朝廷からの出仕の誘いにも身を隠した……なぜなんだ？　在野の隠士を貫くために、周りの者をことごとく遠ざけて、かくも多くを切り捨てた。それなのに、このわだかまりは何なのだ？

何度も部屋のなかをぐるぐると歩き回ったが、曹操の苛立ちはどうしても収まらず、目に入るものすべてが無性に癪《しゃく》に障る。正気を失ったかのように客間を飛び出すと、中庭で丁氏ら四人が竹簡を削っているのが見えた。曹操はそこに近づき、目の前に積み上げられた竹の山を思い切り蹴飛ばした。

「何をするの」丁氏は立ち上がって顔をしかめた。

曹操はそれにはかまわず、ひたすら蹴り続けた。卞秉も慌てて止めに入り、笑みを浮かべて話しかけた。「義兄《にい》さん、義兄さんってば、落ち着いてください。いったい誰に怒っているんですか」

売り言葉に買い言葉である。「俺は、俺は……お前らに怒っているんだ」

四人は思わず顔を見合わせた。曹操はかがんで竹をひと切れ拾うと、それにかこつけて八つ当たりした。「誰のおかげで飯が食えると思っているんだ。こんな幅広い竹簡があるか。書物を読んだこともなけりゃ、見たこともないか。こんな竹でどうやって紐を通して巻くつもりだ！」

機転が利く卞秉は、竹簡の幅が広くないこともわかったうえで、手にとって見ながら言った。「大丈夫、最初は広かったけれど、あとのは細いですから」

「もう削らんでいい」曹操は卞秉の鼻先を指さして怒鳴った。「われらが曹家の金は降って湧いてくるとでもいうのか！　一億銭もの大金を使ったばかりだというのに、このうえお前らまで浪費しおって。要らんと言ったら要らん。それともお前らが竹を植えるのか」

「旦那さま、わたしたちは……」曹操をなだめようとした呂昭も、口を開くなり怒鳴りつけられた。

「黙れ、お前は何さまのつもりだ！　ろくに読書もしないで、何を一緒に騒いでおる！　さっさと勉強でもしに行け！」

丁氏はすっかり頭に来て、持っていた小刀を放り出した。「あなたって人は、むやみに八つ当たりしないでちょうだい。あなたが何かすっきりしないようだから、みんなあなたの機嫌をとっていたんじゃないの。ちょうどそんな辛気くさい顔は見たくないと思っていたの。ほんとよかったわ、ずいぶん元気が出てきたじゃない！」

「お前らに気遣ってもらう必要などない！」

丁氏も我慢ならず、ほかの三人を手招きした。「もう行きましょう、みんな行くわよ。あの人にかまうことなんてないんだから。あの人がいないほうがよっぽど気が楽だわ。さあさあ、ご主人の留守をしっかり守りましょうね。ほっといてあげるわよ、馬鹿！」

四人が去っていくのを見届けると、曹操は中庭のなかをしばし歩き回り、最後に大声を上げた。「お前らが行くなら、俺も出て行ってやる！　官にもつかん、この家ももう要らん！」厩舎に向かって大宛馬に跨がると、まっすぐ外に駆け出した。思い切り走らせて荘園を出たところで、楼異に出くわした。「旦那さま、どちらまで。冷えますからもう少し羽織られたほうが……」

楼異には目もくれず、曹操はいっそう馬を駆けさせた。半刻［一時間］ばかりで庵に着くと、曹操は馬をつなぎ、柴の戸をぐいっと押し開けた。すると、床には一面に竹簡が散らばり、着物も脱ぎ捨てられ、すべては曹丕が生まれたあの日のままであった。おりしも厳冬のころおい、冷たい風は庵のなかにまで吹き込んで、文机《ふづくえ》は砂をかぶり、硯《すずり》の墨は氷を張っていた。

「これが……これがこの曹孟徳が望んでいた居場所なのか……」曹操は呆然として膝からくずおれた。そして、やおら手近にあった硯を引き寄せると、はあっと息を吹きかけ、墨を指につけると文机に一首書きつけた。

粒米は舂《つ》くに足らず、寸布は縫うに足らず。
罌《もたい》の中《うち》に斗《ます》の儲《たくわ》え無く、篋《はこ》を発《ひら》くも尺の縜《きぬ》無し。
友人 我に貸さんとも、以て応ずる所を知らず。

「わずかな米は搗《つ》くほどもなく、布切れは仕立てるにも足りない。甕《かめ》のなかには一斗の酒もなく、箱のなかには一尺の絹もない。
友がわたしに貸そうと申し出てくれたとしても、それを迎える術もない」

「友人だけではない、いまや家族までが知らぬふりだ……」曹操は墨のついた指を服にこすりつけると、そのまま冷たい庵の奥に進んで横になり、吹きすさぶ北風の音に耳を傾けた。どれほどそうしていただろうか、ふと馬車の音が聞こえてきた。続けて弟の呼ぶ声がする。「兄さん、出てきて」

「断る」曹操は寝返りを打って柴の戸に背を向けた。

「そう言わずに。ご友人がいらしているよ」

「友などおらぬ！　この曹孟徳、友との付き合いなどなければ、会いに来る者もおらぬ」

曹徳の答えは何も聞こえてこない。そのとき、澄んだ琴の音がにわかに耳に飛び込んできた。その調べは肺腑にまで染み渡り、あたかもこの厳冬の日に吹き抜ける一陣の春風のようであった。抑揚に富み、世俗のものとは思えぬほど美しい音色である。曹操は思わず立ち上がると、そっと柴の戸を押し開けた。

見れば、外は雪が舞っている。この寒空のもと、籬《まがき》の向こう、曹徳と卞秉は車を御し、楼異は車の前で拱手したまま侍立《じりつ》している。そしてそのそばには、人目を引く白い衣に身を包んだ文人が腰を下ろしていた。真っ白な狐裘《こきゅう》を羽織り、文人の頭巾を巻いて、その上にやはり狐裘の帽子を載せている。

容貌は雅やかで垢抜けており、およそ世俗の凡人とはかけ離れていた。雪のように白い顔、蓄えた髭は墨のように黒く、風に吹かれて揺れている。まさに神仙と見紛うその姿。ただ、両目を閉じ、玉をちりばめた琴を指に任せてかき鳴らしている。

「お、おぬしは……」曹操は目を疑った。「子文《しぶん》……まさかおぬしなのか？」

それはたしかに王儁《おうしゅん》その人であった。王儁は琴から手を離すと、瞼を開いて微笑みかけた。「孟徳、よもやわたしまで友ではないというのかい？」

曹操は恥じ入って顔を赤らめた。「まさか、そんなことはない。もう十年ぶりになるのか。さあ、外は寒いから、まあ入ってくれ」そこではたと気がついた。この庵には暖を取る火すらない。

曹徳が笑った。「兄さん、ここには何もないじゃないか」そう言いながら卞秉と楼異を呼び寄せ、火鉢に灯油《とぼしあぶら》、皮衣と香炉を車から降ろさせた。さらに数種の酒器と料理もあり、およそ必要なものはすべて準備万端であった。

三人はすぐに草庵をきれいさっぱり片づけ、火鉢の炭に火を起こして床にふかふかした毛皮を敷くと、酒を燗《かん》して料理を並べた。曹操と王儁は向かい合って席に着き、曹徳と卞秉がそのそばに控えた。王儁は部屋に入るなり、曹操が書きつけたばかりの詩に目を止めて笑った。「酒も料理もあるというのに、『以て応ずる所を知らず』とは何だい？　貧にあえいでいるとは到底思えないが」

「戯れに作っただけさ」曹操は笑ってそれを聞き流すと、王儁に酒を注《つ》いだ。「ところで、橋公はお達者かね」

「あの方なら、二年以上前に亡くなられたよ」

「えっ……」それを聞き、曹操は途端に飲む気が失せた。「もうあの方のご恩に報いることはできんということか」

「気に病むことはない。あの明るい先生のことだ、誰かが気に病むことなど望んではいないだろう。わたしはずっとおそばにいたが、何も患うことなく、眠るように逝ったよ」そう話しながら、王儁も杯《さかずき》を差し返した。「橋羽《きょうう》殿が官を離れて喪に服しているんだが、先生の家には財産なんていくらもなかったから、一族の橋瑁《きょうぼう》殿が睢陽《すいよう》［河南省東部］の士人に声をかけて棺《ひつぎ》を用意したんだ。高潔に生き、高潔に去る、それはよいとしても、ただ大橋《だいきょう》と小橋《しょうきょう》の二人は……」

「いまどうしているのだ？」

「葬式が終わってすぐ、黄巾《こうきん》の乱が起きたのだ。橋羽殿は妹らを連れて郷里を離れ、江東《こうとう》［長江下流の南岸の地方］へ落ちていったと聞く。わたしは睢陽に赴いて礼を述べたあと、揚《よう》州まで足を伸ばしてみたが、彼らの行方は杳《よう》として知れず、そのまま各地をさすらっている次第だ」

「郷里には帰らんのか」

王儁は憂いを帯びた笑みを浮かべた。「父母はすでに亡くなり、兄弟もいない。一族は離散して、家産と呼べるものもない。いまや、訪れるところがわが家というわけさ」

曹操は同情を禁じえなかった。「やはり出仕をする気もないのか」

「そっちはどうなんだい？」王儁は深く考えずに聞き返したが、曹操は思わずむせ込んだ。「おぬしのようなやつさえ出仕しないというのに、わたしがわざわざ濁流に足を突っ込むと思うのか？　四海を家として、書と琴を友とする。これぞ悠々自適というやつさ」

『肉を食するは鄙《ひ》、蔬《そ》を食するは明《めい》［肉を食するいい身分の者は暗愚で、野菜を食する者は賢明］』というやつか。おぬしのような暮らしが羨ましいよ」

王儁は笑みをたたえている。「両親はなく妻子もなし。身寄りがまったくない身の上だぞ。おぬしのほうは？」そこで曹徳は、この話題でまた兄が癇癪を起こしては、王子文の気分さえ害しかねないと心配し、慌てて杯を持ち上げた。「子文さま、かつてお会いしたとき、わたしはまだほんの子供でしたが、あのときも子供ながらに子文さまの雅やかなお姿に憧れたものです。いまやますます洒脱なご様子、心から敬慕いたします。さあ一杯……」

「これはこれは」王儁はひと口飲んでから続けた。「済南へ行ってみたら孟徳はもういないと聞いて、わざわざここまで会いに来たんだ。いまや二人とも隠棲の身とは、やはり何か通じあうところがあるんだろうな」

曹操は顔を真っ赤に染めた――俺のように半端な隠者などおぬしとは比べるべくもない――

そこで卞秉が口を挟んだ。「失礼を承知で申しますが、王子文さまと一曲合わせとうございます」そう申し出ると、いつも手放すことのない笛を取り出してきた。すると王儁も乗り気になって、一人が琴を、一人が笛を演奏しはじめ、楽しげな曲が奏でられた。それはあたかも暖かな春の小鳥のさえずり、あるいはゆらゆら揺れる柳の枝を思わせた。

しばらくして曲が止むと、卞秉は唇をぬぐった。「いやあ、俗塵にまみれたこの身ですから、あいにくこんな曲しか吹けなくて、上品な席にはとても出せません。お恥ずかしい限りです」

「大いに俗なれば、かえってまた雅というもの。おぬしの音色は非常に風雅な調べであった」

曹操も笑った。「この義弟《おとうと》はもとは笛吹きだからな。その実、『詩経』で飯を食っていたんだ」

「それは道理で」王儁はしきりにうなずいている。「世俗のものはみなこれ風雅、わざわざ異端に走り、世俗を避ける必要もない」

曹操はその含意を汲み取ったが、よく聞こえなかった体《てい》を装って笑みを作った。「俺は琴も笛もできないからな、一曲歌うとしよう！」そう言うと、喉を鳴らしてうたい出した。


明々たる上天《しょうてん》、下土《かど》を照臨《しょうりん》す。

我征《ゆ》きて西に徂《ゆ》き、艽野《きゅうや》に至る。

二月初吉《しょきつ》、載《すなわ》ち寒暑を離《ふ》る。

心の憂うる、其の毒や大いに苦《くる》し。

彼《か》の共人《きょうじん》を念《おも》えば、涕零《なみだお》つること雨の如し。

豈《あ》に帰るを懐《おも》わざらんや、此の罪罟《ざいこ》を畏《おそ》る。


「明るく輝く天は大地を照らす。

わたしは西方に出征し、遠い荒野に至る。

二月の一日、また一年が過ぎ去った。

憂える心、その悩みは甚だ苦しいものがある。

ともに過ごした人を思えば、流れる涙は雨のよう。

帰ることを思わないことがあろうか。ただ、それにより罪を得ることを恐れる」

『詩経《しきょう》』「小明《しょうめい》」の第一章が終わる前に、王儁が笑い出した。「おぬしが帰りたいと思う場所は、こなのかい？」

曹操もうたうのをやめた。「ああ、だからこそここへ帰ってきたのだ」

「なるほど」王儁は美しく伸びた髭をしごいて立ち上がると、おもむろに部屋をぐるりと見回した。そして、壁に掛けられた弓矢を指さしたかと思うと、手を伸ばして曹操の太もものあたりをまさぐった。「弓矢があり、ももに贅肉はついていない。隠棲を決め込んだのに、どうして弓と馬を手放さないのだ」

「暇つぶしを兼ねて体を動かしているだけさ」

「そういう言い方もできるな」王儁は少し笑いをこぼすと、今度は床から書巻を拾い上げた。「『兵《へい》書接要《しょせつよう》』……これは孟徳の労作だな」

曹操は謙遜することもなく答えた。「そうだ」

「兵は凶なり。おぬしは一介の隠者のはずだが、なぜこんな物騒なものに入れ上げているんだ」

曹操は返す言葉が見つからなかった。

「孟徳、おぬしが望んでいるのはこんな暮らしではなかろう」王儁はそこでまた腰を下ろした。横では楼異と卞秉が大きくうなずいている。この一年を通じて、そのことは誰の目にも明らかであった。

曹操は一つため息をついた。「たとえ俺が一心に仕官を願っていたとしても、朝廷は乱れ、この先どう転ぶかわかったものではない。命がけで虎口に飛び込めとでも言うのか」

王儁はにやりと笑った。「ふふっ、やっと本音が出たな」

曹操もつられて笑い出した。ここに及んで曹操は、崔鈞が訪ねてきたこと、朝廷から典軍校尉の任命があったこと、陳逸が許攸らのために言伝に来たこと、さらには父が一億銭もの財をつぎ込んで太尉の位を買ったことを、洗いざらい告げた。そして最後に、懐から例の『礼記章句』を取り出して、王儁に手渡した。

王儁は見るなり驚いた。「なんと、許子遠が恩師の書巻を形見にしていたとは。この『礼記章句』は六十六巻あったが、すでに散逸していた。先生が逝去されたときに残っていた三十数巻はほとんどお二人のご令嬢に託され、ほかはわたしと婁子伯《ろうしはく》［婁圭《ろうけい》］、それに子遠が何巻かずつ持っているのだ」

そう言って書巻を開くと、道を論じる孔子の言葉が目に入り、それを読み上げた。


大道《だいどう》の行われしと、三代の英とは、丘《きゅう》未だ之《これ》に逮《およ》ばざるも、志《し》有るなり。大道の行われしや、天下を公と為《な》し、賢を選び能に与《くみ》し、信を講じ睦《ぼく》を修む。故に人は独り其の親を親とせず、独り其の子を子とせず。老をして終わる所有らしめ、壮をして用いる所有らしめ、幼をして長ずる所有らしめ、矜寡《かんか》孤独廃疾《はいしつ》の者をして皆養う所有らしむ。男は分《ぶ》有り、女は帰《き》有り。貨は、其の地に棄てらるるを悪《にく》めども、必ずしも己に蔵さず。力は、其の身より出でざるを悪《にく》めども、必ずしも己の為にせず。是《こ》の故に謀は閉じて興らず、盗窃乱賊而《しか》も作《な》さず。故に外戸閉じず。是《これ》を大同《だいどう》と謂《い》う。

［大道（理想の政道）の行われていた古代と、夏《か》、殷《いん》、周《しゅう》の理想的な三代、わたし丘（孔子）はこれを

見ることはできないが、記録は残っている。大道の世、それは天下が万民のものであった。賢良を選んで政事に当たらせ、信頼を深め和睦を図った。そのため、人は他人の親をも自分の親と思い、他人の子をも自分の子と考えた。老年の者には安心して天寿を全うさせ、壮年の者には力を発揮できる仕事をさせ、幼年の者に対してはその成長を見守り、夫に先立たれた女や孤児、障害のある者に対しては養ってやった。男にはしかるべき職分を、女には守るべき家庭を持たせた。財貨については無駄に費やされることを良しとせず、かといって独り占めもしない。労力については出し惜しみするのを良しとせず、かといって自分のためにのみ使うこともしない。こうした世であったから、謀《はかりごと》をめぐらすこともなければ、窃盗や強盗を企てることもなく、家の戸を閉め切る必要もない。これを大同（人類が一つとなった理想の社会）という」

「それぐらい、士人なら誰でも知っているぞ」曹操が続きを諳《そら》んじてみせた。

今大道既に隠れ、天下を家と為《な》す。各其《おのおの》の親を親とし、各其の子を子とす。貨と力は己の為にす。大人《たいじん》は世及《せいきゅう》して以て礼と為し、城郭溝池《こうち》以て固しと為し、礼義以て紀と為す。以て君臣を正し、以て父子を篤《あつ》くし、以て兄弟を睦《ぼく》し、以て夫婦を和し、以て制度を設け、以て田里《でんり》を立て、以て勇智を賢《たっと》び、功を以て己の為にす。故に謀《はかりごと》は是《ここ》を用《もっ》て作《な》し、兵は此《これ》に由りて起こる。禹《う》、湯《とう》、文《ぶん》、武《ぶ》、成王《せいおう》、周公《しゅうこう》、此《ここ》を用《もっ》て選ばる。此の六君子は、未だ礼を謹《つつし》まざる者有らざるなり。以て其の義を著し、以て其の信を考《な》す。有過《ゆうか》を著《あき》らかにし、仁に刑《のっと》り譲を講じ、民に常《つね》有るを示す。

如《も》し此《これ》に由らざる者有らば、執《いきおい》に在る者を去《す》て、衆以て殃《わざわい》と為す。是《こ》れを小康《しょうこう》と謂《い》う。

［いま大道はすでに行われず、天子は天下を家としている。人々はおのおのが自分の親のみを親とし、自分の子のみを子とし、財貨と労力は私利のために用いられる。貴人は世襲してそれを慣例とし、城壁や堀でもって守りを固め、礼儀を定めて規則としている。それで君臣の別を正し、父子の情を厚くし、兄弟の仲を保ち、夫婦の和合を求め、制度を整え、田畑を区分けし、知恵や勇気を尊ばせて、功績を私《わたくし》のために立てようとする。そのため謀がめぐらされ、戦《いくさ》が起こる。禹、湯、文、武、成王、周公らは、これによって功業を成し遂げた。この六人はすべて礼儀をよく守った者であり、それによってその義と信とを広めた。罪はこれを明らかにし、仁愛に則《のっと》って礼譲を尽くし、人々に守るべき道を示したのである。もし、このようなやり方に則らなければ、権勢ある者でも信義を失い、人々は禍《わざわい》とみなすであろう。これを小康（まずまず安泰の社会）という］

「まったくたいした記憶力だ。ただ、恩師のものは持って帰らせてもらうよ」王儁はその『礼記章句』を巻いてまとめた。「孟徳、いまの一節を胸に刻み込んでいるのなら、こんなところでいたずらに時間を無駄にすべきではない。官として出仕したほうがいい」

「では聞くが、なぜおぬしは出仕せんのだ」曹操は反問した。

「もうわかったんじゃないのか。おぬしは小康の臣、そしてわたしは大同の士だからだ」

「たいした自信だな」

「これは自信ではない」王儁は目を輝かせた。「人にはそれぞれ志があろう。しかし、功名と富貴を求める気持ちを、この王儁は完全に捨て去ることができる。しかし孟徳……おぬしにはおそらくできまい」

曹操は深くうなだれた。

その様子を見ていた卞秉が手を叩き出した。「やった、ついに義兄さんを治せる人が来てくれたぞ！」

このとき、楼異が表を見て戻ってきた。「義弟君《おとうと》、外は大雪です」

「じゃあ、急いで帰るとしよう」卞秉はすぐに立ち上がった。「日も落ちてきましたし、子疾《ししつ》さまも一緒に帰りませんか」

「わたしは帰らんぞ」曹徳はいきり立った。「兄上が帰らないのなら、わたしも帰らん」

「一緒にいても邪魔になるだけだ」曹操はにべもない。

曹徳は笑って答えた。「兄さん、それはおかしい。隠者になるのなら、わたしのほうがふさわしいはず。まだ官職についたこともないのだから」

曹操はいかんともしがたく王儁に目を向けると、なんと王儁も話を合わせてきた。「わたしも今日はもともと泊めてもらうつもりだったのだが」

「そう来なくては。では三人で隠居を決め込むとしましょう」曹徳が笑った。

「わたしの見立てでは、本物の隠者は一人で、あとの二人は隠者の真似事のようです。いや、これは余計なことを」卞秉は皮衣に袖を通している。「一家の兄弟が揃《そろ》いも揃ってこれじゃあ、早く帰ってみなを励まさないと。そうでしょう、義兄さん？　いや、これはまた余計なことを」

「お前の減らず口は相変わらずだな」曹操が卞秉をひと睨みすると、卞秉は楼異とともに馬車を急《せ》かして帰っていった。雪はひどくなる一方で、曹徳と王儁はもはや帰ろうにも帰れない。曹操は二人にかまうことなく、ごろりと横になった。

曹徳と王儁も曹操のことにはかまわず、二人で酒を飲み、歌をうたって談笑した。あたりが暗くなっても、火をともして『詩経』の歌をうたい続けた。「無衣《ぶい》」や「瞻彼洛矣《せんひらくい》」、「兎罝《としゃ》」や「破斧《はふ》」など、いずれも戦や功績のことを詠んだ歌ばかりをうたった。その歌声は否応なく曹操を惑わせた。どれほどそうしていただろうか、曹操は耳を塞《ふさ》いだまま、いつしか深い眠りに誘われていた……

刺すような冷たい風に、曹操は目が覚めた。空はすでに明るく、体を起こして見回すと、杯や皿は散らかったままで、足元には曹徳がまだぐっすりと眠っていた。王儁はどこだ？

曹操が慌てて戸を開けると、そこは白銀が白絹を覆ったような、まさに一面の銀世界であった。身を切られるような冷たい空気は、息をするにも苦しい。曹操は、足元のたっぷりと積もった雪に、長く続く足跡を見つけた。それを追って目を上げると、狐裘の背に玉をちりばめた琴を背負って歩く王儁の後ろ姿が、はるか遠くに見えた。

「子文、子文、どこへ行く？」

王儁が振り返って叫んだ。「もう行くとするよ……橋羽殿と妹君の大橋、小橋を探さねばならん」

「もし見つからなかったら、どうするつもりだ？」

「ならば、探し続けるまでだ。そして疲れたら休む、ただそれだけさ」

曹操はようやく思い至った。自分の生き方がどれほど隠者のそれとかけ離れていたか。これが最後の別れになるかもしれない。そう思うと、曹操はまた呼びかけた。「子文、体を大事にな……おぬしの足では旅もままならんだろう。俺の馬に乗っていくがいい」

ずっと向こうから、王儁も叫んで答えた。「一日千里を駆ける名馬は戦の場でこそ活きるもの。片田舎で飼い殺しにはできんよ……」そこでさらに声を張り上げた。「曹孟徳よ、許子将《きょししょう》［許劭《きょしょう》］の言葉を覚えているか。治世の能臣《のうしん》になれぬなら、おぬしにはもう一つの道がある！

乱世の奸雄《かんゆう》！」曹操は身の引き締まる思いがした。そしてもう一度見やれば、なんと王儁が慌ただしく戻ってきている。「どうした？」

王儁は足を止めて呼びかけた。「孟徳、危うく言い忘れるところだった。許子遠、あれは智謀に長けているが、やや財を好む嫌いがある。妻子伯は毅然とした豪傑だが、強情で妥協しないところがある。二人はわたしと同門ゆえ、いずれおぬしに罪を得たときは、どうか大目に見てやってほしい」そう言って拱手した。

「わかった。きっと二人にはよくしよう」このとき、曹操は心の底から約束した。

王儁は何か思うところがあったようだが、それを飲み込んで背を向けた。ほどなくして、その白い狐裘は完全に雪のなかに溶け込んでいった。ただ足跡だけを残して……

「兄さん、寒いからなかへ入って」曹徳も起き出してきた。

曹操は大きくため息を吐いて腰を下ろすと、しばらく黙り込んでから、ようやく口を開いた。「俺は任命を受けるぞ」

「そうだろうと思ったよ」曹徳は筆を執ると、卓上に「不」の字を書きつけ、最後の一画を下に伸ばして曲げた。「ほら、これがあの日、兄さんが書いた字だよ。たぶん早くから『不』と名づけようと決めていたんだろう。でも、頭には「否」の字が浮かんだ。それで、つい手が動いて最後の一画を曲げてしまった」

曹操は小さくうなずいた。

「不と否は音も同じで形も近い。しかし、意味は大いに異なる。否は凶なり。『易経《えききょう》』にいう『否極まれば泰来《きた》る［悪運もその極に達すれば幸運が来る］』の否です。何もかもが面白くなく、この隠棲だって望むところではない。いまの兄さんの心は否、つまり、これまででもっともめぐりの悪い時期だった。だから自分も周りも欺いていた。わたしは、ずっと兄さんと話したいと思っていたんだ」

曹操も首肯《しゅこう》せざるをえない。「いままでずっと一緒だったんだ。俺の気持ちはお前が一番わかっていよう」

「わからないいさ」曹徳は筆を放り投げた。「あんなに上手に郷里の者を信じ込ませたり、あんなにうまく人を集めたりできるなんて知らなかったよ。ましてやあんなに進んでしたり、あんなに力を発揮したりするなんて、思ってもみなかった。この一年、兄さんがもっとも楽しそうだったのは、そう、無頼たちを引き連れて財を都に運んだあのときだった。だから、あのときにはもう感じていた。兄さんは近いうちに行ってしまうなと……」

曹操はため息をついた。「俺は能臣になりたいと考えていたが、どうやら世は俺を奸雄にしたいようだ」

「奸は生まれつきで、誰のせいでもないよ。だから、もう自分を取り繕《つくろ》う必要もない。いままでだって数え切れないほど人を騙《だま》してきたでしょう？　今日になって奸になったわけでもないんだから」曹徳は立ち上がると、散らかった物を片づけはじめた。「さあ、行こう。いまの世の中こそ兄さんにふさわしい。わたしはできないと言うしか能のない意気地なしだから、われらが曹家、その栄光はすべて兄さんの双肩にかかっているんだよ」

「子疾……」曹操は弟を思い切り抱擁した。

二人は曹操の馬に相乗りして急いで家に帰り、いつでも国相の袁忠《えんちゅう》に拝謁できるようにと、楼異に礼物の用意を言いつけた。そして曹操は、人目を盗んでまた丁氏の部屋を訪れた。

丁氏は夫が入ってきたのを見ても一切かまわず、じっと織り機に向かっている。

「なあ、まだ怒っているのか」

丁氏は一顧だにしない。

曹操は丁氏の背に手を乗せて語りかけた。「口を聞いてくれないか」

なおも丁氏は聞こえないふりをしている。

曹操は丁氏の手を抑えた。「そうだ、明日から毎日、使用人に十本の竹を用意させよう。お前はそれを好きに削ってくれればいい」丁氏はくすっと噴き出し、曹操の頭を軽く小突《こづ》いた。「あなたのその口のせいで、わたしの人生は台無しだわ」

「ふふっ、笑ってくれたらそれでいい」

「行くのね。そうだろうと思っていたわ。そうすべきだとも思う。都に着いたらお義父さんによろしく伝えてちょうだい。あなたの今後のこともあるし、昂《こう》だって大きくなったら……」

「わかった、わかった。相変わらず心配してばかりだな」

「そうね、やめておきましょう」そこで丁氏は改めて曹操を見つめた。「ほかにも何かあるんでしょう？」

「さすがだな」

「どうしたのよ」

「いや、実はな……」曹操は襟のあたりをいじりながら言葉を探した。「その、よかれと思って言うのだが、卞氏ら二人を都へ連れて行こうと思う。そうすれば父の世話もできるしな。昂はもう大きいし、いま連れて行ったらかえって学問に差し障る。丕のほうはまだ小さいから、父を喜ばせるのにもちょうどいい……と、まあそういうわけだ」

「ふん。わたしがやきもちを焼いたことがあって！　連れて行きたいならそうすればいいわ。何よ、そんなにあれこれ言い訳して。女の盛りは三十のときで狼のよう、四十のときで虎のようって言うらしいけれど、あなたはそれどころじゃないようね。誰か一人あなたのお目付役がいるのもいいんじゃない。そうすれば、あなたが好き勝手に取っ替え引っ替えすることもないでしょうから」

「では、さっそく環にも準備させよう」

「ちょっと待って！」丁氏はそのひと言を聞き咎めた。「あなたが気にかけているのは卞氏、それとも……」

「上から下まで、みんな気にかけているぞ」曹操は大声で笑い飛ばした。

「とぼけないで！　誰のことを言っているか、わかっているんでしょう！　さては、環に目をつけたのね、そうでしょう！　やっと落ち着いたと思ったら、あなたの欲には限りがないのね！」

「そんなわけなかろう。環はただの侍女じゃないか」

「そんなわけあるわよ！　昂の母親だって妻にしたじゃない！　あなたって、災厄が消える前から色欲を起こすなんて、色ごとにかけては本当に大した才能ね。でも、環のことはよくよく考えて。卞秉とあんなに仲がいいんだから、みんなが決まりが悪くなるようなことはやめてちょうだい」丁氏は色を正して諫めた。

「環と卞秉ではふさわしくなかろう。環は卞氏の義理の妹、言ってみれば卞秉とも兄妹にあたる。兄と妹が婚姻を結ぶなどおかしな話だ」

「ようやくあなたの考えがわかったわ。兄妹は一緒になれないのをいいことに、あなた自身が親戚の身でもって縁組みしようっていうのね」丁氏は曹操から目を背け、また機織りをはじめた。「どうせあなたは聞く耳を持ってくれないんだもの、好きなようにするといいわ」

「では、そうさせてもらおう」曹操は高らかに笑いだした。「さあ、用意をせねばな。ああ、今晩はきっと邪魔するぞ」そう言い残すと、うれしげに去っていった。

丁氏は梭《ひ》から手を離し、ぽたぽたと涙を流した。「わたしったら聞き分けがいいのか、それとも馬鹿なのかしら……」そのとき、門が開いて飛び跳ねながら曹昂が駆け寄ってきた。無邪気に尋ねてくる。「お母さん、どうしたの」丁氏は曹昂をぎゅっと抱きしめ、嗚咽を漏らした。「昂……あなたがいれば、わたしは何も要らないわ。でも、勉強だけはしっかりしてちょうだい。そして、大きくなったらお母さんのために頑張ってね……」

第十一章　面目を失い、三度目の出仕

役所での屈辱

再び出仕することを心に決めた曹操は、みずからの言葉を撤回して上京の準備をはじめた。まず、洛陽《らくよう》にいる父に知らせるため楼異《ろうい》を遣わし、弟の曹徳《そうとく》には車馬の用意を言いつけた。ただ、すでに一度朝廷からの出仕の誘いを断っている以上、都に入るための文書を出してもらう必要があり、そのためには、郡の役所に出向いて沛国《はい》の相《しょう》である袁忠《えんちゅう》に拝謁せねばならない。

袁忠、字《あざな》は正甫《せいほ》、汝南《じょなん》郡汝陽《じょよう》県［河南省南西部］の出身である。清廉高潔で名を知られる当代きっての名士で、袁紹《えんしょう》とは同族である。ただ、ともに名臣袁安《えんあん》の血を引くが、竜は九子を生むの譬《たと》えどおり性格はばらばらで、袁忠の気性は袁紹とはまったく異なる。

袁紹のほうは祖父の袁湯《えんとう》の代よりしだいに富み、袁逢《えんほう》、袁隗《えんかい》に至って相次いで三公《さんこう》の位に昇り、袁《えん》基《き》、袁紹、袁術《えんじゅつ》は出仕以来、中央で官についている。一方、袁忠は祖父の袁彭《えんほう》の代よりだんだんと落ちぶれていった。とはいえ、袁忠の家筋からも三代続けて郡守《ぐんしゅ》を輩出しており、しかも経書の家学においては袁湯の家筋よりはるかに優れていた。つまり、高貴な家柄ではあるが、裕福ではなかったのである。それというのも、袁忠の家筋は名節を重んじて実利を疎《うと》んじていたためで、家屋敷や土地をあがなうこともなく、これまでずっと粗衣粗食《そいそしょく》を貫いてきた。

袁忠は名声を博していたが、めぐり合わせが悪いのか、多くの辛酸をなめてきた。若い時分には、「党人《とうじん》」として罪を問われた范滂《はんぼう》と親交があったため、十年以上も朝廷からは声がかからず、黄巾《こうきん》の乱が起きて党錮《とうこ》の禁《きん》が解かれてから、ようやく陳珪《ちんけい》に代わって沛国の相に任命されたのであった。そして、やっと官途が開けた矢先に、一人息子の袁秘《えんぴ》を失った。袁秘は汝南郡の役人として太守《たいしゅ》の趙謙《ちょうけん》を補佐し、黄巾の討伐に加わった。しかし、不利な戦況下で趙謙のために血路を開かんと、敵陣に突っ込んで討ち死にした。ただでさえ気難しい袁忠であったが、官途における挫折と息子の喪失は、その性格をいっそう頑なにさせた。

曹操は、かつて袁紹が、「正甫は清廉で孤高の人であるが、頑固で辛辣なことこのうえない」と評していたのを聞いていた。そして今日、厚かましくもその袁忠から上洛のための文書をもらおうというのである。そもそもがばつの悪い用件であり、気を揉まずにはおれなかった。それゆえいくらかでも手土産を持参すべきだが、袁忠は清廉潔白で名高い。曹操は再三悩んだ末に、そういった習慣には則《のっと》らず、一人手ぶらで袁忠のもとへと向かった。

役所の門前に着いて名を告げると、門番が奥に取り次ぎ、戻ってきて曹操に伝えた。「国相《こくしょう》は今朝早くから沛王さまのところへご挨拶に行っております。曹殿はここでしばらくお待ちくだされ」袁忠はたしかに沛国の相、諸侯王に拝謁するのはもっとも大切な用件である。しかし、この部下の曹操に対する態度はどうだ。なんとなれば曹操はもと秩《ちつ》二千石《せき》の高官であり、黄巾の乱を平定した功臣でもある。ましてや父は太尉《たいい》の位に昇っているのだ。奥に通して茶を出すでもなければ、腰掛け一つよこさない。轡《くつわ》も取らず、曹操ほどの客人を門前で立ったまま待たせるとは、非常識にもほどがある。

立場によっては下手にでなければいけないときもある。曹操は自分の立場をわきまえていたし、あれこれ考えるのも億劫で、辛抱強く待ち続けた。そのあいだ、属官や使用人が出入りし、門番たちもその送り迎えなどで忙しくしていたが、曹操に気を遣って声をかける者はとうとう一人もいなかった。

たっぷり半刻［一時間］ほども待ったころ、車馬の音がしたかと思うと、ようやく袁忠が帰ってきた。童僕らは慌ただしく取り囲み、馬車の簾《すだれ》をかき上げて、袁忠が降りるのに手を貸した。その姿をちらと見やれば、年のころは四十過ぎ、背は七尺［約百六十一センチ］ほどで古びれた官服に身を包んでいる。面長な顔に凛々しい目と立派な眉、まっすぐな鼻筋に大きな口、左右の頬とあごに蓄えた真っ黒な髭。その一挙一動からはいかにも謹直という雰囲気がにじみ出ている。

門番が自分のことをまったく知らせず、袁忠もそのまま役所に入ろうとしたのを見て、曹操は慌てて一歩進みでると、拱手《きょうしゅ》して深く拝礼し声高に告げた。「それがし譙《しょう》県の曹操、国相に拝謁に参りました」いまは無位無官の身、原籍までみずから申し出ねばならない。

袁忠はその姿を目に止めると、返礼をするでもなく、わずかに手を上げただけであった。「どうぞ」袁忠は足も止めずにそう言うと、なんとそのまま門を入っていった。その様子を見て、曹操は袁忠が一筋縄ではいかないことを知った。馬を門番に任せると、小走りであとについて入った。

曹操もかつては官として朝廷に仕えていた。そのような相手と非公式に面会する場合、普通は書斎に通して膝をつき合わせるものである。ところが、袁忠は一度も曲がることなく、まっすぐ郡の役所の広間へと曹操を導いた。つまり、官民の別を明確に知らしめたのである。曹操としても礼法を疎《おろそ》かにすることは許されない。きちんと立ったまま話をするしかなかった。しかし、袁忠は端然と座に腰を下ろすと、机上の文書をひもとき、小吏を招き寄せてはこまめに指示を出して、曹操には一瞥もくれなかった。

曹操はそれを手持ちぶさたに眺めていた。袁忠の仕事ぶりは実に細大漏らさず、朝廷からの下命を厳しく伝えるにも、衙門《がもん》［役所］内の些細な事柄を確かめるにも、私心を差し挟むことは一切なかった。そうして半刻ばかり忙しく用務をこなし、すべて適切に処理し終えると、部下は次々にはけていった。そこでようやく袁忠は頭をもたげ、おもむろに口を開いた。「そなたはもと済南《さいなん》の相の曹孟徳《もうとく》殿か」

「さようでございます」曹操は手を拱《こまぬ》いて拝礼した。

「お名前はかねがね伺っております」口では恭《うやうや》しくそう言ったものの、腰をわずかに浮かすことさえしなかった。

その場の雰囲気に曹操はいたたまれず、とっさに話の接ぎ穂を見つけた。「わたしは袁本初殿と懇意に……」

まだすべて言い終わらないうちから、袁忠が曹操の挨拶を遮った。「袁紹の名を出すでない。同族とはいえ、かれこれ十年以上は行き来もないのでな」曹操はそのあとの言葉を飲み込んだ。曹操が信じていないように見えたのか、袁忠はさらに詳しく説明しだした。「わが袁家はもと清廉と才学で鳴り、高位高官など求めなかった。しかし袁隗殿らは豪奢浮華《ふか》に流れ、四代にわたって三公を輩出したことを常に鼻にかけていたのでな、わが家筋は袂《たもと》を分かち、以来付き合いもないというわけだ」袁忠の言い分はもっともであるが、しかし、一族をまるで赤の他人のようにみなすのはいささか薄情に過ぎよう——なるほど、道理で袁紹はこの男に偏見を持っていたわけだ。

とはいえ、曹操もこの男とは馬が合いそうにない。なんとか話題を探そうと頭を悩ませていたところ、袁忠のほうから単刀直入に切り出してきた。「孟徳殿、そなたは本官に文書を出してほしいのであろう」

「えっ？」曹操は呆気にとられたが、恥を忍んで低く答えた。「仰せのとおりです」

「ふふっ……」袁忠は冷ややかな笑みを浮かべた。「そなたが孤独に耐えられんことはとうに知っておった。文書ならすでに用意してある。それを持って都へ行くがいい」

曹操は腑に落ちなかった。「なぜわたしの考えていることがおわかりになったのか、お教え願えませんか」

袁忠は少し俯《うつむ》くと、忌々しそうな口調で話しはじめた。「そなたの同郷に桓邵《かんしょう》という者がいるであろう。あれはわしの友人でな、いまはここの属官を務めておる。先ごろそなたが朝命を拒絶したとき、桓邵はわしにこう告げたのだ。『曹孟徳は強欲な人間です。隠棲などできますまい。このたび拒絶したのも、自分の価値が上がるのを待つためでしょう。いまのうちに文書を用意しておけば、あとの手間が省けるというものです』とな。さもありなんと思ったゆえ、先に文書を用意しておいたのだ」

面と向かって辱められ、曹操は顔を真っ赤にして憤りさえ覚えた。たしかに、かつて卞《べん》氏を救うため桓家の者を打ち殺したことがあり、以来、桓曹両家は因縁の仲であった。そしていま、桓邵はここで曹操の名を大いに貶《おとし》めているのだ。なんとも卑劣なやり方である。いま袁忠は「強欲」と言ったが、それでも言葉を選んだのであろう。内心では、貪婪《どんらん》なならず者とまで罵っているのかもしれない。そう思うと、曹操は慌てて取り繕《つくろ》おうとした。「あの桓邵とわたしとは……」

袁忠はあざ笑いながらそれを遮った。「もうよいではないか。別にそなたらのことなど聞きたくもない。すぐ文書を持って発つがよかろう。ご尊父はいまや太尉だ。その名声たるや天下に轟いている。そなたの前途は明るいな！」そう言いながら、袁忠は引き出しから竹簡を取り出すと、曹操に向かって振って見せた。

曹操の憤りはますます激しくなった——袁正甫、お前は清廉な官かもしれぬが、人に対してかくも冷酷な仕打ちができるとは。たとえ桓邵がお前の友人で、何を言ったか知らんが、すべて鵜呑みにしてでたらめな話まで信じ込むというのか。

そんな曹操の心中をとうに見抜いていた袁忠は、竹簡を大きな卓上に放り出すと、立ち上がって曹操に背を向けた。「文書はここだ。勝手に取りたまえ」まるで曹操が汚らわしいとでもいうように、手渡すことさえ拒んだのである。

さすがに曹操も身を翻して去ろうとしたが、しかし、ここで引き返したのでは、ただ侮辱されに来たようなものである。怒りを押し殺し、進み出て文書を手に取った。そのとき、袁忠のため息が漏れ聞こえた。「ああ……どうやらやはり許由《きょゆう》にはなれぬようだな。せいぜい柳下恵《りゅうかけい》を真似るがいい」言い終わると、曹操をそこに残したまま、袁忠は振り返ることもなく奥の間に入っていった。

学のある者はかえって辛辣である。許由は古代の隠者で、天下の人々を教化したが、自身は身を清く保ち、進んで隠棲した。かたや柳下恵は春秋時代の魯《ろ》の大夫《たいふ》で、身は塵埃《じんあい》にまみれた朝廷にありつつも、難なく功名を立てた。そう聞けば、袁忠の言葉に毒はないように思えるが、実際は、隠者となる徳を持ち合わせず、ひたすら上を目指す曹操を当てこすったのである。

曹操はぎりぎりと歯ぎしりをしたが、かといって手も足も出ず、ただがっくりとうなだれて広間を出た。文書にも何か悪口が書かれているのではないか、曹操は広間の入り口で立ち止まり、すぐにひもといて見た。そこは袁忠もやはり君子である。曹操を貶めることはなんら書かれていなかった。竹簡を閉じてふと視線を上げると、属官らしき男が階段の下で、口を押さえて笑っていた――桓邵その人である。

桓邵は曹操が出てきたのを見ると、すぐに笑い声を潜め、いわくありげに言った。「これはこれは孟徳殿、くれぐれもお気をつけて」言い終わるや、袖を払って去っていった。この瞬間、曹操はすべてを悟った――なるほど、さっきの門番の態度も、すべてこの桓邵の野郎が裏で手を引いていたというわけか。

曹操は去ってゆく桓邵の後ろ姿を憎々しげに睨みつけた。生まれてこの方、今日ほどの屈辱を味わったことはない。怒りも冷めやらぬまま郡の役所を出て、馬に跨がってから、やはりこらえ切れずに振り向いて大声で叫んだ。「この恨み、いつか必ず晴らしてやる。今度、会ったときは、袁忠、桓邵、二人とも覚えているがいい！」最後に門番を睨みつけると、曹操はやっとすっきりした様子で立ち去っていった。

中平《ちゅうへい》五年（西暦一八八年）春、曹操は、卞氏と曹丕《そうひ》、さらに侍女の環《かん》氏を連れて、三度目の出仕の途についた。このたび曹操が就任するのは典軍校尉《てんぐんこうい》であるが、漢王朝創建以来はじめて設置された官であるため、誰もその職務を把握していない。一方、同行のなかには、孝廉《こうれん》に推挙されたばかりの曹《そう》純《じゅん》もいた。知っておくべきことは知らぬくせに、知るはずもないこと、つまり自分が何の官職につくのかを曹純はすでに知っていた。太尉曹嵩《そうすう》の鶴の一声で、選部尚書《せんぶしょうしょ》［官吏の任免などを司る役職］はおとなしく曹純を黄門侍郎《こうもんじろう》に内定したのである。さすがに金で成り上がった太尉だけあって、やはり尋常ではない。

兵を三路に分かつ

曹操が洛陽《らくよう》に着いてまず突破せねばならない第一の関門、それは父である。

済南《さいなん》で官を辞して以来、曹嵩《そうすう》は相次いで三度も曹操に書状を送り、再び朝廷に出仕するよう促してきた。しかし、曹操自身にその気がなかったため、その都度、断ってきた。書状のうえで繰り返された言い争いは、はじめは互いに分別もあったが、癇癪《かんしゃく》を起こした父の文言はしだいに辛辣になり、一度決めたからには息子のほうも理詰めで言い返し、親子の衝突は歯止めが利かなくなっていた。去年の年末、曹嵩が一億銭の財貨でもって太尉《たいい》の位をあがなったときには、曹操はそれを洛陽と目と鼻の先にある都亭《とてい》［洛陽城外約四キロメートルにある宿駅］まで送り届けたにもかかわらず、そのまま帰ってしまった。そしていま、曹操は合わせる顔もないまま、出仕のために上京してきたのである。曹嵩がそう易々と受け入れてくれるだろうか。

太尉とは三公《さんこう》の筆頭であり、天下国家の軍事とその論功行賞を掌握している。郊祀《こうし》［天子が都の郊外で冬至に天を、夏至に地を祀《まつ》る行事］の際には、太尉は天子に次いで酒をまき、国政に対しても随意に意見を挟むことができる。つまり、祭祀と軍事という一国の大事を、太尉はその手に握っているのである。司徒《しと》、司空《しくう》とともに三公と総称されるが、実のところ、その栄耀栄華は両者と比べようもない。配下には長史《ちょうし》［次官］一人、掾属《えんぞく》［補佐官］二十四人を置き、さらに儀仗をはじめ、筆録、門番、護衛をさせるために、二十三人の令史《れいし》［属官］を置くことができる。かような大所帯では一般的な官僚の私邸に収まるわけもなく、曹嵩は慣例に則って、南宮《なんぐう》付近に特別に用意された太尉府へと居を移した。公事はそこで執るため、城の東にあった邸宅は、ほとんど側女《そばめ》の住居となっていた。

曹操は父の性格を熟知している。このまま軽々しく太尉府に出向くわけにはいかない。そこで城東の永福巷《えいふくこう》にある私邸のほうへ車を回した。誰にも車を降りさせず、荷物も一切降ろさずに、曹純《そうじゅん》と二人で正門の前に立ち、太尉の帰りを待ったのである。

案の定、曹嵩は息子が来たと知るや、かっとなって官服を脱ぐのも忘れ、そばにいた令史を引き連れ駆けつけてきた。

卞《べん》夫人は、これが初めての洛陽入りということもあり、車中に身じろぎもせずにいたが、にわかに外が騒がしくなると、簾《すだれ》をわずかに開けて隙間からのぞいてみた。すると、永福巷に突然一台の二頭立ての安車《あんしゃ》［年配の高級官僚などが座って乗る小型の馬車］が現れた。黒の車蓋《しゃがい》に覆われたその馬車の大きな車輪は朱漆塗《うるし》り、両側の轓《おおい》は黒く、金製の手すりには鹿が彫られ、漆塗りの横木には熊が描かれている。

車上に端座するその人は、刺繡入りの黒の深衣《しんい》を身にまとい、青玉の旒冕《りゅうべん》［玉簾が前後についた貴人の冠］を戴いている。紫の綬《じゅ》［印をつけるのに用いる組み紐］に玉環を提げ、絹の組み紐を垂らしている。腰には一振りの漆黒の飾《かざ》り太刀《たち》と象牙の笏《しゃく》、さらには印綬を二つ――一つは太尉、一つは費《ふっ》亭侯《ていこう》――を提げている。ほどなくして目の前に着くと、卞氏にもよりはっきりと見えた。年のころは六十を超えたあたりか、痩せて骨張った体つきに厳《いか》めしい顔つきをしている。左右の鬢《びん》には白いものが目立ち、鋭い目つき、高い鼻にゆがんだ口元、あごいっぱいに蓄えられた白い髭は怒りで反り返っているようだ……卞氏にはこれが義父だとわかった。しかし、いかにも穏やかでない様子を感じ取ると、すぐ環《かん》に目配せをし、やっと三か月を過ぎたばかりの息子をしっかり懐に抱きしめた。

曹嵩は手探りで杖をつかむと、かんかんに怒りながら車を降り、跪《ひざまず》いて出迎える息子を怒鳴りつけた。「そのまま跪いておれ、立つのは許さん!」

「ずいぶんと遅れてしまいまして。老大人《たいじん》、何とぞお許しを」曹操は何度も叩頭した。

「老大人? どうやら本当にわしが誰かわからんようになったか」曹嵩は、曹操が父という言葉を使わなかったことに、ますます腹を立てた。「ふん! この出来損ないが!」

曹嵩に従ってきた令史や掾属はみな呆気にとられた。通りのど真ん中で息子を叱る太尉など前代未聞である。しかし、実際に目の当たりにしては、口を挟むこともできなかった。

曹純が二、三歩にじり寄った。「曹元盛《げんせい》［曹熾《そうし》］の息子でございます……」そこまで口にしたところでどう続ければよいか迷った。曹嵩は朝服《ちょうふく》で安車に乗って来ている。このような状況では曹公と呼ぶべきか、それともおじ上と呼ぶべきか。振り返って曹操を見たとき、はたと思い当たった。さきほど「老大人」と言ったのは、それが公私を隔てないもっとも無難な呼び方だったからだ。曹操はとっさに機転を利かせたのだが、曹嵩のほうがそれを誤解してしまったのである。

長年顔を合わせていなかったが、曹嵩は曹純のことを覚えていた。「子和《しわ》、お前は立ってもかまわぬ」

曹純は立ち上がると、顔を寄せてささやいた。「おじ上、家名を慮《おもんぱか》ってください」

「んっ？」曹嵩はそこでやっと礼節にもとっていることに気がつくと、ばつが悪そうに咳払いをしてから、息子に向き直った。「とりあえず立て。続きはなかに入ってからにしよう。だが、ここに住めると思うでないぞ」そう脅すと、杖をつきながら入っていった。曹操は唾をごくりと飲み込むと、曹純のあとについてなかへと進んだ。卞氏はそれを見届けるとすぐに簾を巻き上げ、曹丕《そうひ》を抱きかかえたまま車を降りて静かについていった。

さすがに曹嵩もみっともないと思ったのか、従者らにも聞かれぬように、正面の広間ではなく裏庭へと回った。そして楼異《ろうい》に椅子を持ってこさせ、どっかりと腰掛けた。「さあ早く、膝をつかんか」

曹操は跪いて頭を低くした。「このたびの親不孝、父上のお怒りはごもっともです」

「ふんっ！　済南の相《しょう》になった途端、もう父など知らぬということか？　官を辞するというのがどれほどのことか、それをお前の一存で勝手に辞めおって！　おおかた他人の甘言を鵜呑みにしたんだろう、ぶらぶらしおってからに。宦官につけ込まれでもしたらどうする？」

「やむをえずしたことなのです」

「やかましい！　それに何より、わしが呼び出したとき、お前はなぜ来なかったのだ？」

「それは……」曹操は返す言葉がなかった。いまここにこうして跪いていながら、静かな隠棲を望んでいたなどとは、口が裂けても言えない。

曹嵩は冷たく笑った。「まったくたいしたやつよのう、自分が何をしでかしたのかわかっているのか。あとでお前の書状を持って来てやるから、このわしの目の前で読んでみろ！　そしてどれだけひどいことを申したか、自分で確かめるがいい。こんな親不孝者になりおって、わしはどこで育て方を間違えたかのう……」

しかし、これには曹操も納得がいかなかった。たしかに辛辣なことも書いたが、そもそもは父から吹っかけてきたはずだ。先だって、崔鈞《さいきん》の親子喧嘩には明快な忠告をした曹操であったが、いざ自分のこととなるとどう対処すべきかわからず、ただうなだれるしかなかった。「息子めが間違っておりました。わたしはただ、乗る船は自分で決めよと仰った父上の言葉だけを気に留め、それゆえ勝手なことを……」

「たしかに自ら選べとは言ったが、誰も河に飛び込めなどとは言っておらん！」曹嵩はますます激昂してきた。「官を辞することをわしが許したか！　どれだけ苦労してお前を引き上げたと思っている。それをやっと小さな軍功を立てたぐらいで勝手に辞めてしまいおって。わしはもとより、ご先祖さまにも顔向けできん。何よりお前はそれで自分自身に申し訳が立つのか」まったく曹嵩の言うとおりであり、曹操は黙り込むしかなかった。

「いまここで打ち据えて、二度と忘れんようにしてやる！　この父の存在を身をもって思い知るがいい！　わかったか、鞭打ち五十を食らわせてその身に叩き込んでやるから、そうしたらすぐに出ていけ！　ここにお前の居場所はない、目障りだ！　子和、鞭を持って来い！」

曹純は慌てて遮った。「おじ上、お怒りをお鎮めください。そんなに怒るとお体に障ります。このたびはどうかお目こぼしを」

「お前がとやかく言うことか！　さっさと鞭を取りに行け。行かんというのか」曹嵩は声を張り上げた。「楼異はどこだ？　鞭を持て！」

楼異はというと、築山《つきやま》の後ろに身を潜めていた。曹嵩と曹操、どちらの機嫌を損ねるわけにもいかない。往来の書状はすべて自分が届けたが、その際、双方からずいぶんと叱りの言葉も受けた。二人が顔を合わせればこうなることは容易に想像できたことである。ひょっとすると、曹嵩は自分に曹操を鞭打たせるかもしれない。打つも無理、打たぬも無理なら、いっそ隠れて顔を出さなければいい。しばらく呼んでも楼異が姿を見せないので、曹嵩は杖を振り上げると、曹操の頭をめがけて振り下ろそうとした。そのとき、曹純がとっさに止めに入った。「おじ上、どうかわたしの顔に免じて、孟徳を許してやってください」

「離せ、離さんともろともに打ち据えるぞ。お前も帰れ、官にもつかんでいい」そう脅かされては、曹純もおとなしくせざるをえない。奥からその様子を見ていた卞氏は、慌てて曹丕のおくるみを剝ぎ、思い切りそのお尻をつねった――「んぎゃあ、おんぎゃあ」あたりに赤子の泣き声が響き渡る。

「よしよし、大丈夫よ、いい子だからね。おじいさんとお父さんがちょっと遊んでいるだけなのよ」

卞氏はことさらに大きな声で曹丕をあやしながら、二人のほうに近づいてきた。

振り下ろされた杖がいまにも当たろうかというそのとき、にわかに赤子の泣き声を耳にした曹嵩は、とっさにその手を止めた。「おお、そいつはわしの孫か？　早くこっちに来て、よう見せてみい」

卞氏はすぐに歩み寄って、息子を曹嵩の胸に押し込めると、自身は少し身を引き、腰をかがめて拝礼した。「嫁の卞でございます。お義父《とう》さま、どうかお見知りおきくださいませ」

曹嵩は早く孫に会いたくて仕方なく、さっさと杖を放り出して孫を抱き上げると、卞氏には目もくれず曹丕をあやしはじめた。「そちは立ちなさい……この子はよう肥えて元気じゃ。将来はきっと立派な男になるぞ。ほれ、頬ずりじゃ」そう言いながら、髭を持ち上げて頬をこすりつけた。「この子が丕《ひ》か」

「さようでございます」卞氏は立ち上がると、曹嵩が腰掛けるのに手を貸した。

曹嵩はひと息つくと、そこでようやく卞氏をじっくり眺めた。義父が嫁をいじめることはまずない。ましてや曹嵩は、卞氏が歌妓《かぎ》の出であり、匿《かくま》っていた嫁であることを知っている。とはいえ、面と向かってそれを言うのも憚られた。「そちはあれか、息子が頓丘《とんきゅう》［河南省北東部］で娶《めと》った妻だな」

「さようでございます」卞氏はまた一つ拝礼した。「わたくしめはこの身を孟徳さまに捧げて以来、すぐにでもお義父さまにご挨拶をと思っておりました。お義父さまがお国を治める稀代の忠臣であることは、わたくしめも承知しております。ご高齢にあってもお国のために粉骨砕身されていますのに、わたくしめなどはついぞ都へご挨拶にも参りませんで、どうか愚昧《ぐまい》な嫁をお許しくださいませ」

この父子はどちらも物腰の柔らかな相手には優しくなる。聞こえのいい嫁の言葉に、曹嵩はすっかり気分をよくして笑顔になった。「かまわん、かまわんぞ。みなこいつがなっておらんせいだからな」

そう言葉を返すと、また曹操に白い目を向けた。

「お義父さま、やっぱりまだ冷えますわ。丕を部屋のなかに入れたほうがいいかと思うのですが」

卞氏は探りを入れてみた。

「うむ、うむ、そうじゃな」曹嵩はすぐにおくるみを卞氏に返した。

卞氏は曹丕を抱きかかえてちらっと見ると、眉をしかめた。「まあ、お義父さま、丕ったらお漏らししたみたい」

「はっはっは……」曹嵩は顔を上げて笑った。「なら、すぐに替えてやりなさい」

卞氏は振り返って大声で呼んだ。「環、すぐに車に積んである箱を見てきてちょうだい。丕のおしめがどこかにあるはずよ。ちょっと物が多すぎて散らかっているから、しっかり探すのよ」

「まったく、お前らは段取りが悪いのう」曹嵩は顔をしかめて言った。「家についてまだ荷物も入れず、おしめも見当たらんとは。世話の焼けることだ。さっさと誰かに運び込ませれば済むだろうに。楼異はどこだ？　早う荷物を運んでやらんか」

「ここです。すぐ仰せのとおりに」楼異は笑みを浮かべ、築山の後ろから飛ぶように出てきた。それと同時に、心の内では卞氏の機転に舌を巻いていた。ほんの少し言葉を交わしただけで、すっかり曹嵩の毒を抜いてしまったのである。あとは荷物を屋敷に入れてしまいさえすれば、もう何の問題もない。これでどうやら住み込めそうだ。

卞氏はそのあいだに急いで義父に訴えた。「お義父さま、ご子息がどんな方かは一番よくご存じのはず。彼には彼の孝心《こうしん》があります。ただ、ちょっとときにやりすぎてしまうだけなのです。たとえば財物を都まで運んだときだって、いまはこんなご時世、何か過ちがあってはいけないからと、孟徳さまは自ら三百人も率い、幾昼夜もかけて送り届けたのでございます。都亭のところで帰りはしましたが、決して苦労は厭《いと》いませんでした。孔子さまも仰っています。『色難《かた》し［親の顔色を常に見て、あるいは自分の顔色を作って、親によく尽くすのは難しい」』と。これがまさにそうではありませんか」

「できた嫁よのう……」曹嵩はしきりに卞氏を褒め称えると、跪いたままの息子に目を遣って嘆息した。「今回限りだからな。お前ももう三十過ぎだろう、嫁の前で這《は》いつくばってみっともない。さっさと立たんか！」

「父上、お許しいただきありがとうございます」曹操は叩頭してから立ち上がった。ようやく第一関門の突破である。

曹操夫婦は荷物や衣服をあるべき場所に収めると、曹純のためにも一部屋を用意し、すべて片づけるのに一刻〔二時間〕あまりを費やした。曹嵩は平服に着替えると、安車と付き添いを先に帰らせた。父子と曹純の三人は、ここに至ってようやく座に着き、本題の話し合いに入った。

曹操がまず話題に上げたのは、ほかでもなく典軍校尉《てんぐんこうい》とは何かという点である。

曹嵩が答えた。「以前、黄巾《こうきん》の賊や西北の羌《きょう》族が反乱したとき、五営七署〔都を防衛する北軍《ほくぐん》の五営《ごえい》と皇宮《こうぐう》を警護する南軍《なんぐん》の光禄勲府《こうろくくんふ》の七部署〕の兵はやりくりでたいへんな目に遭った。そこで陛下は河《か》南尹《なんいん》で動かせる兵をすべてまとめ、俸給を出して任用し、大《だい》将軍の何進《かしん》と車騎《しゃき》将軍の何苗《かびょう》の二人に統括させたのじゃ。ここ数年で各地の反乱を平らげたのは、この部隊によるところが大きい。何氏の二人は不仲とはいえ、やはり一族にあたる。そしていまや各所の兵は何進と何苗がすべて握り、その名声は高まるばかり。さすがに陛下も不安な様子でな」

「取り越し苦労でしょう。何進の人となりは父上もご存じでしょうに」曹操は笑った。

「何進はたしかに能なしのぼんくらじゃが、いまは『党人《とうじん》』が脇を固め、名士がその屋敷に足繁く通っておる。竇憲《とうけん》や鄧騭《とうしつ》、それに閻顕《えんけん》、梁冀《りょうき》などのことがあるからな。それに陛下自身も竇武《とうぶ》を目の当たりにしている。また外戚が盛り返すことに注意を払わぬわけにはいかんだろう」曹嵩は髭をなでつけながら続けた。「それゆえ、新たに官を設けてこれらの軍馬を統制し、西園《せいえん》の護衛をしている黄《こう》門《もん》［皇帝にかしずく宦官］の蹇碩《けんせき》の軍と併せて、八つの校尉を立てるつもりなのだ。そうして何家の兵権を取り上げる。このたびお前が任じられた典軍校尉もその一つというわけよ」

曹操はつかの間ためらったが、やはり尋ねてみた。「このたびの任命は父の取りなしで？」

「わしとは一切関係ない」曹嵩はやや不満げである。「わしはいまや太尉の位に昇ったのだぞ。真っ先に自分の息子を取り立てて兵権を預ける馬鹿がどこにおる。他人が横槍を入れる口実を与えることになるではないか。このたびのことは陛下の判断だが、あるいは何家から口添えがあったやもしれん。いずれにせよ朝廷は、お前がかつて戦《いくさ》で手柄を挙げたため、有能な人材だと考えているのだろう」

やはり何進の力か……曹操はあらかた話が見えてきた。「もしこの軍に西園騎《せいえんき》［西園の騎兵隊］を組み入れれば、今後、われわれの八営は陛下が自ら統《す》べることになるのでしょうか」

「そうじゃ。陛下の真意は西園の腹心を加えることで、お前らと何進との関係を絶つことにある。あとはひたすらあちらの指図を聞くのみ。口惜しいことよのう……」

「何が口惜しいのでしょうか」

「明日の朝一番で大将軍に拝謁せい。向こうに着いたらすべてわかる」曹嵩はそこで切り上げると、曹純に向き直った。「子和、お前は自分がつく黄門侍郎《こうもんじろう》がどんな官か知っておるか」

父子が官界の細々とした情報について話し合うのを横で見ていた曹純は、実につまらなく、とうに上の空であったから、突然質問を浴びせられ、いささかまごついてしまった。「え？　あ、その黄門侍郎っていうのは、朝議の際、諸侯王らを所定の座席まで導く、言ってしまえばただの案内係ですよね。おじ上、これは普通、宦者《かんじゃ》がなるもので、士人《しじん》はあまりなりません。なぜわざわざわたしをあてがったのでしょう。これならいっそどこかの県令《けんれい》でも務めたほうがましです」

「ふん、若造が知った口を聞きおって」曹嵩は薄く笑みを浮かべた。「この荒れた世の中で都を出て県令になるだと。どんな最期を迎えるかわかったもんじゃないぞ」

「曹洪《そうこう》も県長《けんちょう》ではないですか」

曹嵩はじろりと睨みつけた。「あいつが官について何年になる？　いまでは心を許せる部下がいて、土地の顔役らにも顔が利くはずだ。お前のような青二才が出向いたところで、万一誰かが造反してお前がくたばりでもしたら、死んだお前の親父に顔向けができんではないか！」

「お言葉ごもっともです」曹純は何も言い返せなかった。

「わしがお前を黄門侍郎にしたのは考えあってのこと」曹嵩は立ち上がり、おもむろに歩き回った。「黄門侍郎の最大の利点は朝廷の内と外に通じる点、つまり陛下の身辺にありながら、自由に宮廷を出入りできる。安心せい、張譲《ちょうじょう》や趙忠《ちょうちゅう》とは長らくよしみを結んでおる。やつらがお前に手出しすることはない。お前のなすべきことは一つ！」文机《ふづくえ》に手を乗せて、曹嵩はまっすぐ曹純を見据えた。「陛下の身辺で何か動きがあったら、すぐに宮廷を出てわしに知らせるのじゃ。とくにわれら父子に関することや何進のことでな。いつ何どきでも注意を怠らず速《すみ》やかに知らせよ」

曹純は驚きを隠せない。「で、では……機密を流せと……」

曹操は、父が曹純を難詰する前に、口を挟んだ。「子和、お前は父上が言ったとおりにすればいい。深刻に考えるな」

「え、あ……わかりました」曹純はしぶしぶ答えた。

曹嵩は腹立ちを抑えると、今度は感慨にふけった。「かつてはわしとお前の父、それに景節《けいせつ》［曹鼎《そうてい》］で朝堂に並んだものよ。お前の父元盛は北軍の長水校尉《ちょうすいこうい》、景節は尚書《しょうしょ》、そしてわしは大司農《だいしのう》で九卿《きゅうけい》の位にあった。わしら三人は心を一つにして力を合わせたもの。あのときの曹家はどれほど勢いがあったことか。しかし、この老骨一人を残して、二人は先立ってしもうた。薄氷を踏むかのごとく思慮を尽くし、財産を使い果たしまでして、いまやっと太尉の地位をつかんだのだ。このわしの気持ち、お前にもわかってほしいものだな」

曹純は幼いころから曹徳《そうとく》について学問を修めてきた。それは礼儀や道徳、忠誠や仁義などであり、官界で名利《みょうり》に奔走するなどもっとも嫌悪するところであった。しかし、自分に官職を与えてくれた曹嵩を目の前にしては、不平をこぼすことなどできなかった。「おじ上、これまでのご恩にきっと報いてみせます」

「うむ」曹嵩は息子と曹純の肩にしっかりと手を乗せた。「これよりのち、わしは太尉として朝政を動かし、孟徳は軍に身を置き何進を補佐し、子和は陛下をよく観察して宦官を見張り、朝廷の内外を結ぶ。元盛、景節とわしがやったように、兵を三路に分かつがごとく、おのおのがその責を果たすのだ。そして、必ずやわれら曹家をもり立てて、次の世代に錦の前途を開く！」

曹純はしきりにうなずいていたが、曹操には思いがけないことだった。何進を「補佐」して、宦官を「見張る」だと……まさか人知れずもう鞍替えしたのではないだろうな。また風向きが変わったのか。それにしてもいまの朝廷はまったく落ち着きがない……

群賢参集

曹操が大将軍《だい》何進《かしん》に拝謁したとき、すべての疑問は氷解した。

自身の身分がまだはっきりとしないため、曹操は車には乗らず、馬に跨がって出かけた。到着して馬を下りると、大将軍の豪奢な屋敷に入る前に、ちょうど鮑韜《ほうとう》と鮑忠《ほうちゅう》の二人が俯《うつむ》きながら出てくるのが見えた。三人は顔を合わせると揃《そろ》って呆気にとられたが、鮑家の二人はすぐに大喜びした。「なんとまあ、孟徳《もうとく》ではないか。さあ、早く入ってくれ」二人が曹操の手を引くと、門番も見慣れた光景なのか見咎めることもなく、名前さえ尋ねなかった。

右も左もわからぬ曹操は、鮑家の二人に引かれるままに連れ込まれ、鮑韜は歩きながら早くも首を伸ばして大声で呼びかけた。「曹孟徳だ、曹孟徳が来たぞ」

大将軍府のなかでこのように大声を上げてもよいのだろうか。曹操がそんなことを考えているうちに、四方からがやがやと官職についている者や士人《しじん》たちがこぞって出てきて、誰もが家族を迎え入れるように曹操を取り囲んだ。崔鈞《さいきん》はそのあいだを縫って出てくると、曹操の手を引き寄せた。「だから孟徳は来ると言ったんだ。隠者になどなれるわけがない。この孟徳は、かつて大将軍が名馬を賜った男、つまりわれわれの仲間さ」

曹操は自分の器量をわきまえている。多少は名を知られているとはいえ、かくも大勢の者を驚かせるほどではない。これにはきっとわけがある。みなが笑いさざめくなかを、ふと見れば正面から大将軍何進が威厳たっぷりに近づいてきた。その周りを四人の腹心が固めている。曹操はそれを見ると、すぐさま跪《ひざまず》いて拝礼した。「大将軍に謁見に参りました」

今回は、何進も舌がもつれることはなく、いきなり「弟君」と呼んだり抱擁してくることもなかった。それどころか手を差し出して、こう答えた。「孟徳よ、立ちたまえ。われわれのあいだで礼はかまわぬぞ」曹操は心中密かに笑った――さては周りに吹き込まれたか。ちょっとは礼儀を学んだようだな――

崔鈞は何進のそばに控える四人の腹心を指さしながら紹介した。「孟徳、わたしから紹介しよう。こちらの方は大将軍の司馬《しば》の許涼《きょりょう》さま……こちらは仮司馬《かりしば》(1)の伍宕《ごとう》殿……こちらのお二方も大将軍の配下で呉匡《ごきょう》殿と張璋《ちょうしょう》殿だ」曹操はそれぞれの名を聞くと、一人ずつ拝礼して挨拶を交わした。その粗野な容貌と豪快な話しぶりから察するに、何進が幾度かの戦乱のなかで取り立てた将校であろう。

四人を曹操に引き合わせると、何進はすぐに曹操の手を取った。「孟徳、そなたが来るのを待っておった。さあ、今度は友人に会ってくれ」そう誘うと、曹操の手を引いて横の庭へと回った。

二の門を抜けるとそこは広間になっており、何進は曹操と二人で腕を組みながら入っていった。

広間にいた者たちはずいぶんと打ち解けた様子で何やら議論していたが、大将軍が客人を連れてきたとあって、即座に立ち上がり拱手《きょうしゅ》の礼を取った。何進は上座に座る四十前後の男を指さして紹介した。「こちらは袁本初《えんほんしょ》の推薦を受けて、わしのほうからとくに出向いて招いた長史《ちょうし》だ」何進の長史はたしか山陽《さんよう》の名士王謙《おうけん》。祖父の王龔《おうきょう》は太尉《たいい》を、父の王暢《おうちょう》は司徒《しと》を務めたことがあるはずだ。続けて三《さん》公《こう》を輩出するような名家が進んで肉屋の何進を補佐すれば、天下の名士もなびかずにはおれまい。

「かねてより王大人《たいじん》のご高名は伺っております。今日こうしてご尊顔を拝見できるとはたいへん光栄に存じます」

王謙も礼を返すと、満面の笑みを浮かべた。曹操が何か言葉を継ぐ前に、何進はまた自ら曹操を部屋じゅうの者に引き合わせていった。党錮《とうこ》の禁《きん》に遭っていた者以外も、すべてが名声轟く清流の名士である。荀攸《じゅんゆう》、字《あざな》は公達《こうたつ》、華歆《かきん》、字は子魚《しぎょ》、鄭泰《ていたい》、字は公業《こうぎょう》、劉表《りゅうひょう》、字は景升《けいしょう》、周毖《しゅうひ》、字は仲遠《ちゅうえん》、伍孚《ごふ》、字は徳瑜《とくゆ》、陳琳《ちんりん》、字は孔璋《こうしょう》、田豊《でんほう》、字は元皓《げんこう》、逢紀《ほうき》、字は元図《げんと》、蒯越《かいえつ》、字は異度《いど》、孔伷《こうちゅう》、字は公緒《こうしょ》、袁遺《えんい》、字は伯業《はくぎょう》、胡母班《こぼはん》、字は季皮《きひ》、王匡《おうきょう》、字は公節《こうせつ》、桓典《かんてん》、字は公雅《こうが》、孔融《こうゆう》、字は文挙《ぶんきょ》などなど……まさに数え切れないほどの賢人名士が、老いも若きも一堂に会していた。曹操は一人また一人と拝礼し続けたため、目はくらみ、首や腰まで痛くなって、もはや失礼かどうかなどかまってはいられなかった。

誰もが互いに恭《うやうや》しく、かつ賑やかに談笑していたところ、突然ある者が大きな声を上げた。「この者は代々媚《こ》びを売り、父は金で三公をあがなったのだぞ。そなたらはこの腐れ宦者《かんじゃ》の筋を迎えるというのか。まったく馬鹿馬鹿しい」

曹操はまるで平手打ちを食らったかのようで、ほかの者もみな目を怒らせてあたりを見回した。見れば入り口に一人の男が立っている。辺譲《へんじょう》、字は文礼《ぶんれい》である。曹操はすぐに事情を飲み込むと、ふふっと笑いを漏らした。陳留《ちんりゅう》の辺譲、桓邵《かんしょう》や袁忠《えんちゅう》と心を通わせ、三人はどうあってもこの俺に敵対しようと決めている。このあいだは袁忠にさんざん当てこすられたが、今日は辺譲というわけか。

　このようなことには何度も出くわしていたため、曹操はもう慣れていた。何を言い争うわけでもなく、ただ拱手して応対した。「文礼殿もおられたのですか。これは失礼しました」曹操は一つお辞儀をして続けた。「この曹操、一つ文礼殿にお教え願いたいことがあります。大将軍がそなたを掾《えん》「補佐官」として迎えたのは、賢人名士を呼び集め、同志としてもてなすためですかな。それとも、口を極めて汚い言葉で罵り、名士たちに恥をかかせるためでしょうか」

　曹操のこのひと言は、満場の士人らを一気に味方に引きつけたが、何進は顔をゆがめながらも真っ先に場を取りなそうとした。「ぶ、文礼、失礼が過ぎるぞ」

　みなもそれに同調した。「そうだ、そうだ。文礼、こっちにきて謝れ」

　辺譲は薄ら笑いを浮かべて言い返した。「そなたら俗物と論議するつもりなどない」そう言い放って背を向けると、孔融と何やら話しはじめたので、誰もがいたたまれない気持ちになった。上機嫌だった曹操もすっかり気分を害し、冷たく厳しい目で睨みつけた。するとそこへまた、一人の男が外から分け入ってきた。「孟徳、来たか。もう一人、おぬしに会わせたい者がおる」そう言いながら入ってきたのは、なんと何顒《かぎょう》、字は伯求《はくきゅう》であった。

　何顒を前にしては、曹操とて恭しい態度をとらざるをえない。何顒はそばに控える無邪気そうな中年の男を指さして、曹操に紹介した。「この者こそ東平《とうへい》の張孟卓《ちょうもうたく》だ」そしてすぐ、にこやかに曹操を指さして言った。「こちらは沛《はい》国の曹孟徳。そなたらはともに何度もわしを危地から救ってくれた。どうか近づきになってくれ」

張邈《ちょうばく》、字は孟卓。その名は曹操もとうに聞き及んでいた。およそ逃げ出した「党人《とうじん》」で、この男の世話にならなかった者はいない。曹操はすぐに拱手した。「孟卓殿は暴威に屈さず、義を重んじて財を疎《うと》んずるお方。この曹操、かねてより敬仰《けいぎょう》しておりました」張邈はその手を取って謙遜した。「何を仰いますか。孟徳殿こそ機智に富んで勇猛果敢、お上のために敵を討って功名を立てられた。わたしなどとても及びませぬ。伯求さまのおかげで、こうしてやっと会えましたが、お互いに名や働きを聞き知っていたためか、とても初対面とは思えませんな」張邈の柔らかな話し口が、辺譲のせいで悪くなった雰囲気をがらっと変え、一座の者を和ませた。

まだ挨拶を済ませていなかった者が、次は自分がと気構えていたところ、崔鈞が口を挟んだ。「みなさん、話がある方はまたあとで。まずは孟徳に正面の大広間で席についてもらいましょう。これでやっと揃ったのですから」

揃っただと？　曹操は問い返す前からまた取り囲まれて、大将軍府の大広間に連れて行かれた。すると、そこには袁術《えんじゅつ》、陳温《ちんおん》、鮑信《ほうしん》、劉岱《りゅうたい》といった顔見知りがいた。もっとも目を引くのは、大広間の中央に並べられた七つの長椅子である。そのうち六つはすでに埋まり、ほとんどがよく知った者であった。ただ、右から三つ目は空席である。

崔鈞は曹操を無理やりそこに座らせると、笑いながら言った。「これでよし。やっと全員揃ったぞ」そこで、首位の座に座っていた袁紹《えんしょう》が拱手してきた。「孟徳、あとから官途についたのに、上座にて失礼するぞ。そなたより新参ではあるが、いまはこのとおり。どうか咎めてくれるな。中軍校尉《ちゅうぐんこうい》の任に当たっておるのだ」

次席の鮑鴻《ほうこう》も笑いかけた。「俺はずっと本初殿に付き従っていてな。そなたが官を辞めた後は右扶風《ゆうふ》に任《ふう》じられて、西涼《せいりょう》の匪賊を何度か打ち破ったのさ。いまではそなたより上位の下軍校尉《げぐんこうい》だ。どうだい、このかつての戟持ちの門番に降参するかい」

曹操は鮑鴻の軽口に笑いながらうなずいた。なるほど、自分がつく典軍校尉《てんぐんこうい》というやつは、この二人の下に位置するらしい。さらに左に目を転じると、第四位に座るのは年長の夏牟《かぼう》。諫議大夫《かんぎたいふ》だったが若いときに軍功を挙げ、いまは左校尉《さこうい》にある。第五位は初めて見る顔である。聞けば複姓は淳于《じゅんう》、名は瓊《けい》、字は仲簡《ちゅうかん》。やはり軍功により、右校尉《ゆうこうい》にあるという。第六位は、黄巾《こうきん》の乱の際に何進の護衛にあたった趙融《ちょうゆう》、爵位にある家柄で、助軍左校尉《じょぐんさこうい》に任じられている。そして最後の一人は、かつて大権を擁した宦者曹節《そうせつ》の娘婿にあたる馮芳《ふうほう》で、官は助軍右校尉《じょぐんゆうこうい》である。

これでいわゆる西園八校尉《せいえんはちこうい》のうち、七人までが何進の大将軍府にいることになる。「首位にあたる上軍校尉《じょうぐんこうい》には誰が当たるのです」曹操が尋ねると、袁術がそれに答えた。「そりゃあ、われらが大将軍に決まっていよう」

「いやいや、とんでもない」何進は上座から手を振ってそれを否定した。「陛下はまだ誰を上軍校尉とするか決めておらんようだ」

「あなた以外に誰がいるというのです」袁術は媚びた笑いを浮かべている。

曹操は難しそうな顔で考えながら切り出した。「大将軍とは天下の兵を統《す》べるもの、位は三公の上にあります。校尉のような職位を兼任するというのは、ふさわしくないのでは」

袁術が言い返した。「誰が駄目だと言ったのだ。この西園八校尉はこれまでにない新しく設けられた官職ではないか。それに大将軍が校尉を受けた例は前漢代にもあったこと。王商《おうしょう》が大将軍のとき城門校尉《じょうもんこうい》［城門を守備する武官］を兼ねたことは、おぬしも知っておろう。校尉の職位が気に入らんのなら、わたしが代わってやりたいぐらいだ」

むろん曹操とて、王商のことは知っている。しかし、王商は王莽《おうもう》の一族、つまり、のちに大漢王朝を簒奪する者と同族ではないか。そんな例を持ち出していいわけがない。袁術はそれで言い負かしたつもりだろうが、曹操はかえって肝を冷やした。ただ、何進はそんなことには露ほども思い至らず、無邪気に笑って言った。「公路《こうろ》よ、そう急《せ》くでない。西園校尉にはしてやれなかったが、わしはすでに陳孔璋に上奏文を書かせておる。そなたには虎賁中郎将《こほんちゅうろうしょう》になってもらうつもりだ。七署《しちしょ》を率いるのも悪くはあるまい」

「大将軍、お引き立てありがとうございます」袁術はころっと口調を変えて答えた。

それにつられて何進も笑った。「なあに、自分ではよくわからんからな。これは本初が教えてくれたこと。わしは本初が出した案をそのとおり実行するだけよ。みなで一緒にがやがやと楽しくできれば、わしはそれでもう気分がいいのだ」曹操は内心あざ笑った。何進はやはり何も成長していない。ただ、袁紹を羨む気持ちは抑えられなかった。目を向けてみれば、袁紹は四角張った態度をとっているが、口元のほころびは隠しようもなかった。そしておもむろに切り出した。「それがしは大将軍だけのことを思って策を練っているのではありません。大将軍が朝廷の綱紀を引き締め、天下を安んじられるようにと願ってのことです。すべては上は陛下のご恩に報い、下は民百姓を苦しみから救うため」この言葉に、一座で袁紹を褒めそやさぬ者はいなかった。

曹操は袁紹が妬《ねた》ましくもあった――袁紹は戦《いくさ》に出たことさえない。ここにいる誰もが俺より上に立つ資格などないはずだ。いや、そうはいっても袁紹は四代にわたって三公を輩出した家柄、それにこんなにも長く時機を窺ってきたんだ。ここで納得できないからといって何になる――曹操が内心であれこれ思い悩んでいると、鮑信が突然耳もとでささやいた。「孟徳、どうも近ごろの袁本初はちょっと出しゃばりすぎじゃないか」

曹操は慌てて目配せした。「声を落とせ、袁紹に聞こえるぞ……」

(1) 漢代の官職で「仮」がつくものは、いずれも「副」の意で、「仮司馬」は司馬の副官のこと。

白波賊《はくは》の蜂起

何進《かしん》が熱心に引き留めるので、みなは昼餉《ひるげ》を取り終えて、ようやく大《だい》将軍府をあとにした。

曹操はしばし感慨に浸っていたが、大将軍府からは太尉府《たいい》が近いことをふと思い出した。父の前に顔を出すのもよかろうと考え、大宛《だいえん》の千里馬［汗血馬］を牽きながら通りをふた筋横切ると、まっすぐ太尉府へと向かった。

名刺［名前を記した竹木《ちくぼく》］を渡すと、門番の令史《れいし》［属官］は太尉の息子と知って、すぐに名刺を返すや、満面の笑みを浮かべながら奥へと通した。

太尉府は三公《さんこう》の屋敷のなかでももっとも大きい。もう十数年前になろうか、まだ橋玄《きょうげん》が太尉の位にあったとき、曹操は二回だけ訪ねたことがある。その後、太尉についたのは曹家の仇敵か、そうでなければ陛下が任じた取るに足りない人物であったため、まったく足を向けることがなかった。

曹操も酒を一杯ひっかけて気が大きくなっていたからか、何もかまうことなく掾属《えんぞく》の部屋などをのぞいて回った。しかし、その様子を目にするにつれ、いまの太尉府の活気のなさに曹操は失望を禁じえなかった。かつて楊賜《ようし》が太尉にあったときは劉陶《りゅうとう》を辟召《へきしょう》し、橋玄は蔡邕《さいよう》を、鄧盛《とうせい》は王允《おういん》を辟召して抱えた。いったいどれほどの名臣が、掾属の部屋から巣立ったことか。

それがいまや、自分の父が太尉として使っているのは、いずれも年老いた役人ばかりで、なかにはすでに歯の抜けた者さえいる。しかも、みな昼間から卓に突っ伏して居眠りだ。むろん彼らは取り立てて悪人ではないが、かといって、平々凡々で見るべきところもない。若いのも何人かはいる。しかし、これが老年よりも始末が悪い。すべて鴻都門学《こうともんがく》［霊帝の命《めい》で設立された書画技能の専門学校］出身のつまらぬ者ばかりである。曹操は、そのなかに陛下が自ら抜擢した佞臣《ねいしん》の臺崇《だいすう》と馮碩《ふうせき》を認めると、にわかに怒りがこみ上げてきた。

ほとんど見回り終えて曹嵩《そうすう》の部屋の前までやって来ると、すでに曹嵩との関係を聞いていた二人の若い令史が、追従笑《ついしょうわら》いを浮かべながら曹操をなかへと通した。そこはひっそりと静まり返り、ただ一人、父だけが卓に向かって筆を動かしている。文机《ふづくえ》には山積みの文書と一皿の菓子、一月の寒さだというのに、部屋には火鉢がたった二つしかない。このだだっ広い部屋をそれで暖められるわけもなく、かえって焼けた炭の匂いが鼻を突くだけである。このような情景を目の当たりにしては、ああまでして三公に昇り詰めた父を、憐れに思わずにはいられなかった。

曹嵩は息子が入ってきたのを見るなり、筆を擱《お》いた。「ふん、いまの若い者はまったく腑抜けばっかりじゃ。王龔《おうきょう》が太尉だったころは、息子の王暢《おうちょう》がちょっと話をと思っても、そう易々とは入れてもらえなんだ。それがいまはどうじゃ、止めるどころか笑顔でお出迎えとはな」

「では、すべて首にすればいいのです。あんな太鼓持ちどもを飼っておく必要はありません」

曹嵩はそれには答えなかった。「また飲んできたのか。まあ座って暖を取るがいい」曹操は自分で腰掛けを探して火鉢の前に持ってくると、腰を下ろして火鉢に手をかざした。じっとして黙り込む曹操に、曹嵩はじろりと目を向けて尋ねた。「どうじゃ、大将軍府に入ってみての感想は」

「ここよりずいぶんと意気盛んです」

「ふっふっふ……」曹嵩はうなずいた。「正直に言ってくれるな」

曹操も笑い出した。「大将軍府ですからね。あれは何と言ったか……そう、『権は朝野を傾ける「その権力は天下を統《す》べる」』まるで尚書《しょうしょ》を握っているかのようです」

曹嵩は笑みを消してさらに尋ねた。「で、西園校尉には何人会った」

「みなに会いました」

「みなに会ったじゃと?」曹嵩は眉をしかめた。「上軍校尉《じょうぐんこうい》はまだ決まっておらんはずじゃが」

「八割がた何進で決まりでしょう」

「そんな馬鹿な。妄想を膨らませるのは、お前ら若造の悪い癖じゃ。それに何でも軽々と口外しおる。本気で今上《きんじょう》陛下は愚昧《ぐまい》だとでも思っておるのか。いいか、いまになっても上軍校尉を任命しないのは、絶対に何か考えあってのことじゃ」曹嵩はそこまで話すと、ふと何かに気がついたかのように眼光を鋭く光らせた。「あるいは陛下の目論見は……恐るべきものかもしれん。阿瞞《あまん》、用心するようにな」

「もう十分恐ろしいことになっていますよ。かりに何進と関係のない者を見つけてきたとしても、わたしを入れれば大将軍府にはすでに七人が揃《そろ》っています。何進の兵権を抑えようとのことでしょうが、しかし、いまや大方がこちらについているのです。そのうえ、何憚ることなく公然と集まり、一刻［二時間］あまりも一所《ひとところ》にいます。彼らの話を聞いていると、まったく心臓に悪い」

「安心しろ」曹嵩は再び筆を手にした。「法がいくら厳しかろうとも大勢の者を処罰することはできぬ。ましてやお前たち七人を外《はず》せば、ほかに誰がいる？　反乱を鎮める部隊に宦官を使うわけにもいくまい。あんなやつらに戦《いくさ》ができるものか。当然ながら戦上手を選ばねばならん。しかし、戦上手と言えば、いまやほとんどが何進の麾下《きか》にある。つまり、お前たちを代えても問題は解決せん。それどころか面倒が増すばかりじゃ」

「たしかに」曹操は卓上の菓子に目を止めると、ひとかけらを口に放り込んだ。「お、こいつはうまい羊羹《ようかん》だ……ところで父上、わたしが見たところ、この七人はもとから一枚岩だったわけではありません。夏牟《かぼう》はひとつ上の世代ですし、馮芳《ふうほう》は曹節《そうせつ》の娘婿です。それがいまや大将軍府に入るなり、揃って下についています。馮芳などは袁術《えんじゅつ》とずいぶん親しく、だいぶ気脈を通じています」

「一番の問題はそこじゃ」曹嵩はわずか二、三字書いたところでそう聞くと、すっかり続きを書く気が失せたのか、立ち上がって曹操に問いかけた。「われらの状況も馮芳と似たようなもの。宦官の流れを汲む者さえかようである以上、誰にも何進の勢いは止められん」

「いえ、どうやら何進は袁紹《えんしょう》が掲げた看板に過ぎぬようです」

「それはどういう意味だ」

「名士たちが何進の大将軍府に入ったのは、十中八九、袁本初《ほんしょ》と何伯求《かはくきゅう》に従ってのことでしょう。何進を支持するのはうわべだけで、その狙いは今上陛下に対抗し、宦官を誅殺することにあるのです」

「十常侍《じゅうじょうじ》を除きたいというのは誰の目にも明白だが、袁家の存在にはわしも気がつかんかった。おおかた古狸の袁隗《えんかい》が裏で糸を引いているのじゃろう」

「袁公《えんこう》［袁隗］がですか。わたしは違うと思います。これはきっと袁本初が自分の手柄のためにしていることでしょう」

「お前までやつの戯言《たわごと》を信じ込んでおらぬだろうな。袁家もわしらと同じように、役割を分担しているのかもしれん。袁隗は策を講じて、いまの陛下を見限るつもりじゃ」曹嵩は感嘆した。「この天下で憎むべきは小人《しょうじん》にあらず、憎むべきは似非《えせ》君子よ。ここだけの話じゃが、袁家こそは正真正銘の似非君子よ」

向こうが似非君子なら、父上は真の小人というわけですね――曹操は内心でそうつぶやいたが、むろん口に出すことはできず、ただおざなりに答えた。「そうかもしれませんね」

「何進はまったく間抜けよのう。捨て駒として使われていることにさえ気づかんとはな。そのくせ勢力を隠しもせず、ほとんど陛下を凌《しの》ぐほどじゃ」

「十常侍は手を拱《こまぬ》いているだけですか」

「あいつらは駄目じゃ」曹嵩はかぶりを振った。「いまは保身に精いっぱいで、最近は董《とう》太后と何皇《か》后のあいだを行ったり来たりしているそうじゃ。どっちの機嫌を損ねるわけにもいかんから、てんてこ舞いしておるんじゃろう」

「太后に何かあるのですか」

「董太后は何家をよく思っておらんからな。将来は皇子の劉協《りゅうきょう》を太子に立てたいと考えておる。二《ふた》月《つき》前、群臣らがお世継ぎについて協議した際、史侯《しこう》［何皇后の生んだ劉弁《りゅうべん》のあだ名］を太子にと求めたが、陛下も首を縦に振らなんだ。そして何家と董家の暗闘で、一番割を食っているのが第二の国舅《こっきゅう》である何苗《かびょう》じゃよ。さんざん腐心して張譲《ちょうじょう》についたのに、いまでは八方塞《ふさ》がりだ。何進に恨まれ、董家に恨まれ、十常侍には相手にしてもらえず、人を見る目がないとこうなるのよ」

「人を見る目か……」曹操はまた一つ菓子を頬張った。「そうすると、曹家を裏切った秦宜《しんぎ》禄《ろく》はとんだ見込み違いをしたわけですね」

「ぷっ」曹嵩は思わず笑った。「あれならとうに心を入れ替えてな、お前が食っておるその菓子もやつの差し入れじゃ」曹操はあやうくむせそうになり、半分かじった羊羹を投げ捨てた。「ぺっ、ぺっ。なんでやつがまた来たのです」

「こっちに媚《こ》びを売るなら好きにさせるまでよ。何日か前、やつは密書を見つけて腰を抜かしたそうだ。それが、車騎《しゃき》将軍府の長史《ちょうし》である応邵《おうしょう》と司馬《しば》の楽隠《がくいん》が王謙《おうけん》に宛てたものだったとか。この二人は表面上は何苗の側の者だが、実は王謙が何苗を見張るために送り込んでいたというわけじゃ。秦宜禄は二人の恨みを買うわけにもいかず、かといって、何苗が失脚したときに巻き添えになるのも御免だというので、曹家に戻りたいそうじゃ。ふん、わしが同じ轍を踏むとでも？　なんでまたやつを使わにゃならん」

「王謙は策士ですな」

曹嵩はかぶりを振った。「先のお前の言葉に照らせば、これはやはり袁隗のしわざに違いない。あの古狸が袁紹に指図し、袁紹が王謙を遣い、王謙が応劭と楽隠を送り込んだ。その線で、今日お前が会った者を洗ってみろ。どうじゃ、みなあの狸親父につながらんか」

曹操は目を閉じて思い出した――『党人《とうじん》』は誰もが何顒《かぎょう》につながる。そして何顒の上には袁家。北軍《ほくぐん》の者は鮑家の二人につながり、鮑家の二人の上にも袁家がいる。清流の名士らは王謙に行き着く。王謙の上もまた袁家か。自分はどうかと言えば、崔鈞《さいきん》の口添えだ。その崔鈞は……やはり袁紹が引っ張ってきた……曹操にも事の真相が見えてきた。「父上、仰るとおりです。黒幕はやはり袁隗」

「やつらは似非君子じゃと言ったろう。これからは袁紹と袁術に対しても用心しておかねばな」

「ええ」曹操は首肯《しゅこう》したものの、袁家に私心はなく、ただ宦官を一掃したいだけではないのか、という思いがぬぐえなかった。曹操はそこで話題を変えた。「ところで父上、何を忙しくされているのです」

「ふん、忙しいことなどありゃせん。三公とはいえ録尚書事《ろくしょうしょじ》を兼ねておらず、朝廷ではお飾り同然じゃ。わしは金で面目を施したに過ぎんからな。毎日せっせと筆を動かして、やることがなければ探すだけだ。考えてみい、ここの掾属に大きな仕事がやれると思うか」

「わたしが見た限りでは、どれも凡庸な輩です。棺桶に片足を突っ込んでいるのが半分、ほかにも鴻都門学を出た役立たずまでいます。なぜ臺崇や馮碩のようなやつまで使っているのですか」

「仕方なかろう、陛下の虱《しらみ》をつぶすことなどできん。役立たずとは言うが、ならほかに誰かいるのか。才能があり、名望もあるやつは、いまやみな何進のところだ。太尉府は、鄧盛が職を辞してから落ちぶれた。張温《ちょうおん》も、張延《ちょうえん》も、崔烈《さいれつ》も、誰も掾属を変えた者などおらん。わしはそのまま受け継いだに過ぎず、せいぜいがこんなところじゃ。しかしな、ここはまだましなほうじゃ。丁宮《ていきゅう》や許相《きょしょう》のところへ行ってみろ。司徒《しと》府や司空《しくう》府はここより惨めじゃぞ」曹嵩はやりきれない様子で続けた。「太尉になった唯一のうまみ、それは軍の動きを真っ先につかめることじゃ」

「では、近ごろは何かありましたか」

「たんとあるぞ」曹嵩は山になった軍の知らせをひっくり返した。「漁陽《ぎょよう》の張純《ちょうじゅん》と張挙《ちょうきょ》が烏丸《うがん》と手を結んで反乱を起こし、各地の県城や役所を襲っておるそうじゃ。右北平太守《ゆうほくへいたいしゅ》の劉政《りゅうせい》、遼東《りょうとう》太守の楊終《ようしゅう》、護烏丸校尉《ごうがんこうい》の公綦稠《こうきちゅう》が殺された。朝廷はすぐに劉虞《りゅうぐ》を幽《ゆう》州の刺史《しし》として遣わし、先だっては公孫瓚《こうそんさん》という者を騎都尉《きとい》に任命した」

「いまや猫も杓子も騎都尉ですな。何の値打ちもない。ほかには?」曹操は、戦にはやはり強い関心があった。

「冀《き》州刺史の王芬《おうふん》が謀反を……」

曹操もこれには驚きを禁じえなかった。「それでどうなったのです」

「そう急《せ》かすな」曹嵩はそこでひと息ついて続けた。「王芬は黒山《こくざん》の賊を征討する名目で兵を集め、陛下が北方を巡狩《じゅんしゅ》して旧宅に寄るときを狙って乱を起こし、拘留してすぐさま合肥侯《ごうひこう》を立てようとした。結局、陛下は巡狩せなんだため、王芬の企みは露見し、大将軍の別部司馬《べつぶしば》である趙瑾《ちょうきん》が冀州へと軍を向けた。王芬と周旌《しゅうせい》は自ら命を絶ち、合肥侯は毒酒を賜って死んだ」

「それから？」

「それからじゃと？　王芬が死んだのに、それからも何もなかろう」

曹操は大きく息を吐き出した。周旌は死んだが、どうやら許攸《きょゆう》は逃げ延びたようだ。父に気取られぬように曹操は続きを促した。「ほかにもありますか。まだ都に入ったばかりですし、いろいろと知っておきたいのです」

曹嵩はまた竹簡をばらばらと繰った。「おお、零陵《れいりょう》に観鵠《かんこく》という土地の匪賊が出たな。『平天《へいてん》将軍』とか名乗りおってな。もう長沙太守《ちょうさ》の孫堅《そんけん》によって鎮められたがの」

「孫文台《ぶんだい》が長沙太守になっていたとは」曹操には思いがけなかった。

「知っておるのか」

「宛城《えん》［河南省南西部］で一緒に戦ったことがあります。まだあのときはただの捕盗都尉《ほとうとい》だったはずですが、どうしてこんなに早く昇進したのです」

「戦じゃよ。張温と董卓《とうたく》について涼州《りょう》で何度か戦ってな、戻ってからも区星《おうせい》や周朝《しゅうちょう》、それに郭石《かくせき》らを滅ぼした。このご時世じゃ、戦こそ出世の近道よ。そう言えば……休屠各胡《きゅうとかくこ》［匈奴の一部族］なども計ったように乱を起こしたぞ。西河《せいが》太守の邢紀《けいき》を殺しおった。見てみい、郡守でさえ何人も死んでおる。それを子和《しわ》のやつめ、これでも県令《けんれい》になりたいとぬかすつもりか。わざわざ馬鹿を見るだけではないか」

「父上、一つ申し上げておきたいことがあります」曹操は最後の菓子を飲み込んだ。「崔烈を鏡として戒めねばなりません。反乱が多すぎると、太尉が職を解かれます。一億銭も費やしたのですから、手放すわけにはまいりません。休屠各胡が西河まで攻めてきたということは、もう并《へい》州は混乱に陥っているのでしょう。司隷《しれい》からも遠くはありません。万一、三輔《さんぽ》［長安を囲む京兆尹《けいちょういん》、左馮翊《さひょうよく》、右扶《ゆうふ》風《ふう》］や三河《さんが》［河東《かとう》、河内《かだい》、河南尹《かなんいん》の三郡］で乱が起きたら、そこはもう陛下のお膝元、太尉の職も剥奪されてしまいます」

「それはわかっておる。しかし、兵を動かすのはわしの一存ではできぬゆえ、天に任せるしかなかろう。崔烈はたった五百万銭、それゆえたった七か月じゃ。こっちは一億銭、そう簡単にわしを外すことはできぬだろうて」曹嵩はせせら笑った。

そのとき、突然正門が開かれると、一人の令史が大慌てで駆け込んできた。「曹公《そうこう》に申し上げます。一大事です。并州の白波谷《はくはこく》［山西省南部］で黄巾《こうきん》の残党が蜂起しました。州郡で略奪を繰り返し、いまは西河からすでに河東の境界まで攻めてきています。民たちの被害は甚大です。曹公、速《すみ》やかに陛下に奏上してご指示を仰ぐべきかと」

恐れていたことが起きてしまった。天子のお膝元での反乱である。

曹操が慌てて父を振り返ると、すっかり血の気の引いた顔で、それでも息子を安心させるように強がった。「大丈夫、わしは一億銭もつぎ込んだからの……何も問題などないはずじゃ……」

曹嵩の声は、明らかに力なく絞り出されたものだった。

第十二章　兵権争奪の渦中へ

曹嵩《そうすう》の致仕《ちし》

曹嵩《そうすう》の生涯は穏やかであったといえる。いたって順調な官途を歩めたのは、大宦官曹騰《そうとう》の養子であったためにほかならない。十年前、宋《そう》皇后が廃されたときには曹嵩も挫折を味わったが、本人に何か損失があったわけではない。それどころか、禍《わざわ》い転じて福となるで、被害者として、皇帝劉宏《りゅうこう》による王甫《おうほ》の粛清から免れた。

出仕以来、ずっと中央の官であり続けてきた。豪奢な生活を享受したのはもちろんのこと、大金も小銭もあまさずにかき集めた。のちには司隷校尉《しれいこうい》となり、九卿《きゅうけい》に進んで大司農《だいしのう》、大鴻臚《だいこうろ》を長年務めた。宦官に媚《こ》びへつらい、取り立てて大きな功績もなかったが、かといって曹嵩が年功を積んできたことは確かで、その点では張温《ちょうおん》や崔烈《さいれつ》といった名臣にさえ引けを取らなかった。いわんや、費亭侯《ふっていこう》の爵位も賜っているのである。これは世襲する封邑《ほうゆう》を持たない、いわば名誉職ではあるが、それでも誉れ高いことには変わりない。つまり、曹嵩は朝廷内では軽蔑され、理解を得てはいなかったものの、決して恨まれてもいなかったのである。

小物が憧れる大物、大物が見下す小物、これが曹嵩に対する大多数の評価だった。それゆえ、曹嵩の狙いは三公《さんこう》の位に定められた。三公につけば、自分を見下す者の鼻を明かすことができる。ただ、曹嵩にとってより重要なのは、ただ子々孫々に輝かしい名誉を残すことだった。

そうして一億銭もの大金を費やし太尉《たいい》の位をあがなったものの、結果は何も変わらなかった。もともと曹嵩に憧れていた小物はより敬慕したが、見下していた大物は、より見下すようになった。とはいえ、太尉という栄《は》えある冠が曹嵩の頭上に輝いたのは確かであり、これは宦官の子弟がついた官職として、漢の建国以来、もっとも高い地位だった。

しかし、曹嵩の幸運もそう長くは続かなかった。

中平《ちゅうへい》五年（西暦一八八年）正月、休屠各胡《きゅうとかくこ》［匈奴の一部族］が并《へい》州に攻め込み、西河太守《せいがたいしゅ》の邢紀《けいき》を殺害した。続いて黄巾《こうきん》賊の残党が、并州西河郡の白波谷《はくはこく》［山西省南部］に結集して大規模な反乱を起こし、わずか数日のうちに太原《たいげん》と河東《かとう》まで攻め入ってきたのである。漢の司隷《しれい》は七郡からなる。三輔《さんぽ》と呼ばれる、旧都長安《ちょうあん》を囲む京兆尹《けいちょういん》、左馮翊《さひょうよく》、右扶風《ゆうふふう》の三郡、および三河《さんが》と呼ばれる、新都洛陽《らくよう》を中心とする河南尹《かなんいん》、河内《かだい》、河東の三郡、そしてそのあいだに位置する弘農《こうのう》郡の計七郡である。それゆえ、反乱軍が河東まで攻め込んできたことは、乱が天子の足元に及んできたに等しい。

漢の古くからの制度に照らせば、反乱軍が司隷の地を犯したとなれば、太尉は職責の失当を問われて罷免される。しかし、一億銭もの大金を積んだ曹嵩である。これであっさり免職とはならなかった。というのも、以後、曹嵩の罷免を目にした者が金を出し渋ることを、劉宏らが案じたためである。そこで劉宏は十常侍《じゅうじょうじ》と相談し、多くの朝臣の上奏を却下して、曹嵩を太尉の任にとどめた。

ただ、不運はこれで終わらなかった。漁陽《ぎょよう》の張純《ちょうじゅん》と張挙《ちょうきょ》が烏丸《うがん》と結託して謀反を起こしたのである。

都から遠く朝廷の力が届かぬゆえ、幽州刺史《ゆうしゅうしし》の劉虞《りゅうぐ》は匈奴に兵を借りることを上奏し、劉宏もそれを認めた。ところが、ここ何年か匈奴では内紛が絶えなかった。各部族の長《おさ》たちは出兵に強く反対したが、単于《ぜんう》の羌渠《きょうきょ》が独断で推し進めたため、激しい内乱が勃発した。羌渠は幽州の乱に加勢するどころか、自身が漢の朝廷に助けを求めることとなったのである。このとき、不幸にも白波の反乱軍が河東郡に攻め入っていたため、朝廷には羌渠を助ける術がなかった。その挙げ句、羌渠は殺害され、匈奴の反乱軍、幷州の休屠各胡、そして白波軍などが一所《ひとところ》に集まり、幷州の情勢はいよいよ予断を許さない状況に至った。賊軍は幷州刺史の張懿《ちょうい》を討ち、新たに単于についた於夫羅《おふら》は洛陽まで逃げ、漢の朝廷に兵を借り、失地を回復することを願い出た。

この重大な局面に際して、劉宏は丁原《ていげん》を幷州刺史に任じ、前《ぜん》将軍の董卓《とうたく》とともに反乱軍を討たせた。一方では、白波と黒山《こくざん》の黄巾賊の連係を断つために、使者を遣わして黒山の首領楊鳳《ようほう》に黒山校尉《こくざんこうい》という官職を与えた。このときも曹嵩は罷免を免れたが、曹純《そうじゅん》がもたらした情報によると、陛下も親しい宦官には曹嵩に対する恨み言を漏らしているという。曹嵩はいよいよ自身の太尉の地位が危うくなってきたことを感じ取った。仏の顔も三度まで、もしまた何か乱が起きれば、もはや自身の地位は保てまい。

曹操はというと、父の悩みをともに案ずる余裕はなく、注意をすべて部隊の統制に向けていた。何進が従えるこの部隊の最大の問題は、玉石混淆の一点にあった。漢の五営七署［都を防衛する北軍《ほくぐん》の五営《ごえい》と皇宮《こうぐう》を警護する南軍《なんぐん》の七署《しちしょ》］はみな三公や九卿の一族の子弟からなり、命令はきちんと執行され、軍容も整然としている。一方、曹操らの部隊は実にばらばらで、上は官の子弟から、下はただの庶民まで、それどころか恩赦で釈放された罪人や、投降してきた匪賊までいる。それよりも難儀なのは、この者らがいたるところから集まっていたことであり、ときには何種類もの方言を使って伝令しなければならなかった。それもそのはず、反乱は天下のいたるところで起きており、兵らもそのたびに各地で加えられ、乱の鎮圧に明け暮れてきた精鋭だったからである。何進は軍の調練や運用がわからず、はじめ部隊は呉匡《ごきょう》や張璋《ちょうしょう》といった荒くれ者に指揮されていたため、兵士らはますますやりたい放題で、軍の規律などないに等しかった。そこで、袁紹《えんしょう》、鮑鴻《ほうこう》、曹操ら七人は、本籍によって部隊を編成し直すことから手をつけた。

毎日、早朝から七人の校尉は都亭《とてい》［洛陽城外四キロメートルにある宿駅］で調練をはじめ、昼を過ぎてから大《だい》将軍府へと報告に上がった。報告したところで、何進にとっては馬の耳に念仏、結局七人がお互いの収穫を話し合う、それが実際であった。そうして二月《ふたつき》が過ぎたころ、曹操はある種の錯覚を覚えた。朝廷の官として軍を動かしているのではなく、まるで士人《しじん》自身に帰属する軍隊を握っている気がしてきたのである。しかし、そういった自由な雰囲気の陰には、なお不確定要素があった。もともと加わることになっていた西園騎《せいえんき》［西園の騎兵隊］がいまだに組み込まれず、さらには八校尉の最上位である上軍校尉《じょうぐんこうい》の椅子がまだ空席だったのである。

いま、曹操は出仕以来、もっとも忙しい日々を過ごしていた。毎日その日にすべきことを終えて帰ると、日はとっぷりと暮れていた。屋敷に帰り着くと、まずは卞《べん》氏のもとへ行き、すやすやと眠っている息子の顔を眺めるのが日課となっていた。

その日もちょうど息子の小さな手をそっと握っていると、横から卞氏が話しかけてきた。「午後、お義父《とう》さまが帰ってこられたけれど、わたしが挨拶しようとしても入れてくれないの」

「ほう」曹操には意外だった。匈奴の反乱が起きてから、父はほとんど家に帰らず、太尉府にこもってお上と下々《しもじも》のために腐心していた。むろん、太尉の座もそう長くないだろうから、一日でも長く太尉府に居座ってそっくり返っていたいのだろう。

「まだそれほど遅くないし、お義父さまのところへ行ってあげて」卞氏はとんとんと息子を寝かしつけながら、曹操に頼んだ。

曹操は卞氏の額に軽く口づけすると、上着を羽織って中庭へと出た。なんと父はまだ寝所に戻っておらず、正面の広間に回ってみると、いまも灯《あか》りがともっていた。その光景が、曹操にはどこか懐かしく思えた。まだ若いころ、夜更けによく抜け出して遊んだものだが、父の書斎の灯りはいつもともっていた。当時は司隷校尉として日々遅くまで政務に励んでいたのだが、のちにはそれも、宦官に媚びを売り、自分の敵になる者を排斥するために変わった。今宵はまた何に勤しんでいるのだろうか。

曹操は静かに広間の入り口に近づいた。扉を押し開けようとしたとき、なかから誰か別人の声がした。「巨高《きょこう》殿、そんなことはせずとも。もう老境に入ったというのに、要らぬことにまで腐心する必要はないでしょうに」

曹操はその声に聞き覚えがあった。永楽少府《えいらくしょうふ》［皇太后への伝聞や取次を司る役職］の樊陵《はんりょう》である。官界では腹黒とあだ名される人物で、父の親しき友といっていい。なるほど、父が今日帰ってきたのは、樊陵との密談か。曹操が盗み聞きするのは一度や二度ではなかった。子供のころから、まるでそれこそがもっとも確かな情報だとでもいうように、曹操は父たちの密談に耳を傾けてきた。

「いやいや……わしはこれまでずっと自分のために生きてきた。朝廷のために尽力したことなどない。ただ、ここ数か月、并州の戦況が案じられてな。わしが見るに、董卓は良からぬ野心を抱いておる。やつに并州の平定を任せてはならん。董卓は胡人を残らず自分の配下として使うつもりじゃ」

曹操は扉の前で呆気にとられた。父は戦況の報告から何かをつかんだのか。

「董卓が反乱を企てているとでも言うのか。何か証拠でも？」樊陵が尋ね返した。

「謀反を起こすかどうかまではなんとも言えんが、少なくとも兵を擁して成り上がる気じゃ。胡人を配下に入れて権力を握ろうというのじゃろう。朝廷はやつにどれほどの兵馬を与えた？　いまやつはどれほど擁しておる？　湟中義従《こうちゅうぎじゅう》［河湟《かこう》一帯（青海省東部）で漢に帰順した少数民族］のほかはみな西羌《せいきょう》などのはず。こうした無頼の輩を率いて同じ穴の狢《むじな》を討ちに行かせても、良いことなどあるまい。野放しにしておくと面倒なことになるぞ」

樊陵はしばし押し黙っていたが、最後にはため息を漏らした。「巨高殿、そなたが功績を立てて地位を守りたいのはわかる。みなわかっている……しかし、われらはもう年だ。手放すときには手放すのが筋であろう」

「どういう意味だ」

「どういう意味？　はっはっは」樊陵は高笑いしだした。「単于はもう死んだ。陛下は何も仰らないが、少しばかりわきまえるべきではないか」

「わしがわきまえるべき？」曹嵩は訝《いぶか》った。「徳雲《とくうん》、なぜそんなことを言う」

「そろそろ私情を捨ててはどうだ」樊陵は声を上げた。「そなたは一億もの銭を費やしたが、何ごとにも限度がある。一億銭積んでも太尉の位に一生居座ることなどできん。いずれにしても、もう十分に威風を振りかざしたであろう。みなからも十分に褒めそやされ、心服しているかはともかく、会えばそなたに丁重に礼をしてきた。それでいいではないか」

父は考え込んでいるのか、それとも意気消沈しているのか、しばらく声が聞こえてこなかった。

「実際、太尉のどこがよいのだ。三公の筆頭とはいえ、録尚書事《ろくしょうしょじ》は兼ねておらず、何の役に立つと言うのか」樊陵はなおもぶつぶつと続けた。「そなたに限らず、張温や張延《ちょうえん》、それに崔烈もどうだ。退くべきときには退いたはず。あきらめも肝心ではないかな。そのせいで飯も通らず寝つきも悪いのでは引き合わん。わしらももうこの年だ。十分に満足しただろう。それとも天下を驚かす大事をなすまで気が済まないとでも言うのか。大望があったとしても、そんな力はないはずだ」

「誰の差し金でそんなことを言いに来た」曹嵩の声色には怒気が含まれていた。「こんな夜遅くにわざわざわしを訪ねてくるとは、誰かに命じられて無駄口を叩きに来たのじゃろう」

樊陵はせせら笑った。「誰に言われて来たかなど関係ない。とにかくそなたを思ってだ」

樊陵がそう答えると、今度は曹嵩のほうが笑い出した。「わしをたぶらかそうとしても無駄なこと。そんなやつは端《はな》からおらんのじゃろう。おぬし自身の腹黒い企みじゃな。蔡沢《さいたく》が范雎《はんしょ》［ともに戦国時代の秦《しん》の政治家］を説いた真似をして、おぬしのために席を開けろというのだな」樊陵は図星を指されたのか、うろたえた。「そ……それは勘ぐりすぎだ」

「勘ぐりすぎじゃと？　ふふっ、おぬしのやり口をわしが知らんとでも？　陰で人を貶《おとし》めることにかけては樊徳雲の右に出る者はおらん。人に対して裏表あり、これこそかの有名な腹黒ではないか！」

曹嵩は辛辣に皮肉った。「わしのこの地位を望んでいるなら、くだらん策を弄するのではなく、真正面から当たってくるがいい。さもなくば、おぬしが小賢しい手で出世して太尉についたと言いふらしてやる。樊家の名に泥を塗ることになるぞ。おぬしの名声などどうでもいいが、祖父の樊季斉《はんきせい》［樊《はん》英《えい》］は、陳仲躬《ちんちゅうきゅう》さえ教えを請うた名高き賢人。生前は方術の秘法に精通していたというが、そなたは宦官にすがるばかりで、もう十分に先祖の名を汚しておる。このうえ家名に泥を塗りたくれば、おぬしのような出来損ないにはきっと天罰が下るじゃろうて」

「き、貴様……」樊陵の顔はもう真っ赤になっている。

「おぬしが天罰で死んでもたいしたことではない。ただそうなれば、人の行いに天が感応したものとされ、ほかの三公も連座は免れまい。さすればおぬしの屍《しかばね》までが唾棄されるじゃろうな」曹操は父の皮肉を聞くにつけ、腹立たしくもあり、おかしくもあった。このじいさんは実によく人をなぶる。そのせいでさんざん人に憎まれてきた。三公という高位についても相変わらずで、まったく度量の小ささには開いた口が塞《ふさ》がらない。しかし、樊陵のような掛け値なしの小人《しょうじん》を骨身にしみるまでこき下ろしているのは愉快であった。

かねてから、樊陵は人好きのする穏やかな人物として通っている。それが今日、曹嵩に辱められ、いよいよ憤りを露わにした。「曹嵩！　このわからずやめ。言っておくがな、わしが太尉になるのよ！　正直に言ってやろう。そもそも貴様のようなやつに三公になる資格などない」

「わしにはなくて、おぬしにはあるとでも？」曹嵩は冷たく笑った。

「貴様になれるなら、わしにもなれるさ。貴様だって金であがなったんだろう。わしも帰って金を用意し、太尉を買うとするさ。いまどき官を買ったところで誰にも笑われん」

「お前がか？　いくら出せると言うんじゃ」曹嵩はなおも冷やかした。「一千万銭も出したら生きてゆけんじゃろうに」

「わしがいくら出そうが関係ないわい。一千万がどうしたって？　われらが陛下はな、獲物の大小にはこだわらんさ。金さえ積んだら、すぐに貴様を消してくれるさ」

曹操も怒りがこみ上げてきた。この老いぼれめ、それが太尉に向かって口にする言葉か。

「消すじゃと？　貴様こそさっさと消え失せろ！　今日の貴様があるのは、わしと許相《きょしょう》のおかげだろうに。ここはわしの家じゃ、貴様があれこれ喚《わめ》く場所ではない！　もうひと言でもふざけたことをぬかしてみろ、家じゅうの者を呼び寄せて貴様のその減らず口を引き裂いてやる。明日、参内したら三公を侮辱した罪で弾劾してやろう。永楽少府などもう務めんでよい、帰って太尉になる夢でも見るんじゃな」そこで曹嵩は追いだした。

「こ、この……」舌鋒の鋭さでは、樊陵が十人で束になってかかろうとも曹嵩には敵わない。樊陵は怒りに打ち震えた。「よ、よかろう、いまに見ておれよ」曹操は扉の外で樊陵の捨て台詞を聞くと、慌てて扉の影に身を潜めて、足だけ低く前に伸ばした。いきり立った樊陵は足元を気にすることもなく扉を出るなり、曹操の足に引っかかってもんどり打った。そのまま前のめりに石段を転げ落ちると、しばらく呻《うめ》いて起き上がることもできなかった。

「おや、どちらさまでしょう、転んでしまいましたか」曹操は手を差し伸べた。「樊徳雲さま、なんとあなたでしたか。これはまた……いえ、足が掛かってしまったようで申し訳ありません。急いでおりましたもので」そう謝って、わざとらしく自分の頬を張った。

樊陵は板草履の鼻緒が切れ、服が破れ、暗がりで落ちた簪《かんざし》も見当たらず、髪はぼさぼさに広がって汚れていた。惨めになりながら立ち上がってふと触ると、なんと前歯までが折れている。あごに血を滴らせながら、樊陵は曹操に向かって指を突き出した。「き、貴様ら……このろくでなしどもめ」樊陵は怒りと悔しさで涙がこぼれ出た。やっとそれだけ罵ると、壊れた履物をつかんで、裸足に難儀しながら去っていった。

曹嵩と曹操は扉の内と外で腹を抱えて大笑いした。他人をいたぶるときだけは瓜二つの親子である。曹嵩は笑いが収まると、ややあってにわかに顔をこわばらせた。「皮肉り笑ってやるのもいいが、どうやらわしの太尉もこれまでじゃな」

曹操は胸が痛んだ。なんといっても一億銭である。さんざん言い含めたのに、とうとう泡と消えてしまった。しかし、曹操は父の気持ちを慮《おもんぱか》って慰めた。「それでも一度は位人臣を極めたのです。これで心残りもないでしょう。あの暗くて活気のない太尉府に詰めなくてもよいのですし、これからは少しのんびりして、毎日家で孫を抱いて過ごせるではないですか」

曹嵩は扉に寄りかかって嘆息した。「そうよのう……毎日孫を抱いて暮らせる……か」

樊陵が去ったあとの余波は決して小さくなかった。もとは許相と曹嵩に与《くみ》していた樊陵だったが、このたびのことで体面を汚されると、まずは司徒《しと》である許相のもとに向かって事の次第を伝え、曹嵩と仲違《たが》いするよう仕向けた。さらに十常侍にも不満を訴え、はては家産を抵当に入れて一千万銭をなんとか工面し、それを恭《うやうや》しく西園の万金堂《ばんきんどう》に献上した。準備万端、あとはその日を待つのみである。

このとき、ちょうどうまい具合に、汝南《じょなん》の黄巾賊がまたもや蜂起した。皇帝劉宏もいよいよこれを口実に曹嵩を太尉から降ろし、諫議大夫《かんぎたいふ》へと移した。

そして半月後、樊陵はかねてからの望みどおり、曹嵩に代わって太尉の職についた。中平四年十一月に着任してから、翌五月に解かれるまで、曹嵩が太尉の職にあったのは七か月である。前任の崔烈も同じく七か月だったが、費やしたのは五百万銭。曹嵩はちょうど二十倍をつぎ込んだことになる。

樊陵が太尉につけば、曹操は父が気落ちするだろうと心配していたが、案に相違して、曹嵩は本当に毎日孫を抱き上げ、東観《とうかん》［洛陽城の南宮《なんぐう》の東に位置した史料庫］への出仕さえ疎《おろそ》かにするほどであった。そしてまた何日か過ぎたころ、大将軍府から戻ってきた曹操は、広間で楼異《ろうい》と楽しげに語らう父の姿を見た。

「父上、何か喜ばしいことでも」

「子和《しわ》が戻ってきて言うには、なんと樊陵が罷免されたそうじゃ」

「えっ、一月《ひとつき》も経たずにですか」曹操も意外に思った。

「そうとも、このわしに盾突くからよ。一月でもうお払い箱じゃぞ」曹嵩はいい気味だと言わんばかりである。

「それにしても、なぜ……」

「陛下は近く閲兵式を挙行するそうじゃ。みなの前で自らを『無上《むじょう》将軍』に任じるらしい。そんな場で樊陵なんぞ使えるものか。人望がないどころか、前歯だってないんじゃからの。陛下はもっとも威望のある馬日磾《ばじつてい》を太尉に据えて、その式典を完遂させるつもりじゃ」

「しかし、皇帝が自ら将軍につくなど聞いたことがありません」

「自分の威厳を示して、何進の勢いをくじく腹じゃろう。それから、その場で正式に西園八校尉《せいえんはちこうい》を任命するらしい。何か褒賞があるやもしれぬな」そこまで話すと、曹嵩は急に顔を曇らせた。「上軍校尉も決まったぞ」

「誰ですか」

「蹇碩《けんせき》」曹嵩は仏頂面《ぶっちょうづら》で答えた。

「蹇碩？　宦官がですか」曹操も不満の色を隠さない。

「やつのほかに誰がいる。皇帝の周りで絶対に忠誠を誓う者はただ一人」曹嵩は杖をもてあそびながら続けた。「これは陛下と尚書《しょうしょ》で論じて決めたこと、皇后さえもまだ知らん。お前はすぐに何進のところへ行って教えてやれ。蹇碩は無鉄砲なやつじゃ。大将軍だろうが、十常侍だろうが、皇后であろうとも、てんで聞く耳を持たぬ。やつの上には皇帝が御坐《おわ》すのみで、ほかの誰にも目をくれぬ。先々の面倒はまだまだ多かろう。西園校尉も命がけだ。抜かるなよ。お前がここを乗り越えたら、わが曹家はこれより大いに栄えるはず。だが、もしここでお前が倒れたら……はあ、わしは幼くして父を喪《うしな》い、中年にして妻を見送った。これで老年にして息子に先立たれたら、わしの人生はもうむちゃくちゃじゃ」

曹操の不安は止めどなく膨れ上がっていった。かつて洛陽北部尉《らくようほくぶい》［洛陽北部の治安を維持する役職］だったころ、蹇碩の叔父を打ち殺したのは、ほかならぬこの自分ではないか！

閲兵の式典

西園八校尉《せいえんはちこうい》の人選がひとたび確定すると、式典の準備も緊迫感に包まれたなかではじまった。閲兵式は皇宮《こうぐう》にある平楽観《へいらくかん》で執り行われる。式典をより厳粛なものとするために、皇帝劉宏《りゅうこう》は自ら見回りに立ち、平楽観の前に講武壇《こうぶだん》を作らせ、その上には高さ十丈［約二十三メートル］、十二層からなる色鮮やかな絹傘を立てさせた。劉宏はこの壇上で全軍を閲兵するという。『六韜《りくとう》』にある「天子有り兵事を将《おこな》う、以て威は四方を厭《おさ》うべし［皇帝が軍務にあずかれば、その威厳は四方を圧する］」に則って、劉宏は「無上将軍《むじょうしょうぐん》」を自称した。その一方、講武壇の北東にも大《だい》将軍何進《かしん》のために小さな壇を作らせ、そこには高さ九丈［約二十メートル］、九層の絹傘を立て、指揮官の威厳を示すこととした。いまや何進が万民の上に立ち、戴くのは陛下のみという身分であることは、誰の目にも明らかであった。

まもなく閲兵の式典が行われようというころ、将作大匠《しょうさくたいしょう》の朱儁《しゅしゅん》［字《あざな》は公偉《こうい》］が朝廷に帰ってきた。かつて右車騎《ゆうしゃき》将軍の称号を剥奪されたとき、朱儁は深く落ち込んだ。おりしも八十になる老母が亡くなったため、喪に服するとして、官を辞して故郷に帰っていった。ただ、実はこれも曹操と同じく、十常侍《じゅうじょうじ》の魔の手から逃れるためだったのである。

あれから三年の月日が流れた。政局は大きく動き、十常侍はわが身の保身に汲々としている。もはや自分に危害を及ぼすことはない。そこで朱儁は、すぐに朝廷に帰還して、太僕《たいぼく》に就任した。

曹操はそれを聞いて、いたく喜んだ。朱儁が多忙を極めているのは知っている。曹操はわざわざ雨の夜を選んで、朱儁のもとを訪れた。かつてともに戦った仲であり、同じく災難を避けるため一度は都を離れた。その二人が再会すれば、胸襟を開いて語り合うのも自然なことである。

幷州《へい》の戦線について、董卓《とうたく》［字は仲穎《ちゅうえい》］が指揮をとっていることを伝えると、朱儁は笑い出した。

「孟徳《もうとく》、当時おぬしは済南《さいなん》の相《しょう》として都を離れたから、あまり詳しくは知らんじゃろう。あの董仲穎は、羌族《きょう》の乱の征討に出たときも腰が据わっておらんかった。しかも、張温《ちょうおん》が総帥としてやつを将に加えたときなど、言うに事欠いて羌族とは敵対したくないとぬかしおった」

曹操はそれを聞くと、父が樊陵《はんりょう》に言ったことを思い出した。「わたしもいろいろと聞いていますが、しかし、董卓は本当に帝位を簒奪するつもりなのでしょうか」

「簒位の野心があるのかは何とも言えん。ただ、兵を擁して勢力を伸ばそうとしているのは確かじゃ。わが朝の西北は戦乱が止まぬ。そこで兵を率いているのは、みな涼州《りょう》の者ばかり。皇甫規《こうほき》しかり、段熲《だんけい》しかり、張奐《ちょうかん》、臧旻《ぞうびん》、夏育《かいく》、周慎《しゅうしん》などもそう、そしてやつ、董卓じゃ。いずれも歴戦の強《つわ》者《もの》じゃが、黄巾《こうきん》賊を平定した皇甫義真《こうほぎしん》［皇甫嵩《すう》］に及ぶ者は一人としておらん」朱儁はそこまでひと息に話すと、何か思うところがあるかのように続けた。「あの董仲穎というやつは、皇甫義真と同郷の出でな、経歴からいえば、張奐について戦に出た分、義真より古株じゃ。ただ、義真は栄《は》えある左《さ》車騎《しゃき》将軍に任じられたものの、やつはせいぜいが前《ぜん》将軍止まり。戦場では上の命《めい》は絶対だからな、やつは不満を募らせていったわけじゃ。そこでやつは辺章《へんしょう》を征伐したときに寛大な処置を取り、多くの羌族を招き入れた。さらには降伏してきた湟中義従《こうちゅうぎじゅう》も配下に組み込んだ。この機会に力を蓄え、一旗揚げようというのじゃろう」

曹操は、朱儁がおだてに乗りやすいのを知っていたため、しきりに感服した。「わたくしめも少しは成長したかと思っていましたが、やはりまだまだ公偉さまには及びません」

「お愛想など言わんでよい」朱儁は手を振り遮った。「それよりわしは三年も堊室《あくしつ》［服喪中の者が住む部屋で、壁は白く塗られている］に閉じこもっておったからのう、いまの情勢にはとんと疎《うと》いのじゃ。弁州刺史《しし》には誰が当たっておる」

「丁原《ていげん》、丁建陽《けんよう》です」

「やつか……」朱儁は浮かぬ顔をしている。「董卓と丁原、似た者同士がともに弁州とは、こりゃ衝突は避けられんぞ」

「なぜおわかりになるのです」

「丁建陽の兵は匈奴と屠各《とかく》［匈奴の一部族］、董仲穎の兵は西羌と湟中義従、互いに宿怨のある部族が配下では、どうやって力を合わせて戦う。いずれ内輪もめするのは目に見えておろう」

朱儁にそう説明されると、曹操も楽観できない気分になってきた。「そういうことでしたら、明日にでも大将軍府に行って対策を練りましょう。どちらかを引き返させるか、あるいは別の将を遣わせるかすれば、事態は好転するかもしれません」

「こんな大事を明日まで待てるか」朱儁はすでに腰を上げていた。

曹操も一つうなずくと、すぐさま朱儁とともに屋敷を出て車に乗り、雨のなかを大将軍府へと急いだ。

雨天のためか、いつもなら大勢いる客もほとんどおらず、袁紹《えんしょう》や袁術《えんじゅつ》の姿も見えなかった。今日ここに詰めているのは、荀攸《じゅんゆう》や蒯越《かいえつ》など一部の幕僚のみである。曹操はすっかり慣れたもので、朱儁を引き連れまっすぐ広間へと進み、何進のもとに向かった。広間に入ったところ、ちょうど何進に暇乞《いとまご》いをしている白髪の老人がいた。議郎《ぎろう》の董扶《とうふ》である。「老いぼれは蜀《しょく》郡属国の都尉《とい》に任ぜられました。これも大将軍のご配慮の賜物」

「ご老体、ご遠慮は無用ですぞ。この何進、自らができることをやったまでです」何進は太鼓腹を突き出して、遮るように手を振った。

「わたしももうこの年、いつまで生きていられるかわかりません。また都へ戻って大将軍にお会いすることもかなわぬでしょう」董扶はそこで一つため息をついた。「故郷は広漢《こうかん》で、こたびの任地のすぐ近くです。目の黒いうちに故郷に錦を飾れるか、かねてより懸念していましたが、その点でも大将軍には感謝を申し上げねばなりません」

「わかった、わかった」いささか面倒くさそうに何進は答えた。どうやら董扶は何度も何度もこうして何進に挨拶をしているのだろう。

曹操は進み出て何進に拝礼すると、董扶のほうを振り返った。「董茂安《もあん》［董扶の字］さま、こたびは険しい道のりを越えて赴任されるとのこと。もう八十をお過ぎでしょうに。その年齢で長途につくのはたいそう難儀なはず。都で余生をのんびり暮らすわけにはまいらんのですか」

「いやあ……この年になると、やっぱり里が恋しゅうなりましての」董扶は真っ白になった髭をなでながら、感慨深げに答えた。「幸い劉焉《りゅうえん》さまが益州牧《えきしゅうぼく》に転任されるとのこと。われわれは一緒に出発しますので、道中も老いぼれの面倒を見てくれるはずです」

董扶の言葉も終わらぬうちに、その後ろにいた男が突然立ち上がって拝礼した。「茂安さま、わたくしにはわからないことがあります。一つお教えいただけませんか」見れば、それは潁川《えいせん》の荀攸だった。

董扶はあまり荀攸とはなじみがないようで、杖をつきながら腰をかがめた。「いやいや、何なりとお尋ねくだされ」董扶は讖緯《しんい》［未来の吉凶を予言する語句］や天文に深く通じているため、誰もがそのことで教授を願い出たのだろうと思った。

あにはからんや、荀攸は拱手《きょうしゅ》すると、まったく見当はずれのことを尋ねた。「茂安さまは里が恋しいと仰いましたが、なぜ退官して故郷に帰るのではなく、また官を求めるのでしょう。これは蛇足ではありませんか。それに茂安さまのご実家は広漢にあるのに、蜀郡属国に赴任されるとのこと。それぞれ別の地でございますのに、これで故郷に帰るといえるのでしょうか」

董扶はわずかに頰をひくつかせたが、決まり悪そうに答えた。「そなたら若者に笑われるのを承知で告白すると、わしの家は貧しく財産もなくてな、一族はすっかり立ちいかなくなっておる。いくばくかでも俸禄をいただかねば、やっていけんのじゃよ……まったく恥ずかしい限りじゃて」

そう言われては、荀攸もそれ以上何も聞けなかった。董扶が暇乞いすると、一同は年配の董扶のため揃《そろ》って見送りに出た。董扶は杖を片手にみなと別れを惜しみながら、やっとのことで車に乗り込んだ。次々と見送りから戻るなか、荀攸だけは軒下で雨を避けながら、董扶の行く先をずっと眺めていた。

曹操は荀攸の肩を叩いて咎めた。「公達《こうたつ》殿、先ほどの言葉はいささか失礼では。董扶さまのようなお年寄りにあんなことを言わせて、面目をつぶさなくてもよいでしょうに」

荀攸はしきりにかぶりを振った。「いえ……董茂安も当代きっての名儒である以上、軽々しく自らの名に泥を塗ることはしないはずです。それが、今日に限ってそうしたからには、きっと何かわけがあるのでしょう。韓信《かんしん》［漢の劉邦《りゅうほう》の建国に貢献した武将］が股くぐりの恥辱を味わったのちに三斉王《さんせいおう》となったことを忘れてはいけません」

「何ですと?」荀攸の言葉に、曹操は何かを感じ取った。「では、公達殿はどう見ているのですか」

「考えすぎかもしれませんが……宗正《そうせい》の劉焉と董扶、太倉令《たいそうれい》の趙韙《ちょうい》、それに議郎の法衍《ほうえん》と孟佗《もうた》、彼らは日ごろから深い付き合いがあります。このたび劉焉は自ら益州刺史として都を離れ、黄巾賊の馬相《ばそう》の乱の鎮圧を願い出たとか。出発にあたっては、刺史を改めて州牧とし、政務を兼ねることも陳情したと聞きます。これはつまり、益州の軍事と政務の両方を劉焉が握ることにほかなりません」

そこまで聞いて曹操も嗅ぎつけた。「董扶が赴任するのは蜀郡属国都尉、先だっては太倉令の趙韙、議郎の法衍と孟佗が同日に致仕《ちし》しています。もしや、揃って益州に向かうというのですか」荀攸は俯《うつむ》いて考え込みながら、言葉を絞り出した。「劉焉らが気脈を通じて去ったのであれば、益州が陛下のもとに戻ることは、おそらく二度とないでしょう」

劉焉の一党には益州を牛耳って覇を唱える野心がある……荀攸の言葉をきっかけに、曹操の胸にも不穏な予感がざわめき立った。しかし、いまはそれにかかずらわっている場合ではない。「たとえそうでも朝令暮改はできません。明日には出発するのですからな」曹操にはそう答えるしかなかった。

「杞憂に終わればいいのですが……」荀攸は自分を慰めるようにつぶやくと、広間へと戻っていった。

曹操もあとについて戻ると、すでに朱儁が幕僚らに幷州の状況を説明していた。何進はその意味を理解できなかったが、長史《ちょうし》［次官］の王謙《おうけん》や主簿《しゅぼ》［庶務を統括する属官］の陳琳《ちんりん》、それに東曹掾《とうそうえん》［太守《たいしゅ》や軍吏などの異動や任免を司る役職］の蒯越らは事の重大さに気がついたようで、すぐに連名で上奏文を作成し、朝廷に上奏した。

三日後、少府《しょうふ》に昇進させるため都へ帰還せよとの詔勅が、董卓のもとに届けられた。併せて、その兵馬は皇甫嵩が指揮し、并州の乱は丁原に当たらせる旨が伝えられた。しかし董卓は、詔勅を奉じて帰還し九卿《きゅうけい》につくことをよしとせず、上奏文をよこしてきた。「涼州は騒乱状態にあり、悪人がなお跋扈しております。いまこそ奮い立って、この命を捧げるときです。軍官や兵士は勇躍し、わが恩に報いたいと願っております。みなはわたしの車を遮り、その声は衷心より発せられるため、なお出立できずにおります。いましばらくは前将軍の事務取り扱いにしていただき、兵士らを心から慰撫して、軍務に力を注ぎたく思います」

朱儁はそれを知ると董卓の違背を激しく罵り、法に照らして処断するように求めた。しかし、そのとき黒山の黄巾賊が大挙して東に進路を取ったとの報が入ったため、朝廷は勇名の轟く朱儁を河内《かだい》太守に任命し、黒山の黄巾賊に当たらせることとした。董卓の一件はこうしてひとまず棚上げとなり、閲兵の式典が近づくにつれて、人々の脳裏からしだいに忘れ去られていった。

皇帝劉宏は長らく風邪を患っていたが、閲兵式は当初の予定どおり九月の末に挙行され、文武百官が一人も欠けることなく平楽観に集まった。その日の空は穏やかに晴れ、皇宮前には歩兵と騎兵数万人が隊列を組んだ。劉宏は壇上に上がると、勢揃いした将兵を鼓舞して領土の保全を訴え、さらに『太公六韜《たいこうりくとう》』の一文を読み上げた。続いて、太尉《たいい》の馬日磾《ばじってい》が任命状を朗読する。「蹇碩《けんせき》をもって上軍校尉《じょうぐんこうい》となす、袁紹を中軍校尉《ちゅうぐんこうい》となす、鮑鴻《ほうこう》を下軍校尉《げぐんこうい》となす、曹操を典軍校尉《てんぐんこうい》となす、夏牟《かぼう》を左《さ》校尉《こうい》となす、淳于瓊《じゅんうけい》を右校尉《ゆうこうい》となす、趙融《ちょうゆう》を助軍《じょぐん》左校尉となす、馮芳《ふうほう》を助軍右校尉となす」

任命状の朗読が終わると、劉宏は自ら鎧を身にまとって「無上将軍」を称した。そして八校尉と腹心の西園騎《せいえんき》を従え、騎馬で隊列の周囲を三周して、その勇姿を満場に示すはずであった。ところが、最後の一周となったとき、突然、劉宏が隊列の北東の隅に位置する大将軍の壇の前で馬を止めたため、後ろについていた者もわけがわからぬまま次々と馬を止めざるをえなかった。

見れば劉宏は、色白の顔に一筋の笑みを浮かべつつ、長年の不摂生がたたったためか、それともここ数日の体調のためか、やや細く震えた声で叫んだ。「わが臣よ、天下とは朕の天下である。朕がなんじらを任ずるのは、永久《とこしえ》に天下の安泰を願うためである。蹇碩は朕の股肱《ここう》である。いまここで元帥《げんすい》の任に命じ、司隷校尉《しれいこうい》以下の兵馬を監督することを命じる」

そして劉宏は、何進の立つ九層の絹傘を鞭で指しつつ、後ろに続く校尉らに聞かせた。「大将軍といえど元帥に隷属する、わかったか」

「ははっ」八人は、自分たちも驚くほどの大きな声で、異口同音に返事した。

「そして今日、ここでもう一人に命を与える。衛尉《えいい》の董重《とうちょう》を驃騎《ひょうき》将軍に任命する」衛尉卿の董重は董太后の甥で、董太后の弟董寵《とうちょう》の子、つまり劉宏の従兄弟《いとこ》にあたる。

言い終わるや、劉宏は鞭を当てて馬を駆けさせ、腰に佩《は》いた剣を抜いて高々と掲げつつ講武壇へと駆け上がった。数万の将兵と文武百官は、一斉に声を張り上げた。「万歳、万歳、万々歳！」皇宮の広場は、ある種の威厳に満ちた空気に包まれた。

曹操は蹇碩を盗み見た。顔をこわばらせ、一心に劉宏を見つめている。一方、北東の隅の壇上では、何進が絹傘に手をかけつつ、喜びに溢《あふ》れたおめでたい顔をしていた——最後の日がもう目の前に迫っていることも気づかずに——。端が見えないほど集まった黒山の兵士らは、長柄の矛を高く挙げながら万歳を連呼している。これでもまだ戦場に出ている兵士がいて、すべて揃っているわけではないのだ。かくも多くの兵士を、たった一人の宦官に本当に預けるというのだろうか。

曹操は身震いするのを抑えられなかった。袁紹ら六人も、一様に沈んだ顔をしている。そして講武壇では、何憚ることもない劉宏の狂気じみた笑い声だけが、いつまでも響いていた……

兵権争奪戦

閲兵式の三日後、八校尉《はちこうい》には、会合の場所を西園《せいえん》へと移すように詔勅が下された。これにより、袁《えん》紹《しょう》、鮑鴻《ほうこう》、曹操ら七人と何進《かしん》の連絡が断たれた。会合の場所は西園騎《せいえんき》の幕舎《ばくしゃ》に設けられ、しかも蹇碩《けんせき》の腹心の護衛兵が、列席している諸校尉の背後に帯刀して立つというありさまであった。

蹇碩は宦官だったが、容貌魁偉《かいい》で、人並み外れた腕力の持ち主である。それに比べると、七人の校尉はいずれも小柄でひ弱と言わざるをえない。蹇碩は堂々と中央の席に座り、そこから命令を下した。蹇碩の男とも女ともつかぬ声は、押し出しのいい体とはまるで不釣り合いだった。「乱はいまや天下のいたるところで起きている。益州《えき》の黄巾賊《こうきん》は益州牧《しゅうぼく》の劉焉《りゅうえん》が平定の責を負っている。西北の反乱には左《さ》将軍の皇甫嵩《こうほすう》と前《ぜん》将軍の董卓《とうたく》が当たっている。并《へい》州の乱は并州刺史《しし》の丁原《ていげん》が討ち、黒山《こくざん》の賊は河《か》内太守《だいたいしゅ》の朱儁《しゅしゅん》が抑え込んでいる。幽《ゆう》州の乱は幽州牧の劉虞《りゅうぐ》と騎都尉《きとい》の公孫瓚《こうそんさん》が責を負っている。おのおのが自分の任務を果たし、各地の責任を取っている。そこまで話すと、蹇碩はわざわざ一つ息をつき、戦況の報告を二部手に取った。

「しかし、いま新たに汝南《じょなん》で黄巾の残党が、巴《は》郡では蛮族が蜂起した。各校尉のなかで、誰か進んでこれらの鎮圧に当たろうという者はおらぬか」

七人は誰も口を開こうとしなかった。蹇碩が落ち度を見つけようと企んでいるのは明らかだったからである。うかつに命《めい》に応じようものなら、兵の俸給や糧秣《りょうまつ》の上前をはねられ、戦《いくさ》に敗れることは免れまい。率いる将も危険にさらされる。

「誰か命に応じる者は」蹇碩が再び尋ねた。

やはり七人とも貝のように口を閉ざしている。

蹇碩は両の眼《まなこ》を大きく見開くと、刺すような眼差しで一人ひとりを睨《ね》め回し、最後に曹操のところでぴたりと止まった。「曹校尉、そなたのご尊父はこたびの汝南の乱で罷免されたのだったな」曹操は思わずぶるっと身震いして、心のなかで毒づいた――さっそく叔父の仇を討つつもりか――

「しかも、わたしの記憶によれば、そなたは騎都尉のとき、朱公偉《しゅこうい》に従って汝南を鎮圧したことがある、そうだな?」蹇碩はずっとけらけらと笑っている。耳につく蹇碩の笑い声は身の毛もよだつものだった。「よって、こたびの反乱はそなたが……」

「お待ちを」そのとき、突然曹操の隣で鮑鴻が大きな声を上げた。

「鮑校尉、何か」蹇碩はじろりと視線を送った。

「上軍校尉殿《じょうぐんこうい》、貴殿はわれら七人と大《だい》将軍の上に立つお方、さぞかし用兵に長け兵法に通じておられるのでしょう」鮑鴻はにやりと笑った。「われらとて戦に出たことはありますが、まだ貴殿から手本を見せてもらったことはありません。ここは、まず貴殿が兵を率いて出て、われらに範《はん》を垂れるのが筋ではありませんか。わたくしめは貴殿の武勇をぜひこの目で拝みとうございます」

すると蹇碩は腹を立てるでもなく、手を打って賛意を表した。「よかろう。では、こたびはわたしが先陣を切るとしよう」

「本当ですか」

「しかし、一つ断らねばならん。わたしには黄門《こうもん》［皇帝にかしずく宦官］を取り仕切る役目があるゆえ、都を離れるわけにはいかん。そこでわが別部司馬《べつぶしば》の趙瑾《ちょうきん》を代役として巴郡に出兵させる」

「ふん、たかが司馬に代わりが……」

蹇碩は鮑鴻の話を遮って付け足した。「趙瑾にはわたしの全兵馬を預けるつもりだ」

七人は驚きを隠せなかった。すべての兵馬を預けるということは、残った蹇碩は身一つでわれわれとやりあう気か。さすがにそれは自惚《うぬぼ》れが過ぎよう。

「どうだ、誰か異議のある者は」蹇碩は勝ち誇った顔で左右を見回した。

鮑鴻が膝を打って答えた。「いいでしょう。そこまで仰るなら、汝南の黄巾退治にはそれがしが向かいましょう」

「ならば、これで決まりだ。ひっひっひ……解散」蹇碩は冷やかな笑い声を残して席を立った。

こうして初戦の幕は閉じた。七人は西園の本営を遠く離れ、一人の兵の姿も見えなくなってからようやく口を開いた。

「鮑鴻、こたびは応じるべきではなかったのではないか」袁紹がため息まじりに漏らした。

「では、どうすればよかったのです。やつがどこかに打って出ようと、どうせいつかはわれわれの番です。大将軍がいないいま、貴殿が指揮をとらねばなりません。もし誰も首を縦に振らず、貴殿がご指名となったなら、それこそ手の打ちようがないでしょうに」鮑鴻は喚《わめ》くように言葉を返した。

曹操も口を開かずにはいられなかった。「しかし、やつは明らかに俺を行かそうとしていた……」

「それが一番いかん」馮芳《ふうほう》が口を挟んできた。「おぬしはかつてやつの叔父を殺しているからな。もし行けば、生きて帰れるはずがない」

「ちくしょう！　あの腐れ宦者《かんじゃ》を切り刻んでやりたいところだが」淳于瓊《じゅんうけい》［字は仲簡《ちゅうかん》］は歯ぎしりして悔しがった。

「仲簡、軽々しくそんなことを口にするな。向こうの後ろには陛下が控えているのだぞ」そう淳于瓊を諫めた袁紹が振り返ると、夏牟《かぼう》と趙融《ちょうゆう》に怯《おび》えの色が窺えた。袁紹は二人の意志が揺れているのを見て取ると、すぐさま言葉を続けた。「いまとなっては、われら七人には進むしか道はない。誰か一人が尻込みして、あの宦者に兵権を握られてみろ。われらはおろか、大将軍や大将軍府の友人たちまで、軒並み斬り捨てられるぞ」

鮑鴻が話を引き取った。「そうだ、やっと勝負だ！」

曹操はその様子を見てすぐに提案した。「われら七人はここで誓おう。何があっても兵権を手放さず、何があっても大将軍に背かず、そして友に背かずと。大将軍と友を守ることはすなわちこの大漢の天下を守ること、こちらの勢力を守ることにほかならない。それでこそ、十常侍《じゅうじょうじ》が政《まつりごと》をほしいままにして、忠臣をむやみに害することを防げよう」

「そうだ」そこで七人は輪になると、それぞれの手を差し出して重ねた。

しかし、曹操ら七人は西園にいたため知る由もなかった。蹇碩が西園で曹操らを呼び寄せて会合を開いていた折り、驃騎《ひょうき》将軍の董重《とうちょう》が都亭《とてい》へと向かい、陛下の命によって何進と何苗《かびょう》の一部の兵馬を接収していたのである。こうして形勢はますます不利になっていった。

その後も十日ごとに開かれた会合は、曹操らにとってまさに針のむしろだった。蹇碩は上軍の兵が足りないという口実で各校尉の兵馬を接収しようとし、袁紹、曹操らはそれを理詰めで断って、一歩も引かぬ構えを見せた。西園の幕舎には互いの怒号が飛び交った。ただ、戦さえ起こらなければ、蹇碩にも兵を召し上げる術はなく、たとえ後ろ盾になっている劉宏《りゅうこう》であっても軽率に八校尉を廃止することはできない。いま都には数万もの兵馬がいる。あるいは誰かが何進のために声を上げるか、訴えを起こすかすれば、皇帝といえど退位を余儀なくされる可能性があった。

双方の睨み合いは続き、十月になると、青州《せい》と徐州《じょ》でまたもや乱が起きた。しかも、どうやら誰かが命を投げ打って向かわなければ収まりそうにない。期せずして、みなが大将軍府に集まった。さしもの何進も事態の重大さを感じたらしく、官を辞して帰郷するべきか悩んでいた。

袁紹は驚いてそれを諫めた。「大将軍、この期に及んで官を辞しては、郷里でのんびりすることもかないませぬぞ」何進はうなだれて答えた。「しかし、なんといっても妹は陛下の妻であるし、甥っ子は次の皇帝じゃ。その一族に手を出すことなど考えられん」

みな一様に目を三角にして見返したが、王謙《おうけん》だけは辛抱強く言い聞かせた。「われらが大将軍、あなたが去れば、おそらく皇后と皇子の命はないでしょう。董重はいまや驃騎将軍として、皇子を廃することを画策しているのですぞ」

「どの子を寵愛するかは陛下の決めること。たとえ次子の劉協《りゅうきょう》を立てたからといって、わしが国舅《こっきゅう》であることに変わりはない。会えば挨拶ぐらいはしてくれよう」

ちょうどそのとき、若い下男が駆け込んできた。下男は何も言わず、ただ王謙の手に帛書《はくしょ》を押し込めた。王謙はそれに目を通して驚いた。「これは急いで手立てを考えねばなりませんぞ。蹇碩は西園騎と評議して、大将軍が直々に青州と徐州の黄巾鎮圧に向かうようにと言ってきました」

何進は開き直った。「よかろう、わしが行ってやる。たかが戦ではないか」

お人好しにもほどがある。このときばかりは誰もが何進の愚かさを恨んだ。曹操などは目眩《めまい》を覚えるほどだった。「大将軍は行ってはなりません。もし赴けば、向こうは兵を動かすこともなく、『大将軍に死を賜る』などと書かれた勅書を宦官に持たせて遣わすだけで、こちらは一巻の終わりです。そのとき大将軍は受け入れるのですか。大将軍が赴けば、この大将軍府の者、つまり王謙らもみな処刑されるでしょう」にわかに袁紹が天を仰いでため息をついた。「これが天命、これが天命なのか。ならば、わたしが出よう」

「貴殿が!?」一瞬、誰もが言葉を失った。

「わたしが行けば、向こうとて大将軍を行かせる理由はあるまい」

ほかに良い案も浮かばず、結局その晩には袁紹が都亭で軍をまとめ、その日のうちに徐州へと向かって出立した。

次の日、蹇碩はそれを知ると烈火のごとく怒った。「誰が袁本初《えんほんしょ》を行かせたのだ」

「大将軍です」曹操は努めて冷静に答えた。

「大将軍に西園校尉を動かす権限はない」

「いいえ、あります」

「なんだと？　陛下に任命された西園校尉の総帥は、このわたしだ」蹇碩は目をむいて曹操を怒鳴りつけた。

「陛下は貴殿を西園校尉の総帥に任じ、大将軍もあなたの指揮下に入ると仰られました。しかし、大将軍にはわれらを動かす権限がないなど、ひと言も仰っていません」曹操は言葉尻を捉えて蹇碩に反駁した。

蹇碩はしばし言葉に詰まった。

「われわれは北軍《ほくぐん》の校尉でもなく、もとより大将軍の麾下《きか》に属する者です」馮芳も慌てて付け足した。趙融と夏牟は何も言わず、ただ俯《うつむ》いて淳于瓊の腕をつかんでいた。直情径行のこの男が面倒を大きくしないか案じたためである。

蹇碩は奥歯をぐっと嚙み締めながら五人をじろりと睨め回した。「ふん、よかろう。しかし、明日からは何進にその権限はないぞ」

果たして、あくる日には西園校尉に対する何進の権限が剝奪された。大将軍府は途端に閑散とし、辟召《へきしょう》した掾属《えんぞく》［補佐官］以外は、誰もめったに訪れなくなった。

そうして静かな膠着状態が二月《ふたつき》ほど続いたころ、上軍別部司馬の趙瑾が凱旋し、蹇碩はよりいっそう鼻息を荒くした。趙瑾は遠く巴郡からすでに凱旋したのに、汝南はなお平定できぬかと、鮑鴻を無能呼ばわりして口汚く罵る始末である。みな俯いて押し黙り、蹇碩が何を言おうとも聞き流して耐えるしかなかった。蹇碩の叱責が続くなか、鮑鴻が汝南の乱を鎮圧したとの報が入ると、今度は蹇碩のほうが途端に口をつぐんだ。こうした緊迫した雰囲気のなか、恐るべき事態がとうとう現実となった。

鮑鴻が兵を率いて都亭に帰還すると、なんと戦機を誤ったとの罪で、いきなり西園騎によって身柄を拘束されたのである。濡れ衣を着せる理由なら何とでもなるとは、まさにこのことである。みなが方々に当たって鮑鴻を救うために働きかけ、馬日磾《ばじつてい》や袁隗《えんかい》、そして曹嵩《そうすう》までもが、鮑鴻の赦免を願う文書を上奏した。しかし次の日には、鮑鴻が夜のうちに毒酒を賜って死んだとの一報が入った。

勇猛で義を重んじる鮑家の長子は、こうしてその生涯を閉じた。鮑信《ほうしん》、鮑韜《ほうとう》、鮑忠《ほうちゅう》の三人の弟は北《ほく》寺獄《じごく》［黄門が管轄する獄］から亡骸を運び出すと、悲しみのあまり涙に暮れた。鮑信は鮑忠に棺《ひつぎ》を家まで運ばせると、自身は鮑韜とともに官を辞し、これ以降、昼夜を問わず大将軍の身辺警護に当たった。むろん、忠義の士人《しじん》らと命を一つにするためである。

曹操は家に帰り着くと、ここ数か月の日々を振り返ってみたが、とても現実とは思えなかった。これまで戦に出ても感じたことのない恐怖を、いま、天子のお膝元であるここ大漢の都で感じていた。

「父上、わたしはもう孝行を尽くせぬかもしれません」

曹嵩は頭をもたげて息子を見た。「どうした、そんな辛気くさい顔をして」

「鮑鴻が死んだいま、袁紹の前途は見通せず、淳于瓊は無謀で役に立たず、夏牟と趙融はまったく見込みなし。いまや残るわたしと馮芳でかろうじて支えているありさまです」曹操は疲れ切った顔に手を当てた。「蹇碩の刃が次に狙うのは、おそらくこのわたしでしょう」

「ふん、蹇碩が喜ぶのはまだ早い」曹嵩は息子の肩をぽんと叩いた。「今日また子和《しわ》が来たんじゃ」

「何かあったのですか」

「陛下が倒れた」

「倒れた？」曹操はにわかには信じられなかった。

「なんでも、夢で先帝に会ったとかで、慌てふためいて思い切り転んだそうじゃ。もし羽林左監《うりんさかん》の許永《きょえい》がすぐに足裏を強く刺激せなんだら、あるいは昨夜のうちに……」自分の家にもかかわらず、曹嵩は日ごろの癖であたりに目を配った。「侍医が密かに言うには、もう何日も持たんとのこと。あれが息を引き取れば、天を覆う雲が晴れるというものじゃ」

「陛下が本当に……」曹操は一縷《いちる》の望みをそこに見た気がした。

しかし、曹嵩は毎日あちこちに探りを入れているので、息子のようには楽観していなかった。曹嵩は肩を揉みながらため息をついた。「長子を廃して次子を立てる、そのためだけに天下の人士に罪を得る。そこまでする値打ちのあることか？」

曹操はかぶりを振った。「かつて光武《こうぶ》帝も長子を廃しましたが、光武帝は徳が高く、反対する者はありませんでした。しかし、今上《きんじょう》陛下に何があるというのです」

「何もないな……真心を込めて尽くした宋《そう》皇后を廃し、十常侍からも見放された。民百姓は怨嗟の声を上げ、士人はその死を待ち望んでおる。残るのは蹇碩ただ一人じゃ。皇帝といえど、ここまで来たら取り返しがつかん」

「まさに自業自得です」

曹嵩は拳をぎゅっと握り締め、息子の胸に押し当てた。「あと数日、最後の数日を持ちこたえるんじゃ。そうすれば、お前の栄達も一挙に叶えられよう。われらが曹家のことを思って耐えきるんじゃぞ」

「ただ、蹇碩が自暴自棄になって何かしでかさないか、それが気になります……」曹操は心身ともに疲れ切っていた。気だるそうに一つ大きなあくびをすると、おぼつかない足取りで母屋をあとにした。

裏庭まで回って来たところ、軽やかな笛の音が聞こえてきた。夜のしじまに美しくかすかに響くその音は、どことなく悲しみの色を帯びていた。曹操は部屋には戻らず、疲れた体を木にもたせかけ、しばし笛の音に耳を傾けた――ほんのひととき、一人で心を静かにするのも悪くはあるまい――実のところ、曹操は重圧に押しつぶされそうだった。ほどなくして笛の音が止んだ。月明かりを頼りにあたりを見回すと、茶蘼《どび》［頭巾薔薇《ときんいばら》］の棚の前で笛を手にたたずむ環《かん》の姿が目に入った。

いつごろから環が気に入ったのか、曹操自身にも判然としなかった。老隠者の郭景図《かくけいと》に、環の養育と嫁ぎ先の世話を頼まれたのがはじめてである。郭景図の墓の前でめそめそ泣いていたあの小娘が、いまではかくも清らかで美しい女に育つとは、当時の曹操には思いも寄らなかった。

そしていま、曹操の心は環の美しさに強く揺さぶられた。むろん環と卞秉《べんへい》の仲がいいのは知っていたが、二人を引き裂いてでも手に入れたい気持ちに抗《あらが》えなかった。

俯いて笛をもてあそびながら、故郷にいる思い人《おもびと》を一心に案ずる環は、曹操が後ろから静かに近づいてくるのに気がつかなかった。もの思いにふけっていた環は、突然、背後から自分をきつく抱き締める手に、我に返った。

「誰?」環はその手を振り払おうとした。

曹操は、環の横顔に唇を寄せてささやいた。「環、俺の女になれ」

ずっと前から、環はいつかこの日が来るのではと案じていた。しかし、すんなりと従うつもりもない。震える手で、その男を引き離そうとした。「なりません、なりません……」

「言うことを聞くんだ、環」曹操は環の体をまさぐりながら、その手にかたく握り締められた笛に気づき、取り上げようとした。

環は必死に抵抗して手を放そうとしない。「これは阿秉《あへい》［卞秉］がくれたものです」

「あいつのことはもう忘れろ。たかが笛吹きの小僧より、俺と一緒になったほうがいい」そう言いくるめつつ、曹操は環の腰をぐっと引き寄せた。

うろたえながらも、環は庭の奥にある卞《べん》氏の部屋に灯《あか》りがともっているのを見た。環は首を伸ばして大きな声で呼びかけた。夜の静けさを切り裂く声、きっと卞氏にも届いたはず……

果たして、環の叫び声とは裏腹に、卞氏の部屋の灯りが消えた——卞氏も所詮はただの側女《そばめ》、しかも歌姫《かぎ》の出。たとえ心では忍びなくとも、口出しなどできようはずもない……

曹操は環の口を手で塞《ふさ》ぐと、あざけるように笑った。「見ただろう、これがお前の定めなんだ」環の両頬を涙が伝った。その腕は力なくぶらりと垂れ下がり、肩を抱かれるままに身を任せた——「ことん」——二人が曹操の部屋に入ったあと、そこには主《あるじ》を失った笛だけが寂しく取り残されていた。

第十三章　顕臣《けんしん》を引きずり下ろす

最後のせめぎ合い

「なに、大将軍《だい》を涼州《りょう》の督戦に向かわせるですと」誰もが驚きを隠さない。

「そうだ」蹇碩《けんせき》は眉一つ動かすことなく、語気を荒らげた。「即刻何進《かしん》を涼州の督戦に遣わす！」

「わたしには解《げ》せません」曹操は少し心を落ち着け、意を決して反駁した。「幾日か前、皇甫嵩《こうほすう》から勝ち戦《いくさ》の知らせが届いたばかりです。王国《おうこく》率いる匪賊を滅ぼしただけでなく、いまも余勢を駆って追撃を繰り返しています。かように勝利を重ねているというのに、なぜいままた大将軍を前線に送り出すのですか」

蹇碩はわずかに目をむいて曹操を見やった。その眼光は明らかに殺気を帯びている。「曹校尉《こうい》、そなたも従軍して久しいはず。これはいわゆる『兵に常勢なし《へいじょうせい》』というやつだ。もし皇甫嵩が手柄に目がくらみ深追いすれば、必ずや敵の手にかかることになろう。かつて董卓《とうたく》は、まさにそのために北宮伯玉《ほくきゅうはくぎょく》に数か月も包囲されたのだ。川を堰き止めてうまく退いたからよかったものの、そうでなければ全滅していた」

「皇甫将軍は董卓ではありません。わたしも将軍に従って戦に出ましたが、老練にして慎重、功にはやって猛進するなど考えられません」曹操も一歩も引かなかった。

馮芳《ふうほう》が傍らで冷やかに笑いながら口を挟んだ。「蹇大人《たいじん》、まだ起こってもいない戦の勝敗を語るとは、よもや西涼の逆賊と通じているのではありますまいな」

「貴様、ふざけたことを！」蹇碩は忌々しげに馮芳を睨みつけた。

「いまのは馮校尉の戯れです。どうかお気になさらずに」曹操はまた話を戻した。「百歩譲って、すぐ涼州の地に増兵するにしても、大将軍が自ら赴く必要はないでしょう。ほかの者ではいけないのでしょうか」

それを受けて馮芳がさらに続けた。「なるほど、それがいい。蹇大人の兵馬はたしか戻って来たはずですな。また趙瑾《ちょうきん》に出兵させればよいではありませんか」

曹操と馮芳、息のあった二人の反駁に、蹇碩は苛立ちを禁じえなかった。しかし、いまはこの校尉らに軽々しく怒りを向けるわけにはいかない。実際、ここのところ蹇碩が頭を悩めていたのは、目の前の校尉たちではなかった。陛下の病はいよいよ膏肓《こうこう》に入《い》り、もはや政《まつりごと》を行うことは不可能であった。そして自分は何進を除けないばかりか、目の前の曹操と馮芳にさえ手を焼いている。もしこちらが強硬に出て、再び冤罪で校尉を殺そうものなら、内部から政変が起こることは必至であろう。いま北軍《ほくぐん》［都を防衛する五営《ごえい》］の沮儁《そしゅん》と魏傑《ぎけつ》は何進と気脈を通じ、何苗《かびょう》もまだ粛清できていない。さらに河内《かだい》には朱儁《しゅしゅん》が駐屯している。羽林《うりん》軍［近衛軍］さえ絶対に味方につくとは限らない。かりにこれらの兵が同時に立ち上がったなら、董侯《とうこう》［劉協《りゅうきょう》のあだ名］を帝位につけることはおろか、今上《きんじょう》陛下が天寿を全うすることさえかなわない。一方、自分の周りを見れば、驃騎《ひょうき》将軍の董重《とうちょう》は貴顕の子弟に過ぎず、力を合わせて何進に当たろうにも、所詮、焼け石に水である。何進自体は恐るるに足らぬとはいえ、厄介なのは脇を固める将校や士人《しじん》たちである。こうして、双方ともが思い切った行動に出られずにいた。

「どうかご命令の撤回を」曹操は息つく暇も与えぬよう、すぐに拳に手を添え、包拳《ほうけん》の礼をとって申し立てた。

「どうかご命令の撤回を」馮芳ら四人も続けて声を合わせた。

陛下のご容態を考えれば、こいつらにかかずらっている場合ではない……蹇碩は即座に立ち上がった。「ならぬ！　これは陛下の御意だ」

「御意と仰るなら詔書はいずこに」機転の利く馮芳はすぐに問いただした。

「詔書なら……すぐに下される。では、次の会合は十日ごととの慣行を改め、三日後とする。以上だ」蹇碩は振り向きもせず去っていった。

五人が五人とも大きく息をついた。これでまた今日も乗り切った。いまや彼らは片時も離れず、常に剣を帯びていた。さらには腹心に身辺を警護させ、衣の下には絶えず着込《きご》みを身につけていた。曹操は先ほどの不安に包まれた蹇碩の様子を思い出した。「もはや蹇碩も強弩《きょうど》の末《すえ》だが、窮鼠猫を嚙むとの譬《たと》えもある。やつは詔書があると言ったが、わたしの知るところでは、陛下はすでに政を執れるような状態ではない。やつがいったん戻ったのは詔書をでっち上げるためだ。三日後の会合は、これまで以上に用心せねばならん」

「われらは速《すみ》やかに大将軍府に入り、大将軍と一緒にいたほうがよいのではないか」馮芳が誰にともなく尋ねると、また曹操が答えた。

「いや、そこを蹇碩が兵を率いて取り囲めば、われらは一網打尽にされる。まだ董重もいることを忘れてはならん」

「では、こういうのはどうだろう。まず大将軍府に行ってこのことを伝える。それからおのおのが自分の軍営に戻って部隊を整え、今後は蹇碩の招集を無視するんだ。三日後なんて関係ない。俺には、やつが強硬な手段に訴えるとも思えん。やつには権限はあるが兵はなく、こちらには権限はないが兵はある。そうしてやつと膠着状態に持ち込むのさ、陛下が崩御されるまでな」

馮芳の考えは兵を擁して武威を示し、公然と陛下に反旗を翻すに等しい。しかし、この期に及んでほかに取るべき策もない。曹操は夏牟《かぼう》と趙融《ちょうゆう》に目を向けた。気になるのはこの二人だ。鮑鴻《ほうこう》が誅殺されて以来、その兵馬はすでに蹇碩に接収された。そして袁紹《えんしょう》もいないいま、ここでもし二人が裏切ったら形勢は一気に逆転する。そこで曹操はひときわ大きな声で伝えた。「ではわれら五人、まずは五人が揃《そろ》って大将軍にこの件をお伝えに参ろう。あとのことはまたそこで相談だ」

こうして五人は護衛兵とともに大将軍府へと向かったが、ひと足遅かった。なんと、西園騎《せいえんき》［西園の騎兵隊］がすでに大将軍府を取り囲んでいたのである。曹操はすぐに事態を理解した――しまった、蹇碩にしてやられた！

蹇碩は口では三日後と言って時間を稼ぎながら、西園を出るとすぐに禁中に戻り、尚書《しょうしょ》に迫って勅書を改竄させ、脇目も振らずに大将軍府へと駆けつけたのである。

もはや一刻の猶予もならぬ。淳于瓊《じゅんうけい》は剣を抜き、護衛兵とともに突き進んだ。つがえた矢は放たざるをえない。ほかの四人も得物《えもの》を手にした。西園騎はその姿をありありと認めたが、相手はいずれも上官ばかりである。近ごろではすっかり西園騎も混乱し、いまここで何をなすべきか、誰の命《めい》を聞けばよいのか、まったくわからなかった。剣を抜いて刃向かうわけにもいかず、かといって曹操らを通すわけにもいかない。

「そこをどけ！」淳于瓊が怒鳴りつけた。

道を開ける兵もいたが、そこへ上軍《じょうぐん》の司馬《しば》の趙瑾がかき分けるように出てきた。「ならん、通すな。こちらには詔書があるのだ。通せば陛下のご下命《かめい》に背くことになるぞ」

淳于瓊は目を血走らせ、有無を言わせずに斬りかかった。趙瑾も血の気の多い男である。迫る切っ先を見るなり身をかわし、すかさず剣を抜いた。二人の剣が重なり必死に押し合う。兵士らはそれを目の当たりにしながらも、助太刀に入る者はいなかった。助けるにも、いったいどちらを助ければいいのか。

そのとき、上軍のもう一人の司馬である潘隠《はんいん》も人垣を割って出てきた。潘隠はもと鮑鴻の配下であったが、下《げ》軍が上軍に編入されたため、いまは蹇碩の配下となっている。淳于瓊と趙瑾が剣を押し合っているのを見ると、潘隠は思いきり斬ってかかった——がしゃん、膠着していた二人の剣がようやく離れた。

「何をする」趙瑾が潘隠に食ってかかった。

「即刻彼らを通すべきです」

「痴《し》れ言《ごと》を。陛下のご下命だ、背けば死罪だぞ」

潘隠は剣を鞘《さや》に収めた。「趙司馬殿、いまやこの漢の天下がどうなるのかは誰にもわかりませぬ。

そなたは蹇碩に従ってすべて御意のままにすれば、天下が治まるとお思いですか」

趙瑾はたちまち言葉に詰まった。

そこで曹操が前に進み出た。「趙殿、そこを通すのだ。大将軍が助かれば、それはおぬしの手柄、今後の出世も間違いないぞ」

趙瑾は剣を鞘に収めた。しかし、「通せ」との命を出すこともできず、趙瑾は思い切り顔を背けた。見て見ぬ振りをしようというのである。西園騎らも上官の行動を見ると、そそくさと声も上げずに、人が一人通れるほどの隙間を作った。曹操らは取るものも取りあえず大将軍府のなかへと突き進んだ。

庭に入って見ると、そこには詔書を手にした蹇碩が仁王立ちし、何進はぶるぶると震えながら庭先に跪《ひざまず》いていた。すでに多くの兵士が掾属《えんぞく》［補佐官］らの建物を取り囲み、王謙《おうけん》なども引き出されていた。さらに、かたや蹇碩の護衛兵が二十人ほど抜刀して虎視眈々と睨みつけ、かたや伍宕《ごとう》、許涼《きょりょう》、張璋《ちょうしょう》、呉匡《ごきょう》、鮑信《ほうしん》、鮑韜《ほうとう》といった面々が、やはり剣を抜いて真っ向勝負も辞さずと、まさに一触即発の状態であった。

蹇碩は足音を聞きつけたが、能面のような表情で曹操らを一瞥しただけで、また何進に向き直って脅しつけた。「大将軍、すでに詔《みことのり》は伝えた。いったいそなたは従う気があるのか」

いまになって何進にも、ようやく陛下の意図が飲み込めた。跪いたままで何進が答える。「蹇碩、貴様というやつは……その手には乗らんぞ」

「詔を拒めば死罪だぞ」蹇碩は何進に詰め寄った。「大将軍は造反しようというのか」

何進はがっくりとうなだれたまま何も答えず、両の頬からは冷や汗が滴り落ちた。

「誰も造反する気などない」曹操は大股で近づいていった。「われらはただ朝廷の綱紀を正し、天下の安寧を望むに過ぎぬ」

「朝廷のことは、すべて陛下の御心一つだ」蹇碩が目を見張って答えた。

「実際はおぬしら宦官の心一つではないか。まだあの十常侍《じゅうじょうじ》などという悪党に、忠臣や民を好き勝手殺《あや》めさせるのか」曹操はこの際すべてを吐き出した。「この曹孟徳《もうとく》、誓って大将軍と生死を共にしよう」蹇碩はこの場にいる者を見回した。「みな造反するというのだな。詔に従わんというのだな。陛下より族滅の沙汰が下されるぞ」

曹操は冷やかに笑った。「殺すがいいさ。かように汚れた世なら、生き延びたところで恥をさらすのみ」そう言い放つと、曹操は何進のそばに駆け寄って剣を抜いた。

その様子を見て、淳于瓊も曹操のそばに躍り出て叫んだ。「造反かどうかなどどうでもよい。今日こそは刺し違えても、一物のない貴様とけりをつけてやる」

あっという間に二人の校尉が何進の側に回った。蹇碩は残る三人、とりわけ馮芳を睨みつけた。「そなたらも一緒に造反する気か。馮校尉、そなたは曹漢豊《そうかんほう》［曹節《そうせつ》］さまの婿だったな。ずいぶんと陛下のご恩を受けたはずだが……造反となれば、あの世で曹漢豊さまに顔向けできるのか。向こうの一族まで巻き添えにして死ぬ覚悟があるのか」馮芳の心は揺れていた。わが身はともかく、一族を思えばこそ、きつく眉をしかめて決断できずにいた。

そのとき、掾属の部屋からある男が飛び出し、遮る兵士らを押しのけながら、庭先まで駆け寄ってきた。「馮芳、われらは兄弟ではなかったのか。わたしでさえ四代にわたって三公を輩出した家門を捨てたのだぞ。宦官の婿がなんだ。曹節の名は汚れきっている。おぬしがいまここで忠臣を助ければ、その恥辱もすべて洗い流せるはずだ。さあ、こっちに来い」みなが目を遣れば、それはなんと袁術《えんじゅつ》だった。

「公路《こうろ》……ええい、ままよ、命に代えても君子を守ってやろうではないか」馮芳も足を踏みならして駆け寄った。

こうして五人の校尉のうち、三人が何進の側についた。夏牟と趙融は互いに顔を見合わせると、乗り遅れてはわが身が危ういと考えたか、黙って曹操らの側に歩を進めた。そこで曹操はようやく息をつくと、声高に叫んだ。「蹇碩、よく聞け。これでわかっただろう。金輪際、大将軍を都から追い出そうとするでない。奸臣と十常侍を誅殺するよう、戻って陛下に伝えよ。さもなくば、われらの軍もおぬしの指図は受けぬ」

蹇碩はぎゅっと詔書を握りつぶした。「この逆賊どもめ」

「違う。天に背く行為こそが悖逆《はいぎゃく》なのだ」曹操は薄く笑みを浮かべた。「おぬしのような宦者《かんじゃ》でも知っておろう。従うべき順とは『天地君親師《てんちくんしんし》』、つまり天地が先で、主君はその次だ」

蹇碩の傲慢な顔つきからみるみる生気が失せ、手中の詔書に目を落とした。そして、致し方なくそれを袖にしまうと、背を向けて嘆息した。「やれやれ……趙瑾、潘隠、兵を退け。戻るぞ」

蹇碩は抜け殻のように去っていったが、一人として歓声を上げるものはいなかった。今日はかろうじて乗り切った。しかし、明日はどうなるのか、それは誰にもわからなかった……

夜の皇宮《こうぐう》は、しばしば神秘と恐怖に包まれる。昼間には輝きを放った朱漆《うるし》塗りの梁《はり》や彩られた棟木《むなぎ》、玉の階《きざはし》、金の柱が、闇夜の訪れとともに、冷たくゆがみ、奇怪な様相に変わる。玉堂殿《ぎょくどうでん》、崇徳殿《すうとくでん》、宣《せん》徳殿《とくでん》、黄竜殿《こうりゅうでん》といった荘厳な建築も、夜の帳《とばり》が下りるとともに空虚なもの寂しさに覆われ、早春に吹きつける冷たい風が、正殿をめぐって悪鬼《あっき》の慟哭のように響きわたる。白虎観《びゃっこかん》、承風観《しょうふうかん》、承禄観《しょうろくかん》、東《とう》観《かん》などは、学問の盛行を示す灯《あか》りを一つとしてともさず、それぞれが宮殿のあいだに寂しくそびえていた。長楽宮《ちょうらくきゅう》、長信宮《ちょうしんきゅう》、永楽宮《えいらくきゅう》、邯鄲宮《かんたんきゅう》などの宮殿でも、寒く薄暗い回廊で、せいぜい年老いた宦官が昔語りなどしながら、寂しげに灯りの番をしているだけである。

嘉徳殿《かとくでん》にともされた灯りもほの暗く、まるで不吉な事態を予感させるかのようであった。董《とう》太后はすっかり疲れ果てた様子で寝台の横に座り、手ずから息子のために汗を拭《ふ》いてやっている。劉宏《りゅうこう》はすでに最期のときを迎えていた。豪奢淫逸《いんいつ》の限りを尽くしたこの皇帝も、ついに悟ったのである。『詩経《しきょう》』にいう「万寿疆り無し《ばんじゅかぎ》［長命に限りなし］」も、所詮は現実離れした願望に過ぎないのだと。まるで無数の手によって地中に引き込まれるかのように、己の体がとてつもなく重く感じられた。喉は針でも突き立てられたかのようで、まったく声が出ない。もはや目の前もぼやけていたが、蹇碩の声だけは耳に届いてきた。

「陛下、申し訳ありません。こたびのこと、成就いたしませず、陛下のご期待に背くことと相成りました」蹇碩は思い切り額を打ちつけて叩頭した。

劉宏はかすかにかぶりを振った。「張譲《ちょうじょう》……趙忠《ちょうちゅう》……」

「陛下、あの二人なら……皇后のもとにおります」蹇碩が答えた。

これは何たる皮肉であろうか。皇帝が天に召されようとするそのときに、引き上げてやった十常侍が何家《か》に取り入っていようとは。劉宏はいまわの際《きわ》になって、ようやく小人《しょうじん》というものを理解した。楊賜《ようし》、劉寛《りゅうかん》、橋玄《きょうげん》、陳耽《ちんたん》、劉陶《りゅうとう》……かつて自分を諫めた老臣たちの顔が、代わる代わる脳裏を駆けめぐる。まったく老臣たちに合わせる顔がない。しかし、劉宏はまだ気づいていなかった。禍《わざわい》をもたらした張本人は決して十常侍ではなく、酒色に溺れて暴虐を尽くし、正義を何進の側に押しやった自分自身にあったのである。当初は何進など容易に操れる愚か者と踏んでいた。ところが最後には、何進は「党人《とうじん》」らの手に落ちたのである。劉宏は憤りをぶちまけ、呪詛《じゅそ》の言葉を吐き出したい気持ちに駆られた。しかし、体が言うことを聞かない。ただ、劉宏自身も気づかぬうちに、美しく輝く涙の粒が頬を伝うのみであった。

「陛下、どうかお気をしっかり」蹇碩は寝台の前ににじり寄った。

「か、何進を……殺……せ」

蹇碩は額を打ちつけて答えた。「恐れながら申し上げます。何国舅《こっきゅう》はすでに声望を備え、その皇子は十七になります。陛下、長子を廃されることをお考え直……」

「何を言うか」董太后が目を見張って睨みつけた。「そなたの口出しすることではない」

蹇碩は言葉を飲み込んだ。

董太后は息子のそばによると、はらはらと涙を流した。「ああ、わたしのかわいい息子よ、お前に先立たれたら、この母はどうすればよい。わたしにはお前しかいないのよ。孫はどうするの。お前がいなくなったら、あの子の死んだ母に合わせる顔がないじゃないか」

劉宏は気力を振り絞って、わずかに顔を上げた。宮殿の隅に跪いて泣く劉協《りゅうきょう》の姿が見える。そうだ……あの子はまだ九つ、たとえ帝位につけたところで、何家が廃立を企めばそれまでかもしれない。だが、三つ子の魂百までと言われるように、この子はきっと英明な君主になる。少なくとも自分よりは……

劉宏は残されたすべての気持ちを奮い起こして右手を上げて劉協を指さすと、目はしっかりと蹇碩を見つめた。蹇碩もその意味を汲み取った。「陛下、ご安心を。この蹇碩、力を尽くし……」

「力を尽くしではありません。必ず、必ずやり遂げるのよ」董太后は涙をぬぐうと、生来の強気を取り戻した。「蹇碩、そなたがわが甥の董重とともに協を帝位につけたなら、そなたは天子擁立の元勲です。孫程《そんてい》の受けた恩寵や曹騰《そうとう》の豪奢な暮らしぶりを思ってごらんなさい。何家さえ除ければ、そなたの望みはすべてわらわが叶えよう」

蹇碩は黙り込んだ。もとより褒賞や官位など眼中にない。ただ全身全霊で陛下のご下命を果たすのみである。しかし、皇太后と陛下は自分のことを買いかぶりすぎている。いまとなっては、事はもはや自分一人の手には負えなかった。

すでに大将軍の恨みを買い、鮑鴻を殺したことで八方塞《ふさ》がりである。たとえこの役目を降りたところで、今度は向こうから自分を攻めてくるだろう。そうなろうとも何進は楽に倒せるが、周りにいる士人らの力には太刀打ちできない。蹇碩はうなだれたまま思案に暮れた。だが、歯を食いしばりながら、劉宏と皇太后に叩頭した。「陛下、ご安心を。皇太后さまもご安心ください。この蹇碩……力を尽くし、いや必ず、必ずや、やり遂げて見せますとも」

少帝《しょう》擁立

大《だい》将軍府では、蹇碩《けんせき》の蜂起に対して絶えず備えを固めていた。ところが、三日が過ぎても何の音沙汰もない。何進《かしん》はもとより校尉《こうい》や掾属《えんぞく》、駆けつけた友人らまで、一様に終日びくびくと怯《おび》えていた。

いまやここにいるすべての者が一蓮托生である。同舟《どうしゅう》相救う気持ちで何進を支えるしか道はなかった。この三日間、一歩でも大将軍府を出た者はいない。誰もがここを当面のわが家として泊まり込んでいた。そして三日目の夕刻、突然、陛下の使者が訪れ、何進は皇宮《こうぐう》に入って遺詔を授かるようにと、詔《みことのり》を言い渡した。何進はそれを受け取ると、奥の間へ下がって朝服《ちょうふく》に着替え、その際に事の次第をみなに伝えた。

「いよいよお隠れになるときが迫っているのでしょう」王謙《おうけん》が髭をなでつけながら切り出した。「とうとう陛下も死期を悟り、後事を託すおつもりでは。『人の将《まさ》に死なんとす、その言《げん》や善《よ》し［人の死ぬ直前の言葉には、真実がこもっている］』とか。大将軍も駆けつけるべきでしょう」

「いや、蹇碩の威勢もつまるところは陛下頼みだ」袁術《えんじゅつ》が薄く笑った。「わたしが見るに、やつは宮中に兵を伏せ、大将軍を害するつもりに違いない」

曹操はおもむろに広間を歩き回りながらつぶやいた。「まだどちらとも言いがたいな。蹇碩は長らく兵権を奪えておらず、にわかに騒ぎを大きくするとは思えぬ。しかし、もし遺詔が史侯劉弁《しこうりゅうべん》さまをお世継ぎにということなら……いや、それもありえん……」

曹操は続きを飲み込んだ。蹇碩は何進を脅しつけて董侯劉協《とうこうりゅうきょう》を帝位につけるつもりのはずだ。ただ、われらが大将軍はあまりにも芯が弱い。皇宮へ入るなら、必ずや誰かがついて引っ張ってやらねばならん。曹操はそこで話の向きを変えた。「すでに詔を受けた以上、皇宮には赴かねばならんでしょう。そこでわれらは、兵馬を率いて皇宮を取り囲み、さらに人を遣って各所の兵馬の動きを探らせるというのはどうです」

段取りが決まると、何進を護衛しつつ門を出た。各校尉は、軍装を整えて兵馬を連れ出すために、一度自身の軍営に戻ろうとした。ちょうどそのとき、一隊の兵馬が勢いよく大将軍府に向かって近づいてきた。なんと、袁紹《えんしょう》が戻ってきたのであった。

「本初《ほんしょ》!」何進は袁紹の姿を認めるや、まるで頼みの綱を得たかのように、ほとんど泣き出さんばかりであった。袁紹は転がり落ちるように下馬すると、すぐに跪《ひざまず》いた。「大将軍、さぞおつらい目に遭われたのでは」

袁紹の帰還に誰しもが喜びの声を上げた。曹操も袁紹の肩を叩きながら声をかけた。「本初殿、そなたが生きて帰るとは思いも寄らなかったぞ」

「青州《せい》では、東海国《とうかい》の相《しょう》の薛衍《せつえん》と騎都尉《きとい》の臧覇《ぞうは》がともに奮戦してくれてな。そこの黄巾《こうきん》を平定したあとは、蹇碩の手が伸びてくるのを恐れて、司馬《しば》の劉子璜《りゅうしこう》を監督に残してきた。わたし自身は三百騎だけを連れて隘路《あいろ》を通り抜けて戻ってきたのだ。それゆえ勝ち戦《いくさ》の知らせすら出せなかった」砂ぼこりにまみれた顔と憔悴した様子が、その行軍が並大抵ではなかったことを物語っていた。どこから見ても勝利を得た将軍とは思えない。

しかし、袁紹が来たことで、すぐに動かせる兵ができた。これでわざわざ都亭《とてい》［洛陽城外四キロメートルにある宿駅］まで戻る必要はない。袁紹の率いてきた三百騎に、大将軍府の侍衛《じえい》や使用人、それに各人が連れている若い下男などを合わせれば、とりあえず五百人以上にはなる。みなは何進を取り巻きながら、皇宮へ向けて出発した。大通りの正陽街《せいようがい》に入ると早くも小黄門《しょうこうもん》が迎えに出ており、跪いて拝礼した。「上軍《じょうぐん》校尉蹇大人《けんたいじん》の遣いで、大将軍のお迎えにあがりました。蹇大人曰《いわ》く、これまで買った恨みをどうか水に流してほしいとのことです。大将軍が疑われることを恐れて、蹇大人はすでに西《せい》園騎《えんき》を西園に戻らせました。陛下より大事が伝えられるよし、大将軍には安心して皇宮にお入りいただきますよう」

それを聞くと何進は胸をなで下ろし、周囲の者に漏らした。「やはり陛下に他意はないのじゃ」ただ、曹操は注意を促すのを忘れなかった。「西園騎がいなくとも、まだ羽林《うりん》軍がいます。大将軍、油断なされませぬよう」何進はしきりにうなずいた。詔がなければ皇宮に入ることはできない。よって何進は呉匡《ごきょう》と張璋《ちょうしょう》の二人だけを連れ、小黄門に続いて宮門をくぐった。袁紹はそれを見ると、急いで皇宮を取り囲むように兵士らを配置した。ときに、すでに袁紹はさながら上軍校尉と同じような立場にあって、曹操らもその指図にことごとく従うようになっていた。随行してきた掾属もみな剣を帯びており、三々五々、交通の要所を警備した。兵士で皇宮を取り囲むとは、もとより叛逆の旗印を揚げたに等しい。しかし、都の役人や庶民にとって、このところ続いている異変は十分に知るところであった。それに、皇宮を守る羽林軍の兵士でさえうかつに問いただすこともできず、ただ自分の持ち場を守るだけで、袁紹の兵とは口を利こうともしなかった。

曹操と荀攸《じゅんゆう》は西門の守備を命じられた。皇宮の西側へ回り、これから兵を配置しようというまさにそのとき、西門のところで何やら騒ぎが起こった。なんと、何進ら三人が大慌てで門を飛び出してきたのである。

「どうしました、大将軍」曹操も急いで近づいていった。

呉匡が声を荒らげた。「謀《はか》られたぞ。蹇碩は大将軍を害するつもりだった。潘隠《はんいん》が内通して教えてくれたから良かったものの、そうでなければ複道《ふくどう》［上を皇帝、下は臣下が通る上下二重の渡り廊下］を渡ってあの世へ行くところだった。あの案内の宦者《かんじゃ》もぐるだったようだ。すでにわたしが斬り捨ててやった」そう話すと、血の滴る刀を揺らして見せた。

何進は真っ青な顔をしている。見るからに相当な恐怖を味わったようだ。

「まずは大将軍府へ戻りましょう」曹操は何進を荀攸に任せ、自ら前門へと知らせに駆けた。

曹操の知らせを聞くなり、袁術は顔を真っ赤にして怒り出した。「全軍なだれ込め！　この機会に蹇碩と十常侍《じゅうじょうじ》を始末するんだ」

淳于瓊《じゅんうけい》や伍宕《ごとう》、それに許涼《きょりょう》ら血気にはやる者が次々とこれに応じた。

さすがに袁紹は冷静で、すぐに袁術らを止めた。「軽率なことをするな。兵を率いて宮門をくぐれば、それこそ謀反だ。皇后や皇子に万一のことがあったらなんとする。まずは大将軍府に戻って相談だ」袁紹の命《めい》が皇宮の四方まで口々に伝わると、兵士らは潮が引くように帰っていった。囲むのも早ければ、退くのはより早く、一行はほどなくして何進を守りながら大将軍府に帰り着いた。

すると伍宕が兵士に命じて、通りに陣を作らせようとしている。曹操は頼もしく思いながらも叱りつけた。「ならん。中軍《ちゅう》の兵馬はすぐ都亭に戻るんだ。ここは洛陽の城内だぞ。好き勝手していいところではない」

武辺《ぶへん》の者は洛陽城内でいろいろ見聞きしたいと思っていたので、曹操の指示を面白く思わなかった。ただ、とてもかなわぬ相手と見て、やむをえず洛陽城を出たが、伍宕だけは百人の精鋭を選《よ》りすぐって大将軍府の警護に当たった。一同が押し合いへし合いしながら広間に戻ってくると、何進は何度も大きくかぶりを振った。「ふう、危なかったわ。潘隠が知らせてくれなければ、とうに死んでいたのう。もう二度と皇宮には行くものか」

「それにしても、これからどうすべきか」袁紹も考えあぐねていた。「陛下の生死はわからず、皇后と皇子も軟禁されている。尚書《しょうしょ》の属官はみな蹇碩の手の内だ。内宮との連絡が取れぬまま睨み合っていては、いつになっても事態を把握することはできん」

「焦ることはありません」田豊《でんほう》［字は元皓《げんこう》］が静かに腰掛けた。「蹇碩の企みはすでに露見しています。ただわずかに皇宮を拠《よ》り所とするだけでは、もはやたいしたことはできません。ここは待ちの一手でしょう。時間が経てば必ずや向こうから破綻するはずです。七署《しちしょ》［皇宮を警護する南軍《なんぐん》］の兵はもとより、十常侍のやつらでさえ、わが身のことを考えれば、誰も向こうについて危険を冒そうとは思わぬでしょう。遠からず変が起こるはず。そう、ここしばらくのうちには……」

田豊の言葉をかき消すかのように、外から騒ぎ声が聞こえてきた。何やら大将軍府に入ろうする者が、衛兵と押し問答をしているようである。まもなくして入ってきたのは呉匡であった。「大将軍に申し上げます。怪しげな宦官を引っ捕らえました。われらの動きを探っていたようです」

捕まった男は外で呉匡の言葉を聞くと、慌てて叫んだ。「わたしは宦官ではない。早く入れてくれ。孟徳《もうとく》、孟徳、大将軍に急ぎ知らせたいことがある」

曹操は自分を呼ぶその声に、急いで駆け出して見た。張璋に両手を縛られたその男は、なんと一族の曹純《そうじゅん》である。黄門侍郎《こうもんじろう》の官についている曹純は、ほとんどの宦官と同じように、貂璫冠《ちょうとうかん》［貂《てん》の尾と黄金の飾りをつけた冠］をかぶって黄色の長衣を羽織り、腰には黄色い漆《うるし》塗りの刀を佩《は》いている。しかもまだ十九歳とあって髭も蓄えておらず、宦者と誤解されても仕方のない風貌であった。

「すぐに解いてやってくれ。こいつはわたしの一族の者だ」

張璋は事態をにわかには飲み込めず、生まれついての粗忽者であったため、わけもわからぬままに手を離して、思わずつぶやいた。「曹殿の家はようわからん。祖父は宦官で、一族の者までも宦官だったのか」

曹純は張璋に説明する時間も惜しく、曹操とともに慌ただしく広間に進み入った。広間を埋め尽くした者らがほとんど初対面だと知ると、拱手《きょうしゅ》してぐるっと拝礼した。

曹操がみなに紹介した。「これはわが一族で黄門侍郎の曹純でございます……子和《しわ》、ここはすべて味方だ、この際だ、礼などかまわん。大事があるならすぐに知らせよ」何進のことは知っていたので、曹純は深く拝礼した。「大将軍に申し上げます。昨晩のうちに陛下がお隠れになりました」

意外なことに、周囲からは何の反応もなかった。いまや陛下の生死よりも大切なことがある。

「それで、誰をお世継ぎに立てたのか」何進より先に、袁紹が居ても立ってもいられずに尋ねた。

曹純は官途についたばかりであるが、非常に機転が利く。いま、何進らを目の前にして、どうして董侯劉協が選ばれたなどと言えようか。すぐに話を作り上げて報告した。「陛下はご臨終にあたり長子をお世継ぎと決め、大将軍さまが輔佐するようにと仰いました。しかし、蹇碩は独断で密かに長子を廃し、朝堂をわが物にしようとしたのです。本日このことが露見すると、蹇碩は宮門を固く閉ざして、皇后と長子を監禁するよう命じました。大将軍、どうか速《すみ》やかに救援に向かってください」そこまで告げたところで、曹純は曹操に一通の帛書《はくしょ》を手渡した。「蹇碩はいま長楽宮《ちょうらくきゅう》に皇后を監禁しています。これはやつが十常侍の趙忠《ちょうちゅう》に宛てた密書です。大将軍と同郷の宦官、郭勝《かくしょう》殿が手に入れました。お確かめください」

曹操は書状を渡そうとしたが、何進は字が読めないのを思い出して、王謙に手渡した。

王謙がそれを開いて読み上げた。「大将軍兄弟は国政をほしいままにせんと、天下の党人《とうじん》と結託して先帝と周囲の者を誅殺し、われらを一網打尽にしようと目論んでいる。ただ、わたしが禁軍を司っているため、なお決断がつかぬようである。いまこそ宮門を固く守り、速やかにこれを捕らえて誅すべし……だ、大将軍、蹇碩は十常侍と手を結び、あなたを狙うつもりです。かつて王甫《おうほ》が竇武《とうぶ》を害したように……」

何進はうろたえ、すがるように袁紹を見た。しかし、袁紹もどうすべきかわからない。そこでふと何顒《かぎょう》が竇武の一件に遭っていたことを思い出し、慌てて拱手して尋ねた。「伯求《はくきゅう》さま、いかように対処すべきでしょうか」

何顒は軽く手を振って、小さく笑った。「こんな青二才の戯《ざ》れ言《ごと》など案ずるに足りぬ。蹇碩のような愚か者には時勢がわからんのだ。かつて王甫と曹節《そうせつ》は北軍《ほくぐん》の兵を従えていた。しかしいま、兵権はすべて大将軍が握っている。十常侍もやつと手を組むことはせんはず。かりに悪人の肩を持って、宦者どもが名ばかりの詔書を掲げたところで何になる。いまはもう二十年前とは違うのだ」

それを聞いて、袁術が再び気炎を揚げた。「そういうことなら、兵を率いて皇宮になだれ込もう。蹇碩だろうと郭勝だろうと、張譲《ちょうじょう》でも趙忠でも、きれいさっぱり除いてやればいい」その叫び声に、何進が取り立てた武人は声を合わせた。

「馬鹿を言え」袁紹がやはりまた止めた。「臣下たる者、そのようなことは許されん」

袁術は、もともと袁家の傍系である袁紹とはそりが合わなかったため、盾突いた。「何かと言えばすぐにもっともらしい理屈を振りかざして抑えつけるが、ここはお前の大将軍府ではない」

袁紹は怒りで顔を真っ赤に染めたが、かといって、みなの前で喧嘩して恥をさらすわけにもいかない。

「はっはっは……」張り詰めたその場の雰囲気とは裏腹に、ひときわ大きな笑い声が議論を中断した。みなが目を遣れば、広間の隅にいる田豊と蒯越《かいえつ》、それに荀攸である。曹操はすぐにそのわけを尋ねた。「お三方、何か名案でも?」

荀攸がにこにこと笑いながら答えた。「先ほど田元皓殿は時間が経てば向こうから破綻をきたすと仰いました。いま、そのときが来たのではないですかな」みなは顔を見合わせた。

蒯越はそのさまを見ると、曹純の面前へ進み出た。「子和殿、皇宮は門を閉ざされたとのことだが、では誰がそなたを出してくれた」

「それも宦官の郭勝殿が……」郭勝は南陽の出で、大将軍と同郷です。こちらにつきたいと考えているのでしょう。さればこそ、その帛書をわたしに預け、皇宮から逃がしてくれたのです」

「うむ」蒯越はしきりにうなずいた。「では、門を通した兵士の顔を覚えているかな」

「それはもちろん」曹純も笑みをこぼした。

「ならば、面倒だろうが、いまいちど門まで戻り、その帛書を渡してやるがよい」

「ええっ、帛書を返す……のですか」曹純は呆気にとられた。

そこで荀攸が口を挟んだ。「そう、届けてやるのだ。それは蹇碩が趙忠に宛てたもの。戻って郭勝に返し、趙忠に届けてやるのだよ」

「しかしだ、そのときははっきりと教えてやる必要がある。これは、大将軍から突き返されたものだとな」田豊があとを引き取った。

誰もその意味がわからず、頭《こうべ》を垂れて考えていたところ、真っ先に曹操が気づいた。「これはまさに妙案です。十常侍は大将軍が送り返したと知れば、肝をつぶして恐れるでしょう。そうすれば、己の罪を帳消しにするため蹇碩を誅するに違いありません。この件は、戦わずして治まるということ」

「張譲らが蹇碩を除けなければどうなる」

「案ずることはありません。たとえそうでも、蹇碩が十常侍を始末すれば、それでいいではないですか。われらは高みの見物をするだけです」曹操はそう話すと、田豊、蒯越、荀攸の三人をまじまじと眺め、内心つぶやいた――まったく何進には宝の持ち腐れだ。この三人、智謀は張良《ちょうりょう》［秦末、前漢時代の政治家］や鄧禹《とうう》［後漢初期の武将］にも匹敵するぞ――

「手立てがあるなら、そうしてくれ」何進のそのひと言で取るべき手は決まった。曹純には屈強な護衛を数人つけて、帛書を返すため宮門まで送り届けた。

果たして、日付けが変わるや知らせが舞い込んだ。十常侍が腹心の部下を連れて蹇碩を襲い、騒ぎのなかで郭勝が蹇碩を討ち取ったのである。ここに至って、皇宮内の騒乱はようやく収束した。

非常の際は常時の礼に則らず、一同は朝服に着替えることもなく、何進を守りつつ再び皇宮に赴いた。

このたびは羽林軍も武器を捨て、十常侍はもとより、七署の将官や上軍司馬の趙瑾《ちょうきん》と潘隠まで、揃《そろ》って宮門の前に跪き、何進を出迎えた。士人《しじん》らにとって、この数日はまるで長い悪夢でも見ているかのようだった。いまようやくその夢が覚めたのである。何進も満面に笑みを浮かべていた。

いまや十常侍も、何進に生殺与奪の権を握られている。張譲はそそくさと何進の足元に進み出て笑顔を向けた。「大将軍、ここしばらく、われらはずっと皇太后さまと陛下の御身を密かに守ってまいりました。お二方ともお元気でございます。どうかご心配なされませぬよう」

新たな皇帝がまだ正式に即位する前から、張譲は何后《かこう》のことを「皇太后」、史侯を「陛下」と称した。そこに媚《こ》びへつらいの気持ちが含まれているのは言うまでもない。一方、何進には何の考えもなく、ただただ気を良くして聞いていた。「さあ早く立ちなさい。そなたらは蹇碩を誅した功臣ではないか」

何進の後ろでそれを聞いていた袁紹は、眉をつり上げて何か言おうとした。そのとき、曹操が袖を引いてささやいた。「まだそのときではないはず。帝位のことが先決です。こいつらはそのあとで片づけましょう」袁紹もそれでかろうじて怒りを鎮めた。

張譲と趙忠、二人もすでに年をとった。宦は中常侍《ちゅうじょうじ》に至ったが、本来は劉宏《りゅうこう》の後半生もずっとそばにつき、富と権力をほしいままにする算段であった。ところが、劉宏が若死にしたため、何進の前に下僕のごとくぺこぺこと跪く羽目になったのである。とくに趙忠は大長秋《だいちょうしゅう》の職を拝していたので、歩くというよりほとんど這《は》うようにして、やっとのことでみなを嘉徳殿《かとくでん》の前まで案内した。息が切れてあえいでいても、顔を上げて大将軍に報告せねばならない。「大将軍、大行皇帝《たいこう》［皇帝が死んで諡《おくりな》が決まるまでの呼び名］の梓宮《しきゅう》［皇帝の棺］はこちらでございます」

一同が三拝九拝の正式な礼を行うと、小黄門が扉を開けた。

宮殿のなかの様子に、誰もが驚きを禁じえなかった。内部はいたるところに真っ白な帳《とばり》がかけられ、反射するものはすべて覆われ、大行皇帝劉宏は竜を縫い取った真新しい礼服で装いを整えて寝台に眠っていた。棺《かん》と槨《かく》、二重のひつぎも揃えられ、いまは宮殿の隅に安置されている。六つの大きな卓の上には東園の秘器［葬礼に用いる器具で四角い桶の形をし、そのなかに鏡を置く］、金銀の酒器、璋《しょう》・珪《けい》・琮《そう》・環《かん》などの玉器、弓矢と箙《えびら》、鼎《かなえ》・釜・甑《こしき》・杯《つき》、および生前劉宏が気に入っていた品が並べられ、棺を乗せる馬車につける三十丈［約七十メートル］に及ぶ白絹が、盆の上にきちんと畳んで置かれていた。その後ろには副葬する編鐘《へんしょう》や大鐘が整然と並んでいる。表裏とも朱で塗られたひつぎには虡《きょ》［頭は鹿で体は竜という神獣］が描かれ、日、月、鳥、亀、竜、虎、連璧《れんぺき》、偃月《えんげつ》と配された模様も、やはりすべて礼制に適っている。位牌も安置され、香が焚かれ、灯《あか》りもともされている。随侯《ずいこう》の珠《しゅ》、斬蛇《ざんだ》の剣《けん》、天子《てんし》の六璽《りくじ》も供えられ、とりわけ目を引くのは、真ん中で金色に光り輝く伝国《でんこく》の玉璽《ぎょくじ》である。

何進にはそれらがいかに礼に適ったものかわからなかったが、背後に控えていた侍御史《じぎょし》の孔融《こうゆう》は賛嘆を禁じえなかった。「誰が葬礼の用意をしたのだ。すべて礼制に適って見事なものだ」

すかさず張譲が近寄って、嗚咽しながら答えた。「われらは大行皇帝の恩徳に深く感謝しております。ご生前は全身全霊を尽くしてお仕えすることもかないませんでした。ゆえに、差し出がましくもすべて用意させていただいた次第です。大将軍と諸賢には、何とぞご寛恕のほどを」そう言って、とうとう泣き声を上げると、後ろに跪くほかの十常侍も次々に涙を落とした。たしかに悪事の限りを尽くしたが、この様子を目の当たりにしては、誰しも悲しみがこみ上げてくるのを抑えられなかった。

そのとき黄門が報告に来た。太尉《たいい》の馬日磾《ばじつてい》、司徒《しと》の丁宮《ていきゅう》、司空《しくう》の劉弘《りゅうこう》、車騎《しゃき》将軍の何苗《かびょう》らが文武百官を従えて、南宮《なんぐう》の玉堂殿《ぎょくどうでん》にて待っているとのこと、および御府令《ぎょふれい》［宮人の衣服を管理する役職］と内者令《ないしゃれい》［皇宮内の布、日用品などを管理する役職］がすでに白い礼服を配っているとのことだった。

曹操はその黄門をつかまえてすぐに確かめた。「驃騎将軍の董重《とうちょう》殿は来ているのか」

「いいえ、まだでございます」

曹操は何進に目で訴えると、何進もその意を了解した。「すぐに董重を呼べ。一緒に葬儀を執り行うのだ。必ず来させろ」

その様子を見た趙忠は、涙をぬぐいながら嘉徳殿の中央ににじり寄った。そこで大礼をすると、卓の上から伝国の玉璽を手に取り、頭上に掲げながらゆっくりと引き下がった。そうして振り向いて跪くと、それを何進の目の前に捧げた。「国は一日とて主君なかるべからず。大将軍、どうか速やかに新たなる皇帝の即位をお進めください」

「おお、わしの甥っ子だな」

目に余る何進の無作法な物言いに、さすがに一同も呆気にとられた。皇帝はすなわち天帝の子である。その父を呼ぶにも「上皇《じょうこう》」と称さねばならない。それを伯父や甥などと軽々しく呼んで許されるわけがない。誰もいないところならまだしも、ここは大行皇帝の霊前である。ただ、何進の無知はいまや知らぬ者はいないので、いまさら誰もその点を問題にしなかった。十常侍の段珪《だんけい》と畢嵐《ひつらん》が、新たなる皇帝を迎えるために何進に侍って退出すると、諸人は次々と退き南宮へと着替えに向かった。

曹操も続いて出ようとしたところ、誰かに袖を引かれた。振り返って見れば、曹純である。曹純は嘉徳殿の西側にある人影まばらな場所に曹操を連れて行った。そこには巻かれたむしろが放置されていた。

「蹇碩です」

曹操は一つ大きく息を吸い込むと、意を決してそのむしろをめくってみた。すると、真っ白な喪服が目に飛び込んできた。冠ではなく、白の頭巾で髪を覆い、胸と腹にある傷からは血が流れ、白の喪服をそこだけ真っ赤に染めていた。傲岸不遜《ごうがんふそん》な顔に血の気はなく、口角もだらしなく垂れ、鋭い目は開いたまま高々と蒼天《そうてん》を睨みつけていた。

「俺にこれを見せてどうするつもりだ」曹操は遺骸から目をそらすように、視線を曹純に向けた。

曹純は憐れみを覚えていた。「張譲たちの話はでたらめで、葬礼の準備はすべて蹇碩が自ら取り揃えたのです。喪服まで着て……蹇碩こそまことの忠臣ではございませんか」

曹操は曹純をあざ笑った。「だからどうした！　こやつが死なねば、こちらが死んでいたのだ」

曹純は丁寧に蹇碩の瞼を閉じ、嘆くようにつぶやいた。「実は、陛下が本当に継がせようとしたのは……」

「黙れ」曹操は最後まで言わせなかった。「昨日、お前は話を作ってごまかしたが、あれはなんだ。みな心のなかではすべてお見通しだ。こんなこと、別に珍しくもなんともない。余計なことを考えるな。さあ行くぞ」

曹操が曹純を連れてその場を離れようとしたところ、物陰から十常侍らの話し声が漏れ聞こえてきた。「蹇碩は国賊だ。首を切り取って大将軍に献上せねばな。さっさと下僕にやらせてしまえ」いましがた曹純に強く言い聞かせたばかりの曹操であったが、やはり、その姿を目に焼きつけておこうと振り返った。最後にひと目、忠臣の姿を……

中平《ちゅうへい》六年（西暦一八九年）三月、漢の皇帝劉宏が崩御した。享年三十四歳、在位二十一年である。この二十一年のあいだ、はじめは王甫《おうほ》が政権を牛耳って国を乱した。なかほどには十常侍が力をつけて民百姓を食い物にした。そして最後には黄巾の乱が起こった。民は疲弊し、忠良の士は害され、奸《かん》佞《ねい》の者が官について、権力を笠に着た者がのさばった。劉宏は「霊《れい》」と諡《おくりな》された。漢の霊帝——先祖の「霊」のご加護により、大いに乱れるも国を失わずに済んだということである。

何皇后の子である史侯劉弁が帝位を継いだ。ときに十七歳。年号は光熹《こうき》と改められた。それに合わせて何皇后は皇太后に、皇帝の弟にあたる「董侯《とうこう》」の劉協は勃海王《ぼっかいおう》に封じられた。皇太后も政務に加わり、袁隗《えんかい》が太傅《たいふ》に昇任、大将軍何進とともに録尚書事《ろくしょうしょじ》を兼ねた。

第十四章　霊《れい》帝劉宏《りゅうこう》の亡きあと

旧情を断つ

皇帝の葬礼ほど煩瑣《はんさ》なものはない。文武百官のなすべきこと、そのすべてに作法が定められている。太尉《たいい》は諡《おくりな》を奉って冊書《さくしょ》を読み上げる。司徒《しと》は葬礼を率先して執り行う。司空《しくう》と将作大匠《しょうさくたいしょう》は器物を管理し、太常《たいじょう》は哭《こく》するように伝える。宗正《そうせい》は諸侯王をもてなし、大鴻臚《だいこうろ》は九賓《きゅうひん》［諸侯王、侯爵などの客人］を迎える。太僕《たいぼく》は梓宮《しきゅう》［皇帝の棺］を載せる車の製造を監督し、大司農《だいしのう》は葬礼の費用を管理する。光《こう》禄勲《ろくくん》と衛尉《えいい》は梓宮を警護する……こうしてほとんどすべての官が、息つく暇もないほどに難儀するのである。

朝廷の重臣は言うに及ばず、各地の諸侯王も千里の道のりをはるばる来て葬礼に参列せねばならない。甚だしきに至っては、洛陽《らくよう》城内の庶民までが、三か月のあいだ白い服を着ることを求められる。

都の官は官位の等級を問わず、五日に一度参集して臨《りん》［棺の前で哭する］の儀礼を行う。皇太后と皇帝劉弁《りゅうべん》、さらに勃海王《ぼっかいおう》の劉協《りゅうきょう》も、霊前で哭して弔問客に謝意を示さねばならない。五日ごとの儀礼を続けること三か月、いよいよ漢の霊帝劉宏《れいていりゅうこう》を邙山《ぼうざん》の文陵《ぶんりょう》に葬るというとき、太常がまた泣き声を上げるように伝えた。王侯貴族から文武の官まで、とうに涙は出つくしていたから、この際はみな顔を覆いながら嗄《か》れた泣き声を思い切り上げるしかなかった。

棺を埋葬したあくる日、青天の霹靂とはよく言ったもので、朝廷内で耳を疑うような事件が起きた。大《だい》将軍の何進《かしん》と車騎《しゃき》将軍の何苗《かびょう》が、三公《さんこう》と連名で上奏文を出したのである。曰《いわ》く、「董《とう》太后はもとの中常侍《ちゅうじょうじ》の夏惲《かうん》と永楽太僕《えいらくたいぼく》（皇太后の車駕を司る役職）の封諝《ほうしょ》らを使って州郡と通じさせ、役人から珍宝、賂《まいない》を受け取り、それをことごとく西省《せいしょう》（永楽宮の管理部署）に収めた。諸侯王の妃の故事に倣《なら》えば、都にとどめ置くことはできず。乗り物と衣服、および食事はこれまでどおりとするも、董太后を本国へと送り返すことを請う」と。董太后の一生は実に波瀾万丈であった。もとは解犢亭侯《かいとくていこう》劉萇《りゅうちょう》の妻で、きわめて平凡な諸侯王の妃であったが、夫を早くに失ってからは、一人息子の劉宏と母子二人で暮らす日々を送っていた。

その後、桓《かん》帝の崩御にともない、外戚の竇《とう》家が劉宏を次の皇帝に選び出したため、母子は涙を呑んで別れるに至る。二度と会うことはかなうまいとあきらめていたところ、案に相違して、王甫《おうほ》と曹節《そうせつ》という二人の宦官が竇氏を打倒した。この降って湧いた幸運により、董氏は名分を欠きつつも、洛陽に入って皇太后となったのである。権威を振りかざして官職を売りに出し、その金をことごとく散財して忠良をぞんざいに扱う、息子劉宏の暴政の裏には、必ずこの皇太后の影があった。老後は息子が面倒を見てくれると安心していたのに、まさか息子に先立たれるとは夢想だにしていなかった。董氏は自分の無策を恨みもした。息子が旅立つ前に長子を廃させるべきであったのに、それを強く勧めなかったため、蹇碩《けんせき》は誅殺され、遺詔ももみ消され、劉弁がそのまま帝位についてしまった。何家が正当な外戚になると、董太后はまな板の上の鯉に過ぎない。そうして、寵愛を注いでいた孫とも泣く泣く別れ、二十年近くも離れていた河間《かかん》の旧宅にまた戻ることとなったのである。

董氏の馬車が洛陽を出ると、何進はすぐに袁紹《えんしょう》や曹操を遣わして、驃騎《ひょうき》将軍董重《とうちょう》の屋敷を取り囲んだ。根が枯れては芽も伸びず、董重は事態を把握すると、自ら毒酒を呷《あお》って命を絶った。その三日後、董氏も河間へと帰る道中で突然息絶えたという。そして勃海王に封じられていた劉協は、陳留王《ちんりゅうおう》に遷された。一説には、董氏は車騎将軍何苗の手の者によって毒殺されたという。

ここに至って、何家の執政を邪魔する存在は一掃された。

偶然か、それとも暗愚な劉宏が恨みを買っていたため、天下に反乱が打ち続いていただけなのか、劉宏の生前は毎日どこかで乱が起きていたが、その死後はすっかり鳴りを潜めた。

涼州《りょう》の匪賊の首領王国《おうこく》は、皇甫嵩《こうほすう》に連戦連敗を喫し、挙げ句に内輪もめを起こして、麾下《きか》の韓遂《かんすい》と馬騰《ばとう》に殺された。韓遂と馬騰の二人は漢陽《かんよう》の名士閻忠《えんちゅう》を首領に据えようとしたが、閻忠はそれを聞き入れず、憂憤《ゆうふん》のうちに死んだ。その後は韓遂と馬騰も仲違《たが》いし、戦っては互いに勢力を弱め合うばかりで、関中《かんちゅう》［函谷関《かんこくかん》以西で、渭水《いすい》盆地一帯］に乗り込むどころではなく、亀のように西涼《せいりょう》に引きこもってしまった。

西南方面では、益《えき》州刺史《しし》の郤倹《げきけん》が黄巾《こうきん》賊の手にかかって死んだ。しかし、当地の州従事《しゅうじじゅうじ》である賈竜《かりゅう》と犍為《けんい》郡太守《たいしゅ》の任岐《じんき》が義兵を募って黄巾賊に対抗し、数か月に及ぶ戦《いくさ》ののち、ついに黄巾の首領馬相《ばしょう》を討ち取った。朝廷が新たに益州の州牧《しゅうぼく》として派遣した劉焉《りゅうえん》は、綿竹《めんちく》［四川省中部］に軍を進め、早々に蜀《しょく》郡などに巣食う黄巾の残党を殲滅した。

東北方面では、張純《ちょうじゅん》と張挙《ちょうきょ》が烏丸《うがん》と手を結んで蜂起したが、これもしだいに勢いを失っていった。

幽《ゆう》州刺史の劉虞《りゅうぐ》と騎都尉《きとい》の公孫瓚《こうそんさん》とのあいだで作戦についで衝突はあったものの、いくたびかの言い争いののちに、柔の者と剛の者とで手を組み直した。公孫瓚は武力でもって張純を大いに打ち破り、劉虞がその首級を求めると、張挙も完全に追い込まれたと見て首を吊《つ》った。こうして幽州の戦乱もひとまずは落ち着きを見せた。劉虞は州牧へと昇進、さらに太尉となり、公孫瓚も降虜校尉《こうりょこうい》の官を与えられ、長史《ちょうし》［次官］を兼ねた。

河内《かだい》方面からも、同じように勝ち戦の報告が届けられた。朱儁《しゅしゅん》は河東《かとう》で募った雑兵《ぞうひょう》だけで、司隷《しれい》に侵攻した黒山《こくざん》の賊軍をきりきり舞いにさせた。黒山の賊軍は旗色が悪くなると士気も下がり、最後には山林へと撤退し、一方で朝廷に人を遣って官位を求めた。朝廷がそれを受け入れて首領に官位を与えると、それ以降、反乱を起こすことはなくなった。

青《せい》州と徐《じょ》州の地を占めた黄巾賊の主力は二十万以上の多勢を誇ったが、やはり確たる目的を持たない烏合の衆であった。袁紹が一度これを追い散らして都に帰ったあとも、徐州刺史の陶謙《とうけん》や東海《とうかい》国の相《しょう》である薛衍《せつえん》が、繰り返し攻めて打ち破った。さらに、沿海部では騎都尉の臧覇《ぞうは》が、呉敦《ごとん》や尹礼《いんれい》といった当地の荒くれ者を集めて兵を挙げ、数日のうちに、山あいや沿海を逃げ惑う黄巾の残党をすっかり攻め滅ぼした。

幷《へい》州の反乱鎮圧では、丁原《ていげん》が活躍した。匈奴の軍は勝ち目がないと判断して北方へと引き返し、須《しゅ》卜骨都侯《ほくこつとこう》を勝手に単于《ぜんう》として擁立した。休屠各《きゅうとかく》［匈奴の一部族］はよりひどい目に遭った。いくたびかの戦を経て、前《ぜん》将軍の董卓《とうたく》に兵の大半を奪われ、残った者も北方の辺地に逃げ帰り、再び遊牧の生活を送るしかなかった。白波《はくは》の賊軍では、首領の郭太《かくたい》が戦死すると、配下の韓暹《かんせん》や李楽《りらく》、胡才《こさい》などには立て直せず、やはり白波谷《はくはこく》［山西省南部］に逃げ戻り固く守るのみであった。こうして、并州の乱もほとんど鎮圧された。

いずれの地も勝利をもって乱が鎮められ、各地の戦火は急速に収まっていった。武器は倉庫にしまわれ、馬は山に放牧に出され、まるで新皇帝の即位に合わせて天下太平が訪れたかのようであった。終わりの見えない戦はもうない。反乱鎮圧の責を負っていた西園《せいえん》八校尉の軍営も無用のものとなり、朝廷は逐次軍を減らして、当初の三分の一にまで縮小した。

曹操は典軍校尉《てんぐんこうい》である。これまでは上官に蹇碩がいて、いかなる目的であっても、少なくとも戦に関わる議論があった。しかし、いまや蹇碩は死に、戦も行われず、都の守備には北軍《ほくぐん》［都を防衛する五営《ごえい》］がいる。曹操の抱える雑兵などすでに何の意味もなく、軍の縮小に従って配下の兵もしだいに少なくなっていった。とりわけ劉宏が生前に編制した西園騎《せいえんき》［西園の騎兵隊］が解散を命じられたあと、帝室の庭園が軍の使用に供されることはなくなり、諸校尉は会合をもつ衙門《がもん》［役所］にさえ困るありさまであった。

この現状に、曹操らも兵馬を調練する気が起きず、すべて司馬《しば》に丸投げして、自らは大将軍の掾属《えんぞく》［補佐官］さながらに、大将軍府で暇を持て余していた。

何進は外戚、国舅《こっきゅう》としてはまずまずであった。人柄は温厚かつ善良で、何より義理堅い。ただ、大将軍としては及第とはいかなかった。政《まつりごと》については何の考えもなく、上奏された文書の文字さえまったく読めないのである。幸い大将軍府には支えてくれる者が多かった。長史の王謙《おうけん》は機密をよく司り、蒯越《かいえつ》は人事に長け、各部署の掾属もそれぞれの務めをよくこなした。大将軍府はさしずめ小さな朝廷といった体《てい》である。何進は日々機密の文書に署名するだけで、そのほかの時間は袁紹や曹操など、暇を持て余した者らとのんびり国事を語りあっていればよかったのである。

大局は安定したとはいえ、袁紹や何顒《かぎょう》らには、まだ一つ心残りがあった。それは党錮《とうこ》の禁《きん》に加担していた張譲《ちょうじょう》と趙忠《ちょうちゅう》、および二人を中心とする十二人の中常侍の存在である。何太后が政務に関わるようになってから、わずかに夏惲と封諝が処罰されただけで、残る十人は罪に問われるどころか、張譲らは皇帝を守った功で、功臣として認められたのである。

霊帝の葬礼が終わってから、袁紹は事あるごとに十常侍《じゅうじょうじ》を誅殺するよう、何進の耳元でささやいたが、何進はぐずぐずとためらって、決断を下せずにいた。同じような光景を曹操は幾度となく見てきたが、いままた目の前で繰り返されていた。

「大将軍、宦官どもの件、まだ決断がつきませせぬか。十常侍はお国と民とに長らく多大な害を及ぼしてまいりました。いまは先帝の悪弊を一掃し、広く賢才を求めて官に登用するときです。もしこの国を蝕《むしば》む悪党を除かなければ、士人《しじん》の心は安んぜず、民の恨みを晴らすこともかないませんぞ」袁紹はしつこいほど何進に説いていた。

しかし、何進は冴えない表情をしている。「なあ本初《ほんしょ》、もう言ったではないか、その件は皇太后の同意を得ねばならん。ただ、あれが首を縦に振らんのだ。それに、わしとしても、いまいち気が進まん」

「なぜですか」眉をしかめて袁紹が尋ねた。

「思えばこの何進、もとは一介の肉屋に過ぎん。張譲らがわしの妹を引き立ててくれたからこそ、いまのこの地位がある。そうでなければ、わしはいまでも南陽《なんよう》の市場で包丁を研いでいただろうよ」何進の無邪気な表情には、どこか可愛らしさすら残る。「官はわしのほうが上だが、そなたはわしほど苦労しておらんだろう。そなたは有爵者の家柄、わしは肉屋、それはもう比べようもない。それに、一度恩を受ければ断りがたいともいう。いまでも返せぬ恩を蒙っているのに、手のひらを返してこれを討つなど、さすがに道理が通らんのではないか」心から漏れ出た何進の本音に、口の立つ袁紹も言葉を失った。

曹操と王謙、それに蒯越はしばし笑いを嚙み殺していたが、王謙が二人に割って入った。「その件はしばらく措《お》いておきましょう。それよりも、匈奴の於夫羅《おふら》単于が援軍を請うていること、および董卓が并州と涼州で大軍を擁して権勢を拡大していること、この二件こそ、至急評議して速《すみ》やかに解決すべき問題です」

曹操も口を開いた。「そのとおりです。この二件は別に見えて、実は根を同じくしています。本来なら於夫羅が単于を継承すべきところ、いま匈奴の反乱軍は偽の単于を立て、しかも単于庭《ぜんうてい》［匈奴の本拠地］と牧草地を占領しています。於夫羅は完全に落ち着きを失い、ここのところは大鴻臚さえ手がつけられぬ様子。毎日、袁術《えんじゅつ》と鮑韜《ほうとう》がその憂さ晴らしの狩りに同行しています」何進は頭をかきながら答えた。「では、向こうへ戻らせず、ここに住まわせてやればいいではないか」

曹操は何進の言葉に驚いた。「それはいけません。匈奴はわが大漢の属国、捨てておくわけにはまいりません。それに、こたびの匈奴の反乱は、そもそもわれらのために烏丸を攻めたことが原因です。こちらが危地に陥れておいてそれを見放せば、堂々たるこの大漢の面目は丸つぶれでしょう」

「孟徳《もうとく》の言はしごく道理に適っています」王謙が話を引き取った。「ただ、まずは董卓の問題を解決すべきです。何日か前、涼州から皇甫嵩の上奏が届きました。曰く、董卓は大軍を抱えて武威を示し、なお命知らずな者たちを募っているとのこと。この邪魔者こそ、まずは取り除かねばなりますまい」

そう話すと、王謙はわざとらしく袁紹に目を向けた。

二十数年前、董卓はまだ涼州刺史の配下の従事に過ぎなかった。それを司空の袁隗《えんかい》が門下賊曹《もんかぞくそう》として辟召《へきしょう》したことで頭角を現わしたのである。つまり、董卓も袁家の故吏《こり》［昔の属官］と言えなくもない。袁紹は先の何進とのやり取りでふてくされていたが、王謙が自分を当てこすったことに気がつくと、即座に言い返した。「除くなら除けばいい。どうせ親戚や友人でもあるまいし」

一方、曹操は皇甫嵩にいささか失望を感じていた。「皇甫殿はどうしたのだ。いつもの皇甫殿なら、董卓が勢力を蓄えているのを知れば自ら手を打つはずだ。まず、やつの兵権を取り上げるか、あるいは機を窺って捕らえるか。董卓はすでに一度詔《みことのり》に背いているのだ。やつの専横な振る舞いはもはや十分に明らか。それなのに皇甫殿ともあろうお方が、上奏文をよこしたからといって何になる」

「何もわかってないな。それは皇甫殿が朝廷を恐れているのだ」袁紹が曹操に冷たい目を向けた。「もとは忠義の心を燃やして朝廷のために戦っていたというのに、趙忠の讒言《ざんげん》にあったせいで左車騎《さしゃき》将軍の号は剝奪され、封邑《ほうゆう》まで削られたのだ。あやうく投獄までされそうになったのだぞ。そんな目に遭わされて、このうえどうして上奏前に勝手な行動がとれよう。畢竟《ひっきょう》これも十常侍のまいた種、国を誤る宦者《かんじゃ》どもを捕らえねば、何も解決せんわ」

袁紹がまた話題をもとに戻してきたので曹操はおかしみを覚えたが、袁紹の言うことを認めるでもなく、ただ答えた。「誰の過ちであろうと、いまこそ除かねば。大将軍からいま一度董卓を呼び戻す詔書を送ってもらい……」

「やつは戻らん。朝廷には十常侍という佞臣《ねいしん》がはびこり……」袁紹はそこでちょっと言葉を途切らせると、煮え切らない態度で続けた。「やつからすれば、皇帝ははるか遠く高い山々に遮られている。望んで帰ってくることなどあるものか」

王謙も、今日の袁紹はわざと問題を混ぜ返しているように感じていたので、袁紹に向き直ってやや強めに言った。「戻らずともかまわんではないか。やつに刺史でも州牧でもやって、兵を皇甫嵩の指揮下に入れればいい。それに、やつには董旻《とうびん》とかいう弟がいただろう。官職を餌にその弟を都に呼び寄せ、やつの親族を握っておくのも手だ」

袁紹は王謙に何も言い返そうとはせず、ただ何進に対して懇《ねんご》ろに言い含めた。「大将軍、宦官誅殺の件は、もう一度皇太后さまとよくご相談ください。これは百官のためだけに申し上げるのではありません。むしろ大将軍と皇太后さまのためなのです。かつての大将軍鄧騭《とうしつ》と竇武《とうぶ》は政を輔佐しました。いずれも忠義の外戚でしたが、最後は宦官に殺されています。この憎っくき宦者どもを根絶やしにしない限り、永遠に朝政を邪魔する存在としてはびこるでしょう。それはすなわち、大将軍のご一族にとってもゆゆしき問題」

いくら何進が無学とはいえ、命に関わるとなれば話は別である。一介の民から何とか今日の地位まで昇ってきたのに、わけもわからぬうちに殺されてしまうのでは浮かばれない。何進は大きな頭を傾《かし》げてひとしきり考えた。「うむ、それは手を打たねばな。妹に持ちかけてみるか」

何進がどうすればいいのかと頭をひねる姿が、曹操にはたまらなくおかしかった。袁本初も大げさに言いすぎではないか、かりにも大将軍さまをこんなにも困らせて……

ちょうどそんなやり取りをしているところへ、今度は蒯越とともに劉表《りゅうひょう》が満面の笑みをたたえて姿を現した。「大将軍、おめでとうございます。いや、実にめでたい」何進はさっぱりわけがわからない。

「なんぞいいことでもあったのか」

劉表はあまりのうれしさに、口元が緩むのをこらえられないようだ。「かの隠者の鄭玄《じょうげん》さまが詔を奉じて出仕なされます。もうすでに都亭《とてい》駅［洛陽城外約四キロメートルにある宿駅］に着いたとのことです」その場にいる誰もが顔を見合わせて喜んだ。これはたしかに吉報である。

鄭玄、荀爽《じゅんそう》、陳寔《ちんしょく》は、野に隠れた三大賢者である。三公の位が空くたびに、まるでそれが一つの習わしであるかのごとく、朝廷は三人に出仕の詔を発してきた。ただ、隠遁を決め込む三人が応えることは、ついぞなかった。いま、蹇碩はすでに誅され、新しい皇帝が即位した。これを機に、何進は士人らの提案を受けて、かつて禁錮《きんこ》［官職追放、出仕禁止］に遭った名高い老臣に次々と詔を送っていた。しかし、そのほとんどは戻って再び官につくことを望まなかった。さらには、高齢の陳寔が逝去したため、何進は賢人を朝廷に迎えて花を添えねばとの思いを強くし、鄭玄と荀爽に詔を発していた。あるいはその努力が実ったのか、ついに鄭玄を動かしたのである。

本来なら手放しで喜ぶべきところ、何進だけが取り乱していた。一介の肉屋から成り上がった何進は、鄭玄のような大物をどんな儀礼で迎え、もてなすべきか、皆目見当がつかなかったからである。王謙は落ち着きを失った何進を見て、すぐに提案した。「大将軍、慌てずともかまいません。これから出迎えの準備をしてもおそらく間に合いませんから、平服のままでも都亭へ行って鄭玄さまにお会いすれば、それでよろしいでしょう」そう言って、一同のほうに向き直った。「鄭康成《こうせい》さまもかなりなお年のはず。今日は大将軍お一人を除いて、ほかの者は拝謁に向かわぬよう。われわれは明日、平陽《へいよう》城外で整列してお迎えしようではないか。出廬《しゅつろ》していただけるなら、これから学問について教えを請う機会はいくらでもあろう」

曹操らも揃《そろ》って首を縦に振り賛意を示した。鄭玄といえば『易経《えききょう》』、『春秋《しゅんじゅう》』、『礼記《らいき》』、『詩経《しきょう》』、そのいずれにも精通した経学《けいがく》の泰斗である。その賢人から明日には直接教えを請うことができるという。おそらく今夜は興奮して誰もろくに寝つけないであろう。みな公務もそこそこに、口々に何進に礼儀に関する注意を与えると、家に帰って明日の経学の論議に向けて念入りに準備した。

そしてあくる日、曹操は朝早くに目を覚ますと、真っさらの深衣《しんい》［上流階級の衣服］を軽く払うと、髪を何度も梳《くしけず》り、髭も繰り返し整えた。大賢人に会おうというのであるから、装いを整えるにも自然と力が入った。長らく鏡を覗き込んで、すべて完璧であるのを確認し、いざ出かけようとしたところ、父の曹嵩《そうすう》が杖をつきながら目の前に現れた。「阿瞞《あまん》、今度は何だ」霊帝の葬礼でさんざん難儀したため、曹嵩はまた腰を悪くしていた。

曹操は手を添えて引き入れると、父に笑いかけた。「鄭康成をお迎えに上がるのです。……が、わたしももうこの歳です。『阿瞞』はそろそろやめにしませんか」

「この歳じゃと。たとえ大将軍になろうとも、お前がわしの息子であることに変わりはない」曹嵩は少しよろけながら腰を下ろした。「なんでも、何進の周りで董卓に叛意ありと上奏するやつが多いそうじゃが、お前もその一人か」

曹操はとにかくすぐに出かけたかったので、おざなりに答えた。「朱儁殿が大将軍に仰っているんです」

「朱儁らの言うことなど聞かんでよい。董卓は謀反などせぬ」

「えっ、なぜわかるんですか」曹操が訝《いぶか》ると、曹嵩は杖をいじりながら答えた。

「董卓はもう五十を過ぎておろう。それに子もおらん。いったい誰のために謀反するというのだ」

「ふふっ」曹操には、父の言い分はかなりこじつけに感じられた。

「何を笑うておる。董仲穎《ちゅうえい》もかつての段紀明《だんきめい》［段熲《だんけい》］と同じ、質《たち》の悪い老兵よ。どちらも西涼の武人の出じゃ。清流士大夫のお眼鏡にはかなわん。やつらの頭にあるのは地位と富を得て一目置かれることだけじゃ。馬騰や韓遂、王国など、みなたかが二、三千の手勢で旗を揚げよるのは、もうこれはそういう土地柄なんじゃよ」

「それは偏見ではないのですか」

「偏見などではない」曹嵩は白髪交じりの髭をなでつけた。「かつて光武《こうぶ》帝は武力で天下を平定した。その当時、西涼に割拠していた隗囂《かいごう》はまさに首鼠両端《しゅそりょうたん》、こちらでは光武帝に臣従し、あちらでは白《はく》帝公孫述《こうそんじゅつ》と気脈を通じていた。最後は光武帝に滅ぼされたわけじゃが、そのときから涼州の民は内地に移り住むことを許されなくなった。かの地の横暴な気風は根が深いのじゃ」

曹操はしばし俯《うつむ》いて考え込んだ。「では、董卓のやつは……」

「董卓のことなんぞ、どうでもええ」曹嵩は眉をしかめた。「気にすべきを気にかけず、余計なことに心を砕きおる……わしはな、致仕《ちし》することにした」

「そうですか……ええっ」曹操は思わず聞き返した。「致仕してどうするというのです」

「お前のそのなんたら校尉で秩《ちつ》二千石《せき》、わしの諫議大夫《かんぎたいふ》はたった六百じゃ。息子に俸給で負けていては格好がつかん。だからもうやめじゃ」

曹操の気持ちはすでに外出するどころではなくなっていた。父が落ち込んでいるのでないかと思い、慌てて慰めの言葉をかけた。「父上、ご冗談を。わけもなく官を辞めるだなんて。馬日磾《ばじつてい》さまよりまだずいぶん若いじゃないですか。それにご存じでしょうが、諫議大夫は声望を有する者にしか務まりません。楊賜《ようし》や劉陶《りゅうとう》も一線を引いてからついたはず。これこそ名誉な官職でありましょう。しかも一度は三公の太尉まで務めたのです。さらに名望が高まれば、いずれ再任もされましょう。いや、それどころか次に欠が出たとき、すぐにお呼びがかかるかもしれません」

「そんな慰めは無用じゃて」曹嵩は少し口を尖らせた。「先帝によって追いやられた者が戻ってきた。黄琬《こうえん》は豫州牧《よしゅうぼく》に昇格し、趙謨《ちょうぼ》は衛尉卿についた。朱儁は都に戻り、王允《おういん》も無罪放免。そのうえお前らまで毎日何進のところに集まって士人らを招き寄せている。荀爽や申屠蟠《しんとはん》、張倹《ちょうけん》といった老いぼれにまで出仕を頼んでいるとか。そして今度は鄭玄じゃ。こうして見れば、わしが割り込む余地などなかろう。金輪際、三公に返り咲こうなどとは思わん」

曹嵩の言うことはもっともであり、これには曹操もうなずかざるをえなかった。「父上、それはたしかにそのとおりで、これまでのことは一掃されました。いまの朝廷では、若くて才能に溢《あふ》れた者や声望のある者を登用しています。官職を売りに出すことも二度と行われないでしょう」

ところが、曹嵩は冷やかに笑いながら反駁した。「何が若くて才能に溢れるだ。わしにはやつらのどこが優れているのか、とんと見当がつかんがの。孔融《こうゆう》のような傲岸不遜《ごうがんふそん》な輩が侍御史《じぎょし》になり、鄭泰《ていたい》が尚書郎《しょうしょろう》［文書起草官］、周毖《しゅうひ》なんぞまで侍中《じちゅう》につきおった。一番腹に据えかねるのは、北軍中侯《ほくぐんちゅうこう》になった劉表や、執金吾《しつきんご》になった胡母班《こぼはん》、それに郡守《ぐんしゅ》として地方に出た孔伷《こうちゅう》や袁遺《えんい》じゃ。やつらに軍が動かせるのか。せいぜい座して清談にふけるのが関の山、肝心なときには何の役にも立たんわい」

曹嵩に名指しされた面々がたいした経験もないことは、曹操としても認めざるをえない。さりとて、大将軍を助けていささか功があり、それぞれ地元で声望のある名士でもある。何進も大将軍として箔《はく》をつける必要があり、さらには袁紹や何顒が手引きした者なので、彼らを登用せねばならないのである。

曹嵩は息子がぼんやりと聞いているのを見て続けた。「孟徳や、聖人のいう『和光同塵《わこうどうじん》』に徹するのじゃや。ありていに言えば、天子が交替すれば朝臣も替わる。ただ、己の仕える天子に忠を尽くすだけで、余計なことを考える必要はない。お前の親父はこんなだが、理非曲直はわきまえているつもりじゃ。それに、ああでもしなければうまくいかんかった。先帝の御代は金次第じゃったが、いまは出自によるということ。わしにとって前途は糞詰まりじゃ。このまま官にしがみついてどうする。おとといい樊陵《はんりょう》と許相《きょしょう》のところへ行ってな、一緒に官を辞めんかと話しに行ったんじゃ。しかし、二人ともその気はないという。ふん、いまは人さまが顔を立ててくれているからいい。わしなどは、まだ顔の立つうちに身を退くべきだと思うがの。そっぽを向かれてから辞めたって、それは手遅れというものじゃ。いい年をして、こんなこともわからんとはな……」

そうだ、父も今日まであがき続けてここまで来たのだ。かつて宦官が権勢を振るったとき、父もまた勢いを得た。宦官の落ちぶれたいま、父は飼い葉の切れた老馬に等しい。天子が交替すれば朝臣も入れ替わる。先帝のように正道から外れた君主が立ったゆえ、父のように処世に長けた臣下が居場所を得たのだ。いまや自分も独り立ちしはじめた。もう父が手を貸してくれることもない……曹操は俯いて黙り込んだ。

曹嵩は、そんな息子の心中を察したかのように、ふふっと笑って付け足した。「孟徳、わしを見くびるなよ。ただ、これからはせいぜい孝行せねばならんぞ。わしがさっさと官を辞めるのは、お前のためでもあるんじゃからな」

「えっ」曹操は呆気にとられた。

「とぼけるな。ここのところ、何進のもとで何を企んでおる」

「いえ、とくに何も……」

「しらを切るつもりか。十常侍を除くんじゃないのか」

「ど、どうしてそれを」曹操はますます混乱した。

「ふんっ」曹嵩は気色ばんで続けた。「張譲が城の東にある家を売り払ったそうだ。その金がどこへ流れたかわかるか」

「いえ」

「車騎将軍のところじゃ」

「何苗？」

「そうじゃ。張譲は金をかき集めて、保身のためにすべてを何苗に差し出した。何家に許しを乞うためにな。趙忠と段珪《だんけい》も家財を売ってあちこちに頼み込んでおる。やつらとは古い付き合いじゃからな。もしやつらがここへ付け届けに来て、わしからお前に口添えするように言ってきたら、わしはどうすればいい。はねつければ冷たいやつと罵られ、かといって受け入れたらお前に迷惑をかけることになる」そこで曹嵩は一つため息をついた。「だから、わしはすぐにでも官界から身を退く。さすればわしは何の役にも立たんし、やつらもわしを訪ねては来るまい」

「父上、このわたしのために……」曹操は父の手をぎゅっと握り締めたが、言うべき言葉が見つからなかった。

「なあ阿瞞、わしはもう旧情を断ち切った。今後はいかなる宦官とも何の関係もない。誅するべき者に対しては、誰であろうと思い切りやるがいい。そしてもし清流の名士らとより懇意になれたら、将来はお前も清流の仲間入りじゃ……前途は明るいのう」

「父上、ありがとうございます……」何と言えばいいのか、曹操はまた言葉を失った。

「ただな、一つ言っておかねばならんことがある。何進はやはり見込みがない。まだ何もしておらんのに、現にこうして機密が漏れておる。先々、やつがためらうようなら、お前らがどんどん事を進めていかねばならん。何ごとも遅滞は好ましくないぞ。延び延びになって時機を逸しては、かえって禍《わざわい》の種となる」

耳を傾けるべき教えではあるが、しかし曹操の胸中には、何か言い表しようのない不安が頭をもたげてきたのだった。

曹操はぼんやりと突っ立ったまま、こつこつと杖をついて離れていく父の後ろ姿を見送った。しばらくしてようやく今日の大切な用事を思い出すと、慌てて小走りで門を駆け出た。そして馬車に乗り込もうとしたところ、今度は大きな馬に跨がった崔鈞《さいきん》がやって来た。

曹操は訝しげに尋ねた。「元平《げんぺい》殿、まさか馬で鄭康成さまに会いに行くつもりですか。その立派な深衣が皺《しわ》だらけになるのでは」

「ああ……」崔鈞は答える前からため息をついた。「会えんぞ。あの方はもう行ってしまわれた」

「もう行った?」曹操は馬車にかけていた片足を下ろした。「どういうことですか」崔鈞はかぶりを振りながら苦笑いを浮かべて答えた。「もともと乗り気ではなかったところを、現地の役人が何進に気に入られようとして、無理に引っ張ってきたそうだ。昨日、何進殿が顔を合わせに都亭へ行ったときも、布衣《ふい》を着たままで、ちょっとお辞儀をしただけらしい。何進殿が帰ると、夜を待ってこっそり帰られたそうだ。事情を説明するために郗慮《ちりょ》という門人を一人だけ残してな」

泣くに泣けず笑うに笑えずとはこのことである。「そうと知っていたら、昨日のうちに駆けつけて集まっておくべきでした。賢人を前にしてむざむざ好機を逸するとは、残念至極」曹操は嘆息した。

「しかし、おかしいと思わんか」崔鈞はまじめな顔で切り出した。「鄭玄や荀爽だけでなく、党錮の禁に遭った名士の張倹や申屠蟠まで詔を断ったのだぞ。今朝から考えていたのだがな、やはり宦官を除くという昨日の袁紹の話、あれはそのとおりかもしれん。宦官を除かぬ限り、有徳の士が朝命を受けて戻ってくることはあるまい。それが長引けば、結局はお国の損失になる……」

曹操もうなずいた。いまや父も宦官とは完全に手を切った。何進や袁紹とともに宦官を一網打尽にしても差し支えはない。

一礼のみで去った鄭玄だが、門人の郗慮を説明のために残した以上、礼儀としては行き届いている。何進としてもあきらめるほかなく、結局は郗慮を郎官《ろうかん》［宮中を守衛する役職］に任命しただけで終わった。

また、太傅《たいふ》の袁隗と尚書《しょうしょ》の画策により、幷州刺史の丁原を武猛都尉《ぶもうとい》として都に召し、前将軍の董卓を幷州牧に任じて外に出したうえで、その軍隊を皇甫嵩に引き渡す旨の詔書が、朝廷から送られた。しかし、これには予想だにしない答えが返ってきた。なんと董卓が再び詔を断ってきたのである。曰く、「臣には智謀も功績もありませんが、過分なる恩寵を蒙り、軍を指揮して十年になります。将兵は老いも若きもすっかり親しみ、臣に養われた恩義を感じて、区々《くく》たるその命を臣に捧げ戦ってくれています。どうかこの兵を率いて北方の州郡に行き、辺境にて力を発揮したいと思います」と。この質《たち》の悪い古狸がこのような上表をよこしてきた一方で、弟の董旻は喜び勇んで洛陽に入り、すぐに昇進して奉車都尉《ほうしゃとい》に任じられた。

角《つの》を矯《た》めて牛を殺す

何日か過ぎたころ、何進《かしん》は改まって丁重に袁紹《えんしょう》や曹操、何顒《かぎょう》らを大《だい》将軍府に招集した。

「宦官誅殺の件だがな、皇太后に相談してみた……」何進はそこでどう続けるべきか口ごもり、ややあってから切り出した。「皇太后はやはり同意せなんだ。なんといっても張譲《ちょうじょう》はわれらにとって恩人でもあるし、そのうえ……」

すると何顒が、怒気も露わに何進の言葉を断ち切った。「大将軍、私情を優先するとはなんたることです。あなたにとっては恩があるかもしれませんが、十常侍《じゅうじょうじ》はもはや天下の官と民にとって宿怨でしかありません。われら士人《しじん》などは党人《とうじん》の名でくくられ、むざむざと十七年も出仕を阻まれたのですぞ。十七年、そのあいだにどれほどの者がやつらに殺されていったか。竇武《とうぶ》、李膺《りよう》、杜密《とみつ》、陳球《ちんきゅう》、劉《りゅう》郃《こう》、劉陶《りゅうとう》、陳耽《ちんたん》……一人としてわが大漢の柱石でない者はおりません」そこで突然天を仰いだ。「二十年以上前、王甫《おうほ》と曹節《そうせつ》の政変の際、太傅《たいふ》であった陳仲挙《ちんちゅうきょ》［陳蕃《ちんばん》の字《あざな》］さまは、八十人あまりの太学《たいがく》生［最高学府の学生］を従えて宮中に乗り込みましたが、そのたった一人の生き残りがこのわたしです。この恨みをまさか水に流せとでも仰るのですか。齢《よわい》七十のあの方が宦官どもに殺されたのは、無駄死にだったとでも仰るのですか」

逢紀《ほうき》［字は元図《げんと》］が何顒を支えながら続けて訴えた。「大将軍、伯求さまの一言一句に込められたお気持ちをお察しください。われらがここに集まっているのは社稷《しゃしょく》を正しい姿に返すため。大将軍が私情を優先するというのであれば、われわれとしてもこれ以上……」

何進は愚鈍であるとはいえ、自身の立場はわきまえている。徳もなく、能力もない自分を士人らが後押しするのは、宦官を除くためと、士人ら自身の前途のためにほかならない。そしてもし、いま意見を聞き入れなければ、士人らは遠からず離れていくだろう。何進はそこまで思い至ると、逢紀の話をすぐに遮った。「そういう意味ではない。わしが言いたかったのは……その、十常侍は心を入れ替えたから、もう悪さはせんだろうということじゃ」

何顒は涙をぬぐって顔を上げた。「宦官どもが憎まれるのは、偽り飾るのに長けているからです。大将軍も、ここに集まっているみなも、よく考えてみてほしい。文書の伝達をし、灯火《ともしび》を捧げて食事を供し、衣冠の世話をするだけの小人《しょうじん》が、なぜ陛下の心を乱し、国の政《まつりごと》を乱すことができると思う。それはやつらが、陛下の前では忠誠を装い、皇太后の前では恭敬《きょうけい》を装い、朝堂にあっては小心を装い、大将軍の面前では不憫を装うからであろう」そこで何顒は周囲の者を見回して、いっそう声を上げた。「しかし、そのすることなすことを考えてみるに、賂《まいない》を受け取っておいて何が忠誠だ。みだりに廃立を建議して何が恭敬だ。官職を売りに出しておいて、どこに憐れむべき余地がある。弑逆《しいぎゃく》を企んでおいてどこが小心だ。小人の仁こそ君子の仁の敵である。大将軍、くれぐれもやつらの小賢しい演技に騙《だま》されてはなりません。さもなくば、お国に報いるどころか、かえってやつらの手にかかることになりますぞ」

「そのとおりです、十常侍を許してはいけません」

「宦官を除かねば、天下太平も夢のまた夢」

「宦官誅殺こそが先決です」

「陳太傅のために恨みを晴らしてください」

大将軍府の広間で、誰もが喉も裂けよと声の限りに叫んだ。ただ曹操の目には、まるでみな一様に気が触れたかのように映っていた。それもそのはずで、ここにいる者は地方の名士を除けば、党錮《とうこ》の憂き目に遭った者ばかりで、将校らもかつて蹇碩《けんせき》に虐げられたことがある。なかには何世代にもわたる恨みを宦官に抱く者さえいる。彼らには十常侍を一掃したいという気持ちがある以上、ここで許すという選択肢などありえない。

「大将軍、わたしの話を聞いてください」袁紹が声を上げると、一同ははたと静まり返った。「古来より内廷《ないてい》の官には士人が充《あ》てられていました。それが斉《せい》の桓公《かんこう》の世になってから、自ら去勢するような輩があろうことか寵を得たのです。宦官などという卑劣な俗物が国と民とに禍《わざわい》を及ぼし、ついに斉の桓公は天寿を全うできませんでした。こんな輩は除くべきではないでしょうか」

「除くべきだ」異口同音に声が上がった。

「われらの高祖《こうそ》皇帝が大漢を興してからも、内廷はすべて宦者《かんじゃ》というわけではありませんでした。元《げん》帝の御代に至って、弘恭《こうきょう》や石顕《せきけん》らが政道を誤らせたのです。前漢を滅ぼした元凶は、やはり宦官たちなのです」

袁紹の言い分は、曹操にはかなりこじつけに思われた。前漢が滅んだのを、どうして宦官の罪にできようか。それよりはむしろ、王莽《おうもう》ら外戚が政を牛耳ったからではないのか。当然、何進の目の前では口が裂けてもそんなことは言えないが……

袁紹はなお興奮も露わにまくし立てた。「光武《こうぶ》帝の中興よりのち、内廷にはすべて宦官があてがわれましたが、その結果はどうです。どの陛下の御代にあっても宦官が政を乱しています。ですから、宦官は徹底的に除かねばならんのです。十常侍だけでなく、宮中にいる宦官をすべて誅するのです」

これにはさすがに賛同の声もいくらか減ったようで、王謙が袁紹を諌めた。「本初《ほんしょ》殿、それでは祖《そ》宗《そう》の法を曲げるということになりませんか」

「そのとおり」袁紹は叫んだ。「いまは新帝が即位し、実の母君と伯父君が輔弼《ほひつ》しています。もう二度と王莽のときのようなことは起こりません。いまこそ、内廷に宦官を用いるという悪弊を一掃するのです。これは光武帝の政道を汚すものではなく、われらが漢朝の血脈を長らえさせるため、朝廷の綱紀を正して小人を除くためなのです。大将軍、どうか速《すみ》やかに宦官誅殺のご決断を」

「速やかに宦官誅殺のご決断を」また一つに揃《そろ》った声が広間に響き渡った。

曹操には目の前に群がる者たち、逢元図が、何伯求が、そして袁本初が、まるで自分のまったく知らない者のように思われた。ただ一方で、その顔はおぼろげながらどこか見覚えのある気もしていた——あれは宛《えん》城［河南省南西部］での戦《いくさ》のときか、そう、すでに勝利は明らかであったにもかかわらず、なお逃げ惑う者を虐げていた官軍の兵士の顔だ。人の欲望とは何とも恐ろしい……そんなことを思いながら、曹操は荀攸《じゅんゆう》や田豊《でんほう》［字は元皓《げんこう》］、蒯越《かいえつ》［字は異度《いど》］らが浮かない顔で隅に集まり小声で話し合っているのを見た。叫び声を上げている者らには目もくれず、曹操は人だかりを縫って三人の前に近づき拱手《きょうしゅ》した。「みなさんにはまた何かご高見がおありとお見受けしました」

「孟徳殿、これはずいぶんとご丁寧に」蒯越は整った顔立ちをしているが、うなだれて口を尖らせた今日の様子は、なんともひどい顔つきである。「われわれは大将軍の掾属《えんぞく》として辟召《へきしょう》された者。暮らし向きも申し分なく、宦官に何か恨みがあるわけでもなし。この件に関しては取り立てて言うべきことはありません」

曹操はその話しぶりから、蒯越が保身に長けた人物であると見抜き、笑みを作って語りかけた。「わたしは何と言っても宦官の孫です。さっきの伯求殿の『みだりに廃立を建議して』云々は、わたしの祖父を指している、違いますか。そのわたしでさえここにいるのに、みなさんが何を心配する必要があるのです」かつて、質帝《しつ》が大将軍の梁冀《りょうき》に毒殺されると、太尉《たいい》の李固《りこ》は劉蒜《りゅうさん》を帝位につけようとし、梁冀は劉志《りゅうし》を推した。その局面で、曹操の祖父曹騰《そうとう》は、内廷を代表して梁冀の側に回った。こうして桓帝劉志が晴れて玉座についたのである。

荀攸は軽くうなずいた。「そこまで仰るなら、少し表でお話ししましょう」

広間を出て人気のないところに場所を移すと、荀攸が切り出した。「孟徳殿、これまで大将軍はわれわれの言うことに耳を傾けてきました。しかし、今度の件ではぐずぐずと引き延ばして決断を下されない。大将軍にも人には言えない苦衷《くちゅう》があるのです」

「その苦衷とやらをお聞かせ願いたい」曹操は改めて拱手した。

「大将軍と皇太后は腹違いの兄と妹です。そして車騎《しゃき》将軍何苗《かびょう》と皇太后は種違いの兄と妹になります。大将軍のご両親はすでに亡くなられ、皇太后と何苗の母はご健在です」荀攸はそこで蓄えはじめたばかりの髭に手を当てた。「考えてもみてください。政について大将軍は皇太后とぶつかり、何苗はおとなしい態度を取る。いざ皇太后が朝廷で裁断を下すとき、二人の兄弟のうち、かたや衝突、かたや恭順ということが続けば、いずれどうなると思われますか」

「大将軍がその地位を失ってしまいます」曹操はにわかに思い至った。

「それで済めばよいのですが……」蒯越が不敵に笑みを浮かべつつ話を引き取った。「陛下はすでに十七歳になります。みずから政務を執るのもまもなくでしょう。もし大将軍が事あるごとに皇太后および陛下と対立すれば、その先々もまさに針のむしろでしょうな。武帝《ぶ》が叔父の田蚡《でんぷん》にどのような仕打ちをしたか忘れてはなりません。陛下には陛下のお考えがございましょう。いま、たとえ大将軍が風を呼び雨を降らせることができたとしても、おそらくは所詮、朝顔の花一時というものです」

曹操は荀攸らの的を射た指摘に、雲間から日が射したような気持ちになったが、あえて平静を装った。「それで、みなさんには何か方法があるのですか」田豊が得意げにかぶりを振って答えた。「ここにいる方々は、きわめて単純なことを複雑にしているのです。ただ一度、上奏して十常侍の悪事を暴き、彼らを処刑すれば済む。それをなぜ、かくも周章狼狽する必要がありましょうや」

「それでは宦官を根絶やしにできません」曹操もかぶりを振って答えた。

するとと田豊から予想だにしない答えが返ってきた。「なぜ根絶やしにせねばならんのです」

曹操は思わず返答に窮した。そうだ、なぜ宦官を根絶やしにする必要がある。袁紹の言い分のほうこそ道理に適っていないのでは。

田豊が薄く笑った。「天下の人はその事を行うのに、なぜその事を行うのかを問わぬ。先ほどから宦官に敗れた陳蕃や竇武のことを引き合いに出していますが、では逆に、外戚の竇憲《とうけん》や梁冀が権力をほしいままにしたことは、いったい誰に責を問うのか。これでは角《つの》を矯《た》めて牛を殺すというものでしょう」

蒯越が慎重な物言いであとを受けた。「孟徳殿、この話は耳に入れてくれたらそれでよいのです。くれぐれも他言は無用。きっとみなの怒りを買うでしょうから……」

田豊はため息をついた。「異度殿は心配しすぎでしょう。広まったとて何の差し障りがあるのです。さあ、行きましょうか」

「行く？　どこへ行くのです」

「われらがもといたところ。わたしは河北《かほく》［黄河の北］へ、あなたは荊州《けい》へ」

蒯越はつかの間考えたが、すぐにうなずいた。「うむ。たしかにもう行くべきかもしれん」

「お二人は行ってしまうのですか」曹操はますます訝った。

「ここにいてどうするのです。干戈《かんか》を交える前から上を下への大騒ぎ、すぐに世間の知るところとなりましょう。このままだと、かえって変事が起きるだけです。何進のように無学で惰弱な男、仕えるべき器ではありません。かりにこの件がうまくいったところで、この先どうなるかわかったものではない」田豊は吐き捨てると、返事を待たずに頭を下げて去っていった。

「では……わたしも行くとしましょう。ここで諸兄と出会えたのは幸運の至り。縁あらばいずれまたお目にかかりましょう」蒯越も拱手して去っていった。

聡明な二人が袖を払って去るのを見て、曹操は落胆せずにいられなかった。振り返ると、荀攸が拱手したまま笑みを浮かべて立っていた。「公達殿は行かれぬのか」

荀攸は微笑んだまま答えた。「田元皓と蒯異度に思い至ることが、本初殿にはなぜわからないのでしょう」

「それはいったい……」

「本初殿にはほかに狙いがあるはずです」荀攸はそれだけ言うと身を翻した。

「どんな狙いが……」

「それはまだわかりません。しかし、必ずや何かあります。おそらく本初殿の叔父である袁隗《えんかい》さまとも関係するでしょう。孟徳殿、お考えになったことはありませんか。宦官が一人残らず除かれたとき、何家《か》の一族がいつまで持つのか……いや、やめておきましょう。わたしももう行かねばなりません」

「やはりここを去るのでしょうか」

「都を離れるわけではありません。家に帰って寝るだけです。一月《ひとつき》、あるいは二月《ふたつき》ほど眠り、波風が収まればまた出てきます。いま、本初殿は目先の利に目がくらみ、近づきつつある禍に気づいておらず、危ない橋を渡ろうとしています。ただ、それを後押しする人も、またいるのかもしれません」

荀攸は何歩か遠ざかったところで、突然曹操のほうを振り返った。「孟徳殿、何も慌てることはありません。あなたには軍があります。泰山のごとく悠然と構えておればよいのです」

そうは言っても、洛陽にまた大混乱が訪れる。曹操はそのことが頭から離れなかった。

この日の会合は夜遅くまで続いた。袁紹らはあの手この手で何進を焚きつけ、大将軍府を出るころには、すでに亥《い》の刻［午後十時ごろ］が過ぎていた。崔鈞《さいきん》や王匡《おうきょう》らは終始袁紹のそばに寄り添い、腐れ宦者を粛清して朝廷の威光を取り戻すその日に想いを馳せて帰途についた。

曹操は黙然とうなだれたまま、手綱を握り締めてそのあとに続いた。四つ辻に至り、それぞれが別れを告げたところで、曹操は袁紹に声をかけた。「本初殿、大事を控えたいま、何か危険があるやもしれません。公路《こうろ》は虎賁中郎将《こほんちゅうろうしょう》として皇宮《こうぐう》に泊まり込みで当てにできませんし、今晩は屋敷まで送って行きましょう」

袁紹はうれしそうに顔をほころばせた。「孟徳、心配するな。たかが刺客の一人や二人に遅れをとるほどなまってはおらん。それに張譲らはすくみ上がっているころだ。向こうから手を出してくることもあるまい」

「十常侍がすくんでいるのを知りながら、なぜ一人残らず誅殺しようとするのです」

袁紹は馬の鞭を高く掲げて答えた。「それは、われら士人の……」

「ここにはほかに誰もいません。取り繕《つくろ》う必要はないはずです。この夜更け、本初殿が話し、わたしが聞く、ただそれだけではないですか」

袁紹は黙って俯《うつむ》き、曹操もこれ以上は言い出しにくく、二人のあいだに沈黙が流れた。ただ馬に任せて真っ暗な通りを進んでゆく。夜の帳《とばり》が下りた洛陽は、昼間の喧騒《けんそう》が嘘のように静まり返っていた。そしていま、曹操にはそれが嵐の前の静けさのように思われた。これから袁紹が引き起こす、血腥《ちなまぐさ》い嵐の前の静けさに……

ずいぶん経ってから、袁紹は一つ大きく息をつくと、声を落として話しはじめた。「孟徳、もし宦官と外戚がともに姿を消し、われら士人だけで天子を輔弼できればどれほどよいだろう」

曹操は思わず呆気にとられた。「何を言っているのです」

「外戚はつまるところ外戚に過ぎん。いまはこちらについているが、いずれ徒党を組んで朝政に首を突っ込み、また混乱に陥れるさ。何進にはできずとも、何苗がそうするだろう……天は強くなければならんのだ」暗闇のなかで、ただ袁紹の目だけが炯々《けいけい》と光っていた。

「それは、宦官と何家をともに除くということですか」曹操は確かめるように尋ねた。

袁紹は、それには何も答えず拱手した。「さあ着いたぞ。また明日だ」

その後ろ姿が曲がり角の向こうの闇に消えるまで、曹操は見送った……外患が除かれてこれからというときに、そんな危険を冒す意味があるのだろうか。曹操はやるせなくため息をつくと、馬首をめぐらして帰途についた。

しかし、いくらも進まないうちに、曹操は何かがおかしいことに気がついた。さっきの角の灯《あか》りがともされたあの屋敷、あれは袁逢《えんほう》が残した屋敷ではない。袁紹が住んでいるはずの場所ではない……

それは袁紹の叔父、すなわち、いまの太傅袁隗の屋敷であった。

第十五章　袁紹《えんしょう》の愚策と董卓《とうたく》の上洛

都に乱を引き入れる

あっという間にまた半月が過ぎた。何進《かしん》が相変わらず皇太后を説得できずにいる一方で、何苗《かびょう》のほうは勢い盛んに点数を稼いでいた。

十常侍《じゅうじょうじ》はこれまでにかき集めた金銀財宝をすべて車騎《しゃき》将軍府に届けていた。何苗の一言一句は皇太后の胸中で重きをなし、しかも何苗は、自身と何《か》太后の実母を洛陽に呼び寄せた。十常侍も抜け目なく迎合し、その母を舞陽君《ぶようくん》にまつり上げた。張譲《ちょうじょう》と趙忠《ちょうちゅう》などはあの手この手で媚《こ》びを売り、さほど歳の変わらないこの何家の母を、口々に恭《うやうや》しく「ご母堂」と呼んだ。

一方、大《だい》将軍府では夜な夜な遅くまで灯《あか》りがともされ、宦官誅殺の一件は、まるでそれが公然と為すべきことかのように進められていた。何進らが何を企んでいるのか、洛陽で知らぬ者はなく、いまさら機密に属するものでもなかった。

何進のふくよかだった顔は一回りやせ細り、目はいつも血走っている。いまの何進は二重の苦しみに苛《さいな》まれていた。ひとたび宮中に入れば、いつも妹から叱責された。何太后は、宦官を誅殺して内廷に士人《しじん》をあてがうことを断じて許さなかった。息子と母が大の男に囲まれてうまくやっていけるわけがないというのである。そしてまた宮中を出て大将軍府に戻れば、今度は袁紹を筆頭とする士人らが激昂しながら待ち構えている。こんな板挟みに遭うくらいなら、南陽《なんよう》の市場で肉屋を続けていたほうがましに思えた。

大将軍府の掾属《えんぞく》［補佐官］は日を追って減っていった。暇乞《いとまご》いを告げて去る者がいれば、書き置きを残していく者もおり、地方に官を求めて去る者がいれば、田豊《でんほう》らのように、挨拶もなくひっそりと離れていく者もいた。何進は気づいていた。彼らは自分の惰弱ぶりに見切りをつけたのである。何進は袁紹と距離を置こうとしたことがある。自分の娘を王謙《おうけん》の息子王粲《おうさん》に嫁がせ、そこから関係を深めて大将軍府の顔ぶれを固めようと考えた。しかし、これは王謙ににべもなく断られてしまった。いまや宦官を誅殺しなければ、早晩一人残らずここを離れてしまうだろう。

「大将軍、今日になってもまだご決断できませんか」ここ数日はさんざんに何進を責め立てていたため、袁紹もすでに声を上げるようなことはなくなっていた。

「妹のおかげで大将軍になったのだ。あれの意向を無視して手を下せるものか」

逢紀《ほうき》は繰り返される何進の返事に、とうとうあからさまに言い放った。「大将軍、車騎将軍はあなたに取って代わろうとしているのですぞ」

むろん何進も一族のいざこざなど漏らすべきではないと承知しており、ため息をついた。「あれもいちおう家族の一人なのだ……」

逢紀はもう聞き飽きたとばかりに遮った。「大将軍もおわかりのはず、陛下は早晩自ら政務を執られます。早く奸佞《かんねい》の臣を除き、新帝に害が及ばないようにせねばなりません。古来より、帝王のために奸臣を除き、民のために君側《くんそく》を清めるのは、最大の功とされています。大将軍がもしこれを成し遂げれば、いずれ必ずや陛下の信頼を勝ち取れましょう」

何家のことに関して、曹操は口を挟むつもりはなかった。というのも、いまやしだいに袁紹の勝手な思惑がはっきりしてきたからである。宦官さえ除けば、皇太后と陛下の周りには士人を置くしかなく、外戚を助けて群臣を威圧する者も消えるだろう。

そうなれば、何家と皇帝とのつながりも切れ、何進と何苗は孤立する。こうして宦官と外戚が一掃され、最後に士人が利を得る……曹操は何進に目を遣ると、袁紹に利用されているこのお人好しが、いささか不憫に思われた。

袁紹は二度、三度と、血がのぼってきた額を打つと、いかにもやむをえないといった様子で提案した。「大将軍が皇太后との関係を保ちたいならば、われわれが……われわれから皇太后に働きかけましょう。そして宦官を除かざるをえないように仕向けるのです」

「そんな方法があるのか」何進はまるでこの状況を抜け出す光明を見つけたかのようである。

「大将軍、ご安心ください。この方法なら、大将軍と皇太后が反目するようなことは絶対にありません。それに、時が来れば、皇太后が自然と宦官を誅するでしょう」袁紹は俯《うつむ》きながら、手で腰の佩《はい》刀《とう》をいじった。

「そんないい方法があるのなら、なぜ早く言わん。さあ、教えてくれ、どんな方法だ」何進は目を輝かせて尋ねた。

袁紹は剣から手を放すと、みなを見回して言った。「秘密裏に四方の兵馬を呼び集める。そして、君側を清め宦官を討つという名分を掲げて都を囲み、皇太后に決断を迫るのです」

その場に居合わせた全員が凍りついた。しかし、事の恐ろしさに思い至ると、陳琳《ちんりん》が真っ先に立ち上がって反対した。「なりません。そんなことをすれば、禍《わざわい》がわが身に降りかかるだけです」

「なぜいけないのだ。その兵馬には都へは入るなと密かに命じておけば、それでよいではないか」

袁紹は陳琳にはかまわずに、まっすぐ何進を見つめた。「大将軍と皇太后の体面を保つためには、もはやこの方法しかありません。かつて斉《せい》で乱があったときも、景《けい》帝はまず鼂錯《ちょうそ》を斬ったではありませんか」

曹操もさすがにこの言い分は聞き咎めた。「本初《ほんしょ》殿、たしかに景帝は鼂錯を斬りましたが、かといって乱が収まったわけではありません。それにいまはまだ何の反乱も起きていないのに、そんなことをすればわざわざ禍を招くだけです」

「もはや、いかんともしがたいのです」逢紀がこれに反駁した。「孟徳《もうとく》殿は大将軍の悩みがてんでわかっておりませぬ。こうでもせねば周りの者の安全も保てんのです。ましてや大将軍は、その後も政《まつりごと》を補佐せねばなりません。大将軍のお気持ちになって考えたことがあるのですか」

「逢元図《げんと》、そんなおべっかを言っている場合ではない」堪りかねた馮芳《ふうほう》が横から口を挟んだ。「誰も彼も口を開けば大将軍に忠を尽くせと言うが、各地の兵馬が河南尹《かなんいん》に入ってきたら都がどうなるか、それこそ考えたことがあるのか」

「それでよくも戦《いくさ》に出られるな。そんなことを恐れるぐらいなら、わたしのような書生のほうがまだましだ」逢紀はあざ笑った。「兵を率いて俸禄をもらっているくせに、洛陽すら守れないとでも。

お二人は旧情が断ち切れんのでは？　やはり宦官を誅するのは忍びないのですかな」

曹操と馮芳はもとより情理をよくわきまえていたが、しかし、何か話せば弱みをあげつらわれるのではと気に病んでいた。まさにそのもっとも痛いところを逢紀に皮肉られ、堪え忍べるわけがなかった。馮芳はとっさに剣を引き抜いた。「もう一度言ってみろ。まずはお前から斬り刻んでやる」

広間はにわかに騒然として、口々に己の意見を言い合い、一同が真っ二つに分かれた。袁紹を支持する一派とその反対派、両者の諍《いさか》いは収まりそうにない。目の前の光景に、何進はすっかり困り果てた。「ま、まあそう騒ぐでない。わ、わしは……なあ本初よ、その計に自信はあるのか」言葉につかえながらも、何進はやはり最後には袁紹に尋ねた。

袁紹はすぐに威儀を正して答えた。「ございます。いま丁原《ていげん》の兵は咫尺《しせき》の間に駐屯しております。君側を清めるとの名分を掲げ、速《すみ》やかに都へ入るように指示すれば、それが都に伝わり、必ずや皇太后もわれらの言い分をお聞き入れになるでしょう」

「それは無理です」曹操がすぐに反駁した。「并《へい》州の軍は匈奴《きょうど》や屠各《とかく》［匈奴の一部族］の者ばかり。こちらの指示に従わず、都が混乱に陥るのは必定」

「それなら董卓も呼び寄せて、互いに牽制させればいいのでは」逢紀が思いつきを口にした。

「董卓は大軍を擁し、よからぬことを考えている。それを知らぬのか」

「貴殿こそわかっておりませぬ。各地から兵馬を招き寄せ、それぞれが互いの動きに目を光らせれば、何も大きな混乱になど至りませぬ。たしか騎都尉《きとい》の鮑信《ほうしん》は泰山《たいざん》にいたのでは。鮑信にも兵を率いて都に向かわせればいい。貴殿らも信を置いている者のはず」逢紀は滔々《とうとう》と話し続けた。「東《とう》郡太守《たいしゅ》の橋瑁《きょうぼう》も呼びましょう。名門の後裔で、孟徳殿も信用できるはず。ほかにも地方には何人か兵を率いている者がいます。張楊《ちょうよう》に毌丘毅《かんきゅうき》、二人にも河南尹に進軍させるのです。二人も信ずるに足るはず、そうでしょう」

曹操はしばし言葉に詰まった。逢紀の案は、聞けばたしかにそのとおりに思われる。しかし、いざとなればどう出るか、それは誰にもわからない。少し考えたところで、語気を緩めて答えた。「かりにそうであっても、やはり慎重に運ばねばならん。兵は凶なりという。使わずに済むなら、それに越したことはない」

何進は少しでも早く居心地の悪さから逃れたかったのか、斟酌することもなく認めた。「本初が自信ありというなら、その手はずでいこう。本初よ、諸将らに速やかに都へ向かうよう指示を出せ。大義名分を掲げてちょっと脅せば、妹もすぐにわかってくれる」

「大将軍、そんな妄挙《もうきょ》は断じてなりません」陳琳が跪《ひざまず》いて訴えた。「『易《えき》』に『鹿に即《つ》くに虞《ぐ》無し［勢子《せこ》なしで鹿を追う、転じて盲目的に事に当たる］』とあり、巷《ちまた》でも『目を掩《おお》うて雀を捕らう［自らを欺《あざむ》いて事を行う］』とか。どんな些細なことでも軽く見ては、志を遂げることはできません。ましてや国の一大事、詐《いつわ》りの術でもって当たるべきことでしょうか。大将軍はいまや帝室の権勢を手にし、兵権を握り、威風堂々たるお立場。もし腐れ宦者《かんじゃ》を誅するなら、それは大きな炉で髪の毛を燃やすようなもの。世の習いに違《たが》えても道理に適っていれば、天も人も従います。ところが大将軍はわざわざ武器を他人に委ね、外に助けを求めようとしています。大軍を集めれば、勢い強者《つわもの》が台頭し、そうすれば、大将軍はその権限を他人に譲ることとなりましょう。そのときには大事も成らず、天下が大いに乱れます」陳琳は額から血が流れるほど、何度も床に打ちつけて懇願した。

何進は慌てて近寄り、両手で陳琳を助け起こした。「何もそこまでせんでも……さっさとこの件を解決すれば、それでよかろう」

「か、解決するですと」陳琳はいまにも泣き出さんばかりである。「各地から兵が洛陽に押し寄せれば、争い出すは必定。解決などできようはずもありません」

「わしも本初の案は理に適っていると思う。まあやってみよう。わしの顔も立ててくれ」

「顔を……立てろと……天下の一大事に当たって、あなたお一人の顔を立てろと仰るのですか」陳琳は何進の手を払いのけると、目を見開いてかぶりを振った。「もう何を言っても無駄なようですな……語るに足らぬ……」陳琳はがっくりとうなだれ、おぼつかない足取りで出口に向かい、最後に振り返って告げた。「大将軍、どうぞ良きにお計らいください」

陳琳が去ると、馮芳も剣を鞘《さや》に収めて声を上げた。「もうよい、俺も帰る。俺のような宦官の婿は、ここにお集まりのご立派な方々とは話が合わん。とんだ独りよがりだ、まったく」そう言って逢紀を睨みつけると、袖を振り払ってさっさとその場をあとにした。すると、校尉《こうい》の夏牟《かぼう》と趙融《ちょうゆう》もいたたまれず、そろって拱手《きょうしゅ》した。「大将軍、われわれも軍営にてなすべきことがありますゆえ、失礼いたします」そう言い残すと、何進の返事も待たずに、そそくさと去っていった。

袁紹らの独断が彼らを帰らせたのである。そして曹操も拱手して暇乞いを告げようとしたとき、袁紹がその手を抑えた。「孟徳、もう長い付き合いだ。苦難もともに乗り越えてきた。まさかおぬしまでこの兄貴分たるわたしを信じぬわけではなかろうな」

袁紹はまじろぎもせず、じっと曹操の目を見つめた。曹操の気持ちはしだいに萎え、やっと言葉を絞り出した。「本初殿、とにかく……慎重にいきましょう」

「まあ座ろう、みんなまずは座って話そうではないか」何進が場を繕《つくろ》うように声を上げた。「なあ本初、まだみんなよくわからぬようだし、その方法とやらを詳しく聞かせてくれんか」

袁紹は着席すると、嬉々として語りはじめた。「十常侍が恃《たの》みとするのは車騎将軍と舞陽君。この二人が皇太后に口を利くので、皇太后は決断を下せずにいるのです。それゆえこちらとしては、各地の勇猛な軍を洛陽に呼び寄せます。旗指物を存分に掲げ、君側を清めて宦官を誅すと唱えさせれば、陛下は幼く、皇太后もやはり女子《おなご》ですから、その知らせに恐れおののき、宦官を誅殺して軍を退くように命じられるでしょう。さらには朝廷の官も事態をわきまえ、必ずや皇太后にそう進言するはずです。これぞ一石二鳥というもの」

そう言いながら、袁紹は袖から河南尹の地図と『三輔黄図《さんぽこうず》』［三輔の古跡を記した地理書］を取り出して広げ、それを指し示しながらさらに続けた。「いま丁原は武猛都尉《ぶもうとい》に任じられていて、もっとも近くに位置します。兵を率いて黄河を渡り、孟津《もうしん》［河南省中部］に駐屯させ、篝火《かがりび》を焚いて気勢を上げ、威嚇するように命じるのです。それで効き目がなければ并州の兵も動かしましょう。董卓はまだ赴任していませんが、当地の任に当たっている西園司馬《せいえんしば》の張楊と、并州従事《じゅうじ》の張遼《ちょうりょう》を南下させ、河南尹に入らせるのです」

「彼らのような胡人の兵が来て、都の治安は守れるのですか」王謙が疑問を挟んだ。

「それは問題ない。わたしと孟徳、それにほかの校尉や北軍《ほくぐん》［都を防衛する五営《ごえい》］が警備に当たる」

そこで袁紹は口元を緩めた。「実際にはすべて内実を知らせたうえでのこと。みなで芝居を打つだけで、混乱など起こりはせぬ」

曹操もうなずいた。「都の警備はいいとして、それでも皇太后が首を縦に振らなかったらどうするのです」

「大丈夫だ。それなら兵を増やせばいい」袁紹はまた地図を指さした。「鮑信が泰山にいる。やつにも兵を出させよう。東郡太守の橋瑁は、橋玄《きょうげん》の一族で信頼できる。橋瑁には成皐《せいこう》［河南省中部］に出て威勢を張ってもらおう。王匡《おうきょう》も久しく東方に行っている。連絡を取って、泰山郡で強弩《きょうど》を準備させ、鮑信と橋瑁の後詰めに見せかける。最後に南からは、丹陽《たんよう》で兵を募っている毌丘毅だ。南から上がって来てもらう。涼《りょう》州から并州に移っている董卓にも、西から寄せて来るように書状を送る。こうして四方を兵で囲めば、皇太后も腰を抜かす。向こうの腰が引けたら、もう成功したも同然だ」そこで袁紹は一つ大きく息をついた。「宦官どもを討ち滅ぼせば、そのときに改めて兵を退くように下知すればいい」

「もしそこで兵を退かなければ？」曹操がすかさず尋ねた。「とくに丁原と董卓、この二人は厄介です。抱えているのは胡人の兵ばかり、そう易々と思いどおりには動きませぬ」

「それならそれでよい。もし二人が洛陽に残っても互いに睨み合いになる。そのときはわれわれが兵を動かすだけだ」袁紹はちらりと逢紀のほうを振り向いた。「まさに逢元図の言うとおり、それぞれが兵を率いて来れば誰も好き勝手はできん。孟徳、われらにも兵がある。これに北軍の兵を加えれば、誰かが急に心変わりしたとて恐れることはあるまい」

そのとき、何進の笑い声が響いた。「そのとおりだ。これならわしと妹が気まずくなることもない。名案だ」

曹操は内心で毒づいた――何が名案だ。褒姒《ほうじ》［西周末の妃《きさき》］のために狼煙を上げたのと同じではないか。お国の兵馬は民を安んずるためのもの。それをお前ら兄妹のために振り回すとは、とんだ悪ふざけだ。俺たち将校を何だと思っていやがる――曹操ははじめ何進に対して同情の気持ちを抱いていたが、この瞬間からそれが憎しみに変わった。何という優柔不断、何という無能……

そこで会話が途切れたのを見て、場を繕おうと袁紹が笑みを浮かべて続けた。「まあ、そう案ずるには及ばん。各地の兵馬も洛陽にまでは来られぬはず。たとえば董卓はどうだ。いまはまだ三輔《さんぽ》［長安を囲む京兆尹《けいちょういん》、左馮翊《さひょうよく》、右扶風《ゆうふふう》］の地よりはるか遠く、大部隊の行軍ではゆっくりとしか進めまい。いまから書状を送って、董卓がこちらに近づくころには、すでに万事片づいているはずだ」

それでも曹操に笑顔はなかった。王謙、何顒、崔鈞……見回せば、一様に下を向いて押し黙っている。誰もが半信半疑なのである。

「大将軍、いますぐご決断を」鉄は熱いうちに打てとばかり、逢紀が詰め寄った。

「よかろう」むしろ何進は自信満々の体《てい》で答えた。「細かいことはよくわからんが……王長史《ちょうし》［次官］、本初の言っていたとおりに進めてくれ」

「承知いたしました」王謙は立ち上がって答えた。「ですが大将軍、この件を朝命として扱うのは、いかがなものかと」

「むろんだ」袁紹が眉をつり上げた。「公然と詔書を下せば、皇太后に筒抜けになる。これは大将軍の印で行うのだ」

王謙は長史である。その職責として、前もって確認しておかねばならない。「朝廷の命《めい》なく密かに軍を動かすのであれば、かりに間違いが起きたとき、責任はいったい誰が取るのでしょう」

何進はすでに気が緩んでいるようだった。「ふう、では本初の案でいくとするか。ずいぶん長引いているが、早く片づけば、わしもぐっすりと眠れるしな」

洛陽《らくよう》震撼

光熹《こうき》元年（西暦一八九年）七月末のある夜、天をも焼き尽くさんばかりの炎が空を赤く染めた。火の手は洛陽《らくよう》の北東に位置する孟津《もうしん》から上がっている。孟津はいわゆる八関《はっかん》の一つで、黄河のもっとも重要な渡し場であると同時に、洛陽とは邙山《ぼうざん》を挟むだけの目と鼻の先にある。

洛陽はにわかに混乱に陥り、百官も庶民もなす術を知らなかった。臆病な役人は反乱が起きたと思い込み、日夜家財を荷造りしては、官職を捨てて故郷へ帰る支度を急いだ。行き交う者は誰もが暗く沈んだ顔で、まるで天も落ちんばかりの大禍が近づきつつあるとでも感じているようだった。

事が事だけに、曹操は帰宅してからも何進《かしん》の計画を誰にも話さなかった。それゆえ、孟津で火の手が上がったとき、曹家でも上を下への大騒ぎとなった。曹嵩《そうすう》は楼異《ろうい》に事情を聴き回らせた。だが、楼異も内実にたどり着けず、曖昧な情報を持ち帰っては誇張して伝えるばかりで、かえって不安をかき立てただけであった。

「大旦那さま、弁州《へいしゅう》刺史《しし》の丁原《ていげん》［字《あざな》は建陽《けんよう》］が乱を起こしたそうです。なんでも朝廷が丁原を武猛《ぶもう》都尉《とい》に任じたところ、丁原は従おうとせず、弁州十万の軍を率いて攻め寄せ……」

「いくらだと？」曹嵩は楼異の話を断ち切って聞き返した。「弁州に十万も兵がおるわけなかろう」

楼異は膝をつき、額を床に打ちつけた。「はっきりとした数はわかりません。通りでは、十万やら二十万やらと申しています。二十万はさすがに多すぎると思い、ですから……」

「十万でも信じられるか」曹嵩は杖で床を激しく叩きながら睨みつけた。「それから？」

「黄河を渡って孟津の渡しに火をつけました。都に突入して自ら帝位につき漢の王朝を終わらせるだとか」

「ふざけるな」曹嵩は語気とは裏腹に冷静だった。「あの丁建陽がそんな間抜けか。謀反ならまっすぐ洛陽を目指しておるわ。強行突破でも無理なものを、孟津で火を放ってうろちょろするなど、謀反するぞとみなに知らせるようなものではないか」

楼異も事態が飲み込めず、口ごもりながら答えた。「通りではもっぱらの噂です。が、わたしにも嘘かまことかは……」

「そんな噂など信用できるか。孟津は洛陽と目と鼻の先、本当に謀反ならいまごろはもう都亭《とてい》［洛陽城外約四キロメートル］まで来ておるわ」曹嵩はそこでひと息つくと、ぐるりと息子を振り返った。「孟徳《もうとく》、お前はなんぞ戦《いくさ》の知らせを受けておらんのか」

曹操は心臓が飛び出るほど驚いたが、問い詰められないようにおざなりに答えた。「いいえ、何も大事は聞いていませんが」

「そいつはおかしいのぅ。さては孟津の守備兵が失火でもやらかしたか。話にならんな、八関は都を守る最大の要衝だというのに、務めを疎《おろそ》かにしおって。こんな重大な……」曹嵩は自分で話しながら矛盾に気がついた。かくも重大な軍の動きを、朝廷と大《だい》将軍府がまったく知らないわけがない。そう思うと、憎々しげに曹操を睨みつけて声を上げた。「いや、違うぞ。孟徳よ、正直に話せ。いったいどういうことだ」

曹操は騙《だま》しおおせないと考え、楼異を退《さ》がらせると、袁紹《えんしょう》の策を洗いざらい話した。すると、まだ話の途中だというのに、曹嵩はなんと曹操の顔に唾を吐きかけた。「ぺっ、何という役立たずじゃ」

曹操は顔をぬぐうことさえせず、すぐにその場で跪《ひざまず》いた。

「お前は口を利けんのか。袁紹が児戯《じぎ》にも等しいこんな案を出したとき、お前は何をやっていた。やつらの好き勝手にさせていただけか。何進も何進だ、こんなくだらん考えによくも賛同したな。それにお前まで、やつらの横っ面《つら》を引っ叩きもせんで」曹嵩は怒りに震え、思いつくままに罵った。「わしがお前のために官を辞めた途端、お前らは宦官を除くのか。丁建陽も能なしの虫けらよ。こんなとんでもない話を真に受けて、孟津に火を放つとは。くそったれ、これは誰の考えじゃ」

「孟津に火を放てなどとは誰も命じておりません。ただ火を掲げて威勢を示せと命じたのです。おそらくは丁建陽が配下の兵士をまとめきれず、誰かが火をかけてしまったのでしょう」

「ふん、都に入る前から統制できんとは、都に入ったらどうなってしまうんじゃ。お前らの頭はただの飾りか。とんだ出来損ないめ。三十を過ぎたいい大人が雁首《がんくびそろ》揃えて、なんちゅうことをしでかしおる」曹嵩はそこで杖を振り上げると、曹操の尻をめがけて打ち据えた。「出ていけ、お前なんぞ出ていけ。さっさと何進の大将軍府に行け」

「い、行って何をすれば……」

「とにかくすぐに兵を退かせろ。いいか、これ以上騒ぎを大きくするな。もし本当に大軍が洛陽に押し寄せてみろ、天下はひっくり返るぞ。何進には人を欺けても、天を欺くことまではできん。丁建陽の配下は匈奴《きょうど》や屠各《とかく》のやつばかり、都亭を越えて来て抑えが効かんかったらどうなる。忘れてはおらんだろうな、この河南尹《かなんいん》にも火種が転がっていることを。於夫羅《おふら》も匈奴の一手《ひとて》を連れておる。やつは兵を借りに来たが借りられず、そこへ丁原の手勢が来れば、きっとやつらは手を組むじゃろう。そして都が落とされたら、大漢の天下も終わりではないか。さっきはまだ董卓がいるとかぬかしたな。あんな犬も食わんやつまで呼んで、どういうつもりだ。湟中義従《こうちゅうぎじゅう》［河湟《かこう》一帯（青海省東部）で漢に帰順した少数民族］や羌《きょう》人が河南尹に入ってきて匈奴と悶着を起こせば、もうむちゃくちゃじゃ。たかがお前らの兵だけで押さえ込もうなど、ちゃんちゃらおかしい」

「そ、それは……」曹操は色を失った。父の言うほどには、深く考えていなかったからである。

「何をぐずぐずしておる。早《はよ》う行かんか、この出来損ないめ」

曹操は冴えない顔つきで家を出ると、不愉快であったがすぐに大将軍府へと足を向けた。ちょうどその門前、騎馬でやってきた崔鈞《さいきん》と出くわした。やはりずいぶんと頭にきている様子である。二人の用件は同じだった。門番は、そのただならぬ顔つきを見ると、挨拶をするのさえためらわれ、すぐに二人を奥へ通した。

二人は苛つきを全身から発しながら広間に駆け込んだ。見れば、袁紹と何進はいささかも慌てることなく、談笑に興じている。

曹操はもう我慢ならなかった。「ちょっとお待ちください、孟津はいったいどうなっているのです」

袁紹は曹操を見て笑いかけた。「孟徳、慌てるな。昨晩、丁原が三千の兵を連れて黄河を渡り、宦《かん》者《じゃ》を脅かすために渡し場に火を放っただけだ」

「火を放っただけ……ですと?」曹操はますます怒りがこみ上げてきた。「孟津は八関の一つ、そんな安易に火をつけてよいわけがないでしょう。宦者を脅かすだけでなく、洛陽全体が大騒ぎです。表に出て見てください、金市《きんし》も馬市《ばし》も人っ子一人いません」

「それは一時のことだ」袁紹がなだめた。「君側《くんそく》を清めるという丁原の上奏が届けば、すぐにでも落ち着きを取り戻す。すべては予定どおりだ。混乱でも何でもない」

「何が予定どおりです。父にこの件を話したら……」

袁紹は眉をしかめてただした。「なぜ秘密を漏らした」

「秘密ですと?」曹操は蔑《さげす》むような視線を向けた。「こんな児戯など、わが父はすべてお見通しです」

「うちの親父もだ」崔鈞も不満をぶつけた。「こんな方法では騙しきれん。本気で君側を清めるのなら、とっくに戦がはじまっている。これでは嘘とまるわかりだ」

何進もそう思ったか、すぐに袁紹に尋ねた。「本初《ほんしょ》、大丈夫なんだろうな」

「しまった！　わたしとしたことが……」袁紹は舌打ちした。「各軍に同時に通知を出してしまった。これでは挙兵が相前後して威勢を示せん。もっと早くから計を練り、遠くへは事前に知らせ、近くには最後に知らせればよかったのだ」

「いまごろわかったか。さっさとどうにかしろ」崔鈞はどかりと腰掛けた。

「騒ぎがこれ以上大きくなる前に、急いで兵を退かせるのです」曹操が提案した。「もといたところに帰らせ、むやみに騒ぎを起こさぬように通達するのです。わたしは最初からこのやり方に反対していたはず。丁原が引き連れている胡人が本当に都亭駅を越えてきたらどうするのです」

「たかが三千の兵馬で何ができる。われらの軍勢で簡単に鎮められる」袁紹は一顧だにせず続けた。「それに大将軍の親書では洛陽に入れとは言っておらん。理由もなく、さすがにそこまではするまい。慌てる必要はない、すべて一時のことだ。各地の兵馬が立ち上がれば、そのほうが話は早い」

曹操は崔鈞と目を見合わせると、今度は語気を和らげてなだめた。「本初殿、これ以上危険を冒すのはやめましょう。すぐにでも軍を退かせたほうがいい」

「駄目だ。大将軍の親書はすでに手元を離れた。いまさらやめさせるとはなんだ。この期に及んで改めるなどありえん」袁紹は何進に向き直って拱手《きょうしゅ》した。「大将軍、どうか速《すみ》やかに宮廷内の様子を探ってください。あるいは皇太后もすでに気が変わっているかもしれません」

「よしよし、すぐにでも皇太后にお伺いを立てよう。あの妹は面目を気にする、いまごろはもう気づいているかもしれん。もうひと押しで首を縦に振るじゃろう」何進は満面に笑みをたたえていた。

さらに袁紹が続けた。「もう一つございます。車騎《しゃき》将軍のもとへ人をやり、宦官を守ることのないように話をつけておくのです。車騎将軍が火種となるいざこざが多すぎます。お二人は和解して、ともに政務に当たるのです。宦官などというつまらぬもののために関係を途絶えさせてはいけません」

「そうだ、そのとおりだな」いったいどちらが大将軍なのか、いまではすっかり何進のほうが袁紹の部下に見える。袁紹は何進が奥の間に着替えに入ったのを見届けると、曹操らのそばに近づいてきた。「孟徳、元平《げんぺい》殿、とにかく焦らないでくれ。すでに何進と動き出したからには、いましばらくはあれに従っていこう。そなたらは家に戻り、いまは慌てぬよう、そしてくれぐれも他言なきよう、ご尊父にお伝えしてくれ。すぐに済む。もう何日かすれば各地に檄《げき》が届くだろう。そしてそのときには、宦官を弾劾するため、先頭に立って声を上げてもらうよう、併せて頼んでくれぬか」

「わが父はすでに致仕《ちし》しています。いまさら上奏などできません」曹操は袁紹の頼みを突き放した。

崔鈞も頑なな態度を崩さない。「このまま取りやめにせんのなら、うちの父もじきに官を辞めるぞ」

それでも袁紹は拱手して、二人に深々と頭を下げた。「孟徳、元平殿。このとおりだ。長い付き合いではないか。朝廷と社稷《しゃしょく》のため、そしてこの大漢の天下のため、どうかいまは愚兄を助けてくれ。長くとも一月《ひとつき》、それですべてが好転する。そしてわれらには、そのあとさらになすべきことがあるはず……」こうまで袁紹に言われては、いかんともしがたい。二人は返す言葉がなかった。

曹操が家に戻ると、曹嵩はすでに金銀や金目のものを荷造りしはじめていた。曹操は慌ただしくその面前に跪いて叩頭した。「わたしに力がないばかりに、何進と袁紹を思いとどまらせることができませんでした」

曹嵩は曹操を責めることはせず、大きくため息をついた。「これで禍《わざわい》は避けられんな」

「お言葉を返すようですが、冷静に見たところ、丁原は兵馬をよく抑えていて、すぐに何か反乱が起きるようなことはないと考えます」

「反乱が起きるとは限らんが、しかし、一国の大事を運任せにはできん」息子の姿を見るに、曹嵩は憐れでもあり腹立たしくもあった。「吉と出ようが凶と出ようが、わしはもう危ない橋を渡るつもりはない。やはり田舎へ帰るとしよう」曹操は引き止めたいと思ったが、言葉が出てこない。

「阿瞞《あまん》や、わしはもうこの歳じゃ。二度と洛陽の地を踏むことはないかもしれん。これからはお前も体を大事にせねばならんぞ。こと才能と学問にかけては、わしはお前を高く買っておる。ただな、独りよがりに陥ったり有頂天になることは慎めよ。これだけは小さいころからのお前の悪い癖じゃ」曹嵩は息子を心配そうに見つめた。「とはいえ、お前ももう三十過ぎか。片足を棺桶に突っ込んだこんな老いぼれから諭されるには及ばんな」

「いえ、父上の仰ることは至極もっとも、この胸に刻んでおきます」

「ふふ……それにしても樊陵《はんりょう》と許相《きょしょう》はまったくかわいそうなやつらよのう。二人ともわしのようにこんな息子はおらんからな」曹嵩は満足げに笑みを浮かべた。「しかし、これだけは言っておくぞ。いつ何どきも兵権だけは手放してはいかん。誰が政務を執ろうが、兵権さえ握っておれば安心じゃ。進むも退くもお前の自由だからな。そしてもし朝廷外の者がお前の兵権を狙ってきたら、そのときは速やかにお前が身を引くのじゃ」

「わかりました」

「ほかに言い置くことはない。さあ、嫁と孫の顔を見ておけ。わしと一緒に帰るのが一番じゃからな」

曹操が身を翻して奥の間に入ると、卞《べん》氏がいつもの様子で曹丕《そうひ》を抱いていた。

「おい、父と一緒に帰るんじゃないのか。まだ荷造りもせんで」

「しいっ……いま寝ついたところなの」そして卞氏はにこりと笑って答えた。「あなたが残るのに、どうしてわたしだけ帰るの」

曹操も思わず顔をほころばせ、卞氏の髪を優しくなでた。「いま洛陽は風雲急を告げている。ひとまずここを離れ、騒ぎが収まったら戻ってこい」ところが、卞氏は口を覆ってくすくす笑うばかりである。

「何がおかしい」

卞氏は曹操の額を軽く小突《こづ》いて打ち明けた。「あなたにしては愚にもつかないことを言うのね。ここはお国の都よ。ここで本当に乱が起きたなら、どこに行ったって起きるんじゃなくて。いま故郷に帰ったとして、もしそうなったら今度はどこへ逃げるっていうの」

曹操は感心してしまった。「それもそうだ……天下が乱れれば逃げ場などない」

卞氏は笑顔を作りつつも、目にはきらきらと光る涙を浮かべていた。「ここは危険かもしれない。でも、ここにいればどう転ぶか状況はつかめるわ。もしわたしだけ譙県《しょう》［安徽《あんき》省北西部］に戻れば、さっぱり様子がわからなくなってしまう。そんなの、やきもきするだけじゃない。ねえ、譙県にいたとき、わたしはずっとあなたのことを想っていたわ。いまようやく、こうして一緒にいられるようになったんだもの。また離ればなれになるなんて……」卞氏はそう言って夫の胸に顔をうずめた。

「嫌だというなら、それでもよい……環《かん》を父とともに行かせよう」

「あの娘《こ》も駄目よ。いまはもうあなたの側女《そばめ》でしょう。帰っても阿秉《あへい》に会わせる顔がないわ」卞氏は恨みの色を秘めた目で言い返した。

曹操は卞氏の肩を叩いて答えた。「お前がここに残るというなら、そうしよう。生きるも死ぬも一緒だ」思わず大きな声を出したため、曹丕がおぎゃあおぎゃあと泣き出した。

「ほらもう、びっくりして起きちゃったじゃない」卞氏は口を尖らせて曹操を咎めると、息子をとんとんと軽く叩いてあやした。「丕ちゃん、丕ちゃん、ねんねですよ。お歌をうたってあげましょうね……侯《こう》のお人は侯でなし、王のお人は王でなし、千乗万騎《せんじょうばんき》のお殿さま、北邙山へ逃げてゆく……」

丁《てい》氏が赤子をあやすのは曹操もずいぶんと見てきたが、この一人目を産んで母になったばかりの卞氏が赤子をあやすさまは、やはりどこかぎこちなく感じられた。「乳母に頼めばいいじゃないか」

卞氏は口を尖らせて答えた。「乳母なら荷物をまとめて逃げだしたわ」

曹操は泣くに泣けずといった体《てい》で、息子を抱き上げた。「俺がやろう」

「『君子は孫を抱きて子を抱かず［君子は孫には情愛を示していいが、子には教育を忘れてはならない］』と言うわ」

「俺は君子ではないからな。もっぱら歌妓《かぎ》をさらう小人《しょうじん》だ」

「馬鹿を言わないで」卞氏は口を尖らせた。「じゃあ、子守歌はわたしがうたってあげる……侯のお人は侯でなし、王のお人は王でなし、千乗万騎のお殿さま、北邙山へ逃げてゆく……」

「ところでそれは何の歌だ」

「乳母が教えてくれたの。いま洛陽の子供たちのあいだで流行っているそうよ……侯のお人は侯でなし、王のお人は王でなし、千乗万騎のお殿さま、北邙山へ逃げてゆく……」

その歌を聞くほどに、何とも言えない不吉さを感じながら、曹操は抱えた子をゆっくりと揺らし続けた。

準備万端

曹嵩《そうすう》が洛陽《らくよう》を離れたその日、宦官を掃討すべしとの幷《へい》州軍の檄文が都に届いた。しかし、嘘が見え見えのこのような挙兵に皇太后と何苗《かびょう》が騙《だま》されるはずもなく、宦官誅殺の件をはねつけたばかりか、軍を派遣して対処することさえしなかった。

丁原《ていげん》の手元にあるのは何進《かしん》の親書のみである。これでは大義名分が十分とは言えず、軽々しく進軍するわけにもいかない。丁原は様子を見ながらじわじわと進んでいったが、何の動きも起きないまま、見る間に都亭《とてい》駅へと着いてしまった。さすがにこれ以上は兵を進めることもためらわれ、主簿《しゅぼ》［庶務を統轄する属官］を務める腹心の呂布《りょふ》に三千の兵を預けると、自身は面目丸つぶれのまま洛陽城内に入っていった。何進と袁紹《えんしょう》は満腔《まんこう》の謝意を示しながらも決まり悪そうに丁原を慰めると、執金吾《しつきんご》に取り立てて、しばし朝廷で命《めい》を待つように指示した。

丁原は勝手に兵を率いて都に入ったにもかかわらず、咎められるどころか、かえって官職を与えられた。この処分に対し、文武百官の誰も納得していなかったが、大《だい》将軍の考えゆえに反対する者もおらず、みな見て見ぬ振りで、大将軍とともに宦官誅殺を叫ぶのみであった。しばらくすると、東郡太《とうたい》守《しゅ》の橋瑁《きょうぼう》が兵を起こして成皐《せいこう》に駐屯し、王匡《おうきょう》は泰山《たいざん》で挙兵し、董卓《とうたく》もまた進路を南東にとって都を目指した。洛陽の者はますます恐れ戸惑い、民はなす術を知らず、役人も指をくわえて見ているだけであった。そのような状況のもと、何進は皇太后に決断を促すため、再び宮廷に足を踏み入れた。

もはや打てる手はすべて打った。しかし、何《か》太后が頑なに首肯《しゅこう》しない以上、また一から方法を考え直さねばならない。のみならず、理由もなく呼び寄せた軍を引き返させる手段まで講じねばならないのである。王謙《おうけん》と曹操は矢も盾もたまらず、大将軍府の広間を行ったり来たりしながら何進の帰りを待った。一方で袁紹は、何か話の種でもないものかと思いあぐねながら、広間の端に座ってのんびりとみかんを頰張っていた。

「本初殿《ほんしょ》、よく焦らずにおられますな」そんな袁紹の様子に、曹操は腹が立ってきた。

「焦ってどうなる。男たるもの、泰山が目の前で崩れてもどんと構えておらねばな」そう言って、みかんの種を吐き出した。

「では、泰山が本当に崩れたら、みすみす埋もれ死ぬわけ……」

と、そこで突然誰かが広間に駆け込んできて、曹操の話を遮った。その者は王謙の前に跪《ひざまず》いて報告した。「長史《ちょうし》に申し上げます。ただいま董卓の上奏が届きました」言い終わると、絹で包み込んだ竹簡を王謙に捧げた。

「まったく質《たち》の悪い老兵だ。あの手この手を弄しおる」王謙はその竹簡を受け取ると、封も開けずに卓上に置き、軽く手を振って使いの者を退《さ》がらせた。

それを見て曹操がすぐに声をかけた。「早く開けてみましょう」

「駄目だ」王謙はかぶりを振った。「これは官僚が朝廷に上奏したもの。もし大将軍が臨時に政務の補佐にあたっていなければ、本来は禁中に届けるべきものだ。いま大将軍府に届けられはしたが、大将軍も出払っている。そう易々と開封するわけにはいかん。朝廷の決まりに触れることになる」

これには曹操も食ってかかった。「なんと、われらが長史殿はこの期に及んで呑気なものだ。董卓は数日前にすでに右扶風《ゆうふふう》を通過しています。洛陽に着くのも、もはや時間の問題。誰か人を遣って止めねば、丁原のように乗り込んできますぞ」

すると、横で袁紹がそれを笑い飛ばした。「たいしたことはない。せいぜい洛陽城外にまた兵が三千増えるだけだ」

曹操は袁紹の言うことを聞き流して、卓上の竹簡を手に取った。「この責はわたしが負う」そう言うや否や、上奏を開封した。止めようとした王謙も、曹操が開けてしまうとそばに寄ってのぞき込んだ。

臣伏して惟《おも》うに、天下に逆有りて止《とど》まらざる所以《ゆえん》は、各《おのおの》黄門常侍《こうもんじょうじ》張譲《ちょうじょう》等の天常を侮慢《ぶまん》し、王命を操り擅《ほしいまま》にするに由《よ》る。父子兄弟並びて州郡に拠《よ》り、一たび書の門を出《い》ずるや、便《すなわ》ち千金を獲《え》、京畿《けいき》諸郡の数百万の膏腴《こうゆ》たる美田《びでん》は皆譲《じょう》等に属す。怨気をして上蒸《じょうじょう》せしめ、妖賊《ようぞく》をして蜂起せしむるに至る。臣 前《さき》に詔《みことのり》を奉りて於夫羅《おふら》を討たんとするも、将士飢乏《きぼう》し、渡河するを肯《がえん》ぜず、皆言うらくは、京師に詣《いた》りて先ず閹豎《えんじゅ》を誅し以て民の害を除き、台閣《だいかく》に従《よ》りて求めて資直《しちょく》を乞うを欲すと。臣 随って慰撫し、以て新安《しんあん》に至る。臣 聞くならく、湯を揚《あお》ぎて沸くを止むるよりは、火を滅して薪を去るに如《し》かず、枚乗《ばいじょう》の呉王《ごおう》を諫《いさ》めて曰《い》わく、「湯の滄《さ》めんことを欲すれば、一人之《これ》を吹き、百人之を揚《あお》ぐも、益無きなり。薪を絶ちて火を止むるに如かざるのみ」と。癰《よう》を潰《つぶ》すは痛むと雖《いえど》も、肉を養うに勝《まさ》る、溺れるに及びて船を呼ぶも、之を悔ゆるに及ぶ無し。

［わたしが伏して思いますに、天下に逆賊が絶えないのは、いずれも黄門常侍の張譲らが人倫を蔑《ないがし》ろにし、陛下の命令を勝手に操っているためでございます。彼らの親兄弟はいずれも州や郡の官職を占め、その文書が発送されるや大金を手にし、都周辺の肥沃な土地はすべて彼らが押さえています。ゆえに民は怨念を抱き、黄巾《こうきん》などの賊が蜂起したのです。以前、勅を奉じて匈奴の於夫羅を討とうとするも、将兵は窮乏し、黄河を渡ろうとしませんでした。みな口を揃《そろ》えて言うことには、まず都に入り、宦官を掃討して民の害悪を取り除き、朝廷に訴えて手当てを要求したいとのことでした。わたしは彼らを慰撫しつつ、いま新安（河南省中西部）に至りました。熱湯を冷ますには、扇《あお》ぐよりも火を消して薪を抜くほうがよいとか。枚乗（前漢の文人）が呉王を諫めた際に、「熱湯を冷ますには、一人が吹いて百人が扇いでも意味はない。薪を抜いて火を消すほうがよい」と申しております。腫れ物をつぶすのは痛みを伴いますが、放置するより勝るとも言います。溺れてから助けの船を呼んでも、後悔先に立たずです」

「董卓はもう澠池《べんち》［河南省中西部］を過ぎて新安に着いたか」曹操は董卓の上奏を王謙に手渡すと、その路程を見積もった。「やつらがもし強行すれば、二、三日のうちには洛陽に着く。何としても止めなければ」

王謙は愕然とした。「誰か董卓を知っている者は」

曹操がかぶりを振る横で、袁紹がまた笑いながら言った。「どういうことだ。董卓と近づきになりたいのか」

「不安がぬぐえません」もはや開封した以上、王謙はあっさりと竹簡を袁紹に手渡した。「この上奏を見る限り、董卓には学があります。朝廷では誰もが董卓を無知で愚昧《ぐまい》と評しますが、一言一句に典故があります。趙鞅《ちょうおう》が奸賊《かんぞく》を除いたことや、枚乗の美麗な文辞を引いていて、わたしにはこのような人物が無謀の輩とはとても思えないのです」

袁紹は竹簡をひと目見るなり、「くくっ」と笑い声を漏らした。「これは部下の役人の代筆に違いあるまい。長史殿、われらが大将軍の上奏文とて、そなたの代筆であろうに」

それでも王謙の憂慮は消えなかった。「しかし、すっきりしません。この上奏はたしかに文辞に節度があります。ただ、よくよく考えてみると、中身は自分の軍隊のことについて触れるばかり。それも、朝廷のために宦官を討つというのではなく、むしろ自分の兵のためにそうすると述べています」

「それより、董卓の前進を食い止める方法は？」曹操が話を戻そうと尋ねた。

「それなら単純なこと。大将軍の親書があれば、もしくは朝廷からの詔書があれば済むはずです。しかしおそらくは……」王謙はきつく眉をしかめた。

「おそらくあの西涼《せいりょう》の者らは命に従うまい。誰か西涼の兵士らを黙らせることができる者はいないものか……」その任に堪える者がいるかどうか、曹操は頭をひねって考え込んだ。

袁紹はまた一つみかんを手に取ると、それを頬張りながら笑って言った。「さっきは開けるなと言いながら、開けたら開けたで今度は詔勅を出すの出さないのと、そなたらもご苦労なことだ。案ずるな、董卓の手勢はたかが三千、たいした面倒になりはせぬ。しかも、やつはわが叔父の故吏《こり》［昔の属官］だ。たとえ洛陽に来たとしても、叔父が適当にあしらってくれるさ」

曹操はそのあいだも適当な人材がいないか思い浮かべていたが、故吏という言葉が聞こえたとき、ふとひらめいた。「一人いるぞ。順帝《じゅん》の御代の西涼刺史《しし》、种暠《ちゅうこう》［字は景伯《けいはく》］なら涼州の人心をつかんでいるはずだ。転出する際も、留任を求めて民が洛陽に押し寄せたという」

「种暠ならとうに世を去っておろう……」王謙はそこではたと気づいた。「その子孫といえば……」

「孫の种劭《ちゅうしょう》［字は申甫《しんほ》］です。諫議大夫《かんぎたいふ》の任につき、いまはちょうど洛陽にいます。种申甫ならうってつけです」

「孟徳殿、よくぞ思い出された」王謙は曹操を褒めちぎった。「そんな官界の隅々のことまで、よく覚えておられましたな」

「いえ、それほどでも。种暠はかつて祖父が順帝に推挙した人物でしたから」曹操は笑みを浮かべつつ袁紹を見やった。「わが祖父が推挙した者の孫を、本初殿の叔父上の故吏にぶつけるのです」

袁紹はその言い回しを聞くと、まるで曹操が自分の手柄を横取りしようとしているように感じたが、かといって言い返す言葉もない。「二人とも心配しすぎだ。事の本質をまったくわかっておらん」そうとだけ答えた。

「本初殿は事の次第とやらを知っていても、一向に教えてくれません。いっそはっきり言ってくれませんか。いったいなぜ何進にあのような入れ知恵をしたのか」曹操はかねてより抱いていた疑問をぶつけた。

袁紹は何か言おうとしたが、やはりまた固く口を閉ざした。

王謙がそこに割って入った。「とにかくいまは一刻の猶予も許されません。わたしは直ちに禁中へ行き、大将軍の名でもって詔書を起草しましょう。すぐに都から种劭を派遣すれば、河南《かなん》に入る前に董卓を止められるはずです」

王謙が大将軍府を出てまもなく、大将軍が戻ったとの知らせが入った。曹操と袁紹が衣冠を正して出迎えに上がると、何進は足取りも軽やかで、顔には満面の笑みを浮かべていた。それを見た曹操は、胸のつかえがようやく下り、恭《うやうや》しく何進を大将軍の席まで迎え入れた。

「やっと皇太后が首を縦に振ったわい、はっはっは……」何進は高らかに顔を上げて笑った。

「それで、いつ上奏して七署《しちしょ》［皇宮《こうぐう》を警護する南軍《なんぐん》］の兵を動かし宦官を捕らえるのです」また風向きが変わることを恐れて、曹操は間髪を入れずに尋ねた。

「いや、これは言葉が足らんかった。宦官誅殺を許したわけではないのじゃ」何進が釈明するように続けた。「皇太后が許したのは、宦官を皇宮から追い出すことだけでな。郭勝《かくしょう》のようにごく親しい内侍《ないじ》を一人、二人残して、あとは羽林《うりん》［近衛軍］と三署《さんしょ》［七署のうちの五官署《ごかんしょ》、左署《さしょ》、右署《ゆうしょ》］の者に入れ替えるというわけじゃ」

曹操と袁紹は互いに目を見合わせると、一様に肩を落とした。

当の何進はまだ笑っている。「これで満足したじゃろう。宦官も皇宮を出れば人畜無害というものよ」

曹操は気持ちをぐっと抑えて拱手《きょうしゅ》の礼をとった。「しかし大将軍、たとえ皇宮から追い出したとしても、後日、たった一枚の詔書さえあれば宦官を召し返すことができます。皇太后はただ引き延ばしを図っているのではありませんか。四方の兵馬が撤退すれば、必ずや宦官を呼び戻すはずです。この件は断じて慎重に事を運ばねばなりません。大将軍が宦官誅殺の件を秘密にしていたならまだしも、おそらくは皇太后と車騎《しゃき》将軍のみならず、いまや天下で知らぬ者はいないはず。今後宦官が宮殿に戻るようなことになれば、必ずや報復の機会を狙うに違いありません。そのときすでに大将軍が輔政《ほせい》の任を離れていれば、むざむざと小人《しょうじん》に害されることになってしまいます」

「あっ」何進は大きく目を見張った。「嵌《は》められたか……こいつは……」

「ふふっ、はっはっは……これで宦官どもも一巻の終わりです」いささか含みのある笑い声で、袁紹が天を仰ぎ呵々《かか》大笑した。曹操は、袁紹の鋭く刺すような笑い声に肝をつぶしたうえ、その意図もまったく飲み込めなかった。「本初殿、それはいったい……」

「大将軍、わたくしめをある官に任じていただけませぬか」袁紹はことさらに改まって拝礼した。

「何の官だ」

「司隷校尉《しれいこうい》に着任したいと考えます。司隷校尉には役人を監察する権限があります。つまり、宦官が宮殿を離れたあと、その行為に逐一目を光らせるのです。在任中に賂《まいない》を受けていれば、すべて国法をもって処刑します。ひたすらにやつらの罪を上奏し、お上の法に照らして処断すれば済む話です」

「なるほど」曹操は合点がいった。「本初殿、それは名案です」

何進もしきりにうなずいた。「それはいい。ただ、その罪を上奏しても、わしの妹が処罰したがらなければどうする」

袁紹はいま一度深く拝礼した。「よってわたくしめに仮節《かせつ》［「節」とは皇帝より授けられた使者や将軍の印《しるし》。仮節を授けられると、主に軍令違反者を上奏せずに処罰できる］を賜りたく存じます」

曹操は何か胸騒ぎがした。何進を後ろ盾とすれば、仮節がなくとも処刑してから上奏しても問題あるまいに、もし袁紹に仮節を持たせれば、それは朝廷の権限をすべて委任するに等しい。自由に兵を動かせ、誰でも処刑できる。そうなれば袁紹は、何進にも手に負えなくなるのではないか……

この肉屋上がりの国舅《こっきゅう》には仮節の重みがよくわからず、ただ愚かにも尋ねるだけであった。「そうすれば、皇太后の許可を得ずとも、本初が宦官を誅殺できるのだな」

「さようでございます」袁紹は慎み深く答えたが、これまでのように詳しく説明することはなかった。

「よかろう。では、さっそく王謙に手続きを取らせよう」何進は何度もうなずきながら、眉間のあたりを揉みほぐした。「ふう……これでやっと終わったな。気に病んで、どうなることかと思ったぞ」

曹操は内心笑わずにおれなかった――何が気に病んでだ、こっちは気を揉みすぎておかしくなるところだったというのに。そこで袁紹に目を向けると、先ほどまでの笑顔が嘘のように消え、厳しい顔つきを浮かべていた。しかし、その口元には、誰も気づかないほどのほんのわずかな笑みがこぼれていた。袁紹はまた深々と拝礼した。「大将軍、宦官をすべて滅ぼすには、その罪を広く見張る必要がありますので、わたくし一人の手には負えません。河南尹《かなんいん》［洛陽を含む郡、河南尹の長官］の協力を仰ぎたく思うのですが、そこである者をわたしから推挙したいと存じます」

「なんだ、まだあるのか？　で、そなたの推す者とは」何進はいささかうんざりしていた。

「王允《おういん》、字は子師《しし》でございます」

「いいんじゃないか。かつて十常侍《じゅうじょうじ》に陥れられて投獄されたと聞くし、王子師なら手心を加えるようなこともするまい。すべて本初に任せよう。ほかに何かあれば、あとは王謙に相談してくれ」何進はいかにも面倒くさそうに袁紹らに退がるよう手を振ると、一つ大きなあくびを漏らした。

「そういうことでしたら、わたくしめもこれで。帰って詔書を待つことにします」袁紹は恭しく暇《いとま》乞《ご》いすると、門を出る間際、曹操に向かってぎこちなく笑いかけた。

曹操は戸惑わざるをえなかった――何だ、あのぎこちない笑みは？　まるでことさらに威厳を保とうとして噛み殺していたようだが……いや、待てよ。袁紹といえば、もともとどこか堅苦しいやつだったじゃないか。まさかこの半年、よく冗談を言ったりくだけた感じに振る舞っていたのが、すべて計算ずくだったとしたら……いったいどういうことだ。袁紹の本当の狙いは何なんだ。司隷校尉と仮節の地位を手に入れて……さては、まんまと一杯食わされたか。次はいよいよ何か大勝負に打って出るつもりか――そのとき、曹操の憶測を遮るかのように、突然使用人の声が響いてきた。「車騎将軍がお見えになりました。ご相談があるとのことです」

何苗が来た。曹操は地位からしてこの場にいるべきではないと考え、急いでお辞儀をして暇乞いした。何進もおそらく一家のもめごとを見られたくないのだろう、曹操を引き止めることもしなかった。曹操は広間の入り口を出たところから離れようとせず、たくましく胸を張って門番をしている呉匡《ごきょう》の姿を認めると、軽く頭を下げてから、声も出さずにその後ろに立った。この数か月で、二人はずいぶんと親しくなっていたため、曹操が盗み聞きするつもりなのを知りながらも、呉匡は少し笑っただけで何も言ってこなかった。曹操は平服を着ていたので、こうして堂々と門のそばに立っていれば、かえってただの侍衛《じえい》か令史《れいし》［属官］にしか見えず、誰に見咎められることもなかった。

何進は何苗を迎えに出てこない。すると、まもなくして大将軍府の入り口を守る侍衛が左右に広がり、車騎将軍をなかへ通したのが見えた。何苗は、背は低いが整った顔立ちで、その品のある立ち居振る舞いは、何進とは比べものにならなかった。

実際、何進と何苗には血のつながりがない。何進はすでに亡くなった何家の先妻の子で、何太后は後妻の子である。そして何苗は、何太后の母と朱《しゅ》家のあいだにできた子であり、本来の姓は朱《しゅ》であった。この何太后と何苗の母はいまも健在で、これがすなわち十常侍に祭り上げられた舞陽君《ぶようくん》である。

曹操は、何苗の背後に静かに付き従っている男に気がついた。着古した服に身を包み、冠は載《の》せず、ごくありふれた木の簪《かんざし》で髪を留めている。ずっと頭を低く下げて腰をかがめていて、いかにも気息《きそく》奄々《えんえん》といった体《てい》である。これこそ十常侍の筆頭、張譲である。張譲は下僕さながらに何苗に付き従い、何苗も庭先で張譲を跪かせると、自身は衣冠を正して広間に入っていった。

その様子を見て、曹操ははたと気がついた。何苗は十常侍のために陳情しに来たに違いない。張譲があんなみすぼらしい格好をしているのは、何進の同情を買うためであろう。

ゆっくりと話す何苗の声が漏れ聞こえてきた。「弟めが兄上に拝謁に参りました」

何進の返事は聞こえてこない。これだけでも、血のつながっていない弟に対する何進の不満は明らかである。

「兄上、近ごろはお元気かと思っていましたが、少し痩せたように見えますな」

「そんなことはない。よく食ってよく寝ておる。心配には及ばん」

「兄上、われらの出自については申すまでもないでしょう。その当時を思えば、あなたは肉屋の何家の主人、わたしは南陽《なんよう》の博打《ばくち》打ちのごろつき、食べ物に困ったときはあなたのところへ転がり込んだものです。それがいまや、あなたは万民の上に立ち、戴くのは陛下だけという地位になられました。

当時も頭が上がりませんでしたが、いまはなおさら兄上に逆らうことなどできません」何苗のほうは、いやに慇懃な話ぶりである。

「おい、朱とやら」何進はいまだ何苗を一族と認めたがらない。「口から出まかせばかりだな。かつてはごろつきだっただと？　いまは違うとでも言うのか」

「笑顔の者には手を上げず、とか。なぜいつもそんなにきつく当たるのです」何苗は落ち着き払っている。「ほかには誰もいませんし、兄弟二人、良心に照らして話し合おうではありませんか」

「お前にそんな良心があるとはな」

「まあ、そう仰らず、ふふっ……」何苗が笑った。「わかりましたよ。わたしの良心が信じられないというのなら、ご自分の良心だけを信じればいいでしょう。その良心に照らして考えてごらんなさい。もとはわれら二人とも貧賤の出であったのが、張譲と趙忠《ちょうちゅう》という宮中に勤める二人のおかげで、いまの富貴を手にしたのです。これは否定できますまい」

何進は黙って聞いていた。

「人から恩を受けた以上は、それに報いるのが当然です。ところがあなたは恩に報いるどころか、事もあろうにその者を害そうとさえしている。これはどういうことですか。おおかた過去の恥ずべき出自が広まって笑いものになるのを恐れているのでしょう。考えてもごらんなさい。このご時世、権力を手にした者は誰でもいい生活を享受するのです。誰も他人のことを笑えませんよ」

「そんなことはどうでもいい。わしは笑いものになってもかまわん」何進は声を張り上げた。「わしは朝廷と社稷《しゃしょく》のために宦官を討つのだ」

何苗は舌打ちして言い返した。「朝廷と社稷のため？　朝廷、社稷の四文字さえ書けやしないのに？　毎日毎日、あの読書人らと一緒にいたせいで、のぼせ上がっているんじゃないですか。国家の大事がそんな簡単に片づくと思っているとは。いいですか、覆水盆に返らず、宦官を滅ぼしてから後悔しても後の祭りですよ」

「後悔などせん」今度は何進が責め立てた。「さっきはわしに良心がないと言ったな。お前のほうこそどうなんだ。董《とう》太后を殺したのはお前だろう」

「それがどうしたと言うのです。あの老いぼれに毒を盛ったのも、すべては何家のためではないですか。あれは蹇碩《けんせき》と結託して、こちらを亡き者にしようとしたのですから」

曹操はそれを聞いて思わず身震いした。これは意外な収穫だ。董太后を殺したのが本当に何苗だったとは。

「よかろう、その点はお前の言い分にも理がある。しかしだ、わしが宦官を討とうというのに、お前はどうだ？　お前はやつらを生かす代わりに、あり金をすべて巻き上げているんだろう。もう朝廷の蔵と同じぐらい貯《た》まったんじゃないのか」

「兄上、それこそどうでもいい。欲しいのなら、ひと言でも言ってくれれば全部そちらに回しますよ」

「そんなもの要るか」何進は不愉快げに答えた。「広大な家でも寝所は一間《ひとま》、わしは横になれれば十分じゃ。あの貧乏だったときでもつらいと思ったことはない。南陽に帰ってまた肉屋をしても一向にかまわん」

「な、何てことを……正気ですか」

何進は一つ大きくため息をついた。「弟よ！　わしが弟と呼びさえすれば、お前はわしの実の弟になる。いいか、わしはな、金も権力も手にしたいと思わん。ただ力の及ぶ限り朝廷のために尽くすだけじゃ。今日こそは、わしの本音を教えてやる。お前は自分の姓にこだわりがないのか知らんが、わしにはある。そのわれらが何家からは、何代さかのぼっても一人だって役人を出したことはないのに、それがいまや、わしら二人して兵を預かり役人となっておる。しかも、三公《さんこう》や九卿《きゅうけい》よりその地位はまだ高い。ご先祖が聞いたらひっくり返ってしまうだろう」

曹操が笑いを噛み殺していると、自重するようにと、呉匡が手を振って示した。

何進が続けて話し出した。「人が一生を生き抜くのは容易なことではない。だがいまなら、子や孫のために陰徳を積むことができよう。わしは竇武《とうぶ》になることはかなわん。読み書きもできんため、梁《りょう》冀《き》にだってなれんのだ。甥っ子の陛下も、もう十七だ。わしらはいつまで朝廷にいられるかのう。陛下が親政をはじめれば、何家のことなど忘れるじゃろう。だからこそ、いまのうちに徳を積まねばならんのじゃ。そうすれば、なんとかこの椅子に座っていられる。何日か前、わしは娘に婿を取ってやろうと思ってな、長史の王謙に話を持ちかけてみた。ところが断られてしまった。なぜだと思う。わしは大将軍、向こうはただの長史なのに断られたのだぞ。それは、わしらが無骨者だからじゃ。書を読んだこともなければ、学問をしたこともない、そのうえ出自は卑しいのだからな。わしらの世代は仕方なくとも、子孫まで同じ目に遭わせたくはない。わしらが朝廷のために少しでも力を尽くせば、将来わしらの子孫は大手を振って表を歩くことができる。『俺は何遂高《すいこう》の息子だぞ』と誇らしげに胸を張り、ほかの者から一目置かれるのじゃ。弟よ、わしだってみなに認められたい。どうしてお前はそれがわからん。どうしてお前は自ら成長しようとせん」

この何進の言葉に、門の外にいた曹操は胸を締めつけられた。

しかし、何苗は露ほども認めようとはしなかった。「もういい！　何をああだこうだとご託を並べて。言っておきますが、本当に宦官を滅ぼせばわれらも落ちぶれるのですよ。よく考えてみたらどうですか」

「くだらん！」

「わたしに進歩がないと申されますが、あなたこそてんで成長していない」何苗は冷たい笑みを浮かべた。「宦官がいなくなれば、いったい誰が宮中で皇太后の世話をするのですか。言伝《ことづて》を頼むにもひと苦労です。それはつまり、皇太后と陛下を赤の他人に渡すということ。周りの者もいまはまだ大将軍と呼んでいても、宦官が完全に姿を消せば、すぐにでも手のひらを返すでしょう。われらの兵権を奪い、筆を握れば、やれ外戚は国政に口を挟むな、国法を蔑ろにするなと、がらりと態度を変えるはずです。そうなればもう手遅れです。兵は一人も動かせず、命を聞く者は誰もおらず、皇太后は他人の手の内にある。そのうち誰かが声を上げて団結し、陛下と文武百官で国を治めるなどと言いだせば、われらが洛陽を追い出されるのは必至です」

下世話な話ではあるが、何苗の言い分も至極もっともである。それを聞いて曹操はぴんと来た。袁紹が仮節を望んだのは、宦官を除いたあと、返す刀で何家に対処するためだ。

「わかった、わかった」何進も意固地になっていた。「それでもせいぜい南陽へ帰るだけではないか。

大将軍でなくなったからとて、たいしたことはあるまい」

「兄上はそれでよくても、わたしはまだまだいい暮らしがしたいのです」

「金ならもう十分に集めただろう。それでもまだお前の言ういい暮らしには足りんのか」

「陥れられるのはまっぴらですからね」

はじめはよく聞き取れたが、言い争いになると、二人はどんどん南陽の方言を使い出した。張譲はずっと跪いていたが、二人が喧嘩をしはじめたので、のそりのそりと広間のほうへにじり寄った。「国舅さま方、どうか喧嘩はおやめください。すべてはわれらが悪いのです。ただ、どうかお許し願えませんでしょうか。もうみなずいぶんな年になりました。財もまったくありません。大将軍、どうかわれらに生き延びることをお許しくだされ……」そう乞い願うと、大声を上げて泣きはじめた。どうやら本気で泣いているようだ。

「天下が乱れたのは、すべてお前たちのせいなのだ」何進は一つ息を吐いた。「ふう……市井の民にしろ、役人にしろ、お前たちを恨んでいない者はおらん。あまねく天下の人々を怒らせたのだ。すでに丁原の兵は都亭に来ている。董卓もまっすぐ河南尹を目指している。早く皇宮を出て、列侯《れっこう》は国に就《つ》き(1)、領地のない者は里へ帰って、真面目に、そしておとなしくしておれ」

「張譲の恩には報いずじまいですか」何苗がまたその話をぶり返すと、何進も面倒くさそうに答えた。

「わしは多くの者から恩を受けた。張譲一人ではない。蹇碩がわしを害そうとしたときも、何人が手を差し伸べてくれたか。そっちへの義理もまだ果たしておらんのだ……」

「あ、兄上……まだ話は終わっていませんよ」どうやら何進が奥の間に戻っていったようだ。曹操もここが潮時と、呉匡に拱手して謝意を示し、大将軍府の正門に向けて歩きはじめた。門を出る際に振り返ると、首を奥の間のほうに伸ばして何進を罵る何苗と、庭先に跪いたままひたすら泣き続けている張譲の姿が見えた。お国と民とに多大な損害を及ぼした宦官どもである。いまさら泣きを入れたところで、あまりにも遅すぎる。

優柔不断な何進がついに決心した。これで宦官が皇宮を離れれば、待ち受けるのは袁紹と王允の研ぎ澄まされた刃である。たとえ汚職に手を染めずとも、袁紹には仮節の権限が与えられている。顔を合わせただけで斬り捨てられて、すべて決着がつくだろう。曹操はひとまず肩の荷が下りた気がした。宦官を誅殺したあと、袁紹がどんな企みを抱いていようが、少なくとも二、三日は、これで心を休めることができる。

ちょうど曹操がひと息ついていたころ、弘農《こうのう》と河南尹の境界では、董卓の進軍を止めるべく差し向けられた种劭《ちゅうしょう》が、手に汗を握っていた。西涼の兵が勅命に従わず、行軍を続けようとしていたからである。最後には种劭も強硬な態度に出ざるをえなかった。剣を抜き放ち、大通りの真ん中で声を荒らげて一喝し、やっとのことでこの野蛮な軍の足を止めたのである。董卓は西涼における种氏の威望を知っていたため、やむをえず兵を弘農郡の夕陽亭《せきようてい》［河南省中部］に駐屯させた。

とはいえ、曹操にしてみれば、そこはもう洛陽とは目と鼻の先であった。

（1）「国に就く」とは、諸侯王や列侯が自分の領地に出向いてそこで世話されることだが、実質的には、実権を奪われて朝廷を追い出されることをいう。

第十六章　皇宮《こうぐう》の大虐殺

陰謀

　皇太后が宦官の放逐を決めた次の日、袁紹《えんしょう》は司隷校尉《しれいこうい》に昇進して仮節《かせつ》［「節」とは皇帝より授けられた使者や将軍の印《しるし》。仮節を授けられると、主に軍令違反者を上奏せずに処罰できる］の権限を授かり、王允《おういん》は河南尹《かなんいん》［洛陽《らくよう》を含む郡、河南尹の長官］に任命された。二重の鉄の網が宦官の頭上に打たれたのである。

　大将軍《だい》が宦官の収賄を弾劾する文書を上奏し、皇宮《こうぐう》から追放するように求めると、皇太后もこれを文武百官の前で批准した。ただ、これは体裁を取り繕《つくろ》った芝居に過ぎず、その実、すでに兄妹のあいだでは妥協が成立していたのである。

　上品で雅やかな朝堂とは打って変わり、洛陽の守備は緊張に包まれていた。まず丁原《ていげん》率いる三千の幷州《へいしゅう》軍が都亭駅《とていえき》［洛陽城外四キロメートルにある宿駅］に至り、いままた董卓《とうたく》率いる、やはり三千の涼《りょう》州軍が河南尹［郡名］の境界まで来たのである。二隊の兵卒はそのほとんどが羌《きょう》族や匈奴《きょうど》、屠各《とかく》［匈奴の一部族］であり、漢人と同じようには命《めい》に従わない。したがって、この二隊がいるだけで、洛陽の防備については片時も気を抜くことなど許されなかった。

曹操が注意を促して、ようやく何進《かしん》は西園校尉《せいえんこうい》の存在を思い出した。五人の校尉を大将軍府に招集すると、曹操の助言に従いつつ派兵の段取りを決めていった。淳于瓊《じゅんうけい》と馮芳《ふうほう》の兵馬は洛陽以東の守備にあたり、趙融《ちょうゆう》と夏牟《かぼう》の兵力は洛陽以西を防ぐ。そして曹操は、伍宕《ごとう》および許涼《きょりょう》とともに大将軍府直属の兵を率いて洛陽城の南側に駐屯する。洛陽城の北側には邙山《ぼうざん》がそびえている。兵法の定石から言えば、この布陣で何の問題もないはずである。

大将軍府を出ると、五人の校尉は兵を動員するためにそれぞれの軍営へと向かった。曹操も典軍校尉《てんぐんこうい》の軍営に戻り、全軍をくまなく見て回った。取り立てて大きな問題もなく、曹操自身が留守がちにしていたときであっても、営司馬《えいしば》が部下を厳しく指導していたようである。曹操は自ら将兵を率いて洛陽城の南に移ると、打ち合わせどおり伍宕らの兵と一緒になって、洛陽を守る強靭な壁となるように配置した。それが終わると、営司馬と別部司馬《べつぶしば》を招集して十分に指示を言い含め、日暮れ近くになってようやく軍営から屋敷へと帰った。

帰り着くと取るものも取りあえず、曹操は盥《たらい》に湯を張らせて足を浸けた。このところ、ずっと疲れが抜けずにいた。より正確にいえば、典軍校尉に任じられて以来、一日として心の安まる日などなかった。まずは蹇碩《けんせき》との角逐があり、ついで先帝の崩御、さらには宦官誅殺の件で何進と奔走してきた。そしていま、ようやくすべてが片づいて、やっと安息のときを手に入れたのである。緊張がほぐれるにつれて全身が弛緩し、曹操はいつの間にか椅子に腰掛けて両足を湯に浸けたまま眠りに落ちていた。

「阿瞞《あまん》、お客さまよ」卞氏《べんし》が曹操の肩を揺らした。

曹操は瞼を閉じたまま、頭を起こすのも面倒くさそうに答えた。「邪魔をするな。いまは会わん」

「早く起きて、大事な用事みたい」

曹操は一つあくびをすると、寝ぼけ眼《まなこ》をこすって眉をしかめた。「誰だまったく。夜半に押しかけて、人を眠らせんつもりか」

卞氏はそれをなだめながら、特大の竹製の名刺を手渡した。曹操は目頭を揉みほぐしながら、灯火《ともしび》のもとでその名刺に目を落とした――南陽《なんよう》の袁次陽《えんじよう》。

ぼちゃっ！　思わず手が震え、曹操はその名刺を盥のなかに取り落としてしまい、大慌てで身を起こして拾い上げた。「しまった、こいつは太傅《たいふ》の袁隗《えんかい》の名刺だ。返さねばならんのに、早く、拭《ふ》くものを」卞氏が急いで布を取ってくると、二人はひとしきり名刺をきれいに拭きあげた。ただ目を凝らすと、墨跡が少し薄くなったようにも見える。

「大丈夫かしら」

「なに、この暗がりで渡せば、向こうも気づくまい」曹操の眠気もあっという間に吹き飛んだ。「袁次陽が自ら出向いてきたのか」

「向こうは太傅なんでしょう。あなたは自分を誰だと思っているの。召使いに決まっているじゃない」

「こんな夜中に名刺を持たせて使いをよこすとは、いったい何ごとだ」まったく見当もつかなかったが、太傅の使者とあってはおざなりな対応は許されない。曹操はきちんと衣冠を整えると、自ら出迎えた。相手はただ一人、いかにもごく普通の召使いのようである。曹操の姿を見ると恭《うやうや》しく拝礼した。「曹大人《たいじん》、ご機嫌うるわしゅうございます。議事を開くゆえ、曹大人をお迎えせよとの主人の命にございます」

「袁公《えんこう》が夜半にお招きとは、いかなる案件か」

「わたくしめはただお迎えに上がっただけで、いかなる要用《ようよう》かは存じあげません」さすがは袁隗のもとで仕えているだけある。知らぬと言いながら、この呼び出しが重大な案件であることを暗に匂わせた。使いはそこで深く腰を折ってから続けた。「夜も更けてまいりました。曹大人におかれましては、速《すみ》やかにご準備をお願いいたします」

要を得ずとも、太傅からの呼び出しとあっては曹操も出向かざるをえない。すぐに楼異《ろうい》に車の用意を命じた。すると、袁家の使いが慌ててそれを遮った。「曹大人、どうかお車はお控えください。今日のことはきわめて重大な機密でございます。今宵のお呼び出し、いずれの方も人目につかぬよう、車の使用は固く禁ずるとの主人の厳命でございます」わざわざ「いずれの方も」と強調したのは、今宵の密議で招集されたのが曹操一人ではないことを伝えようとしたのだろう。

曹操はしきりにうなずくと、適当に外套を選んで羽織り、大宛《だいえん》の千里馬［汗血馬］を牽き出して使者とともに出かけた。袁家の使いが小さな提灯を掲げ、ひと言も発することなく前を歩き、曹操は騎馬でその後ろにぴたりとついた。しかし、何かがいつもと違う。そういえば、普段ならこの洛陽は夜中であっても取り締まりが厳しいはずなのに、今宵に限っては、家を出てから袁家に至るまで、警備の兵をただの一人も目にしていない。曹操はようやくそのわけに思い至った。どうやら今日は洛陽城内の東側の夜回りを出さぬように袁隗が手を打ったのだろう。

使いの者は恭しく手綱を受け取り、曹操を屋敷の門へと導くと、二の門の門番も頭を下げて曹操を迎えた。だが、その使いは正面の広間ではなく、曹操を連れて横の庭のほうへ回り、煌々と灯《あか》りのともる部屋を指さすと、それ以上はついて入らず、黙って庭を出ていった。

曹操は胸が早鐘を打つ一方で、努めて冷静に考え直した。自分が袁隗に恨みを買ったことはない。太傅の地位にある者が、わざわざたかが校尉を呼び出して害することもないはずだ。そこで二、三歩足を進めると、窓際で一つ咳払いをしてから、扉を押し開けた。

扉を開くなり飛び込んできたまばゆい光に、曹操は思わず小手《こて》をかざした。部屋はすでに客で埋まっているようだ。朝廷の重臣たちも、そのほとんどが顔を揃《そろ》えている。司徒《しと》の丁宮《ていきゅう》、司空《しくう》の劉弘《りゅうこう》、衛尉《えいい》の趙謨《ちょうぼ》、大司農《だいしのう》の周忠《しゅうちゅう》、さらには崔烈《さいれつ》、朱儁《しゅしゅん》、王允《おういん》、桓典《かんてん》といった、世に名の知られた重臣たちが、静かに端座していた。曹操と近い世代でいえば、何顒《かぎょう》に鄭泰《ていたい》、それに崔鈞《さいきん》や孔融《こうゆう》などもいる。曹操を除く四人の西園校尉も、とっくに座についていた。そして一同の真正面には、白髪を戴き、身には平服をまとった太傅の袁隗が座っていた。その両隣にいるのは、なんと奉車都尉《ほうしゃとい》の董旻《とうびん》と、執金吾《しっきんご》の丁原である。袁紹はというと、袁隗の後ろに侍立《じりつ》していた。

「小官、太傅に拝謁に参りました」

「孟徳《もうとく》、掛けよ」袁隗が言葉少なに答えた。

「小官、諸賢にご挨拶申し上げます」曹操はぐるりと拱手《きょうしゅ》の礼をすると、自分のために空けられた座についた。誰もが一様に土人形のごとく口を開かず、どこか重苦しいその雰囲気は、厳粛たる朝堂を思わせるものがあった。

袁紹の叔父にあたる袁隗、宮は太傅を拝命し、録尚書事《ろくしょうしょじ》の任に当たっているが、新帝が即位してからはずっと家で療養し、いかなる政務にも参与しなかった。それゆえ、すべてのことは何進が処理していたのである。ところが、いまその様子を見るに、矍鑠《かくしゃく》として目には力が宿っており、とても病に臥せっていたとは思えない。曹操はふと父の言葉を思い出した。最後の最後になって、ついに袁隗という古狸が尻尾を現したのである。

「これでみな揃ったようじゃな。では単刀直入に話そう」袁隗は低く重みのある声で、おもむろに口を開いた。「宦官と外戚、この両者こそわが朝の癌《がん》である。いま宦官はかつての勢いを失い、近く朝堂より駆逐されよう。そこで、おのおの方には力を貸してほしい。この機に何家の兄弟をも除くのじゃ」

曹操はぞっと寒気がした。たしかにおぼろげに考えていたことではある。しかし、いざ袁隗の口から直接その言葉を聞くと、やはり驚きを禁じえなかった。ちらと周りに目を遣ると、何人かは顔色を変えていたが、自分と同じく口を固く閉ざし、誰一人として反対の手を挙げる者はいなかった。

袁隗は満足そうにうなずいた。「みなの心が一つであるからには、老いぼれの考えを聞いてくれ。まず、わが甥の本初《ほんしょ》はすでに仮節を授かり、独断で刑を行える。王子師《しし》［王允《おういん》］とともに宦官の罪を暴き、ことごとく刑に処す」袁隗はそこで一拍置き、異議がないのを確かめた。「宦官を討ち滅ぼしたあと、やはり甥の公路《こうろ》は三署《さんしょ》［皇宮を警護する南軍《なんぐん》のうちの五官署《ごかんしょ》、左署《さしょ》、右署《ゆうしょ》］の兵を率いて皇宮に入り、何《か》太后と何進、何苗《かびょう》の連絡を断つ」

しわぶき一つ聞こえぬなかで、袁隗は一人満足げな笑みを浮かべていた。「うむ。次に、宦官の貯め込んだ財貨はみな何苗へと流れておる。われらは何苗を、賂《まいない》をほしいままにし、徒党を組んで私利私欲をはかり、法を犯した無道の者として罪に問う。老いぼれが自ら筆を執り、細大漏らさず訴えて、獄に放り込みさっさと始末する」

やはり誰もが沈黙を守っていた。

「さらに」袁隗は曹操に視線を送った。「孟徳ら校尉五人は自らの兵で何進の軍を封じ込め、伍宕、許涼、呉匡《ごきょう》、張璋《ちょうしょう》らを取り押さえよ。何進を朝堂より追い出し、やはり刑に処す」

このときばかりは曹操も耐え切れず、思わず口を挟んだ。「何遂高《すいこう》は人畜無害な男です。朝堂から追い出せばそれで済むものを、なぜ命まで取るというのです」

これには真向かいに座る王允が冷笑を浮かべながら答えた。「ふふっ、百足《ひゃくそく》の虫は死して倒れずという。生かしておいて、いずれ陛下が伯父の存在を思い出せば面倒だ。再び勢いを盛り返さんとも限らんからな」

「そのとおり」袁隗が何度もうなずいた。「何進には死んでもらわねばならん。それでこそ後人への戒めとなる。さもなくば朝廷の威厳は取り戻せん」

曹操は悟った。まったく政治とは、なんという舞台だ。たとえ惰弱で無能、善良であっても、立ち位置を一歩間違えれば、そのときは命さえ奪われる。むろん惰弱で無能な輩はお呼びでない。ましてや善良だからといって情けをかけられることもない。

袁隗は曹操が口を閉ざしたのを見ると、今度は両隣に控える丁原と董旻に話しかけた。「最後に、両君が勤皇《きんのう》の軍を動かす。上表を奉り、何太后から政権を取り戻すのじゃ。その後のことは追って沙汰する」

このような密議が持たれただけでも恐るべきことだが、「追って沙汰する」という袁隗の言葉に、一同はすくみ上った。これがどういう意味なのか。何太后は宦官の肩を持ったため皇宮から追い出すというのか。あるいは幽閉するというのか。それとも……

周囲が驚き恐れるのをよそに、袁隗は大きな声で語りはじめた。「光武《こうぶ》帝の中興以来、わが朝には常に宦官と外戚がはびこり、国政をほしいままにして、陛下の親政を妨げてきた。国権は外戚の手に渡り、寵愛は近習《きんじゅ》の身にのみ施され、私欲のために徒党を組み、縁故のある者だけを用い、内は京師に満ち、外は州郡を抑え、賢愚が転倒し、民を騒乱に巻き込んだ。この二つの害を除かねば、わが大漢の社稷《しゃしょく》に明日はない。今日こそは千載一遇の好機である。いまこそ宦官と外戚を一掃し、法令の整備を急ぎ、朝廷を立て直すのじゃ。およそ宦者《かんじゃ》はこれを宮中で用いず、すべて外戚は朝政に関わらせず。大漢の復興はいまよりはじまる。ここに参集の諸君よりはじまるのである。以後はわれわれが陛下の執政を輔佐し、奸佞《かんねい》の輩が朝堂を汚すことは断じて許さぬ」

董卓の弟で奉車都尉の董旻が拱手した。「わが愚兄は太傅さまの故吏《こり》［昔の属官］であり、常日ごろから、四代にわたって三公を輩出する袁家を仰慕《ぎょうぼ》しています。袁隗さまが陛下の輔弼《ほひつ》の任につかれたならば、今上《きんじょう》陛下も必ずや英邁《えいまい》の君として名を残せましょう。われら兄弟も犬馬の労を厭《いと》いません」曹操はどういうわけか、この董旻という男がずっと気にくわず、その一挙一動がいちいち鼻についた。

袁隗はこれを軽く手で払って制した。「わしももうこの歳じゃ。それに、皇族の仲を裂く以上、陛下に許されることはあるまい。すべてうまく運べば、お集りの諸賢が力を合わせてこの漢の帝室をもり立ててくれ。国の大事がまた誰かの手で随意に決められることのないようにならず。

そこで袁紹が叔父の話を引き取った。「『天以て剛《つよ》からざるべからず、剛からざれば則ち三光明るからず。王以て強からざるべからず、強からざれば則ち宰牧《さいぼく》縦横す［天は強くなくてはならない。さもなくば日、月、星の光も暗くなる。王は強くなくてはならない。さもなくば官がほしいままに振る舞う］』と申します。みなさん、もし陛下が強くなければ、われらの手で陛下を強くするのです。今後、われわれは……」ばたん！　いきなり一人の若い下男が扉を開けて転がり込んできた。

「何ごとじゃ。取り乱しおって」袁隗は不愉快そうに髭をなでつけている。

「旦那さまに申し上げます。大将軍が宦官に殺されました」

「何進が死んだだと？」満座の者が色めき立った。

「そうです、死にました。いま公路さまが宦官を殺そうと、皇宮を兵で攻め立てています」

袁隗は突然の知らせにも顔色一つ変えず、むしろ薄笑いさえ浮かべた。「かまわんではないか。後先が入れ替わっただけのことよ」

「かまわぬですと？」曹操はとっさに立ち上がり、袁隗を睨みつけた。「宮中で乱が起き、陛下の身に何かあれば、天下は大混乱に陥りますぞ。そうなれば、いったい誰を輔弼するおつもりですか。そのようなお考えは、すべてを台無しにしてしまいかねません」そう言い放つと、曹操は袖を翻して袁家を飛び出し、皇宮に向けて馬を駆けさせた。

血で皇宮《こうぐう》を洗う

大将軍《だい》何進《かしん》は袁紹《えんしょう》らに扇動されて、宦官を誅殺する決断を下した。皇宮の外には司隷校尉《しれいこうい》の袁紹《えんしょう》と河南尹《かなんいん》の王允《おういん》という二重の網をかけ、しかも四方の兵を動員して、妹の何《か》太后に宦官を追い出すように脅しをかけたのである。

十常侍《じゅうじょうじ》を中心とする宦官はこうして退路を断たれ、その挙げ句、何進を道連れにすることを選んだ。張譲《ちょうじょう》は段珪《だんけい》や畢嵐《ひつらん》など数十人を率いて宮中に潜み、皇太后の命《めい》を偽って、夜半に何進を呼び出した。何進が皇宮に入ると、宦官はすべての宮門を固く閉ざし、漢の霊《れい》帝が崩御した嘉徳殿《かとくでん》の前で何進を暗殺した。その後、張譲はやはり偽の詔《みことのり》を発して侍中《じちゅう》の樊陵《はんりょう》を司隷校尉に、少府《しょうふ》の許相《きょしょう》を河南尹に任命し、愚かにも畿内の兵権を取り返そうと図った。一方、皇宮の外で待機していた何進の配下の呉匡《ごきょう》と張璋《ちょうしょう》は、何進の戻りがあまりに遅いため、宮門の外で騒ぎはじめた。すると、宮門を守る宦官が、門の上から何進の首を放り投げてきたのである。「大将軍何進は謀反の罪により誅した」呉匡と張璋はその首を抱き上げると怒り心頭に発し、虎賁中郎将《こほんちゅうろうしょう》の袁術《えんじゅつ》と兵力を合わせ、宦官を滅ぼして何進の仇を討とうと、皇宮を攻め立てた。

さて、曹操が単騎駆けつけたときには、官軍の掲げる松明《たいまつ》がすでに皇宮を赤く照らしていた。遠目にも、袁術が百そこそこの虎賁の衛士《えいし》を指揮して九竜門《きゅうりゅうもん》を攻めているのが見える。虎賁中郎将の袁術は、本来なら千人以上の兵を有している。ただ、いまいる兵は宿衛《しゅくえい》の任に当たっていた良家の子弟のみである。朝廷で儀式があるときには儀仗として勢揃《ぞろ》いするものの、いまは袁術が急遽かき集めた者だけで、しかも皇宮を攻めるとあっては、士気が上がろうはずもない。最前線に立って攻めているのは呉匡と大将軍の侍衛《じえい》たちである。呉匡はさながら眠りから覚めた獅子のごとく猛《たけ》り狂い、宮門への突撃を叫んでいた。いかんせん、この巨大な九竜門は樹齢千年の大木から造られている。ちょっとやそっとではびくともしない重さと堅さを備えていて、体ごとぶつかっても意味がないばかりか、鋭利な刃をもってしても、傷をつけるのがやっとのことであった。

「公路《こうろ》！」曹操は大急ぎで駆け寄った。「もうやめろ」

「兵が足りん。すぐにお前の兵も連れてこい」袁術が振り返りざまに答えた。

「兵を挙げて皇宮を攻めれば造反したと見なされるぞ」

「ふざけるな！　何進殿が殺《や》られたんだ。ここでやつらの非を糺《ただ》さねば、何苗《かびょう》とやつらに政権を握られてしまう」

そう言われて曹操もはたと気がついた。たしかに十常侍がまた権力を握れば、大将軍府に集まっていた士人《しじん》らは一転して窮地に立たされてしまう。「ひゅん」曹操の一瞬の迷いを断ち切るかのようにどこかから矢が放たれ、曹操は咄嗟に馬上で伏せた。「がちゃん」なんと、その矢はちょうど曹操の武冠《ぶかん》を射抜いていた。あたりを見れば、早くも十人以上が矢に倒れている。曹操は焦って馬首を返した。

袁術もすぐさま地面に伏せると、もんどりを打ちながら曹操の馬のところまで近づいてきた。体を起こすと危ない。袁術は腕だけを挙げて指し示した。「あそこだ」——矢が放たれたのは、宮門右手の楼閣である。

そこでは、十数人の宦官がいまにも二の矢を放とうとしていた。かたや楼閣の下で宮城《きゅうじょう》の壁にも遮られ、こちらから反撃する手立てはない。戦い慣れた者はすぐさま宮城の壁にぴたりと身を寄せ、またあるいは宮門の下に入って隠れた。しかし、経験のない者が背中を向けて逃げ出すと、そのうち五、六人が立て続けに射当てられ、地面に突っ伏した。敵はさらに宮門左手の楼閣にも姿を現し、そこからも矢が雨のように放たれると、また七、八人がなす術もなく倒された。

ほかの兵士たちは一斉に宮門の前から離れていった。見れば、矢は雨霰《あられ》と降り注ぎ、射かけられた十数人も這《は》いつくばって逃げようともがいたが、最後には矢の餌食となった。

矢の届かない距離まで退いた者のほかは、みな宮城の壁に貼りついたまま身動きが取れずにいた。呉匡は九竜門の陰に身を寄せながら切歯扼腕《やくわん》し、その後ろでは袁術が地団駄を踏んでいた。「おのれ、一物なしの宦者《かんじゃ》どもめ、勝手に蔵を開いて武器を漁《あさ》りおったな。わしが突っ込んで皆殺しにしてくれる」曹操は宦官が立てこもって抵抗するとは思ってもおらず、城外の兵を先に呼び寄せなかったことを後悔した。

そのとき、後方で騒ぎが起きた。平陽門《へいようもん》がすでに開かれ、遠くから無数の歩兵が剣や松明を高々と掲げつつ、皇宮に押し寄せてきたのである。

「皇宮を囲んで突っ込め！　大将軍の仇討ちだ！」何進の司馬《しば》の許涼《きょりょう》が先頭に立って馬を駆り、すぐ後ろには張璋と伍宕《ごとう》が続いていた。呉匡と袁術が宮門を攻めはじめたとき、城外へ出た張璋が兵を集めてきたのである。曹操が目を凝らして見てみると、どうやら自分の隊の兵もどさくさ紛れに引っ張り出されたようだ。

加勢に来たのは、いずれも歴戦の兵士たちである。いわんや何進直属の兵馬でもある。矢の雨を物ともせずに突き進み、九竜門を目がけて一気に押し寄せた。しかし、いかんせん九竜門はびくともしない。その間に宮城の内でもますます人手を集め、いまや城壁の上にあるどの楼閣にも黄門《こうもん》と内侍《ないじ》が詰め寄せて、官軍を狙って矢を雨霰と降らせた。

皇宮の巨大な外壁は強固にそそり立ち、しかも洛陽《らくよう》城のなかにあるため、その四方にはほかにも多くの建物がある。千や二千の兵でこれを完全に取り囲むなど、土台無理な話であった。こうして攻めあぐねているうちに、味方の死傷者は増える一方である。袁紹が自身の軍営からも兵を呼び寄せようとすると、曹操がそれを慌てて止めた。「いけません。このまま攻めても被害は大きくなるばかりです」

突然、松明を持って隊を指揮していた兵が、喉を射抜かれてくずおれた。すると、その松明がほかの兵の服に燃え移り、その炎は服から服へ、人から人へと、瞬く間に燃え広がった。兵士らは武器を捨てて、火を消そうと地べたを転げ回った。その姿を見て、一人曹操だけは目を輝かせた。「これだ、宮門に火をかけるんだ」

袁術も捨て身になって門の陰から飛び出し、真っ先に松明を手に取ると、矢の雨をくぐり抜けて九竜門の上に放り投げた。それを合図に、次々と松明が投げ込まれ、一瞬にして九竜門を火の手が覆った。その手があったかとばかりに、城壁にそびえる楼閣にも松明が投げ込まれた。楼閣はすべて木で組まれていたため、宮門よりも簡単に火が移り、あっという間に炎に包まれた。官軍の兵は一斉に矢の届かぬ距離まで下がり、業火が宮門を焼き尽くすのを静かに眺めた。

門の両側にそびえる楼閣は、宮門から上がった火も回り、さながら炎の尖塔のようであった。そこから矢を放っていた黄門は、逃げる間もなく炎によって閉じ込められた。完全に逃げ道は失われ、ある者は火だるまとなり、またある者は楼閣から身を投げて命を絶った。その後、あたりに二度轟音が響き渡り、立派な木造の楼閣が跡形もなく崩れ落ちた。右側の楼閣はそのまま宮門の外側に倒れてきたので、宮城の壁も真っ黒に焼け焦げ、そばにいた何人かの兵士らもその巻き添えとなった。ただ、楼閣さえなくなれば、宮門は裸も同然である。兵士らは刀を高く掲げて一斉に取りついた。それでもかなりの労力を要したが、ついに焼け焦げた九竜門の扉を押し倒した。

門が開いたとき、曹操はいったん兵士らを止めようかと迷ったが、兵士らは間髪を入れず、押し寄せる波のようになだれ込んでいった。曹操らもやむをえず馬を下りて一緒になって突っ込んだ。宦官たちももはや活路はないと悟ってか、歯が立たないとは知りながらも、命を投げ出し、刀を振り上げて抵抗した。しかし、あえなく片っ端から斬り倒されていった。そんななか、実はもっとも進退に窮したのは皇宮を守る羽林《うりん》軍［近衛軍］であった。大将軍を殺害した宦官、宮門を犯した官軍の兵、いずれを防ぎ、いずれを討てばいいのか、この混乱のなかでどちらの味方をすべきなのか誰にもわからなかった。そして、宦官が討たれるのを横目で見ながら戸惑っているうちに、なんと突っ込んできた官軍の兵によって、もろともに血祭りに上げられた。官兵は目を血走らせながら、貂璫冠《ちょうとうかん》［貂《てん》の尾と黄金の飾りをつけた冠］を載せた髭のない者は、それが宦者であろうとなかろうと、有無を言わせず斬り捨てていった。皇宮には殺し合いの怒声と断末魔の叫びがこだました。果たして、ここでいったい何人の無辜《むこ》の命があの世に送られたのか……

その騒乱の最中、曹操は一族の曹純《そうじゅん》がまだ宮中にいるのを思い出した。曹純は年若いうえに、黄門侍郎《こうもんじろう》の服を着ている。我を失ったいまの官軍に見つかれば、まず命はない。曹操は四方を見回しながら声の限りに叫んだ。「子和《しわ》！　どこにいるんだ、子和！」

しかし、ただでさえだだっ広いこの皇宮で、しかも一帯は怒号に包まれている。たかが一人声を張り上げたところで届くはずもなかった。曹操は呉匡と張璋らが禁中のなかへ入っていくのを見ると、慌ててそのあとを追いかけた。禁中の属官や令史《れいし》らは誰も武器になるものなど持っていない。猛り狂ってなだれ込む官兵を見て、恐怖のあまり失禁する者もいた。もっとも割りを食ったのは髭が生え揃っていない若者で、誤って殺された者は数知れない。呉匡らは十常侍を、曹操は曹純を探しつつ、血眼になって剣を振り回した。

そんな混乱のなかから、貂璫冠をかぶり、黄色の羽織物を着た若者が突然目の前に駆け出して来た。呉匡がその姿を見るなり斬りかかると、あろうことか、その若者は着物の前をはだけ、裳《も》をくるぶしのところまで下ろした。そこにはたしかに男の一物がある――なんと曹純であった。

「わたしは宦者ではない」そのひと声に、呉匡も思わず刀を収めた。

「子和！　何の真似だ。さっさと裳を上げろ」曹操は肩をつかんで引き寄せた。

「自分の命を守るためです。恥ずかしがっている場合ではありません」曹純はそう言いながら裳を上げると、頭上の冠を投げ捨てた。しかし、このどたばたから呉匡はある考えを思いつき、何度もうなずくと声を張り上げた。「むやみに殺すでない。ここの役人はしかと聞け。みな裳を下ろすんだ。

もし脱げないやつは宦者とみなして、ここで死んでもらう」

それを聞いた令史や属官は次々に裳を脱ぎはじめ、官兵の前に一物をさらして見せた。そのとき、七、八人がそれに従わず、踵《きびす》を返して逃げ出した。官兵はすぐに追いつくと、刀を振り下ろしてその遺体を並べた。よく見れば、そのうちの二人は付け髭である。それを剥いで人相をあらためたところ、なんと十常侍の宋典《そうてん》と高望《こうぼう》であった。

いまは十常侍にかまっている場合ではない、曹操はそう考えた。「子和、俺について来い。まずは安全なところまで逃げて落ち着こう」曹純は振り乱した髪もそのままに、裳を上げて曹操に従った。

「孟徳《もうとく》の兵はどこです。宦官は複道《ふくどう》［上は皇帝、下は臣下が通る上下二重の渡り廊下］を通って北宮《ほくぐう》へ逃げました。おそらくいまごろは陛下を連れ出しているかと」

「俺の兵は散り散りになっている。いったん帰ってから考えよう」そうして南宮《なんぐう》の嘉徳殿まで来ると、そこにまた多くの文武の官の姿が見えた。先ほど袁隗《えんかい》の屋敷にいた者らが駆けつけたのである。太傅《たいふ》の袁隗をはじめとして、官兵に落ち着くよう盛んに命を出しているところであった。その混乱のなかで、崔鈞《さいきん》が曹操の大宛《だいえん》の千里馬を見つけて牽いてきた。

「孟徳、兵士はばらばらだ。どうする」轡《くつわ》を曹操に返しながら尋ねた。

「わたしにもわかりません……」見回せば、どこもかしこも大騒乱に陥っている。「何進麾下《きか》の軍ももうめちゃくちゃです」どうすればよいのか考えあぐねていたところ、宮城の外から今度は二隊の軍が近づいてきた。一隊は袁紹が率いる司隷校尉の軍、あとの一隊は車騎《しゃき》将軍の何苗が率いてきた軍であった。二隊の兵馬が到着し、しきりに銅鑼を鳴らすと、統制を失っていた兵士らがようやく落ち着き、集まってきた。

呉匡と張璋は刀を提《さ》げたまま、宦官の首を持ってきた。そして何苗が嘉徳殿の前で兵馬を従えて立っているのを見ると、呉匡は怒りがこみ上げて大声で叫んだ。「みんな聞いてくれ。大将軍を殺したのは何苗だ。何苗が宦者の肩を持ったため、こんなことになったんだ。こいつを殺して大将軍の仇を討たねば気が済まん」生前、何進はたしかに惰弱で何の考えもなかったが、温厚篤実そのものといってよい人柄は、手下の武人から厚く慕われていた。呉匡が声を上げると、周りも次々に呼応した。「殺せ、何苗を殺せ」有無を言わせず詰め寄ると、何苗は恐れをなし、何人か手下の護衛兵を集めて盾にすると、自分は背を向けて逃げ出した。それを見た奉車都尉《ほうしゃとい》の董旻《とうびん》は行く手に立ち塞《ふさ》がると、何苗の腹に刀を突き刺した。

「き、貴様……なぜ……」何苗は体を小刻みに震わせながら傷口を押さえた。

「そなたは董《とう》太后を殺したな。同じ董の名を持つ者として、その仇を返させてもらったまでだ」董旻はあざけるように笑った。

「き……貴様……」何苗が何か言おうとしたとき、背後からとどめの一撃を食らわされた——なんと秦宜禄《しんぎろく》である。小人《しょうじん》はつまるところ小人である。秦宜禄は自分の主人を殺してわが身の無事を図った。何苗を斬り倒して踏みつけると、秦宜禄は仰々しく呼びかけた。「われらを裏切っての横暴な振る舞い、お前の悪行などとうにお見通しだ。みんな、こいつを切り刻め」実際、それは秦宜禄にこそ向けられるべき言葉であったが、呉匡らも追いついてくると、誰も彼もが何苗に刀を突き立て、とうとうその屍《しかばね》は八つ裂きにされた。

董旻は刀に滴る何苗の血を拭《ふ》きながら、袁紹と曹操の前に近づいて不敵に笑った。「何進が死に、何苗も死んだ。これで外戚は滅びました」曹操はこの男を目にするたびに嫌悪感を強く抱くようになっていた。そこへまた一隊の軍が、二人の顕官《けんかん》を袁隗の前に引き立ててきた。腹黒の樊陵と、だんまりの許相である。二人は宦官が発した偽の詔によって、司隷校尉と河南尹に任命されていた。

樊陵は袁隗の姿を認めると、笑顔を浮かべることもなく慌てて跪《ひざまず》いた。「袁太傅、われらは無実です。十常侍による偽りの詔だとは露知らず、それにまだ正式に受け取ったわけではありません。これぞ寝耳に水、降って湧いた禍《わざわい》であります」袁隗はそれを聞いて笑った。「無実だと」

二人は額を何度も地べたに打ちつけた。「まこと無実でございます……」

「よくもまあ……」袁隗の顔から笑みが消えた。「宦官に媚《こ》びを売る骨なしめ。かりにこたびが無実でも、これまでのことはどう申し開きする。おぬしらは王甫《おうほ》のときから宦者に尻尾を振る犬ではないか。さっさと殺すべきだったのだ。ぬけぬけと生き恥をさらしおって」

片時も笑みを絶やすことのなかったあの腹黒の樊陵が、いまや大声で泣きはじめた。「濡れ衣です……わたしは誰を殺《あや》めたこともありません。ただ官職につきたかっただけで……もう六十になります。その最後がこれでは、あんまりではありませんか、ううっ……」樊陵はちらと目を上げたときに曹操の姿を認めた。「おおっ、孟徳よ。そなたの父の言葉に耳を貸さず、いままで官にしがみついてきたばっかりに……そなたからも口添えをしてくれんか……」

まな板の鯉となり、恐れおののきながらも助けを懇願する姿に、曹操は憐憫《れんびん》の情を抱かずにはおれなかった。しかし、曹操が口を開く前に、袁隗が先んじた。「ふざけるな。おぬしらのような小人を見逃すわけにはいかん」

「袁次陽《じよう》、耄碌《もうろく》したか」袁隗を大声で罵ったのは、ここまでひと言も発することのなかっただんまりの許相であった。「おぬしこそ何さまのつもりだ。よく人を小人呼ばわりできたものだな。そっちこそ家柄だけを恃《たの》みにしておるくせに、われらが宦官に媚びを売ったと責めるのか。おぬしはたしかに媚びを売らなかったかもしれんが、一日じゅう家に引きこもってこそこそと悪巧みを弄していただけではないか。この悪党め！　樊陵は京兆尹《けいちょういん》の民のために水路を整備し、幸せな暮らしをもたらした。わたしはお国のために賢才を推挙してきた。おぬしは何か人から尊敬されるようなことをしてきたか。七十近くにもなって出しゃばってきて刑を言い渡すとは……ろくな死に方をせんぞ。族滅の憂き目に遭うのが目に浮かぶわ」

袁隗はわなわなと身を震わせ、にわかに色をなした。「殺せ！　早く殺せ！　殺してしまえ！」

額を打ちつけて泣き叫ぶ腹黒、口を極めて罵るだんまり――このような窮地にこそ、平時の姿とは似ても似つかぬ人の本性が見えてくるものである。そうして二人は刀下《とうか》の鬼《き》となった。曹操は袁隗の姿を視界の片隅に捉えながら、内心つぶやいた――樊陵と許相は宦官に媚びを売ったとはいえ、民草のために善行を積み、一生涯、人を殺めたこともなかった。それなのに今日、お前は何人の命を奪ったと思っている。許相の言うことももっともだ。袁隗、お前もろくな死に方をするまい――

そのとき、中軍司馬《ちゅうぐんしば》の劉子璜《りゅうしこう》がまだ血の滴る首を抱えて駆け寄ってきた。「なんてことだ！　趙瑾《ちょうきん》と潘隠《はんいん》まで乱軍のなかで殺されてしまった」二人は司馬として蹇碩《けんせき》の配下にあったが、何進の身を守るために力を尽くしてきた。これこそ横死《おうし》と言うほかない。

袁紹はその生首から目を背け、手を振って退《さ》がらせた。「残念だな……しっかり葬ってやってくれ」

「しかし、死人が多すぎて、首から下がまだ……」

劉子璜の話が終わる前から、また一人、ざんばら髪を振り乱して袁紹の太ももにすがりつく者があった。「袁大人《たいじん》、どうかお助けを。このままでは殺されてしまいます」それは郭勝《かくしょう》だった。郭勝は宦官だが何進に近づき、蹇碩と十常侍の目を欺いて何くれと働いてくれた。

だが、袁紹はにべもなく郭勝を蹴り飛ばした。「宦官は一人たりとも許さぬ」

すぐに数人の兵士が進み出て、郭勝の足を引きずって離し、刑に処するため連れ出した。郭勝は両腕を取られてもがきながらも、ただひたすらに喚《わめ》いた。「濡れ衣です……わたしは罪など何も……」

曹操は背中に冷たいものを感じた――また殺すのか！

「お助けを……どうか命だけは……」痛ましい声が続けざまに響いてきた。今度は何苗の掾属《えんぞく》の応《おう》劭《しょう》である。呉匡が刀を振り上げたとき、曹操はすばやく割って入り、青釭《せいこう》の剣で呉匡の刀を止めた。

「がきん！」と音が響いたときには、呉匡の剣が真っ二つに折れていた。曹操は応劭の身をかばった。

「もういいではないか。この者と楽隠《がくいん》とは、大将軍が何苗の屋敷に送り込んだんだぞ」

それを聞くと、呉匡は言葉を失って脇のほうへふらついた。見ればそこには、すでに斬り刻まれて血だまりに浮かぶ楽隠の死骸が転がっていた。さらに向こうでは何苗の護衛兵が一人残らず斬り殺されている。ただ一人、主人を売って生きながらえた秦宜禄だけが、いまも誰かに向かって剣を振り回していた。

無実の者が、今日だけでいったい何人殺されたのだろうか。曹操の胸には怒りがふつふつと込み上げてきた。大宛の千里馬に跨がって嘉徳殿の階《きざはし》を駆け上ると、喉もちぎれんばかりに叫んだ。「もうやめろ！　われわれの目的は陛下を助けることだ。憂さ晴らしに殺しに来たのではない！　陛下はどこだ！　陛下のことを忘れたのか！」

誰もが曹操の言葉に愕然とし、一人、また一人と、静かに刀を下ろしたのだった……

漁夫の利

光熹《こうき》元年（西暦一八九年）八月戊辰《ぼしん》［二十五日］、洛陽《らくよう》はこうして大騒乱に見舞われた。十常侍《じゅうじょうじ》は何進《かしん》の命を奪うと、皇帝劉弁《りゅうべん》と何《か》太后、さらには陳留王劉協《ちんりゅうおうりゅうきょう》の身柄を拘束、一方、これを打開するため、各部隊の兵士が皇宮《こうぐう》になだれ込んだ。すると、事態は宦官と外戚の問題に端を発する暴動へと発展し、最終的には二千人を超える犠牲者を出すに至った。

十常侍の張譲《ちょうじょう》と段珪《だんけい》はそのまま北宮《ほくぐう》に立てこもったので、官軍の兵が宮殿や官舎に火を放った。何太后は自力で屋根裏から脱出したが、張譲と段珪は、劉弁、劉協の兄弟を連れて密かに洛陽の北門から抜け出し、再起を図ろうと小平津《しょうへいしん》まで逃げ落ちた。血気にはやって乗り込んだ兵士たちは、鬱憤を晴らさんと見境なく暴れ回り、皇帝を追って暗闇に飛び出したのは盧植《ろしょく》ただ一人であった。

子《ね》の刻［午前零時］を過ぎたころには、無残に焼け崩れた皇宮のあちこちに死体が山となって重なっていた。血腥《ちなまぐさ》さが漂うこのあたりを曹操はもう何度も見て回ったが、陛下と陳留王の足跡を示すものは何一つ見つからない。結局、徳陽殿《とくようでん》まで馬を牽き、また人だかりのなかに戻って座り込んだ。

「どうだ子和《しわ》、何か見つかったか」曹純《そうじゅん》は誤って襲われないように、すでに死人の着ていた服を剝いで着替えている。「皇太后の驚きはたいへん大きかったようです。ずっと泣き続けるだけで、何を聞いても返ってきません。宮女らはそれぞれの居所に戻りました。あまりの衝撃で気を失った者も多いと聞きます」

曹操はただひたすらかぶりを振ってため息をついた。その様子を見た王允《おういん》が曹操に水袋を手渡した。「孟徳《もうとく》、水でも飲め。じきに手がかりも見つかるだろう。すでに河南尹《かなんいん》の要路は押さえてある。皇宮を出たからといって、十常侍に逃げ道はない」

「それにしても、陛下と陳留王はやつらに捕まってしまったのでしょうか」

王允はしばらく黙り込んでから、おもむろに口を開いた。「少なくとも、ここらで陛下のご遺体は見つかっておらん。もしかすると……」そう言って王允は振り返り、崩れ落ちて瓦礫の山となった楼閣や宮殿に目を遣った。

曹操は自責の念に苛《さいな》まれた――なんということだ！　十常侍には逃げられ、かくも多くの人を犠牲にし、挙げ句に残ったのは無残に焼け落ちた皇宮のみ……なぜ、火を放てなどと言ってしまったのか――曹操は両の頰を自らの手で強くぶった。そのとき、一頭の早馬が瓦礫の上を飛び越えて徳陽殿の前まで駆け込んできた。「王尹君《いんくん》［尹君は河南尹《かなんいん》の敬称］さま、王子師《しし》さまはいずこに」

それが自分の出した斥候《せっこう》だと気づくと、王允は飛び上がって驚いた。「どうした、何かわかったか」

その兵士は転げるように馬を下り、王允の前に跪《ひざまず》いた。「申し上げます。中部掾《ちゅうぶえん》の閔貢《びんこう》、閔大人《たいじん》が、北邙山《ほくぼうさん》で残りの十常侍を見つけました」

よく響くその声に、みなが一斉に立ち上がった。「それから？」

「激しい戦いの末、張譲と段珪は入水し、ほかは閔大人らによって斬り捨てられました。閔大人はさらに盧尚書の姿を見つけ……盧大人はずっと一人で陛下らのあとを追いかけていたとのこと……」

「そんなことはどうでもいい！」王允が声を荒らげた。「陛下は、陛下はどうした」

兵士は一段と頭を深く下げて続けた。「陛下と陳留王のお姿は戦乱のうちに見失い……しかし北邙山に逃げ込んだのは間違いないと思われます。すでに閔大人が陛下らを探しに山に入りました」その知らせに一同は肩を落とした。

「それはいかんぞ」王允は慌てふためいた。「山中ともなれば何が出るやわからん。すぐに探しに行こう。そなたの兵はいかほどだ」袁紹《えんしょう》に向かって尋ねた。

「わたしの兵ならすでに四方を探させています。すぐに命《めい》を出して北邙山へと向かわせましょう」

袁紹の得意げな返事が返ってきた。

太傅《たいふ》の袁隗《えんかい》はもう七十に近い。この夜はまさに息つく暇もなく、顔には疲れの色がにじんでいた。それでも、座って目を閉じたまま、ほかの者にも命じた。「そなたらだけでは足らん。洛陽の防備に当たっている兵もすべて向かわせよ」

「なりません」曹操がすぐに反対した。「南側を守っていた兵はすでに皇宮攻めに回されています。大将軍が動員して東西を守らせている兵は洛陽防衛に欠かせません。これを動かすことには賛成しかねます」

「大将軍など、もうどこにもおらんではないか」袁隗は杖を頼りに立ち上がった。「国に一日とて君なかるべからず、陛下をお探しするのが先決じゃ。陛下もおらんというのに誰を守るというのか。わしがすべて責任を取る。全軍北邙山に向かい、みなで陛下をお探しせよ」

「叔父上、孟徳の言にも一理あるのでは……」袁紹が袁隗の腕を取って耳元でささやいた。「董卓《とうたく》と丁原《ていげん》を忘れてはなりません」

「ふん、やつらが一緒になってもせいぜい六千、こっちは各隊を集めれば一万をゆうに超える。恐れることもあるまい」袁隗は杖で地面を叩いた。「さっさと行け。わしらの罪は大きいぞ。このうえ陛下まで見つからぬとあっては、大漢王朝の祖宗に何と申し開きする」袁隗は目に涙を浮かべながら訴えた。

袁隗は太傅であり、いまここに集まっている者のなかでは最高位にある。結局は袁隗の指示どおりにせざるをえず、すぐに城外まで伝令が飛んだ。まだ城外の守備に当たっていた夏牟《かぼう》、趙融《ちょうゆう》、淳于瓊《じゅんうけい》、馮芳《ふうほう》ら四人の校尉は、それぞれ兵を引き連れて北邙山へと向かった。文官も武官も、三公も九卿《きゅうけい》も、護衛兵も侍衛《じえい》も自身の手勢をまとめると、動ける者は一人残らず洛陽の北の門を出て、北邙山のあたり一帯で声を限りに「陛下」と叫び続けた。

北邙山にはたちどころに人が溢《あふ》れた。役人もいれば兵士もいる。みな一緒になって探し回ったが、ただ皇帝の姿だけが見当たらなかった――侯《こう》のお人は侯でなし、王のお人は王でなし、千乗万騎《せんじょうばんき》のお殿さま、北邙山へ逃げてゆく――まさに流行りのわらべ歌そのものである。漢朝の官は威儀を重んじるが、自分の仕える主君が消えたいまとなっては、そんなことにもかまっていられない。三公や九卿や重臣たちでさえ体面を顧みず、裾をからげ、首を伸ばして声を張り上げた。暗闇に沈む山あいで、「陛下」と呼ぶ声だけが虚しくこだまする。騎馬の者は山の麓《ふもと》を、徒歩の者は兵士と一緒に山腹を、山の正面で見つからなければ、次々と裏手に回って陛下の姿を探し求めた。年老いた重臣などはもう足も動かず、声さえ出せず、涙すらも涸《か》れ果てて、夜露に濡れるのもかまわずにそのまま倒れ込んで眠りについた。

誰もが朦朧としたまま探し続けて二刻［四時間］ばかり経ったころ、ついに知らせが舞い込んだ。陛下と陳留王はすでに洛舎駅《らくしゃえき》［河南省中部］にいるらしい。兄弟二人は宦官と閔貢らが争っている隙《すき》を見て逃げ出し、草むらに隠れて身を潜めていた。自分たちを呼ぶ声が聞こえてきたが、どちらが勝ったのかもわからなかったので、とにかく北に向かって逃げた。十七歳の柔和な天子が九歳の小さな王の手を引いて、飢えと渇きに耐えながら、暗闇のなかを歩いて北邙山を越えていったのである。そうして黄河の川べりで一軒の農家を見つけると、薄い板張りの馬車に乗り、精も根も尽き果てた様子で洛舎駅にたどり着いたのであった。閔貢も夜通し探し続けて、最後はそこで二人を見つけたという。この知らせに、重臣も兵卒も一緒になって歓声を上げた。

徹夜の疲れも一気に吹っ飛び、馬を急《せ》かせる者、自分の足で走る者、誰もが洛舎駅へと向かった。曹操や袁紹といった校尉らも自分の兵士そっちのけで、先頭に立って馬に鞭を当てた。ちょうど山の北側を駆け下りていく途上、果たして、狭い道をまばらに進んでくる人馬の姿が見えた。先頭には二頭の馬が見える。前の一頭は二人掛けで、疲労困憊の将官が、ぼろぼろの着物をまとった少年を前に座らせている――閔貢と陳留王劉協であった。

後ろの一騎は、見るからに痩せ細った馬の上に、憔悴しきった青年が乗っている。冠冕《かんべん》は戴いておらず、あちこち擦り切れて破れてはいるが、竜を縫い取った錦の羽織り物は、紛れもなく今上《きんじょう》陛下劉弁である。

曹操や袁紹は一斉に馬を下りると、声を合わせて万歳を三唱し、皇帝に立派な馬をあてがい、恭《うやうや》しくその後ろに付き従った。一行が南へ進むにつれて、従う者はどんどん膨れ上がっていった。老臣の崔烈《さいれつ》は気を利かせて宮廷から真新しい羽織り物を持ってきており、劉弁は山のなかでそれに着替えた。しかし、あまりの慌ただしさに、九歳の劉協に合わせた着物が見つからず、劉協はなんとかそのままで身なりを整えた。半刻［一時間］もすると、ほとんどの役人から兵士までが勢揃《ぞろ》いし、陛下の顔を拝むと一面次々にひれ伏した。老臣のなかにはうれし泣きする者や高らかに笑う者もいて、まさに悲喜こもごもであった。

顔ぶれが揃えば、当然朝廷の威儀を正さねばならない。崔烈を先導役にして、百官が陛下を取り囲み、将兵らがそのあとに続いた。

曹操は袁紹、袁術《えんじゅつ》、崔鈞《さいきん》らと轡《くつわ》を並べて進んだ。緊張感から解放されると急に疲れが思い出され、曹操は首を揉みほぐしながらつぶやいた。「昨晩からぐっすり寝たいと思っていたが、この様子では今日も眠れそうにないな。自分の兵さえどこへ行ったのやら、軍営に戻って兵馬を検《あらた》めねばならん」振り返って見てみれば、旗も服も色とりどりで、都を防衛する北軍《ほくぐん》の五営《ごえい》、西園校尉《せいえんこうい》の兵、皇宮を警護する南軍《なんぐん》の七署《しちしょ》、司隷校尉《しれいこうい》の兵、すべての兵が入り交じっていた。

それでも袁紹は相好《そうごう》を崩した。「今日もう一日頑張れば、これからは毎日枕を高くして眠れるぞ。宦官は消え、何家《か》も滅んだ。しかも叛逆なくしてできたのだ。うまくいったと思わんか」その点ではたしかに曹操も認めざるをえなかった。多くの犠牲者を出したとはいえ、大漢王朝を数代にわたって蝕《むしば》んできた宦官と外戚が一掃されたのだ。そのうえ皇帝陛下はまだ若く、明君になる可能性を十分に秘めている。これまでは年端もいかぬ子供が帝位につけられ、いいように操られてきた。しかし、今上陛下はもう宦官や女子《おなご》の手で育てられることもなく、先帝のように豪奢淫逸《いんいつ》をむさぼる暗君になることもなかろう。世を統《す》べる皇帝という位を、天はこの方に授けたに違いない。このときの曹操らの心境は、まさにいまの空そのものであった。夜がようやく白みはじめ、万物がおぼろげに光を受けて輝き出す……新たな一日の幕開けである。

群臣らもしだいにそのことに気づきはじめたのか、恨みつらみや悲しみの声はもはや聞かれず、ときに笑い声も交じるなかで、宮殿の修復や新帝の輔弼《ほひつ》などについて語り合っていた……

そのとき、突然あたりに銅鑼と太鼓の音が鳴り響いた。旗指物を盛大に並べ、南側の山の麓から意気盛んな一隊の兵馬が現れたのである。それは目を疑うような光景だった。魑魅《ちみ》のような兵が魍魎《もうりょう》のような毛の長い蒙古馬に跨がり、手には長柄の槍や戟《げき》、弓や弩《ど》［機械仕掛けの弓］は背中に回して背負い、その多くが左前に服を着ていた。先頭に立つ将は五十過ぎ、身の丈は八尺［約百八十四センチ］、堂々たる押出しで、腕と足は丸太のように太く、よく肥えた体つきをしている。目つきは鋭く、口は八の字に曲がり、白いものが交じった髭は反り上がって、色黒く脂ぎった顔には凶暴さがにじみ出ている。頭には鉄の兜をかぶり、立派な鎖帷子《くさりかたびら》の上には黒の薄絹の羽織り物を身につけ、熾《おこ》った炭のように赤い大きな馬に跨がっている。そしてその傍らには、奉車都尉《ほうしゃとい》の董旻《とうびん》がぴたりと寄り添っていた。

一行の先頭に立っていた崔烈は、羌《きょう》族や胡《こ》族の兵を従えて真正面に立つ男に向かい、声を荒らげた。

「陛下の行く手を阻むとは畏れ多い！　速《すみ》やかに道を開けい！」

　すると、その男は避けるどころか、崔烈に強烈な返礼を浴びせた。「崔烈、偉ぶるな！　こっちは何進からの紙切れ一枚で昼夜を分かたず駆けつけたのだ。それを、着いた途端に退《さ》がれだと！　おい崔烈、またそんな口を叩いたら、今度はその頭をかち割るぞ」

　しかし、崔烈も怯《ひる》まなかった。長年にわたる涼《りょう》州の戦《いくさ》で、十分に場数はこなしている。崔烈は冷やかな笑みを浮かべた。「この畜生め！　張奐《ちょうかん》将軍があの世に召されてからは、誰もこの死に損ないの老害を手なずけられなんだか。おおかたやりたい放題やってきたんじゃろう、違うか？」

　この羌族らの部隊を前に、天子も群臣もすっかり怯《おび》え、なかには思わず馬から滑り落ちる者さえいた。曹操や袁紹、袁術といった校尉らはすぐに剣を抜き、皇帝の前に出て守りを固めた。崔烈が勇敢にも言い返したため不穏な空気が広がり、誰もが手に汗を握った。

　ところが、なんとその男は天を仰いで大笑いした。「はっはっは……崔烈殿、相変わらずですな。みなの者、端に寄って道を開けい。陛下にご挨拶せねばな」そう言うと、でっぷり肥えた体を起こして馬を下り、のしのしと陛下の前に進み出て跪いた。「并州牧《へいしゅうぼく》の董卓《とうたく》めがお迎えにあがりました。万歳、万歳、万々歳」

　その万歳三唱は拝礼というより、むしろ威嚇するかのようで、実際、近くに侍っていた重臣の馬が何頭か後ずさった。董卓はがばっと頭を上げると、鋭い目つきで皇帝をじっと見据えた。劉弁はかくも野蛮な臣下をこれまで見たことがない。その顔からは血の気が失せ、小刻みに体を震わせていた。群臣たちは腹に据えかねたが、かといって、それを注意する度胸のある者もいない。曹操らはしっかりと剣を握ったまま、董卓が少しでもおかしな動きをしないか、まじろぎもせず見張っていた。

その状況を思わしくないと見て取った袁隗が、董卓を叱りつけた。「そなたには軍を引き返すようにと詔《みことのり》が下ったはずじゃ」太傅の発言を皮切りに、ほかの重臣たちも口々に軍を退くよう声を上げた。

董卓は蔑《さげす》むように袁隗に目をくれると、笑い飛ばした。「そなたらは大漢王朝の重臣のくせに帝室をろくに支えもせず、それどころかかえって混乱に陥れておきながら、わしには帰れなどとよく言えたものですな」

ぞんざいな物言いではあったがたしかに当《とう》を得ており、重臣たちに返す言葉はなかった。かりにあったとしても、董卓の威に屈せず誰が言い返せたであろうか。劉弁は尻込む重臣の姿にますます怯え、董卓はいっそう居丈高にその顔ぶれを見回した。校尉らはかろうじて怒りの炎を押さえつけ、まさに一触即発の張り詰めた空気に包まれた。

そのとき、鋭く若々しい声が突然響き渡った。「董卓、そちは陛下を迎えに来たのか、それとも奪いに来たのか」曹操が目を向けると、それは閔貢の前に座る陳留王劉協であった。

まだ幼い子供が発したからか、あるいは図星だったからか、董卓は虚を衝《つ》かれ、なんと頭を深く下げた。「臣はお迎えに上がったのであり、決して他意などございません」

「出迎えならば立つがよい。では、そちに……そちに……」劉協はつぶらな目を瞬き、小さな手で頭をかきながら、続けるべき言葉を探した。「兵士を率いて、陛下を都まで送るように命ずる」董卓はおもむろに身を起こし、このまだ九歳の王をじろりと睨《ね》めつけると、劉協の顔にも怯えの色がありありと浮かんだ。董卓はそのまま目を離さず、突然大声で笑いだした。「親王さまのご命令、たしかに承りました」董卓は大股で退がっていくと、鹿毛《かげ》の馬に跨がって全軍に命じた。「お前ら、つべこべ言わずによく聞け。馬を下りて陛下をお迎えだ。陛下や三公九卿の邪魔はするな。道を開けて後ろに続き、陛下をお守りするぞ」

「おう」羌族らの部隊が一斉に声を上げると、頭が割れそうなほど重く響いた。すると勇壮な騎馬兵たちが、おとなしい羊の群れのごとく次々と静かに馬を下り、道を開けて端に避け、跪いて皇帝の通過を待った。見るからに野蛮な兵士たちを、董卓は完璧に手なずけている。曹操は感服せざるをえなかった。

そうはいっても、この野蛮な兵の前を通り抜けるのはやはり気が気ではなく、誰しもまっすぐ前を見たまま早足で駆け抜けた。皇帝劉弁などは袖で顔を隠し、通り抜けるまでずっと俯《うつむ》いていた。

董卓と董旻の兄弟は顕官たちの隊列に交じった。董卓は頭一つ突き抜け、横も一回りは大きく、よく見れば鬢《びん》のあたりには白いものがちらほら交じっている。董卓はほかの者には一切かまわず、閔貢の馬に近づいて、小声で劉協に話しかけた。「親王さま、ずいぶんと窮屈そうですな。わしのこの赤《せき》兎《と》馬《ば》はとびっきりの名馬です。さあ、こっちへ来て一緒に乗りましょう」

何と言ってもまだ九歳の子供である。好奇心旺盛な劉協は白い歯を見せて笑った。「うわあ、本当に赤くて大きな馬だ」董卓は何も言わず、いきなり腕を伸ばして劉協をさっと抱きかかえた。虚を衝かれた閔貢は慌てて劉協の体を引き寄せようとしたが、董卓はこの親王を自分の前に座らせた。まだ怖いもの知らずの年ごろである。劉協は赤兎馬のたてがみをいじったり、ときには董卓の腹をつついたり、董卓も満面に笑みを浮かべて、この親王を存分に楽しませた。

それを見た文武百官もようやく一安心し、またしばらく過ぎたころには、董卓を怖がる気持ちも消えていた。袁紹も馬上でひと息つくと、曹操に笑いかけた。「どうやら問題はなさそうだな。董卓というのも変わったやつだ。他人が突っかかると面白がって、歓心を買おうと近づけば毛嫌いするんだからな」

曹操にとってはそんなことよりも気がかりがあった。「董卓の兵はいかほどでしたか」

「三千だ」袁紹は即座に答えた。

「ここに三千もいるように見えますか」

袁紹も思わず振り向いた。「せいぜい一千かそこらだな。洛陽に火の手が上がったのを見て、とりあえずこれだけ連れて駆けつけたのだろう」そうこうしているうちに東の空も明るくなり、洛陽を守っていた兵卒たちも三々五々隊列に加わってきた。しばらくすると、助軍右校尉《じょぐんゆうこうい》の馮芳もやって来た。馮芳は大行列の行進とあって拝礼を控え、そそくさと皇帝を守る隊伍の後ろに回り込み、曹操や袁紹の前に顔を出した。「まずいぞ」

「どうした」

馮芳は明らかに取り乱していた。「実はな、混乱に乗じて、董卓の涼州軍が洛陽にすでに入っている」

「なんだと」曹操は驚きのあまり色を失った。「数は？」

「城の内と外、合わせて二千ってところだ」

曹操は背筋が凍りついた。「なぜそんなことに……まだ大将軍の部下が洛陽にいたはずだ。涼州兵を洛陽に入れるなど許されることではないぞ」

「しかもだ」馮芳は苦り切った様子で続けた。「言いたくはないが、何進の部下の荒くれどものせいさ。涼州の兵と気が合ったかして、やつらを通して入れたんだ。いまじゃ通りで火を焚いて、家族さながら一緒になって飲めや歌えの大騒ぎさ。もう俺の手には負えん」

「見ろ！」袁紹が突然遠くを指さし、みなも初めて気がついた。なんと、丁原が率いる幷州軍もやって来た。配下の匈奴《きょうど》や屠各《とかく》族の兵は、皮衣を身にまとい、反りのある剣を手にしている。そして隊伍も組まずにばらばらと、皇帝の行列のなかになだれ込んで来た。いま洛陽の官軍は完全に統制を失っている。しかも、一晩じゅう駆けずり回って、精も根も尽き果てている。そこへ力があり余っているうえに血の気の多い涼州軍と幷州軍が現れたのである。

「おしまいだ、もうやつらの入城を止めることはできん……」曹操はびっしょりと冷や汗をかいていた。

そこへ馮芳がまた付け加えた。「しかもおかしなことに、皇宮の宝物を検めてみたところ、伝国《でんこく》の玉璽《ぎょくじ》が見つからんのだ」曹操と袁紹はとうとう言葉を失った――皇帝陛下の権威を象徴する伝国の玉璽、それが失われたとなれば、これ以上不吉なことはない。曹操らはがっくりと肩を落とした。迫り来る恐怖をかき消すのに必死なのか、誰もが口をつぐんだまま馬を進めた。

「うるせえ！」そこへ急に董卓の荒っぽい声が響き渡った。身近にいる重臣に吐き捨てたようである。「俺さまが洛陽に入るのに、とやかく言われる筋合いはねえ。陛下を見失ったお前らだって入れるんだろう？　俺を怒らせたら、ただじゃおかねえからな」太傅の袁隗もさすがに言葉を選んで諭している場合ではなかった。「仲穎《ちゅうえい》や、お前もこの老いぼれの故吏《こり》、わしの顔を立ててはくれんか」

「向こうへ行きやがれ！　俺さまが今日あるのは、文字どおり命がけで戦をくぐり抜けて来たからよ。貴様のような老いぼれとは何の関係もない。さあ、向かうは都洛陽じゃ」　董卓は掛け声とともに鞭を入れると、皇帝の馬車を置き去りにして、劉協を乗せたまま先頭の崔烈と轡を並べた。曹操は後ろに続く兵卒にまた目を遣った。西涼の羌兵と湟中義従《こうちゅうぎじゅう》［河湟《かこう》一帯（青海省東部）で漢に帰順した少数民族］、并州の匈奴と屠各、異民族の兵卒が官軍の列に交じって好き勝手にやっている。誰かが水袋を持っているのを見れば奪って飲み、干《ほ》し飯《いい》があれば奪って喰らい、あろうことか丁原はそれをほったらかしにして部下と談笑にふけっている。

　皇帝劉弁はいまもめそめそと泣き止まず、袁隗ら官は誰もが俯いて黙りこくっている。曹操は心の内で憤慨した――愚か者どもめ……内輪もめにうつつを抜かしてばかりいるから、つけ入る隙を与えたんだ。外戚は消え、宦官も消えた……ところが今度は野蛮な武人がお出ましときた……董卓という名のけだものがな……

主な登場人物　（　）内は字《あざな》

曹操《そうそう》（孟徳《もうとく》）　幼名は阿瞞《あまん》

曹嵩《そうすう》（巨高《きょこう》）　曹操の父。大鴻臚《だいこうろ》など歴任

卞《べん》氏　曹操の側女《そばめ》

卞秉《べんへい》（不詳）　卞氏の弟

丁《てい》氏　曹操の正妻

曹徳《そうとく》（子疾《ししつ》）　曹操の弟

袁紹《えんしょう》（本初《ほんしょ》）　曹操の友人

袁術《えんじゅつ》（公路《こうろ》）　袁家の子弟

袁隗《えんかい》（次陽《じよう》）　司徒《しと》や太傅《たいふ》など歴任

何顒《かぎょう》（伯求《はくきゅう》）　身を隠して陳蕃《ちんばん》らの仇を討とうとするかつての太学生《たいがくせい》

鮑信《ほうしん》（不詳）　曹操の友人

王儁《おうしゅん》（子文《しぶん》）　橋玄《きょうげん》の弟子

許攸《きょゆう》（子遠《しえん》）　橋玄の弟子

崔鈞《さいきん》（元平《げんぺい》）　県令《けんれい》など歴任

陳温《ちんおん》（元悌《げんてい》）　『東観漢記《とうかんかんき》』の編纂に携わる

馬日磾《ばじつてい》（翁叔《おうしゅく》）　『東観漢記』の総編修など歴任

皇甫嵩《こうほすう》（義真《ぎしん》）　左中郎将《さちゅうろうしょう》など歴任

朱儁《しゅしゅん》（公偉《こうい》）　諫議大夫《かんぎたいふ》など歴任

孫堅《そんけん》（文台《ぶんだい》）　佐軍司馬《さぐんしば》など歴任

盧植《ろしょく》（子幹《しかん》）　尚書《しょうしょ》、北中郎将《ほくちゅうろうしょう》など歴任

何進《かしん》（遂高《すいこう》）　将作大匠《しょうさくたいしょう》、大《だい》将軍など歴任

何苗《かびょう》（叔達《しゅくたつ》）　河南尹《かなんいん》、車騎《しゃき》将軍など歴任

王允《おういん》（子師《しし》）　侍御史《じぎょし》など歴任

蒯越《かいえつ》（異度《いど》）　大将軍府の東曹掾《とうそうえん》など歴任

田豊《でんほう》（元皓《げんこう》）　大将軍府の掾属〔補佐官〕など歴任

張邈《ちょうばく》（孟卓《もうたく》）　財産をなげうって民を救った「八《はっ》厨《ちゅう》」の一人

劉表《りゅうひょう》（景升《けいしょう》）　大将軍府の掾属など歴任
荀攸《じゅんゆう》（公達《こうたつ》）　大将軍府の掾属など歴任
華歆《かきん》（子魚《しぎょ》）　大将軍府の掾属など歴任
孔融《こうゆう》（文挙《ぶんきょ》）　侍御史など歴任
逢紀《ほうき》（元図《げんと》）　大将軍府の掾属など歴任
董卓《とうたく》（仲穎《ちゅうえい》）　河東太守《かとうたいしゅ》、東中郎将《とうちゅうろうしょう》など歴任
丁原《ていげん》（建陽《けんよう》）　并《へい》州刺史《しし》など歴任
霊《れい》帝　劉宏《りゅうこう》　皇帝〔西暦一六八年～一八九年在位〕
少《しょう》帝　劉弁《りゅうべん》　皇帝〔西暦一八九年在位〕
曹節《そうせつ》（漢豊《かんほう》）　宦官。中常侍《ちゅうじょうじ》など歴任
張譲《ちょうじょう》（不詳）　宦官。中常侍など歴任
趙忠《ちょうちゅう》（不詳）　宦官。中常侍、大長秋《だいちょうしゅう》など歴任
蹇碩《けんせき》（不詳）　宦官。小黄門《しょうこうもん》など歴任
呂強《りょきょう》（漢盛《かんせい》）　宦官。小黄門など歴任
鄭玄《じょうげん》（康成《こうせい》）　経学者
荀爽《じゅんそう》（慈明《じめい》）　郎中となるも致仕
著述に勤しみ碩儒《せきじゅ》と称される

陳寔《ちんしょく》（仲躬《ちゅうきゅう》）　太丘《たいきゅう》県長、のち隠棲
樊陵《はんりょう》（徳雲《とくうん》）　曹嵩と昵懇《じっこん》。侍中《じちゅう》、太尉《たいい》など歴任
許相《きょしょう》（公弼《こうひつ》）　曹嵩と昵懇。
議郎《ぎろう》、司空《しくう》、司徒《しと》など歴任
桓邵《かんしょう》（不詳）　譙県の地主である桓家の一族
辺譲《へんじょう》（文礼《ぶんれい》）　大将軍府の令史《れいし》〔属官〕など歴任
袁忠《えんちゅう》（正甫《せいほ》）　沛《はい》国の相《しょう》など歴任
曹洪《そうこう》（子廉《しれん》）　蘄春県長《きしゅんけんちょう》など歴任
曹純《そうじゅん》（子和《しわ》）　曹仁《そうじん》の弟。黄門侍郎《こうもんじろう》など歴任
夏侯惇《かこうとん》（元譲《げんじょう》）　曹操と血のつながった従兄弟《いとこ》
夏侯淵《かこうえん》（妙才《みょうさい》）　曹操と血のつながった従弟《いとこ》
丁沖《ていちゅう》（幼陽《ようよう》）　曹操の正妻丁氏の一族
丁斐《ていひ》（文侯《ぶんこう》）　曹操の正妻丁氏の一族
楼異《ろうい》（不詳）　曹操の従者
秦宜禄《しんぎろく》（不詳）　曹操の従者
秦邵《しんしょう》（伯南《はくなん》）　譙《しょう》県の民

主な官職

中央官

太傅《たいふ》　皇帝を善導する非常設の名誉職
大《だい》将軍　非常設の最高位の将軍

三公《さんこう》

太尉《たいい》　軍事の最高責任者で、三公の筆頭
司徒《しと》　民生全般の最高責任者
司空《しくう》　土木造営などの最高責任者

九卿《きゅうけい》

太常《たいじょう》　祭祀などを取り仕切る
光禄勲《こうろくくん》　皇帝を護衛し、宮殿禁門のことを司る
五官中郎将《ごかんちゅうろうしょう》　平時は五官郎《ごかんろう》を率いて宮殿の門を守る
左《さ》中郎将　平時は左署郎《さしょろう》を率いて宮殿の門を守る

右中郎将《ゆう》　平時は右署郎《ゆうしょろう》を率いて宮殿の門を守る
虎賁中郎将《こほん》　皇宮《こうぐう》に宿衛《しゅくえい》する虎賁を率いる
羽林中郎将《うりん》　宿衛して皇帝に近侍《きんじ》する羽林郎《うりんろう》を率いる
北中郎将《ほく》　叛逆者の討伐に当たる
東中郎将《とう》　叛逆者の討伐に当たる
騎都尉《きとい》　もとは羽林の騎兵を監督、のち叛逆者の討伐に当たる
羽林左監《うりんさかん》　羽林左騎《うりんさき》を率いる
羽林右監《うりんゆうかん》　羽林右騎《うりんゆうき》を率いる
奉車都尉《ほうしゃとい》　皇帝の車馬を司る
諫議大夫《かんぎたいふ》　皇帝の諮詢《しじゅん》に対して意見を述べるとともに、皇帝を諫める
議郎《ぎろう》　皇帝の諮詢に対して意見を述べる
衛尉《えいい》　宮門の警衛《けいえい》などを司る
太僕《たいぼく》　皇帝の車馬や牧場などを司る
廷尉《ていい》　裁判などを司る
大鴻臚《だいこうろ》　諸侯王と帰服した周辺民族を管轄する
宗正《そうせい》　帝室と宗室《そうしつ》の事務、および領地を与えて諸侯王に封ずることを司る
大司農《だいしのう》　租税と国家財政を司る
太倉令《たいそうれい》　地方から送られた穀物の受納を司る

少府《しょうふ》　帝室の財政、御物などを司る
太官令《たいかんれい》　皇帝の飲食を司る
鉤盾令《こうじゅんれい》　帝室の庭園を主管する
玉堂署長《ぎょくどうしょちょう》　中宮別処《ちゅうきゅうべっしょ》を司る宦官。

執金吾《しつきんご》　近衛兵を率いて皇宮《こうぐう》と都を警備する
大長秋《だいちょうしゅう》　皇后の意向を取り次ぎ、皇后府の管理を司る
侍中《じちゅう》　皇帝のそばに仕え、諮詢に対して意見を述べる
中常侍《ちゅうじょうじ》　皇帝のそばに仕え、内宮《ないきゅう》の諸事を司る。大長秋に次ぐ宦官の位
黄門侍郎《こうもんじろう》　皇帝のそばに仕え、尚書の事務を司る士人《しじん》
小黄門《しょうこうもん》　皇帝のそばに仕え、尚書の事務を司る宦官
中黄門《ちゅうこうもん》　禁中に給仕する宦官
黄門令《こうもんれい》　禁中の宦官を統率し、皇帝やその家族を世話する
掖庭令《えきていれい》　皇后以外の後宮の貴人や女官を世話する
録尚書事《ろくしょうしょじ》　尚書《しょうしょ》を束ねて万機《ばんき》を統《す》べる。国政の最高責任者が兼務する
尚書令《しょうしょれい》　尚書台の長官
尚書《しょうしょ》　上奏の取り扱い、詔書の作成から官吏の任免まで、行政の実務を担う
将作大匠《しょうさくたいしょう》　宮殿や宗廟《そうびょう》、陵墓などの土木建築を司る

御史中丞《ぎょしちゅうじょう》　官吏の監察、弾劾を司る
侍御史《じぎょし》　官吏を監察、弾劾する

武官

驃騎将軍《ひょうき》　大将軍に次ぐ将軍位で、叛逆者の討伐に当たる
車騎将軍《しゃき》　驃騎将軍に次ぐ将軍位で、叛逆者の討伐に当たる
前将軍《ぜん》　衛《えい》将軍に次ぐ将軍位で、叛逆者の討伐に当たる
左将軍《さ》　衛将軍に次ぐ将軍位で、叛逆者の討伐に当たる
北軍中侯《ほくぐんちゅうこう》　北軍《ほくぐん》の五営《ごえい》を監督する
北軍《ほくぐん》の五営《ごえい》
屯騎校尉《とんきこうい》　宿衛《しゅくえい》の騎兵を指揮する
歩兵校尉《ほへいこうい》　上林苑《じょうりんえん》の駐屯兵を指揮する
越騎校尉《えっきこうい》　越騎を指揮する
長水校尉《ちょうすいこうい》　長水と宣曲《せんきょく》の胡騎《こき》を指揮する
射声校尉《しゃせいこうい》　宿衛の弓兵を指揮する
護羌校尉《ごきょうこうい》　羌族を管領する軍政務官
護烏丸校尉《ごうがんこうい》　烏丸や鮮卑《せんぴ》を管領する軍政務官
別部司馬《べつぶしば》　非主力部隊である別部の指揮官

司馬《しば》　将軍の属官

地方官

司隷校尉《しれいこうい》　京畿地方の治安維持、同地方と中央の百官を監察する

刺史《しし》　州の長官。もとは郡県官吏の監察官

従事《じゅうじ》　刺史の属官

河南尹《かなんいん》　洛陽《らくよう》を含む郡の長官

右扶風《ゆうふふう》　右扶風を統治する長官

国相《こくしょう》　諸侯王の国における実務責任者

太守《たいしゅ》　郡の長官。郡守ともいわれる

督郵《とくゆう》　郡の長官の属官で、各県を巡視する

都尉《とい》　属国《ぞっこく》などの治安維持を司る武官

県令《けんれい》　県の長官

県長《けんちょう》　一万戸以下の小県の長官

功曹《こうそう》　郡や県の属官で、郡吏や県吏の任免賞罰などを司る

県尉《けんい》　県の治安維持を司る武官

の地図
烏桓
鮮　卑
玄菟
遼東属国
遼東
遼西
幽
州
楽浪
五原
上谷
漁陽
雲中
代郡
右北平
朔方
定襄
広陽
涿郡
黄
河
雁門
并
冀
州
上郡
太原
青州
涼
武威
北地
州
西河
上党
州
司
兗州
金城
徐
安定
洛陽
隷
隴西
渭水
漢陽
州
長安
豫州
武都
九江
宛県
呉郡
漢中
淮河
南陽
広漢属国
荊
廬江
丹陽
江夏
広漢
益
南郡
会稽
蜀郡
長江
揚
犍為
巴郡
蜀郡属国
武陵
州
豫章
州
長沙
州
越巂
犍為属国
牂柯
零陵
桂陽
夷
洲
益州
交
蒼梧
南海
鬱林
州
合浦
交趾
朱崖洲
九真
0km
630km
日南

後漢時代
張掖居延属国
西域長史
敦煌
酒泉
張掖
西
羌
永昌
凡例
◎ 都
太字 州
• 郡、国、属国
(司隷、冀州、青州、兗州、豫州、徐州以外)
○ 主要地、一部の県
州界

後漢時代の司隷《しれい》の地図
幷 州
冀州
河東
涼 州
司
隷
河内
兗州
河
黄
左馮翊
右扶風
洛陽
河南尹
凡例
渭水
長安
函谷関
京兆尹
弘農
豫州
◎ 都
太字 州
無印 郡
州界
郡界
益 州
荊 州
0km
100km

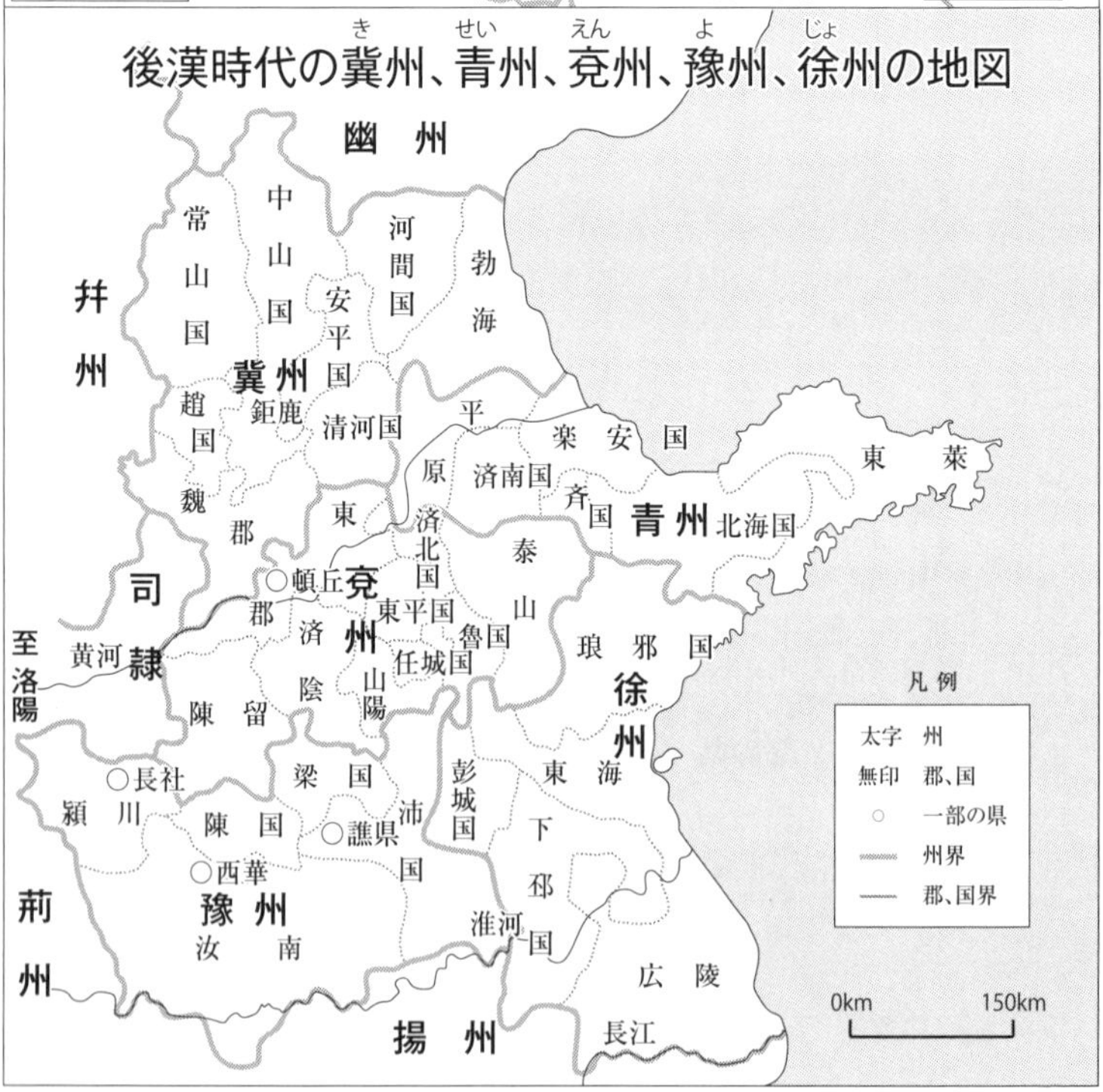
後漢時代の冀《き》州、青《せい》州、兗《えん》州、豫《よ》州、徐《じょ》州の地図
幽 州
中山国
常山国
河間国
勃海
安平国
幷州
冀州
趙国
鉅鹿
清河国
平原
楽安国
東萊
済南国
魏郡
東郡
済北国
斉国
青州
北海国
泰山
頓丘
兗州
司隷
東平国
至洛陽
黄河
済陰
魯国
任城国
山陽
琅邪国
徐州
陳留
長社
梁国
彭城国
東海
潁川
陳国
譙県
沛国
下邳国
西華
荊州
豫州
汝南
淮河
広陵
長江
揚 州
凡例
太字 州
無印 郡、国
○ 一部の県
州界
郡、国界
0km
150km

●著者
王 暁磊（おう ぎょうらい）
歴史作家。中国在住。『後漢書』、『正史 三国志』、『資治通鑑』はもちろんのこと、曹操に関するあらゆる史料を10年以上にわたり、まさに眼光紙背《がんこうしはい》に徹するまで読み込み、本書を完成させた。曹操の21世紀の代弁者を自任する。著書にはほかに『武則天』（全6巻）などがある。

●監訳者、訳者
後藤 裕也（ごとう ゆうや）
1974年生まれ。関西大学大学院文学研究科中国文学専攻博士課程後期課程修了。博士（文学）。現在、関西大学非常勤講師。専門は中国近世白話文学。著書に『語り物「三国志」の研究』（汲古書院、2013年）、『武将で読む 三国志演義読本』（共著、勉誠出版、2014年）、訳書に『中国古典名劇選Ⅱ』（共編訳、東方書店、2019年）、『中国古典名劇選』（共編訳、東方書店、2016年）、『中国文学史新著（増訂本）中巻』（共訳、関西大学出版部、2013年）などがある。

曹操　卑劣なる聖人　第二巻
2020 年 1 月 31 日　初版第 1 刷　発行

著者　王 暁磊
監訳者、訳者　後藤 裕也
装丁者　大谷 昌稔
装画者　菊馳 さしみ
地図作成　閏月社
発行者　大戸 毅
発行所　合同会社 曹操社
〒 344 − 0016　埼玉県春日部市本田町 2 − 155
電話 048（716）5493　FAX048（716）6359
発売所　株式会社 はる書房
〒 101 − 0051　東京都千代田区神田神保町 1 − 44 駿河台ビル
電話 03（3293）8549　FAX03（3293）8558
印刷・製本　中央精版印刷株式会社

ISBN 978-4-910112-01-5